凱信企管

用對的方法充實自己，
讓人生變得更美好！

凱信企管

用對的方法充實自己，
讓人生變得更美好！

用單字DNA聯想策略

瞬間記單字

字首字根字尾＋聯想助記法
用熟悉單字延伸記憶10倍單字量

Vocabularies

使用說明
User's Guide

學單字，好容易！請你跟我這樣做～單字瞬間記憶，超神奇！

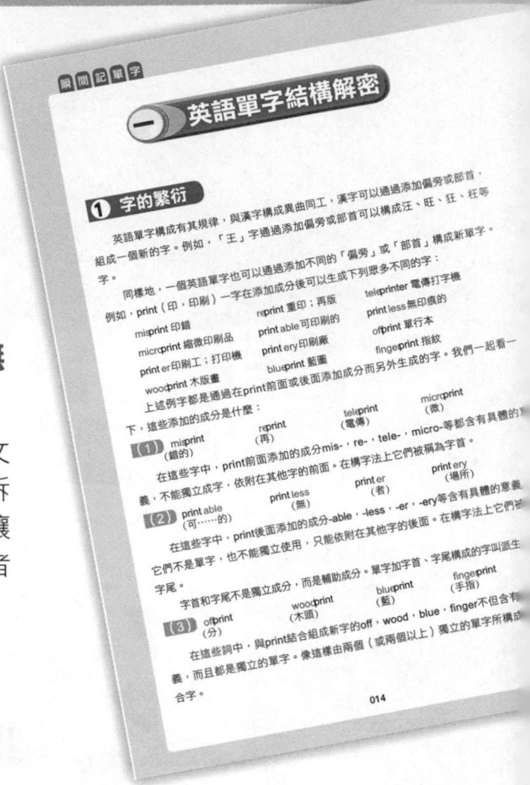
瞬間記單字

一 英語單字結構解密

① 字的繁衍

英語單字構成有其規律，與漢字構成異曲同工，漢字可以通過添加偏旁或部首，組成一個新的字。例如，「王」字通過添加偏旁或部首可以構成汪、旺、狂、枉等字。

同樣地，一個英語單字也可以通過添加不同的「偏旁」或「部首」構成新單字。例如，print（印，印刷）一字在添加成分後可以生成下列眾多不同的字：

misprint 印錯　reprint 重印；再版　teleprinter 電傳打字機
microprint 縮微印刷品　printable 可印刷的　printless 無印痕的
printer 印刷工；打印機　printery 印刷廠　offprint 單行本
woodprint 木版畫　blueprint 藍圖　fingerprint 指紋

上述例字都是通過在print前面或後面添加成分而另外生成的字。我們一起看一下，這些添加的成分是什麼：

(1) misprint (錯的)　reprint (再)　teleprint (電傳)　microprint (微)

在這些字中，print前面添加的成分mis-，re-，tele-，micro-等都含有具體的意義，不能獨立成字，依附在其他字的前面。在構字法上它們被稱為字首。

(2) printable (可……的)　printless (無)　printer (者)　printery (場所)

在這些字中，print後面添加的成分-able，-less，-er，-ery等含有具體的意義，它們不是單字，也不能獨立使用，只能依附在其他字的後面。在構字法上它們被……字尾。

字首和字尾不是獨立成分，而是輔助成分。單字加字首、字尾構成的字叫派生……

(3) offprint (分)　woodprint (木頭)　blueprint (藍)　fingerprint (手指)

在這些詞中，與print結合組成新字的off，wood，blue，finger不但含有……義，而且都是獨立的單字。像這樣由兩個（或兩個以上）獨立的單字所構成……合字。

014

01 【單字構字原理 & 字首字根字尾】建構有效率的猜字能力，無限擴充記更多！

本書從整體上清晰、簡潔地介紹了英文單字造字原理的各種知識，如將單字拆解成字首、字根、字尾……等部分，讓學習者從根源上理解單字，幫助學習者培養猜字的能力。

瞬間記單字

B

lazybones　*n.* 懶骨頭，懶漢　Come on, lazybones! Get up! 趕快，你這懶骨頭！起床了！　lazy懶的，bone骨頭

breastbone　*n.* 胸骨　There is something wrong with her breastbone. 她的胸骨有點問題。　breast胸，bone骨頭

cheekbone　*n.* 頰骨　There was a triangular scar on his left cheekbone. 他左頰骨上有一塊三角形的傷疤。　cheek臉頰，bone骨

boneless　*adj.* 無骨的　The jellyfish are boneless. 水母沒有骨頭。　bone骨頭，-less無

bone-dry　*adj.* 乾透的，十分乾燥的　The place we live in is absolutely bone-dry. 我們住的那個地方十分乾燥。　bone骨頭，dry乾的「骨頭都乾透了」

boneyard　*n.* 墓地　Do you remember the boneyard? 你還記得那個墓地嗎？　bone骨頭，yard院子「埋骸骨的地方」

boneshaker　*n.* 破舊搖晃的車輛　His bike is a real boneshaker. 他的自行車真破。　bone骨架，shak(e)晃動，-er表示物

bone idle　*adj.* 懶極的　That boy is just bone idle. 那個男孩真是太懶了。　bone骨頭，idle懶的

book　書本；冊　02.02.24

guidebook　*n.* 旅行指南；參考手冊　The guidebook says to turn left. 旅遊指南上說向左轉。

handbook　*n.* 手冊；指南　Could you ……

Part2 熟字拓展，用熟悉單字延伸記憶10倍字單字量

B

schoolbook　*n.* 教科書　Is this your schoolbook? 這是你的教科書嗎？　school學校，book書「學校用的書」

textbook　*n.* 教科書，課本　This sentence came from that textbook. 這句話摘錄自那本教科書。　text課文，book書

sketchbook　*n.* 寫生本，素描本；短文集　Please pass me that sketchbook. 請遞給我那個素描本。　sketch速寫，素描，book本，書

songbook　*n.* 歌曲集　This songbook includes 100 songs. 這本歌集收錄100首歌曲。　song歌曲，book本，書

stylebook　*n.* 樣本　Please give this stylebook to the editors. 請把這個樣本給編輯們。　style樣式，book書

bankbook　*n.* 銀行存摺　I haven't found my bankbook yet. 我還沒有找到我的銀行存摺。　bank銀行，book本，帳本

cashbook　*n.* 現金帳簿　Check cashbook every day. 每天要檢查現金帳簿。　cash現金，book本，帳本

n. 支票簿　……finished checking that checkbook?　check支票，book本，簿

02 【用熟悉單字延伸記憶10倍單字量】550個熟悉單字延伸記憶5500單字！

以常用基礎熟字為中心，與字根、字首或字尾結合，學習無限延伸，由熟字記憶生字，生字很快變為熟字。例如：book（書本；冊）是常見的熟字，加上worm（蟲）、cook（烹調）、store（店舖）、school（學校），即擴展出不同單字：bookworm（書呆子；蛀書蟲）、cookbook（食譜）、bookstore（書店）、schoolbook（教科書）。

03 【單字拆解＋助記口訣】幫助記憶聯想，一輩子不忘！

對單字的構成進行分析解釋，並非簡單助記，而是從構字法的角度讓學習者藉由聯想達到真正理解，做到永久記憶。例如：

※ backbite (v.) 背後說人壞話 【助記】「back 背後」+「bite 咬」= 背後咬一口。

※ backdate (v.) 回溯；寫上比實際早的日期 【助記】「back 向後」+「date 日期」= 日期往後倒退。

※ backer (n.) 支持者；贊助者 【助記】「back 背後」+「-er 表示人」= 背後支持的人。

backer	*n.* 支持者；贊助者 I am looking for a **backer**. 我正在尋找贊助者。	back背後， -er表示人 「背後支持的人」
backdate	*v.* 回溯；寫上比實際早的日期 **Backdate** your invoice to April 1st. 將發票日期早填為4月1日。	back向後， date日期 「日期往後倒退」

Backdate your invoice to April 1st.
將發票日期早填為4月1日。

04 【5000多個生活實用簡單例句】開口說英語變得更容易！

收錄的5000多句簡單、實用的例句，無一不是口語、寫作佳句，幫助學習者單字、口語雙豐收。本書主要適用於有一定基礎的英語學習者，可以迅速地擴充學習者的字彙量；同時，字彙以熟字拓展為主，沒有過多的生難單字，適於學習者進行日常交流使用。

（990 分鐘超大分量英語學習單字、釋義、例句全收錄 mp3 **QR code**）

★ 因各家手機系統不同，若無法直接掃描，仍可以電腦連結 https://tinyurl.com/rlrsfcs 雲端下載收聽

前言

學習一門語言，累積大範圍字彙量是關鍵。本書由大家所熟悉的基礎熟字做導入，讓學習者通過最簡單常見的550字，輕鬆記住5500生字，迅速擴大字彙量。

本書主要的兩個部分：

第一部分是「單字構字原理及字首字根字尾」的基本介紹：

本部分對單字的構成進行了簡潔明瞭的解說，讓學習者了解單字並非由一堆毫無規則的字母組合所構成，而是有規律可循的。透過與中文國字的偏旁、部首作對照，具體地講解了字首字根字尾的功用，精選歸納了最常用的字首和字尾，讓學習者後續的學習更加便利。

第二部分是「熟字拓展」：

本部分以大家常見的550個熟字為學習中心，再進一步結合字首、字尾或其他短單字，拓展學習5500個生字，每個單字均有詞性、字義、單字助記及實用例句。單字助記從單字構成的角度進行拆字詮釋，能幫助學習者對單字的結構加深理解，是牢記單字的「關鍵」，每個單字所配的實用例句亦可以作為日常口語、甚至英語寫作的範例。

單字一個一個記憶背誦，不免效果有限，利用字首字根字尾及拓展聯想記憶，即可舉一反三，瞬間效率加倍！

本書特點：

1. 英文造字脈絡，清楚歸納

本書從整體上清晰、簡潔地介紹了構字法的各種知識，如將單字拆解成字首、字根、字尾……等部分，讓學習者從根源上理解單字，幫助學習者培養猜字的能力。

2.「熟 > 生 > 熟」式拓展單字記憶

以常用基礎熟字為中心，將熟字與字根、字首或字尾結合，學習無限延伸，由熟字記憶生字，生字很快變為熟字，用熟悉單字延伸記憶10倍單字量。

3.「單字拆解 + 口訣」幫助記憶聯想，一輩子不忘

對單字的構成進行分析解釋，並非簡單助記，而是從構字法的角度讓學習者藉由聯想達到真正理解，做到永久記憶。

4. 簡單例句，開口説更容易

收錄的5000多句簡單、實用的例句，無一不是口語、寫作佳句，幫助學習者單字、口語雙豐收。

本書主要適用於有一定基礎的英語學習者，可以迅速地擴充學習者的字彙量；同時，字彙以熟字拓展為主，沒有過多的生難單字，適於學習者進行日常交流使用。

Part 1
單字構字原理及字首字根字尾

Part 2
熟字拓展，用熟悉單字延伸記憶 10 倍單字量

Part 1

單字構字原理及字首字根字尾

一、英語單字結構解密

二、字首精選

三、字尾精選

一 英語單字結構解密

1 字的繁衍

英語單字構成有其規律，與漢字構成異曲同工，漢字可以通過添加偏旁或部首，組成一個新的字。例如，「王」字通過添加偏旁或部首可以構成汪、旺、狂、枉等字。

同樣地，一個英語單字也可以通過添加不同的「偏旁」或「部首」構成新單字。例如，print（印，印刷）一字在添加成分後可以生成下列眾多不同的字：

misprint 印錯	reprint 重印；再版	teleprinter 電傳打字機
microprint 縮微印刷品	printable 可印刷的	printless 無印痕的
printer 印刷工；打印機	printery 印刷廠	offprint 單行本
woodprint 木版畫	blueprint 藍圖	fingerprint 指紋

上述例字都是通過在print前面或後面添加成分而另外生成的字。我們一起看一下，這些添加的成分是什麼：

(1)

misprint	reprint	teleprint	microprint
(錯的)	(再)	(電傳)	(微)

在這些字中，print前面添加的成分mis-，re-，tele-，micro-等都含有具體的意義，不能獨立成字，依附在其他字的前面。在構字法上它們被稱為字首。

(2)

printable	printless	printer	printery
(可……的)	(無)	(者)	(場所)

在這些字中，print後面添加的成分-able，-less，-er，-ery等含有具體的意義，但它們不是單字，也不能獨立使用，只能依附在其他字的後面。在構字法上它們被稱為字尾。

字首和字尾不是獨立成分，而是輔助成分。單字加字首、字尾構成的字叫派生詞。

(3)

offprint	woodprint	blueprint	fingerprint
(分)	(木頭)	(藍)	(手指)

在這些詞中，與print結合組成新字的off，wood，blue，finger不但含有具體的意義，而且都是獨立的單字。像這樣由兩個（或兩個以上）獨立的單字所構成的字叫複合字。

❷ 字首字根字尾簡述

一個英語單字可以分為三個部分：字首（prefix）、字根（stem）及字尾（suffix）。字根是一個單字的核心，它表示一個單字的基本意義。字首字尾是指加在字根之前或之後的一個最小語言單位，它不能獨立存在，必須依附於字根，可分為字首（加在字根之前）和字尾（加在字根之後）。在這裡，我們介紹一下字根的概念並且歸納一些常用的字首字尾。

（1）字根

字根（stem)是構字的基本成分，與字首字尾相對，表達字彙的主要訊息。字根分為兩種：能獨立構字的是自由字根，必須與其他字首字尾結合構字的是不自由字根。

字根
- 自由字根(Free Root)：
  - friend（朋友）：friendly 友好的
  - boy（男孩）：boyfriend 男朋友
  - birth（出生）：birthday 生日
- 不自由字根(Bound Root)：
  - vis（看）：visit 參觀
  - pict（畫、描繪）：picture 繪畫
  - popul（人民）：population 人口

可以把英語構字與中文構字對比理解。中文中也有兩種字根，一種是能獨立成字的基本單字，如：月、田、言、心、水等（可對比「自由字根」），一種是不能獨立成字的部首，如：亻、扌、訁、忄、氵等（可對比「不自由字根」）。它們都是含有詞彙主要訊息的最小單位，以它們為基礎，構成千千萬萬的字。英、中構字對比研究有助於理解英語的字根。

（2）字首

單字中位於字根前面的部分是字首。字首可以增加、改變或加強一個單字的意義，有少數的字首也可以改變單字的詞性。如：

常見的字首有如下幾類：

① **表示反、否（或削減）**

如：un-；in-；im-；il-；ir-；non-；anti-；dis-；counter-；de-；mis-；mal-等；

② **表示尺寸**

如：mini-；micro-；macro-；mega-等；

③ **表示位置關係**

如：inter-；intra-；extra-；ex-；over-；under-；sub-；super-；trans-；ultra-等；

④ **表示時間和次序**

如：ante-；fore-；pre-；pro-；post-；retro-等；

⑤ **表示數字**

如：semi-；mono-；bi-；tri-；multi-；poly-等；

⑥ **其他類別**

如：re-；co-；con-；en-；auto-等。

(3) 字尾

字尾是一種重要的構字組成部分，它除了給單字增添意義之外，還決定一個字的詞性。

字尾分為以下四種：

① **名詞字尾**

如：-er；-ation；-ment；-cy等；

② **形容詞字尾**

如：-ful；-ous；-less；-y等；

③ **動詞字尾**

如：-fy；-ize；-en；-ate等；

④ **副詞字尾**

如：-ly；-wards；-wise；-s等。

小結

字首和字尾可以重疊使用，也就是幾個不同的字首或字尾可以同時加在同一個單字（或字根）的前面或後面，給這個字添加多層意義，派生出新字。如：un-limit-ed無限的；im-measur-able不可估量的。

二 字首精選

1 表示反、否（或削減）

（1）不，無，非：un-；in-；im-；il-；ir-；non-等

① **un-不，無，非，未**

unequal 不平等的
unfriendly 不友好的
unhappy 不快樂的
unfathered 私生的
unofficial 非官方的
unartistic 非藝術的
unlimited 無限的
uncorrected 未改正的

② **in-不，無，非**

inactive 不活動的
incapable 無能力的
inglorious 不光彩的
incomplete 不完全的
incorrect 不正確的
incurious 無好奇心的
inequality 不平等
inseparable 不可分的

③ **im-不，無，非**

impersonal 非個人的
immoral 不道德的
immeasurable 不可估量的
impossible 不可能的
immemorial 不可追憶的
immovable 不可移動的
impassable 不能通行的
immobile 不動的

④ **il-不，非**

illogical 不合邏輯的
illiterate 不識字的
illegal 不合法的
illegible 難以辨認的
illegitimate 非婚生的
illiberal 不開明的

⑤ **ir-不，無**

irrelative 無關係的
irrecoverable 不能恢復的
irregular 不規則的
irresistible 不可抵抗的
irrational 不合理的
irresolute 猶豫不決的
irreligious 無宗教信仰的
irresponsible 不負責任的

⑥ **non-非，無，不**

nonsmoker 不抽煙的人
nonstop 中途不停的
nonage 未成年的階段
nonperiodic 非周期性的
nonreader 無閱讀能力的人
nonlife 無生命
nonpayment 無力支付
nondrinker 不喝酒的人

(2) 反、否：anti-；dis-；counter-；de-；mis-；mal-等

① anti-反對，防止

antibiotic 抗生素
antimissile 反導彈的
antifreeze 防凍劑
antiscience 反科學
antismoking 反對吸煙的
antiaging 防衰老的
antifat 防止肥胖的
antiforeign 排外的

② dis-不，相反

disagree 不同意
dislike 不喜歡
disbelieve 不相信
dishonest 不誠實的
disappear 不見，消失
disorder 混亂，無秩序
discontinue 不繼續，中斷
disloyal 不忠心的

③ counter-反

countermove 反抗行動
counteraction 反作用
counterattack 反擊
counterdemand 反要求
countereffect 反效果
counterspy 反間諜
countertrend 反潮流
counteroffensive 反攻

④ de-除去，取消（否定）

dewater 除去水分
desalt 除去鹽分
decolour 使脫色
de-oil 脫除油脂
deforest 砍伐森林
decode 解碼
deflower 採摘……的花
decamp 撤營

⑤ mis-誤，錯，惡（負面），不

misunderstand 理解錯誤
misuse 誤用
misfortune 不幸
misspell 拼錯
misread 讀錯
mistreat 虐待
misremember 記錯
mislead 誤導

⑥ mal-壞，錯誤，不良

maladjusted 不適應的
maladministration 管理不善
malformed 畸形的
malformation 畸形

malnutrition 營養不良
maltreat 虐待
malfunction 不起作用
maladroit 不靈巧的

❷ 表示尺寸（大小）：mini-；micro-；macro-；mega-等

① mini-小，超短

minibus 小型公車
miniskirt 超短裙
minipark 小型公園
mini-break 短暫假期
minishorts 超短褲
ministate 小國
minicrisis 短暫危機
minisub 小型潛水艇

② micro-微

microskirt 超短裙
microworld 微觀世界
microclimate 小氣候
microfibre 微纖維
microgram 微克
microcomputer 微型計算機
microbiology 微生物學
microscope 顯微鏡
microbus 微型公共汽車
microchip 微晶片

③ macro-大的，宏觀的

macroscale 大規模
macroworld 宏觀世界
macrophysics 宏觀物理學
macrochange 大變化
macroeconomics 宏觀經濟學
macroclimate 大氣候
macrostructure 宏觀結構
macroplan 龐大的計劃

【macro- =mac-】

④ mega-巨大的，兆（百萬）

megabit 兆位
megaphone 擴音器
megastar 演藝巨星
megaton 百萬噸級
megalith 巨石
megawatt 兆瓦
megadeath 以百萬計的死亡
megahertz 兆赫

❸ 表示位置關係：inter-；intra-；extra-；ex-；over-；under-；sub-；super-；trans-；ultra-等

① inter-在……之間；互相

internet 網際網路
international 國際的
intermix 混合
intermarry 通婚

interracial 種族間的
intercity 城市之間的
interchange 互換
interplay 互相影響

② **intra-在內**

intranet 內聯網
intracity 市內的
intraday 一天之內的
intracompany 公司內部的
intragovernmental 政府內部的
intraoffice 辦公室內的
intra-atomic 原子內的
intracloud 雲層內的

③ **extra-在……之外，超出**

extraordinary 非凡的
extrasensory 超感的
extracurricular 課外的
extraterrestrial 外星的
extrajudicial 法庭以外的
extramural 機構之外的
extracorporeal 體外的
extramarital 婚外的

④ **ex-外，出**

export 出口，輸出
expose 露出
exclude 排除
excavate 挖出
expel 趕出，逐出
exit 出口
exclaim 呼喊
express 表達
extract 抽出
exhume 掘出

⑤ **over-過度，太甚**

overtalk 講話過多
overwork 工作過度
overstudy 用功過度
overproduction 生產過剩
overdrink 飲酒過度
overquick 過快的
oversize 太大的
overweight 過重的

⑥ **under-下，內（用於衣服），不足**

undersized 尺寸小的
underwear 內衣
underpay 過低薪資
underline 下劃線
undersea 在海面下
undervest 汗衫
undermanned 人員不足的
underground 地下的

⑦ **sub-下，副**

subnormal 低於正常的
subtitle 副標題
subsurface 表面下的
substandard 標準以下的
sub-cloud 雲下的
subset 小組
sub-zero （溫度）零度以下的
subway 地鐵

⑧ **super-超，超級**

superwoman 女超人
supermarket 超級市場
superglue 強力膠
superconductor 超導體
superpower 超級大國
superliner 超級客輪
supersized 超大型的
supernormal 超自然的
supermodel 超級名模

⑨ **trans-越過，轉移，橫穿**

transnational 跨國的
transverse 橫斷的
transform 使變形
transplant 移植
transnormal 越出常規的
translocation 移位
transatlantic 跨大西洋的
transship 轉運

⑩ **ultra-極端，超，以外**

ultrasonic 超音速波
ultraviolet 紫外線的
ultra-left 極左派
ultrasound 超音速
ultramodern 超現代的
ultrathin 極薄的
ultranationalism 極端民族主義
ultramilitant 極端好戰的

4 表示時間和次序：ante-；fore-；pre-；pro-；post-；retro-等

① **ante-前，先**

antecedent 先驅
anteroom 前廳
antechamber 前廳
antedate 先於
anteport 前港
antestomach 前胃
antetype 原型
antenatal 產前的

② **fore-前，先，預先**

forehead 前額
forearm 前臂
foretell 預言
foresee 預見
forerun 預示
foreword 前言
forefather 前人
foresight 預見

③ **pre-前，預先**

precook 預煮
prewar 戰前的
preschool 學齡前的
prehistory 史前

preconference 預備會議
precondition 前提
prebuilt 預制的
prebook 預訂

④ **pro-前，向前**

progress 進步
prophecy 預言
proceed 前進
prolong 延長
propel 推進
promote 促進
prospect 展望
protrude 向前伸出

⑤ **post-後**

postposition 後置詞
postgraduate 大學畢業後的
posttreatment 治療以後的
postdate 填遲日期
postscript 附錄
postatomic 初次原子彈爆炸後的
postindustrial 後工業化的
postoperative 手術以後的

⑥ **retro-後，向後**

retrospect 回顧
retrograde 倒退的
retroactive 有追溯效力的
retrospective 回顧的
retrofit 翻新
retrogressive 退化的
retrospection 回顧
retrodict 回顧

❺ 表示數量：semi-；mono-；bi-；tri-；multi-；poly-等

① **semi-半**

semiweekly 半週刊
semifarming 半農業
semicivilized 半文明的
semiconductor 半導體
semiofficial 半官方的
semisocialist 半社會主義的
semicolony 半殖民地
semiautomatic 半自動的

② **mono-單，單一**

monochrome 單色的
monoculture 單一文化
monoplane 單翼飛機
monodrama 獨角戲
monogamy 一夫一妻制
monocycle 單輪車
monorail 單軌鐵路
monophonic 單聲道的

③ **bi-兩，雙**

biannual 一年兩度的
bicycle 自行車
bimonthly 雙月刊
bisexual 兩性的

bilingual 雙語的
bicultural 二元文化的
bipartisan 兩黨的
bipolar 兩極的

④ **tri-三**

tricycle 三輪車
tricolour 三色的
triplane 三翼飛機
triangle 三角形
tricar 三輪汽車
tricontinental 三大洲的
triweekly 三週刊
triad 三種事物的組合

⑤ **multi-多**

multiparty 多黨的
multinational 多國的
multipartism 多黨制
multiangular 多角的
multiplane 多翼飛機
multipurpose 多種用途的
multiracial 多種族的
multipolar 多極的

⑥ **poly-多，眾**

polysyllable 多音節詞
polyfunctional 多功能的
polygon 多邊形
polytheism 多神論
polygamy 一夫多妻
polyclinic 綜合診所
polymath 博學者
polyandry 一妻多夫

❻ 其他類別，如： re-；co-；con-；en-；auto-等

① **re-再，重新**

renumber 重新編號
reuse 再利用
reconsider 再考慮
reunion 重聚
restart 重新開始
reheat 重新加熱
reread 重新讀
rebuild 重建

② **co-共同，同事，夥伴**

cooperation 合作
coaction 共同的行動
coexistence 共存
cofounder 共同創辦人
copartner 合夥人
comate 同伴
coauthor 合著者
cohabitation 同居

③ **con-共同**

concolorous 同色的
consensus 共識
concentric 同心的
conspire 共謀

conjoin 聯合

contemporary 同時代的

connatural 同性質的

conflate 合併

④ **en-使，使成為**

enlarge 使擴大

enrich 使富足

endanger 使有危險

enable 使能夠

enslave 使成奴隸

endamage 損壞

ennoble 使高貴

engage 使參與

⑤ **auto-自動，自身，自己**

automobile 汽車

autobiography 自傳

autogenic 自生的

autodidact 自學者

autosuggestion 自我暗示

autonomy 自治

autocrat 獨裁者

automatic 自動的

三 字尾精選

1 名詞字尾

(1) 人或物

① **-ster：做……人，……徒**

gamester 賭徒
songster 歌唱家
gangster 匪徒
tonguester 健談的人
penster 作者
trickster 騙子

② **-eer：人（某方面專精者）**

engineer 工程師
profiteer 牟取暴利者
mountaineer 登山家
auctioneer 拍賣師
fictioneer 小說作家
rocketeer 火箭技術專家

③ **-(e)r：人或物**

driver 司機
teacher 老師
fighter 戰士
boiler 鍋爐
bomber 轟炸機
cutter 切割機（者）

④ **-or：人**

director 導演，主任
actor 演員
professor 教授
sailor 水手
inventor 發明者
dictator 命令者
exhibitor 展出者
distributor 分配者

⑤ **-ee：人（受動者、行動者）**

testee 受試者
meetee 與會者
employee 雇員
trainee 受訓者
returnee 回國者
escapee 逃亡者
electee 當選者
payee 收款人

⑥ **-ant：……人**

assistant 助手
accountant 會計
servant 僕人
examinant 主考官
informant 提供消息的人
inhabitant 居民

⑦ **-ian, -an：……地方的人，精通……的人**

musician 音樂家
historian 曆史學家
guardian 保衛者
grammarian 語法學家
American 美國人
technician 技術員
comedian 喜劇演員
politician 政治家

⑧ **-arian：……派（類）別的人，……主義的人**

humanitarian 人道主義者 vegetarian 素食者 fruitarian 果食主義者
parliamentarian 國會議員 equalitarian 平均主義者 attitudinarian 裝腔作勢的人
antiquarian 古文物研究者 utilitarian 功利主義者

⑨ **-ier：人，與……事物（或活動）有關的人**

cashier 出納員 hotelier 旅館老闆 financier 金融家
brazier 銅匠 bombardier 投彈手 clothier 服裝商
premier 總理 courtier 朝臣

⑩ **-ess：表示女（或雌）性**

poetess 女詩人 citizeness 女公民 actress 女演員
lioness 母獅 hostess 女主人 shepherdess 牧羊女

⑪ **-nik：……（愛好）者，……迷**

jazznik 爵士樂迷 nudnik 無聊的人 peacenik 反戰人士
filmnik 電影迷 no-goodnik 無用的人 goodwillnik 捧場人
computernik 電腦迷

⑫ **-ist：……主義者，……人**

communist 共產主義者 artist 藝術家 violinist 小提琴手
naturalist 自然主義者 dramatist 劇作家 copyist 抄寫員
socialist 社會主義者 extremist 極端主義者

⑬ **-ling：幼小者，與……有關者，有……性質者**

starveling 挨餓的人 weakling 體弱的人 yearling 一歲的動物
worldling 世俗的人 suckling 乳兒 hireling 雇員
cageling 籠中鳥 underling 下屬

（2）小或不重要的東西

① **-let：小**

leaflet 小冊子 lakelet 小湖 booklet 小冊子
statelet 小國家 filmlet 電影短片 playlet 短劇
starlet 小星星 piglet 小豬

② **-ie：小稱及愛稱**

piggie 小豬 laddie 男孩 doggie 小狗
birdie 小鳥 Annie 安妮（安娜的暱稱） sweetie 情人
cookie 小餅乾 lassie 少女

③ **-ette：表示小，女性，（商品的）仿造**

cigarette 香煙 | statuette 小雕像 | essayette 短文
novelette 短（中）篇小說 | waggonette 輕便馬車 | leaderette 重要短評
kitchenette 小廚房 | historiette 簡史 | leatherette 人造皮革
usherette 女服務員

（3）身份，狀態，性質，時期

① **-hood：身份，狀態，性質，時期**

childhood 兒童時代 | boyhood 少年時代 | adulthood 成人期
girlhood 少女時期 | manhood 成年（期） | widowhood 守寡（期）
sisterhood 姐妹關係 | knighthood 騎士身份

② **-ship：關係，權限，資格，身份，才能**

relationship 親屬關係 | citizenship 公民身份 | kingship 王位
membership 成員資格 | lectureship 講師職位 | professorship 教授職位
lordship 貴族身份 | fellowship 夥伴關係 | craftsmanship 手藝

③ **-dom：狀態，身份，……界**

freedom 自由 | chiefdom 首領地位 | beggardom 赤貧
serfdom 農奴身份 | kingdom 王國 | wisdom 智慧
filmdom 電影界 | sportsdom 體育界

（4）行為，狀態，情況，品質，程度

① **-ion：行為，行為的結果，情況，狀態**

action 行為 | election 選舉 | completion 完成
operation 操作 | possession 擁有 | education 教育
oppression 壓迫 | translation 翻譯
※ 機構：institution 機構

② **-ation：行為，情況，狀態，行為的過程或結果**

invitation 邀請 | malformation 畸形 | visitation 訪問
relaxation 放鬆 | exportation 出口 | ruination 毀滅
starvation 饑餓 | consideration 考慮
※ 機構：organization 組織

③ **-tion：行為，行為的過程或結果，情況，狀態**

production 生產 | contention 爭論 | convention 會議

introduction 介紹	reduction 減少	attention 注意

④ **-ment：行為，行為的過程或結果，物**

treatment 待遇	movement 運動	management 管理
development 發展	pavement 人行道	shipment 裝運
agreement 協定，同意	enslavement 奴役	

⑤ **-al：……的動作或過程**

arrival 到達	refusal 拒絕	revival 復活
recital 背誦	removal 搬遷	survival 倖存
approval 贊同	proposal 提議	

⑥ **-ance：行為，情況，狀態**

resistance 抵抗	rememberance 回憶	attendance 出席
appearance 出現	disturbance 騷擾	reliance 依賴
guidance 指導	endurance 忍耐	

⑦ **-ness：構成抽象名詞，表示狀態，性質**

happiness 快樂	usefulness 有用	selfishness 自私
kindness 和善	darkness 黑暗	emptiness 空虛
badness 惡劣	likeness 類似，相似	

⑧ **-ity（-ty）：狀態，性質**

rapidity 迅速	activity 行動	sanity 明智
changeability 可變性	extremity 極端	ideality 理想性
complexity 複雜（性）	majority 大多數	

⑨ **-th：表示行為，性質，狀態，情況**

growth 成長	depth 深度	warmth 溫暖
strength 力量	truth 真理	length 長度
coolth 涼爽	width 寬度	

（5）其他

① **-ism：……主義，宗教，行為**

idealism 理想主義	me-tooism 仿效	impressionism 印象主義
Taoism 道教	absenteeism 曠工	materialism 唯物主義
racism 種族主義		

② **-ful：充滿時的量**

cupful 一杯	handful 一捧	mouthful 一嘴

spoonful 一勺 bagful 滿滿一袋 earful 大量

③ **-age：行為或行為結果，程度，數量，費用**

wastage 損耗，衰老 coverage 覆蓋範圍 acreage 英畝數
shrinkage 收縮 breakage 破損 bondage 奴役
mileage 英里數 postage 郵費

④ **-scape：景色，圖景**

landscape 風景 nightscape 夜景 streetscape 街景
cityscape 城市風光 seascape 海景 moonscape 月面景色
airscape 鳥瞰圖 dreamscape 幻景

❷ 形容詞字尾

① **-ful：富有……的，易於……的，具有……性質的**

useful 有用的 forgetful 健忘的 hopeful 有希望的
pitiful 可憐的 helpful 有幫助的 thankful 感激的
fearful 可怕的 cheerful 快樂的

② **-ly：有……特性的，如……的**

womanly 有女子氣質的 manly 有男子氣概的 brotherly 兄弟般的
friendly 友善的 sisterly 姐妹般的 beastly 野蠻的
cowardly 怯懦的 scholarly 博學的

③ **-like：像……的，有……性質的**

childlike 孩子似的 starlike 像星星一樣的 womanlike 像女人的
steellike 鋼鐵般的 warlike 好戰的 dreamlike 如夢的
statesmanlike 有政治家風度的 tigerlike 似虎的，精力旺盛的

④ **-y：多……的，如……的，有……的**

meaty 多肉的 sandy 含沙的 silky 絲綢般的
hairy 多毛的 leafy 葉狀的 watery 水分過多的
rainy 多雨的 hilly 多小山的

⑤ **-ish：如……一般的，稍微……的**

foolish 傻的 girlish 少女似的 wolfish 似狼的
boyish 像男孩一般的 blackish 稍帶黑色的 yellowish 淡黃色的
shortish 稍短的 tallish 較高的

⑥ **-some：易於……的，引起……的，有……傾向的，達到相當程度的**

troublesome 麻煩的　burdensome 繁重的　wholesome 整個的
tiresome 疲憊的　quarrelsome 好爭論的　gladsome 令人高興的
lonesome 孤獨的　awesome 令人畏懼的

⑦ **-able（-ible）：能……的，可……的**

changeable 可改變的　readable 可讀的　drinkable 能喝的
comfortable 舒適的　expansible 可擴展的　convincible 令人信服的
extendible 可伸展的　perfectible 可完善的

⑧ **-ed：有……的，具有……特徵的**

wooded 樹木繁茂的　pointed 尖的　moneyed 有錢的
odd-shaped 樣子怪的　returned 歸來的　winged 有翅的
educated 受過教育的　retired 退休的

⑨ **-al：有……特性的，……的**

cultural 文化的　personal 個人的　regional 地區的
musical 音樂的　autumnal 秋天的　natural 自然的
continental 大陸的　governmental 政府的

⑩ **-ary（-ory）：屬於……的，與……相關的，有……性質的**

revolutionary 革命的　imaginary 想像中的　secondary 第二的
elementary 基本的　limitary 限制的　expansionary 擴張性的
exemplary 模範的　contradictory 矛盾的　appreciatory 有欣賞力的
sensory 感覺的　possessory 占有的　rotatory 旋轉的

⑪ **-ous（及其擴展形式）：……的，有……性質的**

-ous: dangerous 危險的　-eous: righteous 正直的
-ious: laborious 勤勞的　-aceous: herbaceous 草本的
-acious: rapacious 掠奪的　-aneous: contemporaneous 同時代的
-itious: suppositious 假定的　-uous: contemptuous 輕蔑的
-ulous: globulous 球狀的

⑫ **-ic（-ical）：……的，屬於……的，具有……特徵的**

historic 有歷史意義的　methodic 有條理的　dramatic 戲劇的
heroic 英雄的　periodic 周期的　angelic 天使般的
historical 歷史的　methodical 有條理的

⑬ **-ial：屬於……的，具有……的，有……性質的**

adverbial 副詞的　commercial 商業的　facial 面部的
racial 種族的　managerial 經理的　partial 部分的

spacial 空間的　editorial 編輯的

⑭ **-ive：有……屬性的，有……傾向的，有……作用的**

attractive 吸引人的　talkative 健談的　restrictive 限制的
defensive 防禦用的　preventive 預防的　constructive 建設性的
sensitive 敏感的　purposive 有目的的

⑮ **-istic：關於……的，有……性質的，……主義的，……論的**

humanistic 人道主義的　socialistic 社會主義的　artistic 藝術的
colouristic 色彩的　modernistic 現代主義的　deterministic 宿命論的
simplistic 過分簡單化的　futuristic 未來主義的

⑯ **-esque：如……的，……式的，派的**

picturesque 如畫的　lionesque 如獅的　Japanesque 日本式的
gigantesque 如巨人的　Dantesque 但丁式的　statuesque 如雕像的
Romanesque 羅馬式的

⑰ **-most：最……的**

farmost 最遠的　lowermost 最低的　topmost 最高的
headmost 最前面的　uppermost 最高的　outmost 最外面的
undermost 最下的　northernmost 最北的

⑱ **-less：不……的，無……的**

speechless 無語的　childless 沒有孩子的　harmless 無害的
hopeless 無望的　meaningless 無意義的　sleepless 不眠的
homeless 無家可歸的　fearless 無畏的

⑲ **-proof：防……的，不透……的**

waterproof 防水的　rainproof 防雨的　fireproof 防火的
dustproof 防塵的　smokeproof 防煙的　airproof 不透氣的
radiation-proof 防輻射的　gasproof 防毒氣的

❸ 動詞字尾，如：-fy；-ize；-en；-ate等

① **-(i)fy：……化，使成為……，做……**

beautify 美化　uglify 醜化　diversify 使多樣化
glorify 頌揚　simplify 簡化　falsify 偽造
citify 使城市化　classify 把……分類

② **-ize：使……化，使成為……**

modernize 使現代化
popularize 普及
legalize 使合法化
hospitalize 送……入院治療
symbolize 象徵，用符號代表
civilize 使文明
normalize 使正常化
standardize 使標準化

③ **-en：使變成……，做，使成為……**

ripen （使）成熟
widen （使）變寬
heighten （使）變高
threaten 威脅
fatten （使）變肥
richen （使）變富裕
quicken 加快
darken （使）變黑

④ **-ate：使之成……，做……事，具有……的**

originate 發源於
hydrogenate 與氫化合
validate 使有效
differentiate 使不同
frustrate 使受挫
congratulate 祝賀
decorate 裝飾
fascinate 使著迷

4 副詞字尾，如：-ly；-ward(s)；-wise；-s等

① **-ly：（狀態、程度、性質、方式）……地**

happily 高興地
really 真正地
boldly 大膽地
greatly 大大地
attentively 注意地
strangely 奇怪地
strongly 強壯地
fearfully 可怕地

② **-ward（s）：向……，朝……**

onward(s) 向前
backward(s) 向後
sunward(s) 向陽
homeward(s) 向家
eastward(s) 向東
afterward(s) 以後
upward(s) 向上
inward(s) 向內

③ **-wise：表示位置，方向，樣子**

crabwise （像蟹行般）橫向地
clockwise 順時針方向地

④ **-s：表示方式，狀態，時間，地點**

afternoons 每天下午
nowadays 現今
nights 每夜
indoors 在屋內
upstairs 在樓上
weekends 在每個週末
outdoors 在戶外
downstairs 在樓下

NOTE

Part2

熟字拓展，

用熟悉單字
延伸記憶10倍單字量

able 能，有能力的

02.01.01

單字	詞義／例句	助記
ability	*n.* 能力 He suits with his **ability**. 憑他的能力，他可以勝任。	ab(le)能， -ility名詞字尾
ably	*adv.* 能幹地 We were **ably** assisted by a team of volunteers. 我們得到一批志願者的大力協助。	ab(le)能， -ly副詞字尾
disable	*v.* 使殘疾；破壞（機器或設備），使癱瘓 The virus will **disable** the computer. 病毒會使電腦癱瘓。	dis-不，沒有， able能
disablement	*n.* 殘疾，傷殘 He can't work in the factory because of **disablement**. 他因殘疾不能在工廠工作。	dis-不，沒有， able能， -ment名詞字尾
disability	*n.* 缺陷；傷殘 His **disability** prevents him from getting a job. 傷殘阻礙他就業。	dis-不，沒有， ab(le)能， -ility名詞字尾
disabled	*adj.* 殘疾的 Many children had a whip-round for the **disabled** girl. 許多孩子都為那個殘疾女孩捐款。	dis-不，沒有， abl(e)能， -ed……的
able-bodied	*adj.* 健壯的，體格健全的 Every **able-bodied** man has to fight for his country. 每一個體格健全的人都必須為祖國戰鬥。	able能，bodi(y→i) 身體，-ed……的 「體能好的」
ablism	*n.* 殘障歧視 Now, society pays more attention to **ablism**. 現在，社會更加關注歧視身障者的問題。	abl(e)能， -ism表示行為， 現象，狀態
able seaman	*n.* 一級水兵 Matthew is an **able seaman**. 馬修是一名一級水兵。	able有能力的， seaman水手
unable	*adj.* 不會的；不能勝任的 I was **unable** to contact him. 我聯繫不上他。	un-不，無， able能……的
enable	*v.* 使能夠，使可能 Listening to music **enables** us to feel relaxed. 聽音樂能使我們放鬆。	en-使……， able有能力的

A

act 行動，做；演

02.01.02

		助記
action	*n.* 行為；活動；作用 His father punished him for his rude **actions**. 他爸爸因為他粗魯的行為而懲罰了他。	act行動， -ion名詞字尾
active	*adj.* 積極的，主動的；活躍的 She's over 80, but is still very **active**. 她80多歲了，但依舊很活躍。	act行動，活動， -ive……的
activity	*n.* 活動；能動性；活動力 We love outdoor **activities**. 我們熱愛戶外活動。	act活動， -ivity名詞字尾
actor	*n.* 男演員，演員 Thomas is the best supporting **actor**. 托馬斯是最佳男配角。	act演， -or名詞字尾，表示人
actress	*n.* 女演員 She's a great **actress**. 她是一個了不起的女演員。	act演，-r-連接字母， -ess名詞字尾，表示女性
react	*v.* 反應；起作用 They **reacted** violently to the news. 他們對這條新聞反應強烈。	re-相反， act行動，作用
reaction	*n.* 反應；反動 **Reaction** to the visit is mixed. 對這次訪問的反應不一。	re-相反， action行動，作用
reactionary	*n.* 反動分子，保守分子 Critics viewed him as a **reactionary**. 評論家認為他是一個保守派。	re-相反， action行動， -ary名詞字尾
ultra-reactionary	*adj.* 極端反動的，極端保守的 The group is **ultra-reactionary**. 這個團體是極端反動的。	ultra-極端， reactionary反動的
interact	*v.* 相互作用 Perfume **interacts** with the skin's natural chemicals. 香水和皮膚的天然化學物質相互作用。	inter-相互， act行動，作用
inaction	*n.* 無行動，不活動 Neither silence nor **inaction** is necessary. 即不要保持沉默也不能無所作為。	in-無，不， act行動，活動， -ion名詞字尾

		助記
overact	*v.* 表演得過火；做得過分 Sometimes he **overacted** in his role as Prince. 有時，他把王子的角色演得太誇張了。	over-過分， act做，演

add 加入；加，增加

02.01.03

		助記
addition	*n.* 增加；添加物；加法 This is the latest **addition** to our range of cars. 這是我們汽車系列新增的款式。	add加， -ition名詞字尾
additional	*adj.* 附加的，另外的 He had to pay some **additional** charges. 他不得不付些額外的費用。	add加， -ition名詞字尾， -al……的
additive	*n.* 添加劑 Food **additives** can cause allergies. 食品添加劑可能引起過敏。	add加，-itive……的（形容詞轉為名詞）
superadd	*v.* 再加上，外加 Then he **superadded** something to calm her. 然後，他又說了些安慰她的話。	super-外加， add加

after 後；以後；在……之後

02.01.04

		助記
aftercrop	*n.* 二次收割 Nearly all **aftercrop** maize has died. 幾乎所有的二作玉米都死了。	after以後→接下來， crop收割 「第一次收割後再收割」
afterlife	*n.* 後半生；來世 I do hope there's an **afterlife**! 我真的希望能有來世！	after以後， life生命 「以後的生命歷程」
aftereffect	*n.* 後效；副作用；餘波 The **aftereffects** of this medicine are serious. 這種藥的副作用很大。	after後， effect效果
afterwit	*n.* 事後聰明 You are good at **afterwit**. 你就會事後諸葛。	after後， wit智慧
afterthought	*n.* 事後的思考 The **afterthought** is good, but the forethought is better. 事後省思有益，事前考慮更佳。	after後， thought思考 「事後再思考」

A

		助記
afterward(s)	*adv.* 後來 **Afterward**, I put ice on my foot. 後來，我用冰塊敷了腳。	after後， -ward(s)副詞字尾， 向
hereafter	*adv.* 自此以後 Hereafter, we became good friends. 此後，我們成為了好朋友。	here這， after以後
thereafter	*adv.* 自那以後 She married at 17 and gave birth to her first child shortly **thereafter**. 她17歲結婚，之後不久便生了第一個孩子。	there那， after以後

attract 吸引

02.01.05

		助記
attractive	*adj.* 吸引人的；迷人的 She's a very **attractive** woman. 她是個非常迷人的女子。	attract吸引， -ive……的
attractively	*adv.* 吸引人地，有吸引力地 The hotel is decorated **attractively**. 旅館裝修地賞心悅目。	attract吸引， -ive……的， -ly……地
attraction	*n.* 吸引（力）；具有吸引力的物／人 The city is an important tourist **attraction**. 這座城市是個重要的旅遊勝地。	attract吸引， -ion名詞字尾
unattractive	*adj.* 無吸引力的；無魅力的 The building is **unattractive**, even ugly. 這棟建築毫不美觀，甚至可以說難看。	un-無， attract吸引， -ive……的
counterattraction	*n.* 對抗性引力；反吸引物 There are so many **counterattractions**. 有太多其他方面的吸引力了。	counter-反，對抗， attract吸引， -ion名詞字尾

age 年齡；長時間

02.01.06

		助記
ageing	*n.* 變老；老化 She has found the sign of **ageing** on her own face. 她在自己臉上發現了變老的跡象。	age年齡， -ing名詞字尾， 指變化狀態
ageism	*n.* 年齡歧視 The old man was treated unfairly because of **ageism**. 由於年齡歧視，這位老人受到不公平的對待。	age年齡， -ism表示狀態， 性質，行為

A

ageless	*adj.* 不老的；永恆的 Her face seemed **ageless**. 她的臉似乎永不顯老。	age年齡， -less不，無 「無年齡跡象」
aged	*adj.* 年邁的 John looks after his **aged** mother. 約翰照顧他年邁的母親。	ag(e)年齡， -ed……的
age group	*n.* 年齡層，年齡段 We mainly test people in the 25-39 **age group**. 我們主要測試的是25至39歲年齡層的人。	age年齡， group組
age limit	*n.* 年齡限制 The work has no **age limit**. 這份工作沒有年齡限制。	age年齡， limit限制
age-long	*adj.* 悠久的 China has lots of **age-long** cultural traditions. 中國有很多悠久的文化傳統。	age時間， long長 「時間很長的」
age-old	*adj.* 古老的，已存在很久的 There is an **age-old** custom in this village. 這個村子有一個古老的風俗。	age時間， old老，舊，久
coming-of-age	*n.* 成年 This is also a ceremony of **coming-of-age**. 這也是一種成年儀式。	come來，到， of連接詞， age年齡
anti-age	*n./adj.* 抗老化（的） **Anti-age** creams always sell well. 抗衰老霜總是很暢銷。	anti-抗，反， age年齡

agree 同意

02.01.07

		助　記
agreeable	*adj.* 同意的；令人愉快的；一致的 I enjoyed an **agreeable** holiday this summer. 今年夏天，我度過了一個愉快的假期。	agree同意， -able……的
agreement	*n.* 同意；協議，協定 We are in **agreement** with their decision. 我們同意他們的決定。	agree同意， -ment名詞字尾
disagree	*v.* 不同意；爭執；意見不一致 I **disagree** with you on this point. 關於這點，我不同意你的意見。	dis-不， agree同意

disagreement	*n.* 不同意；爭執 He had a loud **disagreement** with his boss. 他和老闆大吵了一場。	dis-不， agree同意， -ment名詞字尾
disagreeable	*adj.* 不合意的；不愉快的；難相處的 He always tried to avoid **disagreeable** topics. 他總是努力避免不愉快的話題。	dis-不， agree同意， -able……的

air 空氣；空中

02.01.08

		助記
airbed	*n.* 充氣床墊 The inflation of the **airbed** took several minutes. 花了幾分鐘時間給充氣床墊充氣。	air空氣， bed床
open-air	*adj.* 露天的，戶外的 There stands a large **open-air** shopping centre. 那裡有一座大型露天購物中心。	open敞開的， air空中，天空
air-to-air	*adj.* 空對空的 This is a vital feature during **air-to-air** combat. 在空戰中，這是生死攸關的特性。	air空， to對，向， air空
airbase	*n.* 空軍基地 The U.S. has its own **airbase** in the country as well. 美國在該國同樣有它自己的空軍基地。	air空中， base基礎→基地
antiaircraft	*adj.* 防空（襲）的 They gave rebels access to **antiaircraft** missiles. 他們給了反叛者使用防空導彈的機會。	anti-防， aircraft飛機 「防飛機轟炸」
airdrop	*v./n.* 空投；傘降 We **airdropped** in during the night. 我們在夜間傘降。	air空中， drop投下 「空投→傘降」
air-dry	*v./adj.* 晾乾（的），風乾（的） People in this area like eating **air-dried** ham. 這個地方的人喜歡吃風乾火腿。	air空氣， dry弄乾，乾的
airfield	*n.* 飛機場 The plane circled over the **airfield**. 飛機在機場上空繞圈。	air空中， field場地
airfreight	*n.* 空運貨物，空中運輸 We planed to send out goods by **airfreight**. 我們計劃空運這批貨物。	air空中， freight貨運

airhead	*n.* 笨蛋，傻瓜 She's a total **airhead**! 她完全是個大傻瓜！	air空氣， head頭 「頭腦裡是空氣」
airless	*n.* 缺少空氣的；不通風的；沒有風的 The night was hot and **airless**. 夜晚很熱，沒有一絲風。	air空氣， -less無
airline	*n.* 航空公司；航線 The **airline** was created in 2003. 這家航空公司創立於2003年。	air空中， line線，航線
airliner	*n.* 客機，班機 The **airliner** landed amidst the drizzling rain. 這架客機在濛濛細雨中降落。	airlin(e)航線， -er表示物 「航線上飛的物體」
airport	*n.* 機場；航空站 He drove me to the **airport**. 他開車送我到機場。	air空中， port港 「航空港」
airproof	*adj.* 不漏氣的，密封的 We need several **airproof** tests on this object. 我們對這一物體要進行數次密封測試。	air空氣， -proof不透……的
airship	*n.* 飛艇 The **airship** circled at sea. 飛艇在海面上繞圈。	air空中， ship船
airsick	*adj.* 暈機的 I think I am a little bit **airsick**. 我想我有點暈機。	air空中， sick有病的
airshow	*n.* 空中表演 We are going to see the **airshow** next month. 下個月我們要去看空中表演。	air空中， show表演
airspace	*n.* 領空，空域 The plane left British **airspace**. 飛機飛離了英國領空。	air空中， space空間
airtight	*adj.* 密封的，密不透氣的 Store the cake in an **airtight** container. 把蛋糕存放在密封的容器裡。	air空氣， tight緊的 「不漏的」
airy	*adj.* 空氣流通的；無憂無慮的 The office was light and **airy**. 辦公室明亮又通風。	air空氣， -y……的

all 全，一切；十分

02.01.09

		助記
coverall(s)	*n.*（衣褲相連的）工作服 The workers wear uniform **coveralls**. 那些工人穿著統一的工作服。	cover蓋， all全部 「全蓋上」
holdall	*n.*（旅行用的）旅行袋，手提箱 He pulled his **holdall** straight to the door to the elevator. 他把旅行袋一直拖到電梯門口。	hold拿，持，裝， all一切（東西）
know-all	*n.* 無所不知的人，萬事通 A **know-all** doesn't live on the earth. 世上沒有無所不知的人。	know知道， all全
do-all	*n.* 做各種工作的人，雜務工 He is a **do-all** in this farm. 他在這個農場裡做雜活。	do做，all一切 「什麼都做的人」
be-all	*n.* 一切 This is not a **be-all**. 這並不是一切。	be是， all全，全部
end-all	*n.* 結尾，終結 The APP itself is not a be-all and **end-all** solution. APP本身並不是一個終極解決方案。	end結束， all全
overall	*adj./n.* 全部的，全面的，總的；（*pl.*）工裝褲 Please provide your **overall** evaluation. 請給出你的總體評價。	over全， all全，全部
all-night	*adj.* 通宵的 7-ELEVEN is an **all-night** store. 7-11是通宵營業店。	all全， night晚上
all-round	*adj.* 全面的；多方面的；綜合性的 He is a great **all-round** player. 他是一位傑出的全能運動員。	all全， round圓的 「各方面」
all-out	*adj.* 全力的，無保留的 They lent **all-out** support to our factory. 他們給了我們工廠全力的支援。	all全，out出 「全部給出」

arm 臂；武裝

02.01.10

		助記
armband	*n.* 臂章 The stewards all wore **armbands**. 乘務員都戴了臂章。	arm臂， band帶
armed	*adj.* 武裝的 **Armed** robbers descended on the travellers. 武裝強盜襲擊了旅遊者。	arm武裝， -ed……的
armful	*n.* 抱得動的量，大量 He hurried out with an **armful** of books. 他抱著一疊書匆匆出去了。	arm臂， -ful名詞字尾， 表示量
army	*n.* 軍隊；陸軍 Her husband is in the **army**. 她的丈夫在軍隊服役。	arm武裝， -y名詞字尾
armpit	*n.* 腋窩；骯髒的角落 Tom's room is an **armpit**. 湯姆的屋子髒兮兮的。	arm臂，胳膊， pit深坑，凹陷
armour	*n.* 盔甲 Knights fought in **armour**. 騎士穿著盔甲打仗。	arm武裝， -our(=-or)名詞字尾，表示物
disarm	*v.* 解除武裝；裁軍 The superpowers never agreed to **disarm**. 武力強國絕不同意裁軍。	dis-取消， arm武裝
armlet	*n.* 臂環 This young man wears a shining **armlet**. 這個年輕人戴著一個亮閃閃的臂環。	arm臂，-let小 「掛在臂上的小物件」
heavy-armed	*adj.* 帶有重武器的 Many **heavy-armed** troops are guarding this area. 很多裝備重武器的軍隊正在保衛這個地區。	heavy重， arm武裝， -ed……的
armrest	*n.* 扶手，靠手 You need hold the **armrest** in order not to fall. 你要抓著扶手，以防跌倒。	arm臂， rest休息

art 藝術；人工；狡詐 02.01.11

		助記
artful	*adj.* 技巧的；狡猾的；人工的 That man used **artful** means to find out secrets. 那人用狡猾的手段獲取了機密。	art人工，狡詐， -ful……的
artless	*adj.* 天真的；自然的 He smiled as **artless** as a child of five. 他笑得像個5歲的孩子那樣天真。	art人工， -less無，不
artist	*n.* 藝術家；美術家 He asked the **artist** for a song. 他要求該藝術家唱一首歌。	art藝術， -ist表示人
artistry	*n.* 藝術性；藝術才能 Our home is a haven for creativity and **artistry**. 我們的家是創造力和藝術才能的港灣。	artist藝術家， -ry抽象名詞字尾
artificial	*adj.* 人工的，人造的 How about this **artificial** leather purse? 這款人造皮革的錢包怎麼樣？	art人工， -i-連接字母， -ficial ……的
inartificial	*adj.* 非人造的，天然的 **Inartificial** vitamin E has the good effect of anti-oxidation. 天然維生素E有極好的抗氧化作用。	in-非，art人工， -i-連接字母， -ficial ……的

assist 幫助 02.01.12

		助記
assistance	*n.* 幫助，援助 We are ready to render them economic **assistance**. 我們願意向他們提供經濟援助。	assist幫助， -ance名詞字尾
assistant	*adj.* 輔助的，助理的 He was an **assistant** engineer. 他是一名助理工程師。	assist幫助， -ant……的
assistantship	*n.* 助手職位 Bill has applied to school for a teaching **assistantship**. 比爾已經向學校申請了助教職位。	assistant助手， -ship名詞字尾， 表示狀態，職位
assistor	*n.* 幫助者；助力裝置 This is a bike with an **assistor**. 這是一輛有助力裝置的自行車。	assist幫助， -or表示人或物

assisted area	*n.* 受援助地區 These **assisted areas** are usually undeveloped. 這些受援助地區通常不太發達。	assisted被幫助的，area地區
unassisted	*adj.* 無助的，無支持的 He overcame his drug addictions **unassisted**. 他在無人幫助的情況下戒除了毒癮。	un-無，assist幫助，-ed……的

attend 出席，參加；照料

02.01.13

		助 記
attendance	*n.* 出席（人數），參加 There was a large **attendance** at the Fair. 出席這次交易會的人數很多。	attend出席，-ance名詞字尾
attendant	*n.* 服務員，侍從 Tony was working as a car-park **attendant**. 東尼曾擔任停車場服務生。	attend照料，-ant表示人「照顧人的人」
attendee	*n.* 出席者 Each **attendee** at the convention gave a speech. 大會的每位出席者都發了言。	attend出席，-ee表示人
attender	*n.* 出席者 He was a regular **attender** at the opera. 他是劇院的常客。	attend出席，-er表示人

author 作者；創造者

02.01.14

		助 記
authoress	*n.* 女作者，女作家 This **authoress** is famous for her writing style. 這位女作家以其寫作風格而聞名。	author作者，作家，-ess名詞字尾，表示女性
authorial	*adj.* 作者的，作家的 The book has a strong **authorial** voice. 這本書強烈地體現出了作者的風格。	author作者，作家，-ial……的
authoritarian	*n./adj.* 專制主義者（的） Father was a strict **authoritarian**. 父親曾是個嚴厲的專制主義者。	author創造者，-it-連接詞，-arian……主義者（的）「獨家創造（的）」
authoritative	*adj.* 專斷的；權威的 This is the most **authoritative** book on the subject. 這是這個學科最具權威的著作。	author創造者，-it-連接字母，-ative……的「獨家創造的」

back 背；回；後

02.02.01

		助記
backbite	*v.* 背後說人壞話 I can't stand it when people **backbite**. 我無法容忍別人背後誹謗。	back背後， bite咬 「背後咬一口」
backbiter	*n.* 背後說人壞話的人 He's a bit of a **backbiter**. 他是個愛背後說人壞話的人。	backbit(e)背後說壞話， -er表示人
background	*n./adj.* 背景（的）；後景（的） He dubbed out the **background** noise. 他抹去了背景噪音。	back後， ground場地
backward	*adj./adv.* 落後的(地)；向後的(地) He took two steps **backward**. 他往後退了兩步。	back後， -ward副詞字尾，向
backyard	*n.* 後院 I parked the car in the **backyard**. 我把汽車停在後院。	back後， yard庭院
backbone	*n.* 脊骨；支柱 After all, they're the **backbone** of the country. 他們畢竟是國家的棟梁。	back後背， bone骨頭
backer	*n.* 支持者；贊助者 I am looking for a **backer**. 我正在尋找贊助者。	back背後， -er表示人 「背後支持的人」
backdate	*v.* 回溯；寫上比實際早的日期 **Backdate** your invoice to April 1st. 將發票日期早填為4月1日。	back向後， date日期 「日期往後倒退」
backdoor	*adj.* 走後門的；通過秘密或非法途徑的 **Backdoor** deals are unhealthy practice. 祕密交易是一種不正之風。	back後， door門
backrest	*n.* 靠背 Please adjust the **backrest** angle. 請調整一下靠背的角度。	back背， rest休息
backcountry	*n.* 偏僻的農村地區 I drove to the **backcountry** to visit my aunt. 我開車去偏僻的鄉村拜訪姑媽。	back背後→偏， country地區，村

backside	*n.* 後部；屁股 Get off your **backside** and do some work! 別老坐著，幹點兒正事!	back後， side邊，面
greenback	*n.* 美鈔（美鈔背面是綠色的） A wallet full of **greenback** was found on the train. 火車上發現一個裝滿美鈔的錢包。	green綠色， back背面
bow-backed	*adj.* 駝背的 That's a **bow-backed** dinosaur picture. 那是一張駝背恐龍的圖片。	bow弓， back背， -ed……的
high-backed	*adj.*（家具）高靠背的 I like sitting in the **high-backed** sofa and relax. 我喜歡坐在高靠背沙發上放鬆。	high高， back靠背， -ed……的
hunchback	*adj./n.* 駝背的；駝背者 The old man has become **hunchback**. 那位老人已經駝背了。	hunch隆起， back背
comeback	*n.* 復原；復辟 Tight fitting T-shirts are making a **comeback**. 緊身T恤再度流行起來。	come回， back向後 「回到原來」
fallback	*n.* 後退；撤退 They have to make a **fallback** proposal. 他們不得不制定撤退計劃。	fall落， back後
UN-backed	*adj.* 聯合國支持的 The **UN-backed** panel arrived in Afghan. 聯合國支持的小組抵達阿富汗。	UN聯合國， back支持， -ed……的

bag 袋，包

02.02.02

		助記
baggage	*n.* 行李 I checked my baggage in the **baggage** section. 我在行李區托運行李。	bag袋， -g-重復字母， -age名詞字尾
schoolbag	*n.* 書包 My **schoolbag** looks like his. 我的書包和他的很像。	school學校， bag包
moneybag	*n.* 錢袋 The thief got the **moneybag**. 那個小偷拿走了錢袋。	money錢， bag袋

B

moneybags	*n.* 富翁；守財奴 The girl leaned on the **moneybags**. 那女孩貼上了那個富翁。	money錢， bags很多袋 「有很多袋錢的人」
handbag	*n.*（女用）手提包；旅行包 She was carrying an old **handbag**. 她拎著一個舊的手提包。	hand手， bag包
bagful	*n.* 滿滿一袋 He bought me a **bagful** of sweets. 他給我買了一包糖。	bag袋， -ful名詞字尾， 滿……

ball 球

02.02.03

		助記
basketball	*n.* 籃球；籃球運動 He has pitched his **basketball** into our house. 他把籃球扔進了我們的屋子。	basket籃， ball球
football	*n.* 足球；足球運動 He is on the college **football** team. 他是大學足球隊的隊員。	foot足， ball球
baseball	*n.* 棒球，壘球；棒球運動 Rain interrupted our **baseball** game. 下雨中斷了我們的棒球比賽。	base基地，壘， ball球
handball	*n.* 手球；手球運動 Later, he was a peerless **handball** player. 後來，他成了無人可匹敵的手球運動員。	hand手， ball球
volleyball	*n.* 排球；排球運動 **Volleyball** is a team game. 排球是一項團隊運動。	volley群射， ball球
snowball	*n.* 雪球 He rolled a **snowball**. 他滾了一個雪球。	snow雪， ball球
eyeball	*n.* 眼球 His **eyeballs** are static. 他的眼球一動也不動。	eye眼， ball球
fireball	*n.* 火球；流星；燃燒彈 The car exploded in a **fireball** behind them. 汽車在他們身後爆炸了，變成一團火球。	fire火， ball球

balloon	*n.* 氣球 A **balloon** floated across the sky. 有個氣球從空中飄過。	ball球， -oon名詞字尾， 表示大
ballot	*n.* 選票；無記名投票 We should put it to a **ballot**. 我們應該對此進行無記名投票。	ball球，-ot名詞字尾， 表示物「早先選舉時 用小球作選票」

battle 戰役，戰鬥

02.02.04

		助記
battlefield	*n.* 戰場 Bloodshed on the **battlefield** continues. 戰場上的浴血奮戰仍在繼續。	battle戰鬥， field場
battleground	*n.* 戰場；鬥爭的舞臺 Sex, typically, was one **battleground**. 性別議題是一個典型的戰場。	battle戰鬥， ground場地
battleship	*n.* 戰艦 A new **battleship** was launched from a shipyard. 一艘新戰艦從船塢下水。	battle戰鬥， ship船，艦
embattle	*v.*（使）準備戰鬥；（使）嚴陣以待 The General ordered the whole army to **embattle**. 將軍命令全軍整裝待發。	em-動詞字首， 使……， battle戰鬥

be 是；成為；存在

02.02.05

		助記
ill-being	*n.* 不好的境地；不幸；貧困 The **ill-being** is unnecessary. 這份不幸並不是不可避免的。	ill不好的，壞的， being存在
well-being	*n.* 健康；幸福；福利 Physical **well-being** is the most important. 身體健康是最重要的。	well好的， be存在， -ing表示狀態
has-been	*n.* 過時的人物；不再時興的東西 She is just a **has-been** actress. 她只是個過氣的演員。	has been已經， 表示「曾經」→ 過時
being	*n.* 存在；身心；生物 I hated him with my whole **being**. 我從心底憎恨他。	be存在， -ing表示狀態

beat 打；跳動

02.02.06

B

		助記
beating	*n.* 打；打敗；敲；（心臟）跳動 Their team gave us a good **beating**. 他們隊把我們徹底打敗了。	beat打，跳動， -ing名詞字尾
beat-up	*adj.* 破舊的 Tom drives a **beat-up** old truck. 湯姆開一輛破舊的卡車。	beat打，敲， up碎，完全
unbeatable	*adj.* 打不垮的 The opponent was **unbeatable**. 對手實力超群。	un-不， beat打，打敗 -able能……的
storm-beaten	*adj.* 受風吹雨打的；飽經風霜的 The **storm-beaten** ship at last reached the harbor. 那艘遭到暴風雨襲擊的船終於入港。	storm風暴， beaten被打擊的
weather-beaten	*adj.* 飽經風霜的；風雨剝蝕的 The old man had a **weather-beaten** face. 這位老人有著一張飽經風霜的臉。	weather天氣， beaten被打擊的
browbeat	*v.* 對……吹鬍子瞪眼；嚇唬 The judge **browbeat** the witness. 那位法官威嚇證人。	brow眉毛， beat跳動 「抖眉毛嚇人」
drumbeating	*n.* 鼓吹，宣傳 This **drumbeating** expanded our club's influence. 此次宣傳擴大了我們俱樂部的影響力。	drum鼓，beat打， 敲，-ing名詞字尾， 「打鼓宣傳」
heartbeat	*n.* 心跳 His **heartbeat** will be monitored continuously. 他的心跳將會受到持續監測。	heart心， beat跳動
eggbeater	*n.* 打蛋器 We still need an **eggbeater**. 我們還需要一個打蛋器。	egg蛋， beat打， -er表示物
world-beater	*n.* 天下無敵者；舉世無雙的人（或物） Ward looks like a **world-beater**. 沃德像是天下無敵的王者。	world世界， beat打，-er表示人 「打敗全世界的人」

beauty 美麗

02.02.07

		助記
beaut	*n.*（俚）美人；美好的東西；妙 **Beaut** is wisdom and quiet. 美是智慧和靜謐。	beauty美麗→ beaut美
beautiful	*adj.* 美麗的，美好的 We have over 30 **beautiful** designs to select from. 我們有三十多種美麗的圖案可供選擇。	beauti(y→i)美麗， -ful……的
beautify	*v.* 使美麗；美化，裝飾 Flowers **beautify** a room. 鮮花裝飾了房間。	beauti(y→i)美麗， -fy動詞字尾， 使……
beautification	*n.* 美化，裝飾 Helen is on the **beautification** committee of the city. 海倫是城市美化委員會的成員。	beautifi(y→i)美化, -cation名詞字尾
beautician	*n.* 美容師 Miss Fang is a **beautician** as well as a hairstylist. 方小姐是位美容師，也是位髮型師。	beauti(y→i)美麗， -cian表示人 「讓人美麗的人」
beauty queen	*n.* 選美比賽冠軍 Kate was the **beauty queen** in the last beauty contest. 凱特是上一屆選美比賽的冠軍。	beauty美人， queen王后
beauty shop	*n.* 美容院 Will you spend money on a **beauty shop** or food? 你會把錢花在美容院還是食物上？	beauty美麗， shop店 「使人變美的店」
beauty sleep	*n.* 美容覺 Get your **beauty sleep**. 睡個美容覺。	beauty美麗， sleep睡覺
beauty spot	*n.* 美人痣；風景點 She has a **beauty spot**. 她有一顆美人痣。	beauty美麗， spot點

bed 床

02.02.08

		助記
abed	*adv./adj.* 在床上（的） His mother was sick **abed**. 他的媽媽臥病在床。	a-在， bed床

B

riverbed	*n.* 河床 The **riverbed** becomes dry this season every year. 河床在每年這個季節都會乾涸。	river河， bed床
hotbed	*n.* 溫床 The city is a **hotbed** of crime. 這個城市是犯罪的溫床。	hot熱，溫， bed床
roadbed	*n.* 路基 The earthquake made the **roadbed** cave in. 地震使路基沉陷了。	road路， bed床→底，基
seabed	*n.* 海底 On the **seabed** there are many reefs. 海底有許多暗礁。	sea海， bed床→底
seedbed	*n.* 溫床；發源地 Jinggangshan is a **seedbed** of revolution. 井岡山是革命的發源地。	seed種子， bed床
chairbed	*n.* 坐臥兩用的椅子 This kind of **chairbed** is very convenient. 這種坐臥兩用的椅子非常方便。	chair椅子， bed床 「可做床用的椅子」
lie-abed	*n.* 睡懶覺的人 Are you a **lie-abed** in the holidays? 你假日喜歡睡懶覺嗎?	lie躺， abed在床上 「躺在床上不起的人」
bedfellow	*n.* 同床的人；盟友 They are strange **bedfellows**. 他們是同床異夢的盟友。	bed床， fellow傢伙 「睡同一張床的人」
bedclothes	*n.* 寢具 I must have my **bedclothes** aired. 我一定要把我的被褥拿去透透風。	bed床， clothes被褥
bedfast	*adj.*（年老病弱）臥床不起的 He has been **bedfast** with illness for five years. 他臥病在床五年了。	bed床， fast緊，牢固 「緊緊地拴在床上」
bed-wetting	*n.* 尿床 **Bed-wetting** is more common in boys than girls. 男孩尿床現象比女孩更普遍。	bed床， wet濕， -ing表示狀態
bedtime	*n.* 就寢時間 His **bedtime** is 8 p.m. 他的就寢時間是晚上八點。	bed床， time時間

bedroom	*n.* 臥室 He is in the **bedroom**. 他在臥室裡。	bed床， room房間 「放床的房間」
bedding	*n.* 床上用品 Apart from clothes and **bedding**, I have nothing. 我除了衣服和被褥之外一無所有。	bed床， -ing名詞字尾， 表示物

believe 相信

02.02.09

		助記
believable	*adj.* 相信的；可信任的 The most **believable** guy to do that would be you. 做那件事最能讓人信任的人就是你。	believ(e)相信， -able可……的
believer	*n.* 信仰者；信教者，信徒 Are you a **believer**? 你是信徒嗎?	believ(e)相信， -er者
belief	*n.* 相信；信心；信仰 I haven't much **belief** in this doctor. 我不大相信這個醫生。	believe(ve→f)相信，動詞轉為名詞
disbelieve	*v.* 不相信 There is no reason to **disbelieve** him. 沒理由不相信他。	dis-不， believe相信
misbelief	*n.* 錯誤信念；異教信仰 Why do you have the **misbelief**? 為什麼你會有這種錯誤信念呢？	mis-錯， belief信念
unbelief	*n.* 無信仰；懷疑 He goes to church in spite of his **unbelief**. 儘管不信上帝，他仍去教堂做禮拜。	un-不，無， belief信念
unbelievable	*adj.* 難以相信的 She told an **unbelievable** lie. 她説了個令人難以相信的謊言。	un-不， believ(e)相信， -able可……的
unbelieving	*adj.* 不相信的，懷疑的 He looked at me with **unbelieving** eyes. 他用不相信的眼神看著我。	un-不， believ(e)相信， -ing……的
unbeliever	*n.* 無信仰者；懷疑者 He is an **unbeliever**, and he believes nothing. 他是個無信仰的人，他什麼也不相信。	un-不， believ(e)相信， -er表示人

belt 帶；地帶

02.02.10

		助記
green belt	*n.* 綠化地帶 A big **green belt** is in front of the market. 市場前面是大片的綠地。	green綠，belt地帶
storm belt	*n.* 風暴地帶 This part of the country is a **storm belt**. 這個國家的這一區域屬於風暴地帶。	storm風暴，belt地帶
shelterbelt	*n.* 防護林帶 The **shelterbelt** kept the sand and dust in check. 防護林帶擋住了沙塵。	shelter掩護，belt地帶
swimming-belt	*n.* 救生圈 With the help of the **swimming-belt**, I've learnt how to swim. 我藉著救生圈的協助學會了游泳。	swimming游泳，belt帶→腰帶
unbelt	*v.* 解開腰帶 The boy is too young to **unbelt** his trousers. 男孩太小以至於不能自己解開褲腰帶。	un-否定，belt帶→腰帶
belted	*adj.* 有腰帶的 I do have a **belted** trench coat. 我的確有一件有腰帶的雨衣。	belt帶→腰帶，-ed……的
belting	*n.* [口語、俚語]鞭打 Give him a **belting**. 用皮帶抽他一頓。	belt帶→用皮帶打，-ing表示狀態

bind 捆；裝訂

02.02.11

		助記
binding	*adj.* 捆綁的；必須遵守的 A promise is **binding**. 諾言是必須遵守的。	bind捆，-ing……的
bindery	*n.* 裝訂工場 She once worked in a book **bindery**. 她曾在圖書裝訂工場工作過。	bind裝訂，-ery名詞字尾，表示場所
self-binder	*n.* 自動裝訂機；自動割捆機 The **self-binder** can save plenty of time and labours. 自動裝訂機可以節省大量的時間和人力。	self自己，bind裝訂，-er表示人或物

unbind	*v.* 鬆開；解開；釋放 She **unbound** her hair. 她把頭髮鬆開了。	un-不， bind捆
bookbinder	*n.* 裝訂工人 He is a **bookbinder**. 他是一名裝訂工。	book書， bind裝訂， -er表示人或物
hardbound	*adj.* 硬皮的，精裝的 With a big bang, a **hardbound** book fell beside me. 砰地一聲，一本精裝書落在我身旁。	hard硬的，bind 裝訂→bound過 去分詞作形容詞

bird 鳥

02.02.12

		助記
bird's-eye	*adj.* 鳥瞰的 From the hill, we can take a **bird's-eye** view of the city. 從山上我們可以鳥瞰全城。	bird鳥，eye眼睛 「通過鳥的眼睛 看」
birdbrain	*n.* 傻瓜，笨蛋 How can you date that guy? He is just a **birdbrain**. 你怎麼跟他約會？他簡直是一個白癡！	bird鳥， brain頭腦， 「腦像鳥的那麼小」
lovebird	*n.* 情侶鸚鵡；公開場合親密的情侶 Look at that couple of **lovebirds**. 看看那對親密的情侶吧。	love愛情， bird鳥
seabird	*n.* 海鳥 He was drawing a **seabird**. 他在畫一隻海鳥。	sea海， bird鳥
jailbird	*n.* 囚犯 I was once a **jailbird**. 我曾經是囚犯。	jail監獄， bird鳥
blackbirding	*n.* 販奴活動 **Blackbirding** has long been outlawed. 販奴活動早被視為非法的了。	black黑， bird鳥， -ing表示狀態

birth 出生

02.02.13

		助記
birthday	*n.* 生日 Happy **birthday** to you. 祝你生日快樂！	birth出生， day日期

birthplace	*n.* 出生地；（事物的）發源地 New Orleans is the **birthplace** of jazz. 新奧爾良是爵士樂的發源地。	birth出生， place地方
birthmark	*n.* 胎記，胎痣 There is a **birthmark** on his left leg. 他左腿上有塊胎記。	birth出生， mark標記
birthrate	*n.* 出生率 The **birthrate** has been declining for several years. 近幾年來，出生率一直在下降。	birth出生， rate率
rebirth	*n.* 再生；新生；復興 They look forward to their **rebirth** as a nation. 他們期待著全民族的復興。	re-再， birth出生
stillbirth	*n.* 死胎；死產 The **stillbirth** rate in this village is very high. 這個村子的死胎率非常高。	still靜止的， birth出生 「靜止的出生」→死胎
childbirth	*n.* 生小孩，分娩 Now the natural **childbirth** is advocated. 現在都倡導自然分娩。	child孩子， birth出生

bite 咬

02.02.14

		助記
biter	*n.* 咬人的動物；騙子 We're delighted at seeing the **biter** bit. 看到騙子受騙我們感到高興。	bit(e)咬， -er表示人或物
biting	*adj.*（風）刺骨的；尖刻的 **Biting** winds blew down from the hills. 山上吹來刺骨的寒風。	bit(e)咬， -ing……的
frostbite	*n./v.* 霜害；凍傷 I nearly got **frostbite**. 我險些凍傷。	frost霜， bite咬 「被霜咬了」
frostbitten	*adj.* 受霜害的；凍傷的 My ear lobes got **frostbitten**. 我耳垂凍傷了。	frost霜， bitten被咬

black 黑

02.02.15

		助記
blackboard	*n.* 黑板 Can you see the words on the **blackboard** clearly? 你能看得清黑板上的這些字嗎？	black黑， board板
blacken	*v.*（使）變黑；誹謗 Don't **blacken** my name by spreading rumors. 別散布謠言敗壞我的名聲。	black黑， -en動詞字尾， 使……
blacking	*n.* 黑色鞋油 He had a job of pasting labels on **blacking**. 他曾有一份給黑色鞋油貼標籤的工作。	black黑， -ing名詞字尾， 表示材料
blackish	*adj.* 稍（略）黑的 Dark red or **blackish** cherries are very sweet. 暗紅色或稍帶黑色的櫻桃非常甜。	black黑， -ish略微的
black market	*n.* 黑市（交易） Many foods were only available on the **black market**. 許多食物只有在黑市上才能買到。	black黑， market市場
blacksmith	*n.* 鐵匠，鍛工 His father was a **blacksmith**. 他的父親曾是一名鐵匠。	black黑， smith工匠
blackness	*n.* 黑色；黑 **Blackness** rushed into his head. 他眼前突然一片漆黑。	black黑， ness名詞字尾
blackhearted	*adj.* 黑心的 You are so **blackhearted**! Stay away from me. 你太黑心了！別來煩我。	black黑， heart心， -ed……的
blacklist	*n./v.* 黑名單；把……列入黑名單 The police drew up a **blacklist** of wanted terrorists. 警方擬定一份被通緝的恐怖分子黑名單。	black黑， list名單
bootblack	*n.* 以擦皮鞋為業的人 The **bootblack** bought the black boots back. 擦鞋童把黑色的長靴買回來了。	boot靴子， black黑 「讓靴子更黑」
lampblack	*n.* 煤煙 The **lampblack** is harmful to people. 煤煙對人體有害。	lamp燈， black黑 「油燈燃燒後的物質」

		助記
coal-black	*adj.* 漆黑的，烏黑的 I like her beautiful **coal-black** eyes. 我喜歡她烏黑美麗的眼睛。	coal煤， black黑 「如煤一般黑」

blind 盲

02.02.16

		助記
blinder	*n.*（馬的）眼罩；（體育）精彩表現 The last goal was a **blinder.** 最後的進球真是精彩極了。	blind盲， -er表示人或物 「讓人眼盲之物」
blindfold	*adj./v./n.* 蒙住……的眼睛（的）；蒙眼物 They put a **blindfold** on a horse. 他們給馬蒙上遮眼布。	blind盲， fold包，蒙住
blinding	*adj./n.* 伸手不見五指的；眩目的；失明 I can see nothing in the **blinding** fog. 在這伸手不見五指的濃霧裡，我什麼也看不見。	blind盲， -ing……的 「看不見的」
blindness	*n.* 盲，瞎 The **blindness** of the heart is the real **blindness.** 心盲是真盲。	blind盲， -ness名詞字尾
blindman	*n.* 郵局的辨字員（辨認信件地址） **Blindman**'s buff is a popular game for children. 捉迷藏是孩子中很流行的遊戲。	blind盲， man人
wordblind	*adj.* 患失讀症的 In fact, there are many **wordblind** people. 其實，有很多患失讀症的人。	word詞， blind盲
color-blind	*adj.* 色盲的 Those jobs are unfit for the **color-blind.** 那些工作不適合色盲症患者。	color顏色， blind盲 「分不清顏色」

blood 血

02.02.17

		助記
bloody	*adj.* 有血的；殘忍的 Some people like to watch **bloody** films. 有些人喜歡看血腥的影片。	blood血， -y……的
bloodiness	*n.* 血腥；野蠻 I felt the cruelty and **bloodiness** of this nation at that time. 我感受到了這個國家曾經的殘忍與血腥。	bloodi(y→i)血的， -ness名詞字尾

B

bloody-minded	*adj.* 殘忍的；狠心的 He had a reputation for being **bloody-minded**. 他為人心狠是出了名的。	bloody殘忍的， mind思想， -ed……的
bloodless	*adj.* 無血的；冷酷的 She was very angry with her lips **bloodless**. 她很氣憤，嘴唇都沒血色了。	blood血， -less無
bloodbath	*n.* 大屠殺 The war has become a **bloodbath**. 戰爭變成了一場大屠殺。	blood血， bath浴，洗 「用血洗」
bloodletting	*n.* 放血；流血 There was a **bloodletting** event in the town. 鎮裡發生過流血事件。	blood血， let放出， -t-重複字母， -ing名詞字尾
bloodsucker	*n.* 吸血動物；吸血鬼 The manager is like a **bloodsucker**. 那位經理像個吸血鬼。	blood血， sucker吸吮者
bloodthirsty	*adj.* 嗜血的，殘忍的 Those pirates were savage and **bloodthirsty**. 那些海盜野蠻殘忍。	blood血， thirsty渴的 「對血渴望的」
bloodstain	*n.* 血跡 How can I remove the **bloodstain** from my shirt? 我怎樣才可以去除襯衫上的血跡?	blood血， stain汙點
full-blooded	*adj.* 血氣旺盛的；精力充沛的 I yearn to be a **full-blooded**, sturdy, and capable person. 我渴望成為一個精力充沛、意志堅定而又有能力的人。	full滿的， blood血， -ed……的
warm-blooded	*adj.* 熱情的；（動物）溫血的 Mammals are **warm-blooded** animals. 哺乳動物是溫血動物。	warm溫的， blood血， -ed……的
cold-blooded	*adj.* 冷血的；無情的；殘酷的 Snakes are **cold-blooded** animals. 蛇是冷血動物。	cold冷的， blood血， -ed……的
flesh-and-blood	*adj.* 血肉般的；非超自然的 I'm only **flesh-and-blood**, like anyone else. 我只是個凡人，和其他人一樣。	flesh肉， blood血 「有血有肉」
red-blooded	*adj.* 充滿活力的；健壯的 He is a **red-blooded** man. 他是一個充滿活力的人。	red紅色，blood血， -ed……的 「血紅色象徵有活力」

B

blow 吹

02.02.18

		助記
overblown	*adj.* 被吹散（或吹落）了的；已過盛期的 The **overblown** rose is like her lost love. 凋零的玫瑰正如她逝去的愛情。	over-過， blown吹散的
air-blower	*n.* 鼓風機 The **air-blower** made such a loud noise that nobody could sleep. 鼓風機噪音太大，以至於沒人能睡著。	air空氣，風， blow吹， -er表示物
blowy	*adj.* 刮風的；風吹過的 Today is a freezing, **blowy**, and snowy day. 今天風雪交加，天氣極冷。	blow吹， -y……的
blowhole	*n.* 鼻孔；出氣孔 The whale expelled water from its **blowhole**. 鯨魚從鼻孔裡噴出水來。	blow吹，hole孔 「鯨魚等的噴水的孔」
blowlamp	*n.* 噴燈 All nearby brickwork must be sterilized with **blowlamps**. 附近的所有磚建築物都必須用噴燈進行消毒。	blow吹→噴 lamp燈

board 板，牌

02.02.19

		助記
guideboard	*n.* 路牌 I cannot find the **guideboard**. 我找不到路牌。	guide引導， board板，牌 「引路的牌」
nameboard	*n.* 招牌；站名牌 A good shop name is a **nameboard**. 好的店名就是招牌。	name名， board板，牌
billboard	*n.* 廣告牌 We can start by making a **billboard**. 我們可以從製作廣告牌開始。	bill廣告， board板，牌
blackboard	*n.* 黑板 Can you see the words on the **blackboard** clearly? 你能看清黑板上的字嗎？	black黑色， board板
springboard	*n.* 跳板；出發點 A governor is the best **springboard** to the presidency. 州長是躍上總統寶座的最佳跳板。	spring跳躍， board板

B

backboard	*n.*（籃球架上的）籃板 The basketball rebounded from the **backboard**. 籃球從籃板上彈了回來。	back後面， board板
washboard	*n.* 洗衣板；（船的）防浪板 The **washboard** was used in the past. 過去人們使用洗衣板。	wash洗， board板
splashboard	*n.* 擋濺板；擋水板 A dashboard was at first a **splashboard**. dashboard最初的意思是「擋水板」。	splash濺， board板
checkerboard	*n.*（西洋跳棋或象棋的）棋盤 They got out the **checkerboard** and arranged the pieces. 他們拿出棋盤把棋子擺好。	checker棋， board板→盤
aboveboard	*adj./adv.* 公開的（地）；光明正大的（地） I think everything ought to be **aboveboard**. 我覺得所有事情都應當開誠布公。	above在……上， board板→桌 「放在桌面上談」
footboard	*n.*（馬車、汽車等的）踏腳板 The red drop you found on the **footboard** was nail polish. 你在踏腳板上發現的紅色小點是指甲油。	foot腳， board板

boat 船；艇

02.02.20

		助記
lifeboat	*n.* 救生艇 Men are needed to crew the **lifeboat**. 救生艇需要配備船員。	life生命， boat艇，船
fireboat	*n.* 消防艇 The **fireboat** went to the burning ship. 消防艇向那艘燃燒著的船開去。	fire火， boat艇，船 「救火的船」
gunboat	*n.* 炮艦；炮艇 We bid for the construction of a **gunboat**. 我們投標造一艘炮艇。	gun炮， boat艇，船
houseboat	*n.* 船屋 I've always lived in a **houseboat**. 我一直住在船屋裡。	house房屋， boat船 「可當房屋使用的船」
iceboat	*n.* 在冰上滑行的船；碎冰船 The **iceboat** set out to chop a hole in the ice. 碎冰船開始在冰上鑿洞。	ice冰， boat船

speedboat	*n.* 快艇 The **speedboat** has struck a buoy. 快艇撞上了浮標。	speed速度， boat艇
powerboat	*n.* 動力艇，汽艇 He is a former champion **powerboat** racer. 他曾是汽艇比賽冠軍。	power動力， boat艇
showboat	*n.* 演藝船；水上舞臺 The **showboat** was paddled slowly toward the shore. 演藝船緩緩地划向岸邊。	show表演， boat船，艇
steamboat	*n.* 汽艇；輪船 The **steamboat** could sail upriver, against the flow. 汽艇可以逆流而上。	steam蒸汽， boat船，艇
whaleboat	*n.* 捕鯨船 There is a **whaleboat** faraway. 遠處有一艘捕鯨船。	whale鯨， boat船
ferryboat	*n.* 渡船 The **ferryboat** will take you over. 渡船會載你過去。	ferry擺渡， boat船
motorboat	*n.* 汽艇 That **motorboat** moored at the pier. 那艘汽艇停泊在碼頭。	motor馬達， boat船，艇 「裝馬達的船」
boater	*n.* 船工 The **boater** ferried them across the river. 船工載他們過了河。	boat船，艇， -er表示人
boating	*n.* 划船（遊玩） Let's go **boating**. 咱們划船去吧。	boat划船， -ing表示狀態
boatful	*n.* 一船所載的量 They brought us a **boatful** of coal. 他們為我們運來一船煤。	boat船，-ful名詞字尾，……的量
boatman	*n.* 船夫；出租（或出售）小船的人 The **boatman** put me across the river. 船夫載我過了河。	boat船， man人 「划船的人」

body 體，軀體；人

02.02.21

		助記
bodyguard	*n.* 保鏢，警衛員 His **bodyguard** leapt into action. 他的保鏢立即採取了行動。	body身體， guard護衛 「隨身護衛的人」
bodily	*adv.* 全身地，整個地 He lifted her **bodily** into the air. 他把她整個人舉起來了。	body身體， -ly……地
anybody	*pron.* 任何人 Is there **anybody** who can help me? 有人能幫我嗎？	any任何， body人
everybody	*pron.* 每人；人人 Not **everybody** can do it. 並不是人人都能做。	every每， body人
nobody	*pron.* 無人，沒有人；誰也不 **Nobody** knew what to say. 誰也不知道該説什麼。	no無， body人
homebody	*n.* 以家庭為中心的人 Mom's a real **homebody**. 媽媽是個真正以家庭為中心的人。	home家， body人 「以家庭為中心的人」
somebody	*pron.* 某人，有人 There's **somebody** waiting to see you. 有人等著要見你。	some某， body人 「某人」
busybody	*n.* 愛管閒事的人 Stay away from it, you **busybody**. 離遠點，你這個愛管閒事的人。	busy忙的， body人 「愛忙別人事的人」
full-bodied	*adj.* 圓潤的；醇厚的 The wine tastes soft and **full-bodied**. 這酒嘗起來口感柔和而醇厚。	full豐滿的， bodi(y→i)身體， -ed……的
loose-bodied	*adj.*（衣服）寬鬆的 **Loose-bodied** trousers are the latest fashion. 寬鬆的褲子是最新的時尚潮流。	loose鬆的， body身體 「衣服在身上鬆鬆的」
antibody	*n.* 抗體 They have **antibodies** of AIDS virus. 他們有愛滋病病毒抗體。	anti-抗，反， body體

B

underbody	*n.* 底部；船體水下部分 Wash the **underbody** of the car carefully. 仔細沖洗車身底部。	under-下， body體
embody	*v.* 體現；使具體化 Words **embody** thoughts. 語言體現思想。	em-使， body軀體 「使具有軀體」
bodybuilding	*n.* 健身 **Bodybuilding** requires persistence. 健身要持之以恆。	body身體，build 構造→塑造， -ing表示動作的狀態

boil 煮沸

02.02.22

		助 記
boiled	*adj.*（被）煮沸的，（被）燒滾的 I'll fetch some **boiled** water for you. 我去給你倒點開水。	boil煮沸， -ed……的
boiling	*adj.* 沸騰的；激昂的 Singing water is not boiling; **boiling** water is not singing. 響水不開，開水不響。	boil煮沸， -ing……的
boiler	*n.* 煮器（鍋、壺等）；鍋爐 Water is converted to steam in the **boiler**. 水在鍋爐裡變成蒸汽。	boil煮沸， -er表示物
boilermaker	*n.* 鍋爐製造工（或裝配工、修理工） Tom is a **boilermaker**. 湯姆是個鍋爐製造工。	boiler鍋爐， maker製造者
hardboiled	*adj.*（雞蛋）煮太老的；無情的；強硬的 I don't like **hardboiled** eggs. 我不喜歡吃煮太熟的雞蛋。	hard硬的， boil煮， -ed……的
softboiled	*adj.*（雞蛋）煮得半熟的；心腸軟的；多愁善感的 I like **softboiled** eggs. 我喜歡吃煮得半熟的雞蛋。	soft軟的， boil煮， -ed……的

bone 骨

02.02.23

		助 記
backbone	*n.* 脊骨；支柱；骨氣 He doesn't have the **backbone** to face the truth. 他沒有勇氣面對現實。	back背，脊梁， bone骨頭

B

lazybones	*n.* 懶骨頭，懶漢 Come on, **lazybones**! Get up! 趕快，你這懶骨頭！起床了！	lazy懶的， bone骨頭
breastbone	*n.* 胸骨 There is something wrong with her **breastbone**. 她的胸骨有點問題。	breast胸， bone骨頭
cheekbone	*n.* 頰骨 There was a triangular scar on his left **cheekbone**. 他左頰骨上有一塊三角形的傷疤。	cheek臉頰， bone骨
boneless	*adj.* 無骨的 The jellyfish are **boneless**. 水母沒有骨頭。	bone骨頭， -less無
bone-dry	*adj.* 乾透的，十分乾燥的 The place we live in is absolutely **bone-dry**. 我們住的那個地方十分乾燥。	bone骨頭， dry乾的 「骨頭都乾透了」
boneyard	*n.* 墓地 Do you remember the **boneyard**? 你還記得那個墓地嗎？	bone骨頭， yard院子 「埋骸骨的地方」
boneshaker	*n.* 破舊搖晃的車輛 His bike is a real **boneshaker**. 他的自行車真破。	bone骨架， shak(e)晃動， -er表示物
bone idle	*adj.* 懶極的 That boy is just **bone idle**. 那個男孩真是太懶了。	bone骨頭， idle懶的

book 書本；冊

02.02.24

		助記
guidebook	*n.* 旅行指南；參考手冊 The **guidebook** says to turn left. 旅遊指南上說向左轉。	guide指南， book書
handbook	*n.* 手冊；指南 Could you get a **handbook** of London for me? 你能為我買一本倫敦旅遊指南嗎?	hand手， book冊
pocketbook	*n.* 收入；進帳 It will affect every stockholder's **pocketbook**. 這會影響每一位股東的收入。	pocket衣兜， book本 「放進衣兜的帳本」

schoolbook	*n.* 教科書 Is this your **schoolbook**? 這是你的教科書嗎？	school學校，book書「學校用的書」
textbook	*n.* 教科書，課本 This sentence came from that **textbook**. 這句話摘錄自那本教科書。	text課文，book書
sketchbook	*n.* 寫生本，素描本；短文集 Please pass me that **sketchbook**. 請遞給我那個素描本。	sketch速寫，素描，book本，書
songbook	*n.* 歌曲集 This **songbook** includes 100 songs. 這本歌集收錄100首歌曲。	song歌曲，book本，書
stylebook	*n.* 樣本 Please give this **stylebook** to the editors. 請把這個樣本給編輯們。	style樣式，book書
bankbook	*n.* 銀行存摺 I haven't found my **bankbook** yet. 我還沒有找到我的銀行存摺。	bank銀行，book本，帳本
cashbook	*n.* 現金帳簿 Check **cashbook** every day. 每天要檢查現金帳簿。	cash現金，book本，帳本
checkbook	*n.* 支票簿 Haven't you finished checking that **checkbook**? 你還沒有核對完支票簿帳目嗎?	check支票，book本，簿
cookbook	*n.* 烹調書，食譜 You could get her a microwave **cookbook**. 你可以給她一本微波爐食譜。	cook烹調，book書
copybook	*n.* 字帖 It was one of my father's **copybook** exercises. 這是我父親的一次寫字練習。	copy抄寫，book本
open-book	*adj.* 開卷的 This is an **open-book** exam. Don't worry too much. 這是開卷考試，不用太過擔心。	open打開的，book書「打開書做測驗」
bookish	*adj.* 書生氣的；迂腐的 Don't be so **bookish**. 不要太迂腐。	book書，-ish……的，有……氣的

booklet	*n.* 小冊子 Detailed instructions are included in the **booklet**. 小冊子中有詳細說明。	book書， -let表示小
bookworm	*n.* 書呆子；蛀書蟲 My classmate is a real **bookworm**. 我同學是個十足的書呆子。	book書， worm蟲
book-learned	*adj.* 有書本知識（而無實際經驗）的 They are **book-learned**. 他們只會紙上談兵。	book書， learn學習， -ed……的
bookman	*n.* 文人；學者；書商 His story moved **bookmen** and scholars of all times. 他的故事打動了歷代文人士子。	book書， man人 「和書相關的人」
bookseller	*n.* 書商 I knew a famous **bookseller**. 我認識一個有名的書商。	book書， seller賣者
bookstand	*n.* 書亭，書攤 I bought the book from the **bookstand**. 我從書攤上買的這本書。	book書， stand攤位
bookmark	*n.* 書籤 This book comes with a set of **bookmarks**. 這本書附帶一套書籤。	book書， mark標記
bookmobile	*n.* 流動圖書館 There should be more **bookmobiles** in the city. 城市裡應該有更多的流動圖書館。	book書， mobile移動的
bookstore	*n.* 書店 He found some jestbooks in the **bookstore**. 他在書店發現了一些笑話集。	book書， store店

born 出生的；出身的

02.02.25

		助記
highborn	*adj.* 出身高貴的 She's a **highborn** lady. 她出身高貴。	high高的， born出身的
lowborn	*adj.* 出身低微的 The **lowborn** chief is brave and strong. 這位首領雖出身卑微，卻勇敢堅毅。	low低的， born出身的

B

slave-born	*adj.* 出身奴隸家庭的 He was **slave-born**. 他出身奴隸家庭。	slave奴隸， born出身的
well-born	*adj.* 出身高貴的，出身名門的 The young lady was **well-born**. 這位年輕的女士出身名門。	well好的， born出身的
reborn	*adj.* 再生的，新生的 The old man felt **reborn** in his children. 這位老人在孩子們身上感受到了新生。	re-再，重新， born出生的
newborn	*adj.* 新生的 **Newborn** babies are fragile. 新生兒很脆弱。	new新的， born出生的
firstborn	*adj.* 頭生的（子女），最年長的（子女） Charles is their **firstborn** son. 查爾斯是他們的長子。	first第一， born出生的
homeborn	*adj.* 土生土長的；本國的 He is one of the most prestigious **homeborn** artists. 他是最負盛名的本土藝術家之一。	home在家， born出生的
stillborn	*adj.* 死胎的，流產的 A plot to assassinate the President was **stillborn**. 刺殺總統的陰謀流產了。	still靜止的， born出生的
earthborn	*adj.* 從地裡出生的；塵世的；會死的 I shall be immortal in the **earthborn** form! 我將以肉體的形式永垂不朽！	earth土，地， born出生的
foreign-born	*adj.* 出生在外國的 A **foreign-born** citizen is ineligible for the Presidency. 出生在國外的公民沒有資格任職總統。	foreign外國的， born出生的
natural-born	*adj.* 天生的，與生俱來的 She is a **natural-born** dancer. 她是天生的舞者。	natural自然的， born出生的
unborn	*adj.* 未誕生的，未出生的；未來的 The doctor tried to save her and her **unborn** child. 醫生盡力挽救她和胎兒的生命。	un-沒有，未， born出生的

boy 男孩；男人；人

02.02.26

		助記
boyish	*adj.* 男孩似的；孩子氣的 You wouldn't call any of them **boyish**. 你不會說他們任何一個人孩子氣。	boy男孩， -ish有……氣的
boyhood	*n.* 男孩時代，少年時代 They have known each other since **boyhood**. 他們自少年時期就彼此認識。	boy男孩， hood時期
boyfriend	*n.* 男朋友 Her **boyfriend** thinks she's a secretary. 她男朋友以為她是個秘書。	boy男孩， friend朋友
schoolboy	*n.*（中、小學）男生 The **schoolboy** made a face at his teacher's back. 那個男生對著老師的背做了個鬼臉。	school學校， boy男孩
newsboy	*n.* 報童 I bought a copy of newspaper from a **newsboy**. 我從報童那裡買了一份報紙。	news新聞→報紙， boy男孩 「送報紙的男孩」
cowboy	*n.* 牛仔；牧童 I have seen a **cowboy** movie. 我看過一部關於牛仔的電影。	cow牛， boy男孩
liftboy	*n.* 開電梯的工人 I always see that **liftboy**. 我總看到那個開電梯的人。	lift電梯， boy男孩→人
bellboy	*n.* 旅館男服務員 If you need a **bellboy**, press the button. 如果你需要服務員，請按這個按鈕。	bell鈴， boy男孩→人 「搖鈴就到的人」
playboy	*n.* 花花公子；追求享樂者 Her fourth husband was a middle-aged **playboy**. 她的第四任丈夫是一個追求享樂的中年人。	play玩， boy男孩→人

brain 頭腦

02.02.27

		助記
brainless	*adj.* 沒有頭腦的，愚蠢的 That was a pretty **brainless** thing to do. 那樣做很愚蠢。	brain頭腦， -less沒有

brainy	*adj.* 有頭腦的，聰明的 He is not **brainy**, but keen. 他不聰明，但是很熱情。	brain頭腦， -y……的
brainman	*n.* 謀士，參謀 I like watching the television drama named *Shaoxing* ***Brainman***.我喜歡看《紹興師爺》這部電視劇。	brain頭腦， man人 「頭腦靈活的人」
brainpower	*n.* 智力；智囊 Go out there and boost your **brainpower**. 去提升你的智力吧！	brain頭腦， power能力
brainwork	*n.* 腦力勞動 **Brainwork** will become a leading factor in economy. 腦力勞動將成為經濟活動的主導因素。	brain頭腦， work勞動
brainwash	*v.* 對人進行洗腦；把某種思想強加於人 Don't let advertisements **brainwash** you. 不要被廣告洗腦。	brain頭腦， wash洗
mad-brained	*adj.* 性急的，魯莽的 I was told you had again done a **mad-brained** action. 我聽說你又做出了魯莽的舉動。	mad瘋狂的， brain頭腦， -ed……的
harebrained	*adj.* 輕率的，浮躁的 He's probably hatching some **harebrained** scheme. 他可能又在想什麼輕率的計劃。	hare兔子， brain頭腦， -ed……的
crackbrained	*adj.* 發瘋的；古怪的 You are truly **crackbrained**! 你真是愚蠢！	crack破裂， brain頭腦， -ed……的

break 打破；破壞

02.02.28

		助記
daybreak	*n.* 破曉，黎明 By this time it was **daybreak**. 這時天已破曉。	day白天， break打破
groundbreaking	*adj.* 奠基的；具有突破性的 This is a **groundbreaking** technology. 這是一項具有突破性的技術。	ground土地， break破， -ing……的
heartbreak	*n.* 令人心碎的事 After so much **heartbreak**, she just pined away. 無比心碎之後，她幾乎憔悴不堪。	heart心， break打破→碎

B

heartbreaking	*adj.* 使人心碎的 This is a painful and **heartbreaking** moment. 這是個令人痛苦和心碎的時刻。	heart心， break打破→碎， -ing……的
heartbroken	*adj.* 極度傷心的 He was **heartbroken** when she left. 她離開時，他傷心至極。	heart心， broken破掉的
lawbreaker	*n.* 犯法的人 The **lawbreaker** was overpowered. 那個違法分子被制服了。	law法律， break打破， -er表示人
pathbreaker	*n.* 開路人；開拓者 He's a **pathbreaker** in technological innovation. 他是技術革新的開拓者。	path路， break打破， -er表示人
peacebreaker	*n.* 破壞和平的人；擾亂治安者 The **peacebreaker** has been arrested. 擾亂治安者已經被逮捕了。	peace和平， break打破， -er表示人
housebreaker	*n.*（為偷盜等而）侵入他人住宅的人 The stranger was mistaken as a **housebreaker**. 那個陌生人被誤認為是入宅行竊者。	house房子， break打破， -er表示人
housebreaking	*n.*（為偷盜等而）侵入他人住宅 **Housebreaking** rate has dropped. 私闖民宅的偷盜犯罪率已經下降了。	house房子，break 打破，-ing名詞字 尾，表示動作結果
windbreak	*n.* 防風林（籬） Big and tall trees must be chosen to establish the **windbreak**. 防風林一定要選用高大的樹木。	wind風， break破壞 「防止風破壞」
backbreaking	*adj.* 使人勞累至極的 Mowing the lawn is a **backbreaking** job. 修整草坪是個累人的活兒。	back後背， break破壞， -ing……的
outbreak	*n.*（戰爭、叛亂、憤怒等的）爆發 Such events may forecast an **outbreak** of war. 這些事件可能預示著戰爭的爆發。	out出， break破壞
unbreakable	*adj.* 不易破碎的；牢不可破的 There is virtually no **unbreakable** code. 世上幾乎沒有不可破解的代碼。	un-不， break破壞， -able可……的
breakable	*adj.* 易破碎的 Make sure you pack **breakable** ornaments carefully. 確保小心包裝易碎裝飾品。	break打破， -able可……的

breakage	*n.* 破損，毀壞；破損物 The staff are cleaning up some **breakages**. 工作人員正在清理一些破損物。	break打破， -age名詞字尾
breaker	*n.* 打破者；破壞者；破碎機 The movie became a box-office record **breaker**. 這部電影打破了先前的票房紀錄。	break打破， -er表示人或物
break-in	*n.* 闖入；（機器等的）初試階段 The **break-in** occurred just before midnight. 這次非法闖入就發生在午夜前。	break打破， in入 「打破而入」
breakout	*n.* 爆發；越獄 There was a mass **breakout** from the top security prison. 那座戒備森嚴的監獄發生了集體越獄。	break打破， out出 「打破而出」
breakthrough	*n.* 突破 This is a medical **breakthrough**. 這是一次醫學上的突破。	break打破， through通過
breakdown	*n.* 倒塌；故障，損壞 Our car had a **breakdown** on the road. 我們的汽車在路上拋錨了。	break打破， down下

breath 氣息

02.02.29

		助記
breathless	*adj.* 令人喘不過氣的；氣喘吁吁的 I was **breathless** with excitement. 我激動得喘不過氣來。	breath氣息， -less無
breathtaking	*adj.* 驚人的；激動人心的 It was a **breathtaking** car race. 那是一場驚險刺激的賽車比賽。	breath氣息， take吸，-ing……的 「吸入好大一口氣」
breathy	*adj.* 有喘息聲的 Her voice was suddenly **breathy**. 她的聲音突然夾雜著喘息聲。	breath氣息， -y……的
breathable	*adj.* 可以吸入的，適宜吸入的 Air in the forest is **breathable**. 森林裡的空氣適宜人呼吸。	breath氣息， -able可……的

breed 飼養；繁殖；教養

02.02.30

		助記
breeder	*n.* 飼養員；繁殖者 My brother is a cow **breeder**. 我的弟弟是奶牛飼養員。	breed飼養， -er表示人
breeding	*n.*（動物的）生育；繁殖；飼養 Captive **breeding** programs for panda survived. 圈養繁殖大貓熊的計劃得以保留。	breed生養，飼養， -ing名詞字尾
highbred	*adj.* 良種的；出身高貴的；有教養的 We have a **highbred** dog. 我們有一隻良種狗。	high高的， bred繁殖的
lowbred	*adj.* 出身低微的；沒有教養的 She gave him a **lowbred** answer. 她給了他一個無禮的答覆。	low低的， bred教養的
ill-bred	*adj.* 教養不好的；粗魯的 I hate these **ill-bred** children. 我討厭這些沒有教養的孩子。	ill不好的， bred教養的
unbred	*adj.* 無教養的；未受教導的 He is **unbred** to writing. 他沒有接受過寫作訓練。	un-無， bred教養的
underbred	*adj.* 缺乏教養的 Don't behave like an **underbred** person. 不要表現得像個缺乏教養的人。	under-不足， bred教養的
well-bred	*adj.* 教養好的 No **well-bred** man would do this. 有教養的人不會幹出這種事。	well好， bred教養的
crossbreed	*v./n.* 雜交繁育；雜交品種 The scientists **crossbred** the two kinds of rice. 科學家們將這兩種水稻雜交繁育。	cross交叉的， breed繁殖
crossbred	*adj.* 雜交的；雜種的 **Crossbred** fruits are usually very tasty. 混種水果一般都很好吃。	cross交叉的， bred繁殖的
pure-bred	*adj.* 純種的 That **pure-bred** horse is a cinch to win the next race. 那匹純種馬在下一場比賽中肯定會贏。	pure純的， bred繁殖的

B

half-bred	*adj.* 混血的；雜種的 His dog is **half-bred**. 他的狗是混種狗。	half一半， bred繁殖的

bridge 橋

02.02.31

		助記
bridging	*n.* 架（造）橋 For those who work on the site, **bridging** is hard. 對現場施工人員來說，架橋是一項艱苦的工作。	bridg(e)架橋， -ing名詞字尾， 表示動作結果
bridgehead	*n.* 橋頭堡 A **bridgehead** was established there. 一座橋頭堡在那兒建了起來。	bridge橋， head頭
unbridgeable	*adj.* 不能架橋的；不可逾越的 The gap between expectations and reality was **unbridgeable**. 期望和現實間的差距是不可逾越的。	un-不， bridge架橋， -able可……的
overbridge	*n.* 天橋 This picture was taken from the **overbridge**. 這張照片是在天橋上拍的。	over越過， bridge橋
drawbridge	*n.* 吊橋 I heard the wheels on the **drawbridge**. 我聽見吊橋上車輪的聲音。	draw拉力， bridge橋 「受拉力而架起的橋」
footbridge	*n.* 步行橋，人行天橋 Passengers have to cross street through **footbridge**. 旅客必須從天橋過馬路。	foot腳， bridge橋
air bridge	*n.* 空運線 An **air bridge** was opened to the Horn of Africa. 通往非洲之角的空運線開通了。	air空中，空運， bridge橋

brother 兄弟

02.02.32

		助記
half brother	*n.* 異父／母兄弟 What will his powerful **half brother** do? 他那有權有勢的同父異母兄弟會怎麼做？	half一半， brother兄弟 「一半血緣的兄弟」
stepbrother	*n.* 繼兄 The next king will be his **stepbrother**. 下一個國王會是他的繼兄。	step-繼， brother兄弟

brotherhood	*n.* 兄弟（般的）關係 They lived and worked together in **brotherhood**. 他們如兄弟般地在一起生活和工作。	brother兄弟， -hood表示性質、狀態
brotherly	*adj.* 兄弟（般）的 There is a **brotherly** affection among us. 我們之間有兄弟般的情誼。	brother兄弟， -ly……（般）的
brotherliness	*n.* 兄弟的情誼 There is deep **brotherliness** between them. 他們之間有著深厚的兄弟情誼。	brotherly兄弟的， -ness名詞字尾
brother-in-law	*n.* 姐夫；妹夫；內兄；內弟 My **brother-in-law** is a wise man. 我的姐夫是個有智慧的人。	brother兄弟， in-law姻親

build 建造

02.02.33

		助記
builder	*n.* 建築工人；建設者 The **builders** have finished the roof. 建築工人們已建完屋頂。	build建造， -er表示人
building	*n.* 建築物，房屋；建築業 It was rebuilt on the site of the old **building**. 它是在原來建築物的舊址上重新建起來的。	build建造， -ing名詞字尾
rebuild	*v.* 重建 We need to **rebuild** the tower. 我們需要重建那座塔。	re-再，重， build建造
shipbuilding	*n./adj.* 造船（業），造船學；造船（用）的 The **shipbuilding** industry is rapidly expanding. 造船業正在迅速壯大。	ship船，build建造， -ing名詞字尾， 表示動作結果
shipbuilder	*n.* 船舶設計師；造船工人 We need some skilled **shipbuilders**. 我們需要一些技術熟練的造船工人。	ship船， build建造， -er表示人
buildup	*n.* 發展；增長；集結 There is a **buildup** of pessure on him. 他的壓力在增加。	build建造， up向上 「向上建造」→增長
overbuild	*v.* 超額建設 Many areas have been **overbuilt**. 很多地區都建房過多。	over-過多， build建造

call 叫；喚；打電話

02.03.01

		助記
callback	*n.* 產品召回；產品返修通知 I received a **callback** for my new car. 我收到一張我新購汽車的產品返修通知。	call叫，呼喚，back回，返回「叫回，召回」
call box	*n.* 公用電話亭 A **call box** stands on the side of the road. 路邊有一個公用電話亭。	call打電話，box盒子→亭子
miscall	*v.* 叫錯……的名字，誤稱 The simple truth is **miscalled** simplicity. 質樸的真理被誤稱為愚陋。	mis-誤，call叫
recall	*v.* 叫回；回想，回憶 I can't **recall** what he said at the meeting. 我想不起來他在會議上說了些什麼。	re-再，call喚「再喚回」
so-called	*adj.* 所謂的；號稱的 There is no **so-called** "recipe for success". 所謂「成功的訣竅」是不存在的。	so如此，call叫，-ed……的
calling	*n.* 使命感；責任感 He realized that his **calling** was to preach the gospel. 他意識到宣講福音是他的使命。	call呼喚，-ing表示狀態「喚起某人的責任心」
catcall	*n.*（會議或劇場中）表示不贊成的噓聲（其聲似貓叫） Tom's speech was greeted with jeers and **catcalls**. 湯姆的發言遭到嘲笑，噓聲四起。	cat貓，call叫
caller	*n.* 呼喚者；打電話者；探望者 Have there been any **callers**? 有人來探望過嗎？	call呼喚，-er者
callboy	*n.*（提醒演員按時上臺的）催場員 The **callboy** cried, "The curtain's up." 催場員喊道：「開場啦！」	call呼喚，boy男孩→人「呼喚上臺的人」
call-up	*n.*（服兵役的）徵召令，徵集令 He got a **call-up** paper. 他收到了徵兵令。	call呼喚，up完全「喚到一起，徵集在一起」

C

camp 營；野營 02.03.02

		助記
camp bed	*n.* 折疊床，行軍床 The garden chair can be unfolded to make a **camp bed**. 花園中的椅子打開可以當折疊床用。	camp野營， bed床
camper	*n.* 野（露）營者；野營車 The **campers** put up their tents in a field. 露營者在地裡搭起了帳篷。	camp野營， -er表示人或物
camping	*n.* 野營，露營 Do you go **camping**? 你去露營嗎？	camp野營， -ing名詞字尾
campfire	*n.* 營火 The **campfire** flamed. 營火燒起來了。	camp營， fire火
campground	*n.* 營地 We are tenting tonight on the **campground**. 我們今晚要在營地的帳篷裡過夜。	camp營， ground場地
decamp	*v.* 撤營 They **decamped** before it started to rain. 他們已在下雨前撤營。	de-取消，除去， camp營
encamp	*v.* 紮營，安營 It took the soldiers only an hour to **encamp**. 士兵們只花一個小時就紮好營了。	en-使……做， camp營
encampment	*n.* 紮營；營地 They learned how to make an **encampment**. 他們學習了怎樣紮營。	encamp紮營， -ment名詞字尾
camp follower	*n.*（某陣營的）追隨者 A man who runs for president has many **camp followers**. 競選總統的人有許多追隨者。	camp營→陣營， follower追隨者

can 能夠；罐；裝罐 02.03.03

		助記
can-do	*adj.* 樂於嘗試的 He has a wonderful **can-do** attitude towards work. 他工作態度良好，樂於嘗試。	can能，可以， do做

canned	*adj.* 罐裝的 Please buy some **canned** chicken and macaroni. 請買些雞肉罐頭和通心粉。	can裝罐， -n-重複字母， -ed……的
cannery	*n.* 罐頭食品廠 That **cannery** has gone out of business. 那家罐頭食品廠已經停業了。	can裝罐， -n-重複字母， -ery表示場所
canner	*n.* 裝罐工 Can you can a can as a **canner**? 你能像罐頭工一樣裝罐頭嗎？	can裝罐， -n-重複字母， -er表示人或物
canning	*n.* 裝罐 The special **canning** process seals the flavour in. 這種特殊的裝罐工藝能保存風味。	can裝罐， -n-重複字母， -ing表示動作狀態
can opener	*n.* 開罐器 Can I borrow your **can opener**? 可以借用你的開罐器嗎?	can罐， open開， -er表示人或物
watering can	*n.* 灑水壺 Please pass me the **watering can**. 請遞給我灑水壺！	watering澆水， can罐→壺

cap 帽

02.03.04

		助　記
caps.	*abbr.* 大寫字母 A title needs to be printed in bold **caps**. 標題要以粗體大寫字母印刷。	cap帽，-s複數，
uncap	*v.* 脫帽；開蓋；移去……的覆蓋物；揭露 This new type of bottle is easy to **uncap**. 這種新瓶子易於開啟。	un-取消， cap帽
capsize	*v.*（船）翻，傾覆 The boat will **capsize** if you don't sit down. 你要是不坐下，船就要翻了。	cap帽→蓋， size尺寸 「蓋子尺寸太大」
capsule	*n.* 膠囊；太空艙 Swallow a **capsule** of vitamin B. 服一粒維生素B膠囊吧！	cap帽子→容器， sule(=sole單個) 「裝藥的小容器」
caplet	*n.* 錠 Take one **caplet** and three times daily at mealtime. 隨餐服用，每天三次，每次一錠。	cap帽子→容器， -let小片

C

earcap	*n.*（禦寒用的）耳套 What a pair of lovely **earcaps**! 多可愛的耳套啊！	ear耳， cap帽 「耳帽」
kneecap	*n.* 護膝；膝蓋骨（髕骨） My **kneecap** is hurting. 我的膝蓋骨疼。	knee膝， cap蓋
capful	*n.* 一帽子（或一蓋所容）的量；少量 Remember to add a **capful** of detergent into water. 記得往水裡加一瓶蓋洗滌劑。	cap帽，-ful名詞字尾，表示裝滿時的量

car 車

02.03.05

		助記
caravan	*n.* 旅行拖車；大篷車 The **caravan** followed closely. 大篷車緊跟在後面。	car車，-a-連接字母，van大篷車「跟在車後」
car bomb	*n.* 汽車炸彈 A powerful **car bomb** exploded there last Saturday. 上週六，一枚威力極強的汽車炸彈在那兒爆炸了。	car汽車， bomb炸彈
cargo	*n.* 貨物 The **cargo** was seriously damaged by water. 貨物遭水嚴重損毀。	car車，go走 「車拉走了」→ 船上卸下的貨
sidecar	*n.*（附於摩托車旁的）邊車，跨斗 It is actually a motorcycle with a **sidecar**. 它實際上是邊上帶邊車的摩托車。	side邊，側， car汽車
streetcar	*n.*（市區內）有軌電車 He caught the **streetcar** to his home. 他搭上了去他家的有軌電車。	street街， car汽車
tricar	*n.* 三輪汽車 Agricultural **tricars** are very useful in the countryside. 農用三輪車在農村很有用處。	tri-三， car汽車
carless	*adj.* 沒有汽車的 Even today, some people manage to go **carless**. 即使今天，有些人也可以做到不使用汽車。	car汽車， -less無
carfare	*n.*（公共汽車、地鐵、出租車等的）車費 He rides a bicycle to work and saves **carfare**. 他騎車上班，省下了交通費。	car汽車， fare費

單字	釋義／例句	助記
carload	*n.* 車輛荷載；整車 In five minutes a **carload** of people arrived. 五分鐘之後，來了一車人。	car汽車， load負載
car park	*n.* 停車場 There is a **car park** at the back of the hotel. 旅館的後面有個停車場。	car汽車， park場地
carsick	*adj.* 暈車的 Do you get **carsick**? 你暈車嗎？	car汽車， sick生病的 「一坐車就生病的」
carwash	*n.* 洗車行 Welcome to John Foam **Carwash**. 歡迎光臨約翰泡沫洗車行！	car汽車， wash洗 「洗車的地方」
carrier	*n.* 運載者；航空母艦；載體 The missile was launched from the aircraft **carrier**. 導彈是從航空母艦上發射的。	car車→用車運， -r-重複字母， -ier表示人或物
carriage	*n.* 馬車；（火車）車廂 He sat in the corner of a second-class **carriage**. 他坐在二等車廂的一個角落裡。	carri(y→i)運載， -age名詞字尾， 表示物
charge	*n./v.* 費用；收費 The majority of stalls **charged** a fair price. 多數攤位要價公道。	c-ch互換→char=car 車→裝載， -ge=age名詞字尾
career	*n.* 生涯；經歷；職業 My **career** as an English teacher didn't last long. 我的英語教師生涯沒持續多久。	car車→eer走過的 軌跡→人一生的 經曆
chariot	*n.* 雙輪戰車；雙輪馬車 He drove his **chariot** to the vineyard. 他駕著馬車去了葡萄園。	ch-c, char-car車， -i-連接字母，-ot名 詞字尾，表示物

care 小心；照顧；關心；擔憂

02.03.06

單字	釋義／例句	助記
carer	*n.* 照料老弱病殘者的人 Julie is now the **carer** of her three younger siblings. 朱莉現在照顧著三個弟弟妹妹。	car(e)照顧， -er表示人 「照顧別人的人」
careful	*adj.* 小心的，仔細的；慎重的 You should be more **careful** with your money. 你花錢要慎重一些。	care小心， -ful……的

careless	*adj.* 不小心的，粗心的；疏忽的	I'm sorry. How **careless** of me! 對不起！我太不小心了。	care小心， -less無，不
caring	*adj.* 關心他人的，體貼人的	He is a very **caring** person. 他非常體貼。	car(e)照顧，關心，-ing……的
careline	*n.* 客服專線	Call our customer **careline** for advice. 請撥打我們的客服熱線進行咨詢。	care照顧， line線→專線
carefree	*adj.* 無牽掛的；無憂無慮的	He looked happy and **carefree**. 他看起來輕鬆愉快、無憂無慮。	care擔憂， free無，不
caretaker	*n.* 照管人，看管人	The **caretaker** closes up the school at 6 p.m. 下午六點鐘看管人員關閉校門。	take car(e)照顧，-er表示人
caress	*v./n.* 撫摸；愛撫	His fingers **caressed** the back of her neck. 他的手指撫摸著她的後頸。	care關心→關愛， -ss多 「多多地關愛」
careworn	*adj.* 受憂慮折磨的	Her face was **careworn** with anxiety. 她因為焦慮而面露憂心之色。	care擔憂， worn磨損的 「折磨的」
over**care**	*n.* 過分憂慮；自尋煩惱	She always has too much **overcare**. 她總是自尋煩惱。	over-過分， care擔憂
self-**care**	*n.* 自我照管，自理；自私行為	**Self-care** is a skill that can be learned. 自理是一項可以習得的技能。	self-自己， care照顧
after**care**	*n.*（病後或產後的）護理；（罪犯釋放後的）安置	Mr. Smith specializes in **aftercare** services. 史密斯先生專門從事病後護理。	after後， care照顧
day**care**	*n.* 日間托兒所	**Daycare** is provided by the company she works for. 她工作的那家公司有日間托兒所。	day白天，日間， care照顧→照看
un**car**ed-for	*adj.* 無人照管的；被忽視的	The garden looked **uncared-for**. 這花園似乎無人管理。	un-無，car(e)照顧， -ed……的， for表示對象

C

case 箱，盒；套；實例

02.03.07

		助記
bookcase	*n.* 書櫥；書架 This **bookcase** has five shelves. 這書架有五層。	book書， case箱
encase	*v.* 把……裝箱；把……包起來 Her student card was **encased** in a plastic cover. 她的學生證包著塑膠套。	en-使……進入， case箱 「置於箱中」
encasement	*n.* 裝箱；包裝（物） Input the delivered **encasement** report every week. 每週輸入出貨裝箱單的資料。	en-使……進入， case箱， -ment名詞字尾
pillowcase	*n.* 枕頭套 He put the pillow into a clean **pillowcase**. 他把枕頭放進了一個乾淨的枕套裡。	pillow枕頭， case套
watchcase	*n.* 錶盒；錶殼 This **watchcase** is waterproof. 這種錶殼防水。	watch手錶， case盒，殼
casehardened	*adj.* 表面硬化的；無情的；麻木的 People are more **casehardened** to sensation. 人們現在對聳人聽聞的事件較為麻木了。	case箱，盒，套 →外面→表面， harden使變硬， -ed……的

cash 現金

02.03.08

		助記
cashier	*n.* 出納員；收款員 Neither the **cashiers** nor the clerks were present. 出納員和辦事員都不在。	cash現金，-ier名 詞字尾，表示人 「管理現金的人」
cashback	*n.* 現金返還 You can use your **cashback** bonus instantly. 你可以馬上使用返現。	cash現金， back回來
cashbox	*n.* 收銀箱，錢箱 He's been pinching money from the **cashbox**. 他一直在偷錢箱裡的錢。	cash現金， box箱
cash discount	*n.* 現金折扣 I got a **cash discount** in this shop. 我在這家店享受了現金折扣。	cash現金， discount折扣

cash card	*n.* 現金卡，提款卡 I took out my **cash card**. 我拿出了我的提款卡。	cash現金， card卡
cash crop	*n.* 經濟作物 **Cash crop** is a crop grown for direct sale. 經濟作物是為直接出售而種植的作物。	cash現金，錢， crop作物 「能賣錢的作物」
encash	*v.* 把……兌成現金 I'd like to **encash** my traveler's check. 我想要兌現旅行支票。	en-使成為……， cash現金
encashment	*n.* 兌現 I'll come again after **encashment**. 兌現之後我會再來的。	encash兌成現金， -ment名詞字尾
cash desk	*n.* 收銀臺 Please pay at the **cash desk**. 請在收銀臺交款。	cash現金，錢， desk桌子 「收錢的桌子」
cashless	*adj.* 不用現金的 We are moving towards a **cashless** society. 我們正在向不用現金的社會發展。	cash現金， -less不，無

cast 投，擲；播；分配角色

02.03.09

		助記
caster	*n.* 投擲者；鑄工；腳輪 My younger brother has been a **caster** all his life. 我弟弟當了一輩子鑄工。	cast投， -er者
broadcast	*v.* 廣播；播音；撒播（種子） The concert will be **broadcast** live tomorrow evening. 音樂會將於明晚現場直播。	broad廣闊的， cast播
broadcaster	*n.* 廣播員；廣播電臺；播種機 His wife is a famous television **broadcaster**. 他的妻子是著名的電視播音員。	broad廣闊的， cast播， -er表示人或物
telecast	*v.* 電視廣播 The Olympics were **telecast** live via satellite. 奧運會通過人造衛星進行了實況轉播。	tele-電視的， cast播→廣播
outcast	*n./adj.* 被遺棄者；被遺棄的 All of us felt like social **outcasts**. 我們都覺得自己像社會棄兒。	out-外，出， cast投 「拋棄」

castoff	*n./adj.* 被拋棄的人；被拋棄的 He felt himself a social **castoff**. 他覺得自己是一個社會棄兒。	cast投→拋棄，off離
cast-iron	*adj.* 鑄鐵般的；強健的 He has a **cast-iron** stomach. 他有個「鐵胃」。	cast投→模，iron鐵「鑄鐵般的」
casting	*n.* 投擲；角色分配；鑄造物 **Casting** started for the new film. 新電影的選角工作開始了。	cast分配角色，-ing名詞字尾

cat 貓

02.03.10

		助　記
catling	*n.* 小貓 Mary's cat has given birth to several **catlings**. 瑪麗的貓生了幾隻小貓。	cat貓，-ling表示小
cattish	*adj.* 貓一般的；偷偷摸摸的；狡猾的；惡毒的 He saw a **cattish** figure. 他看見一個鬼鬼祟祟的身影。	cat貓，-t-重複字母，-ish如……的
catty	*adj.*（=cattish）貓一般的；偷偷摸摸的；狡猾的 Spiteful people are dubbed as being "**catty**". 惡毒的人被稱為「像貓一樣陰險狡猾」。	cat貓，-t-重複字母，-y如……的
cattery	*n.* 貓代養所 Lucy has sent her cat to the **cattery**. 露西把她的貓送到代養所去了。	cat貓，-t-重複字母，-ery名詞字尾，表示場所
cat's-eye	*n.* 貓眼 There is a **cat's-eye** on every door of this neighborhood. 這個地區每家門上都安了貓眼。	cat's貓的，eye眼
catwalk	*n.* 伸展臺；狹小的道 She stepped onto the **catwalk** and stood there. 她走上伸展臺並駐足站立。	cat貓，walk步
catfight	*n.* 激烈爭吵（尤指女人之間的相互惡罵） Stop this **catfight**, both of you. 你倆別像女人似的吵架。	cat貓（比喻女人），fight打鬥
catnap	*n.* 打盹兒 Now you are allowed to take a three-minute **catnap**. 現在你可以休息三分鐘。	cat貓，nap小睡「像貓一樣小睡」

C

catch 捉；吸引

02.03.11

		助記
catch crop	*n.* 填閒作物 The sweet corn is a suitable **catch crop**. 甜玉米是理想的填閒作物。	catch抓，crop莊稼「抓住空閒期種的莊稼」
eye-catcher	*n.* 引人注目的人（或物） Check out that babe; she is an **eye-catcher**. 快看那個美女，我眼睛都移不開了。	eye目，catch吸引，-er表示人或物
eye-catching	*adj.* 引人注目的 I saw an **eye-catching** dress in the shop. 我在商店裡看到一件引人注目的連衣裙。	eye目，catch吸引，-ing……的
flycatcher	*n.* 捕蠅草；食蟲鳥 I have seen the **flycatcher** in the picture. 我在圖片上看過捕蠅草。	fly蠅，飛蟲，catch捉，捕，-er表示物
catchall	*n.* 裝雜物的容器 Use the box as a **catchall**. 拿這個盒子當雜物罐。	catch抓住，拿，all一切（東西）
catch line	*n.*（廣告中引人注意的）標語，語句 I was impressed with the **catch line**. 這條廣告語給我留下了深刻的印象。	catch吸引，line字行
catchy	*adj.* 朗朗上口的 This song is **catchy**. 這首歌朗朗上口。	catch吸引，-y……的「順口而引人愛讀的」
catching	*adj.* 吸引人的；傳染性的 Is my cold **catching**, doctor? 醫生，我的感冒會傳染嗎？	catch吸引，-ing……的

cause 原因

02.03.12

		助記
causeless	*adj.* 無原因的，無正當理由的 Many people have a **causeless** fear of the dark. 許多人對黑暗有著莫名其妙的恐懼。	cause原因，-less無……的
causer	*n.* 引起者；根由 My delight is the **causer** of my grief. 我的歡樂正是我愁苦的原因。	caus(e)起因，-er表示人或物

單字	釋義／例句	助記
causal	*adj.* 構成原因的；由某種原因引起的 There is a **causal** relationship between the two things. 這兩件事情有因果聯繫。	caus(e)原因， -al……的
causality	*n.* 因果關係；誘發性 There is no **causality** between them. 兩者之間不存在因果關係。	caus(e)原因， -al……的， -ity名詞字尾
causative	*adj.* 成為原因的，起因的 Poverty is also a **causative** factor in crime. 貧窮也是釀成犯罪的一個因素。	caus(e)原因， -ative……的

cave 洞穴

02.03.13

單字	釋義／例句	助記
excavate	*v.* 挖出；發掘，挖掘 The site has been **excavated**. 這個遺址已經被開挖。	ex-從……出來， cav(e)洞， -ate動詞字尾 「從中挖出」
excavation	*n.* 挖掘；出土文物 The **excavation** sites are open to the public. 出土現場對公眾開放。	ex-從……弄出， cav(e)洞， -ation名詞字尾
excavator	*n.* 挖掘者；挖掘機 The main task of the **excavator** is to dig soil. 挖掘機的主要工作是挖土。	ex-從……弄出， cav(e)洞， -ator表示人或物
cave-house	*n.* 窯洞 I have never seen a **cave-house**. 我從來沒見過窯洞。	cave洞， house屋
cavity	*n.* 洞，孔；腔 There is a **cavity** in one of my teeth. 我的一顆牙齒上有個洞。	cav(e)洞， -ity名詞字尾
cavity wall	*n.* 空心牆，夾壁牆 Please check the attic and **cavity wall** insulation quality. 請檢查閣樓和空心牆絕緣材料的質量。	cavity洞，孔，腔， wall牆 「牆內中空的」
cavern	*n.* 大山洞，大洞穴 Walls of the **cavern** echoed his cries. 大山洞的洞壁回響著他的喊聲。	cav(e)洞， -ern表示場所
cavernous	*adj.* 又大又深的；多洞穴的 We have a **cavernous** cellar in the yard. 我們院子裡有一個大而深的地窖。	cav(e)洞， -ern表示場所， -ous……的

C

caving	*n.* 洞穴探索 He always wanted to go **caving**. 他過去一直想探索洞穴。	cav(e)洞， -ing表示狀態
cave painting	*n.* 洞穴壁畫 They found prehistoric **cave paintings**. 他們發現了史前洞穴壁畫。	cave洞穴， painting畫

centre 中心，中央

02.03.14

		助記
centre back	*n.* 中後衛 Rafa Marquez is Monaco **centre back**. 拉斐爾•馬克斯是摩納哥隊的中後衛。	centre中央， back後方 「中後方球員」
centre forward	*n.* 中鋒；中鋒位置 The **centre forward** headed the ball into goal. 中鋒用頭把球頂入球門。	centre中心， forward向前， 「隊中中心人物向前衝」
central	*adj.* 中心（央）的；重要的 She has been a **central** figure in the campaign. 她一直是這場運動的核心人物。	centr(e)中心，中央，-al……的
centralize	*v.* 集中；把……集中起來 **Centralize** all SARS patients in one or two locations. 把所有SARS病人集中在一到兩個地點。	central中心的， 中央的， -ize動詞字尾
centrist	*n.* 溫和主義者 Mr. Obama is not a socialist; he's a **centrist**. 奧巴馬總統不是社會主義者，而是溫和主義者。	centr(e)中央→ 中間， -ist表示人
concentrate	*v.* 集中 Don't bother me when I'm trying to **concentrate**. 我想集中注意力，請別打擾我。	con-加強意義， centr(e)中心， -ate動詞字尾
decentralize	*v.* 分散（行政權等） Many firms are **decentralizing** their operations. 許多公司在分散經營。	de-相反，不 centralize集中 「不集中」
eccentric	*adj.* 偏離中心的；古怪的 My neighbor is an **eccentric** young man. 我的鄰居是個古怪的年輕人。	ec-外，離開， centr(e)中心， -ic……的

chain 鏈

02.03.15

		助記
enchain	*v.* 用鏈鎖住；束縛 Young man, don't be **enchained** by rules. 年輕人，不要受規則束縛。	en-用……來做，chain鏈
unchain	*v.* 釋放；給……解開鎖鏈 I can sing the song "**Unchain** My Heart". 我會唱《我心飛翔》。	un-取消，除去，chain鏈
chainless	*adj.* 無鏈的；無束縛的 The **chainless** bicycle has been produced. 無鏈式自行車已經被生產出來了。	chain鏈，-less無
chain-smoke	*v.* 一支接一支地抽煙 I'm not a chain-smoker. I don't **chain-smoke**. 我不是老煙槍。我不會一根接一根地抽煙。	chain鏈→一個連接一個，smoke吸煙
chain reaction	*n.* 連鎖反應 There will be a **chain reaction** after the bombing in the city. 城市發生爆炸後將引發連鎖反應。	chain鏈→連鎖，react反應，-ion名詞字尾
food chain	*n.* 食物鏈 Insects are fairly low down the **food chain**. 昆蟲是食物鏈下層的生物。	food食物，chain鏈

chair 椅子

02.03.16

		助記
chairwarmer	*n.* 坐在辦公室消磨時間不認真工作的人 Jony is a **chairwarmer** who does nothing all day. 喬尼坐在辦公室消磨時間，整天什麼也不做。	chair椅子，warm暖，-er人「把椅子都坐熱了→就不幹活」
cochair	*v.* 共同主持 They **cochaired** the official talk. 他們共同主持了這次正式會談。	co-共同,chairman主席→chair主持
wheelchair	*n.*（病人等用的）輪椅 Does the hotel have **wheelchair** access? 這家旅館有輪椅通道嗎？	wheel輪，chair椅子
armchair	*n.* 扶手椅 She sat down in an **armchair**. 她在一個扶手椅上坐了下來。	arm手臂，chair椅子

chairlift	*n.* 升降椅 We took the **chairlift** up the mountain. 我們乘升降椅上的山。	chair椅子， lift提升

change 改變，交換；零錢

02.03.17

		助記
changed	*adj.* 變化了的；有很大變化的 Since she stopped drinking, she's a **changed** woman. 她戒酒以後就變了一個人。	chang(e)改變， -ed……的
unchangeable	*adj.* 不能改變的 It is **unchangeable** and permanent. 這是持久不變的。	un-不， change改變， -able能……的
unchanged	*adj.* 未改變的 The ticket price remains **unchanged**. 票價保持不變。	un-未， chang(e)改變， -ed……的
interchange	*v.* 互換；交換 **Interchange** the front tyres with the rear ones. 將汽車的前後輪胎對調。	inter-互相， change交換
interchangeable	*adj.* 可互換的 The two words are virtually **interchangeable**. 這兩個詞大致上可以換用。	inter-互相， change交換， -able可……的
exchange	*v.* 兌換；交換；調換 The two armies **exchanged** prisoners. 兩軍交換了戰俘。	ex-互相， change換
shortchange	*v.*（故意）少給……找錢 They **shortchanged** me ten cents. 他們少找我十美分。	short短缺，少， change零錢
changeable	*adj.* 可變的；易變的 The weather is very **changeable** at this time of year. 每年的這個時候，天氣都變化無常。	change變化， -able可……的
changeless	*adj.* 不變的，永恆的 Nothing is **changeless**. 沒有一成不變的東西。	change變化， -less無……的
changeover	*n.* 轉（改）變；轉換；變更 He called for a **changeover** to a market economy. 他呼籲轉向市場經濟。	change變， over翻過來

changing room	*n.* 更衣室 There's a **changing room** here, sir. 先生，這裡有間試衣室。	changing更換， room室

cheer 高興；歡呼

02.03.18

		助記
cheers	*n.*（祝酒）乾杯；歡呼聲；再見 Her dancing brought loud **cheers**. 她的舞蹈贏來震耳的歡呼聲。	cheer歡呼， s表示多
cheerful	*adj.* 高興的；樂觀的 He admires her **cheerful** personality. 他欣賞她開朗的性格。	cheer高興， -ful……的
cheery	*adj.* 興高采烈的；喜氣洋洋的 He left with a **cheery** "See you." 他高興地說了聲「再見！」就離開了。	cheer高興， -y……的
cheerless	*adj.* 不快樂的；陰鬱的 This is a cold **cheerless** place. 這是個寒冷陰鬱的地方。	cheer高興， -less不……的
cheerleader	*n.* 啦啦隊隊員 Jane is the **cheerleader** of the school. 珍是學校的啦啦隊隊員。	cheer歡呼， leader領導者

child 小孩

02.03.19

		助記
childhood	*n.* 幼年時期，童年 She had a happy **childhood**. 她有一個快樂的童年。	child小孩， -hood表示時期
childbearing	*n.* 分娩，生孩子 They are women of **childbearing** age. 她們是育齡婦女。	child小孩， bear生， -ing名詞字尾
childless	*adj.* 沒有子女的 They are a happy but **childless** couple. 他們是一對幸福但無兒無女的夫妻。	child小孩， -less無……的
child abuse	*n.* 虐待兒童 **Child abuse** is a punishable offense. 虐待兒童是一種該受懲處的違法行為。	child小孩， abuse虐待

childlike	*adj.* 像孩子似的；天真無邪的 Standing, she looked less **childlike**. 她站著的話，看起來就不那麼像小孩子了。	child小孩， -like如……的
childish	*adj.* 孩子氣的；幼稚的 Don't be so **childish**! 別這麼孩子氣！	child小孩， -ish……的
childproof	*adj.* 防孩童開啟的 The car has **childproof** locks on the rear doors. 汽車後門裝有防止兒童開啟的鎖。	child小孩， -proof防……的
stepchild	*n.* 繼子（女） His **stepchild** is a cheerful boy. 他的繼子是個開朗的男孩。	step-前夫或前妻，繼……， child孩子
brainchild	*n.* 腦力勞動的產物；創作 This new program was the **brainchild** of Bill Gates. 這個新程序是比爾•蓋茨編製的。	brain腦， child小孩→產物
love child	*n.* 私生子 It was said he was a **love child** of a nobleman. 據說他是一個貴族的私生子。	love愛情→私情， child孩子 「因私情而生的孩子」
wonder child	*n.* 神童 His son is a **wonder child**. 他的兒子是個神童。	wonder奇才， child孩子，兒童 「天才兒童」

city 城市

02.03.20

		助記
intracity	*adj.* 市內的 There is a fast **intracity** network in this city. 這個城市有非常快捷的城域網。	intra-在……內， city城市
supercity	*n.* 超級城市；特大城市 The Chinese have built a **supercity** like New York City. 中國人建設了一個像紐約市的超級城市。	super-超，超級， city城市
coastal city	*n.* 沿海城市 What a beautiful **coastal city** in the picture! 畫上的沿海城市多美啊！	coastal沿海的， city城市
garden city	*n.* 花園城市 The **garden city** attracts many tourists. 那個花園城市吸引了許多遊客。	garden花園， city城市

C

citify	*v.* 使城市化 Will immigration **citify** the rural areas? 移民會使農村城市化嗎？	citi(y→i)城市， -fy使……化
citizen	*n.* 公民；城鎮居民 She became a US **citizen**. 她成了美國公民。	citi(y→i)城市， -zen表示人
citizenry	*n.* 全體公民 To love the country is to love its **citizenry**. 愛一個國家就是愛它的全體公民。	citizen市民， -ry總稱
city-bred	*adj.* 在（大）城市裡長大的 A **city-bred** person does not know the vegetable. 一個生長在大城市裡的人沒見過這種蔬菜。	city城市， bred生長的
cityscape	*n.* 城市風光 The **cityscape** in Berlin impressed me. 柏林的城市風光打動了我。	city城市， -scape景色
city hall	*n.*（美）市政府（廳）；（當局的）官僚主義 Will you tell me the way to **city hall**? 請你告訴我去市政廳該怎麼走？	city城市， hall廳
city slicker	*n.* 城裡老油條，城裡人（貶） I dislike that **city slicker**. 我不喜歡那個城裡人。	city城市，slick 油嘴滑舌的， -er表示人

class 班級；等級；種類

02.03.21

		助記
first-class	*adj.* 頭等的，第一流的 She is a **first-class** writer. 她是一位一流的作家。	first第一， class等級
second-class	*adj.* 二等的，二流的 In **second-class** compartment the fare is £85 one-way. 二等車廂的單程票價是85英鎊。	second第二， class等級
high-class	*adj.* 高級的，上等的，第一流的 At first glance I can see that it is a **high-class** hotel. 我一眼就能看出這是家一流的旅館。	high高的， class等級
world-class	*adj.* 世界一流的 He was determined to become a **world-class** player. 他決心成為世界級選手。	world世界， class等級

outclass	*v.* 比……高一等	Few city hotels can **outclass** the Sheraton Hotel. 沒有幾家城市酒店能與喜來登酒店媲美。	out-勝過， class等級
classmate	*n.* 同班同學	He is my former **classmate**. 他是我以前的同班同學。	class班級， mate夥伴
underclass	*n.* 下層社會，下層階級；低年級	Welfare has become identified with the **underclass**. 福利已經與下層社會聯繫在一起了。	under-下，低， class班級，年級
upper-class	*adj.* 上流社會的；（大學或中學）高年級的	The poor boy married an **upper-class** girl. 這個窮小子娶了一個來自上流社會的女孩。	upper上，高， class班級，年級
classify	*v.* 把……歸類；把……分等級	As a musician, Cage is hard to be **classified**. 作為一名音樂家，凱奇很難被歸類。	class種類，分類， -i-連接字母， -fy動詞字尾
class act	*n.* 出色的人或物	The city was a **class act**. 那城市真是頂呱呱。	class等級， act做 「做到最高級」
classified	*adj.* 分類的	The **classified** advertisement is the simplest one. 分類廣告是最簡單的一種廣告。	classifi(y→i)分類， -ed……的
classifiable	*adj.* 可分類的；可分等級的	This book is not easily **classifiable**. 這本書不容易歸類。	classifi(y→i)分類， -able可……的
classification	*n.* 分類；分級；類別；級別	There are five job **classifications**. 有五種工作類別。	classifi(y→i)分類， -ation名詞字尾
unclassed	*adj.* 未歸類的 ；（比賽中）未列入前三名的	The ship is **unclassed**. 那艘船未列入前三名。	un-未， class分類，歸類， -ed……的
classic	*adj./n.* 經典的，古典的；經典作品	*War and Peace* is a literary **classic** work. 《戰爭與和平》是一部經典文學著作。	class種類，等級， -ic……的 「等級高的，經典的」
classics	*n.* 經典著作	As I grow older, I like to reread the **classics**. 隨著年齡增長，我喜歡重讀經典著作。	classic經典著作， s表示複數

classical	*adj.* 古典派的；第一流的 **Classical** music has revived recently. 近來，古典音樂又流行起來了。	classic古典的， -al……的
pseudoclassic	*adj.* 偽古典的；擬古典的 The new house he bought was **pseudoclassic** architecture. 他新買的房子是仿古建築。	pseudo-假，偽， classic古典的

clean 清潔（的）

02.03.22

		助　記
unclean	*adj.* 不清潔的，不乾淨的 He was ill because of drinking **unclean** drinking water. 他喝了不乾淨的飲用水才生病的。	un-不， clean清潔的
houseclean	*v.* 打掃，清洗 You have to **houseclean** the room before moving in. 你在住進去之前，得先打掃一下那間屋子。	house屋子， clean清掃
dry cleaning	*n.* 乾洗 He owns a **dry cleaning** shop. 他擁有一家乾洗店。	dry乾的， clean清洗， -ing名詞字尾
cleaner	*n.* 清潔工人 We need a part-time **cleaner**. 我們需要一名兼職清潔工。	clean清掃， -er者
clean-cut	*adj.* 輪廓鮮明的；清楚的 He has **clean-cut** features. 他的五官輪廓鮮明。	clean乾淨的，整齊的，cut切 「像切的一樣整齊」
cleaning	*n.* 掃除 She does **cleaning** and laundering on Sundays. 每個星期天，她打掃房間和洗衣服。	clean掃除， -ing名詞字尾
clean-living	*adj.* 生活清白的；規規矩矩的 We need a **clean-living** and fresh-faced poster boy. 我們要找一位體面正派、青春朝氣的廣告男孩。	clean清潔的， living生活 「生活中無不潔之事」
cleanout	*n.* 清除，除掉 I've just given my room a good **cleanout**. 我給我的房間來了一次大掃除。	clean清潔， out出，掉

clear 清楚的；清除

02.03.23

單字	解釋／例句	助記
unclear	*adj.* 不清楚的 He is still **unclear** about his own future. 他對自己的未來仍不清楚。	un-不， clear清楚的
clear-sighted	*adj.* 有眼光的；有見識的 He was **clear-sighted** enough to keep good judgment. 他很有見識，能保持正確的判斷力。	clear清楚的，sight視力，-ed……的「視力好→有眼光」
clear-headed	*adj.* 頭腦清楚的 It was better to be **clear-headed**. 最好保持頭腦清醒。	clear清楚的， head頭→頭腦， -ed……的
clearance	*n.* 清除（理）；清空；空隙 The **clearance** of these trees will give you more light. 把這些樹砍掉，你們就會有更充足的光線。	clear清除， -ance名詞字尾
clarify	*v.* 講清楚；闡明；澄清 Could you **clarify** two points for me? 有兩個地方你能澄清一下嗎？	clar=clear清楚的， -i-連接字母， -fy動詞字尾，使……
clarification	*n.* 澄清；闡明 The whole issue needs **clarification**. 整個問題都需要澄清。	clar=clear清楚的， -i-連接字母， -fication名詞字尾
clarity	*n.* 清澈；明晰 The **clarity** of the spring water was amazing. 這泉水清澈得出奇。	clar=clear清楚的， -ity名詞字尾
declare	*v.* 宣布；聲明 I **declare** you man and wife. 我宣布你們結為夫婦。	de-加強意義， clar=clear清楚的 「講清楚」→宣布、聲明
declaration	*n.* 聲明；宣言；公告 We read the **declaration** posted on the bulletin board. 我們讀了貼在布告板上的公告。	de-加強意義， clar=clear清楚的， -ation名詞字尾
declarative	*adj.* 說明的；陳述的 This is a **declarative** sentence. 這是一個陳述句。	de-加強意義， clar=clear清楚的， -ative……的

clock 時鐘

02.03.24

		助記
clockwise	*adj./adv.* 順時針方向的（地） Turn the key **clockwise**, and you can open the door. 順時針方向轉動鑰匙，你就能打開門了。	clock時鐘， -wise表示方向
anticlockwise	*adj./adv.* 逆時針方向的（地） Turn the key in an **anticlockwise** direction. 逆時針方向轉動鑰匙。	anti-反， clock時鐘， -wise表示方向
counterclockwise	*adj./adv.* 逆時針方向的（地） Rotate the head clockwise and **counterclockwise**. 按順時針方向轉動頭部，然後再逆時針旋轉。	counter-反， clock時鐘， -wise表示方向
around-the-clock	*adj./adv.* 連續不停的（地） They work **around-the-clock**. 他們日夜不停地工作。	around環繞 「環繞鐘面轉」→ 連續二十四小時的（地）
clock in	*v.* 打卡上班 Don't forget to **clock in**, or you won't get paid. 別忘了打卡，否則領不到錢。	clock時鐘， in進入 「按時間打卡」
clockface	*n.* 鐘面 The **clockface** is bigger than that. 這個鐘面比那個大。	clock時鐘， face面
clockmaker	*n.* 製造（或修理）時鐘的人 John is a master **clockmaker**. 約翰是個鐘錶製造大師。	clock時鐘， mak(e)製作， -er表示人
clock watcher	*n.* 老是看著鐘等下班（課）的人 No boss would like to hire **clock watchers**. 沒有老闆想雇用看時間等下班的人。	clock時鐘， watcher觀看者
clockwork	*adj.* 有規律的 Bus 567 is like **clockwork**. 567路公車很準時。	clock時鐘， work工作 「像鐘一樣準時」
alarm clock	*n.* 鬧鐘 I set the **alarm clock**. 我設了鬧鐘。	alarm報警， clock時鐘

close 靠近；關閉

02.03.25

C

		助記
close-fitting	*adj.* 緊身的 She wore a pair of **close-fitting** jeans. 她穿了一條緊身牛仔褲。	close緊緊地， fit合身， -ing……的
disclose	*v.* 揭發；透露 The company **disclosed** that he would retire in May. 公司透露他將在五月退休。	dis-不， close關閉→封鎖， 「不封鎖」→揭發
disclosure	*n.* 揭發；洩露；揭發的事實 The newspaper's **disclosures** shocked the public. 報紙揭發的事實令公眾感到震驚。	dis-不， clos(e)關閉→封鎖， -ure名詞字尾
unclose	*v.* 打開 The door was **unclosed**. 門被人打開了。	un-不， close關閉 「不關閉」→打開
unclosed	*adj.* 未關的；未結束的 The case remains **unclosed**. 這個案件尚未結案。	un-未， clos(e)關閉， -ed……的
enclose	*v.* 圍住 Farmers often **enclose** their land with hedges. 農夫們常用樹籬將地圍起來。	en-使……， close關閉
closed	*adj.* 關閉的；封閉（性）的 It'd be better for a place like this to remain **closed**. 像這種地方最好一直關閉。	clos(e)關閉→封閉， -ed……的
close-mouthed	*adj.* 口風緊的，守口如瓶的 She is a **close-mouthed** woman. 她是一個口風很緊的女人。	close閉， mouth嘴， -ed……的
close-up	*n.*（照相、電影的）特寫，特寫鏡頭 I took a **close-up** of the baby's face. 我給這個嬰兒的臉照了個特寫。	close靠近， up向上 「靠近放大拍照」
closure	*n.* 關閉；結束 Can the school be saved from **closure**? 能保全這所學校不被關閉嗎?	clos(e)關閉， -ure名詞字尾
closing	*adj.* 結束的，接近尾聲的 The **closing** stage of the election is coming. 選舉的最後階段即將到來。	clos(e)關閉， -ing……的

C

closet	*n.* 私室；壁櫥 Did you clean the **closet** last week? 上星期你把壁櫥收拾乾淨了嗎?	clos(e)關閉， -et表示小 「小小的閉合處」

clothes 衣服

02.03.26

		助記
nightclothes	*n.* 睡衣 He puts on his **nightclothes** before going to bed. 他睡覺前換上睡衣。	night夜→睡， clothes衣服
underclothes	*n.* 內衣，襯衣 She packed one change of **underclothes**. 她打包行李時帶了一套換洗內衣。	under-內， clothes衣服
bedclothes	*n.* 寢具 **Bedclothes** are in a mess on the floor. 被褥散亂在地上。	bed床， clothes衣服
clothesline	*n.* 曬衣繩 The wet clothes froze on the **clothesline**. 濕衣服凍在曬衣繩上了。	clothes衣服， line繩
clotheshorse	*n.* 晾衣架 Look, the **clotheshorse** becomes the scenery. 瞧！晾衣架成了風景。	clothes衣服， horse馬 「掛鉤像馬頭」
enclothe	*v.* 給……穿衣服；披蓋 I'm the one who feeds and **enclothes** the family. 我是家裡的支柱。	en-使， clothe穿衣服
underclothed	*adj.* 穿得單薄的 The poor boy was standing in the street, **underclothed**. 那個可憐的男孩站在街頭，衣著單薄。	under-不足， cloth(e)穿衣服， -ed……的
clothing	*n.* [總稱]衣服 He discarded his winter **clothing**. 他把冬天穿的衣服都扔掉了。	cloth布， -ing名詞字尾 「布做的東西」
winterclad	*adj.* 穿冬裝的；穿得可以禦冬的 I saw a photo of a **winterclad** girl. 我看到一張照片，照片上是一個穿冬裝的女孩。	winter冬天， -clad穿……衣服的

cloud 雲

02.03.27

		助記
cloudburst	*n.*（突然降下的）大暴雨 The bus was delayed by a **cloudburst**. 由於大暴雨，公共汽車來遲了。	cloud雲， burst爆發 「雲突然爆發成雨」
overcloud	*v.* 使布滿烏雲；使憂鬱 Great anxiety **overclouded** his face. 他因過度憂慮而滿面愁容。	over-在上面， cloud雲 「被烏雲蓋住」
unclouded	*adj.* 無雲的，晴朗的 Look up at the **unclouded** blue sky. 仰望藍色的晴空。	un-無， cloud雲， -ed……的
cloudy	*adj.* 多雲的，陰天的 A **cloudy** sky is not always a sign of rain. 陰天未必就有雨。	cloud雲， -y多……的
cloudiness	*n.* 多雲；朦朧 This constant **cloudiness** gets me down. 天空時常濃雲密布，讓我感到壓抑。	cloudy多雲的， -ness名詞字尾
cloudless	*adj.* 無雲的，晴朗的 The day was warm and **cloudless**. 天氣溫暖而晴朗。	cloud雲， -less無……的
clouded	*adj.* 烏雲密布的 The sunny sky suddenly turned **clouded**. 晴朗的天空突然陰雲密布。	cloud雲， -ed……的
cloud-capped	*adj.*（山峰等）高聳入雲的 The **cloud-capped** peaks attract lots of tourists. 高聳入雲的山峰吸引了眾多遊客。	cloud雲，cap帽， -ed……的 「雲做帽子的」
cloud-kissing	*adj.* 高聳入雲的 The building looks **cloud-kissing**. 這個建築物看起來高聳入雲。	cloud雲，kiss親吻， -ing……的 「親吻到雲朵的」
cloudscape	*n.*雲景 I like your photos of **cloudscape**. 我喜歡你拍的雲景照片。	cloud雲， -scape景色

coat 上衣，外套

02.03.28

		助記
raincoat	*n.* 雨衣 He set out, armed with a **raincoat** and an umbrella. 他帶著一件雨衣和一把雨傘出發了。	rain雨， coat上衣，外套
overcoat	*n.* 大衣 A thick **overcoat** is a good defense against the cold. 一件厚大衣是禦寒的好東西。	over-上，外， coat上衣，外套
minicoat	*n.* 超短外套 Your **minicoat** is an eye-catcher. I want one. 你的超短外套真好看，我也想要一件。	mini-小， coat上衣，外套
housecoat	*n.* 家居便服 She always wears a **housecoat** at home. 她在家時總穿著家居便服。	house家， coat上衣 「在家穿的衣服」
surcoat	*n.*（中世紀的）女式上衣；男式長夾克衫 As he ran out, he forgot to have his **surcoat** on. 他跑出去時，忘記了穿夾克衫。	sur-外，上， coat上衣，外套
greatcoat	*n.* 厚大衣 Smith took his **greatcoat** from the cloakroom. 史密斯從衣帽間取出他的厚大衣。	great大→厚大， coat上衣，外套
tailcoat	*n.* 燕尾服 The tailor made a **tailcoat** for Harry. 裁縫為哈利做了一件燕尾服。	tail尾， coat上衣，外套
bluecoat	*n.* 穿藍色制服的人；警察 “Hands up!” said the **bluecoat**. 「把手舉起來！」警察説。	blue藍色， coat上衣，外套
petticoat	*n.* 襯裙；裙子 That frock is too short. It shows your **petticoat**. 那件禮服太短，把你的襯裙露出來了。	petti(y→i)微小的， coat上衣，外套
coat**ing**	*n.* 衣料；塗層 Apply a thin **coating** of glue to the surface. 在表面塗上薄薄的一層膠水。	coat上衣，外套， -ing名詞字尾 「像外套一樣的一層」

cock 公雞

02.03.29

		助記
gamecock	*n.* 鬥雞；好鬥的人 Banna **gamecock** is one of the famous cockfighting breeds in China. 版納鬥雞是中國著名的鬥雞品種之一。	game比賽→鬥，cock公雞
cockeyed	*adj.* 斜眼的；歪的 Doesn't that picture look **cockeyed** to you? 你不覺得那張畫掛歪了嗎？	cock公雞，ey(e)眼，-ed……的，「雞眼是斜的」
cockcrowing	*n.* 黎明 He woke up at **cockcrowing**. 他在黎明時就醒了。	cock公雞，crow鳴，叫，-ing名詞字尾「雞鳴時分」
cockhorse	*n.*（小孩騎著玩的）木馬 The little boy is riding a **cockhorse**. 那個小男孩正在騎木馬玩。	cock公雞，horse馬「形似公雞的馬」
cocktail	*n.* 雞尾酒 I like **cocktail** very much. 我非常喜歡雞尾酒。	cock公雞，tail尾
cocky	*adj.* 趾高氣揚的；驕傲自大的 Don't get **cocky** when you've achieved something. 別一有成績就驕傲。	cock公雞，-y像……的「像驕傲的公雞」

cold 冷的

02.03.30

		助記
ice-cold	*adj.* 冰冷的，極冷的 Have some delicious **ice-cold** beer. 來點可口的冰啤酒吧。	ice冰，cold冷的
coldness	*n.* 寒冷；冷淡 There was a certain **coldness** about him. 他表現得有些冷淡。	cold冷的，-ness名詞字尾
coldly	*adv.* 冷淡地 They received us **coldly**. 他們冷冰冰地接待了我們。	cold冷的，-ly……地
cold-blooded	*adj.* 冷血的；無情的；殘酷的 The old man turned out to be a **cold-blooded** killer. 那位老人原來是一個冷血的殺手。	cold冷的，blood血，-ed……的

C

cold-hearted	*adj.* 鐵石心腸的；冷淡的 I had no idea you could be so **cold-hearted**. 我沒想到你會這麼鐵石心腸。	cold冷的， heart心， -ed……的
cold-livered	*adj.* 不動肝火的，冷靜的 We have a **cold-livered** headmaster. 我們有位冷靜的校長。	cold冷的， liver肝， -ed……的
coldish	*adj.* 微冷的 It's **coldish** today. 今天有點冷。	cold冷的， -ish稍……的 「微冷的」

color 顏色；著色

02.03.31

		助記
tricolor	*n./adj.*（有）三色（的）；三色旗（的） My mum likes Tang **Tricolor** Pottery very much. 我媽媽非常喜歡唐三彩。	tri-三， color色
flesh-colored	*adj.* 肉色的 I'd like a pair of **flesh-colored** tights, please. 我想買一條肉色的緊身褲。	flesh肉， color色， -ed……的
watercolor	*n.* 水彩顏料；水彩畫 Oil paints can be replaced with **watercolors**. 油彩可以用水彩來替代。	water水， color顏色，顏料
discolor	*v.*（使）褪色；（使）變色 The sunshine would **discolor** the paint. 陽光會使油漆褪色。	dis-去， color顏色
discoloration	*n.* 褪色；變色 This method is used to avoid **discoloration**. 這個方法可以避免褪色。	dis-去， color顏色， -ation名詞字尾
uncolored	*adj.* 未染色的；未著色的 I thought the **uncolored** prints terribly dull. 我認為沒有染色的印花布太單調了。	un-未， color著色， -ed……的
colored	*adj.* 有色的，彩色的 **Colored** flags were flying in the wind. 彩旗在風中飄揚。	color顏色， -ed……的
colorful	*adj.* 豐富多彩的；豔麗的 Charlie Chaplin had a long and **colorful** career. 查理•卓別林的演藝生涯漫長而豐富多彩。	color顏色， -ful充滿……的

colorless	*adj.* 無色的；無血色的，蒼白的 **Colorless** glass can be seen everywhere. 無色玻璃隨處可見。	color顏色， -less無……的
colorist	*n.* 配色師；染髮師 She is a **colorist** at a leading New York salon. 她是紐約一家頂級沙龍的染髮師。	color顏色， -ist表示人
coloring	*n.* 著色；色素；（皮膚、眼睛和頭髮的）色彩 What's food **coloring**? 食用色素是什麼？	color顏色， -ing名詞字尾
color-blind	*adj.* 色盲的；無種族歧視的 The law should be **color-blind**. 法律不應該存在種族歧視。	color顏色， blind盲的
colorfast	*adj.* 不褪色的 The cloth is **colorfast** when it is washed. 這種布料水洗不褪色。	color顏色， fast緊的，牢固的

come 來

02.03.32

		助記
newcome	*adj.* 新來的 The **newcome** leader had a meeting yesterday. 新來的領導者昨天開了一個會。	new新的， come來
newcomer	*n.* 新來的人；移民；新手 He is a **newcomer** making a fast rise in Hollywood. 他是名新人，但在好萊塢上升很快。	new新的， com(e)來， -er者
incomer	*n.* 進來者；闖入者 All people are looking at the **incomer**. 所有人都看著這個闖入者。	in進，入， com(e)來， -er者
incoming	*adj.* 進來的；新來的 **Incoming** calls were monitored. 來電受到監聽。	in進，入， com(e)來， -ing……的
income	*n.* 收入；所得 DINK means double **income** and no kids. 「頂客族」指雙收入無子女的人。	in進，入， come來 「進入」→進入之物
outcome	*n.* 結果；成果；後果 It was impossible to predict the **outcome** of the election. 這次選舉的結果無法預測。	out出， come來 「產生出來的」

C

outcomer	*n.* 外來者；外國人；陌生人 They still belong to the city **outcomers**. 他們仍是「城市外來者」。	out外， com(e)來， -er表示人
forthcoming	*adj.* 即將來到的，即將出現的 Please give me a list of **forthcoming** books. 請給我即將出版書籍的目錄。	come forth到來， -ing表示進行， ……的
oncoming	*adj.* 迎面而來的；即將來到的 He crashed into an **oncoming** car. 他撞上了一輛迎面駛來的汽車。	coming on 「到來的」
upcoming	*adj.* 即將來臨的 The **upcoming** presidential election draws attention. 即將舉行的總統選舉引起了關注。	up走近，發生， come來， -ing……的
shortcoming	*n.* 短處，缺點 Not being punctual is his greatest **shortcoming**. 不守時是他最大的缺點。	short短的， come來， -ing名詞字尾
coming	*adj.* 正在來到的，即將來到的 Farmers welcome the **coming** autumn. 農民們盼望秋天的到來。	com(e)來， -ing……的
comer	*n.* 來者；前來（申請、參加等）的人 No one knows the new **comer**. 沒有人認識那個新來的人。	com(e)來， -er表示人
comeback	*n.* 復原；復辟 Jazz is making a **comeback**. 爵士樂又流行起來了。	come來， back回
comedown	*n.* 下降；落魄，潦倒 The film marks a real **comedown** for the director. 這部影片說明該導演水平大不如前。	come來， down下 「下來」

comfort 舒適；安慰

02.03.33

		助記
discomfort	*n.* 不舒服；不自在 To her **discomfort**, he laughed. 他笑了起來，讓她很不自在。	dis-不， comfort舒服
comfortable	*adj.* 舒適的 Everyone wants a **comfortable** life. 每個人都想過舒適的生活。	comfort舒適， -able可……的

C

comfortably	*adv.* 舒適地；安慰地 She earns enough money to live **comfortably**. 她賺的錢足夠她生活得很舒適。	comfort舒適， -ably能……地
uncomfortable	*adj.* 不舒服的；不自在的 He feels **uncomfortable** with strangers. 與陌生人在一起，他感到不自在。	un-不， comfort舒適， -able能……的
comforting	*adj.* 安慰的，令人欣慰的 It's **comforting** to know that you'll be there. 知道你要去那裡，我感到欣慰。	comfort安慰， -ing……的
comforter	*n.* 安慰者 He became Vivien Leigh's devoted friend and **comforter**. 他成了費雯•麗忠誠的朋友和給她安慰的人。	comfort安慰， -er者
comfortless	*adj.* 不舒適的 She felt **comfortless** in the big chair. 她坐在大椅子上感覺很不舒服。	comfort舒服， -less無，不

common 普通的；公共的

02.03.34

		助　記
uncommon	*adj.* 不普通的，罕見的 A 15-year lifespan is not **uncommon** for a dog. 活15年的狗並不少見。	un-不， common普通的
commonly	*adv.* 平常地；通常地 This is one of the most **commonly** used methods. 這是最常採用的方法之一。	common普通的， -ly……地
commoner	*n.* 平民 A princess has the right to wed a **commoner**. 公主有下嫁平民的權利。	common普通的， -er表示人
common sense	*n.* 常識 Use your **common sense** for once! 用用你的常識吧！	common通常的， sense見識，知識
commonsensible	*adj.*（符合）常識的 We should popularize basic **commonsensible** knowledge. 我們應該使基本的常識性知識普及化。	commonsens(e) 常識， -ible……的

compare 比較

02.03.35

		助記
comparable	*adj.* 可相比的；同等的 These two artists just aren't **comparable**. 這兩位藝術家不可同日而語。	compar(e) 比較， -able可……的
comparably	*adv.* 可相比地；同等地 We have **comparably** priced products. 我們有同等價格的產品。	compar(e) 比較， -ably可……地
incomparable	*adj.* 不能比較的；無比的，無雙的 The beauty of the West Lake is **incomparable**. 西湖的美是無與倫比的。	in-不，無， compar(e)比較， -able可……的
incomparably	*adv.* 不能比較地；無比地，無雙地 Your voice is **incomparably** more attractive than hers. 你的嗓音遠比她的更有魅力。	in-不，無， compar(e)比較， -ably可……地
comparative	*adj./n.* 比較的；比擬物 Let's make a **comparative** study of the two languages. 讓我們對這兩種語言做一下比較研究。	compar(e) 比較， -ative……的
comparatively	*adv.* 比較地 Tin is a **comparatively** easy metal to melt. 錫是比較容易熔化的金屬。	comparative比較的，-ly……地
comparison	*n.* 比較，對照 There is no **comparison** between the two. 二者不能相比。	compar(e)比較， -ison名詞字尾

compose 組成；創作

02.03.36

		助記
composer	*n.* 作曲者；創作者 He is a famous **composer**. 他是一位著名的作曲家。	compos(e)創作， -er者
composition	*n.* 作文；樂曲；組成 He played a piece of music of his own **composition**. 他演奏了一首自己創作的曲子。	compos(e)創作，組成， -ition名詞字尾 「創作成的東西」
compositive	*adj.* 合成的；綜合的 Dance is a kind of **compositive** art. 舞蹈是一門綜合的藝術。	compos(e)組成， -itive……的

C

decompose	*v.* 分解；腐爛 Most animals **decompose** very quickly after death. 大多數動物死後很快就腐爛了。	de-相反， compose組成 「組成的反義」
decomposable	*adj.* 可分解的 Peels belong to **decomposable** garbage. 果皮屬於可分解的垃圾。	de-相反， compos(e)組成， -able可……的
indecomposable	*adj.* 不可分解的 This is an **indecomposable** substance. 這是一種不能分解的物質。	in-不， decomposable 可分解的

concern 關心

02.03.37

		助記
concerned	*adj.* 關心的；擔心的 Please don't be **concerned** about my safety. 請不要為我的安全擔心。	concern關心， -ed……的
concernment	*n.* 掛念；所關心的事物 Thanks for your **concernment**. 謝謝您的掛念。	concern關心， -ment名詞字尾
unconcern	*n.* 漠不關心 He regards such a matter with complete **unconcern**. 他對這種事情毫不關心。	un-不， concern關心
unconcerned	*adj.* 漠不關心的；不相關的，無關的 Most civilians are **unconcerned** with politics. 大多數市民對政治不感興趣。	un-不， concern關心， -ed……的
self-concern	*n.* 只顧自己，自私自利 **Self-concern** cannot bring happiness. 自私自利帶不來幸福。	self-自己， concern關心，

condemn 譴責；定罪

02.03.38

		助記
condemned	*adj.* 已被定罪的；（建築物）不安全的 The **condemned** building is to be torn down. 這座危樓即將被拆除。	condemn譴責， 定罪， -ed……的
condemnation	*n.* 譴責；宣告不安全（不適用）；定罪 His own conduct is his **condemnation**. 他本人的行為定了他的罪。	condemn譴責， 定罪，-ation名 詞字尾

condemnatory	*adj.*（表示）譴責的；定罪的 My father held a **condemnatory** attitude about it. 我父親對此持譴責的態度。	condemn譴責，定罪，-atory……的
self-condemned	*adj.* 自我譴責的 Can you imagine how **self-condemned** they are? 你能夠想像他們有多自責嗎？	self-自己，condemn譴責，-ed……的

condition 條件；狀況

02.03.39

		助記
conditional	*adj.* 附有條件的 She has been granted **conditional** bail. 她被准予有條件保釋。	condition條件，-al……的
conditionality	*n.* 制約性；條件限制 We have to consider **conditionalities**. 我們必須要考慮制約因素。	conditional有條件的，-ity名詞字尾
conditioned	*adj.* 有條件的，受制約的 **Conditioned** reflex was proposed by Pavlov. 條件反射是由巴甫洛夫提出的。	condition條件，-ed……的
unconditioned	*adj.* 無條件的 What's **unconditioned** stimulation? 什麼是無條件刺激？	un-無，condition條件，-ed……的
unconditional	*adj.* 無條件的；無保留的 Parents give their children **unconditional** love. 父母給予孩子無私的愛。	un-無，condition條件，-al……的
precondition	*n.* 先決條件，前提 Economic growth is a **precondition** of human advance. 經濟發展是人類進步的前提。	pre-預先，condition條件
recondition	*v.* 修理；修復；修整；改善 He has managed to **recondition** the radio. 他已經設法把收音機修好了。	re-回，再，condition狀況「恢復原來狀況」

conduct 傳導；指揮

02.03.40

		助記
conductible	*adj.* 能傳導的；能被傳導的 Heat is **conductible** through water. 熱可以通過水傳導。	conduct傳導，-ible能（被）……的

conductive	*adj.* 傳導性的；傳導的 The **conductive** plastic can conduct electricity. 導電塑料可以導電。	conduct傳導， -ive……的
conductivity	*n.* 傳導性；傳導率 This kind of materials has high **conductivity**. 這種材料具有高導電性。	conduct傳導， -ivity……性
conductor	*n.*（電車等的）售票員；（樂隊等的）指揮；[電]導體 The **conductor** punched his bus ticket. 售票員在他的汽車票上打孔。	conduct指揮， 傳導，-or者
semiconductor	*n.* 半導體 This store sells **semiconductor** devices. 本店出售半導體器件。	semi-半， conductor導體
nonconductor	*n.* 非導體，絕緣體 Organic glass is **nonconductor**. 有機玻璃是絕緣體。	non-非， conductor導體
conductress	*n.*（公共汽車等的）女售票員 We all like that kind **conductress**. 我們都喜歡那個和氣的女售票員。	conduct指揮， -r-連接字母， -ess名詞字尾， 表示女性
misconduct	*n./v.* 處理不當，管理不善；對……處理不當 The **misconduct** of the business nearly ruined it. 管理不善使企業幾乎倒閉。	mis-誤，錯， conduct處理

confide 信任

02.03.41

		助記
confidant	*n.* 密友，知己 He is a close **confidant** of my father. 他是我父親的密友。	confid(e)信任， -ant表示人 「信任的人」
confidence	*n.* 信任；信心；自信 We have full **confidence** that we shall succeed. 我們完全有把握取得成功。	confid(e)信任， -ence名詞字尾
confident	*adj.* 有信心的；自信的 I feel **confident** that you will succeed. 我堅信你會成功。	confid(e)信任， -ent形容詞字尾， ……的
confidential	*adj.* 極信任的，心腹的 Don't become too **confidential** with strangers. 對陌生人不可過於交心。	confid(e)信任， -ent形容詞字尾， -ial……的

self-confidence	*n.* 自信 He possesses great **self-confidence**. 他有很強的自信心。	self-自己， confid(e) 信任， -ence名詞字尾
self-confident	*adj.* 自信的 Be **self-confident**, boy. 自信點，年輕人。	self-自己， confid(e) 信任， -ent……的
overconfident	*adj.* 過於自信的 She warned me against being **overconfident**. 她告誡我不要過於自信。	over-過， confid(e)信任， -ent……的
nonconfidence	*n.* 不信任 He cast a vote of **nonconfidence**. 他投了不信任票。	non-不， confid(e)信任， -ence名詞字尾
confiding	*adj.* 深信不疑的；易於信任別人的 The girl is of a **confiding** nature. 這女孩容易輕信別人。	confid(e) 信任， -ing……的

connect 連接；聯繫

02.03.42

		助記
connected	*adj.* 連接的；關聯的；連貫的 These three parts are closely **connected**. 這三個部分緊密相連。	connect連接， -ed……的
connection	*n.* 連接；聯繫；連貫性 There is no **connection** between them. 他們之間沒有什麼關係。	connect連接， -ion名詞字尾
connective	*adj.* 連接的，連結的 It generates a scar of dense **connective** tissue. 它形成緻密的結締組織疤痕。	connect連接， -ive……的
disconnect	*v.* 斷開；分離 They **disconnected** the telephone. 他們把電話給斷掉了。	dis-不， connect聯結
disconnected	*adj.*（思想等）不連貫的；分離的 She dislikes the **disconnected** words of the old man. 她討厭那老人東拉西扯的嘮叨。	dis-不， connect連接， -ed……的
unconnected	*adj.* 無關聯的；不連貫的 The two crimes are apparently **unconnected**. 這兩起犯罪顯然沒有關聯。	un-不， connect連接， -ed……的

interconnect	*v.*（使）互相聯繫；（使）互相連接 The two rooms are **interconnected**. 這兩個房間是相連的。	inter-互相， connect連接

C

conscious 有意識的

02.03.43

		助記
consciously	*adv.* 有意識地；自覺地 **Consciously** or unconsciously, you made a choice. 不管是有意識還是無意識，你已經做出了選擇。	conscious有意識的，-ly……地
consciousness	*n.* 意識；知覺；覺悟；自覺 She never recovered **consciousness**. 她再也沒能恢復意識。	conscious有意識的， -ness名詞字尾
self-conscious	*adj.* 有自我意識的；害羞的 I felt a bit **self-conscious** in my swimming suit. 我穿著泳衣覺得有點害羞。	self-自己， conscious有意識的
unconscious	*adj.* 無意識的；不知不覺的 He was **unconscious** of any danger. 他沒意識到任何危險。	un-不，無， conscious有意識的
subconscious	*n./adj.* 下意識心理活動；下意識的，潛意識的 My answer seemed to come from the **subconscious**. 我的回答似乎出自下意識。	sub-下， conscious有意識的
subconsciousness	*n.* 下意識，潛意識 She is an honest girl in my **subconsciousness**. 在我的潛意識裡，她是一個誠實的女孩。	sub-下， conscious有意識的， -ness名詞字尾

conserve 保存；保護

02.03.44

		助記
conservation	*n.* 保存；（對自然資源的）保護 My brother is interested in wildlife **conservation**. 我哥哥對野生動物保護感興趣。	conserv(e)保護， -ation名詞字尾
conservational	*adj.* 保存的；保護的 That is the only **conservational** building in this area. 那是這個地區僅有的保護建築了。	conserv(e)保護， -ation名詞字尾， -al……的
conservationist	*n.* 自然資源保護論者 The promoter of the plan is a **conservationist**. 這個計劃的發起人是個自然資源保護論者。	conserv(e)保護， -ation名詞字尾， -ist者

單字	詞性／例句	助記
conservative	*adj./n.* 保守的，守舊的；保守主義者 The girl was dressed in a **conservative** style. 這個女孩的穿著很保守。	conserv(e)保存，-ative……的
conservator	*n.* 保護者；管理員 I'm a **conservator** in a history museum. 我是一家歷史博物館的管理員。	conserv(e)保護，-ator表示人
ultraconservative	*adj.* 極端保守（主義）的 John is an **ultraconservative** person. 約翰是一個極端保守的人。	ultra-極端，conservative保守的

consider 考慮

02.03.45

單字	詞性／例句	助記
considerable	*adj.* 重要的；相當大（或多）的 He is a **considerable** person in that college. 他是那所學院裡的重要人物。	consider考慮，-able可……的「有考慮的價值」→相當大
considerably	*adv.* 相當大（或多）地 She is **considerably** older than she looks. 她的實際年齡比她看上去要大得多。	consider考慮，-ably可……地「相當值得考慮地」
considered	*adj.* 經過深思熟慮的 This is a **considered** decision. 這是經過深思熟慮作出的決定。	consider考慮，-ed……的
consideration	*n.* 考慮，思考；體諒 You have no **consideration** for others. 你一點都不為別人考慮。	consider考慮，-ation名詞字尾
considerate	*adj.* 考慮周到的；體諒的 He is always **considerate** to elderly people. 他對上年紀的人一向體貼入微。	consider考慮，-ate……的
reconsideration	*n.* 重新考慮 You should give it careful **reconsideration**. 你應該認真地重新考慮一下。	re-再，consider考慮，-ation名詞字尾
unconsidered	*adj.* 未經思考的，隨口（說出）的 I came to regret my **unconsidered** remarks. 我後悔講了那些未經思考的話。	un-未，consider考慮，-ed……的
considering	*prep./conj.* 考慮到，就……來說 **Considering** your age, you've done pretty well. 考慮到你的年齡，你做得夠出色了。	consider考慮，-ing表示狀態

C

inconsiderable	*adj.* 不值得考慮的；無足輕重的 These are not **inconsiderable** difficulties. 這些困難並非微不足道。	in-不， considerable值得考慮的
inconsiderate	*adj.* 考慮不周的；不替別人著想的 It was **inconsiderate** of you not to call. 你連個電話也不打，不夠體諒人。	in-不， considerate考慮周到的
inconsideration	*n.* 考慮不周；不替別人著想 Her **inconsideration** towards others annoyed me. 她不為別人著想讓我很生氣。	in-不， considerat(e)考慮周到的， -ion名詞字尾

content 使滿意（足）；滿意（足）的

02.03.46

		助記
contented	*adj.* 滿意的；滿足的 A **contented** person is happy with what he has. 知足者常樂。	content使滿意（足）， -ed……的
contentment	*n.* 滿意；滿足 He found **contentment** in reading novels. 他從看小說當中得到滿足。	content使滿意（足）， -ment名詞字尾
discontent	*v.* 使不滿意 His rudeness **discontented** the manager. 他的粗魯使經理不滿。	dis-不， content使滿意
discontented	*adj.* 不滿的 He was **discontented** with his salary. 他對自己的薪水感到不滿。	dis-不， content使滿意， -ed……的
malcontent	*n./adj.*（對政治現狀等）不滿者；不滿的 The **malcontent** is always causing trouble. 那個不滿者總是惹麻煩。	mal-不， content滿意的
self-content	*n./adj.* 自滿(的) **Self-content** is a dangerous mood. 自滿是一種危險的情緒。	self-自己， content滿意的，滿足的
self-contented	*adj.* 自滿的 Don't be **self-contented**. 別自滿！	self-自己， content使滿意， -ed……的

C

continent 大陸；洲

02.03.47

		助記
continental	*adj.* 大陸的；大陸性的 The climate in Siberia is typically **continental**. 西伯利亞的氣候是典型的大陸性氣候。	continent大陸，-al……的
intercontinental	*adj.* 洲際的 This is the **intercontinental** ballistic missile. 這是洲際彈道導彈。	inter-在……之間（際），continent洲，-al……的
supercontinent	*n.* 超級大陸 The formation of a **supercontinent** can affect the environment. 一個超級大陸的形成可以影響環境。	super-超級，continent洲，大陸
protocontinent	*n.* 原始大陸 It's said that Indo **protocontinent** was from the Gondwana. 據說印度古陸是從岡瓦納大陸裂解出來的。	proto-原始的，continent大陸
transcontinental	*adj.* 橫貫大陸的 The boreal forest is **transcontinental**. 北方森林橫貫大陸。	trans-越過，橫過，continent大陸，-al……的
continental shelf	*n.* 大陸架；大陸棚 How do people define the **continental shelf**? 人們是怎麼定義大陸棚的?	continent大陸，-al……的，shelf架

continue 繼續

02.03.48

		助記
discontinue	*v.* 不繼續，中斷 He had to **discontinue** taking lessons. 他不得不中斷上課。	dis-不，continue繼續
continuous	*adj.* 繼（連）續的 I look forward to your **continuous** support. 我期望各位繼續支持。	continu(e)繼續，-ous……的
discontinuous	*adj.* 不連續的，間斷的 He found that the sonic surface was **discontinuous**. 他察覺到音波波面是不連續的。	dis-不，continu(e)繼續，-ous……的
continuation	*n.* 繼（連）續 This is the **continuation** of the story. 這是故事的續篇。	continu(e)繼續，-ation名詞字尾

C

continuity	*n.* 繼續（性），連續（性） There is no **continuity** between the parts of his book. 他書中的各部分之間沒有連貫性。	continu(e)繼續， -ity名詞字尾
discontinuity	*n.* 不連續（性）；中斷 There has been **discontinuity** in his education. 他的學業中斷了。	dis-不， continu(e)繼續， -ity名詞字尾
continuance	*n.* 繼續，持續 They didn't expect the **continuance** of war. 他們沒料到戰爭會繼續。	continu(e)繼續， -ance名詞字尾
continual	*adj.* 頻頻的，不斷的 There is **continual** trouble on the frontier. 邊境地區屢屢出事。	continu(e)繼續， -al……的
continuant	*n.*（語音）連續音 /f/, /s/ and /v/ are examples of **continuants**. /f/、/s/ 和/v/是延續音。	continu(e)繼續， -ant表示物
continued	*adj.* 繼續的，連續的，不斷的 We are grateful for your **continued** support. 我們對你們不斷的支持表示感激。	continu(e)繼續， -ed……的
continuing	*adj.* 繼續的，持續不斷的 Thanks for your **continuing** involvement. 感謝你們的不斷參與。	continu(e)繼續， -ing……的

control 控制，管制

02.03.49

		助記
controllable	*adj.* 可控制的 This makes the surfboards more **controllable**. 這會讓衝浪板更易受控制。	control控制， -l-重複字母， -able可……的
incontrollable	*adj.* 不能控制的 The price is **incontrollable**. 價格是不可控制的。	in-不， controllable可控的
uncontrollable	*adj.* 控制不了的 There was an **uncontrollable** note of fear in her voice. 她的聲音中有一種控制不住的害怕。	un-不， controllable可控的
uncontrolled	*adj.* 不受控制的，不受管束的 She suddenly broke into **uncontrolled** sobs. 她突然失去控制地啜泣起來。	un-不，control控制，-l-重複字母，-ed……的

decontrol	*v.* 解除對……的控制 The government **decontrolled** the grain prices. 政府解除了對糧食價格的管制。	de-取消， control管制
self-control	*n.* 自我控制，克制 **Self-control** is courage under another form. 克制是另一種形式的勇氣。	self-自己， control控制
telecontrol	*n.* 遙控 I can control your computer by **telecontrol**. 我可以遠程控制你的電腦。	tele-遠， control控制
control**ler**	*n.* 控制器；管理者 He has the job of **controller** of BBC1. 他擔任BBC1主管一職。	control控制， -l-重複字母， -er表示人或物
British-control**led**	*adj.* 英資的 I got an offer from a **British-controlled** company. 我得到了一個在英資公司工作的機會。	British英國的， control控制， -l-重複字母， -ed……的

cook 煮，烹調

02.03.50

		助記
uncook**ed**	*adj.* 未煮過的，未烹調的，生的 Always wash your hands after handling **uncooked** meat. 碰過生肉後一定要洗手。	un-未， cook煮， -ed……的
cook**er**	*n.* 炊事用具（尤指爐、鍋等）；廚灶 We need a gas **cooker**. 我們需要一個瓦斯爐。	cook煮，烹調， -er表示物
cook**book**	*n.* 烹飪書，食譜 A **cookbook** will give instructions on cooking. 烹飪書會指導你怎樣烹飪菜餚。	cook烹調， book書
cook**out**	*n.* 露天燒烤餐，野餐 I've been invited to a **cookout** this weekend. 我這個週末受邀參加野炊。	cook煮，烹調， out外，外邊
cook**ery**	*n.* 烹調法；烹飪；烹飪處 The school runs **cookery** courses. 這個學校開設烹飪課。	cook烹調， -ery技術，場所
cook**ing**	*adj.* 烹調用的；適於燒煮的 This is the **cooking** salt. 這是烹調用鹽。	cook烹調， -ing……的

cook	*n.* 炊事員，廚師 They fired the **cook**. 他們把廚師解雇了。	「烹調的人」

C

cool 涼的；冷卻

02.03.51

		助記
precool	*v.*（在包裝前）進行預先冷卻；預凍 We need facilities for storing and **precooling** foods. 我們需要儲存和預冷食品的設備。	pre-預先， cool冷卻
precooler	*n.* 預冷器；預凍裝置 Is this the advanced **precooler** that you mentioned? 這就是你說的高級預冷器嗎？	pre-預先， cool冷卻， -er表示物
water-cool	*v.* 用水冷卻 You could **water-cool** the boiled eggs. 你可以用水冷卻這些煮熟的雞蛋。	water水， cool冷卻
air-cool	*v.* 用空氣冷卻 Remove boiled apples and **air-cool** them for a few seconds. 把煮好的蘋果取出，再放涼幾秒。	air空氣， cool冷卻
air-cooler	*n.* 空氣冷卻器 **Air-cooler** is an ordinary heat exchange set. 空氣冷卻器是一種常見的熱交換裝置。	air空氣， cool冷卻， -er表示物
cooler	*n.* 冷卻器；冷藏箱 Is there any beer left in the **cooler**? 冷藏箱裡還有啤酒嗎？	cool冷卻， -er表示物
coolish	*adj.* 有點兒涼的，微涼的 We're having warmish days and **coolish** nights. 現在白天暖洋洋的，夜間涼爽爽的。	cool涼的， -ish稍……的， 略……的
coolness	*n.* 涼爽；冷淡 I noticed certain **coolness** between them. 我察覺到他們之間有些冷淡。	cool涼的， -ness名詞字尾
coolheaded	*adj.* 頭腦冷靜的 We need a **coolheaded** person for the job. 我們需要一個頭腦冷靜的人來做這份工作。	cool冷靜的， head頭，頭腦， -ed……的
coolant	*n.* 冷卻劑 They used helium as a **coolant**. 他們用氦作冷卻劑。	cool冷卻， -ant表示物

copy 抄寫；複製；抄本

02.03.52

		助記
microcopy	*v./n.* 把……複製成縮微本；縮微本 They **microcopied** the whole book. 他們縮印了整本書。	micro-微→縮，copy複製
photocopy	*n.* 複印件，影印件 What's wrong with the **photocopy** machine? 影印機出了什麼問題?	photo照片，copy複製
copyist	*n.* 抄寫員；模仿者 This painting is drawn by a **copyist**. 這幅畫是臨摹的。	copy抄寫，複製，-ist表示人
copybook	*n.* 字帖 This is my father's **copybook**. 這是我爸爸的字帖。	copy抄寫，複制，book書
copyright	*n.* 著作權；版權 Who owns the **copyright** on this song? 誰擁有這首歌曲的版權？	copy抄本，稿本→作品，right權

correct 改正；正確的

02.03.53

		助記
incorrect	*adj.* 不正確的，錯誤的 Your answers are all **incorrect**. 你的答案全錯。	in-不，correct正確的
incorrectly	*adv.* 不正確地，錯誤地 The oral message was **incorrectly** transmitted. 口信傳達錯了。	in-不，correct正確的，-ly……地
uncorrected	*adj.* 未改正的 It is an **uncorrected** paper. 這是張未改正的試卷。	un-未，correct改正，-ed……的
correctly	*adv.* 正確地 You have to **correctly** answer each question. 你必須正確回答每一個問題。	correct正確的，-ly……地
correctness	*n.* 正確（性） Let me check the **correctness** of what you have written. 讓我檢查一下你寫得是否正確。	correct正確的，-ness名詞字尾

correction	*n.* 改正，修改；校正，矯正 The **correction** of his work took a long time. 改他的作業花了很長時間。	correct改正的，-ion名詞字尾
correctional	*adj.* 改正的，矯正的；管教的 He is currently being held in a **correctional** center. 他現在被關在一個管教所裡。	correct改正的，-ion名詞字尾，-al……的
corrective	*adj.* 改正的，矯正的 He has received **corrective** surgery on his eyes. 他的眼睛做過矯正手術。	correct改正，-ive……的
correctitude	*n.*（行為的）端正 Have some **correctitude** in dress. 你要穿著得體。	correct正確的，端正的，-itude表示抽象名詞

count 數；計算

02.03.54

		助　記
miscount	*v.* 誤算；數錯 I must have **miscounted** the number of chairs. 一定是我算錯了椅子的數量。	mis-誤，錯，count數，計算
recount	*v.* 再數；重新計算 They had to **recount** the votes. 他們必須重新計算票數。	re-再，重新，count數，計算
uncountable	*adj.* 不可數的，無數的 Coal is an **uncountable** noun. 「Coal」是不可數名詞。	un-不，count數，-able可……的
discount	*n./v.* 折扣；打折扣 These goods will be sold at a **discount**. 這些商品將打折出售。	dis-除去，count數
account	*n.* 帳目；帳戶 She squared her **account** at the store. 她在商店裡結清了帳目。	ac-表示加強或引申意義，count計算，計數
accountant	*n.* 會計 The **accountant** is checking financial accounts. 會計正在核對財務帳目。	ac-表示加強或引申意義，count計算，-ant表示人「算帳的人」
accountancy	*n.* 會計工作 I can see that you are experienced in **accountancy**. 我看得出你對會計工作頗有經驗。	ac-表示加強或引申意義，count計算，-ancy名詞字尾

accounting	*n.* 會計學 I'm going to study **accounting**. 我將學習會計學。	ac-表示加強或引申意義，count計算，-ing名詞字尾，表示……學
counter	*n.* 計數器；櫃臺 Set the video **counter** to zero before you press play. 在按播放鍵之前，先把錄影機上的計數器調到零。	count計算，-er表示人或物「用於（在上面）計算之物」
counting	*n.* 計算 You must be accurate in **counting**. 你在計算時必須準確。	count計算，-ing名詞字尾，表示行為
countless	*adj.* 無數的，多得數不清的 I've warned her **countless** times. 我警告過她無數次了。	count數，-less無……的
countable	*adj.* 可數的 This is a **countable** noun. 這是一個可數名詞。	count數，-able可……的

country 國家；鄉村；地區

02.03.55

		助記
supercountry	*n.* 超級大國 China is still not a **supercountry**. 中國還不是超級大國。	super-超，country國家
cross-country	*adj.* 橫穿全國的；越野的 We took a **cross-country** route. 我們走的是越野路線。	cross橫穿，越過，country國家
down-country	*adv.* 在平原地區 Business was booming **down-country**. 商業在平原地區比較發達。	down下，country地區
upcountry	*n.* 內地 The **upcountry** is sparsely settled. 內地居民稀少。	up上，country地區
countryman	*n.* 同胞；同鄉；鄉下人 It was 2 years since I'd seen any fellow **countryman**. 我已有兩年沒看到過自己的同胞了。	country國家，鄉村，man人
countrywide	*adj./adv.* 全國範圍的（地） He wants to travel **countrywide**. 他想要周遊全國。	country國家，wide（範圍）廣闊的（地）

		助記
country-born	*adj.* 生在農村的 He was **country-born**. 他出生在農村。	country農村， born出生的
countrified	*adj.* 鄉土氣的；田園風情的 This house has a lovely **countrified** garden. 這座房子帶一個有田園風情的美麗花園。	country鄉村， -fied（y→i+ed） ……化了的
countryside	*n.* 鄉下，農村 I grew up in the **countryside**. 我是在農村長大的。	country鄉村， side邊

courage 勇氣

02.03.56

		助記
courageous	*adj.* 勇敢的，有膽量的，無畏的 You're brave and **courageous**. You can make it. 你勇敢無畏，一定會成功。	courage勇氣， -ous……的
discourage	*v.* 使失去勇氣，使洩氣，使沮喪 You should not let one failure **discourage** you. 你不該失敗一次就灰心喪氣。	dis-取消，除去， courage勇氣
discouragement	*n.* 氣餒，洩氣；阻攔 Uncertainty is a **discouragement** to investment. 不確定性是投資的障礙。	dis-取消，除去， courage勇氣， -ment名詞字尾
discouraging	*adj.* 令人洩氣的，使人沮喪的 It was awfully **discouraging**! 這可太讓人掃興了！	dis-取消，除去， courag(e)勇氣， -ing……的
encourage	*v.* 鼓勵；贊助 Her parents **encouraged** her in her studies. 她的父母鼓勵她好好學習。	en-使……， courage勇氣 「使有勇氣」
encouragement	*n.* 鼓勵；贊助；起鼓勵作用的事物 We raised her spirits with **encouragement**. 我們用鼓勵的話給她打氣。	en-使……， courage勇氣， -ment名詞字尾
encouraging	*adj.* 鼓勵的；贊助的；鼓舞人心的 The early results are **encouraging**. 初步結果鼓舞人心。	en-使……， courag(e)勇氣， -ing……的

cover 蓋；遮蓋

02.03.57

C

單字	釋義 / 例句	助記
discover	*v.* 發現；暴露 Madame Curie **discovered** radium. 居禮夫人發現了鐳。	dis-取消，除去，cover遮蓋「除去遮蓋」
discoverable	*adj.* 能發現的；可看出的 Does she have any **discoverable** principles? 在她身上能看到什麼原則嗎?	dis-取消，除去，cover遮蓋，-able可……的
discoverer	*n.* 發現者 Columbus was the **discoverer** of the New Continent. 哥倫布是新大陸的發現者。	dis-取消，除去，cover遮蓋，-er者
discovery	*n.* 發現；被發現的事物 New scientific **discoveries** are being made every day. 每天都有新的科學發現。	dis-取消，除去，cover遮蓋，-y名詞字尾
undiscovered	*adj.* 未被發現的 The miners struck on an **undiscovered** gold mine. 礦工們突然發現了一個不為人知的金礦。	un-未，discover發現，-ed……的
uncover	*v.* 揭開……的蓋子；使露出 Please **uncover** the pot. 請拿掉鍋蓋。	un-除去，cover蓋子
uncovered	*adj.* 無覆蓋物的；無掩護的 Her long, **uncovered** hair flew back in the wind. 她那露在外面的長髮隨風向後飛舞。	un-無，cover覆蓋，-ed……的
snow-covered	*adj.* 被雪覆蓋的 The plane flew over the **snow-covered** peaks. 飛機從積雪的山峰上面飛過。	snow雪，cover覆蓋，-ed……的
undercover	*adj.* 暗中進行的，秘密的 She worked as an **undercover** agent for the police. 她曾為警察當密探。	under-在……之下，cover掩蓋「在掩蓋之下」
covered	*adj.* 有蓋的；有掩蔽的 I knew a **covered** arena. 我知道一個室內運動場。	cover蓋，-ed……的

C

craft 工藝；技巧；航行器

02.03.58

		助記
handicraft	*n.* 手藝；手工藝；手工藝品 I've found a shop selling **handicrafts**. 我發現了一家出售手工藝品的商店。	hand手, -i-連接字母，craft工藝
handicraftsman	*n.* 手工藝人；手工業者 He is a perfect **handicraftsman**. 他是一位很棒的手工藝者。	hand手，-i-連接字母，craft工藝，-s-連接字母，man人
needlecraft	*n.* 縫紉手藝；刺繡技巧 My grandma is good at **needlecraft**. 我奶奶擅長刺繡。	needle針 craft工藝
woodcraft	*n.* 木工技術；森林生活技能 He is skilled in **woodcraft**. 他精通木工技術。	wood木，craft工藝
pencraft	*n.* 寫作；寫作技巧 She was interested in **pencraft** when she was young. 她小時候對寫作感興趣。	pen筆→書寫，craft技巧
speechcraft	*n.* 口才，辭令 His **speechcraft** is excellent. 他的口才極佳。	speech說話，craft技巧
stagecraft	*n.* 編劇技巧；舞臺技巧 The actor has a gift for **stagecraft**. 這個演員很有編劇天賦。	stage舞臺，craft技巧
statecraft	*n.* 治國才能 **Statecraft** needs wisdom in the management of public affairs. 治國本領需要管理公眾事務的智慧。	state國家，craft技巧，本領
witchcraft	*n.* 巫術；魔法 In old times, many people believed in **witchcraft**. 古時候，很多人相信巫術。	witch女巫，craft技巧，術
aircraft	*n.* 飛機 The wings of the **aircraft** iced up. 機翼上結了一層冰。	air空中，craft航行器
aircraftsman	*n.* 空軍士兵 This soldier is a senior **aircraftsman**. 這個士兵是空軍一等兵。	aircraft飛機，-s-連接字母，man人「開飛機的人」

spacecraft	*n.* 宇宙飛船；太空船 There're three astronauts in the **spacecraft**. 在這艘太空船裡有三名太空人。	space太空， craft航行器
craftsman	*n.* 手藝人，工匠 The table in the kitchen was made by a local **craftsman**. 廚房裡的桌子是本地一位工匠製作的。	craft工藝，技巧， -s-連接字母， man人
craftsmanship	*n.*（工匠的）手藝，技藝 We admired the delicacy of his **craftsmanship**. 我們佩服他精巧的手藝。	craft工藝，技巧， -s-連接字母， man人， -ship名詞字尾
crafty	*adj.* 詭計多端的；狡猾的 He is a **crafty** old devil. 他是個狡猾的老傢伙。	craft技藝→技巧， 計謀， -y多……的
craftiness	*n.* 詭計多端；狡猾 **Craftiness** was written on his face. 他臉上露出一副狡猾的樣子。	crafty詭計多端的， y→i， -ness名詞字尾

create 創造

02.03.59

		助記
re-create	*v.* 再創造，重新創造 This play **re-creates** the life before the war. 該劇再現了戰前的生活景象。	re-再， create創造
recreate	*v.* 使得到消遣（娛樂）；使恢復精力 They **recreate** themselves with playing bridge. 他們打橋牌自娛。	re-再， create創造 「再創造樂趣」
recreation	*n.* 消遣，娛樂（活動） His only **recreation** is watching football. 他唯一的消遣就是看足球賽。	recreat(e)使娛樂， -ion名詞字尾
recreational	*adj.* 消遣的，娛樂的 These areas are set aside for public **recreational** use. 這些地方已經劃為公共娛樂場所。	recreation娛樂， -al……的
uncreated	*adj.* 非創造的；尚未被創造的 The perfect man is **uncreated**. 完美的人還沒被創造出來呢。	un-非，未， creat(e)創造， -ed……的
creation	*n.* 創造，創作；創造物 Life is the source of literary **creation**. 生活是文學創作的源泉。	creat(e)創造， -ion名詞字尾

C

creator	*n.* 創造者，創作者 He is the **creator** of all good and beautiful things. 他是一切美好事物的創造者。	creat(e)創造， -or者
creative	*adj.* 有創造力的；創造性的，創作的 I wish I could do something more **creative**. 我希望我能做些更有創造性的事情。	creat(e) 創造， -ive……的
creativity	*n.* 創造力 I regard **creativity** both as a gift and as a skill. 我認為創造力既是一種天賦也是一種技巧。	creat(e) 創造， -ivity名詞字尾
creature	*n.* 創造物；生物，動物 The poll tax was a **creature** of the government. 人頭稅是政府的發明。	creat(e) 創造， -ure名詞字尾

credit 信任；讚揚；信貸

02.03.60

		助記
creditable	*adj.* 可信的；值得讚揚的 The team produced a **creditable** performance. 該隊的表現值得稱讚。	credit信任，讚揚， -able可……的
creditably	*adv.* 可信地；值得讚揚地 She performed **creditably** in the exam. 她考得好極了。	credit信任，讚揚， -ably可……地
creditability	*n.* 可信性 It is quite important to keep some **creditability**. 保持可信性是相當重要的。	credit信任， -ability可……性
discredit	*v.* 敗壞……的名聲；不信任 I **discredit** all those rumours. 我不相信那些謠言。	dis-除去，失去， credit信任
discreditable	*adj.* 有損信譽的；丟臉的 They suppressed facts **discreditable** to themselves. 他們隱瞞了使他們丟臉的事實。	dis-除去，失去， credit信任，讚揚， -able可……的
accredit	*v.* 相信 We **accredited** what he said. 我們相信了他所說的話。	ac-表示加強意義，credit信任
disaccredit	*v.* 對……不再信任；撤銷對……的任命 The prime minister **disaccredited** a minister. 首相撤銷了對一名部長的任命。	dis-不， accredit信任

creditor	*n.* 貸方；債權人 His main **creditor** is demanding payment. 他的主要債權人正要求他還錢。	credit信貸，-or者「貸款者」

critic 批評的；批評家

02.03.61

		助 記
self-criticism	*n.* 自我批評 His **self-criticism** was not made for show. 他的自我批評不是做做樣子的。	self-自己，critic批評的，-ism表示行為
self-critical	*adj.* 自我批評的 He is a **self-critical** person. 他是一個善於自我批評的人。	self-自己，critic批評的，-al……的
uncritical	*adj.* 不作批評的 He was **uncritical** of his son's conduct. 他對兒子的行為不加批判。	un-不，critical批評的-al……的
overcritical	*adj.* 批評過多的，吹毛求疵的 The **overcritical** teacher can discourage originality. 吹毛求疵的老師可能會扼殺創造性。	over-過分，critic批評的，-al……的
criticism	*n.* 批評，批判；非難；評論 This was the most biting **criticism** made against her. 這是對她最尖銳的批評。	critic批評的，-ism表示行為
criticize	*v.* 批評，批判；非難；評論 You were quite right to **criticize** him. 你批評他批評得很對。	critic批評的，-ize動詞字尾
critical	*adj.* 批評（性）的；愛挑剔的；評論（性）的 She was always **critical** of me. 她總是挑我的毛病。	critic批評的，-al……的
critique	*n.* 評論；評論文章 The newspaper often carries **critiques** of new films. 這家報紙經常刊登對新電影的評論文章。	c→que，轉為名詞

cross 十字形；（使）交叉；橫穿

02.03.62

		助 記
across	*prep./adv.* 橫過，穿過 We'll have to swim **across**. 我們得游過去。	a-表示加強意義，cross橫穿

intercross	*v.*（使）交叉 Time and memory **intercross** each other. 時間和記憶相互交叉著。	inter-互相，cross使交叉
uncross	*v.* 使不交叉 He **uncrossed** his legs and stood up. 他放下交叉著的雙腿，站了起來。	un-不，cross使交叉
crossed	*adj.* 十字形的；（電話）接錯線的 I phoned him up and got a **crossed** line. 我給他打電話，但是接錯線了。	cross十字形，使交叉，-ed……的「接錯線」
cross-question	*v.* 盤問 The police came back and **cross-questioned** him again. 警察又回來重新盤問他。	cross交叉→反複，question問
cross-check	*v.* 反覆核實；從各方面查對 You have to **cross-check** everything you hear. 你必須從各方面查對所聽到的每一件事。	cross交叉→反複，check核對
cross-examine	*v.* 盤問 The lawyer will get a chance to **cross-examine** him. 律師將有機會盤問他。	cross交叉→反覆，examine檢查，查問
cross-examination	*n.* 盤問 Under **cross-examination**, he admitted to his sins. 在反覆盤問下，他承認了他的罪行。	cross交叉→反覆，examin(e)查問，-ation名詞字尾
crosswalk	*n.* 人行（橫）道 We should go across a road at the **crosswalk**. 我們應該走人行（橫）道過馬路。	cross橫穿，walk人行道
crosscut	*n.* 橫切；近路，捷徑 Good habits are the **crosscut** to success. 好習慣是成功的捷徑。	cross橫穿，cut切
cross-legged	*adv.* 盤著腿；蹺著二郎腿 He sat **cross-legged** on the floor. 他盤腿坐在地上。	cross使交叉，leg腿，-g-重複字母，-ed……的
crossroads	*n.* 十字路口；轉折點 They met at the **crossroads**. 他們在十字路口相遇。	cross十字形，交叉，road路
crossing	*n.* 十字路口，交叉（點） Turn left at the first **crossing**. 在第一個十字路口左轉。	cross十字形，交叉，-ing名詞字尾

cross-dress	*v.* 男扮女裝；女扮男裝；穿異性服裝 If they want to **cross-dress**, that's fine. 如果他們想做異性裝扮，可以。	cross交叉→交換，dress穿衣

culture 文化；教養；栽培

02.03.63

		助　記
cultural	*adj.* 文化（上）的；教養的；栽培的 There are **cultural** differences between the two communities. 這兩個社群之間存在文化差異。	cultur(e) 文化，-al……的
cultured	*adj.* 有文化的；文雅的；人工養殖的 He is a **cultured** man with a wide circle of friends. 他為人文雅，結交廣泛。	cultur(e)文化，栽培，-ed……的
culturist	*n.* 栽培者；培養者；文化主義者 Teachers are the **culturist** for the next generation. 教師是下一代的栽培者。	cultur(e)文化，栽培，-ist表示人
uncultured	*adj.* 未受教育的；無教養的；沒有文化的 He comes from an **uncultured** family. 他來自一個沒什麼文化的家庭。	un-未，無，cultur(e)教養，文化，-ed……的
multicultural	*adj.* 多元文化的 We live in a **multicultural** society. 我們生活在一個多元文化的社會中。	multi-多，culture文化，-al……的

cut 切；割；刻

02.03.64

		助　記
cutter	*n.* 切割器械；切割工人 A wood **cutter** piloted us over the mountains. 一位伐木工人帶領我們翻山越嶺。	cut切，-t-重複字母，-er表示人或物
cutting	*n.* 切；割；剪；砍 Straighten out the material before **cutting**. 在切割前先將材料弄直。	cut切，割，-t-重複字母，-ing名詞字尾
uncut	*adj.* 未切的；未割的；未修剪的 Trees were left **uncut**, roads unpaved. 樹沒有修剪，路也沒有鋪。	un-未，cut切，割
haircut	*n.* 理髮 I'll get a **haircut**. 我要去理髮。	hair頭髮，cut切→剃，理

woodcut	*n.* 木刻；木版畫 I'm interested in **woodcut** very much. 我對木版畫十分感興趣。	wood木， cut刻
woodcutter	*n.* 木刻家；伐木工人；樵夫 The **woodcutter** chopped that tree. 樵夫砍倒了那棵樹。	wood木， cutter切割者
paper-cut	*n.* 剪紙 Mary is skilled at **paper-cut**. 瑪麗擅長剪紙。	paper紙， cut剪
sharp-cut	*adj.* 分明的；鮮明的 Shakespeare made lots of **sharp-cut** play characters. 莎士比亞刻畫了許多鮮明的戲劇形象。	sharp尖的，線條分明的， cut刻→刻畫
shortcut	*n.* 近路；捷徑 Let's take the **shortcut** across the sports field. 咱們從操場穿過去吧。	short短， cut切 「把路切短」
sword-cut	*n.* 刀傷；劍傷 He has a **sword-cut** on his face. 他的臉上有一道刀傷。	sword劍， cut割→割傷
grass cutter	*n.* 割草機 I borrowed a **grass cutter** from my neighbor. 我從鄰居那兒借了割草機。	grass草，cut割， -t-重複字母， -er表示物
clean-cut	*adj.* 輪廓分明的；整潔好看的 Tony is a **clean-cut** guy. 托尼是個乾淨清秀的小夥子。	clean清楚的， cut切
cutoff	*n.* 截止點；界限 Is there a **cutoff** point between childhood and adulthood? 童年與成年之間有分界線嗎？	cut切， off離
cut-throat	*adj.* 殺人行凶的；競爭激烈的 **Cut-throat** competition is keeping prices low. 激烈的競爭使價格保持在低水平。	cut切， throat咽喉
cutback	*n.* 削減，縮減 The 200-person staff **cutbacks** were announced yesterday. 昨天宣布裁員200人。	cut切， back回 「往回切」

dance 跳舞；舞蹈

02.04.01

		助記
dancer	*n.* 跳舞者；舞蹈演員 Usually only a trained **dancer** can do the splits. 通常只有訓練有素的舞蹈演員才會劈腿。	danc(e)跳舞， -er者
dancing	*n.* 跳舞；舞蹈 His victory was celebrated with music and **dancing**. 用音樂和舞蹈慶祝他的勝利。	danc(e)跳舞， -ing名詞字尾
dancery	*n.* 舞廳 Let's find him in the **dancery**. 我們去舞廳找他吧。	danc(e)跳舞， -ery表示場所
dance band	*n.* 伴舞樂隊 We've got two saxophonists in our **dance band**. 我們的伴舞樂隊有兩名薩克斯手。	dance跳舞， band樂隊
dance duet	*n.* 雙人舞 I am only an ordinary **dance duet** actor. 我只是一個普通的雙人舞演員。	dance跳舞， duet二重唱
ropedancing	*n.* 走（鋼）索 He has the special skill of **ropedancing**. 他有走鋼索的特技。	rope繩→繩索， danc(e)跳舞， -ing名詞字尾
wiredancer	*n.* 走鋼絲演員 Her boyfriend is a **wiredancer**. 她男朋友是走鋼絲演員。	wire鋼絲， danc(e)跳舞， -er者
pole dance	*n.* 鋼管舞 He hoped to become the king of **pole dance**. 他希望成為鋼管舞之王。	pole杆→管， dance舞蹈
ballet dancer	*n.* 芭蕾舞演員 His wife is a **ballet dancer**. 他妻子是一位芭蕾舞演員。	ballet芭蕾舞， dancer舞者
dance movement	*n.* 舞蹈動作 His **dance movements** are vigorous and graceful. 他的舞姿雄健優美。	dance舞蹈， movement動作

D

dark 黑（暗）的；黑暗 02.04.02

		助記
darken	*v.*（使）變黑，（使）變暗 The evening shadows **darkened** the room. 夜幕使房間暗了下來。	dark黑的，暗的，-en動詞字尾，使變得……
darkling	*adj.* 微暗的；黑暗中的 He looked up at the **darkling** sky. 他抬起頭看微暗的天空。	dark黑暗，-ling……的
darkish	*adj.* 微暗的；淺黑的 Applicable objects: **darkish** yellow, dry skin. 適用對象：暗黃、乾性皮膚。	dark黑的，暗的，-ish略……的，微……的
dark meat	*n.*（家禽等的）腿（部）肉；深色肉 He doesn't eat the **dark meat**. 他不吃家禽腿部的肉。	dark黑的，meat肉「顏色黑的肉」
darksome	*adj.* 黑暗的；陰沉的 This is a **darksome** castle. 這是座陰森的城堡。	dark黑暗，-some……的
darkness	*n.* 黑暗 The room was in total **darkness**. 房間裡漆黑一片。	dark黑暗的，-ness名詞字尾
darkroom	*n.* 暗室 Do not turn on **darkroom** lamps. 不要打開暗室的燈。	dark暗的，room室
dark horse	*n.* 黑馬（指意外獲勝的人） The **dark horse** of this World Cup is China. 本屆世界杯上的黑馬是中國。	dark黑的，horse馬

date 日期；註明日期 02.04.03

		助記
dateless	*adj.* 無日期的；無限期的；遠古的 He made a **dateless** promise. 他許下了一個遙遙無期的承諾。	date日期，-less無……的
dated	*adj.* 註有日期的；過時的 I received a **dated** document. 我收到了一份註有發文日期的公文。	dat(e)註明日期，-ed……的

antedate	*v.* 使提前發生 The cold weather **antedated** their departure. 寒冷的天氣使他們提前離開了。	ante-前， date日期 「把日期提前」
long-dated	*adj.*（債券或票據等）遠期的，長期的 **Long-dated** government bond yields marginally lower. 長期政府債券的收益微跌。	long長久的， dat(e)日期， -ed……的
short-dated	*adj.*（票據等）短期的 **Short-dated** corporate bonds are becoming more popular. 短期企業債券越來越受歡迎。	short短的， dat(e)日期， -ed……的
backdate	*v.* 追溯到 The pay rise is to be **backdated** to January 1st. 這次加薪將從1月1日算起。	back回， date日期
out-of-date	*adj.* 過時的 This room's decoration has been **out-of-date**. 這個房間的裝修已經過時了。	out-of脫離，在 ……之外， date日期→現在
up-to-date	*adj.* 直到最近的；新式的；現代的 This computer is **up-to-date**, indeed. 這臺電腦確實是新式的。	up to直到……， date日期→現在 「最新，最近」
update	*v.* 更新 It's about time we **updated** our software. 我們的軟件該更新了。	up上升， date日期→現在 「升到與現在同步」
misdate	*n.* 錯誤的日期 Sorry, I provided the **misdate** to you. 不好意思，我給你的日期是錯的。	mis-錯， date日期
undated	*adj.* 未註明日期的；日期不定的 He gave that man an **undated** check. 他給了那個人一張未註日期的支票。	un-未，無， dat(e)日期， -ed……的

day 日；白天

02.04.04

		助　記
holiday	*n.* 節日；假日 The school **holidays** start tomorrow. 學校假期從明天開始。	holi←holy神聖的， 神的，day日 「敬神日，不工作」
nowadays	*adv.* 現在，當今 News flies about rapidly **nowadays**. 現在消息傳播得很快。	now現在，-a-連 接字母，day日， -s副詞字尾

latter-day	*adj.* 近代的；當今的 He holds the belief that he is a **latter-day** prophet. 他深信自己是當代先知。	latter最近的，現今的，day日子
all-day	*adj.* 全天的 This is the **all-day** lipstick of Estée Lauder. 這是雅詩蘭黛的全日潤唇膏。	all全部的，day一天
midday	*n.* 日中，中午，正午 “Do you allow **midday** naps?” 「你們允許午睡嗎？」	mid-中，中間，day日
doomsday	*n.* 世界末日；最後審判日 I love you until **Doomsday**. 我愛你直到世界末日。	doom毀滅，死亡，-s-連接字母，day日
school-days	*n.* 學生時代 I always remember my **school-days**. 我總是回憶起我的學生時代。	school學校，day日子，s複數，表示多
someday	*adv.* 總有一天，有朝一日 **Someday** he'll be famous. 總有一天他會成名的。	some某，day日「某一天」
everyday	*adj.* 每天的；日常的 She had only an **everyday** story to tell. 她也就只有日常瑣事可談。	every每，day日
payday	*n.* 發薪日 Friday is my **payday**. 週五是我的發薪日。	pay工資，薪金，day日
playday	*n.* 假日；休息日 **Playday** is my favorite day. 休息日是我的最愛。	play玩，day日
weekday	*n.* 工作日 You'd better come on a **weekday**. 你最好工作日來。	week週，day日「週末以外的日子」
weekdays	*adv.* 在工作日 Open **weekdays** from 9 a.m. to 6 p.m. 星期一至星期五上午9點至下午6點開放。	week週，day日，-s副詞字尾
day-to-day	*adj.* 日常的；過一天算一天的 The lazybones leads an aimless **day-to-day** life. 這個懶骨頭過一天算一天，過著漫無目標的生活。	day日，to到，day日「一天又一天」

washday	*n.*（家庭中固定的）洗衣日 Today is Mr. Bean's **washday**. 今天是豆豆先生的洗衣日。	wash洗，day日
dog days	*n.* 大熱天，三伏天（小暑與立秋之間） **Dog days** are the hardest time in Guangzhou. 三伏天是廣州最難熬的日子。	dog狗，days日子「狗都熱得受不了的日子」
daybreak	*n.* 破曉，黎明 It was six-thirty, almost **daybreak**. 時間是6點30分，天幾乎要破曉了。	day天，break破
daydream	*n.* 白日夢，幻想，空想 She stared out of the window, lost in a **daydream**. 她凝視窗外，沉浸在幻想之中。	day白天 dream做夢，
daydreamer	*n.* 白日夢者，空想家 Nobody wants to be a **daydreamer**. 沒有人想做一個空想家。	day白天，dream做夢，-er表示人
daylight	*n.* 日光；白晝 It's crazy. It's **daylight** robbery. 真是瘋了。簡直是漫天要價（光天化日下搶劫）。	day日，light光
daytime	*n.* 白天，日間 This park is open during the **daytime**. 這個公園日間開放。	day白天，time時間
daylong	*adj.* 整天的 A **daylong** meeting makes us exhausted. 一整天的會議讓大家筋疲力盡。	day日→一天，long長「一天那麼長」
dayman	*n.* 做日班的人 It is hard to find a **dayman** at Chinese New Year time. 春節期間很難找到做白班的人。	day白天，man人「白日做工的人」
day-care	*adj.* 日間托兒的 They will also need to increase **day-care** funding. 他們還需要增加日托資金。	day白天，日間，care關懷，照顧→照看
day trip	*n.* 一日遊 Come on, a **day trip** to France. 來看一下吧，法國一日遊。	day日→一日，當天，trip旅行
day out	*n.* 一天假日；在外面度過的一天 We had a **day out** in the country. 我們在鄉下玩了一天。	day日→一日，當天，out外出

death 死亡

02.04.05

		助記
deathless	*adj.* 不死的；永恆的 Is love **deathless**? 愛是永恆的嗎？	death死亡， -less不……的
deathful	*adj.* 致命的；致死的 He made a **deathful** mistake. 他犯了一個致命的錯誤。	death死亡， -ful……的
deathly	*adv.* 致死地；死一般地 Her face was **deathly** pale. 她的臉色死一般蒼白。	death死亡， -ly……地
deathblow	*n.* 致命的一擊 The enemy suffered a **deathblow**. 敵人遭到了一次致命的打擊。	death死亡， blow打擊
deathwatch	*n.* 臨刑死囚的看守人；臨終的看護 The **deathwatch** will look after that criminal. 看守人會照顧那個臨刑的死囚。	death死亡， watch看守
death rate	*n.* 死亡率 The **death rate** dropped to two percent. 死亡率下降到百分之二。	death死亡， rate率

decide 決定

02.04.06

		助記
decided	*adj.* 確定無疑的；明顯的 He has a **decided** advantage. 他有明顯的優勢。	decid(e)決定， -ed……的
undecided	*adj.* 未定的，未決的 You could say these silent majorities are **undecided**. 你可以說這些沉默的大多數人主意未定。	un-未， decid(e)決定， -ed……的
decidable	*adj.* 可以決定的；可以裁定的 It is a **decidable** proposition. 這是個可決策命題。	decid(e)決定， -able可……的
decider	*n.* 決定者；裁決者 I'm the **decider**, and I decide who the winner is. 我是決定者，我來決定勝負。	decid(e)決定， -er者

decisive	*adj.* 決定性的；果斷的 He is a **decisive** leader. 他是一名果斷的領袖。	decid(e)決定， 音變：d→s， -ive……的
decision	*n.* 決定；決心；決議 Marriage is a big **decision**. 婚姻是一項重大的決定。	decid(e)決定， 音變：d→s， -ion名詞字尾

deep 深（厚）的

02.04.07

		助記
skin-deep	*adj.* 膚淺的，表面的 Beauty is only **skin-deep**. 美貌只是表象。	skin皮膚， deep深的，厚的 「只有皮膚的厚度」
lip-deep	*adj.* 表面上的；僅僅口頭上的 You need to see the essence, not just the **lip-deep**. 你需要看本質，不能只關注表面。	lip嘴唇，嘴皮， deep深的，厚的 「只有嘴皮的厚度」
bone-deep	*adj.* 刻骨的；深刻的 John has a **bone-deep** knowledge of this city. 約翰對這個城市有著深刻的了解。	bone骨， deep深的 「深入骨髓的」
knee-deep	*adj.*（積雪等）齊膝深的；深陷在……中的 They stood in the **knee-deep** snow. 他們站在齊膝深的雪裡。	knee膝， deep深的
breast-deep	*adj.* 齊胸深的 He was in the **breast-deep** water. 他在深可及胸的水中。	breast胸， deep深的
deepen	*v.* 加深 Their friendship soon **deepened** into love. 他們的友誼很快加深而發展成愛情。	deep深的， -en動詞字尾， 使……
depth	*n.* 深（度） What's the **depth** of the water? 水有多深？	dep←deep深的 （略去e）， -th名詞字尾
in-depth	*adj.* 深入的；徹底的 They had an **in-depth** exchange of views. 他們深入交換了意見。	in入， depth深
depth-bomb	*v.* 用深水炸彈攻擊（或炸毀） The terrorists want to **depth-bomb** the U-boat. 恐怖分子準備用深水炸彈襲擊潛水艇。	depth深， bomb轟炸

deeply	*adv.* 深深地；非常 The outcome was **deeply** disappointing. 結果讓人非常失望。	deep深的， -ly……地
deepfelt	*adj.* 深深感到的 Now he is drowning himself in **deepfelt** regret. 現在他正陷入深深的懊悔之中。	deep深深地， felt感到的
deep-rooted	*adj.* 根深蒂固的 The country's political divisions are **deep-rooted**. 這個國家的政治分歧根深蒂固。	deep深的， root根， -ed……的
deep-sea	*adj.* 深海的 Many coastal cities offer **deep-sea** fishing. 許多濱海城市會組織深海捕魚活動。	deep深的， sea海
deepwater	*adj.* 深水的 They are responsible for this **deepwater** seaport project. 他們負責這個深水港項目。	deep深的， water水
deep-set	*adj.*（眼睛等）深陷的 His eyes were **deep-set**, and he had a long beard. 他眼睛深陷，留著長鬍鬚。	deep深深地， set下沉 「下沉地深的」

defend 防守；保衛；為……辯護

02.04.08

		助記
defender	*n.* 防禦者；保護人；防守隊員 He is a great **defender**. 他是一名優秀的防守隊員。	defend防守， -er者
defensible	*adj.* 能防禦的；合情理的；可辯解的 Is abortion morally **defensible**? 墮胎從道德上講合乎情理嗎？	defend防守，辯解， 音變：d→s， -ible能……的
indefensible	*adj.* 無法防禦的；站不住腳的；無法辯解的 That's an **indefensible** lie. 那是無法辯解的謊言。	in-無，不， defensible能防禦的，可辯解的
defensive	*adj.* 防禦的；[體]防守的 He plays **defensive** positions brilliantly. 他防守打得十分出色。	defend防守， 音變：d→s， -ive……的
undefended	*adj.* 不設防的 This is an **undefended** city. 這是座不設防的城市。	un-無， defend防守， -ed……的

self-defense	*n.* 自衛 **Self-defense** courses are harder to get. 自衛課程更難掌握。	self-自己， defense(d→se) 防守
self-defensive	*adj.* 自衛的，防備的 We are shocked at that kid's **self-defensive** behavior. 我們對那個小孩的防備行為感到驚訝。	self-自己， defens(e)防禦， -ive……的
defence	*n.* 防禦；保衛；防護 The walls will act as a **defence** against flooding. 牆將起防洪的作用。	defence(d→ce) 防守，變為名詞
defenceless	*adj.* 無防禦的；不能自衛的；沒有保護的 The soldiers charged down on the **defenceless** villagers. 士兵向無力自衛的村民們沖了過去。	defence防禦， -less無……的

D

dense 稠密的；濃密的

02.04.09

		助記
density	*n.* 密集（度）；稠密（度） The region has a very high population **density**. 該地區的人口密度很高。	dens(e)稠密的， -ity名詞字尾
condense	*v.*（使）凝結；（使）縮短 Water vapour **condenses** to form clouds. 水蒸氣凝結成雲。	con-加強意義， dense濃密的
condensable	*adj.* 可凝結的 This kind of liquid is **condensable**. 這種液體是可凝結的。	con-加強意義， dens(e)濃密的， -able可……的
condensation	*n.* 凝聚；凝結的水珠；縮寫本 There was **condensation** on the glass windows. 玻璃窗上凝結著水珠。	con-加強意義， dens(e)濃密的， -ation名詞字尾
incondensable	*adj.* 不能聚集的；不能濃縮的 It is an **incondensable** judicial opinion. 這是無法聚焦的審判意見。	in-不，con-加強意義， dens(e)濃密的， -able可……的

depend 依靠

02.04.10

		助記
dependable	*adj.* 可靠的 They are trustworthy and **dependable**. 他們是可信又可靠的人。	depend依靠， -able可……的

D

dependent	*adj.* 依靠的；從屬的 You can't be **dependent** on your parents all your life. 你不可能一輩子依靠父母生活。	depend依靠， -ent……的
dependence	*n.* 依靠（的人）；依賴；從屬 He was her sole **dependence**. 他是她唯一能依靠的人。	depend依靠， -ence名詞字尾
independent	*adj.* 獨立的，自主的 She is a very **independent** young woman. 她是個很獨立的年輕女子。	in-不，depend依靠，依賴， -ent……的 「不依賴的」
independence	*n.* 獨立，自主 Having a job gives you financial **independence**. 有一份工作能讓你經濟獨立。	in-不， depend依靠， -ence名詞字尾
self-dependence	*n.* 依靠自己，自力更生 This is a lifestyle of **self-dependence**. 這是一種自力更生的生活方式。	self自己， depend依靠， -ence名詞字尾
interdependent	*adj.* 互相依賴的，互相依存的 They are countries with **interdependent** economies. 他們在經濟上是相互依存的國家。	inter-相互， depend依靠， -ent……的
interdependence	*n.* 互相依賴，互相依存 **Interdependence** is no longer an abstract noun. 相互依存不再是一個抽象名詞。	inter-相互， depend依靠， -ence名詞字尾

describe 描寫；敘述

02.04.11

		助記
indescribable	*adj.* 難以描寫的；難以形容的 My love for you is **indescribable**. 我對你的愛是難以形容的。	in-不，describ(e)描寫，-able可……的
misdescribe	*v.* 錯誤地描述 He is a good guy, so don't **misdescribe** him. 他是好人，請別亂說。	mis-錯誤， describe描述
describer	*n.* 描寫者；敘述者 The **describer** is his grandpa. 敘述者是他爺爺。	describ(e)描寫，敘述，-er者
describable	*adj.* 可描述的；可描繪的 Romance can be **describable** but not definable. 浪漫是可描述的，但是不可定義的。	describ(e)描述， -able可……的

description	*n.* 描寫；敘述 It is beyond **description**. 這難以用語言描述。	describ(e)描寫，音變：b→p，-tion名詞字尾
descriptive	*adj.* 描寫的；敘述的 Write a **descriptive** essay about spring. 寫一篇描寫春天的短文。	describ(e)描寫，音變：b→p，-ive……的

desert 沙漠；拋棄；逃亡

02.04.12

		助記
desert boot	*n.* 沙漠靴 Someday, the **desert boot** will become a fashion style. 有一天，沙漠靴會變成一種時尚。	desert沙漠，boot靴子
deserted	*adj.* 被拋棄的 Malls and souks are **deserted**. 商場和露天市場都已被廢棄。	desert拋棄，-ed……的
desertion	*n.* 遺棄；離棄；擅離職守 "This is not a strike. It is a **desertion**," he said. 他說：「這不是罷工，而是擅離職守。」	desert擅離職守，-ion名字尾
deserter	*n.* 開小差的人；逃兵 The man is a **deserter**. 這人是個逃兵。	desert開小差，逃亡，-er表示人
desertification	*n.* 沙漠化 A third of Africa is under the threat of **desertification**. 非洲有三分之一的土地面臨沙漠化的威脅。	desert沙漠，-i-連接字母，-fy動詞字尾，使……，-cation名詞字尾

desire 願望，希望

02.04.13

		助記
undesirable	*adj.* 不受歡迎的；不合意的 The drug may have other **undesirable** effects. 這種藥可能會有其他副作用。	un-不，desir(e)希望→歡迎，-able可……的
undesired	*adj.* 不受歡迎的；令人失望的 This is an **undesired** result. 這是個令人失望的結果。	un-不，非，desir(e)希望，-ed……的
desirable	*adj.* 值得想望的；可取的 The house has many **desirable** features. 這棟房子有許多吸引人的特點。	desir(e)願望，想望，-able可……的

		助記
desirous	*adj.* 渴望的 He became restless and **desirous** of change. 他變得不安分起來，渴望變化。	desir(e)想望， -ous……的

detect 偵察；發覺 02.04.14

		助記
detectable	*adj.* 可察覺的，可發現的 The noise is barely **detectable** by the human ear. 人的耳朵幾乎察覺不到這種噪音。	detect發覺， -able可……的
detective	*n./adj.* 偵探；偵探的，探測的 I don't have to be a **detective** to figure that out. 我不是偵探也想得出。	detect偵察，偵探，-ive名詞兼形容詞字尾
detection	*n.* 偵察；探測；發覺 Many problems, however, escape **detection**. 然而，許多問題未被察覺。	detect偵察， -ion名詞字尾
detector	*n.* 發現者；探測器 There is a smoke **detector** in his room. 他房間裡有一個煙霧探測器。	detect偵察， -or表示人或物
detectaphone	*n.* 竊聽電話機；竊聽器 The police put a **detectaphone** in his office. 警察在他辦公室裡放了竊聽器。	detect偵察， -a-連接字母， phone電話機
undetected	*adj.* 未被發現的，未被覺察的 This inattention can leave skin cancers **undetected**. 這種疏忽可能會導致皮膚癌漏檢。	un-未， detect發覺， -ed(被)……的

determine 決定；確定 02.04.15

		助記
undetermined	*adj.* 未決定的；不堅定的；未確定的 He's an **undetermined** character. 他是個優柔寡斷的人。	un-未， determin(e)決定， -ed……的
indeterminable	*adj.* 無法確定的 Scale and distance were **indeterminable**. 範圍和距離都無法確定。	in-無，不， determin(e)確定， -able可……的
indetermination	*n.* 不確定；猶豫不決 The **indetermination** seems to exceed the cognition. 不確定性似乎超越了認知能力。	in-無，不， determin(e)確定， -ation名詞字尾

indeterminate	*adj.* 不確定的；未決定的 She is a girl of **indeterminate** age. 她的年齡難以確定。	in-無，不，determin(e)決定，-ate形容詞字尾，……的
predetermine	*v.* 預先確定 Don't try to **predetermine** your profits. 不要試圖預先確定你的利潤。	pre-先，預先，determine決定
self-determination	*n.* 自決，自主；民族自決 We stand not for the empire, but for **self-determination**. 我們不支持帝國，而支持自主。	self-自己，determin(e)決定，-ation名詞字尾
determined	*adj.* 已決定了的；已確定了的 His identity couldn't be **determined**. 他的身份無法確定。	determin(e)決定，-ed已……的
determination	*n.* 決定；確定；決心 You have to admire their **determination**. 你不得不欽佩他們的決心。	determin(e)決定，-ation名詞字尾
determinative	*adj.*（有）決定（作用）的 Water plays a **determinative** role in controlling desertification. 水在沙漠化治理中起著決定性作用。	determin(e)決定，-ative……的
determinable	*adj.* 可決定的；可確定的 Now investment income has become **determinable**. 現在投資收益已可確定。	determin(e)決定，-able可……的
determinant	*n.* 決定因素 Cost is not the sole **determinant**. 費用並不是唯一的決定因素。	determin(e)決定，-ant名詞字尾
determinism	*n.* 決定論 I don't believe in historical **determinism**. 我不相信歷史決定論。	determin(e)決定，-ism名詞字尾，……論
determinist	*n.* 決定論者 Mark Twain was a **determinist**. 馬克•吐溫是一個決定論者。	determin(e)決定，-ist者

develop 發展，開發

02.04.16

		助記
undeveloped	*adj.* 未開發的；不發達的 This is a block of **undeveloped** land. 這是塊未開發的土地。	un-未，不，develop開發，-ed……的

D

overdeveloped	*adj.* 過度發展的；過度的 You have an **overdeveloped** sense of curiosity. 你的好奇心強得過頭了。	over-過度， develop發展， -ed……的
underdeveloped	*adj.* 經濟不發達的；發育不全的 The baby was born with **underdeveloped** kidneys. 這個嬰兒的腎臟先天發育不全。	under-不足，不全， develop發達， -ed……的
underdevelopment	*n.* 不發達；發展不充分 What's the main reason for the **underdevelopment** of the film industry?電影產業發展不充分的主要原因何在？	under-不足， develop發達， -ment名詞字尾
developable	*adj.* 可發展的；可開發的 The system is **developable**. 該系統是可開發的。	develop發展， -able可……的
developer	*n.* 開發者 We need a software **developer**. 我們需要一名軟體開發人員。	develop開發， -er者
developing	*adj.* 發展中的；開發中的 China is a **developing** country. 中國是一個發展中國家。	develop發展， -ing……的
development	*n.* 發展；開發 He bought this land for **development**. 他買了這塊地準備開發。	develop發展， -ment名詞字尾
developmental	*adj.* 發展的；開發的 The product is still at a **developmental** stage. 這種產品仍處於研發階段。	develop發展，-ment 名詞字尾，-al……的

devil 魔鬼

02.04.17

		助　記
devious	*adj.* 不誠實的，欺詐的 He got rich by **devious** means. 他以欺詐的手段大發橫財。	devi(l)魔鬼， -ous……的 「魔鬼都狡詐」
daredevil	*n./adj.* 魯莽大膽的（人） The **daredevil** couple ended vacation. 這對魯莽的夫婦結束了旅遊度假。	dare敢，大膽， devil魔鬼
daredevilry	*n.* 魯莽大膽；蠻勇 The **daredevilry** is infeasible. 蠻勇是不可行的。	dare敢，大膽， devil魔鬼， -ry名詞字尾

bedevil	*v.* 使著魔；使苦惱 His career was **bedevilled** by injury. 他的事業深受傷痛的困擾。	be-使……， 使成為……， devil魔鬼
devilish	*adj.* 魔鬼似的；極端的 Then there are the **devilish** politics. 也有一些極端的策略。	devil魔鬼， -ish似……的
devilment	*n.* 魔鬼似的行徑；惡作劇；開玩笑 She played a trick on him out of sheer **devilment**. 她捉弄他完全是為了開玩笑。	devil魔鬼， -ment名詞字尾

D

dictate 口授；命令

02.04.18

		助記
dictation	*n.* 口述；聽寫；命令 I wrote the letter at his **dictation**. 我照他的口述寫信。	dictat(e)口授， -ion名詞字尾
dictator	*n.* 口授者；獨裁者，專政者 Finally, they threw down the **dictator**. 他們最終推翻了獨裁者。	dictat(e)口授， 命令，-or者
dictatorship	*n.* 專政，獨裁 **Dictatorship** stands for the denial of individual freedom. 獨裁意味著否定個人自由。	dictat(e)命令， -or者， -ship表抽象名詞
dictatorial	*adj.* 獨裁的，專政的；專橫的 Her father is very **dictatorial**. 她父親很專橫。	dictat(e)命令， -or者， -al……的

dead 死的

02.04.19

		助記
deadline	*n.* 最後期限，截止日期 He missed the **deadline** for applications. 他錯過了申請截止日期。	dead死的， line線 「快到死亡的線」
deadlock	*n.* 僵局 A bigger danger is therefore **deadlock**. 更大的危險就是陷入僵局。	dead死的， lock鎖 「死死鎖住」
deadly	*adj./adv.* 致命的，極度的；非常 The conference was **deadly** dull. 會議開得非常沉悶。	dead死的，-ly形 容詞或副詞字尾

D

deadpan	*adj./adv.* 面無表情的（地） He spoke his lines utterly **deadpan**. 他面無表情地背臺詞。	dead死的，pan平鍋「僵硬的像平鍋一樣的表情」
undying	*adj.* 不死的；不朽的；永恆的 They declared their **undying** love for each other. 他們宣稱永遠相愛。	un-不，dying瀕死的
die-away	*adj.* 消沉的；頹喪的 You can read the **die-away** history of their kingdom. 你可以讀一下他們王國的衰落史。	die死→枯萎，凋謝，消逝，away……掉
diehard	*adj.* 頑固的，死硬的；堅定的 I'm Morgan Freeman's **diehard** fan. 我是摩根•費里曼的鐵粉絲。	die死，hard硬的，難的
dying	*n.* 死亡 **Dying** is as natural as living. 有生必有死。	die死，-ing名詞字尾
do-or-die	*adj.* 拚死的，破釜沉舟的；生死關頭的 He has a **do-or-die** look on his face. 他臉上有一種破釜沉舟的神情。	do做，or或，die死「不做就得死」
die-in	*n.* 擬死示威 Human rights activists have staged a "**die-in**". 人權運動支持者集體上演「擬死示威」。	die死亡，in表示集會、示威行動

differ 不同；相異

02.04.20

		助記
difference	*n.* 不同；差異，差別 There's a world of **difference** between these two things. 這完全是兩碼事。	differ不同，-ence名詞字尾
different	*adj.* 不同的，差異的 We have totally **different** views. 我們的觀點截然不同。	differ不同，-ent……的
differential	*adj.* 差別的，區別的 There exist **differential** rates of pay in this area. 這一地區存在工資差距。	different不同的，-ial……的
differentiate	*v.* 區分，區別 It's difficult to **differentiate** between these two varieties. 這兩個品種很難辨別。	different不同的，-i-連接字母，-ate動詞字尾，使……

differentiation	*n.* 區別；分化；變異 There is no **differentiation** without contrast. 沒有比較就看不出區別。	different不同的， -i-連接字母， -ation名詞字尾
undifferentiated	*adj.* 無差別的，一致的 They hold a view of society as an **undifferentiated** whole. 他們認為社會是一個統一的整體。	un-無， differentiat(e)區別， -ed……的

D

digest 消化；理解

02.04.21

		助記
undigested	*adj.* 未消化的；沒有整理好的 A great mass of **undigested** manuscripts were left. 大量沒有整理好的文稿被留了下來。	un-未， digest消化， -ed……的
indigestible	*adj.* 難消化的，無法消化的；難理解的 Fried food is very **indigestible**. 油炸食品非常難消化。	in-不， digest消化， -ible可……的
indigestive	*adj.* 消化不良的 Too much fruit will make you **indigestive**. 吃太多水果會消化不良的。	in-不， digest消化， -ive……的
digestible	*adj.* 可消化的；易消化的 Bananas are easily **digestible**. 香蕉很容易消化。	digest消化， -ible可……的
digestion	*n.* 消化（作用）；消化力 Too much tea is bad for your **digestion**. 喝太多茶會影響消化。	digest消化， -ion名詞字尾
digestive	*adj.* 消化的；助消化的 Those are the **digestive** medicines. 那些是消化藥物。	digest消化，-ive 有……作用的

direct 指導；指引方向

02.04.22

		助記
misdirect	*v.* 指錯方向；使用……不當 The old woman was **misdirected**. 這位老太太被指錯了路。	mis-錯誤， direct指引方向
misdirection	*n.* 指錯方向；誤用 One reason is the **misdirection** of public money. 公款的不當運用是一個原因。	mis-錯誤， direct指導， -ion名詞字尾

redirect	*v.* 使改變方向 The flight was **redirected** to London. 航班改道飛向倫敦。	re-再，重新，direct指引方向「重新指引方向」
direction	*n.* 指導；方向 Go in this **direction**. 朝這個方向走。	direct指引方向，-ion名詞字尾
directional	*adj.* 方向的，指向的 He has a good **directional** sense. 他的方向感很好。	direction指引方向，-al……的
directive	*adj.* 指導的，指示的 The team leader will have a less **directive** role. 隊長的指導作用將會減少。	direct指導，-ive形容詞字尾
director	*n.* 指導者；處長，局長，主任；導演 He was a **director**. 他曾是一位導演。	direct指導，-or者
directorial	*adj.* 導演的；指揮的 The film marks her **directorial** debut. 這部電影是她執導的處女作。	direct指導，-ial……的
directory	*n.* 電話；號碼簿 He thumbed through the **directory** to look for her number. 他翻閱電話號碼簿找她的號碼。	direct指導，-ory表示物「指引之物」

dispute 爭論

02.04.23

		助記
disputable	*adj.* 可爭論的 The origin of city-states is **disputable**. 古代城邦的起源是有爭議的。	disput(e)爭論，-able可……的
indisputable	*adj.* 無可爭論的；不容置疑的 This is a work of **indisputable** genius. 這是無可爭論的天才作品。	in-無，disput(e)爭論，-able可……的
undisputed	*adj.* 無可爭辯的；毫無疑問的 He became the **undisputed** authority. 他成了絕對的權威。	un-無，disput(e)爭論，-ed……的
disputer	*n.* 爭論者；辯論者 Where is the **disputer** of this world? 這世上的辯士在哪裡？	disput(e)爭論，-er者

disputant	*n.* 爭論者 It is difficult for the **disputants** to hear each other. 爭論者們很難傾聽對方的意見。	disput(e)爭論，-ant名詞字尾，……者
disputation	*n.* 爭論；辯論 After much public **disputation**, the plans were approved. 經過大量公開辯論之後，計畫都通過了。	disput(e)爭論，-ation名詞字尾
disputative	*adj.* 愛爭論的；有爭議的 This was an **disputative** election. 這是一次有爭議的選舉。	disput(e)爭論，-ative有……傾向的
disputatious	*adj.* 愛爭論的；好辯的 The wine makes me talkative and **disputatious**. 喝了酒後，我多話，還好辯。	disput(e)爭論，-ious充滿……的

divide 分開

02.04.24

		助記
individual	*adj./n.* 個人的，個體的；個人，個體 She has her own **individual** style of doing things. 她有個人特有的行事風格。	in-不，divid(e)分開，-ual……的「不可分開的→單體，個體」
individualism	*n.* 個人主義 Capitalism encourages **individualism**. 資本主義提倡個人主義。	individual個人的，-ism主義
individuality	*n.* 個性；個人特徵 He is a man of **individuality**. 他是個有個性的人。	individual個人的，-ity名詞字尾，表示性質
individualize	*v.* 使個體化；分別考慮 We ought to **individualize** each case. 我們應該個別對待每一個例子。	individual個人的，-ize動詞字尾，使……
indivisible	*adj.* 不可分的；除不盡的 Reality is one and **indivisible**. 現實是個不可分割的整體。	in-不，divid(e)分開，音變：d→s，-ible可……的
undivided	*adj.* 專心的；未分割的 She is looking at the maps with **undivided** attention. 她正在專心地看地圖。	un-未，divid(e)分開，-ed……的
redivide	*v.* 重新劃分；再分配 The two superpowers attempt to **redivide** the world. 這兩個超級大國妄想重新瓜分世界。	re-再，重新，divide分開

單字	詞義／例句	助記
subdivide	*v.* 再分，細分 You can **subdivide** markets into regions. 你可以將市場細分為幾個區域。	sub-再，下級 divide分開
divided	*adj.* 分開的；有分歧的 Opinions are **divided** on this point. 在這一點上意見有分歧。	divid(e)分開， -ed……的
divider	*n.* 劃分者；分隔物；分隔器 There is a concrete **divider** in the road. 在路上有一條混凝土分隔帶。	divid(e)分開， -er表示人或物
divisible	*adj.* 可分開的；可除盡的 Ten is **divisible** by five. 10能被5除盡。	divide分開， 音變：d→s， -ible可……的
divisive	*adj.* 製造分裂的；造成不和的 He believes that unemployment is socially **divisive**. 他認為失業會引起社會不穩定。	divide分開， 音變：d→s， -ive有……作用的
division	*n.* 分開；部門；除法 He works in the foreign **division** of the company. 他在公司的外事部工作。	divide分開， 音變：d→s， -ion名詞字尾
dividend	*n.* 被除數 When 10 is divided by 2, 10 is the **dividend**. 當10被2除時，10是被除數。	divid(e)分開→除開， -end名詞字尾 「被除開的數」
divisor	*n.* 除數 When 9 is divided by 3, 3 is the **divisor**. 當9被3除時，3是除數。	divide分開， 音變：d→s， -or名詞字尾

do 做

02.04.25

單字	詞義／例句	助記
misdoing	*n.* 做壞事；惡行；罪行 Please forgive my **misdoing**. 請原諒我的過錯。	mis-惡，壞， do做， -ing名詞字尾
wrongdoing	*n.* 不道德的行為；違法行為 The bank hotly denied any **wrongdoing**. 銀行斷然否認有任何違規行為。	wrong錯誤，壞事， doing做
wrongdoer	*n.* 做壞事的人 She finally figured out who the **wrongdoer** was. 她最終才發現誰是做壞事的人。	wrong錯誤，壞事， doer做……的人

evildoer	*n.* 作惡的人，壞人 Don't let an **evildoer** go unpunished. 不能縱虎歸山。	evil罪惡， doer做……的人
welldoer	*n.* 做好事的人，善人 God bless those **welldoers**. 善者天佑。	well好， doer做……的人
well-done	*adj.* 做得好的；煮透的 Without you, our work cannot be **well-done**. 沒有你，我們的工作就做不好。	well好， done已完成的， 煮熟的
underdone	*adj.* 不太熟的；煮得嫩的 Do you like your steak well-done or **underdone**? 你喜歡牛排做得老一點還是嫩一點？	under-不足， done煮熟的
overdo	*v.* 做得過頭 Don't **overdo** it. 不要做得太過分。	over-過分， do做
undo	*v.* 解開；鬆開 He tried to **undo** the knot. 他努力把繩結解開。	un-取消，do做 「取消過去做的 事」
undone	*adj.* 沒有做的；未完成的 He left all the work **undone** to me. 他把所有沒做完的工作都留給了我。	un-未， done已完成的
underdo	*v.* 不盡全力做 Anything we do, we can overdo or **underdo**. 我們做任何事，都可能用力過猛或未盡全力。	under-不足，do做 「沒用足勁去做」
hairdo	*n.* 髮型 How do you like my new **hairdo**? 你覺得我的新髮型怎麼樣？	hair頭髮， do做
make-do	*n.* 權宜之計 Refusing his request is a **make-do**. 拒絕他的要求是權宜之計。	make使，do做 「使做出最好的 選擇」
well-to-do	*adj.* 富有的 He was born into a fairly **well-to-do** family. 他出生於相當富裕的家庭。	well好，do做 「做得好會富有」
better-to-do	*adj.* 較為富裕的 He was born into a **better-to-do** Muslim family. 他出生在一個較富裕的穆斯林家庭。	better比較好， do做「做得好會 富有」

D

do-gooder	*n.* 幫倒忙的人 I don't consider myself a **do-gooder**. 我認為自己不是幫倒忙的人。	do做，good好事，-er表示人「想做好事，但做錯了」
doer	*n.* 做某事的人；實踐者 He was a **doer**, not a thinker. 他是個實踐者，不是個思想家。	do做，-er者「做事的人」
do-it-yourself	*n.* 自己動手 She is very interested in **do-it-yourself**. 她熱衷於自己動手。	do做，it指事，yourself自己「自己動手」
do-nothing	*adj.* 遊手好閒的，無所作為的 Do not become a **do-nothing** person. 不要成為一個無所事事的人。	do做，nothing什麼也不「不做事的」

dog 狗

02.04.26

		助記
dogged	*adj.* 堅持不懈的；頑固的 It's **dogged** as does it. 堅持就是勝利。	dog狗，-ed……的「狗有可貴的品質」
doglike	*adj.* 狗一樣的；忠心耿耿的 His **doglike** fidelity to the company has been recognized. 他對公司的忠心得到了認可。	dog狗，-like像……的
dogsleep	*n.* 時醒時睡的睡眠 I'm still sleepy after a **dogsleep**. 剛才睡得很淺，現在我還是很睏。	dog狗，sleep睡眠「狗睡覺時很警覺」
dogfight	*n.* 鬥狗；混戰 Stop promoting cockfights and **dogfights**. 停止推廣鬥雞和鬥狗。	dog狗，fight打架，戰鬥「鬥狗」
doghouse	*n.* 狗房，犬舍 He is out of the **doghouse**. 他又受到重用了。	dog狗，house房子
doggie	*n.* 小狗 I love my **doggie**. 我喜歡我的小狗。	dog狗，-ie表示小
doggy	*adj.* 狗的 There is a **doggy** odor. 有一股狗的氣味。	dog狗，-y有……特性的

dog paddle	*n.* 狗爬式（游泳） I only know how to do the **dog paddle.** 我只會狗爬式。	dog狗， paddle槳，涉水
dog-tired	*adj.* 極度疲乏的，累極了的 I'm **dog-tired** after working for a whole day. 一整天工作下來，我都快虛脫了。	dog狗， tired疲憊的
dogtrot	*v./n.* 小步跑，慢跑 The old man **dogtrotted** along the road. 那位老人沿著路慢跑。	dog狗， trot小跑
dogsled	*n.* 狗拉雪橇 **Dogsled** racing is a tough sport. 狗拉雪橇賽跑是一項艱苦的運動。	dog狗， sled雪橇
dog-eared	*adj.*（書頁的）折角的 That boy's books are **dog-eared.** 那個男孩的書本都已經折角了。	dog狗，ear耳， -ed……的 「像狗的耳朵」
watchdog	*n.* 監察人員 He is a consumer **watchdog.** 他是保護消費者權益的監督員。	watch看守，dog狗 「比喻像狗一樣的監察人員」

door 門

02.04.27

		助記
open-door	*adj.* 公開的；門戶開放的 The U.S. is striving for an **open-door** policy with Japan. 美國正在努力對日本實施門戶開放政策。	open敞開的， door門
backdoor	*adj.* 秘密的；不正當的 They made a **backdoor** decision to leave this city. 他們決定秘密離開這座城市。	back後， door門
indoor	*adj.*（在）戶內的，（在）室內的 There is a big **indoor** swimming pool in this hotel. 這家酒店有一個大的室內游泳館。	in-內， door門
indoors	*adv.* 在屋內；往室內 I've been cooped up **indoors** all day. 我在屋裡關了一整天。	in-內， door門， -s副詞字尾
outdoor	*adj.* 戶外的，室外的，露天的 He never stopped taking **outdoor** exercises. 他從來都沒停止過戶外鍛鍊。	out-外， door門

outdoors	*adv.* 在戶外，在野外 If you're indoors, go **outdoors**. 如果你是在室內，那去戶外待會兒。	out-外， door門， -s副詞字尾
doorkeeper	*n.* 看門人 You are the **doorkeeper** of your heart. 你是你心靈的看門人。	door門， keeper看守人
doorman	*n.* 看門人；門衛 The **doorman** walked down the stairs. 看門人走下樓梯。	door門， man人
doorplate	*n.* 門牌 Joe nailed the **doorplate** to the wall. 喬把門牌釘在牆上。	door門， plate牌子
doorstep	*n.* 門階 The sound stopped by the **doorstep**. 聲音到門階邊停住了。	door門， step臺階
doorway	*n.* 門口；門路 They stood in the **doorway** chatting. 他們站在門口閒聊。	door門， way路
dooryard	*n.* 門前庭院 The **dooryard** became the woods soon. 門前庭院很快就變成了樹林。	door門， yard院子

double 加倍；雙

02.04.28

		助記
doubling	*n.* 加倍 Policy changes led to a **doubling** of governmental expenses. 政策變化使政府開支加倍。	doubl(e)加倍， -ing名詞字尾
double-cross	*v.* 欺騙 He even **double-crossed** his own mother. 他甚至欺騙了他自己的母親。	double重疊地， cross交叉 「為了迷惑人」
doublespeak	*n.* 模稜兩可的講話 Then it becomes a kind of **doublespeak**. 它也就變成了一種模稜兩可的言辭。	double模稜兩可的， speak說話
double-faced	*adj.* 兩面的；雙重性的 Some phrases are **double-faced**. 有些短語有雙重含義。	double雙的， fac(e)面， -ed……的

doublethink	*n.* 矛盾想法；雙重思維 People practice the art of **doublethink**. 人們練就了雙重思維的技巧。	double雙重的， think想法
double-talk	*v.* 講似有意義的話；在……上講空話 You can't **double-talk** your way out of this difficulty. 你無法靠說空話來擺脫這種困境。	double雙重地， talk說話
double-dealing	*n.* 表裡不一 This is downright **double-dealing**. 這是不折不扣的表裡不一。	double雙重地， deal處理， -ing名詞字尾
double-edged	*adj.* 雙刃的；雙重目的的；模稜兩可的 The consequences can be **double-edged**. 結果可能是把雙刃劍。	double雙的， edg(e)刀刃， -ed……的
double-quick	*adj.* 很快的 He appeared in **double-quick** time. 他很快就出現了。	double加倍， quick快 「加倍的快」

doubt 懷疑

02.04.29

		助記
doubtful	*adj.* 有疑問的；不確定的 I'm **doubtful** of the wisdom of your plan. 我不確定你的計劃是否明智。	doubt懷疑， -ful……的
doubtfully	*adv.* 懷疑地；疑惑地 He looked at me **doubtfully**. 他疑惑地看著我。	doubtful懷疑的， -ly……地
doubter	*n.* 抱懷疑態度的人；不信宗教的人 Thomas wasn't really a **doubter**. 托馬斯不是真正的不信宗教的人。	doubt懷疑， -er者
undoubted	*adj.* 無疑的 His sincerity is **undoubted**. 他的誠意是不容置疑的。	un-無，不， doubt懷疑， -ed……的
undoubtedly	*adv.* 無疑地，肯定地 This is **undoubtedly** important. 這無疑是重要的。	un-無，不， doubt懷疑， -ed……的， -ly……地
doubtable	*adj.* 可疑的 The person is very **doubtable**. 這個人很可疑。	doubt懷疑， -able可……的

D

down 下；完全地

02.04.30

		助記
facedown	*adv.* 面朝下地 David fell **facedown**. 大衛臉朝下摔在地上。	face面， down下
hands-down	*adj.* 輕而易舉的；無疑的 The horse will be the **hands-down** winner. 這匹馬無疑可以跑贏。	hands手， down下 「在手下面」
sundown	*n.* 日落（時刻） It is getting along towards **sundown**. 已近日落時分了。	sun日， down下
lie-down	*n.* 小睡，小憩 They can get a **lie-down** after lunch. 他們午飯後能小睡片刻。	lie躺， down下
sit-downer	*n.* 靜坐罷工者 Today, there are many **sit-downers** outside. 今天外面有許多靜坐罷工者。	sit坐， down下， -er者
slowdown	*n.* 減速；衰退 Economic **slowdown** leads to the rising unemployment. 經濟的衰退導致失業率上升。	slow慢， down下
splashdown	*n.*（太空船在海洋中的）濺落 The spaceship made a successful **splashdown** in the Pacific. 那艘太空船成功濺落在太平洋中。	splash濺， down下
stand-down	*n.* 停止（活動）；停工 Both engaged in a military **stand-down**. 雙方都停止了軍事活動。	stand立，停止， down完全地
watered-down	*adj.*（液體等）沖淡了的 The shopkeeper sells the **watered-down** milk. 這個店主出售用水沖淡了的牛奶。	watered摻了水的， down下→由濃變淡
breakdown	*n.* 破裂；失敗；崩潰 He moved away after the **breakdown** of his marriage. 他婚姻破裂後就搬走了。	break打破， down完全地 「破裂」
comedown	*n.* 敗落；失勢 The film marks a real **comedown** for the director. 這部影片說明該導演水準大不如前。	=come down 「落下來」

showdown	*n.* 攤牌；最後的一決雌雄 Fans gathered outside the stadium for the **showdown**. 球迷們聚集在體育場外等著看最後的決賽。	show擺出， down下 「擺出→攤出」
shutdown	*n.* 停工；關閉 People called for a permanent **shutdown** of this plant. 人們要求永久關閉這家工廠。	shut關， down完全地
downward(s)	*adv.* 向下 She was lying on the grass face **downward(s)**. 她俯臥在草地上。	down下， -ward(s)向
downfall	*n.*（雨雪等大量）下降；（城市的）陷落；垮臺 The scandal led to his **downfall**. 這件醜聞導致他下了臺。	down下， fall降，落
downhearted	*adj.* 消沉的，沮喪的 Don't be too **downhearted**. There's always a way. 別太沮喪了，總有辦法的。	down下，heart心， -ed……的 「心情低落的」
downhill	*adv.* 走下坡路地；每況愈下 Business has been going **downhill** recently. 近來生意在走下坡路。	down下， hill山
downpour	*n.* 傾盆大雨 A heavy **downpour** interrupted the football match. 一場傾盆大雨中斷了這場足球賽。	down下， pour傾瀉
downside	*n.* 底側；負面 What are the upsides and **downsides** of this job? 這份工作的好處和不好之處是什麼？	down下， side邊
downstairs	*adv.* 在樓下；往樓下 She rushed **downstairs** and burst into the kitchen. 她衝下樓，闖進廚房。	down下， stairs樓梯
downtown	*adv.* 在（或往）城市的商業區 I work **downtown**. 我在商業中心區工作。	down下， town商業區
downturn	*n.* 下降；衰退 There was a **downturn** in interest rates this week. 本週利率下調。	down下， turn轉
downscale	*v.* 縮減……的規模 We intentionally **downscale** our living expenses. 我們有意縮減生活開支。	down下，降， scale規模

downcast	*adj.* 垂頭喪氣的，萎靡不振的 An unhappy life made her **downcast**. 不愉快的生活使她萎靡不振。	down下， cast投，扔
down-to-earth	*adj.* 實事求是的； 務實的，腳踏實地的 Be **down-to-earth**. 請務實一些。	down下，落， earth地 「落地的」

drama 戲劇

02.04.31

		助　記
undramatic	*adj.* 缺乏戲劇性的 It is quiet and **undramatic**. 它安靜而缺乏戲劇性。	un-無，非， drama戲劇， -tic……的
monodrama	*n.* 單人劇，獨角戲 I have to play a **monodrama**. 我不得不唱獨角戲。	mono-單一， drama戲劇
dramatic	*adj.* 戲劇的；戲劇性的 She tends to be very **dramatic** about everything. 她做什麼事都很誇張。	drama戲劇， -tic……的
dramatically	*adv.* 戲劇性地；顯著地 Its credit costs have risen **dramatically**. 它的信貸成本大幅上升。	dramatic戲劇性的，-ally副詞字尾，……地
dramatist	*n.* 劇作家；編劇 The **dramatist** sneaked away. 劇作家偷偷溜走了。	drama戲劇， -tist表示人
dramatize	*v.* 把（小說、故事等）改編為劇本；把……戲劇化 That novel will be **dramatized** for television. 那本小說將被改編為電視劇。	drama戲劇， -ize動詞字尾， 使……化
self-dramatization	*n.* 自吹自擂 Please do not indulge in **self-dramatization**. 請不要沉溺於自吹自擂。	self-自我， dramatiz(e)戲劇化， -ation名詞字尾
dramatics	*n.* 裝腔作勢的行為 We don't need your **dramatics** here. 我們不需要你在這裡裝腔作勢。	drama戲劇， -tics名詞字尾

dream 夢

02.04.32

		助記
dreamer	*n.* 做夢的人；空想家；不切實際的人 The young **dreamer** refused to accept the fact. 這位不切實際的年輕人不願接受事實。	dream夢，夢想，-er者
dreamful	*adj.* 多夢的；似夢的 Love on campus is commonly short and **dreamful**. 校園愛情往往短暫而夢幻。	dream夢，-ful多……的
dreamless	*adj.* 無夢的，不做夢的 He fell into a deep **dreamless** sleep. 他酣然入睡，一夜無夢。	dream夢，-less無……的
dreamlike	*adj.* 夢一般的，夢幻的 Denmark is a beautiful and **dreamlike** country. 丹麥是個美麗的夢幻之國。	dream夢，-like如……的
outdream	*v.* 做夢太多 **Outdreaming** makes you feel sleepy and tired. 做夢太多會讓你感覺想睡和疲勞。	out-超過，dream做夢「做夢超過正常」
dreamland	*n.* 夢境，夢鄉；幻想世界 That girl over there looks as if she's in **dreamland**. 那邊的那個女孩看上去像在夢境裡一樣。	dream夢，land境界
dreamworld	*n.* 夢境；不現實的想法 If he thinks it's easy to get a job, he's living in a **dreamworld**. 如果他認為找工作容易，那麼他就是在做夢。	dream夢，world世界
dreamy	*adj.*（景色等）夢一般的；心不在焉的 She had a **dreamy** look in her eyes. 她眼神恍惚。	dream夢，-y如……的
dreamscape	*n.* 幻景；幻景油畫 What we have here is a painted **dreamscape**. 在這裡，我們可以看見一幅幻景油畫。	dream夢，-scape圖景
undreamed	*adj.* 夢想不到的；意外的 Such a thing was an **undreamed** success. 這次是意外的成功。	un-未，不，dream夢，夢想，-ed……的

D

dress 衣服；連衣裙；穿衣

02.04.33

		助記
dress code	*n.*（工作時的）著裝規定 The company has a strict **dress code**. 公司有嚴格的著裝規定。	dress衣服， code准則
undress	*v.*（使）脫衣服 The boy **undressed** and went to bed. 男孩脫掉衣服上床睡覺。	un-除去， dress衣服
nightdress	*n.*（女式）睡衣 I wish to have a cotton **nightdress**. 我希望擁有一件棉質睡衣。	night夜間， dress衣服
minidress	*n.* 超短連衣裙 The girl wears a **minidress**. 那個女孩穿了一件超短連衣裙。	mini-小，短小， dress連衣裙
shirtdress	*n.* 襯衣式連衣裙 You should buy yourself a **shirtdress**. 你應該為自己買一件襯衣式連衣裙。	shirt襯衣， dress連衣裙
well-dressed	*adj.* 穿得很體面的，衣著考究的 She's always **well-dressed**. 她總是衣著考究。	well好， dress穿衣， -ed……的
overdress	*v.*（使）穿得太講究 Don't **overdress** (yourself), wear something simple but decent. 衣著別太過隆重，只需穿著簡單而得體。	over-過分， dress穿衣
full-dress	*adj.*（正式宴會等）需穿禮服的；正式的 It was considered to be a **full-dress** ceremony. 大家都認為那是一個需要正式著裝的典禮。	full齊全的， dress衣服
hairdresser	*n.* 理髮師；美髮師 The **hairdresser** curled her hair. 美髮師將她的頭髮捲起來。	hair頭髮， dress修整，整理， -er者
dressing	*n.* 穿衣；打扮 And **dressing**, obviously, is a necessity. 穿衣打扮顯然是必要的。	dress穿衣， -ing表示行為
dressy	*adj.* 講究穿著的；（服裝）正式的 Her outfit was smart but not too **dressy**. 她的套裝漂亮但又不過於正式。	dress衣服，穿衣， -y……的

dresser	*n.* 服裝講究的人；（劇團）服裝師 She is a perfect **dresser**. 她是個穿衣服極其講究的人。	dress穿，修飾， -er表示人或物 「穿著講究的人」

drink 飲；飲酒

02.04.34

		助記
drink-driving	*n.* 酒後駕車；醉酒駕駛 He was arrested for **drink-driving**. 他因醉酒駕駛而被拘捕。	drink飲酒，driv(e)駕車，-ing名詞字尾，表示行為
water-drinker	*n.* 不喝酒的人；喜喝水的人 Joe is a **water-drinker**. 喬不喝酒。	water水，drink飲， -er表示人 「喝水的人」
overdrink	*v.* 飲酒過度 Do not **overdrink** yourself. 請勿過度飲酒。	over-過度， drink飲酒
drinker	*n.* 酒徒 He is a heavy **drinker**. 他是個大酒鬼。	drink飲酒， -er者
drinkable	*adj.* 可以飲用的；好喝的 The water is perfectly **drinkable**. 這水完全可以喝。	drink喝， -able可……的
drinkie	*n.*（口）酒（亦作drinky） How about a little **drinkie**? 喝一點怎麼樣？	drink飲酒， -ie名詞字尾，表示小
drinking	*n.* 喝酒 **Drinking** and driving don't mix. 駕車莫喝酒。	drink飲酒， -ing表示行為
drunkard	*n.* 醉漢，酒鬼 The **drunkard** was walking in a roll. 醉漢踉踉蹌蹌地走著。	drunk喝醉的， -ard表示人
drunken	*adj.* 醉酒的；酗酒的 When he was **drunken**, he was vulgar and silly. 他醉酒時又粗俗又糊塗。	drink喝酒→drunk過去分詞，用作形容詞， -en……的
drunkometer	*n.* 酒測機 The policemen use the **drunkometer** to test the drivers. 警察使用酒測機檢測駕駛員。	drunk醉的， -o-連接字母， meter測量器

D

drop 滴；落；投入

02.04.35

		助記
raindrop	*n.* 雨點 The **raindrops** look like the tears of the sky. 雨點像空中掉落的眼淚。	rain雨， drop滴
teardrop	*n.* 淚珠 While he jumped, a **teardrop** fell from his eyes. 跳的時候，他的眼裡流下了一滴淚。	tear淚， drop滴
dewdrop	*n.* 露珠 **Dewdrops** sparkle in the morning sun. 露珠在晨光下閃閃發光。	dew露水， drop滴
airdrop	*n.* 空投，傘降 Please make **airdrops** of food to refugees at once. 請馬上向難民空投食物。	air空中， drop投下
bomb-dropping	*n.* 投彈 There are shooting and **bomb-dropping** in the rehearsal. 演習有射擊和投彈。	bomb炸彈， drop投下， -p-重複字母，-ing名詞字尾，表示行為
letter drop	*n.* 郵局（或信箱）的投信口 She put the letter into the **letter drop**. 她把信放入投信口。	letter信，drop投 →投入口
eardrop	*n.* 耳墜，耳飾 Mary always wears expensive **eardrops**. 瑪麗總是戴著昂貴的耳墜。	ear耳， drop落→垂
coal-drop	*n.* 卸煤機 The factory used the **coal-drop** to unload the coal. 工廠使用卸煤機卸煤。	coal煤， drop落下→卸下
dropping	*n.* 滴下，落下；空投 Constant **dropping** wears away a stone. 滴水穿石。	drop滴，落，投， -p-重複字母， -ing名詞字尾
droplet	*n.* 小水滴 I am a **droplet** in the ocean. 我是海洋中的一滴水。	drop滴， -let名詞字尾， 表示小
droplight	*n.*（上下滑動的）吊燈 Do not place **droplight** above the bed. 不要在床上方安裝吊燈。	drop落下→上下起落，light燈

dropout	*n.* 中途退出，退學；退學學生 He is a **dropout**, and messes around all day. 他是一名中輟生，整天遊手好閒。	drop落，out出「落出」

dry 乾的；把……弄乾 02.04.36

		助記
dried	*adj.* 乾了的 Fresh and **dried** fruits are easily available now. 現在，乾鮮果品都很容易買到。	dri(y→i)變乾，-ed……的
dried-up	*adj.* 乾涸的 The children played around the **dried-up** fountain. 孩子們在乾涸的噴泉邊玩耍。	dried乾的，up完全
drily	*adv.* 乾燥地；枯燥地 He swallowed **drily** and nodded. 他乾咽了一下，然後點了點頭。	dri(y→i)變乾，-ly……地
sun-dried	*adj.*（水果等）曬乾的 **Sun-dried** tomatoes are intensely flavored. 曬乾的番茄有強烈的香味。	sun太陽→曬，dried乾了的
dryish	*adj.* 有點兒乾的，略乾的 The cake was **dryish**. 這個蛋糕有點乾。	dry乾的，-ish略……的
dry-clean	*v.* 乾洗 This garment must be **dry-cleaned** only. 這件衣服只可乾洗。	dry乾的，clean弄乾淨
dry-eyed	*adj.* 不哭的，無淚的 She remained **dry-eyed** throughout the trial. 整個審訊過程中，她沒掉一滴淚。	dry乾的，ey(e)眼睛，-ed……的「眼睛乾乾的」
hairdryer	*n.* 吹風機 I'll have to change the plug on my **hairdryer**. 我必須更換吹風機的插頭。	hair頭髮，dry把……弄乾，-er表示人或物

dust 塵土；掃塵 02.04.37

		助記
dustman	*n.* 清潔工 The old **dustman** has been working for twenty years. 這個老清潔工工作了20年了。	dust掃塵，man人「打掃垃圾的人」

D

duster	*n.* 抹布；除塵器；撣帚 Please pass me the **duster**. 請遞給我抹布。	dust掃塵， -er表示人或物
dustless	*adj.* 沒有灰塵的 The **dustless** chalk is of good quality. 這種無塵粉筆的品質不錯。	dust灰塵， -less無……的
dustproof	*adj.* 防塵的 It is **dustproof** and sewage-proof. 它具有防塵和防止汙水進入的功能。	dust灰塵， -proof防……的
dusty	*adj.* 滿是灰塵的 He cycled along the **dusty** road. 他沿著滿是灰塵的路騎自行車。	dust灰塵， -y多……的
dustbin	*n.* 垃圾箱 Rubbish should be put into the **dustbin**. 垃圾應扔在垃圾箱裡。	dust塵土→垃圾， bin箱子
dustheap	*n.* 垃圾堆 Please keep these children away from the **dustheap**. 請讓這些孩子離垃圾堆遠一些。	dust塵土→垃圾， heap堆
dustpan	*n.* 畚箕 Sweep the paper into a **dustpan**. 把紙掃到畚箕裡。	dust塵土， pan盤
dustup	*n.* 騷動；爭吵 He had a **dustup** with one of his friends. 他跟一個朋友發生過爭吵。	dust灰塵，up向上 「塵土飛揚→騷動，爭執」

輕鬆一刻

decide what to wear
決定穿什麼

change clothes
換衣服

dress up
盛裝打扮

ear 耳

02.05.01

		助記
sharp-eared	*adj.* 耳靈的，聽覺敏銳的 The **sharp-eared** may hear, please watch your tongue. 隔牆有耳，請注意措辭。	sharp尖的，ear耳，-ed……的
ear-bash	*v.* [口]向……喋喋不休 She was **ear-bashing** me all over tea. 她在喝茶時一直向我喋喋不休。	ear耳，bash猛撞「大量言語撞進耳朵」
open-eared	*adj.* 側耳傾聽的 He is an **open-eared** leader. 他是一個懂得傾聽的領導。	open敞開的，ear耳，-ed……的
dog-ear	*v.* 把書頁折角 Do not **dog-ear** borrowed books. 不要把借來的書折角。	dog狗，ear耳「狗耳像書頁的折角」
earless	*adj.* 無耳的；聾的；聽覺不敏銳的 He is a little bit **earless**. 他有點耳聾。	ear耳，-less無……的
earache	*n.* 耳痛 What can I do about **earache**? 我能做些什麼來緩解耳痛？	ear耳，ache痛
earful	*n.* 長時間的斥責（或牢騷） I have heard an **earful** of complaints from them. 我聽夠了他們的抱怨。	ear耳，-ful名詞字尾，表示量詞「一耳朵的話」
earcap	*n.*（禦寒用的）耳罩 Remember to wear scarf, gloves and **earcaps**. 記住戴圍巾、手套和耳罩。	ear耳，cap帽
earplug	*n.* 耳塞 Put the **earplugs** into your ears to keep out water. 把耳塞放進耳朵以防水。	ear 耳，plug塞
earphone	*n.* 耳機 How much is this pair of **earphones**? 這耳機多少錢一副？	ear耳，-phone表示聲音
earpick	*n.* 挖耳勺 It is a bad habit to pick one's ears with an **earpick**. 經常用挖耳勺掏耳朵不是好習慣。	ear耳，pick挖

earring	*n.* 耳環，耳飾 You won't have to sell your **earrings**. 你不用賣掉你的耳飾。	ear耳， ring環
earshot	*n.* 聽力範圍 If you are out of **earshot**, close to me. 要是你聽不見，靠我近點。	ear耳， shoot→shot射 「耳朵對聲波的反射範圍」
ear-splitting	*adj.* 震耳欲聾的 There was a clap of **ear-splitting** thunder and then silence. 震耳欲聾的轟鳴聲之後，便是一片寂靜。	ear耳，split裂， -ing……的 「耳朵被震裂了」

earth 土；地；地球

02.05.02

		助　記
earthen	*adj.* 泥土製的；現世的 The cabin has an **earthen** floor. 小屋的地板是泥地。	earth泥土， -en形容詞字尾
earthshaking	*adj.* 震撼世界的；極其重大的 It is an **earthshaking** era. 這是一個翻天覆地的時代。	earth地球，世界， shak(e)震動，搖動， -ing……的
earthquake	*n.* 地震 The city is in an **earthquake** zone. 該市位於地震帶。	earth地， quake震動
earthenware	*n.* 陶器 This factory makes **earthenware**. 這家工廠製造陶器。	earthen泥土製的， ware器皿
earthly	*adj.* 地球的；塵世的 We enjoy our **earthly** pleasures. 我們享受這塵世間的歡樂。	earth地球， -ly形容詞字尾， ……的
earthy	*adj.* 泥土（似）的；粗陋的 I'm attracted to warm and **earthy** colors. 我喜歡泥土般色調的暖色。	earth泥土， -y……的
earthwork	*n.* 土木工事 The **earthwork** was finished in a few hours. 土木工程在幾小時之內就完成了。	earth泥土， work工程
earthmover	*n.* 大型推（或挖）土機 The man driving the **earthmover** is Mr. Li. 開推土機的那個人是李先生。	earth土， mover移動的物

earthnut	*n.* 花生 Can unripe **earthnut** skin treat leukaemia? 未熟的花生皮能治白血病嗎？	earth土， nut堅果 「果實生在土中」
earthworm	*n.* 蚯蚓 I'm sort of afraid of **earthworms**. 我有點害怕蚯蚓。	earth土地， worm蟲子
earthward	*adv.* 向地球；向地面 The burning airplane hurtled **earthward**. 燃燒著的飛機向地面直衝下來。	earth地球，地面， -ward副詞字尾， 向……
un**earth**	*v.*（從地下）掘出，發掘 They will **unearth** the buried treasure there. 他們將在那兒挖掘地下寶藏。	un-從……中弄出， earth地

ease 舒適，安逸

02.05.03

		助記
dis**ease**	*n.* 病，疾病 How long have you had the **disease**? 你得這個病多久了？	dis-不， ease舒服 「不舒服」
dis**ease**d	*adj.* 患病的 The **diseased** trees have been cut down. 有病害的樹木都被砍掉了。	dis-不， eas(e)舒服， -ed……的
un**ease**	*n.* 心神不安；憂慮 I felt a growing sense of **unease**. 我感覺越來越不安。	un-不， ease輕鬆自在
un**eas**y	*adj.* 心神不安的；擔憂的 Tom is **uneasy** about his future. 湯姆為他的前途擔憂。	un-不， eas(e)輕鬆自在， -y……的
easeful	*adj.* 舒適的，安逸的 A happy and **easeful** life can make women beautiful. 幸福安逸的生活會讓女人變得漂亮。	ease舒適， -ful……的
easy	*adj.* 安逸的；容易的 None of this will be **easy**. 沒有一件事是容易的。	eas(e)安逸，容易， -y……的
easily	*adv.* 舒適地；容易地 These individuals become **easily** bored. 這些人極易感到無聊。	easi(y→i)安逸的，容易的， -ly……地

easygoing	*adj.* 脾氣隨和的 By contrast, his brother is more **easygoing**. 相比之下，他的兄弟比較好相處。	easy自在的， going行走

east 東

02.05.04

		助 記
eastern	*adj.* 東方的，東部的 Dawn was breaking in the **eastern** sky. 東方破曉。	east東， -ern……的
easternmost	*adj.* 最東的；極東的 I followed him into Hong Kong's **easternmost** building. 我跟隨他走進了香港最東端的大廈。	eastern東方的， -most最
easterner	*n.* 東方人；美國東部人 Like many other **Easterners**, he likes this dish. 像許多別的美國東部人一樣，他喜歡這個菜餚。	eastern東方的， -er表示人
eastward(s)	*adv.* 向東 The crowd is heading **eastward**. 人群正向東邊湧去。	east東， -ward(s)向
northeast	*adv.* 朝（或位於）東北 He headed **northeast** across the open sea. 他朝東北方向穿越公海。	north北， east東
northeastern	*adj.* 東北的 The **northeastern** sky is heavy with clouds. 東北方的天空烏雲密布。	northeast東北， -ern……的
northeasterner	*n.* 東北人；住在東北部的人 The **Northeasterners** are very forthright. 東北人非常豪爽。	northeastern東北的， -er表示人
northeastward(s)	*adv.* 向東北 We sailed **northeastwards** for a week. 我們向東北方向航行了一個星期。	northeast東北， -ward(s)向
northeaster	*n.* 東北強風（風暴） There will be **northeaster** tomorrow. 明天會有東北強風。	northeast東北， -er表示物
southeast	*n./adv.* 東南；朝（或位於）東南 We continued **southeast** to London. 我們繼續向東南方向走，到達了倫敦。	south南， east東

southeastern	*adj.* 東南部的 The train comes in at the **southeastern** station. 列車駛入停靠東南車站。	south南， east東， -ern……的
southeasterner	*n.* 東南人；住在東南部的人 He is a **Southeasterner** of USA. 他是美國東南部人。	southeastern東南部的，-er表示人
southeastward(s)	*adv.* 向東南 If we sail **southeastwards**, we'll reach land. 如果我們向東南方向航行，就能達到陸地。	southeast東南， -ward(s)向
southeaster	*n.* 東南強風 A howling **southeaster** ruined many buildings. 一陣咆哮的東南風毀壞了很多建築物。	southeast東南， -er表示物
Mideast	*adj.* 中東的 Obama's **Mideast** speech achieved none of its goals. 奧巴馬的中東發言未達到任何既定目標。	mid中部的， east東

eat 吃

02.05.05

		助記
man-eater	*n.* 吃人者；悍婦 She is really an American **man-eater**. 她真是一個美國悍婦。	man人， eat吃， -er者
flesh-eating	*adj.* 食肉的 Lions and tigers are both **flesh-eating** animals. 獅子和老虎都是食肉動物。	flesh肉， eat吃， -ing……的
meat-eating	*adj.* 食肉的 The weasel is a small, **meat-eating** mammal. 鼬是一種小型的食肉哺乳動物。	meat肉， eat吃， -ing……的
worm-eaten	*adj.* 被蟲蛀的；多蛀孔的 A door-hinge is never **worm-eaten**. 戶樞不蠹。	worm蟲， eaten被吃的
fire-eater	*n.* 呑火魔術師；脾氣暴躁的人 The circus manager said, "Never mind, just bring the **fire-eater**." 馬戲團老闆：「不要緊，去把呑火魔術師找來。」	fire火， eat吃，呑， -er者
fire-eating	*adj.* 粗暴的；好鬥的 Peter is a **fire-eating** radical. 彼得是個粗暴的激進分子。	fire火， eat吃，呑， -ing表示狀態

E

snake-eater	*n.* 蛇鷲 A **snake-eater** is a kind of bird which eats snakes. 蛇鷲是一種吃蛇的鳥。	snake蛇，eat吃，-er者 「吃蛇的鳥」
overeat	*v.* 吃得過多 Don't **overeat** spicy foods. 不要食用過多辛辣食品。	over-過度，eat吃
eatable	*adj.* 可食用的 The food here is barely **eatable**. 這裡的食物幾乎不能吃。	eat吃，-able可……的
eater	*n.* 食者，吃……的人（或動物） I've never been a fussy **eater**. 我從不挑食。	eat吃，-er者
eatery	*n.* 小餐館，飲食店 She is a regular at that **eatery**. 她是那個小餐館的常客。	eat吃，-ery表示場所地點
eating	*n.* 吃；食物 This fish is delicious **eating**. 這魚很好吃。	eat吃，-ing名詞字尾

economy 經濟；節約

02.05.06

		助 記
economic	*adj.* 經濟（上）的；賺錢的 **Economic** indicators have also been dreadful. 經濟指標也令人擔憂。	econom(y)經濟，-ic……的
economics	*n.* 經濟學；經濟狀況 My major is **economics**. 我主修經濟學。	econom(y)經濟，-ics學
economist	*n.* 經濟學家 He is a famous **economist**. 他是著名的經濟學家。	econom(y)經濟，-ist人
economical	*adj.* 節約的；經濟的 The car is **economical** to run. 開這輛汽車比較省油。	econom(y)經濟，-ical……的
economically	*adv.* 節約地；在經濟上 People are not always **economically** rational. 人們並不總能在經濟上保持理性。	econom(y)經濟，-ical……的，-ly……地

E

economize	*v.* 節約，節省 I'd rather **economize** on clothes than food. 我情願節衣也不願縮食。	econom(y)節約， -ize動詞字尾
diseconomy	*n.* 不經濟；成本（或費用）的增加 This fall may be caused by large-scale **diseconomies**. 這次倒閉可能是由大規模的成本增加造成的。	dis-不， economy經濟
uneconomical	*adj.* 不經濟的；浪費的 Old vehicles are often **uneconomical**. 舊車往往很費錢。	un-不， econom(y)節約， -ical……的

edge 刀刃；邊緣

02.05.07

		助記
double-edged	*adj.* 雙刃的；意義雙關的；模稜兩可的 Reassurance is a **double-edged** sword. 安慰是一把雙刃劍。	double雙的， edg(e)刀刃， -ed……的
sharp-edged	*adj.* 刀刃鋒利的；尖銳的 His words are **sharp-edged** and sometimes can be cruel. 他的話語犀利，有時很刻薄。	sharp鋒利的， edg(e)刀刃， -ed……的
edgeless	*adj.* 鈍的 This knife is a little **edgeless**. 這把刀有點鈍。	edge刀刃， -less無……的
edgy	*adj.* 緊張的；鋒利的 Their relations have been **edgy** for weeks. 他們的關係已經緊張了好幾個星期。	edg(e)刀刃， -y如……的 「如在刀刃上的」 →緊張
edgestone	*n.*（道路的）邊緣石 We can buy **edgestones** from that factory. 我們可以在那個工廠買邊緣石。	edge邊緣， stone石
edging	*n.* 邊緣；緣飾 **Edging** appears to be hand-stitched. 邊緣看起來是手縫的。	edg(e)邊緣， -ing名詞字尾

edit 編輯

02.05.08

		助記
editor	*n.* 編者；編輯 He was made assistant **editor** of the paper. 他被任命為那家報紙的助理編輯。	edit編輯， -or者

editorship	*n.* 編輯的職位；編輯工作 I accepted the **editorship** of a magazine. 我接受了一家雜誌的編輯工作。	editor編輯， -ship表示職位
editorial	*adj.* 編輯的 Total **editorial** employees are about 150. 編輯員工總人數約150人。	editor編輯， -ial……的
editorialize	*v.* 發表社論；發表主觀評論 Please write it down. Don't **editorialize**. 請把它記下來。不要妄作評論。	editorial社論， -ize動詞字尾
edition	*n.* 版；版本；版次 The book is a first **edition**. 這本書是初版。	edit編輯， -ion名詞字尾
subeditor	*n.* 副編輯 He was the **subeditor** of *The Washington Post*. 他曾是《華盛頓郵報》的副編輯。	sub-副， editor編輯

educate 教育

02.05.09

		助記
educator	*n.* 教育工作者；教育家 The writer and the **educator** have visited our school. 那位作家和那位教育家參觀了我們學校。	educat(e)教育， -or者
educated	*adj.* 受過教育的；有知識的 He is an intelligent and **educated** young man. 他是一個聰明而有學識的青年。	educat(e)教育， -ed……的
educative	*adj.* 教育上的；起教育作用的 The problem is also an **educative** one. 這問題也是教育方面的問題。	educat(e)教育， -ive……的
education	*n.* 教育 My parents attach great importance to **education**. 我的父母十分重視教育。	educat(e)教育， -ion名詞字尾
educational	*adj.* 教育的；有教育意義的 He is a teacher in an **educational** establishment. 他是一家教育機構的老師。	educat(e)教育， -ion名詞字尾， -al……的
miseducate	*v.* 給……錯誤的教育 I fear that he will **miseducate** my son. 我擔心他會教壞我的兒子。	mis-錯誤， educate教育

undereducated	*adj.* 未受良好（或足夠）教育的 Residents there in general are poor and **undereducated**. 那裡的居民普遍貧窮且受教育程度較低。	under-不足， educat(e)教育， -ed……的
self-educated	*adj.* 自我教育的，自學的 This is an excellent **self-educated** book. 這是一本很好的自學用書。	self-自己， educated教育的
self-education	*n.* 自我教育，自學 **Self-education** is a complement to formal education. 自學是對正規教育的一種補充。	self-educat(e)自學， -ion名詞字尾
uneducated	*adj.* 沒受教育的 She thought the child looked **uneducated**. 她認為那小孩看上去像沒受過教育。	un-未， educat(e)教育， -ed……的
reeducate	*v.* 再教育 We must **reeducate** people to love their motherland. 我們必須對人們進行愛國主義再教育。	re-再， educate教育
reeducation	*n.* 再教育 **Reeducation** centers are becoming popular. 再教育中心變得流行起來。	re-再， educat(e)教育， -ion名詞字尾

effect 效果

02.05.10

		助記
effective	*adj.* 有效的；生效的 They delayed the **effective** date. 他們延遲了有效日期。	effect效果， -ive……的
effectual	*adj.* 奏效的，有效的（不指人，指物） This is an **effectual** remedy for headache. 這是治療頭疼的有效藥品。	effect效果， -ual……的
effectually	*adv.* 有效地；全然 The strike **effectually** brought the port to a standstill. 罷工使港口完全處於停頓狀態。	effectual有效的， -ly……地
ineffective	*adj.* 無效的，不起作用的 This medicine turned out to be **ineffective**. 這藥經證明是無效的。	in-無， effect效果， -ive……的
aftereffect	*n.* 後效；副作用；後遺症 He was suffering from the **aftereffects** of drugs. 他正承受著藥物的副作用影響。	after後， effect效果

E

egg 蛋

02.05.11

		助記
eggshell	*n.* 蛋殼；淡黃白色；薄而易碎的東西 Teach you a new phrase, "walk on **eggshells**". 教你個新詞組：「走在蛋殼上（謹慎行事）」。	egg蛋，shell殼
egg-shaped	*adj.* 蛋形的 In Japan, there is an immense **egg-shaped** stadium. 日本有一個巨大的蛋型體育館。	egg蛋，shap(e)形狀，-ed……的
eggplant	*n.* 茄子（其形如蛋） The **eggplant** is a kind of vegetable. 茄子是一種蔬菜。	egg蛋，plant植物
egghead	*n.*（俚語）知識分子；書呆子 You are a real **egghead**! 你真是一個書呆子！	egg蛋，head頭
eggbeater	*n.* 打蛋器 What's the **eggbeater**? 打蛋器是什麼？	egg蛋，beat打，-er表示物
goose **egg**	*n.* 鵝蛋；零分 I got a **goose egg** on my math test. 在數學測驗中，我得了零分。	goose鵝，egg蛋「像零分」

elect 選舉

02.05.12

		助記
elector	*n.* 選民，有選舉權者 A registered **elector** has only one chance to vote. 每一位登記選民只有一次投票機會。	elect選舉，-or者
electoral	*adj.* 選舉（人）的 How much do you know about the **electoral** system? 你對選舉制度了解多少？	elect選舉，-or者，-al……的
electorate	*n.* 全體選民 The president appealed directly to the **electorate**. 總統直接向選民呼籲。	elector選民，-ate表示總稱
elective	*adj.* 由選舉產生的；選修的 Is it nominative or **elective**? 是提名還是選舉產生的?	elect選舉，-ive形容詞字尾

		助記
reelect	*v.* 重選；再選 Ramon Mendoza was **reelected** president of Real Madrid. 拉蒙•門多薩再度當選皇馬主席。	re-再，重， elect選舉
reelection	*n.* 重選；再選 I would like to see him stand for **reelection**. 我希望看到他競選連任。	re-再，重， elect選舉， -ion名詞字尾

E

electric 電的

02.05.13

		助記
electric**ity**	*n.* 電；電流 The **electricity** is off, so we must reset it. 斷電了，我們必須把它重新接通。	electric電的， -ity名詞字尾
electric**ian**	*n.* 電工 Her husband, an **electrician**, is out of work. 她的丈夫，本來是電工，現在失業了。	electric電的， -ian表示人
electric**al**	*adj.* 電氣的；電的 The fire was caused by an **electrical** fault. 火災是由電力故障引起的。	electric電的， -al……的
electri**fy**	*v.* 使電氣化；使充（起）電；使極度激動 Her performance **electrified** the audience. 她的表演使觀眾興奮不已。	electri(c)電的， -fy使……化
electri**fication**	*n.* 電氣化；起電 **Electrification** certainly proved to be a good idea. 電氣化的好處無疑已經得到了證明。	electri(c)電的， -fication……化
electro**phone**	*n.* 電子樂器 He likes to play the **electrophone**. 他喜歡玩電子樂器。	electro-電的， -phone音響器材
electro**motor**	*n.* 電動機；發電機 Every building has its own **electromotor**. 每棟大樓都有發電機。	electro-電的， motor發動機
electron**ics**	*n.* 電子學 I majored in **electronics** at university. 我在大學的專業是電子學。	electron電子， -ics學

E

emotion 感情

02.05.14

		助記
emotionless	*adj.* 沒有感情的；冷漠的 I heard an **emotionless** voice. 我聽到了一個冷漠的聲音。	emotion感情， -less無……的
emotional	*adj.* 感情（上）的；情緒（上）的；易動感情的 He is now in a state of **emotional** stress. 他現在處於情緒緊張的狀態。	emotion感情， -al……的
emotionalism	*n.* 感情主義；易露感情 That is the **emotionalism** of adolescent girls. 那只是少女的情感外露。	emotional易動感情的， -ism主義，狀態
emotionalist	*n.* 易動感情的人 He is an **emotionalist**. 他是一個易動感情的人。	emotional易動感情的，-ist表示人
emotionally	*adv.* 情緒（上）地；易動感情地；激動地 The rest were impulsive and **emotionally** unstable. 其餘的人易衝動且情緒不穩定。	emotional感情（上）的， -ly……地
emotionalize	*v.* 使帶有感情色彩；使動感情 His chief purpose was to **emotionalize** religion. 他的主要目的是使宗教帶有感情色彩。	emotional感情（上）的， -ize使……
emotionality	*n.* 富於感情；激動 The **emotionality** is the core of the temperament. 氣質的核心是富於感情。	emotion感情， -ality名詞字尾
unemotional	*adj.* 不動感情的；缺乏感情的 He was **unemotional**, quiet, and reserved. 他感情淡漠，沉默寡言，性格內斂。	un-不，無， emotional感情（上）的

employ 雇用

02.05.15

		助記
employable	*adj.* 可被雇用的；具備受雇條件的 Are you legally **employable** in Hong Kong? 你可以在香港合法受雇嗎？	employ雇用， -able可……的
employer	*n.* 雇主，雇用者 We all know never to badmouth a former **employer**. 我們都知道不要說前雇主的壞話。	employ雇用， -er者

employee	*n.* 受雇者，雇工，雇員 He is an **employee** of Fuji Bank. 他是富士銀行的一位雇員。	employ雇用，-ee被……者
employment	*n.* 受雇；工作 I'm seeking **employment**. 我正在找工作。	employ雇用，-ment表示抽象名詞
unemployed	*adj.* 未被雇用的；失業的 Many people are just chronically **unemployed**. 很多人長期失業。	un-未，employ雇用，-ed……的
unemployment	*n.* 失業；失業狀態 The **unemployment** decreased by 30 percent. 失業人數減少了百分之三十。	un-未，employ雇用，-ment表示抽象名詞
unemployable	*adj.* 不具備受雇條件的 His illiteracy made him **unemployable**. 他不識字，因而找不到工作。	un-未，不，employ雇用，-able可……的
subemployed	*adj.* 就業不足的 The economic crisis made many people **subemployed**. 經濟危機造成就業不足。	sub-次，不足，employ雇用→就業，-ed……的
underemployed	*adj.* 未充分就業的 In this area, one worker in six is **underemployed**. 在這個地區，六分之一的工人未充分就業。	under-不足，employ雇用→就業，-ed……的
disemployed	*adj.* 失業的 Many workers were **disemployed** in recession. 在經濟不景氣時很多工人失業了。	dis-不，無，employ雇用→就業，-ed……的

end 末端；終止

02.05.16

		助記
weekends	*adv.* 在每個週末 Classes meet two **weekends** per month for two years. 課程為期兩年，每月安排兩個週末授課。	weekend週末，-s副詞字尾
year-end	*adj.* 年終的 The workers expected to get a **year-end** bonus. 工人們期望年終分紅。	year年，end末尾
unending	*adj.* 無終止的；不盡的 I'm sick of your **unending** grumbles. 我厭煩你無止境的抱怨。	un-無，不，end終止，-ing……的

E

never-ending	*adj.* 永遠不會完結的 Success is a **never-ending** process. 成功是一個永無止境的過程。	never永不， end終止，完結， -ing……的
upend	*v.* 使顛倒；倒立，倒放 He **upended** the beer, and swallowed. 他舉起啤酒杯，一飲而盡。	up上， end末端 「末端向上」
open-ended	*adj.* 無盡頭的；開放式的 This is an **open-ended** question. 這是一個開放式問題。	open敞開的，end 末端，-ed……的 「末端敞開的」
ending	*n.*（故事、電影、活動等的）結局，結尾 Coffee is the perfect **ending** to a meal. 咖啡是餐後的最佳飲品。	end終止，完結， -ing名詞字尾
dead-end	*adj.* 盡頭的；沒有發展前景的 I don't want a **dead-end** job. 我不想做沒有前途的工作。	dead死的， end末端
endless	*adj.* 無止境的，沒完的 The war was **endless**. 那是場無休止的戰爭。	end終止， -less無……的
endlessly	*adv.* 無止境地，沒完地 They talk about it **endlessly**. 他們沒完沒了地談論著那件事。	end終止， -less無……的， -ly……地
endmost	*adj.* 最末端的；最遠的 You will find him at the **endmost**. 你會在盡頭找到他。	end末端， -most最……的

engage 約定；參與

02.05.17

		助記
engagement	*n.* 約定；婚約 I've broken off my **engagement** to Arthur. 我已經解除了與阿瑟的婚約。	engage約定， -ment名詞字尾
preengage	*v.* 預約；預先得到；使先忙碌 Other matters **preengaged** him. 早有其他事情使他操心。	pre-先，預先， engage約定
preengagement	*n.* 預約 You need to make **preengagement**. 你需要預約。	pre-先，預先， engage約定， -ment名詞字尾

unengaged	*adj.* 未約定的；未訂婚的；未參戰的 The left flank remains practically **unengaged**. 左翼幾乎仍未參戰。	un-未， engag(e)約定， -ed……的
disengage	*v.* 使鬆開，使脫離 She gently **disengaged** herself from her sleeping son. 她輕輕放下懷中熟睡的兒子。	dis-表示否定， engage約定
disengagement	*n.* 空閒自在；無羈絆 Anne filled her hours of **disengagement** with reading. 安妮用閱讀來打發空閒的時間。	dis-表示否定， engage約定， -ment名詞字尾
disengaged	*adj.* 空著的；脫離了的；孤立的 She remained **disengaged** for several years. 好幾年她都不問世事。	dis-不， engag(e)約定， -ed……的

enter 進入；參加

02.05.18

		助記
enterable	*adj.* 可進入的；可參加的 The building is **enterable** on the street side. 那幢樓可以從街道那側進去。	enter進入， -able可……的
entrance	*n.* 進入；入口 There is an **entrance** just around the corner. 拐彎處有個入口。	ent(e)r進入， -ance名詞字尾
entrant	*n.* 進入者；參賽者；新會員 The winning **entrant** received tickets to the theatre. 比賽獲勝者得到了劇院的入場券。	ent(e)r進入， -ant表示人
entry	*n.* 進入；入場；入口 No **entry**! 禁止入內！	ent(e)r進入， -y名詞字尾
reenter	*v.* 再進入；重新加入（團體） She **reentered** the Labor Party last year. 她去年重新加入了工黨。	re-再， enter進入
reentry	*n.* 再進入；（太空）重返 The spacecraft made a successful **reentry** into the earth's atmosphere. 太空船順利重返地球大氣層。	re-再， entry進入

envy 妒忌；羨慕

02.05.19

		助記
enviable	*adj.* 值得羨慕的；引起妒忌的 She is a woman of **enviable** beauty. 她的美貌令人豔羨。	envi(y→i)羨慕，妒忌，-able可……的
enviably	*adv.* 值得羨慕地；引起妒忌地 She was **enviably** fluent in French. 她的法語好得令人嫉妒。	envi(y→i)羨慕，妒忌，-ably可……地
envier	*n.* 妒忌者 Don't become an ugly **envier**. 不要變成醜陋的妒忌者。	envi(y→i)羨慕，妒忌，-er表示人
envious	*adj.* 妒忌的；羨慕的 Everyone is so **envious** of her. 人人都那麼羨慕她。	envi(y→i)羨慕，妒忌，-ous……的
unenvious	*adj.* 不妒忌的；不猜忌的 Be a rational, self-interested, and **unenvious** person. 做一個富有理性、自我關心、不心懷妒意的人。	un-不，envi(y→i)羨慕，妒忌，-ous……的

equal 相等的；平等的

02.05.20

		助記
unequal	*adj.* 不平等的；不能勝任的 He was **unequal** to the job. 他不能勝任這項工作。	un-不，equal平等的
coequal	*adj.* 相等的，有同等（地位、重要性）的 Women should be treated as **coequal** with men in every way.　女人在各方面應受到與男人同等的對待。	co-共同，相互，equal平等的
coequality	*n.* 同等水平 We need someone who got TOEIC 750 or **coequality**, fluent oral English. 我們需要多益750分同等水平，口語流利的人。	co-共同，相互，equal平等的，-ity名詞字尾
inequality	*n.* 不平等；不平均 We used to worry about income **inequality**. 我們過去常常擔憂收入不平等。	in-不，equal平等的，-ity名詞字尾
equally	*adv.* 相等地；平等地 The two of you are **equally** matched. 你們倆旗鼓相當。	equal相等的，-ly……地

equality	*n.* 相等；平（均）等 What can we do to promote **equality**? 我們可以做什麼來促進社會平等？	equal相等的， -ity名詞字尾
equalize	*v.* 使相等；使平等 Try to **equalize** the disabled with others. 盡力使身障者與其他人平等。	equal相等， -ize使……

E

escape 逃避；逃脫

02.05.21

		助記
escapee	*n.* 逃（脫）亡者；逃犯 The police are searching the town for the **escapee**. 警方正在鎮上搜捕那個逃犯。	escap(e)逃脫， -ee者
escapist	*n.* 逃避現實的人 You can become an **escapist** at these times. 在這些時候你可能會成為一個逃避現實的人。	escap(e)逃避， -ist者
escapism	*n.*（使人逃避現實的）消遣，解悶 I don't like the pure **escapism** of adventure movies. 我不喜歡驚險電影這種逃避消遣。	escap(e)逃脫， -ism表示行為
escapeproof	*adj.* 防逃脫的；十分牢靠的 This is an **escapeproof** cage. 這是一個十分牢靠的籠子。	escape逃脫， -proof防……的
escapade	*n.* 越軌行為；胡作非為 I will not tolerate one more **escapade** like that. 我不會再容忍你這樣胡來。	escap(e)逃避， -ade名詞字尾 「有越軌行為才逃避」
inescapable	*adj.* 逃避不了的 These are **inescapable** realities. 這些是逃避不了的現實。	in-不， escap(e)逃避， -able可……的

establish 建立

02.05.22

		助記
established	*adj.*（被）建立的，（被）設立的；確立的 These range from **established** companies to start-ups. 這些包括老牌公司和新創公司。	establish建立， -ed被……的
establishment	*n.* 建立；公司；行政機關 The **establishment** of the factory took several years. 那家工廠的興建花了好幾年。	establish建立， -ment名詞字尾 「機構，機關」

reestablish	*v.* 重建；重新設立 We must **reestablish** our home. 我們必須重建家園。	re-再，重新，establish建立
disestablish	*v.* 廢除；免去……的官職 The President **disestablished** him of the foreign minister. 總統免去了他的外交部長職務。	dis-取消，establish建立

estimate 估計；估價 02.05.23

		助記
overestimate	*v.* 過高估計；過高評價 I think you **overestimated** me, Fred. 我想你高估我了，弗雷德。	over-過分，過度，estimate估計，估價
underestimate	*v.* 對……估計不足；低估 Don't **underestimate** the potential of people. 不要低估了人的潛力。	under-不足，estimate估計，估價
disestimation	*n.* 輕視；厭惡 I don't like his **disestimation** to the poor. 我不喜歡他對窮苦人的輕蔑態度。	dis-不，estimation尊重
estimation	*n.* 估計；估價；評價 Who is the best candidate in your **estimation**? 你認為誰是最合適的人選？	estimate估計，估價，-ion名詞字尾
estimable	*adj.* 可估計的 The value of a true friend is not **estimable**. 一個真正朋友的價值是無法估量的。	estim(ate)估計，-able可……的
inestimable	*adj.* 無法估計的；無價的 Human life is of **inestimable** value. 人的生命無價。	in-不，estim(ate)估計，-able可……的

event 事件；大事 02.05.24

		助記
eventless	*adj.* 無大事的；平安無事的 Her son has finally come back, safe and **eventless**. 她的兒子終於平安無事地回來了。	event大事，-less無……的
eventful	*adj.* 充滿大事的；多變故的 She's led an **eventful** life. 她一生歷盡滄桑。	event事件，大事，-ful充滿……的

eventual	*adj.* 最終發生的；最後的 Several schools face **eventual** closure. 好幾所學校最終面臨關閉。	event大事， -ual……的 「大事最終還是發生的」
eventuality	*n.* 不測事件；可能發生的事 That is an unlikely **eventuality**. 那是不大可能發生的事情。	eventual最終的， -ity名詞字尾 「最終會發生」
uneventful	*adj.* 無重大事件的；平靜的 It was a quiet and **uneventful** flight. 此次航程一路平安無事。	un-無， eventful充滿大事的
pseudo-event	*n.* 虛構事件；假新聞 Media's **pseudo-event** has some common characteristics. 媒體中的假新聞具有一些共通性。	pseudo-假， event事件 「假事件」
non-event	*n.* 遠不如預料中那麼有趣（或讓人興奮）的事 His testimony turned out to be a **non-event**. 他的證詞結果卻是平淡無奇。	non-非，無 event大事， 事件

examine 檢查；考

02.05.25

		助記
reexamine	*v.* 再考，複試；複查；回診 The child should be **reexamined** after leaving the hospital. 孩子出院以後應該回診。	re-再， examine考，檢查
reexamination	*n.* 再考，複試；複查 Would you please do a physical **reexamination** for me? 你能幫我重新體檢一下嗎？	re-再， examin(e)考， -ation名詞字尾
self-examination	*n.* 自我檢查；反省 **Self-examination** is the only path out of misery. 只有自我反省，你才能從痛苦中走出來。	self-自己， examination檢查
examinable	*adj.* 可檢查的 Everything is totally **examinable**. 所有的物件都可以檢查。	examin(e)檢查， 考查， -able可……的
examination	*n.* 檢查；查問；考試 The issue needs further **examination**. 這個問題需要進一步考察。	examin(e)檢查， 考查， -ation名詞字尾
examiner	*n.* 檢查人；主考官 The **examiner** shut his eyes to the fact. 主考官假裝沒看到這件事。	examin(e)檢查， 考查，-er人

examinee	*n.* 被審查者；應試者 Ten of the **examinees** were failed. 應考者中有十名不及格。	examin(e)檢查，考查，-ee被……者
examinant	*n.* 檢查人；主考官 He stared with some scorn at his **examinant**. 他有些輕蔑地瞪著他的主考官。	examin(e)檢查，考查，-ant人

E

except 除外

02.05.26

		助記
exception	*n.* 例外；除外 The ECB is no **exception**. 歐洲央行也不例外。	except除外，-ion名詞字尾
exceptional	*adj.* 例外的；特殊的 Their technical ability is **exceptional**. 他們技藝超群。	except除外，-ion名詞字尾，-al……的
exceptionality	*n.* 例外；特殊性 He described the case as a "true **exceptionality**". 他說這件事是「真正的例外」。	exceptional例外的，-ity名詞字尾
unexceptional	*adj.* 非例外的；平常的 Since then, Michael has lived an **unexceptional** life. 自那以後，麥克過著平淡的生活。	un-非，exceptional例外的
excepting	*prep.* 除……之外 Everyone, not **excepting** myself, has the responsibility. 每個人，包括我自己都有責任。	except除外，-ing表示狀態；轉成介系詞
exceptive	*adj.* 例外的；特殊的 That's an **exceptive** clause. 那是例外條款。	except除外，-ive……的

excite 使激動；使興奮

02.05.27

		助記
excitement	*n.* 興奮；激動 The **excitement** toned down. 興奮緩和下來了。	excite使激動，使興奮，-ment名詞字尾
exciter	*n.* 刺激者；刺激物；興奮劑 He waddles out of marriage for **exciter**. 他到婚姻之外找刺激去了。	excit(e)使激動，使興奮，-er表示人或物

excited	*adj.* 興奮的，激動的 What are you so **excited** about? 你為什麼這麼激動？	excit(e)使激動，使興奮，-ed……的
exciting	*adj.* 令人興奮的，使人激動的 This is a very **exciting** book. 這是一本非常扣人心弦的書。	excit(e)使激動，使興奮，-ing使……的
excitable	*adj.* 易激動的；易興奮的 A puppy is naturally affectionate and **excitable**. 小狗生性熱情好動。	excit(e)使激動，使興奮，-able能……的
excitant	*n.* 興奮劑 He died from taking **excitant**. 他因服用興奮劑而死亡。	excit(e)使激動，使興奮，-ant名詞字尾

exhibit 展出；顯示

02.05.28

		助記
exhibitor	*n.* 展出者；參展者 The 2011 **exhibitor** list lacked a number of big-name brands. 2011年參展商中少了很多大品牌。	exhibit展出，-or者
exhibition	*n.* 展覽，展覽會；展覽品 The **exhibition** was a huge success. 這個展覽獲得了巨大的成功。	exhibit展出，-ion名詞字尾
exhibitioner	*n.* 展出者；參展單位 He will give you the **exhibitioner** list. 他會給你參展單位名單。	exhibition展覽，-er者
exhibitionism	*n.* 表現癖；裸露癖 The **exhibitionism** is neither new nor particularly arresting. 裸露癖既不新鮮也不特別引人注目。	exhibition顯示，顯露，-ism表示特性、行為
exhibitionist	*n.* 好出風頭者；有裸露癖者 Jarvis himself is a bit of an **exhibitionist**. 賈維斯本人有點像個暴露狂。	exhibition顯示，顯露，-ist人
exhibitive	*adj.* 起顯示作用的 His behavior was **exhibitive** of his lack of interest. 他的行為表示他缺少興趣。	exhibit顯示，-ive有……作用的

E

exist 存在

02.05.29

		助記
coexist	*v.* 共存；和平共處 The two are often in conflict and uneasily **coexist**. 雙方常常發生衝突，很難共存。	co-共同， exist存在
coexistence	*n.* 共存；和平共處 He also believed in **coexistence** with the West. 他還相信他們能與西方國家共存。	co-共同， exist存在， -ence名詞字尾
coexistent	*adj.* 共存（處）的 Our foreign policy is to **coexist** with other countries. 我們的外交政策是和其他國家和平共處。	co-共同， exist存在， -ent……的
inexistence	*n.* 不存在（的東西） Love is a state when idea is **inexistence**. 愛情是思想不存在時的一種狀態。	in-不， exist存在， -ence名詞字尾
inexistent	*adj.* 不存在的 The file path is wrong or the main file is **inexistent**. 文件路徑不正確或主文件不存在。	in-不， exist存在， -ent……的
nonexistent	*adj.* 不存在的 Fuel was almost **nonexistent**. 燃料幾乎告罄。	non-不， exist存在， -ent……的
preexist	*v.* 先存在；先於……而存在 Did this condition **preexist**? 這是原先就有的嗎？	pre-先， exist存在
existence	*n.* 存在；生存 They are battling for their **existence**. 他們正為生存而鬥爭。	exist存在， -ence名詞字尾
existent	*adj.* 存在的；現存的 In the **existent** circumstances, it is impossible. 在當前條件下，這是不可能的。	exist存在， -ent……的
existential	*adj.* 關於存在的 Our aim is not to answer these **existential** questions. 我們的目的並不是回答這些有關存在的問題。	existent存在的， -ial……的
existentialist	*n.* 存在主義者 He was an **existentialist**. 他是個存在主義者。	existent存在的， -ial形容詞字尾， -ist主義者

		助記
existing	*adj.* 現存的；正在使用的 New laws will soon replace **existing** legislation. 新法律即將取代現行法規。	exist存在， -ing……的

expend 消費，花費

02.05.30

		助記
expendable	*adj.* 可消費的，消耗性的 We need more **expendable** office supplies. 我們需要更多的辦公室消耗品。	expend消費， -able可……的
expenditure	*n.*（時間、金錢等的）支出，消費 Put down your **expenditure**! 削減你的開支吧！	expend消費， -i-連接字母， -ture名詞字尾
expense	*n.* 消（花）費，支出 Can you claim this back on **expenses**? 這個你能核銷嗎？	expense(d→se)消費，音變：d→s
expensive	*adj.* 花費多的，昂貴的 I can't afford it; it's too **expensive**. 我買不起，太貴了。	expens(e)消費， -ive……的
expensively	*adv.* 花費多地，昂貴地 She's always **expensively** dressed. 她總是穿得很華貴。	expensive昂貴的，-ly……地
inexpensive	*adj.* 花費不多的，廉價的 We're planning an **inexpensive** vacation. 我們正在計劃一次花費不多的度假。	in-不， expensive花費高的

experience 經驗

02.05.31

		助記
experienced	*adj.* 有經驗的；老練的 This old man is an **experienced** worker. 這位老人是一位有經驗的工人。	experienc(e)經驗， -ed……的
inexperience	*n.* 缺乏經驗；不熟練 His mistake was due to youth and **inexperience**. 他失誤的原因是年輕沒有經驗。	in-無， experience經驗
inexperienced	*adj.* 無經驗的；不熟練的 They are **inexperienced** when it comes to decorating. 說到裝修，他們就沒有什麼經驗了。	in-無， experienc(e)經驗， -ed……的

E

experiential	*adj.* 憑經驗的，從經驗出發的 Learning has got to be active and **experiential**. 學習必須積極，而且要汲取經驗。	experient(ce→t)經驗，-ial……的

expose 暴露；使曝光

02.05.32

		助記
exposure	*n.* 暴露；揭露；曝光 Prolonged **exposure** to the sun can cause skin cancer. 長時間曬太陽會導致皮膚癌。	expos(e)暴露，-ure名詞字尾
exposed	*adj.* 暴露的；易受攻擊的 Children are **exposed** to many diseases. 小孩容易感染多種疾病。	expos(e)暴露，-ed……的
exposedness	*n.* 暴露；無掩蔽 The file **exposedness** put the whole team in danger. 文件的暴露使得整個團隊都處在危險之中。	exposed暴露的，-ness名詞字尾
exposition	*n.* 闡述；展覽會 His pictures were shown at the Paris **Exposition**. 他的畫在巴黎博覽會上展覽過。	expos(e)暴露，-ition名詞字尾
unexposed	*adj.* 未揭露的；未公開的；未曝光的 Have you got any **unexposed** films in the bag? 你包包裡有沒有未曝光的底片？	un-未，expos(e)暴露，-ed……的
overexpose	*v.* 使過度曝光；使過度暴露（在……） Don't **overexpose** yourself to the sun. 不要讓自己曝曬於太陽之下。	over-過度，expose曝光
underexpose	*v.* 使曝光不足 You don't want to **underexpose** the photos. 你不想讓照片曝光不足吧。	under-不足，expose曝光

express 表達；表示

02.05.33

		助記
expressible	*adj.* 可表達（示）的 This increase is not **expressible** in terms of GDP. 這種增長無法體現在國內生產毛額中。	express表達，-ible可……的
inexpressible	*adj.* 表達不出的，說不出的 It was an **inexpressible** relief. 那是一種無法形容的寬慰。	in-不，express表達，-ible可……的

expressive	*adj.* 表達的；表現的；富於表現力的 A baby's cry may be **expressive** of hunger or pain. 嬰兒的啼哭可能表示饑餓或疼痛。	express表達，表示，-ive……的
expressly	*adv.* 明確地；明顯地 He **expressly** rejected my request. 他明確地拒絕了我的要求。	express表達，表示，-ly……地「表達出來→明確」
expressivity	*n.* 善於表達，表達性 Cultivation of musical **expressivity** in piano playing is crucial. 鋼琴演奏中音樂表現力的培養至關重要。	express表達，表示，-ivity名詞字尾
inexpressive	*adj.* 無表情的 Her face remained **inexpressive** at the terrible news. 聽到這個可怕的消息，她仍然面無表情。	in-不，express表達，表示，-ive……的
unexpressed	*adj.* 未表達的；心照不宣的 There is an **unexpressed** agreement between them. 他們之間有一種心照不宣的默契。	un-不，未，express表達，説明，-ed……的
expression	*n.* 表達，表示；表情；表達方式；詞句 This gift is an **expression** of my admiration for you. 這件禮物是我對你仰慕的表示。	express表達，表示，-ion名詞字尾
expressional	*adj.* 表情的，表現的 Language is the **expressional** form of culture. 語言是文化的表現形式。	express表達，-ion名詞字尾，-al……的
expressionism	*n.* 表現主義（一種藝術流派） They experimented with **expressionism** at that time. 他們那時嘗試表現主義風格的繪畫。	expression表達，表現，-ism主義

eye 眼睛

02.05.34

		助記
green-eyed	*adj.* 妒忌的 Don't be a **green-eyed** monster. 不要有太強的妒忌心。	green綠色，ey(e)眼，-ed……的
cat-eyed	*adj.* 黑暗中能看見東西的 He was called "**cat-eyed** boy". 他被稱為「貓眼男孩」。	cat貓，ey(e)眼，-ed……的
dove-eyed	*adj.* 目光溫順的 I like that girl for her sweet smile and **dove-eyed**. 我喜歡那個女孩，她有甜美的笑容和溫順的眼神。	dove鴿，ey(e)眼，-ed……的「溫柔的動物」

eyebrow	*n.* 眉毛 "Really?" she said, raising her **eyebrow**. 「真的嗎？」她揚起雙眉說道。	eye眼， brow眉 「眼眉，眉毛」
open-eyed	*adj.* 睜大眼睛的；嚴謹的 She watched **open-eyed** as the plane took off. 飛機起飛時，她瞪大眼睛看著。	open張開的， ey(e)眼， -ed……的
eyeliner	*n.* [化妝的]眼線；眼線液 She was wearing thick and black **eyeliner**. 她描著濃濃的黑眼線。	eye眼，lin(e)線， -er表示物 「眼線、眼線液」
sharp-eyed	*adj.* 眼尖的，目光敏銳的 He is a **sharp-eyed** newsman. 他是一位目光銳利的新聞記者。	sharp尖的， ey(e)眼， -ed……的
shut-eye	*n.* 睡覺 He used to get some **shut-eye** before the game. 他以往常常在比賽前睡一會兒。	shut閉， eye眼 「閉眼」
round-eyed	*adj.* 圓睜著眼的 Suddenly they looked like twins; both of them **round-eyed**. 突然間他們看起來像一對雙胞胎，兩人都圓睜著眼。	round圓的， ey(e)眼， -ed……的
weak-eyed	*adj.* 視力差的 The bat was born **weak-eyed**. 蝙蝠天生視力就差。	weak弱的， ey(e)眼， -ed……的
bright-eyed	*adj.* 眼睛亮晶晶的 It was a little **bright-eyed** terrier. 它是一條眼睛亮亮的小獵狗。	bright明亮的， ey(e)眼， -ed……的
hollow-eyed	*adj.* 眼睛凹陷的 When I last saw her, she was pale and **hollow-eyed**. 我上次看到她時，她臉色蒼白、眼睛凹陷。	hollow凹陷的， ey(e)眼， -ed……的
cross-eye	*n.* 內斜視；鬥雞眼 Do the baby's eyes sometimes look like **cross-eyes**? 寶寶的眼睛有時候感覺像是鬥雞眼嗎？	cross交叉， eye眼 「雙目向內交叉」
eye-catcher	*n.* 引人注目的事物 Her hairstyle was a real **eye-catcher**. 她的髮型確實引人注目。	eye眼， catch吸引， -er表示物
eye-catching	*adj.* 引人注目的 She wears an **eye-catching** dress. 她穿了一條顯眼的連衣裙。	eye眼， catch吸引， -ing……的

face 臉；面

02.06.01

		助記
moon-faced	*adj.* 圓臉的 She's a **moon-faced** schoolgirl. 她是個圓臉的女生。	moon月亮，fac(e)臉，-ed……的
horsefaced	*adj.* 似馬臉的；臉長而難看的 You are lovely and do not think yourself **horsefaced**. 你很可愛，不要認為自己臉長難看。	horse馬，fac(e)臉，-ed……的
open-faced	*adj.* 露面的；露餡的；坦率的 Please make a huge **open-faced** vegetable omelet. 請做一個大的蔬菜露餡煎蛋捲。	open敞開的，fac(e)臉，-ed……的
rat-face	*n.* 陰險狡詐的人 Please do not become a **rat-face**; be honest. 不要成為陰險狡詐的人，應該誠實正直。	rat老鼠，face臉
two-faced	*adj.* 兩面派的；口是心非的 He has been **two-faced**. 他向來都是口是心非。	two兩個，fac(e)臉，-ed……的「人前人後兩張臉」
double-faced	*adj.* 兩面可用的；兩面派的 Please pass me the **double-faced** tape. 請把雙面膠遞給我。	double雙，兩，fac(e)臉，-ed……的「兩面的」
barefaced	*adj.* 露骨的，無恥的 This is a **barefaced** lie. 這是一個厚顏無恥的謊言。	bare赤裸的，fac(e)臉，-ed……的
surface	*n.* 表面；外表 On the **surface**, it seems simple. 從表面看似乎簡單。	sur-上，外，face面
subsurface	*adj.* 表面下的；地表下的 This study is concerned essentially with **subsurface** water. 本研究主要針對地下水。	sub-下，surface表面
hard-surface	*v.* 給……鋪硬質路面 They **hard-surfaced** the country path. 他們給那條鄉間小路鋪了硬質路面。	hard硬的，surface表面→路面
deface	*v.* 損壞……的外觀；塗損 He was charged with **defacing** his license plate. 他被控塗損自己的汽車牌照。	de-取消，毀，face臉，面→外觀

F

F

reface	*v.* 重修（房屋）的外觀（或門面） Last week, they **refaced** their house. 上週，他們重修了房子的外觀。	re-再，重， face外觀
dollface	*n.* 長著一張娃娃臉的人 **Dollface**, what do you want to say? 娃娃臉，你想說什麼？	doll玩具娃娃， face臉
straight-faced	*adj.* 板著面孔的，不露笑容的 He often tells a joke completely **straight-faced**. 他經常面無表情地講笑話。	straight直→繃直， 繃緊，fac(e)面孔， -ed……的
face-lift	*n.* 整容；（建築物等）翻新，整修 The school's **face-lift** astonished students. 學校的煥然一新讓學生們大為吃驚。	face面， lift提升 「提升外表」
faceup	*adv.* 面朝上地 My dog can float **faceup** in the swimming pool. 我的狗可以在游泳池裡仰著漂浮。	face面， up朝上
facial	*adj.* 面部的 Victor's **facial** expression didn't change. 維克托臉上的表情沒有變化。	fac(e)面， -ial形容詞字尾， ……的
face-to-face	*adj.* 面對面的 Would you do this in a **face-to-face** meeting? 你會在一場面對面的會議中做這樣的事情嗎？	face臉， to對， face臉

fail 失敗；衰退

02.06.02

		助記
failure	*n.* 失敗；失靈；衰退 I regretted over my **failure**. 我為我的失敗感到遺憾。	fail失敗， -ure名詞字尾
failed	*adj.* 失敗的，不成功的 This is a **failed** novelist. 這是一個不成功的小說家。	fail失敗， -ed已……的
failing	*n.* 缺點 He loved her in spite of her **failings**. 儘管她有種種缺點，他還是愛她。	fail不足， -ing名詞字尾
unfailing	*adj.* 經久不衰的 She fought the disease with **unfailing** good humour. 她始終抱以良好的心態與疾病對抗。	un-不， fail衰退， -ing……的

fall 落；降

02.06.03

		助記
waterfall	*n.* 瀑布 There is a bridge below the **waterfall**. 在瀑布下有一座橋。	water水，fall落「水從高處落下來」
rainfall	*n.* 一場雨；（降）雨量 **Rainfall** is plentiful in the area. 這個地區雨量充足。	rain雨，fall降
snowfall	*n.* 降雪；（降）雪量 Our car got stuck in the **snowfall** last night. 昨晚我們的汽車陷在了雪裡。	snow雪，fall降
windfall	*n.* 被風吹落的果實；（比喻）意外之財，橫財 He gained a financial **windfall**. 他得到了一筆意外之財。	wind風，fall落「大風吹來的東西」
nightfall	*n.* 黃昏，傍晚 Don't worry. I'll be back by **nightfall**. 別擔心，我會傍晚之前回來的。	night夜，fall降，降臨「夜要降臨前是黃昏」
footfall	*n.* 腳步（聲）；客流量 The campaign is to increase **footfall**. 這次活動旨在增加客流量。	foot腳，腳步，fall落，落地聲
crestfallen	*adj.* 垂頭喪氣的 The youngster looked exceedingly **crestfallen**. 那青年看上去垂頭喪氣的。	crest頂→頭，fallen落下的，垂下的
dewfall	*n.* 結露；（黃昏）起露的時候 The diamond is like the **dewfall** on the grass. 這顆鑽石就像滴落在綠草上的晨露。	dew露水，fall降
pitfall	*n.* 陷阱；圈套；隱患 There could be some **pitfalls** of buying a house. 購買房屋可能會遇到一些圈套。	pit坑，fall落，「掉坑裡了→陷阱」
downfall	*n.* 下降；垮臺；（城市的）陷落 His pride led to his **downfall**. 驕傲使他垮臺了。	down下，fall降，落
landfall	*n.* 著陸；（航海或飛機）要抵達的目的地 Our next **landfall** should be Jamaica. 我們下一個靠岸的地點應是牙買加。	land陸地，fall降落

F

outfall	*n.* 河口；（溝渠等的）出口 Great flocks of gulls gathered at sewage **outfalls**. 大群的海鷗聚集在排汙口。	out-出， fall降下→流下
befall	*v.* 降臨；發生 Whatever **befell**, we must unite as one. 無論發生了什麼事，我們必須團結一致。	be-表示暫時動作， fall降落
falling	*adj.* 落下的；下降的 I took a lot of pictures of the **falling** sun. 我拍了很多落日的照片。	fall降，落， -ing……的
faller	*n.* 砍伐樹木的人 The **faller** is very strong. 那個伐木工非常強壯。	fall落下，倒→伐倒，-er人
fallen	*adj.* 落下的；倒下的；墮落的 The road was blocked by a **fallen** tree. 馬路被一棵倒下的樹堵住了。	fall降，落→ fallen過去分詞用作形容詞
falling star	*n.* 流星 If you see a **falling star**, just make a wish. 如果你看到流星，就許個願吧。	falling落下的， star星

F

false 假的

02.06.04

		助記
falsely	*adv.* 不真實地，假地 She smiled **falsely** at her unwelcome visitor. 她對不受歡迎的訪客虛情假意地笑著。	false假的， -ly……地
falseness	*n.* 虛偽；不忠實 No one knew the **falseness** of his heart. 沒人清楚他的虛偽奸險。	false假的， -ness表示抽象名詞
falsity	*n.* 虛假；不真實 We have explained the **falsity** of the story. 我們已說明那個報道不真實。	fals(e)假的， -ity表示抽象名詞
falsehood	*n.* 謊言；謬誤 Each age has to fight its own **falsehoods**. 每個時代都必須與當代的種種謬誤作鬥爭。	false假的， hood名詞字尾，表示性質、狀態
falsify	*v.* 證明……虛假；證明……無根據；偽造 His expectations have been **falsified**. 他的期望落空了。	fals(e)假的， -ify動詞字尾，使成為……

falsifier	*n.* 偽造者；弄虛作假者；説謊者 The **falsifier** made a lot of false certificates. 偽造者製作了大量的假證書。	fals(e)假， -ifier做……的人

fame 名聲

02.06.05

		助 記
famous	*adj.* 著名的，出名的 New York is **famous** for its skyscrapers. 紐約以其摩天大樓著稱。	fam(e)名聲， -ous……的
infamous	*adj.* 不名譽的，無恥的，惡名昭著的 I was shocked by her **infamous** behavior. 她無恥的行為讓我大為震驚。	in-不， famous著名的
infamy	*n.* 臭名；聲名狼藉 Traitors are held in **infamy**. 叛徒為人所不齒。	in-不， fam(e)名聲， -y名詞字尾
famed	*adj.* 有名的，著名的 This place is a **famed** summer resort. 這個地方是聞名遐邇的避暑勝地。	fam(e)名聲， -ed有……的
far-famed	*adj.* 名聲遠揚的，聞名遐邇的 This is the **far-famed** Baotu Spring. 這就是聞名遐邇的趵突泉。	far遠， famed有名的
defame	*v.* 破壞……的名譽，誹謗 The article is an attempt to **defame** an honest man. 這篇文章旨在詆毀一個正直的人。	de-除去，毀壞， fame名聲
defamatory	*adj.* 誹謗的 The reader said that the report was **defamatory**. 這位讀者説這篇報導有誹謗性。	de-除去，毀壞， fam(e)名聲， -atory……的

far 遠

02.06.06

		助 記
farseeing	*adj.* 看得遠的；有遠見的；深謀遠慮的 We need a **farseeing** leader. 我們需要一位有遠見的領導。	far遠，see看， -ing……的
far-gone	*adj.* 遙遠的；快要死亡的；快要磨損掉的 He was too **far-gone** to save. 他已病入膏肓。	far遠，gone走了 →死亡，無法用

far-sighted	*adj*. 遠視的；有遠見的 This is a **far-sighted** plan. 這是一個很有遠見的計劃。	far遠， sight見，看， -ed……的
far-reaching	*adj*. 深遠的；廣泛的 The conference has a **far-reaching** influence. 這次會議有著深遠的影響。	far遠， reach到達，及， -ing……的
far-off	*adj*. 遙遠的 Many are willing to die for their country in **far-off** wars. 許多人會為了祖國而戰死在遙遠的戰場上。	far遠， off離
far-red	*adj*. 遠紅外的 I bought my mum a **far-red** bed sheet. 我給我媽媽買了一條遠紅外床單。	far遠， red紅
afar	*adv*. 遙遠地 A lighthouse was flashing **afar**. 燈塔在遠處閃爍。	a-構成副詞， far遠
insofar	*adv*. 到這個程度（或範圍） I'll help you **insofar** as I can. 我將盡力幫助你。	in在，so如此， far遠 「就到這麼遠， 就這個程度」

farm 農場；耕種；養殖

02.06.07

		助記
farmer	*n*. 農民，農夫 The **farmer** peddled his fruit from house to house. 那個農民挨家挨戶兜售他的水果。	farm農場，耕種， -er者
farming	*n*. 耕作；農業 It's not time for spring **farming**. 還沒到春耕的時候。	farm耕種， -ing名詞字尾
farmhand	*n*. 農場工人 She looks like a **farmhand**. 她看起來就像一個農場工人。	farm農場， hand人
nonfarm	*adj*. 非農業（產品）的 The link between farm and **nonfarm** wages is not automatic. 農業收入和非農業收入的聯繫不是必然的。	non-非， farm農場
fish farming	*n*. 養魚 **Fish farming** is a wise choice. 養魚是個明智的選擇。	fish魚， farm耕種→培養， 養殖

sheep-farming	*n.* 牧羊業 He has learnt **sheep-farming** at another place. 他在其他地方學會了養羊。	sheep羊， farm養殖
farmland	*n.* 農田 That is almost half the **farmland** in the world. 那幾乎占世界所有農田的一半。	farm農場， land田地
tree farm	*n.* 林場 He lives a lonely life in the **tree farm**. 他在林場裡過著孤單的生活。	tree樹林， farm農場

fashion 樣子；流行式樣

02.06.08

		助記
fashionable	*adj.* 流行的；時髦的 It was **fashionable** to have red hair. 染紅頭髮很時髦。	fashion流行式樣， -able……的
unfashionable	*adj.* 不時髦的；過時的 The style of the clothes has been **unfashionable**. 這些衣服的樣式已經不時髦了。	un-不， fashion流行式樣， -able……的
old-fashioned	*adj.* 老式的，過時的；守舊的 My grandfather has always clung onto **old-fashioned** ideas. 我祖父總是固守陳舊思想。	old老， fashion式樣， -ed……的
ultrafashionable	*adj.* 極其流行的；極其時髦的 The coat is **ultrafashionable** but wearable. 這件大衣既時尚又耐穿。	ultra-極端， fashion流行式樣， -able……的
fashionmonger	*n.* 講究時髦的人，趕時髦的人 Mrs. Smith is a **fashionmonger**. 史密斯夫人是個講究時髦的人。	fashion流行式樣， monger販子，某類人
refashion	*v.* 翻新；重塑 They are looking for a way to **refashion** memories. 他們正在尋找重塑記憶的方法。	re-再， fashion流行式樣 「給以新形式」

father 父

02.06.09

		助記
forefather	*n.* 祖先，前人，祖宗 200 years ago, our **forefathers** established this nation. 200年前，我們的先輩建立了這個國家。	fore-先，前， father父

grandfather	*n.* 祖父；外祖父；祖先 His **grandfather** was buried in the churchyard. 他祖父葬於教堂的墓地。	grand-表示在親屬輩分上更大（或更小）的一輩，father父
unfathered	*adj.* 無父的；出處不詳的；私生的 This poem is **unfathered**. 這首詩出處不詳。	un-無，father父，-ed……的
godfather	*n.* 教父 It was used as a setting in *The Godfather* in 1971. 1971年，此地曾是電影《教父》的外景地。	god神，father父
fatherless	*adj.* 沒有父親的；生父不明的 They were left **fatherless**. 他們成了沒有父親的孩子。	father父，-less無
fatherlike	*adj.* 父親般的 He gave me **fatherlike** love. 他給了我父親般的愛護。	father父，-like如……的
fatherhood	*n.* 父親的身份；父性；父權 The responsibilities of **fatherhood** are huge. 身為人父，責任很重。	father父，-hood表示身份、地位等
father-in-law	*n.* 岳父；公公 Your **father-in-law** would support your business. 你岳父會支持你的生意。	father父，in-law姻親
fatherly	*adj.* 父親般的；慈祥的 Let me give you a little **fatherly** advice. 讓我謹向你提些慈父般的忠告吧！	father父，-ly形容詞字尾，如……的

favor 喜愛；贊成

02.06.10

		助記
disfavor	*n.* 不贊成；不喜歡 Mary seems to look upon John with **disfavor**. 瑪麗似乎不喜歡約翰。	dis-不，favor喜愛，贊
unfavorable	*adj.* 令人不快的；不適宜的 This situation is **unfavorable** for us. 這樣的局面對我們來說是不利的。	un-不，favor喜歡，-able……的
favorer	*n.* 贊成者；有利的事物 Some famous persons are **favorers** of traffic control. 一些名人贊成交通管制。	favor喜愛，贊成，-er者

單字	釋義／例句	助記
favorable	*adj.* 讚許的；討人喜歡的；有利的 We formed a very **favorable** impression of her. 我們對她印象極好。	favor喜歡，贊成，-able……的
favorite	*adj./n.* 最喜歡的（人或物） What is your **favorite** color? 你最喜歡什麼顏色？	favor喜愛，-ite名詞字尾，表示人或物，可轉為形容詞
favoritism	*n.* 偏愛，偏袒；得寵 He strongly attacked **favoritism** in the government. 他猛烈抨擊政府中的偏袒行為。	favorit(e)喜愛，-ism表示行為
favored	*adj.* 受到優待的 Why did maize become the **favored** food of the Americans? 為什麼玉米成為美國人青睞的食品？	favor喜愛，-ed……的

fear 怕

02.06.11

單字	釋義／例句	助記
fearful	*adj.* 可怕的；害怕的；膽怯的 He felt like doing something **fearful**. 他想要做些令人害怕的事情。	fear怕，-ful……的
fearfully	*adv.* 可怕地 She glanced **fearfully** over her shoulder. 她提心吊膽地回頭看了一眼。	fear怕，-ful……的，-ly……地
fearless	*adj.* 不怕的，大膽的，無畏的 Only the selfless can be **fearless**. 無私者無畏。	fear怕，-less不
fearlessness	*n.* 無畏，大膽 **Fearlessness** stems from selflessness. 無畏源於無私。	fear怕，-less不，-ness名詞字尾
fearsome	*adj.* 可怕的；膽小的 The battlefield was a **fearsome** sight. 戰場的情景觸目驚心。	fear怕，-some……的

feed 餵；飼養

02.06.12

單字	釋義／例句	助記
feeder	*n.* 飼養員；進食的人（或動物）；奶瓶 The **feeder** fed new feed to pigs. 飼養員用新飼料餵豬。	feed飼養，餵，-er表示人或物

feeding	*n.* 餵，給食 The **feeding** of dairy cows has undergone a revolution. 奶牛的餵食已經歷了一場革命。	feed餵， -ing表示行為
feeding-bottle	*n.* 奶瓶 The baby was sucking the empty **feeding-bottle**. 那個嬰兒在吸吮著空奶瓶。	feeding餵， bottle瓶 「餵奶的瓶」
breast-feed	*v.* 母乳餵養 Were her children **breast-fed** or bottle-fed? 她的孩子喝母乳還是牛奶?	breast乳房， feed餵
breast-feeding	*n.*母乳餵養 There are many advantages of **breast-feeding**. 母乳餵養的好處很多。	breast乳房， feed餵， -ing名詞字尾
force-feed	*v.* 強行餵食；強使接受 It's useless to **force-feed** pigs. 強行給豬餵食沒什麼用。	force強迫， feed餵
overfeed	*v.* 給……餵食過多；吃得太多 Don't **overfeed** animals in the zoo. 不要給動物園的動物過多餵食。	over-過多， feed餵
well-fed	*adj.* 吃得很好的；營養充足的 The **well-fed** doesn't know how the starving suffers. 飽漢不知餓漢饑。	well好， fed被餵

feel 感覺；觸

02.06.13

		助　記
feeling	*n.* 感覺，知覺；感情 A **feeling** of shame came over her. 她突然有一種羞恥感。	feel感覺， -ing名詞字尾
feelingly	*adv.* 富於感情地 He spoke **feelingly** about his dismissal. 他激動地談論自己被解雇一事。	feeling富於感情的，-ly……地
feeler	*n.* 觸角；試探（器） The letter is a **feeler** to get his reaction on the matter. 這封信是試探他對這件事的反應。	feel觸， -er表示物
unfeeling	*adj.* 無感覺的；無情的 You came off as the most **unfeeling** person! 你表現得像一個最無情的人！	un-無， feel感覺， -ing形容詞字尾

F

ill feeling	*n.* 敵意，猜忌 I don't have any **ill feeling** towards them. 我對他們毫無敵意。	ill惡， feeling感情 「有惡意的感情」
heartfelt	*adj.* 衷心的 She gave him her **heartfelt** thanks. 她向他表示衷心的感謝。	heart心， felt感覺到的 「感到由心而發」
unfelt	*adj.* 未被感覺到的 The compliment to her was not **unfelt**. 她並不是沒感覺到那些對她的恭維。	un-未， felt感覺到的
deepfelt	*adj.* 深深感到的，深切的 Especially pay **deepfelt** attention to details. 特別是對細節予以深切的關注。	deep深， felt感覺到的

field 田地；原野；場地

02.06.14

		助記
battlefield	*n.* 戰場；鬥爭的領域；爭論的話題 Education has become a political **battlefield**. 教育問題已經成了人們熱烈爭論的政治話題。	battle戰鬥， field場地
airfield	*n.* 飛機場 The plane circled over the **airfield**. 飛機在機場上空繞圈。	air空中→飛機， field場地
afield	*adv.* 在田裡 Don't go too far **afield**, or you'll get lost. 別走得太遠，不然你會迷路的。	a-在， field田地
goldfield	*n.* 採金地，金礦區 He made a fortune in the **goldfield** of South Africa. 他在南非的金礦區發了大財。	gold金， field場地
snowfield	*n.* 雪原，雪野 Plane can fly across the wide **snowfield** easily. 飛機能夠毫無困難地飛越這一望無際的雪原。	snow雪， field原野
track-and-field	*adj.* 田徑運動的 He is a **track-and-field** athlete. 他是一名田徑運動員。	track徑，跑道， field場地
brickfield	*n.* 磚廠 He worked at a **brickfield** at that time. 那時他在磚廠工作。	brick磚， field場地

F

fight 戰鬥；打

02.06.15

		助記
fighter	*n.* 戰士；戰鬥機 Our **fighter** planes are all armed with cannon. 我們的戰鬥機都裝備了機關炮。	fight戰鬥， -er表示人或物
fighter-bomber	*n.* 戰鬥轟炸機 The **fighter-bomber** was made in the U.S. 這種轟炸機是美國製造的。	fighter戰鬥機， bomber轟炸機
fight back	*v.* 回擊，反擊 If he hit you, why didn't you **fight back**? 如果他打了你，你為何不還手呢?	fight打， back回
freedom fighter	*n.* 自由戰士 He was a **freedom fighter**. 他是個自由戰士。	freedom自由， fighter戰士
outfight	*v.* 戰勝，擊敗 They could **outfight** the enemies any day. 他們隨時都可以打敗敵人。	out-勝過， fight戰鬥
outfighting	*n.* 遠距離作戰 **Outfighting** is time-consuming and labor-consuming. 遠距離作戰費時費力。	out-外→遠， fighting作戰
bullfighter	*n.* 鬥牛士 She fell in love with a **bullfighter**. 她愛上了一個鬥牛士。	bull牛， fight戰鬥， -er表示人
cockfighting	*n.* 鬥雞 **Cockfighting** is recognized as a form of animal abuse. 鬥雞被認為是對動物的一種虐待。	cock公雞， fighting鬥
dogfight	*v.* 狗打架；（飛機等）混戰 A few men were watching planes **dogfight** on TV. 幾個人在看電視上的飛機混戰。	dog狗， fight鬥
fire fighter	*n.* 消防隊員 The **fire fighters** rushed to the spot in good time. 消防隊員及時趕到現場。	fire火， fighter戰士

fill 填充；裝滿

02.06.16

		助記
filling	*n.* 填充；（補牙的）填料 I had to have two **fillings** at the dentist's today. 我今天不得不在牙科診所補了兩顆牙。	fill裝，填， -ing名詞字尾
filler	*n.* 填充物；充數的東西 The song was originally a **filler** on their first album. 這首歌在他們第一張專輯中本來是用來湊時間的。	fill裝，填， -er表示人或物
refill	*v.* 再裝滿 I **refilled** our wine glasses. 我重新斟滿了我們的紅酒杯。	re-再， fill裝滿
unfilled	*adj.* 未填充的；空的 Is the position still **unfilled**? 那位置還接受申請嗎?	un-未， fill填充， -ed……的
overfill	*v.* 把……裝得太滿 He **overfilled** the jug. 他把罐子裝得太滿了。	over-太，過分， fill裝滿
backfill	*v.* 把（挖出的洞穴等）重新填上 They were forced to **backfill** the illegal coal mine. 他們被迫把非法的煤礦重新填上了。	back回， fill填
mouth-filling	*adj.* （語句等）冗長的；誇張的 Don't use a **mouth-filling** and rather clumsy phrase. 不要使用冗長而拗口的話語。	mouth口，fill裝滿， -ing……的 「滿口的」

film 電影，影片

02.06.17

		助記
filmgoer	*n.* 去電影院的人；愛看電影的人 My younger sister is a **filmgoer**. 我妹妹是個影迷。	film電影， go去，往， -er人
filmdom	*n.* 電影界 The young man could be called the Apollo of our **filmdom**. 這個青年可謂是我們電影界中的白馬王子。	film電影， -dom……界
filmlet	*n.* 電影短片 **Filmlets** are very popular nowadays. 電影短片如今非常受歡迎。	film電影， -let表示小

F

film fan	*n.* 電影迷 I am a super **film fan.** 我是個超級影迷。	film電影， fan狂熱愛好者
filmnik	*n.* 電影迷 Joe became a **filmnik** many years ago. 喬許多年前就是個電影迷。	film電影， -nik……人， ……迷
telefilm	*n.* 電視影片 I think it worthwhile watching this **telefilm.** 我認為這部電視影片值得一看。	tele=television 電視，film影片
microfilm	*n.* 縮微膠卷 The library has lots of Russian newspapers on **microfilm.** 圖書館有許多拍攝在縮微膠卷上的俄文報紙。	micro-微， film片子，膠卷

find 發現；找出

02.06.18

		助 記
finder	*n.* 發現者；探測器 The money was returned intact by its **finder.** 撿到錢的人原封不動地把錢歸還了。	find發現， -er表示人或物
finding	*n.* 發現；（調查、研究的）結果 The **finding** appears in the journal *Science*. 這項研究成果發表在《科學》期刊上。	find發現， -ing名詞字尾
fact-finding	*adj.* 進行實情調查的 We are gonna start our **fact-finding** tour. 我們即將開始實情調查之行。	fact實情， find尋找→調查， -ing……的
newfound	*adj.* 新發現的，新得到的 I have a **newfound** friend. 我新交了一個朋友。	new新，find發現 →found，過去分 詞作形容詞，被 發現的
pathfinder	*n.* 探路者；領航人員；導航飛機 He is a resolute **pathfinder** into tomorrow. 他是個百折不回探索未來的人。	path路， find尋找， -er者

finger 手指

02.06.19

		助 記
fingerless	*adj.* 無指的；失去手指的 I wanna buy a pair of **fingerless** gloves. 我想買一副無指手套。	finger手指， -less無

light-fingered	*adj.* 手指靈巧的；善於扒竊的 The **light-fingered** gentry frequented these shops. 扒手經常光顧這些商店。	light輕的， finger手指， -ed……的
forefinger	*n.* 食指 He dips his **forefinger** into the liquid. 他將食指浸到液體裡。	fore-前面的， finger指
green fingers	*n.* 園藝技能 The old gardener has great **green fingers**. 這位老園丁有高超的園藝技能。	green綠→綠化， 樹木，園藝，finger 手指→手藝，技能
fingerprint	*n.* 指紋印，手印 Everyone has his or her unique **fingerprints**. 每個人都有獨特的指紋。	finger手指， print印
fingerpost	*n.* 指路牌；指南 Give myself a target, like a **fingerpost**. 我給自己設立一個目標，就像豎立一塊指路牌。	finger手指→指向， post柱 「指路牌」
fingertip	*n.* 指尖 She touched his cheek gently with her **fingertips**. 她用指尖輕輕地觸摸他的臉頰。	finger手指， tip尖
fingering	*n.*（音樂）指法 He knows the **fingering** now. 現在他懂得指法了。	finger用指彈， -ing名詞字尾

fire 火；射擊

02.06.20

		助　記
fireman	*n.* 消防隊員 Would you like to be a **fireman**? 你願意做一名消防隊員嗎？	fire火， man人 「與火打交道的人」
fireplace	*n.* 壁爐 He tapped the cigarette ash into the **fireplace**. 他把煙灰彈到壁爐裡。	fire火， place地方 「生火的地方」
ceasefire	*n.* 停火；停火命令 The two groups agreed on a **ceasefire**. 兩派達成了停火協議。	cease停止， fire火
campfire	*n.* 營火；篝火晚會 When we go camping, I sing by the **campfire**. 當我們去野營的時候，我在營火邊唱歌。	camp野營， fire火

F

gunfire	*n.* 炮火 They threw the enemy back with **gunfire**. 他們用炮火擊退了敵人。	gun炮， fire火
shellfire	*n.* 炮轟；炮火 Their houses were damaged by the enemy's **shellfire**. 他們的房屋被敵人的炮火擊毀。	shell炮彈， fire火
afire	*adv.* 燃燒著 We saw a house **afire**. 我們看見一座房子著火了。	a-表示處於…… 情況，fire火
misfire	*v.*（槍等）不發火，射不出；射不中要害 The pistol **misfired**. 這支手槍無法發射。	mis-不， fire發射
quick-fire	*adj.* 急射的；（說話）快速的 Let's make a few **quick-fire** questions. 讓我們做個快問快答吧。	quick快， fire射
wildfire	*n.* 大火災；野火 The news spread like **wildfire**. 這條消息像野火一般擴散。	wild野， fire火
fireproof	*adj.* 防火的；耐火的 We put the papers in a **fireproof** safe. 我們將文件裝進了防火的保險箱。	fire火， -proof防……的
fire-raising	*n.* 縱火（罪） The man was charged with **fire-raising**. 那個男人被指控縱火。	fire火， rais(e)升起， -ing名詞字尾
fireboat	*n.* 消防艇 The **fireboat** went to the burning ship. 消防艇開向那艘著火的船。	fire火→救火， boat艇
fireguard	*n.* 火爐護欄；（森林）防火員 Social services provided the family with a **fireguard**. 社會服務人員為這個家庭提供了火爐護欄。	fire火，guard防 衛的人（或物）
firer	*n.* 點火者；縱火者；射擊手；火器 The **firer** has been sentenced. 縱火者已經被判刑了。	fir(e)點火，射擊， -er者
fireside	*n.* 爐邊 He sat by the **fireside** drinking coffee. 他坐在爐邊喝著咖啡。	fire火，火爐， side邊

firewood	*n.* 木柴，柴火 In winter, we use **firewood** to make fire. 在冬天，我們用木柴生火。	fire火， wood木

fish 魚；捕魚

02.06.21

		助記
goldfish	*n.* 金魚 Do you like **goldfish**? 你喜歡金魚嗎？	gold金， fish魚
silverfish	*n.* 銀色的魚 The fisher found a big **silverfish** in the net. 漁夫在網裡發現了一條銀色的大魚。	silver銀，銀色， fish魚
flatfish	*n.* 比目魚 Why are **flatfish**'s eyes on the same side? 為什麼比目魚的兩只眼睛長在一邊？	flat平的， fish魚
blackfish	*n.* 虎鯨 **Blackfish** is not very common in our daily life. 虎鯨在我們的日常生活中不是很常見。	black黑， fish魚
inkfish	*n.* 墨魚，烏賊 Does the **inkfish** have ink? 墨魚有墨嗎？	ink墨水， fish魚
shellfish	*n.* 水生貝類動物 Think about where fish and **shellfish** live. 想想魚類和貝類所生活的環境。	shell貝殼， fish魚
overfish	*v.* 對（魚類）進行過度捕撈 Stopping fishing can avoid **overfishing**. 休漁可以避免過度捕撈。	over-過度， fish捕魚
fishing	*n.* 捕魚，釣魚 I used to go **fishing**. 我以前常去釣魚。	fish捕魚， -ing名詞字尾
fishery	*n.* 漁業；水產業；捕魚術；養魚術；漁場 The golden age of whale **fishery** is over. 捕鯨業的黃金時代已過去。	fish捕魚， -ery表示行業、場所等
fishmonger	*n.* 魚販子 She bargained with the **fishmonger** over the price. 她與魚販討價還價。	fish魚， monger販子

fishpond	*n.* 魚塘 There's a small **fishpond** in front of my house. 我家前面有一個小魚塘。	fish魚， pond池塘
fishwife	*n.* 潑婦 She was screaming like a **fishwife**. 她像潑婦一樣尖叫。	fish魚， wife婦女 「行為潑辣」
fishwoman	*n.* 賣魚婦 The **fishwoman** works for the fishworks now. 那個賣魚婦現在在魚類製品廠工作。	fish魚， woman女人
fishworks	*n.* 魚類製品廠 The **fishworks** has many workers. 那個魚類製品廠有許多工人。	fish魚， works工廠
fishnet	*n.* 魚網；網眼織物 Many girls like **fishnet** stockings. 很多女孩喜歡網眼長襪。	fish魚， net網
fishy	*adj.* 魚腥味的；可疑的 There is something **fishy** about him. 他有點不大對頭。	fish魚， -y……的

fist 拳，拳頭

02.06.22

		助 記
fisted	*adj.* 有拳頭的；握成拳頭的 He raised a black-gloved **fisted** salute on the podium. 在領獎臺上，他手戴黑色手套，握拳向全場致敬。	fist拳頭， -ed……的
fistic	*adj.* 拳擊的；拳鬥的 There was a **fistic** encounter between them. 他們來了一場拳鬥。	fist拳， -ic……的
tightfisted	*adj.* 吝嗇的，小氣的 He's very **tightfisted**. 他很吝嗇。	tight緊的，fist拳頭，-ed……的 「錢在拳頭裡攥得緊緊的」
closefisted	*adj.* 吝嗇的，小氣的 You know how **closefisted** he is. 你知道他是何等吝嗇。	close緊的， fist拳頭， -ed……的
hardfisted	*adj.* 強硬的；吝嗇的 Do not become too **hardfisted**, or you will lose your friends. 不要變得那麼強硬，否則你會失去朋友。	hard硬的， fist拳頭， -ed……的

ironfisted	*adj.* 嚴酷無情的；鐵血的 No one can bear **ironfisted** control. 沒人能忍受鐵血的控制。	iron鐵，fist拳頭，-ed……的「鐵拳的」

fit 適合；安裝

02.06.23

		助記
close-fitting	*adj.* 緊身的 It looks nice, but I prefer **close-fitting** dresses. 這條裙子很好看，但我喜歡緊身的裙子。	close緊的，fit適合，-t-重複字母，-ing……的
misfit	*n.* 不合身的衣著；不適應環境的人 This shirt is a **misfit**. 這件襯衫不合身。	mis-不，fit適合
unfit	*adj.* 不合適的；不合格的 She is not an **unfit** mother. 她不是一個不合格的母親。	un-不，fit適合
unfitted	*adj.* 不適合的；不合格的 He was **unfitted** for such a position. 他不適合擔任這樣的職務。	un-不，fit適合，-t-重複字母，-ed……的
fitting	*adj.* 適合的，恰當的，相稱的 It was, in fine, a **fitting** end to the story. 總之，這是故事很恰當的結尾。	fit適合，-t-重複字母，-ing……的
fittingly	*adv.* 適合地，相稱地 The report is being **fittingly** delivered on Earth Day. 在地球日提出這份報告再合適不過了。	fit適合，-t-重複字母，-ing……的，-ly……地
fitness	*n.* 適合；合格 Her **fitness** for the job cannot be questioned. 她能勝任這項工作，這是毋庸置疑的。	fit適合，-ness名詞字尾
fitter	*n.* 裝配工 The son of one victim was a pipe **fitter**. 一位遇難者的兒子是一名管道裝配工。	fit裝配，-t-重複字母，-er人
shipfitter	*n.* 造船裝配工 His father used to be a **shipfitter**. 他的父親曾經是一個造船裝配工。	ship船，fitter裝配工

fix 固定；修理；綴上

02.06.24

		助記
fixable	*adj.* 可固定的；可確定的 These issues are all **fixable**. 這些問題都是可確定的。	fix固定， -able可……的
fixation	*n.* 固定；（心理）依戀 He has a **fixation** on older women. 他對於年長的女人有病態的依戀。	fix固定， -ation名詞字尾
fixative	*adj.* 固定的；固著的 **Fixative** spray was used on surface of artwork. 固定噴劑被用在藝術品的表面上。	fix固定， -ative……的
fixing	*n.* 固定；安裝；修理 Her pens were all bad and wanted **fixing**. 她的鋼筆都壞了，需要固定。	fix固定，修理， -ing名詞字尾
fixity	*n.* 固定性，穩定性 She displayed great **fixity** of purpose. 她目標始終如一。	fix固定， -ity名詞字尾
fixture	*n.* 固定（狀態）；固定裝置 The owner of the house charged us for **fixtures** and fittings. 房主要我們支付固定設施使用費。	fix固定， -ture名詞字尾
prefix	*v.* 把……置於前面；字首 We **prefix** "Mr." to a man's family name. 我們在男人的姓前加「先生」的稱謂。	pre-前， fix綴上
suffix	*n.* 字尾 Do you recognize a prefix or **suffix**? 你是否認得字首或字尾呢?	suf-後， fix綴上
affix	*v.* 加上；添上；綴上 Please **affix** a label to a package. 請在包裹上貼一張標籤。	af-=to添加， fix綴上
affixation	*n.* 詞綴法；綴合法 What are **affixation**, conversion, and compounding? 什麼是詞綴法、轉化法和合成法？	af-=to添加， fix綴上， -ation表示抽象名詞
infix	*v.* 把……嵌入；把……印入 He **infixed** this idea in a pupil's mind. 他把這個概念印刻在一位學生腦子裡。	in-內，入， fix固定，綴上

unfix	*v.* 解開；卸下 The first step is to **unfix** a screw. 第一步要卸下螺釘。	un-不， fix固定

flame 火焰；燃燒

02.06.25

		助記
inflame	*v.* 使燃燒；使憤怒；著火 He is **inflamed** with anger. 他怒火中燒。	in-使……， flame火焰
inflammable	*adj.* 易燃的；易激怒的 It says, "Highly **inflammable**," on the spare canister. 備用罐上寫著「高度易燃」。	in-使……， flam(e)火焰， -m-重複字母， -able易……的
inflammation	*n.* 點火；燃燒；激動 He got **inflammation** of passion. 他情緒激動。	in-使……， flam(e)火焰， -m-重複字母， -ation名詞字尾
nonflammable	*adj.* 不易燃的 This product is **nonflammable**, thus safe and convenient for use. 本品屬非易燃品，操作安全，使用方便。	non-不， flam(e)燃燒， -m-重複字母， -able易……的
flamy	*adj.* 火焰（般）的；熊熊的 The house became a **flamy** one. 房子熊熊燃燒起來。	flam(e)火焰， -y……的
flaming	*adj.* 燃燒的；灼熱的 I hate the **flaming** July. 我討厭這酷熱的七月。	flam(e)燃燒， -ing……的
flamingo	*n.* 火烈鳥，紅鶴 He's been working at a bar called "The **Flamingo**". 他一直在一家叫「火烈鳥」的酒吧工作。	flaming火紅的， -o名詞字尾， 表示物
flamethrower	*n.* 噴火器 A third new weapon was the **flamethrower**. 第三種新式武器是火焰噴射器。	flame火焰， throw扔出，拋， -er表示物

flesh 肉；肉體

02.06.26

		助記
fleshy	*adj.* 多肉的；肥胖的；似肉的 I bought a plant with **fleshy** leaves. 我買了一株多肉的植物。	flesh肉， -y多……的

F

fleshly	*adj.* 肉體的；多肉的；肉欲的 It can't be seen with the **fleshly** eyes. 肉眼看不到它。	flesh肉，肉體， -ly形容詞字尾， ……的
gooseflesh	*n.* 雞皮疙瘩 It gives me **gooseflesh**. 這使我起雞皮疙瘩。	goose鵝， flesh肉
fleshless	*adj.* 瘦弱的；無肉體的 How should I do with my **fleshless** baby? 我的寶寶太瘦弱了，怎麼辦?	flesh肉， -less無
fleshings	*n.* 肉色緊身衣 This girl was in **fleshings**. 這個姑娘穿著肉色的緊身衣。	flesh肉， -ing表示物
flesh-and-blood	*adj.* 血肉（般）的；實際存在的 I'm only **flesh-and-blood**, like anyone else. 我只是個凡人，和其他人一樣。	flesh肉， blood血
flesh-eating	*adj.* 食肉的 Lions are **flesh-eating** animals. 獅子是肉食動物。	flesh肉， eat吃， -ing……的

flight 飛行

02.06.27

		助記
spaceflight	*n.* 太空飛行 They began to start on a new **spaceflight** plan. 他們開始實施一項新的太空飛行計劃。	space空間， flight飛行
overflight	*n.*（飛機的）飛越上空 Mike has led the **overflight**. 邁克領導本次飛越任務。	over-越過， flight飛行
preflight	*adj.*（飛機）起飛前的；為（飛機）起飛作準備的 The crew ran through the **preflight** procedures. 機組人員複習了一遍飛行前的程序。	pre-前， flight飛行
moonflight	*n.* 月球飛行 Who had returned from a recent **moonflight**? 誰剛從月球返回？	moon月， flight飛行
in-flight	*adj.* 飛行中的 The **in-flight** refueling has come true. 空中加油已經成真。	in在……中， flight飛行

flight-test	*n.* 試飛（飛機） The period of **flight-test** is long. 試飛周期很長。	flight飛行， test試驗
flightworthy	*adj.* 可（參加）飛行的；可用於飛行的 This kind of plane can be **flightworthy** now. 現在這種飛機能用於飛行了。	flight飛行， worthy宜於，適於，值得

float 漂浮

02.06.28

		助記
floatable	*adj.* 可漂浮的 This is a **floatable** material. 這是一種可漂浮的物質。	float漂浮， -able可……的
floatage	*n.* 漂浮；浮力；漂浮物 The series have outstanding **floatage**. 該系列產品具有非常好的漂浮力。	float漂浮， -age名詞字尾
floater	*n.* 漂浮物；漂浮者；浮屍 Pay more attention to that **floater**. 注意那個漂浮物。	float漂浮， -er表示人或物
floating	*adj.* 漂浮的；浮動的 I reached for a **floating** log with my foot. 我伸腳去勾取一根漂浮著的木頭。	float漂浮， -ing……的
floaty	*adj.* 輕薄的 The cloth feels **floaty**. 這種布料摸起來很輕薄。	float漂浮， -y……的 「能漂浮的」
refloat	*v.*（使）再浮起 They tried every possible means to **refloat** the sunken ship. 他們千方百計使這艘沉船再漂浮起來。	re-再， float浮起
afloat	*adv.* 浮著；在海上 The biggest ships **afloat** now are oil tankers. 眼下在海上航行的最大船舶是油輪。	a-處於……情況， float漂浮

flow 流，流動

02.06.29

		助記
interflow	*v.* 交流，互通 Deaf and mute persons **interflow** by gesture. 聾啞人用手勢交流。	inter-互相， flow流

outflow	*n.* 流出物 Many people are watching the heavy **outflow** of the tide. 很多人在觀看洶湧奔出的潮水。	out-外，出， flow流
inflow	*v.* 流入；湧入 Population are **inflowing** into urban areas. 人口在向市區湧入。	in-入， flow流
overflow	*n.* 泛濫；溢出物 Put a bowl underneath to catch the **overflow**. 把碗放在下面接住溢出物。	over-過多， flow流
overflowing	*adj.* 溢出的；過剩的 Local people are worried by the **overflowing** population. 當地人為人口過剩問題感到擔憂。	over-過多， flow流， -ing……的
airflow	*n.* 氣流 The **airflow** is largely shut off. 空氣氣流大量減少。	air空氣， flow流
earthflow	*n.*（地質）泥流 **Earthflow** often happens in this area. 這個地區常發生泥流。	earth泥， flow流
flowage	*n.* 流動；泛濫；泛濫的河水 The talent appears as the subject of the **flowage** of talent. 人才是作為人才流動的主體出現的。	flow流， -age名詞字尾
flowing	*adj.* 流動的；（文章等）流暢的，通順的 Time is **flowing** like water. 時間像水一樣流逝。	flow流動， -ing……的
flowmeter	*n.* 流量表；流速計 It is usual to provide a **flowmeter** at the column outlet. 在柱子出口處常常要安裝一個流量計。	flow流， meter測量器，表

flower 花

02.06.30

		助記
sunflower	*n.* 向日葵 The bird pecked seeds out of the **sunflower**. 那隻鳥用喙從向日葵中啄出種子。	sun太陽， flower花
mayflower	*n.* 五月花 It's right next to the **Mayflower** Hotel. 就在五月花飯店的隔壁。	May五月， flower花

night-flower	*n.* 夜裡開的花 There are many **night-flowers** in my hometown. 在我的家鄉，有許多夜裡開的花。	night夜， flower花
deflower	*v.* 摘……的花 The roses were **deflowered** in the garden. 花園裡的玫瑰都被摘掉了。	de-除去， flower花
flowering	*adj.* 有花的；開著花的 We bought a **flowering** tree. 我們買了一棵開花的樹。	flower花， -ing……的
flowered	*adj.* 用花（或花卉圖案）裝飾的 I have a **flowered**-print blouse. 我有一件印花女襯衫。	flower花， -ed……的
flowerlike	*adj.* 像花一樣的 Yirgacheffe has a potent **flowerlike** aroma. 耶加雪菲具有熱烈撲鼻的花香。	flower花， -like像……一樣的
floweret	*n.* 小花 The plant has a brilliant purple **floweret**. 那棵植物開著鮮豔的小紫花。	flower花， -et表示小
flowery	*adj.* 花的；多花的；花似的 The rosebush was never so **flowery** before. 這叢玫瑰花從未如此盛開過。	flower花， -y多……的， 似……的
flowerpot	*n.* 花盆 I'm trying to put the **flowerpot** on the windowsill. 我想把這個花盆放到窗臺上。	flower花， pot盆

fly 飛，飛行

02.06.31

		助記
flyable	*adj.*（天氣等）宜於飛行的，適航的 It is **flyable** weather today. 今天天氣適合飛行。	fly飛行， -able可……的
flyer	*n.*飛行員；飛行物；飛鳥 I'm not a good **flyer**. 我不是一個好的飛行員。	fly飛行， -er表示人或物
flying	*adj.* 能飛的；飛速的 This is a story about a **flying** horse. 這是一則講述飛馬的故事。	fly飛行， -ing……的

		助記
flyboy	*n.* 飛機駕駛員 My neighborhood is a **flyboy**. 我的鄰居是一名飛機駕駛員。	fly飛行，boy從事某一職業的男子
flyway	*n.* 候鳥飛行路線 Nigeria is one of the African countries on the **flyway**. 奈及利亞是候鳥飛行路線上的非洲國家之一。	fly飛行，way路線
flyaway	*adj.*（衣服）寬鬆的；（頭髮）柔軟飄逸的 He wore a **flyaway** jacket. 他穿了一件寬鬆的夾克衫。	fly飛，away向遠處「能飛動起來」
overfly	*v.* 飛越；在……上空飛行 The plane could not **overfly** the war zone. 飛機不能飛越戰區。	over-越過，fly飛
sailflying	*n.* 滑翔飛行 **Sailflying** in the sky is my dream. 在空中滑翔飛行是我的夢想。	sail飄，翱翔，fly飛行
highflyer	*n.* 高飛的人（或物）；好高騖遠的人 The old man is a **highflyer** in his life. 那個老人一輩子都是一個好高騖遠的人。	high高，fly飛，-er表示人
highflying	*adj.* 高飛的；不切實際的 That's only a **highflying** ideal. 那只是個不切實際的理想。	high高，fly飛，-ing……的

foot 腳；步

02.06.32

		助記
underfoot	*adv.* 在腳下；礙事地；擋道地 Most of the snow **underfoot** was turning into slush. 大部分的雪經踩踏正在變成雪泥。	under-在……下，foot腳
heavy-footed	*adj.* 腳步沉重的；（文體）枯燥沉悶的 Jack's compositions are always **heavy-footed**. 約翰的作文用詞總是很枯燥沉悶。	heavy重的，foot腳步，-ed……的
slow-footed	*adj.* 進展緩慢的 I don't like a **slow-footed** novel. 我不喜歡情節發展緩慢的小說。	slow慢的，foot腳步，-ed……的
light-footed	*adj.* 腳步輕快的 She is **light-footed** when she dances. 她跳舞時，舞步輕盈。	light輕的，foot腳步，-ed……的

F

swift-footed	*adj.* 跑得快的；能快步跑的 Even if I was the most **swift-footed**, I didn't get the ticket. 儘管我比誰都先到，但是我沒買到票。	swift快的， foot腳步， -ed……的
wing-footed	*adj.* 健步如飛的，步履輕捷的 The old man is still **wing-footed**. 那位老人仍能健步如飛。	wing翅，foot腳 步，-ed……的 「腳步如飛」
feather-footed	*adj.*腳步輕的 Paul and Mary are **feather-footed** dancers. 保羅和瑪莉是舞步輕盈的舞蹈家。	feather羽毛， foot腳步， -ed……的
soft-footed	*adj.*（人）腳步輕盈的 She was everywhere, smiling, busy and **soft-footed**. 她無處不在，微笑、忙碌、腳步輕盈。	soft軟，柔軟， foot腳步， -ed……的
surefooted	*adj.* 腳步穩的；穩健的 He proves to be **surefooted** and reliable. 事實證明他穩健可靠。	sure穩當的， foot腳步， -ed……的
flatfoot	*n.*（扁）平足；有平足缺陷的人 **Flatfoot** symptoms are rare. 扁平足的症狀不多。	flat平的， foot腳
barefooted	*adj.* 赤腳的 The children are **barefooted** in summer. 孩子們在夏天打赤腳。	bare赤裸的， foot腳， -ed……的
afoot	*adj./adv.* 徒步（的）；進行中（的）；計劃中（的） Did you come all the way **afoot**? 你是一路走來的嗎？	a-=by， foot腳 「走來」
footless	*adj.* 無腳的；無基礎的 I wanna buy a pair of **footless** tights. 我想買一條不連腳的褲襪。	foot腳， -less無……的
football	*n.* 足球；足球比賽 **Football** is his favorite. 足球是他的最愛。	foot足， ball球
footballer	*n.* 足球運動員 He is an excellent **footballer**. 他是一位出色的足球運動員。	foot足， ball球， -er表示人
footing	*n.* 立足處（點） It is difficult to get a **footing** on the steep roof. 在那很陡的屋頂上不容易找到立腳處。	foot足→立足， -ing名詞字尾

F

footbath	*n.* 洗腳；腳盆 We've changed the **footbath** in our bathroom. 我們更換了浴室的洗腳盆。	foot腳， bath洗，浴
footfall	*n.* 腳步，腳步聲 I was roused from my dream by his **footfalls**. 他的腳步聲把我從夢中喚醒。	foot腳， fall落
foothold	*n.* 立足點；（攀登陡峭岩石時的）立腳點 It is not easy to get **footholds** on the slippery rocks. 在滑溜溜的岩石上很難找到踏腳的地方。	foot足， hold抓住，占據
footloose	*adj.* 自由自在的 I'm now **footloose** and fancy-free. 現在我可真是自由自在、無拘無束了。	foot腳， loose鬆散的， 散漫的
footpath	*n.* 小路；人行道 Follow the **footpath**, and you'll eventually hit the road. 沿這條小徑走，終究會見到大路的。	foot腳，步行， path路
footprint	*n.* 腳印，足跡 She followed his **footprints** through the snow. 她順著他留在雪地上的腳印走。	foot腳， print印
footrace	*n.* 競走 Do you know the rules of a **footrace**? 你知道競走的規則嗎？	foot腳，走， race競賽
footstep	*n.* 腳步；腳步聲 He heard someone's **footsteps** in the hall. 他聽見門廳裡有腳步聲。	foot腳， step步
footway	*n.* 小路；人行道 Remember: walk only on the **footway**. 記住：只走人行道。	foot腳，步行， way道路
footwork	*n.* 步法；腿腳功夫 It's worth coming just to watch his **footwork**! 就是來看看他的腳下功夫也是值得的！	foot腳， work使活動起來
footsure	*adj.* 腳步穩的 Although the man is very old, he is still **footsure**. 雖然那個男人很老了，但是他仍然腳步穩健。	foot腳步， sure穩當的

force 力量；強迫

02.06.33

		助　記
forceless	*adj.* 無力的；軟弱的 Many people said he was a **forceless** man. 許多人都說他是一個軟弱的男人。	force力量， -less無……的
forceful	*adj.* 強有力的；堅強的 His wife has a **forceful** personality. 他的妻子有著堅強的個性。	force力， -ful有……的
forcefully	*adv.* 強有力地；堅強地 Many nations are acting **forcefully**. 許多國家強有力地行動起來。	force力， -ful有……的， -ly……地
forced	*adj.* 強迫的，被迫的；勉強的 She gave me a **forced** smile. 她給了我一個勉強的笑容。	forc(e)強迫， -ed……的
unforced	*adj.* 非強迫的；不勉強的 The order of words is natrual and **unforced**. 詞序自然而不牽強。	un-非， forced強迫的
force-land	*v.* 緊急降落；強行登陸 Because of the heavy fog, the plane had to **force-land**. 由於濃霧，飛機不得不緊急降落。	force強迫， land著陸，登陸

foreign 外國的

02.06.34

		助　記
foreign-born	*adj.* 出生在國外的 Her accent showed that she was **foreign-born**. 她說話的腔調表明她是在國外出生的。	foreign外國的， born……出生的
foreigner	*n.* 外國人 Some local people are suspicious of **foreigners**. 有些當地人不信任外國人。	foreign外國的， -er表示人
foreignize	*v.*（使）外國化 It is quite common to **foreignize** the plays in style. 戲劇風格異域化已經很常見了。	foreign外國的， -ize……化
foreign aid	*n.* 國外援助，外援 This country refused **foreign aid**. 這個國家拒絕了國外援助。	foreign外國的， aid援助

F

forest 森林；植林於

02.06.35

		助記
forester	*n.* 護林工；森林居民；森林動物 Smith is an old **forester**. 史密斯是名老護林工了。	forest森林， -er表示人或物
forestry	*n.* 林學；林業；造林術 **Forestry** has advanced at an exceptional speed. 林業以罕見的速度得到了發展。	forest森林， -ry名詞字尾
deforest	*v.* 砍伐森林 The land had to be **deforested** before people could farm. 人們在耕種這塊土地之前必須把樹木砍掉。	de-除去，毀， forest森林
forestation	*n.* 造林 China must introduce a massive **forestation** program. 中國必須推行大規模的植樹造林計劃。	forest森林，造林， -ation名詞字尾
reforest	*v.* 重新造林 The government is making efforts to **reforest** the hill. 政府正努力在山上重新造林。	re-再，重新， forest造林
afforest	*v.* 造林於……；綠化 The government is planning to **afforest** the desert. 政府正計劃綠化沙地。	af-加強意義， forest造林
disafforest	*v.* 把樹林砍掉 It is forbidden to **disafforest** for purposes of reclaiming land. 禁止毀林開墾土地的行為。	dis-取消，毀， afforest造林
disforest	*v.* 把樹林砍伐掉 The manager ordered the workers to **disforest**. 經理命令工人把樹林砍掉。	=disafforest， dis-取消，毀， forest森林

forget 忘記

02.06.36

		助記
forgetter	*n.* 健忘者 The **forgetter** forgot what to buy again. 這個健忘者又忘了要買什麼了。	forget忘記，-er者 「愛忘事的人」
forgetful	*adj.* 健忘的 She has become very **forgetful** of things. 她變得很健忘。	forget忘記， -ful容易……的

forgetfulness	*n.* 健忘 I am really angry about your **forgetfulness**. 你這麼健忘，的確令我生氣。	forget忘記， -ful容易……的， -ness名詞字尾
forget-me-not	*n.*（植物）勿忘我 There's a plant called "**Forget-me-not**". 有一種植物，叫做「勿忘我」。	forget忘記， me我， not不要
forgettable	*adj.* 易被忘記的 This is a **forgettable** movie. 這是一部看了就忘的電影。	forget忘記， -t-字母重複， -able可……的
unforgettable	*adj.* 不會被忘記的，難忘的 It's an **unforgettable** experience. 這是一次難忘的經歷。	un-不， forget忘記， -t-字母重複， -able可……的
self-forgetful	*adj.* 忘我的 When they work, they are always **self-forgetful**. 他們工作起來總是很忘我。	self-自己， forgetful容易忘記的

form 形式；形成

02.06.37

		助記
unformed	*adj.* 無一定形狀的；未形成的 There was an **unformed** lump of clay on the table. 桌子上有塊未定形的黏土。	un-未， form形成， -ed……的
reform	*v.* 改革；革新；改造；改良 He spent years trying to **reform** the world. 他花了多年時間，力圖改造世界。	re-再，重新， form形成 「再形成」， 「重新造」
reformation	*n.* 改革；革新；改造；改良 There has been a **reformation** of the postal service. 郵政業務已經進行了革新。	re-再，重新， form形成， -ation名詞字尾
reformable	*adj.* 可改革的；可改良的 With the development of society, many policies are **reformable**. 隨著社會的發展，許多政策都是可改革的。	re-再，重新， form形成， -able可……的
reformer	*n.* 改革者；革新者 He projected himself as a **reformer**. 他以改革者的姿態出現。	re-再，重新， form形成， -er者
malformed	*adj.* 畸形的 Those **malformed** leaves are very large. 那些畸形葉非常大。	mal-惡，不良， form形狀， -ed……的

malformation	*n.* 畸形（性）；畸形物 The **malformation** of his knees is caused by a fall. 他膝蓋畸形是一次摔跤造成的。	mal-惡，不良， form形狀， -ation名詞字尾
multiform	*adj.* 多種形式的，多種多樣的 The wretchedness of the earth is **multiform**. 世間的悲慘是多種多樣的。	multi-多的， form形式
transform	*v.*（使）變形；（使）改觀 Past scenes have been **transformed**. 過去的景象已經改觀。	trans-轉，變， form形成
transformation	*n.* 變化；轉變；改革 There was a great **transformation** in his appearance. 他的容貌有了極大的變化。	trans-轉，變， form形式， -ation名詞字尾
transformable	*adj.* 可變形的；能改變的 Boys prefer **transformable** toys. 男孩子更喜歡變形玩具。	trans-轉，變， form形式， -able可……的
uniform	*adj.* 一樣的，一致的 The rows of houses were **uniform** in appearance. 這一排排的房屋外觀都是一樣的。	uni-單一的， form形式
uniformity	*n.* 一樣，一律，一致（性） The dreary **uniformity** of the housing estate annoys me. 住宅區千篇一律，我覺得糟透了。	uni-單一的， form形式， -ity名詞字尾
nonuniform	*adj.* 不一致的；非均勻的 Let's consider an example of **nonuniform** motion now. 讓我們現在來考慮一個非均勻運動的例子。	non-非，不， uniform一致的
deform	*v.* 損壞……的形狀；變形 Heat **deforms** plastics. 塑料遇熱變形。	de-除去，毀， form形狀
deformation	*n.* 畸形；變形 A disease caused **deformation** of his body. 疾病使他的身體變得畸形。	de-除去，毀， form形狀， -ation名詞字尾
deformity	*n.* 畸形狀態；畸形部位 Doctors can now correct many **deformities**. 如今，醫生能矯正多種畸形。	de-除去，毀， form形狀， -ity名詞字尾
conform	*v.*（使）一致；遵守；適應 His ideas do not **conform** to mine. 他的想法和我的不一致。	con-共同，form形式 「形式趨同」→一致 →遵守→適應

conformity	*n.* 一致，符合；依照 Was his action in **conformity** with the law? 他的行為是否合法？	conform遵守， -ity名詞字尾
nonconformity	*n.* 不一致，不墨守成規 There is striking **nonconformity** of his ideas and his practice. 他的思想和行動明顯不一致。	non-不， conform遵守， -ity名詞字尾
word-formation	*n.* 構詞（法） It's useful for you to know **word-formation**. 了解構詞法對你有幫助。	word單詞， formation形成， 構成
formless	*adj.* 無形狀的，無定形的 Water is **formless**, taking the shape of its container. 水無一定的形狀，隨容器不同而改變。	form形狀， -less無……的
formal	*adj.* 形式（上）的；正式的 You can omit this **formal** information. 您可以省略這一形式上的訊息。	form形式， -al……的
formalism	*n.* 形式主義 The danger of **formalism** is real. 形式主義的危險是真實存在的。	form形式， -al……的， -ism主義
formalist	*n.* 形式主義者 Do you consider yourself to be a **formalist**? 你認為你是一個形式主義者嗎？	form形式， -al……的， -ist者
formality	*n.* 拘泥形式；遵守禮節 He treated me with great **formality**. 他對我非常拘謹。	form形式， -al……的， -ity名詞字尾
formalize	*v.* 使形式化；使成為正式 His relationship with his wife was totally **formalized**. 他和妻子的關係完全是有名無實。	form形式， -al……的， -ize使……
formation	*n.* 形成；構成 This is the physical process of rock **formation**. 這是岩石形成的物理過程。	form形成， -ation名詞字尾
formative	*adj.* 形成的；發展的；構成的 The company is still in **formative** stage. 這個公司尚處於起步階段。	form形成， -ative……的
formfitting	*adj.* 貼身的，緊身的 She wears a **formfitting** sweater. 她穿著一件貼身的毛線衫。	form形狀， -fitting合適的 「緊貼合身形的」

F

fortune 命運；幸運；財產

02.06.38

		助記
misfortune	*n.* 不幸；不幸的事；災禍 **Misfortune** tests the sincerity of friends. [諺]患難識知交。	mis-不， fortune幸運
fortunate	*adj.* 幸運的；僥倖的 It's **fortunate** you didn't forget. 幸好你沒忘。	fortun(e) 幸運， -ate形容詞字尾
fortunately	*adv.* 幸運地；僥倖地 **Fortunately**, the flood did not break the dike. 幸好，這場大水沒有把堤壩沖壞。	fortun(e) 幸運， -ate形容詞字尾， -ly……地
unfortunately	*adv.* 不幸地，倒楣地 **Unfortunately**, I missed the last train. 我不幸錯過了末班火車。	un-不， fortunate幸運的， -ly……地
fortuneless	*adj.* 不幸的；無財產的；無嫁妝的 He married a **fortuneless** girl. 他娶了一個無嫁妝的女孩。	fortune幸運，財產， -less不……的， 無……的
fortune-teller	*n.* 給人算命的人 She is always believing in the **fortune-teller**. 她總是相信算命先生的話。	fortune命運， tell講，說， -er者
fortune-telling	*n./adj.* 算命（的） Mike is calling a **fortune-telling** hotline. 麥克正在撥打算命熱線。	fortune命運， telling講，說
fortune-hunting	*n./adj.* 專找富有對象結婚的人；獵富（的） I've told you that he is a **fortune-hunting**. 我已經告訴過你他是個追求有錢女人的人。	fortune財產， hunting追獵，追求

found 建立，打基礎

02.06.39

		助記
founder	*n.* 創立者；締造者；奠基者 Who is the **founder** of the scientific socialism? 誰是科學社會主義的奠基人？	found建立， -er者
cofounder	*n.* 共同創立者 He is the **cofounder** of this company. 他是這個公司的共同創立者。	co-共同， founder創立者

foundation	*n.* 建立；地基；基礎 The earthquake shook the **foundations** of the house. 地震動搖了那幢房子的地基。	found建立，打基礎，-ation名詞字尾
foundational	*adj.* 基礎的 That is one of the **foundational** conditions. 那是基礎條件之一。	found建立，打基礎，-ation名詞字尾，-al……的
unfounded	*adj.* 沒有理由的；沒有事實根據的 This saying is completely **unfounded**. 這種説法完全是無稽之談。	un-未，found建立，打基礎，-ed……的
ill-founded	*adj.* 站不住腳的，無根據的 My belief was not **ill-founded**. 我的信念不是沒有根據的。	ill不好的，found建立，打基礎，-ed……的

free 不（無）……的；自由的

02.06.40

		助記
ice-free	*adj.* 不凍的 This is an **ice-free** port. 這是一個不凍港。	ice冰，凍，free不……的
interest-free	*adj.* 無利息的 He was offered a $10,000 **interest-free** loan. 他獲得了一筆1萬美元的無息貸款。	interest利息，free無……的
trouble-free	*adj.* 沒有麻煩的；沒有憂慮的 We will have a **trouble-free** and happy holiday. 我們將會度過一個無憂無慮的愉快假期。	trouble麻煩，free無……的
carefree	*adj.* 無憂無慮的 We all felt **carefree** after the exams. 考試結束後，我們都感到輕鬆愉快。	care憂慮，free無……的
handsfree	*adj.*（電話等）免提的 This phone is completely **handsfree**. 這個電話是免提的。	hands手，free無……的「空著手的→免提的」
rent-free	*adj.* 不收租金的 He was given a new **rent-free** apartment. 他得到了一個免租金的新公寓。	rent租金，free無……的→免除……的
rust-free	*adj.* 無鏽的，不鏽的 China produced **rust-free** steel many years ago. 許多年前中國人就生產了不鏽鋼。	rust鏽，free無……的

F

atom-free	*adj.* 無原子武器的 This is an **atom-free** zone. 這是無原子武器區。	atom原子， free無……的
nuclear-free	*adj.* 無核武器的 This is an important step toward a **nuclear-free** world. 這是向無核世界跨出的重要一步。	nuclear核的， 核能的， free無……的
tax-free	*adj.* 免稅的，無稅的 I thought this camera should be **tax-free**. 我原以為這臺相機是免稅的。	tax稅， free無……的
postfree	*adj.* 免付郵資的 The company gave us some **postfree** produces. 公司給了我們一些免付郵資的產品。	post郵政， free無……的
free-for-all	*n.* 在場者都可參加的爭吵；混戰 The discussion soon became a **free-for-all**. 討論很快變成了一場混戰。	free自由的， for對，all所有 「在場者都可參加」
freely	*adv.* 自由地；坦率地 Such noun groups may be formed **freely**. 這類名詞詞組可以自由構成。	free自由的， -ly……地
freedom	*n.* 自由；使用（或行動等）的自由權 I'm old enough to have the **freedom** to do as I like. 我已經足夠大了，有權去做我喜歡做的事。	free自由的， -dom名詞字尾
freehanded	*adj.*（用錢）大方的 He has a **freehanded** boss. 他有一位大方的老闆。	free自由的， hand手→用手花 錢，-ed……的
free lunch	*n.* 免費午餐 There is no such thing as a **free lunch**. 世上哪有免費的午餐。	free免費的， lunch午餐
freeminded	*adj.* 無精神負擔的 They are **freeminded** after graduation. 畢業後他們沒有了精神負擔。	free自由的， mind頭腦，精神， -ed……的
free-spoken	*adj.* 直言的，講話坦率的 She was always a **free-spoken** young lady. 她是一位講話直率的女孩。	free自由的， spoken說
free will	*n.* 自願；自由意志 I do this of my own **free will**. 我是自願做這件事的。	free自由的， will意志

fresh 新的；新鮮的

02.06.41

		助記
freshness	*n.* 新鮮；清新 Use and replace food before it loses **freshness**. 在食物變得不新鮮之前，用掉或更換它。	fresh新鮮的， -ness名詞字尾
freshman	*n.* 新手；大學一年級學生 He decided to live in the dormitory during his **freshman** year at college. 他決定大一時住校。	fresh新的， man人
refresh	*v.* 使恢復精力，使提神；使清新 A shower will **refresh** you. 洗個淋浴你就有精神了。	re-再，重， fresh新的 「使重新有精力」
refreshment	*n.*（精力的）恢復；爽快 He needs to stop fairly often for **refreshment**. 他需要不時停下來歇歇。	re-再，重新， fresh新的， -ment名詞字尾
refreshing	*adj.* 使精力恢復的，使精神振作的 I have had a **refreshing** sleep. 我睡了個提神的好覺。	re-再，重新， fresh新的， -ing……的
refresher	*n.* 提神物；（口）提神清涼飲料 Cool lemonade on a hot day is a good **refresher**. 大熱天裡，冰鎮檸檬水是很好的清涼飲料。	re-再，重新， fresh清新的， -er表示物 「使清新之物」
freshly	*adv.* 精神飽滿地；剛，才 This is the **freshly** picked tea. 這是新摘的茶。	fresh清新的，精神飽滿的， -ly……地
freshen	*v.* 使鮮豔；使精神飽滿 We need a good rain to **freshen** the flowers. 要使這些花變得鮮豔，我們需要一場大雨。	fresh新鮮的， -en動詞字尾， 使……
freshener	*n.* 恢復精力的東西（如飲料等） I was in need of some **freshener**. 我需要來點提神的飲料。	fresh新鮮的， -en動詞字尾， 使……，-er表示物 「使清新之物」
afresh	*adv.* 重新 The work will have to be done **afresh**. 這工作得重做。	a-構成副詞， fresh新的

friend 朋友

02.06.42

		助記
friendship	*n.* 友誼；友好 True **friendship** is worth more than money. 真正的友誼比金錢更有價值。	friend朋友， -ship表抽象名詞
friendless	*adj.* 沒有朋友的 To think of her as a **friendless** hermit would be incorrect. 把她看作沒有朋友的隱士是不對的。	friend朋友， -less無……的
friendly	*adj.* 友好的 They are **friendly** to me. 他們對我很友好。	friend朋友， -ly像……的 「像朋友一樣友好的」
friendliness	*n.* 友好；友誼 He didn't show me any **friendliness**. 他對我毫不友好。	friend朋友， -ly像……的， -ness表抽象名詞
unfriendly	*adj.* 不友好的 Tom is very **unfriendly** to me as well. 湯姆對我也很不友善。	un-不， friendly友好的
unfriended	*adj.* 沒有朋友的 She is always drawn to the loveless and **unfriended**. 她一向同情得不到愛和沒有朋友的人。	un-不，無， friend朋友， -ed……的
befriend	*v.* 以朋友態度對待，親近 We are willing to **befriend** the weak and the poor. 我們願意扶弱濟貧。	be-使成為， friend朋友
penfriend	*n.* 筆友 I write to my **penfriend** once a month. 我每月給我的筆友寫一封信。	pen筆， friend朋友
boyfriend	*n.* 男朋友 Your **boyfriend** called you just now. 剛才你男朋友給你打電話了。	boy男孩， friend朋友
girlfriend	*n.* 女朋友 He gave a bunch of flowers to his **girlfriend**. 他送給女友一束花。	girl女孩， friend朋友

front 前線；前面

02.06.43

		助記
front-runner	*n.* 賽跑中跑在前頭的人；競爭中的領先者 Clinton was the Democratic **front-runner** for president. 克林頓是民主黨參選總統的領跑人。	front前面， runner跑的人
frontal	*adj.* 前面的，正面的 He drew me a **frontal** picture. 他給我畫了一副正面像。	front前面， -al……的
frontward(s)	*adv.* 向前地 Go **frontward**. 接著說。	front前面， -ward(s)向
frontage	*n.*（建築物等的）正面，前方 The restaurant has a river **frontage**. 這家餐館正對著一條河。	front前面， -age名詞字尾
front-line	*adj.* 前線的，第一線的 These are the **front-line** troops, the action people. 這些人是前線作戰軍，具體行動的人。	front前面， line線
frontier	*n.* 邊境，國界；邊疆 It wasn't difficult then to cross the **frontier**. 那時候穿越國界並不難。	front前線，前邊 →邊境， -ier名詞字尾
seafront	*n.* 濱海區 They decided to meet on the **seafront**. 他們決定在濱海區見面。	sea海， front前面
waterfront	*n.* 水邊地，灘；（城市的）濱水區 They went for a stroll along the **waterfront**. 他們沿著濱水區漫步。	water水， front前面，前邊
battlefront	*n.* 前線 They rode to the **battlefront**. 他們迅速趕到了戰鬥前線。	battle作戰， front正面
forefront	*n.* 最前線；最前列 Women have always been at the **forefront** of the Green movement. 婦女總是在環保運動的最前列。	fore-前， front前線

F

fruit 果實；水果 02.06.44

		助記
fruitful	*adj.* 果實結得多的；多產的；收穫多的 The trees are **fruitful**. 那些樹果實纍纍。	fruit果實， -ful多……的
unfruitful	*adj.* 不結果實的；沒有結果的；無效的 The poplar is an **unfruitful** tree. 白楊樹是一種不結果的樹。	un-不，無， fruitful多產的
fruitless	*adj.* 不結果實的；無結果的 His efforts proved **fruitless**. 他的努力結果一場空。	fruit果實， -less無……的
fruitage	*n.* 結果實；果實收成；果實（總稱）；結果 Its **fruitage** is sweet, and owns abundant nutrition. 其果實清香鮮美，營養極為豐富。	fruit果實， -age名詞字尾
fruiter	*n.* 果農；果樹；運水果的船 Her husband is a **fruiter**. 她丈夫是一名果農。	fruit水果， -er表示人或物
fruiterer	*n.* 水果商 He looked around and found a **fruiterer**'s. 他看了看四周，發現了一家水果店。	fruiter果農， -er表示人或物
fruited	*adj.* 結有果實的；加水果（調味）的 Still the **fruited** boughs burn, pecked at by birds.（選自詩歌）結著果實的樹枝靜靜地燃燒，被群鳥啄食。	fruit果實，水果， -ed……的
fruity	*adj.* 有水果味的 This shampoo smells **fruity**. 這種洗髮水聞上去有水果味。	fruit水果， -y有……的
firstfruits	*n.*（穀物、瓜果等）一個季節中最早的收穫；(工作)初步成果 This book is the **firstfruits** of many years' study. 這本書是多年研究的初步成果。	first首次的，最初的，fruit果實，收穫

full 滿的，全的 02.06.45

		助記
fullness	*n.* 充滿；充分；完全 Spring was at its **fullness**. 春意正濃。	full滿的，全的， -ness名詞字尾

fully	*adv.* 完全地；充分地；徹底地 She was **fully** aware of my thoughts. 她完全了解我的想法。	full完全的， -ly……地 （略去一個l）
full-time	*adj.* 全日制的；專職的 We need a **full-time** employee. 我們需要一名專職雇員。	full全部的， time時間
full-page	*adj.* 全頁的；整版的 There was a **full-page** article in a newspaper. 報紙上刊登了一篇整版的文章。	full全的， page頁，版
full-length	*adj.* 全長的；全身的 I wanted a **full-length** mirror. 我想要一面全身鏡。	full全的， length長度
fullhearted	*adj.* 滿腔熱情的；充滿信心的 Whatever I do, I will be **fullhearted** to the success. 無論我做什麼，我都將滿腔熱情，直至成功。	full滿的， heart心， -ed……的
full-blooded	*adj.* 血氣旺盛的；紅潤的 He looks good, with a **full-blooded** face. 他看起來不錯，面色紅潤。	full滿的， blood血，血氣， -ed……的
full-dress	*adj.* 禮服的；正式的 It was considered to be a **full-dress** ceremony. 人們認為那是一個正式的典禮。	full全的， dress衣服

future 未來；前途

02.06.46

		助 記
futurity	*n.* 將來，未來；未來的事；遠景 Please be punctual in **futurity**. 今後請準時。	futur(e) 將來， 未來， -ity名詞字尾
futureless	*adj.* 無前途的；無希望的 This is a **futureless** career. 這是個毫無前途的職業。	future前途， -less無……的
futuristic	*adj.* 未來派的；未來主義的 He is good at the **futuristic** novels. 他擅長寫未來派小說。	futur(e) 未來， -istic……派（主義）的

G

gas 氣體；煤氣；毒氣

02.07.01

		助記
degas	*v.* 除氣；放氣；消除毒氣 We need to **degas** the electron tube. 我們需要給電子管除氣。	de-除去， gas毒氣，氣
teargas	*v.* 向……施放催淚瓦斯 Two journalists were **teargased** by the police. 兩名記者遭到警察催淚瓦斯的襲擊。	tear淚， gas毒氣，瓦斯
gaseous	*adj.* 氣態的 Freon exists both in liquid and **gaseous** states. 氟氯碳化物有液態和氣態兩種形態。	gas氣體， -eous……的
gasworks	*n.* 煤氣廠 The government is planning to build another **gasworks**. 政府正計劃再建一家煤氣廠。	gas煤氣， works工廠
gasproof	*adj.* 防毒氣的；不透氣的 The policeman wears a **gasproof** mask. 那個警察戴了一個防毒面具。	gas毒氣，氣體， -proof防……的
gas oven	*n.* 煤氣灶 She turned on her **gas oven** and lighted it. 她扭開煤氣灶，點上火。	gas煤氣， oven灶
gaslight	*n.* 煤氣燈；煤氣燈光 He would show his collection by **gaslight**. 他會在煤氣燈光下展示他的收藏品。	gas煤氣， light燈

general 一般的；全面的

02.07.02

		助記
generally	*adv.* 一般地；通常地；普遍地 Elections are held **generally** every other year. 選舉通常隔年舉行。	general一般的， -ly……地
generality	*n.* 一般（性）；籠統的表述 He didn't answer but went on talking **generalities**. 他不予答覆，只是繼續泛泛而談。	general一般的, -ity表抽象名詞
generalize	*v.* 概括；歸納 It is dangerous to **generalize** people. 對人一概而論是危險的。	general一般的， -ize……化

generalization	*n.* 普通化；歸納，概括 It is unwise to be hasty in **generalization**. 急於一概而論是不明智的。	general一般的，-ization名詞字尾，……化
generalist	*n.* 通才 A statistician has to be something of a **generalist**. 統計學家應是一通才。	general全面的，-ist人
secretary-general	*n.* 總書記；秘書長 The **Secretary-General** was asked to mediate the dispute. 有人請秘書長來調解這次紛爭。	secretary書記，秘書，general全面的，總的，（用於職位）總……，……長

girl 女孩，少女

02.07.03

		助記
girlhood	*n.* 少女時期 She had a happy **girlhood**. 她有個快樂的少女時代。	girl少女，-hood表示時期
girlish	*adj.* 少女的，女孩似的 Her younger brother looks **girlish**. 她弟弟顯得像個女孩似的。	girl少女，-ish似……的，……的
girlie	*adj.* 只適合女孩子的（口語） Pink is a typical **girlie** colour. 粉色是很典型的女性化顏色。	girl女孩，-ie有……性質的人（或物）
schoolgirl	*n.*（中小學）女生 As a **schoolgirl**, she had dreamed of becoming an actress. 她上學時曾夢想成為一名女演員。	school學校，girl女孩
shopgirl	*n.* 女店員 That **shopgirl** is always patient with the customers. 那位女店員對顧客一直很有耐心。	shop商店，girl女孩
salesgirl	*n.* 女售貨員 I asked the **salesgirl** if they had a larger size. 我問過女營業員他們有沒有大一號的。	sale售貨，賣，-s-連接字母，girl女孩
cover girl	*n.* 封面女郎 Nancy's dream is to be a **cover girl**. 南希的夢想是成為封面女郎。	cover刊物封面，girl少女

give 給

02.07.04

		助記
giver	*n.* 給予者 Fortune is a **giver** and a taker. 命運是賜予者，也是掠奪者。	giv(e)給， -er者
giving	*adj.* 有愛心的 She's a very **giving** person. 她是一個很有愛心的人。	giv(e)給， -ing……的 「肯給予的」
giveaway	*n.* 無意中洩露（或暴露）；捐贈 The **giveaway** was complete. 天機洩露無遺。	give away給出
given	*adj.* 被給的，給予的；贈送的；特定的；假定的 The work must be done within the **given** time. 工作必須在指定時間內完成。	give的過去分詞 「被給予的」
self-giving	*adj.* 捨己為人的，無私的 This is a **self-giving** act. 這是一種無私的付出。	self-自己， giv(e)給，捨棄， -ing……的 「捨棄自己的」
thanksgiving	*n.* 感恩，感謝 We always eat turkey at **Thanksgiving**. 我們過感恩節時總是吃火雞。	thanks感謝， giving給

glass 玻璃；鏡子

02.07.05

		助記
glasses	*n.* 眼鏡 She's got nice **glasses**. 她的眼鏡很漂亮。	glass鏡子， 複數表示雙鏡片
sunglasses	*n.* 太陽眼鏡，墨鏡 She slipped on a pair of **sunglasses**. 她匆忙戴上一副太陽眼鏡。	sun太陽， glasses眼鏡
wineglass	*n.* 玻璃酒杯（大多為高腳杯） He took a sip from the **wineglass**. 他從酒杯裡喝了一口酒。	wine酒， glass玻璃杯
glassy	*adj.* 像玻璃的；光亮而透明的 The water was **glassy**. 水面清澈明亮。	glass玻璃， -y如……的

glassless	*adj.* 沒有玻璃的，未裝上玻璃的 We saw a house, with a **glassless** window. 我們看到一座房子，窗子沒有玻璃。	glass玻璃， -less無……的
glasshouse	*n.* 玻璃暖房，溫室 You must grow these tropical flowers in a **glasshouse**. 你必須把這些熱帶花卉種在溫室裡。	glass玻璃， house房子
glassware	*n.* 玻璃製品 The plates and **glassware** were rimmed with gold. 這些盤子和玻璃器皿都鑲著金邊。	glass玻璃， ware器皿
glassy-eyed	*adj.* 眼睛無神的，目光呆滯的 I saw a **glassy-eyed** woman sitting there. 我看到一個目光呆滯的女人坐在那兒。	glassy像玻璃的， ey(e)眼睛， -ed……的

glory 光榮

02.07.06

		助記
glorious	*n.* 光榮的；美好的 They had a **glorious** weekend. 他們度過了一個美好的周末。	glori(y→i)光榮， -ous……的
inglorious	*adj.* 不光彩的，可恥的 It's very hard to accept an **inglorious** defeat. 接受可恥的敗績相當難。	in-不， glorious光榮的
glorify	*v.* 給……以榮譽；美化；頌揚，誇讚 The film **glorified** violence. 這部電影美化了暴力。	glori(y→i)光榮， 榮譽，-fy使……
glorification	*n.* 頌揚，讚美；美化 I don't like the **glorification** of war in this movie. 我不喜歡這部電影美化戰爭。	glori(y→i)光榮， 榮譽， -fication名詞字尾
self-glorification	*n.* 自我陶醉；自命不凡 Critics accused her of **self-glorification**. 評論家批評她自命不凡。	self-自己， glori(y→i)頌揚， -fication名詞字尾

go 去

02.07.07

		助記
ingoing	*adj.* 進入的；洞察的；深入的 The old man has an **ingoing** mind. 這位老人有著洞察入微的頭腦。	in-入， go去，行， -ing……的

G

outgoing	*adj.* 外出的；外向的 She was **outgoing** and popular. 她性格外向，受人歡迎。	out-出， go去，行， -ing……的
ago	*adv.* 過去，以前 Her husband died 14 years **ago**. 她的丈夫14年前去世了。	a-構成副詞， go去，過去
forego	*v.* 放棄；走在……之前 Mickey agreed to **forego** his holiday. 米基同意放棄他的假期。	fore-前，go去，走 「走到前面去→ 丟棄後面的」
goer	*n.* 常去……的人；走動的東西 My watch is a perfect **goer**. 我的表運時準確。	go去， -er表人或物
playgoer	*n.* 常看戲的人，戲迷 The **playgoers** like his dramas very much. 戲迷們非常喜歡他的戲。	play戲， goer常去……的 人
churchgoer	*n.* 常去做禮拜的教徒 He is an ardent **churchgoer**. 他是一個非常虔誠的教徒。	church教堂， goer常去……的 人
oceangoing	*adj.* 遠洋航行的 Our **oceangoing** ship is sailing across the Pacific Ocean. 我們的遠洋輪正在橫渡太平洋。	ocean海洋， go去， -ing……的
seagoing	*adj.* 適於航海的，可以出海的 There we found a great **seagoing** ship at anchor. 我們發現那兒停泊了一艘可以出海的大船。	sea海， go去， -ing……的
ongoing	*adj.* 繼續進行的 The police investigation is **ongoing**. 警方的調查持續進行中。	on向前， go去，行進， -ing……的
touch-and-go	*adj.* 一觸即發的 The situation is **touch-and-go**. 局勢一觸即發。	touch觸，摸， go去，行 「一觸就走」
deep-going	*adj.* 深入的；嚴重的 There are **deep-going** differences between us. 我們之間存在著嚴重的分歧。	deep深的， go去，行進， -ing……的
easy-going	*adj.* 悠閒的；懶散的；輕鬆的 I don't like his laziness and his **easy-going** ways. 我不喜歡他那種懶惰的鬆散樣子。	easy安逸的，容易 的，go去，行進， -ing……的

thoroughgoing	*adj.* 徹底的，十足的 It was all a **thoroughgoing** waste of time. 這完全是浪費時間。	thorough徹底的，go去，行進，-ing……的
going	*n./adj.* 離去；進展速度；進行中的；現行的 It's slow **going**. 進度很慢。	go去，行進，-ing……的
go-between	*n.* 中間人；媒人；掮客 He will act as a **go-between** to work out an agenda. 他將從中斡旋，以制定出一個日程表。	go去，between在……之間「在兩者之中牽線人」
go-slow	*n.* 怠工 No boss will like his/her employees' **go-slow**. 沒有老闆會喜歡員工怠工。	go去，slow慢「做事慢」

god 神；上帝

02.07.08

助記

godlike	*adj.* 如神的；上帝般的；神聖的 He was venerated by people as a **godlike** man. 他被人們尊為神一般的人。	god神，-like如……的
godly	*adj.* 敬神的；虔誠的 They led a **godly** life. 他們過著虔誠的生活。	god神，-ly……的
goddess	*n.* 女神；美人 He will offer the first harvest of rice to the Sun **Goddess**. 他將把收穫的第一束稻子獻給太陽女神。	god神，-ess表示女性
godless	*adj.* 無神的；不信神的；無宗教信仰的 That is a **godless** society. 那是一個沒有宗教信仰的社會。	god神，-less無……的
godsend	*n.* 天賜之物；令人喜出望外的事物 The rain after the long drought was a **godsend**. 久旱逢雨使人喜出望外。	god神，send送
ungodly	*adj.* 不敬神的 He is an **ungodly** man. 他這個人不敬神。	un-不，god神，-ly……的
demigod	*n.* 半神半人；受崇拜的人 Hecules was a **demigod** in the Greek Myths. 在希臘神話中，海克力斯是半神半人。	demi-半，god神

good 好的；（數量或距離）大的

02.07.09

		助記
goodish	*adj.* 尚好的；相當遠的 It's a **goodish** distance from here. 那兒離這裡相當遠。	good好，（距離或數量）相當大的，-ish……的
goodly	*adj.* 相當多的；相當程度的 He received a **goodly** reward. 他得到了相當豐厚的報酬。	good好，（距離或數量）相當大的，-ly……的「相當多的」
goodness	*n.* 天啊；優良；善行 My **goodness**, you have spent a lot! 天啊，你花了這麼多錢！	good好心的，-ness名詞字尾
good-for-nothing	*n.* 無用的人 Tom is a **good-for-nothing**. 湯姆是個不中用的人。	good有好處的，for對……，nothing沒有什麼，「沒有什麼好處」
good-hearted	*adj.* 好心腸的 The **good-hearted** lady gave me a loaf of bread. 這位好心的女士給了我一塊麵包。	good好的，heart心，-ed……的
good-looking	*adj.* 好看的（指容貌） He is a **good-looking** guy. 他是個漂亮的小男孩。	good好的，look容貌，-ing……的
goodwill	*n.* 善意；親善；友好 His heart is full of **goodwill** to all men. 他心裡對所有的人都充滿善意。	good好的，will意願
good-natured	*adj.* 脾氣好的；和善的 He overlooked her insult with a **good-natured** smile. 對於她的侮辱，他和善地一笑置之。	good好的，natur(e)本性，天性，-ed……的
no-good	*adj.* 無價值的，無用的 It's **no-good** sitting there. 坐在那裡是沒用的。	no沒有，無，good有用處的

govern 統治；管理

02.07.10

		助記
government	*n.* 政府 French **government** did not sign the agreement. 法國政府沒有簽署此項協議。	govern統治，管理，-ment表示機構「管理機構」

governmental	*adj.* 政府的 The state once blazed the trail for **governmental** innovation. 這個州曾經為革新國家的行政管理披荆斬棘。	govern統治，管理，-ment表示機構，-al……的
governable	*adj.* 可治理的；可控制的 He was asked whether Pakistan was **governable**. 他被問道，巴基斯坦是否可以控制。	govern統治，-able可……的
ungovernable	*adj.* 難治理的；無法控制的 The country has become virtually **ungovernable**. 這個國家基本上已經失控了。	un-不，govern統治，-able可……的
governor	*n.* 統治者（美國州長）；總督；地方長官 He was a candidate for the office of **governor**. 他是州長候選人之一。	govern統治，-or者
governess	*n.* 女州長；家庭女教師；總督夫人 He does not like the new **governess** by a fraction. 他一點也不喜歡他的新家庭女教師。	govern統治，-ess表示女性
self-government	*n.* 自治 Many former colonies have achieved **self-government**. 許多前殖民地已實現自治。	self-自己，govern統治，管理，-ment名詞字尾

grade 等級

02.07.11

		助記
high-grade	*adj.* 品質優良的；高級的 The price of the **high-grade** car is quite high. 高級轎車的價格相當高。	high高的，grade等級
low-grade	*adj.* 低品質的；（病情）輕度的 The patient ran only a **low-grade** fever. 病人病情不嚴重。	low低的，grade等級
subgrade	*n.* 路基；地基 We can ensure the strength and stability of **subgrade**. 我們可以保證路基的強度和穩定性。	sub-下，grade等級→層「路的下層」
upgrade	*v.*（使）升級；提升 We need to **upgrade** the status of teachers. 我們需要提升教師的地位。	up提高，grade等級
downgrade	*v.*（使）降級；貶低 You can't **downgrade** people you do not like. 你不可以貶低你不喜歡的人。	down降低，grade等級

degrade	*v.* 使降級，貶黜；降低……的身份；使退化 You **degrade** yourself when you tell a lie. 説謊會降低自己的身份。	de-向下，下降， grade等級
degradation	*n.* 降級，貶黜；墮落；退化 Tom, you deserved promotion instead of **degradation**. 湯姆，你應當升職，不應當降級。	de-向下，下降， grad(e)等級， -ation名詞字尾
degrading	*adj.* 降低身份的；有辱人格的 He believed that accepting charity was **degrading**. 他認為接受施捨有辱人格。	de-向下，下降， grade等級， -ing……的
gradation	*n.* 等級；逐漸的變化；層次 Note the subtle **gradation** in color in this painting. 注意這幅畫中色彩的細微變化。	grad(e) 等級， -ation名詞字尾
gradual	*adj.* 逐步的，漸進的 Losing weight is a slow and **gradual** process. 減肥是一個緩慢而漸進的過程。	grad(e) 等級， 階段，-ual……的 「逐級的」
gradually	*adv.* 逐步地，逐漸地 We can build up speed **gradually** and safely. 我們可以逐步穩妥地提高速度。	gradual逐步的， -ly……地
graduate	*v.* 畢業；*n.* 畢業生 He is a **graduate** in medicine. 他是醫科畢業生。	grad(e)等級，階段， -u-連接字母， -ate動詞字尾， 「走完某一階段」
graduation	*n.*（大學或美國高中的）畢業 On **graduation**, Nancy became an art teacher. 南希畢業以後，當了一名美術老師。	grad(e)等級，階段， -u-連接字母， -ation名詞字尾
graduated	*adj.* 畢業了的 He was a student **graduated** with honours. 他是一名成績優異的畢業生。	graduat(e)畢業， -ed……的
undergraduate	*n./adj.* 大學本科生（的） This is beyond an **undergraduate** course. 這已經超出了大學本科生課程。	under-不足，尚未， graduate畢業
postgraduate	*n./adj.* 研究生（的），碩士（的） I didn't put down that I had **postgraduate** degree. 我沒有寫上我有碩士學位。	post-在……之後， graduate畢業 「畢業後繼續讀」

green 綠色（的）

02.07.12

		助記
greenish	*adj.* 略呈綠色的 His face had a **greenish** pallor. 他的臉色白中帶綠。	green綠色，-ish略……的，微……的
greenhouse	*n.* 玻璃暖房，溫室 Behind the green house is a **greenhouse**. 在那所綠房子後面是一個玻璃暖房。	green綠→綠色植物，house房
greenery	*n.* 綠色植物；蔥翠；暖房 I love the **greenery** and white beaches. 我喜愛蔥鬱的草木和白色的沙灘。	green綠色，-ery表示場所或抽象名詞
greenback	*n.* 美鈔 Against other gauges the **greenback** may still be overvalued. 以其他的標準度量，美元可能依然估值過高。	green綠色的，back背面「美鈔背面是綠色」
greenfly	*n.* 蚜蟲 The roses have got **greenflies**. 這些玫瑰花上有蚜蟲。	green綠色的，fly飛蟲
greengrocer	*n.* 蔬菜水果商 The **greengrocer** sells fresh fruit and vegetables. 這個蔬菜水果商販賣新鮮水果和蔬菜。	green綠色→蔬菜水果，grocer雜貨店主
evergreen	*n.* 常綠植物；常青樹，冬青 Holly is also an **evergreen**. 冬青也是一種常綠植物。	ever總是，green綠色

ground 地面；場地；基礎

02.07.13

		助記
playground	*n.* 操場；（兒童）遊樂場 They are running in the **playground**. 他們在操場上跑步。	play玩，ground場地
underground	*n./adj.* 地下(的)，地鐵(的) I don't travel on the **underground** late at night. 我深夜不坐地鐵。	under-下，ground地面
background	*n.* 背景（資料）；後景 Do you know anything about his **background**? 你了解他的背景嗎？	back背後，ground場地，場景

foreground	*n.*（圖畫等的）前景 The figure in the **foreground** is the artist's mother. 圖畫前景中的人是畫家的母親。	fore-前，ground場地，場景
overground	*adj./adv.* 在地面上（的） The new railway line will run **overground**. 新鐵路線將鋪在地面上。	over-上面，ground地面
battleground	*n.* 戰場；鬥爭的主題 Wages will be a political **battleground** in the coming year. 在今後一年中，工資問題將是引起政界激烈爭執的一個主題。	battle戰鬥，ground場地
aboveground	*adv.* 在地面上；還活著 Workers are building **aboveground**. 工人們正在地面上施工。	above在上面，ground地面
ungrounded	*adj.* 無紮實基礎的；無根據的 This was only an **ungrounded** accusation. 這只是無根據的指控。	un-無，ground基礎，-ed……的
well-grounded	*adj.* 基礎紮實的；有充分根據的 He is **well-grounded** in mathematics. 他有紮實的數學基底。	well好，ground基礎，-ed……的
groundless	*adj.* 無根據的 His fears might be **groundless**. 他的擔心也許毫無根據。	ground基礎→根據，-less無……的
groundwater	*n.* 地下水 The **groundwater** is mostly replenished by river. 地下水主要由河流補給。	ground基礎→地面，water水「地面下的水」
groundbreaking	*adj.* 開創性的；破土動工的 He is doing a **groundbreaking** piece of research. 他正在進行一項富有開拓性的研究。	ground地，土地，break破，-ing名詞字尾

group 組；團；聚集

02.07.14

		助記
regroup	*v.* 重新組合；重新整理思緒 I paused for a minute to **regroup**. 我停了一下，重新整理思緒。	re-再，重新，group組，聚集
intergroup	*adj.* 社會團體間的 You must learn to deal with **intergroup** relations properly. 你要學會適當處理團體間的關係。	inter-在……之間，group團體

out-group	*n.* 外團體，「他人」集團（指非「自己人」） The result will depend on which **out-group** we rely on. 結果就取決於我們依靠哪個外群。	out-外， group集團，團體
in-group	*n.*（排他性的）小集團，小圈子 They emphasize the **in-group** loyalty. 他們強調忠誠團結。	in-內， group集團，團體
grouping	*n.* 集團派別；編組 The **grouping** of students should be reasonable. 學生編組應合理。	group聚集， -ing名詞字尾

G

grow 生長；種植

02.07.15

		助記
growth	*n.* 生長，成長；發育；種植 Vitamins are essential for healthy **growth**. 維生素是健康成長所必需的。	grow生長，成長， -th名詞字尾
grown	*adj.* 長滿……的；成熟的；成年的 I've got two **grown** daughters and a son. 我有兩個已經成年的女兒和一個兒子。	grow的過去分詞， 用作形容詞，表示 「成熟的」
grown-up	*n.* 成年人 The attitude of **grown-ups** has changed. 成年人的態度改變了。	grown長大的， 成熟的， up上→由小變大
growing	*adj.* 生長的；成長中的；增強的 Behind the mocking laughter lurks a **growing** sense of unease. 嘲笑聲的背後潛伏著一種越來越強烈的不安。	grow生長，成長， -ing……的
outgrow	*v.* 長得比……快；因長得太快而不適用 They **outgrow** their clothes so quickly. 他們長得這麼快，衣服很快就穿不下了。	out-勝過，超過， grow生長
undergrowth	*n.* 矮樹叢 The tiger prowled through the **undergrowth**. 老虎悄然穿過矮樹叢。	under-不足， growth生長，發 育
full-grown	*adj.* 成熟的；完全長成的 A **full-grown** elephant may weigh 2,000 pounds. 成年大象的體重可達2,000磅。	full完全， grown成熟的
overgrow	*v.* 長滿；生長過度 The garden **overgrew** with weeds. 花園中長滿了雜草。	over-太，過， grow生長

grower	*n.* 種植者；生長的植物 Bamboo is a very vigorous **grower**. 竹子是一種生命力非常強的植物。	grow種植，培養， -er表示人或物

guard 守衛

02.07.16

		助　記
guardian	*n.* 守衛者；監護人 His aunt is his legal **guardian**. 他的姑媽是他的法定監護人。	guard守衛， -ian表示人
guardianship	*n.* 監護人的身份 Marion set aside his legal **guardianship**. 馬里恩放棄了法定監護人資格。	guard守衛， -ian表示人， -ship名詞字尾
guardsman	*n.*衛兵；國民警衛隊士兵 Then, the Paris population included national **guardsmen**. 那時，巴黎人口中還摻雜著國民警衛隊士兵。	guard守衛， -s-連接字母， man人員
guardroom	*n.* 警衛室；衛兵室；禁閉室 She squeezed past the **guardroom**. 她從警衛室擠了出去。	guard守衛， room室
guarded	*adj.* 被看守著的；謹慎的 He gave a **guarded** answer to the question. 他對這個問題做了謹慎的回答。	guard保衛，看守， -ed被……的
unguarded	*adj.* 無防備的 The museum was **unguarded** at night. 這個博物館夜裡無人看守。	un-無， guard守衛，防備， -ed……的
bodyguard	*n.* 警衛員，保鏢 He hired a **bodyguard**. 他雇了一個保鏢。	body身體， guard守衛
safeguard	*v./n.* 保護；捍衛，維護 The industry has a duty to **safeguard** consumers. 這個行業有責任保護消費者。	safe安全的， guard守護
fireguard	*n.*（火）爐欄；（森林）防火員 A **fireguard** prevents children from getting near the fire. 火爐欄防止孩子們靠近爐火。	fire火， guard守護，防護

guide 指導；嚮導 02.07.17

		助記
guidebook	*n.* 旅行指南 Did you bring a **guidebook** to a party? 你竟然把導遊書帶到派對上來了？	guide指導， book書
guideboard	*n.*（指）路牌 Follow the **guideboard**, you will find your way. 跟著路牌走，你會找到路的。	guide嚮導， board板，牌
guidepost	*n.*（指）路標；指導方針 The **guidepost** showed us the right way. 路標給我們指明了正確的路。	guide指導， post欄，標杆
guidance	*n.* 指導；引導；領導 Students may decide to seek tutorial **guidance**. 學生們可能會尋求導師的指導。	guid(e)指導， -ance名詞字尾
misguide	*v.* 錯誤地引導，使誤入歧途 We have been **misguided** at first. 開始時，我們被引錯了路。	mis-錯誤， guide引導
misguided	*adj.* 被錯誤引導的 She only did it in a **misguided** attempt to help. 她是要幫忙，只是想法不對。	mis-錯誤， guid(e)引導， -ed被……的

gun 槍；炮 02.07.18

		助記
handgun	*n.* 手槍 They began to tussle with each other for the **handgun**. 他們為了搶奪那支手槍開始扭打起來。	hand手， gun槍
machine-gun	*n.* 機關槍 The gangsters sprayed the car with **machine-gun** bullets. 匪徒們用機關槍狂掃汽車。	machine機械， gun槍
gunboat	*n.* 炮艦，炮艇 The **gunboat** opened fire on the mainland. 炮艇朝著大陸開炮。	gun炮， boat船，艦，艇
gunned	*adj.* 帶槍的 I saw a lot of **gunned** police. 我看到很多配槍的警察。	gun槍， -n-重複字母， -ed……的

G

gunner	*n.* 炮手；槍手 The **gunner**'s aim was on target. 槍手瞄準了靶子。	gun槍，炮， -n-重複字母， -er人
gunning	*n.* 槍殺；用槍打獵 He went **gunning** for rabbits. 他打兔子去了。	gun槍，用槍射擊， -n-重複字母， -ing名詞字尾
gunfire	*n.* 炮火 He is a man who has been in **gunfire**. 他是一個經過炮火洗禮的人。	gun炮， fire火
gunpoint	*n.* 槍口 She was held at **gunpoint** for 37 hours. 她在槍口的威脅下度過了37個小時。	gun槍， point尖端
gun-shy	*adj.* 怕槍炮聲的；提心吊膽的 Business remained **gun-shy** on capital investment. 企業界仍疑慮重重，不敢投資。	gun槍，炮， shy怕……的， 膽怯的
gunshot	*n.*（射出的）子彈；槍炮射擊 The house was peppered with **gunshots**. 槍彈像雨點般傾瀉在那幢房子上。	gun槍， shot射
gunman	*n.* 持槍歹徒 The **gunman** singled Debilly out and waited for him. 持槍歹徒單單瞄準了德比利，伺機而動。	gun槍， man人 「帶槍的人」
gunfight	*n.* 槍戰 There was a furious **gunfight** between the two gangs. 兩個幫派間進行了一場激烈的槍戰。	gun槍， fight戰鬥
gunsight	*n.*（槍上的）瞄準器 The **gunsight** has an infrared lens for night vision. 射擊瞄準器裝有夜間用的紅外線鏡頭。	gun槍，sight看 「用槍瞄準」

輕鬆一刻

call a taxi
攔計程車

get on a taxi
上車

pay the fare
付車費

hair 頭髮；毛

02.08.01

		助記
hairdo	*n.*（尤指女子的）髮式 I had a new **hairdo**. 我剪了一個新髮型。	hair頭髮， do做 「做出的頭髮」
hairband	*n.* 髮帶，髮箍 I need a **hairband**. 我需要一個髮帶。	hair頭髮， band帶子
haircut	*n.* 理髮 I haven't had a **haircut** for months! 我好幾個月沒理髮了！	hair頭髮， cut割→刮，剃
longhair	*adj.* 留長髮的 I don't like that **longhair** man. 我不喜歡那個留長髮的男人。	long長的， hair頭髮
silver-haired	*adj.* 髮白如銀的 Although he is very young, he is **silver-haired**. 雖然他很年輕，但他的頭髮已經髮白如銀了。	silver銀白色的， hair頭髮， -ed……的
hair-raising	*adj.* 緊張刺激的，使人毛髮豎起的 The old man is telling us a **hair-raising** story. 這位老人正在給我們講一個緊張刺激的故事。	hair頭髮，毛髮， rais(e)豎起， -ing……的
hairline	*n.* 髮際線 His **hairline** was receding. 他的前額開始禿了。（髮際線後退了）	hair毛髮， line線
hairless	*adj.* 禿頭的；無毛的 They have gray-brown skin that is almost **hairless**. 他們的皮膚是灰褐色的，幾乎無毛。	hair毛髮， -less無……的
hairy	*adj.* 多毛的 Her husband is a skinny guy with **hairy** legs. 她丈夫是個腿上多毛的乾瘦男人。	hair毛， -y多……的，
hairpin	*n.* 髮夾；U字形急轉彎 Slow down as you go into the **hairpin**. 到急轉彎處要放慢速度。	hair毛髮， pin別針
hairdye	*n.* 染髮藥水 This **hairdye** makes your hair full of bounce. 用這種染髮水，能使你的頭髮煥發活力。	hair頭髮， dye染，染料

hairspring	*n.* 細彈簧，游絲 The **hairspring** produces the force. 細彈簧產生回復力。	hair毛髮→細的，spring彈簧
hairstyle	*n.* 髮型 To be frank, I don't like your **hairstyle**. 坦率地說，我不喜歡你的髮型。	hair頭髮，style樣式
unhair	*v.* 去掉……的毛（或頭髮） I'll **unhair** your head. 我要拔光你的頭髮。	un-除去，去掉，hair毛髮
fair-haired	*adj.* 金髮的 He came across a **fair-haired** girl. 他遇到了一位金髮女郎。	fair金色的，hair頭髮，-ed……的

H

half 半，一半

02.08.02

		助記
half day	*n.* 半工作日 Tuesday is her **half day**. 星期二她只工作半天。	half一半，day天，日
half-baked	*adj.* 計劃不完善的；考慮不周的 I only have a **half-baked** idea that isn't ready yet. 我的想法不成熟，還沒考慮好。	half一半，bake烘烤「烤一半→不熟」
half-hearted	*adj.* 不熱心的；半心半意的 **Half-hearted** attempts will ultimately show up as mediocrity. 缺乏熱情的嘗試最終會變得平庸。	half一半，heart心「只用了一半的心」
half-mast	*n.* 降半旗 Flags were flown at **half-mast** on the day of his funeral. 他安葬的那天，降了半旗。	half一半，mast桅杆「旗到桅杆的一半處」
half-price	*adv.* 以半價 Children go **half-price**. 兒童半票。	half一半，price價格
halfway	*adv.* 半路，在中途；到一半 He left **halfway** through the ceremony. 他在儀式進行到一半時離開了。	half一半，way路
halftime	*n.* 中場休息 The score at **halftime** was two all. 上半場比分為平手。	half一半，time時間「比賽到一半，該休息了」

hand 手；人手

02.08.03

		助記
handbag	*n.*（女用）手提包 My **handbag** was snatched by him. 我的手袋被他搶走了。	hand手， bag袋，包
hand-in-hand	*adj.* 手拉手的；親密的；並進的 They started their lives **hand-in-hand**. 他們開始了親密的生活。	hand手， in在……裡面， hand手 「手牽手」
hand-to-hand	*adj.* 肉搏的 There was, reportedly, **hand-to-hand** combat in the streets. 據說街上發生了肉搏戰。	hand手，to對， hand手 「手對手，打架」
handbook	*n.* 手冊 This medical **handbook** helps a lot. 這本醫藥手冊很有用。	hand手， book書 「隨手可拿的書」
handful	*n.* 一把 His hair was beginning to fall out in **handfuls**. 他的頭髮正開始一把一把地脫落。	hand手→握，把， -ful名詞字尾，表示充滿時的量
handy	*adj.* 手邊的；方便的 Do you have a piece of paper **handy**? 你手邊有紙嗎？	hand手， -y……的
first-hand	*adj./adv.*（資料等）第一手的（地）；直接的（地） We need the **first-hand** information. 我們需要第一手資料。	first第一， hand手
second-hand	*adj./adv.* 第二手的（地）；間接的（地） He is in the **second-hand** car trade. 他從事二手車買賣業務。	second第二， hand手
ironhanded	*adj.* 鐵腕的，高壓手段的 He is an **ironhanded** ruler. 他是個鐵腕統治者。	iron鐵， hand手， -ed……的
large-handed	*adj.* 出手大方的，慷慨的 Joe is a **large-handed** boss. 喬是一個出手大方的老闆。	large大的， hand手 「大手的」
left-hander	*n.* 左撇子 It's said that the **left-hander** is much smarter. 據說左撇子比較聰明。	left左側的， hand手，-er者 「用左手者」

workhand	*n.*（商場、工廠或農場的）雇工，人手 They need a lot of **workhands** to do the job. 他們需要很多人手來做這份工作。	work工作，hand人手
underhanded	*adj.* 秘密的；偷偷摸摸的 He succeeded by **underhanded** methods. 他用卑劣的手段取得成功。	under-在……下面，hand手，-ed……的
red-handed	*adj.* 滿手血汙的；正在作案的 The man was caught **red-handed** with the loot. 那個人連同贓物被當場抓獲。	red紅的，hand手，-ed……的「血紅的手→抓現行」
handwriting	*n.* 手跡，筆跡；手稿 It's always a problem deciphering his **handwriting**. 他的筆跡難以辨認。	hand手，writing書寫
handle	*n.* 把手，柄 I turned the **handle** and opened the door. 我轉了轉拉手，把門打開。	hand手，-le名詞字尾
handwork	*n.* 手工；手工藝 Are there music and **handwork** lessons? 有音樂課和手工課嗎?	hand手，work作品
hand-to-mouth	*adj.* 勉強糊口的 He lived a **hand-to-mouth** life. 他過著勉強糊口的日子。	hand-to-mouth，做完工，拿到錢才能買吃的
handstand	*n.* 倒立 His posture of **handstand** is very beautiful. 他的倒立動作很漂亮。	以手當腳而立
hands-off	*adj.* 不干涉的，不插手的 We don't need a **hands-off** leader. 我們不需要一個百事不管的領導者。	hands手，off離開
handshake	*n.* 握手 A **handshake** is the seal of friendship. 握手是友好的表示。	hand手，shake搖，抖動
handrail	*n.*（樓梯等的）扶手，欄杆 Stand firm and hold the **handrail**. 站好並扶好扶手。	hand手，rail橫杆
shorthand	*v./n.* 速記；速記法 He made notes in **shorthand**. 他用速記法做記錄。	short短，hand手跡，字跡「短時間就寫好」

		助記
handout	*n.* 施捨物；（分發給聽眾的）材料 Please read the **handout**. 請看一下發下來的材料。	hand手→以手給，out出
handmade	*adj.* 手工製的 They're **handmade**, and each one varies slightly. 它們是手工製作的，每一件都略有不同。	hand手，made……製的
handhold	*n.* （攀登時）手可以抓住的地方 We cut **handholds** on the rocks. 我們在岩石上鑿出抓手的地方。	hand手，hold握

hang 懸掛，吊

02.08.04

		助記
hanger	*n.* 掛東西的人；掛鉤 Hang the hairdryer on the **hanger**. 把吹風機掛到掛鉤上。	hang掛，-er表示人或物
hanging	*n.* 絞死 He was hunted down and killed by **hanging**. 他遭到追捕並被處以絞刑。	hang懸掛，-ing表狀態
hang-up	*n.* 焦慮，苦惱 He's got a real **hang-up** about his height. 他為他的身高很是苦惱。	hang懸掛，up起來「心懸起來」
hangman	*n.* 執行絞刑者；劊子手 He is free; he has cheated the **hangman**. 他現在自由了；他騙過了劊子手。	hang吊，吊死→絞刑，man人「執行絞刑的人」
hangover	*n.* 宿醉 I had a terrible **hangover** the next day. 第二天我的宿醉很厲害。	hang掛，over在上方「懸在上方→暈頭轉向→宿醉」
over**hang**	*v.* 懸於……之上；懸垂；（危險等）逼近 Danger is **overhanging** him. 危險正向他逼近。	over在……之上，hang懸掛

hard 努力地；艱難的；硬的

02.08.05

		助記
harden	*v.*（使）變硬 Hardship can **harden** your will. 艱難困苦可以使你意志堅強。	hard硬的，-en動詞字尾，使……

H

hard-earned	*adj.* 辛苦掙得的 Don't waste parents' **hard-earned** money. 不要浪費父母的血汗錢。	hard努力地， earn掙， -ed……的
hardworking	*adj.* 努力工作的，勤勉的 The cast is **hardworking**. 演員們都很努力工作。	hard努力地， work工作， -ing……的
hard-of-hearing	*adj.* 聽覺不靈的，有點兒聾的 Modern aids are a boon for the **hard-of-hearing**. 新式助聽器是失聰者的福音。	hard艱難的，困難的，hearing聽
hard-won	*adj.* 辛苦得來的，來之不易的 Their success was **hard-won**. 他們的成功來之不易。	hard努力地， won（win的過去分詞）獲得的
hardship	*n.* 苦難；困苦 We are ready to face any **hardship**. 我們準備好了面對任何艱難困苦。	hard艱難的， -ship表抽象名詞
hardware	*n.* 金屬器具，五金製品 Locks, hinges, nails, knives, and tools are **hardware**. 鎖、鉸鏈、釘子、刀以及工具都是五金製品。	hard硬的， ware器皿
hard-sell	*v./adj.* 強行推銷(的) I hate the **hard-sell** advertisements. 我討厭強行推銷的廣告。	hard強硬的， sell賣
hard-hearted	*adj.* 鐵石心腸的 There is no doubt that he is a **hard-hearted** guy. 毫無疑問，他是個鐵石心腸的傢伙。	hard硬的， heart心， -ed……的
hard-boiled	*adj.*（雞蛋）煮得老的 Eggs ought to be eaten **hard-boiled**. 雞蛋應該吃煮得老點的。	hard硬的， boil煮， -ed……的
hardcover	*adj.* 硬書皮裝訂的，精裝的 I bought a **hardcover** book. 我買了一本精裝書。	hard硬的， cover封面， 書皮
hardhat	*n.* 安全帽 Please wear your **hardhat**. 請戴上安全帽。	hard硬的， hat帽 「有硬頂的帽子」
hard-nosed	*adj.*頑強的；不屈不撓的；講求實效的 He was a **hard-nosed** businessman. 他是個精明務實的生意人。	hard硬的，nos(e)鼻子，-ed……的 「堅毅」

hardfisted	*adj.* 吝嗇的 He is very poor, so he is **hardfisted.** 他很窮，所以他很吝嗇。	hard硬的，fist拳頭，-ed……的「硬拳頭→握緊不鬆手」
diehard	*n./adj.* 死硬派（的），頑固分子（的） He was called **"diehard"**. 人們叫他「死硬派」。	die死，hard硬的

harm 傷害

02.08.06

		助記
harmful	*adj.* 有害的 It is **harmful** for the stomach to eat cold food. 吃涼的食物對胃有傷害。	harm傷害，-ful充滿……的
harmless	*adj.* 無害的；無惡意的 The dog seems fierce, but it's **harmless.** 這狗看似凶狠，但不傷人。	harm傷害，-less無……的
harmlessness	*n.* 無害；無惡意 This is power based upon love and **harmlessness.** 這是基於愛及無害的力量。	harmless無害的，-ness名詞字尾
unharmed	*adj.* 未受傷害的，無恙的 The four men managed to escape **unharmed.** 那四個人設法安然無恙地逃跑了。	un-未，無，harm傷害，-ed……的
unharming	*adj.* 不傷害人的 Don't be afraid; the little dog is **unharming.** 不要害怕，那隻小狗不傷害人。	un-不，harm傷害，-ing……的
unharmful	*adj.* 無害的 Starch is an **unharmful** and green material. 澱粉是一種無害的綠色物質。	un-無，harm傷害，-ful……的

hat 帽

02.08.07

		助記
hatter	*n.* 製帽匠；帽商 The first witness was the **hatter.** 第一個證人是那位帽匠。	hat帽子，-t-重複字母，-er人
hatting	*n.* 製帽；製帽材料 Our company is engaged in garments and **hatting.** 本公司經營服裝和製帽業務。	hat帽子，-t-重複字母，-ing名詞字尾

		助記
hatful	*n.* 一帽子的容量 She gave us a **hatful** of sunflower seeds to eat. 她給我們一帽子的瓜子，讓我們吃。	hat帽子， -ful表示容量
hatless	*adj.* 不戴帽子的 He was walking **hatless** along the street at dusk. 傍晚的時候，他沒戴帽子在街上走。	hat帽子， -less無……的
hatstand	*n.* 立式衣帽架 He put his hat on the **hatstand**. 他把帽子掛到了衣帽架上。	hat帽子， stand架子
high-hat	*adj.* 傲慢的；貴族化的 He acted **high-hat** toward anyone poorer than he. 他瞧不起所有比他窮的人。	high高的， hat帽 「過去貴族戴高帽」

hate 憎恨

02.08.08

		助記
hateful	*adj.* 可恨的；可惡的 It was all the fault of that **hateful** man. 都是那個可惡的人造的孽。	hate恨， -ful充滿……的
hateable	*adj.* 可憎的 You've got to love what's lovable and hate what's **hateable**. 你要去愛可愛的，憎可憎的。	hate恨， -able可……的
hateless	*adj.* 不憎恨的 You should know **hateless** youth leaves you no regret. 你應該知道無恨的青春才會了無遺憾。	hate憎恨， -less不……的
hatred	*n.* 憎恨；敵意；仇恨 He looked at me with **hatred** in his eyes. 他以憎恨的目光望著我。	hat(e)憎恨， -red名詞字尾
man-hater	*n.* 厭惡人類者；厭世者 Don't be a **man-hater**. 不要做厭世者。	man人，人類， hater仇恨者
hater	*n.* 仇恨者 Love for the **hater** is the most difficult of all. 愛那些憎恨我們的人是最難做到的。	hat(e)恨， -er者

head 頭

02.08.09

		助記
headed	*adj.* 有頭的；印有抬頭的 Please give me a **headed** bolt. 請給我一個有頭螺栓。	head頭， -ed……的
forehead	*n.* 前額 He retook my hand and placed it on his **forehead**. 他再一次拉起我的手，放在他的前額上。	fore-前， head頭 「頭的前部」
ahead	*adv.* 在前頭；向前；提前 He stared straight **ahead**. 他直視前方。	a-在， head頭，前面
warhead	*n.* 彈頭 It can hit a target with an atomic **warhead**. 它能以原子彈頭襲擊目標。	war戰爭→作戰用的，屬於武器的，head頭
overhead	*adj.* 在頭頂上的，在上頭的；架空的 She turned on the **overhead** light. 她打開了頂燈。	over在……上， head頭
subhead	*n.* 副標題，小標題 Every article must add a **subhead**. 每一篇文章必須加一個副標題。	sub-副， head頭→標題
behead	*v.* 砍頭，斬首 He ordered to **behead** the two team leaders. 他下令將兩個隊長斬首。	be-去掉， head頭
riverhead	*n.* 河源；水源 The reservoir is their important **riverhead** source. 這個水庫是他們重要的水源。	river河， head頭，源頭
springhead	*n.* （事物的）來源；源頭 I am a delicate girl in bone; maybe it is the only **springhead**. 我骨子裡就是個多愁善感的女孩，這可能是唯一的根源。	spring泉水， head頭
skinhead	*n.* 剃光頭的人 His uncle is a **skinhead**. 他叔叔是個光頭。	skin皮膚， head頭
hothead	*n.* 性子急的人，魯莽的人 Don't let him drive the car. He is a **hothead**. 別讓他開車，他是一個魯莽性急的人。	hot熱的， head腦袋

hotheaded	*adj.* 急性子的，魯莽的 **Hotheaded** people shouldn't drive cars. 魯莽的人不應該開車。	hot熱的， head腦袋， -ed……的
light-headed	*adj.*（生病或飲酒後）頭暈的；神智不清的 He feels **light-headed**. 他覺得頭暈。	light輕的→輕飄的， head頭， -ed……的
softheaded	*adj.* 無判斷力的 You are really **softheaded** and childlike. 你真是沒有主見又幼稚。	soft軟的，head腦袋，-ed……的 「軟腦袋的」
thickhead	*n.* 傻瓜 He is not a **thickhead**; he knows what he should do. 他不是一個傻瓜，他知道他應該做什麼。	thick厚的，粗的 →愚鈍的， head頭
wrongheaded	*adj.* 堅持錯誤的；固執的 He told them exactly how **wrongheaded** they were. 他實實在在地跟他們說他們有多執迷不悟。	wrong錯誤的， head腦袋， -ed……的
bighead	*n.* 自負（的人）；傲慢（的人） Don't you think he is a **bighead**? 你不認為他是一個自負的人嗎？	big大的， head頭 「自覺高大的人」
bigheaded	*adj.* 自高自大的，自負的 I'm **bigheaded** like him. 我像他一樣自負。	big大的， head頭， -ed……的
clear-headed	*adj.* 頭腦清楚的 We must keep **clear-headed**. 我們必須保持清醒的頭腦。	clear清楚的， head頭腦
cool-headed	*adj.* 頭腦冷靜的 She has a reputation for being calm and **cool-headed**. 她以冷靜、沉著著稱。	cool冷靜的， head頭腦， -ed……的
pigheaded	*adj.* 頑固的；固執的 He was too **pigheaded** to listen to reason. 他執迷不悟，聽不進道理。	pig豬，head腦袋， -ed……的， 「豬的腦袋」
sleepyhead	*n.* 貪睡者，昏昏欲睡者 It's time for bed, **sleepyhead**. 該上床了，瞌睡蟲。	sleepy想睡的， 瞌睡的，head頭
headless	*adj.* 無頭的；沒人領導的；沒頭腦的 Don't run around like a **headless** chicken. 別沒頭沒腦地亂跑。	head頭， -less無……的

headmost	*adj.* 最前面的；領頭的 His father drove the **headmost** ship. 他父親駕駛領頭艦。	head頭，前部，-most最……的
headline	*n.* 頭條新聞，大字標題 The news was blazed in **headline** of the newspaper. 這家報紙把那條消息以頭條宣揚出去。	head頭，line行「頭行字」
headliner	*n.*（美口）（被突出宣傳的）名演員；主打的演員 The **headliner** on the program will be James. 詹姆斯將率先主打。	head頭，line行，-er表示人「在頭條上突出宣傳的人」
headquarters	*n.*（軍隊的）司令部；（公司的）總部 The company's **headquarters** are based in London. 這家公司的總部設在倫敦。	head頭，首腦，首長，quarters住處，營房
headword	*n.*（書的章節前的）標題；（詞典中的）詞條 The **headwords** in this dictionary are in bold type. 本詞典的詞條用的是粗體字。	head頭，前頭，word字
headwaters	*n.* 河源 New **headwaters** of irrigation for agriculture should be exploited. 應該開闢農業灌溉的新水源。	head頭，water水「水的源頭」
headstrong	*adj.* 任性的；不受管束的 The boy is rather **headstrong**. 那個男孩很任性。	head頭，strong強的，強硬的
headrest	*n.*（牙醫診所、理髮店坐椅的）頭墊 Does this chair have speakers in the **headrest**? 這張椅子的頭墊上有喇叭嗎？	head頭，rest休息
head-on	*adj./adv.* 頭朝前的（地）；正面的（地） He ran **head-on** into his brother. 他迎面碰上他的兄弟。	head頭，on繼續，向前
headmaster	*n.* 校長 This **headmaster** is very modest. 這位校長很謙虛。	head頭，首腦，master教師
headdress	*n.* 頭飾；頭巾 The character on this man's **headdress** means "spirit". 這位男士頭飾上的字代表「靈魂」的意思。	head頭，dress服飾
headache	*n.* 頭痛；令人頭痛的事 I have had a terrible **headache** for the last two days. 最近兩天，我頭痛得很嚴重。	head頭，ache痛

		助記
heady	*adj.* 令人陶醉的；輕率的 She felt **heady** with success. 成功使她飄飄然。	head頭， -y……的 「頭飄飄的」
headwork	*n.* 腦力勞動 If you want to do **headwork**, you need to learn enough knowledge. 如果你想從事腦力勞動，你需要學習足夠的知識。	head頭→腦力， work勞動
head teacher	*n.* （中小學的）校長 She resigned as **head teacher**. 她辭去了校長的職務。	head頭， teacher老師， 「老師的頭兒」
head-to-head	*adj./adv.* 正面的（地）；勢均力敵的（地） He goes **head-to-head** with me in golf. 他和我在高爾夫球技上旗鼓相當。	head頭，to對， head頭 「正面交鋒」

hear 聽

02.08.10

		助記
hearing	*n.* 聆聽；審訊；聽證會 The judge adjourned the **hearing** until next Tuesday. 法官宣布休庭至下週二再審。	hear聽， -ing名詞字尾
hearsay	*n.* 聽說；傳聞；道聽塗說 It's better than just a rumor or **hearsay**. 這比傳聞或道聽塗說要好。	hear聽， say說
mishear	*v.* 聽錯 I'm afraid I **misheard** you. 恐怕我聽錯了你的話。	mis-錯誤， hear聽
overhear	*v.* 無意中聽到；偷聽 I couldn't help **overhearing** your argument. 我無意中聽到了你們的爭吵。	over-越過……， hear聽
unheard	*adj.* 沒被聽到的；不予傾聽的 Her cries for help went **unheard**. 她的呼救聲沒有人聽到。	un-未， heard被聽到的
unheard-of	*adj.* 前所未聞的；無前例的 It's **unheard-of** to pass the examination so young. 如此年輕即通過考試實在史無前例。	un-未， heard被聽到的， of表示對象
hearing aid	*n.* 助聽器 The old man wore a **hearing aid**. 那個老人戴著助聽器。	hearing聽力， aid幫助

hearable	*adj.* 聽得見的 SAT is a word that becomes **hearable** in China day by day. SAT一詞已慢慢進入中國人的世界。	hear聽， -able可……的
hearer	*n.* 聽者 The **hearer** is advised not to think like that. 建議聽者不要那樣想。	hear聽， -er者

heart 心；精神

02.08.11

		助記
big-hearted	*adj.* 善良的；慷慨的 We all like this **big-hearted** Irishman. 我們都喜歡這個善良的愛爾蘭人。	big大的， heart心，精神， -ed……的
dishearten	*v.* 使失去信心，使失去勇氣 It may **dishearten** any writer to get rejection slips. 任何作者收到退稿信都可能會洩氣。	dis-除去，去掉， heart心，信心，勇氣， -en動詞字尾， 使……
fullhearted	*adj.* 充滿信心的；滿腔熱情的 Whatever I do, I will be **fullhearted** to the success. 無論我做什麼，我都滿腔熱情，直至成功。	full滿的， heart心， -ed……的
wholehearted	*adj.* 全心全意的 You have my **wholehearted** support. 我全心全意支持你。	whole全的， heart心， -ed……的
heavyhearted	*adj.* 心情沉重的 He is **heavyhearted** because of the dead dog. 他因為那只死去的狗而心情沉重。	heavy重的， heart心，心情， -ed……的
light-hearted	*adj.* 輕鬆愉快的 I found her in a **light-hearted** mood. 我發現她心情輕鬆愉快。	light輕的， heart心，心情， -ed……的
good-hearted	*adj.* 好心腸的 That **good-hearted** girl married her “prince” finally. 那個好心腸的女孩終於嫁給了她的白馬王子。	good好的， heart心， -ed……的
hard-hearted	*adj.* 硬心腸的；無同情心的；冷酷的 How could I be **hard-hearted** to you? 我怎會對你鐵石心腸？	hard硬的， heart心， -ed……的
warm-hearted	*adj.* 熱心腸的，熱情的 What a **warm-hearted** guy! 他可真是個熱心的小夥子！	warm溫暖的， heart心， -ed……的

cold-hearted	*adj.* 鐵石心腸的，冷酷無情的 I had no idea you could be so **cold-hearted**. 我沒想到你會這麼鐵石心腸。	cold冷的， heart心， -ed……的
large-hearted	*adj.* 寬宏大量的；仁慈的 Tom is a **large-hearted** person. 湯姆是一個寬宏大量的人。	large大的→慷慨的，heart心， -ed……的
ironhearted	*adj.* 鐵石心腸的 She is so **ironhearted**. 她是如此的鐵石心腸。	iron鐵， heart心， -ed……的
lionheart	*n.* 勇士；[the Lionheart]獅心王（理查一世） Richard the **Lionheart** was a legendary warrior but a poor king. 獅心王理查是位傳奇戰士，但不是個好君王。	lion獅子→勇猛的， heart心，膽量
lionhearted	*adj.* 非常勇敢的 Soldiers in our county are **lionhearted** in the war. 我們國家的士兵在作戰時都非常勇敢。	lion獅子， heart心，膽量， -ed……的
chicken-hearted	*adj.* 膽小的，怯懦的 Tell those **chicken-hearted** dunces, “go out”. 告訴那些膽小的笨蛋，「滾」。	chicken小雞， heart心，膽量， -ed……的
henhearted	*adj.* 膽小的，懦弱的 The **henhearted** woman screamed at the sight of a rat. 這個膽小的女人一見到老鼠就驚叫起來。	hen母雞， heart心，膽量， -ed……的
harehearted	*adj.* 膽小的，易受驚的 The girl is too **harehearted** to go out at night. 這個女孩太膽小，以至於不敢在夜晚外出。	hare兔， heart心，膽量， 「兔子的膽量」
stronghearted	*adj.* 勇敢的 He is a **stronghearted** person. 他是一個勇敢的人。	strong堅強的， heart心，膽量， -ed……的
downhearted	*adj.* 消沉的；沮喪的 **Downhearted** thoughts hinder progress. 消沉的思想妨礙進步。	down下，往下， heart心情， -ed……的
sweetheart	*n.*（口）親愛的；戀人，情人 They were childhood **sweethearts**. 他們是青梅竹馬的戀人。	sweet甜蜜的， heart心
freehearted	*adj.* 坦白的；慷慨的 Over his **freehearted** face, you can see a brilliant ray. 在他那坦誠的臉上，你會看到一種智慧的光芒。	free自由的， heart心， -ed……的

H

simplehearted	*adj.* 心地純潔的，天真無邪的 She is a **simplehearted** person. 她是一個心地純潔的人。	simple單純的，heart心，-ed……的
open-hearted	*adj.* 坦率的；和善的 She is a truthful and **open-hearted** girl. 她是個實事求是、心胸開闊的女孩。	open敞開的，公開的，heart心，-ed……的
heart-to-heart	*adj.* 心貼心的，坦率的，誠懇的 I had a **heart-to-heart** talk with my son. 我和兒子進行了傾心交談。	heart心，to對，heart心
hearty	*adj.* 衷心的；熱忱的；精神飽滿的 Thank you for your **hearty** welcome. 感謝你們熱情的歡迎！	heart心，精神，-y……的
heartless	*adj.* 無情的；殘忍的 How can you be so **heartless**? 你怎麼能這麼無情呢？	heart心，精神，-less無……的
hearten	*v.* 振作（精神）；鼓勵 He said a lot to **hearten** me. 他對我説了許多鼓勵的話。	heart精神，-en動詞字尾，使……
heartbreaking	*adj.* 令人心碎的，使人斷腸的 This is a painful and **heartbreaking** time. 這是個令人痛苦和心碎的時刻。	heart心，break破碎，-ing……的
heart-stricken	*adj.* 十分惶恐的；不勝悲痛的 At hearing the news, I felt **heart-stricken**. 聽到這個消息時，我的心一沉。	heart心，stricken被擊傷的
heartwarming	*adj.* 暖人心房的 It will be the most **heartwarming** film ever. 這將是一部最為暖人心房的影片。	heart心，warm使……溫暖，-ing……的
heartbroken	*adj.* 極度傷心的，心碎的 I was angry and **heartbroken** at the news. 聽到這個消息，我又憤怒又傷心。	heart心，broken破碎了的
heartstirring	*adj.* 振奮人心的 This is a **heartstirring** message really. 這的確是一個振奮人心的消息。	heart心，stir激發，引起，-r-重複字母，-ing……的
heartache	*n.* 心痛，傷心 When I turn to him for strength, all I see is **heartache**. 當我試圖從他身上找力量的時候，我只看到了心痛。	heart心，ache痛

heartbeat	*n.* 心跳；中心 She was always suffering from an irregular **heartbeat**. 她一直受心律不齊之苦。	heart心， beat跳動

heat 熱；加熱

02.08.12

		助 記
heater	*n.* 加熱器；發熱器 Recently, she bought a gas **heater** online! 最近，她網購了一臺瓦斯暖氣！	heat熱，加熱， -er表示人或物
heating	*n.* 加熱，供暖，（建築物的）暖氣（裝置） This is a highly efficient new **heating** system. 這是個高效的新型供暖系統。	heat熱， -ing名詞字尾
heated	*adj.* 加了熱的 This is a **heated** pool. 這是一個溫水游泳池。	heat加熱， -ed已……的
heatproof	*adj.* 抗熱的，耐熱的 Place the chopped chocolate into a **heatproof** bowl. 把切碎的巧克力放在耐熱的碗中。	heat熱， -proof防……的， 抗……的
heatstroke	*n.* 中暑 **Heatstroke** is not a life-threatening illness. 中暑不是危及生命的嚴重疾病。	heat熱， stroke打擊 「被熱擊倒」
heat-treat	*v.* 對……進行熱處理 The containers are not **heat-treated** sometimes. 有時，容器並不進行熱殺菌處理。	heat熱， treat處理
overheat	*v.* 使過熱；變得過熱 Don't **overheat** the oil when cooking. 燒菜時不要把油燒得太熱。	over-過分， heat加熱
preheat	*v.* 預熱（爐灶等） **Preheat** the oven to 350 degrees Fahrenheit. 預熱烤箱至350華氏度。	pre-預先， heat加熱
preheater	*n.* 預熱器 I bought a **preheater** yesterday. 我昨天買了一臺預熱器。	pre-預先， heat加熱， -er表示物

help 幫助

02.08.13

		助記
helpful	*adj.* 有用的；肯幫忙的 He is **helpful** to his friends. 他肯幫助朋友。	help幫助， -ful有……的
unhelpful	*adj.* 不予幫助的；無用的 He didn't want to seem **unhelpful**. 他不想顯出不願幫忙的樣子。	un-不，無， help幫助， -ful有……的
helper	*n.* 幫手，助手 I was a classroom **helper** at the local primary school. 我是當地小學的教室助理。	help幫助， -er者
helping	*adj.* 幫助人的；援助的 We need a **helping** hand. 我們需要援手。	help幫助， -ing……的
helpless	*adj.* 無助的；忍不住的 He began to feel depressed and **helpless**. 他開始覺得沮喪、無助。	help幫助， -less無……的

herd 放牧；牧人

02.08.14

		助記
cowherd	*n.* 放牛的人 When he was young, he was a **cowherd**. 他年少時是一個牧牛人。	cow牛， herd牧人
shepherd	*n.* 牧羊人 The **shepherd** and his dog gathered in the sheep. 牧羊人和牧羊狗把羊群趕到一塊。	shep←sheep羊， herd牧人
shepherdess	*n.* 牧羊女；農村姑娘 A china statuette of a **shepherdess** stood on the table. 桌上有一個牧羊女的小瓷像。	shep←sheep羊， herd牧人， -ess表示女性
sheepherder	*n.* 牧羊人 The **sheepherder** in red is her father. 穿紅色衣服的牧羊人是她的爸爸。	sheep羊， herd放牧， -er者
gooseherd	*n.* 牧鵝人 My aunt is a **gooseherd**. 我姑姑是一個牧鵝人。	goose鵝， herd牧人

herder	*n.* 牧人 The **herder** staked out his claim. 牧羊人要求得到賠償。	herd放牧， -er者
herdsman	*n.* 牧人，牧主 The **herdsman** looks after a herd of animals. 牧人放牧著一群牲畜。	herd放牧， -s-連接字母， man人

here 這裡；此

02.08.15

		助記
hereafter	*adv.* 從此以後；今後 **Hereafter**, we became good friends. 此後，我們成為了好朋友。	here這裡，此， after以後
herefrom	*adv.* 從此 **Herefrom**, the two people had a happy life. 從此，兩人過著幸福而快樂的生活。	here這裡，此， from由
hereto	*adv.* 在此；到目前為止 A copy of the document is **hereto** appended. 在此附上本文件的副本。	here這裡，此， to到，至
herein	*adv.* 在此處，於此 **Herein** lies a problem. 這裡存在一個問題。	here這裡，此， in在裡面
hereinabove	*adv.* 在上文 As **hereinabove** set forth, conditions are not enough. 如上文所述，條件不充足。	here這裡，此， in在， above上面
hereinbefore	*adv.* 在上文 It was mailed in the manner **hereinbefore** provided. 已經以上述方式寄送。	here這裡，此， in向， before前面
hereinafter	*adv.* 在下文 **Hereinafter** referred to as foreign bank branches. 下稱「外資銀行分行」。	here這裡，此， in在， after後面
hereupon	*adv.* 關於這個；於是 **Hereupon** the wise woman departed. 於是，這個智慧的女人就離開了。	here這裡，此， upon關於
herewith	*adv.* 與此一道 You will find my cheque **herewith**. 隨信附上我的支票。	here這裡，此， with和……一起

hereof	*adv.* 在本文（件）中；關於這個 We will explain more **hereof** later. 關於這一點，後面會有更多解釋。	here這裡，此， of關於
hereabout	*adv.* 在這附近 The nursery is somewhere **hereabout**. 托兒所就在這兒附近。	here這裡，此， about在……附近

hero 英雄

02.08.16

		助記
heroine	*n.* 女英雄 She was chosen to play the **heroine** in this film. 她被選定在這部影片中扮演女英雄。	hero英雄， -ine表示女性
super**hero**	*n.* 超級英雄 Maybe I'll turn into a **superhero**! 也許我會變成超人！	super-超級， hero英雄
heroic	*adj.* 英雄的；英勇的 Many **heroic** people have died in defense of liberty. 許多英勇的人為捍衛自由而犧牲。	hero英雄， -ic……的
heroize	*v.* 把……英雄化；以英雄自居；逞英雄 Don't **heroize**, because you can't fight against him. 別逞英雄，因為你打不過他。	hero英雄， -ize動詞字尾， ……化
heroically	*adv.* 英雄地；英勇地 They fought back **heroically**. 他們英勇反擊。	hero英雄， -ically副詞字尾
hero-worship	*v./n.* 把……當作英雄崇拜 Do I detect a hint of **hero-worship** there? 我怎麼嗅到了一股英雄崇拜的味道呢？	hero英雄， worship崇拜
hero-worshiper	*n.* 英雄崇拜者 He is a **hero-worshiper**. 他是一個英雄崇拜者。	hero英雄， worship崇拜， -er者

high 高（的）

02.08.17

		助記
highly	*adv.* 高；高度地；非常 You praise him too **highly**. 你們把他捧得太高了。	high高的， -ly副詞字尾

sky-high	*adj./adv.* 天一般高的（地），極高的（地） Her confidence is **sky-high**. 她信心十足。	sky天，天空， high高的
mountain-high	*adj.* 如山高的 The result is a **mountain-high** pile of collective excrement. 結果是，集體排泄物堆積如山。	mountain山， high高的
breast-high	*adj./adv.* 齊胸高的（地） The wheat was **breast-high**. 麥子長得齊胸高。	breast胸， high高的
knee-high	*adj./adv.*（襪等）高及膝蓋的（地） The grass grows in thick tufts and is **knee-high**. 草長成一片片濃密的草叢，高及人膝。	knee膝蓋， high高的
highland	*n.* 高地，高原 He has got used to **highland** climate. 他已經適應了高原氣候。	high高的， land陸地
highlander	*n.* 山地人 His accent gave him away as a **highlander**. 他的口音讓人知道了他是山地人。	high高的， land陸地， -er人
highway	*n.* 公路；途徑 **Highway** patrol officers closed the road. 公路巡警封鎖了這條路。	high高的， way路
highwayman	*n.* 攔路強盜 A **highwayman** robbed him of his money. 攔路強盜搶了他的錢。	highway公路， man人 「公路上搶劫的人」
highroad	*n.* 公路；最好的途徑；捷徑 He is on the **highroad** to success. 他已走上成功之路。	high高的，road路 「公路→通往某一目的地」
high-rise	*n.* 高樓 They live in a **high-rise** on the East Side. 他們住在東區的一幢高樓裡。	high高的， rise聳立 「拔地而起的高樓」
high-sounding	*adj.* 華而不實的，虛誇的 His speech was full of **high-sounding** words. 他的演說滿是高調空話。	high高的， sound聲音，語調， -ing……的
high-class	*adj.* 高級的，上等的，第一流的 I wanna have a dinner in a **high-class** restaurant. 我想在高級餐廳吃一頓飯。	high高的， class等級

high-level	*adj.* 高水平的 It is a **high-level** communication that conveys intent. 它是一種傳達意圖的高水平交流方式。	high高的， level水平，級別
high-ranking	*adj.* 高級的 Three **high-ranking** members were aboard the flight. 有三名高級成員在那架飛機上。	high高的， rank等級， -ing……的
high-spirited	*adj.* 勇敢的；具有高尚精神的；興奮的 All of this leads to a **high-spirited** team environment. 所有這一切將形成士氣高昂的團隊環境。	high高的， spirit精神，氣魄，心情，-ed……的
high-speed	*adj.* 高速的 This is why the photography is so **high-speed**. 這就是為什麼這種攝像如此高速的原因。	high高的， speed速度
highflyer	*n.* 高飛的人（或物）；有很大野心的人；好高騖遠的人 He was a **highflyer**, so he did nothing in his life. 他是一個好高騖遠的人，因此他一生都無所事事。	high高的， fly飛， -er表示人
high-priced	*adj.* 高價的，昂貴的 We don't need a **high-priced** lawyer. 我們不想找一個收費極高的律師。	high高的， pric(e)價格， -ed……的
high-necked	*adj.* 高領的 He wore a **high-necked** sweater. 他穿了件高領毛衣。	high高的， neck頸，衣領， -ed……的

hill 小山

02.08.18

		助記
hilly	*adj.* 多小山的；丘陵的；多坡的 The harvest in this **hilly** area is very bad. 這種多山的地區收成很不好。	hill小山， -y多……的
uphill	*adv.* 上升；上坡 It's tiring to walk **uphill**. 走上坡路很累人。	up上，向上， hill山
downhill	*adv.* 向下 Prices moved **downhill**. 物價下降。	down下，向下， hill山
sidehill	*n.* 山坡；山邊；山側 The **sidehills** have many insects. 山坡上有許多昆蟲。	side邊， hill山

		助記
dunghill	*n.* 糞堆；骯髒的事 Every cock crows on its own **dunghill**. 夜郎自大。	dung糞, hill小山→堆
hilliness	*n.* 多丘陵，多坡 My hometown is a beautiful place which has much **hilliness**. 我的家鄉是一個多丘陵的美麗的地方。	hilli(y→i)多山的， -ness名詞字尾
hillman	*n.* 住在山區的人 A **hillman** told me the right way. 一位山區居民告訴了我正確的路。	hill山， man人
hillside	*n.*（小山）山腰；山坡 There is a huge house on the **hillside**. 山坡上有一棟豪宅。	hill山， side邊
hilltop	*n.*（小山）山頂 From the **hilltop** we saw the blue ocean below. 從山頂上我們看見了下面的藍色海洋。	hill山， top頂
hillock	*n.* 小丘 The children are playing on the **hillock**. 孩子們正在小土堆上玩。	hill小山， -ock表示小

history 歷史

02.08.19

		助記
un**histor**ical	*adj.* 非歷史的；無歷史根據的 This idea was crazy and **unhistorical**. 這種想法不僅瘋狂，也缺乏歷史依據。	un-非， history歷史， y→ical……的
a**histor**ical	*adj.* 與歷史無關的；無歷史記載的 The story was **ahistorical**. 這個故事並無歷史記載。	a-無，無關， history歷史， y→ical……的
historic	*adj.* 有歷史意義的；歷史性的 It is a **historic** moment. 那是歷史性的時刻。	history歷史， y→ic……的
historical	*adj.* 歷史的；歷史上的；有關歷史的 Was King Arthur a real **historical** figure? 亞瑟王是真實的歷史人物嗎？	history歷史， y→ical……的
historically	*adv.* 在歷史上 The book is **historically** inaccurate. 該書內容與史實不符。	historical歷史的， -ly副詞字尾

historian	*n.* 歷史學家；編史者 A good **historian** must have an academic mind. 出色的歷史學家必須有學術頭腦。	histori(y→i)歷史，-an名詞字尾，表示人
historied	*adj.* 有歷史的；有歷史記載的 Italy is a richly **historied** land. 義大利是個歷史悠久的國家。	histori(y→i)歷史，-ed……的
historiographer	*n.* 編史者；史官 He is a famous **historiographer**. 他是著名的史學家。	histori(y→i)歷史，-o-連接字母，-grapher書寫者
historicize	*v.* 賦予……以歷史意義 If we do it successfully, we can **historicize** it. 如果可以出色地完成這件事，我們將賦予它歷史意義。	historic歷史性的，-ize動詞字尾

hold 持；占有；掌握

02.08.20

		助記
holder	*n.* 持有者；占有者；用以拿住的東西 He is the largest **holder**. 他是最大的持有者。	hold占有，持有，-er者
landholder	*n.* 土地所有者 Every colonist wanted to be a **landholder**. 所有的殖民者都想成為地主。	land土地，holder占有者
officeholder	*n.* 官員 **Officeholder** should be clean-handed. 公務員應該清廉。	office辦公室，官職，公職，holder占有者
holdover	*n.* 遺留；遺留影響 Her fear of dogs is a **holdover** from her childhood. 她害怕狗，從小就怕。	hold over持有，保留→遺留→遺留影響
slaveholder	*n.* 奴隸主 The actual number of **slaveholders** may be lower. 奴隸主的實際數量可能更少。	slave奴隸，holder占有者
penholder	*n.* 筆杆；筆架；筆筒 I want to make a **penholder** with this bamboo. 我要用這根竹子做一個筆筒。	pen筆，holder支托物「放筆之物」
uphold	*v.* 舉起；維護；支持 We can **uphold** human dignity. 我們能維護人類尊嚴。	up起來，hold舉

H

foothold	*n.* 立足點；穩固的地位（或基礎） The company is eager to gain a **foothold** in Europe. 這家公司急於在歐洲取得一席之地。	foot足， hold占據
toehold	*n.* 腳趾大小的立足點；初步的立腳點 Family connections gave her a **toehold** in politics. 家庭關係使她在政治上獲得了初步的立足點。	toe腳趾，足尖， hold支撐點
stronghold	*n.* 要塞；據點 The robbers had a **stronghold** in the mountains. 強盜在山裡有一個據點。	strong牢固的， hold掌握，支撐點
household	*n.* 家庭 How many people are there in your **household**? 你們家有幾口人？	house家， hold掌握，主持 「掌一家之事」
holding	*n.* 擁有的財產（尤指地產或公司的股份） The government has decided to sell its **holding** in the firm. 政府決定出售其在該公司的股份。	hold占有， -ing名詞字尾，表示物
holdall	*n.*（旅行時放衣物雜物的）手提包，旅行袋 He pulled his **holdall** straight to the lift. 他把他的旅行袋一直拖到電梯。	hold拿，持，裝， all一切東西

home 家；本國

02.08.21

		助記
homey	*adj.* 像在家似的；舒適的 The restaurant has a relaxed, **homey** atmosphere. 那家餐館有一種賓至如歸的自在氣氛。	home家， -y似……的
hometown	*n.* 家鄉，故鄉 He hired a car and drove up to his **hometown**. 他租了一輛車開回老家。	home家， town城鎮 「家所在的小城」
take-home	*adj.* 可帶回家的；實得的 His **take-home** pay was only 1,000 yuan a month. 他的實得工資僅為每月一千元。	take拿， home家， 「拿回家的」
in-home	*adj.*（服務等）上門的 This is an **in-home** nursing programme. 這是家庭病床服務。	in在……內，入， home家
homely	*adj.* 家常的；如在家一般的；不拘束的 I like that restaurant because it has a **homely** feel. 我喜歡那家餐館，因為那兒有家的感覺。	home家， -ly如……的

homesick	*adj.* 患思鄉病的；想家的 Helen was **homesick** for America. 海倫思念著她的家鄉美國。	home家鄉， sick患病的
homesickness	*n.* 思家病；患思鄉病 He returned to his native land because of **homesickness**. 他因懷念故土而返鄉。	home家鄉， sick患病的， -ness名詞字尾
homelike	*adj.* 像家一樣的；親切的 The room had a cozy, **homelike** atmosphere. 這房間有一種賓至如歸的舒適氛圍。	home家， -like像……的
home-keeping	*n./adj.* 待在家（的）；深居簡出（的） He is a **home-keeping** person. 他是個深居簡出的人。	home家， keep看守， -ing……的
home-bird	*n.* 喜歡待在家裡的人 Mrs. Black is a **home-bird**. 布萊克夫人就喜歡待在家裡。	home家， bird鳥
homebody	*n.* 喜歡待在家裡的人 You are not a **homebody** like him. 你不是一個像他那樣喜歡過居家生活的人。	home家， body人
homeland	*n.* 祖國 He missed his **homeland** very much. 他非常想念他的祖國。	home家， land陸地
homemade	*adj.* 家裡做的；本國製造的 The bread, pastry and mayonnaise are **homemade**. 麵包、糕點和美乃滋都是自家做的。	home家，本國， made由……製造的

hope 希望

02.08.22

		助記
hopeful	*adj.* 有希望的；懷有希望的 The future doesn't seem very **hopeful**. 前途似乎不太樂觀。	hope希望， -ful有……的
hopefully	*adv.* 有希望地；懷有希望地 We worked **hopefully** toward success. 我們滿懷成功的希望工作著。	hope希望， -ful有……的， -ly……地
hopeless	*adj.* 沒有希望的；不行的 I am **hopeless** at housekeeping. 我實在不會料理家務。	hope希望， -less無……的

hopelessly	*adv.* 沒有希望地；完全地 She felt **hopelessly** confused. 她完全糊塗了。	hope希望， -less無……的， -ly……地
hopelessness	*n.* 無希望，絕望 It is the first time I experienced **hopelessness**. 這是我第一次感覺到什麼是絕望。	hope希望， -less無……的， -ness名詞字尾
unhoped-for	*adj.* 沒有預料到的；出乎意外的 That **unhoped-for** fortune sufficed you no longer. 那筆意外之財已經不能滿足你了。	un-未，沒有， hope希望， for表示對象

horse 馬

02.08.23

		助記
horselaugh	*n.* 縱聲大笑，哄笑 He gave me the **horselaugh** as an answer. 他用狂笑來回答我。	horse馬，laugh笑 「張開口笑的如馬口」
horseman	*n.* 騎兵；騎手；養馬人 The **horseman** continues to roam the roads. 這個騎士繼續在路上遊蕩。	horse馬， man人 「駕馭馬的人」
horseplay	*n.* 胡鬧；喧鬧的嬉戲 No **horseplay** while waiting for the bus. 在等車的時候不要嬉戲打鬧。	horse馬， play玩，開玩笑 「如馬在玩鬧」
horseshoe	*n.* 馬蹄鐵；馬蹄形吉祥物 The smith forged the **horseshoe** with great skill. 那個鐵匠非常熟練地鍛造馬蹄鐵。	horse馬， shoe鞋 「馬的鞋」
horsepower	*n.* 馬力 This motor turns up 100 **horsepower**. 這臺發動機的功率達到100馬力。	horse馬， power力
clotheshorse	*n.* 曬衣架 Look, the **clotheshorse** becomes the scenery. 瞧！曬衣架成了風景。	clothes衣服， horse馬 「像馬頭的形狀」
sawhorse	*n.* 鋸木架 His wife showed how to use the **sawhorse**. 他的妻子示範了怎麼使用鋸木架。	saw鋸， horse馬 「形狀如馬」
cockhorse	*n.*（小孩騎著玩的）木馬 He had moved his **cockhorse** to the bedroom. 他把木馬搬到了臥室。	cock公雞， horse馬 「公雞形狀的馬」

unhorse	*v.* 下馬；使（人）自馬上摔下；把……趕下臺 She was **unhorsed** while riding in the garden. 她在花園騎馬時，從馬背上摔了下來。	un-相反， horse騎馬 「與騎馬相反」

house 家；房屋；機構

02.08.24

		助記
house arrest	*n.* 軟禁 She was placed under **house arrest**. 她遭到了軟禁。	house家， arrest監禁 「關在家裡」
housebound	*adj.*（因病等）出不了門的 Bad weather kept us **housebound** for days. 惡劣的天氣使我們好幾天足不出戶。	house家， bound綁住的 「綁在家的」
housekeeping	*n.* 料理家務；家務開支 She had 42 dollars for **housekeeping**. 她有42美元的家用錢。	house房子，家， keeping保持 「持家」
guardhouse	*n.* 警衛室 The **guardhouse** is small, but it is warm. 警衛室很小，但是很溫暖。	guard守衛， house房子
teahouse	*n.* 茶館，茶室 Another dust-up took place in the **teahouse**. 茶館裡又發生了鬥毆事件。	tea茶， house房子
firehouse	*n.* 消防站 His father was on duty at the **firehouse** last night. 他的爸爸昨晚在消防站值班。	fire火→救火， house機構
gashouse	*n.* 煤氣廠 His house is behind a **gashouse**. 他的房子在煤氣廠的後面。	gas煤氣， house機構
lighthouse	*n.* 燈塔 Hundreds of moths flew against windows of the **lighthouse**. 數以百計的飛蛾撲向燈塔的窗戶。	light燈，信號燈， house房子 「放信號燈的房子」
bathhouse	*n.*（公共）澡堂；海濱更衣處 I don't like going to a public **bathhouse**. 我不喜歡去公共澡堂洗澡。	bath浴， house房子
summer house	*n.* 避暑別墅 We had a **summer house** on Fire Island. 我們在火島有一棟避暑別墅。	summer夏天， house房子 「避暑別墅」

H

poorhouse	*n.* 救濟院	The Merricks took her out of the **poorhouse** years ago. 梅裡克家多年前把她從救濟院裡接出來。	poor貧窮， house房子
warehouse	*n.* 貨棧，倉庫	I stored up the old furniture in the **warehouse**. 我把舊家具存放在了倉庫裡。	ware商品， house房子
guesthouse	*n.* 賓館，招待所	On returning to the **guesthouse**, we were given a round of applause. 回到賓館的時候，我們贏得了熱烈的掌聲。	guest客人， house房子，館，所
house-hunt	*v.* 找房子，看房子（以便購買）	They have been **house-hunting** recently. 他們最近一直在看房子。	house家，房屋， hunt尋找
houseless	*adj.* 無家的；無房屋的	I saw the **houseless** wanderer again yesterday. 昨天，我又看到那個無家可歸的流浪漢。	house家，房屋， -less無……的
housewarming	*n.* 喬遷宴	I hope you can come to our **housewarming**. 希望你能來參加我們的喬遷宴。	house房子， warm使溫暖， -ing名詞字尾 「使新居溫暖」
houselet	*n.* 小房子	Nowadays, many people like **houselets**. 如今，很多人都喜歡小房子。	house房子， -let表示小
housewife	*n.* 家庭主婦，家庭婦女	She is an experienced **housewife**. 她是一個有經驗的主婦。	house家， wife夫人
housecoat	*n.*（婦女在家穿的）寬大的便服	When staying at home, I like wearing a **housecoat**. 只要在家，我就喜歡穿居家服。	house家， coat外衣
housemate	*n.* 同住一所房子的人	I share this house with three **housemates**. 我和另外三個人合租這所房子。	house房子， mate同伴
housework	*n.* 家務	I don't like doing **housework**. 我不愛做家務。	house房子， work勞動
houseclean	*v.* 打掃；整頓，改革	You have to **houseclean** the room before your staying. 你在入住之前，得先打掃一下那間屋子。	house房子， clean清掃

house-to-house	*adj.* 挨家挨戶的 She thought him a **house-to-house** canvasser. 她猜想他是一個挨家挨戶兜售的推銷員。	house房子， to挨著， house房子 「房挨房」
housetop	*n.*（平）屋頂 The manager has cried it from the **housetop**. 經理公開宣布了這件事。	house房屋， top頂
houseful	*n.* 一大家人，滿屋子人 He grew up in a **houseful** of women. 他在一個滿是女人的家庭裡長大。	house房屋， -ful滿

how 怎樣，如何

02.08.25

		助 記
know-how	*n.* 實際知識；技能；訣竅 He hasn't got the **know-how** to run a farm. 他沒有經營一個農場的專門知識。	know知道， how怎樣，如何 「知道如何做」
show-how	*n.*（技術、工序等的）示範 I'm impressed by his physical **show-how** experiment. 他的物理演示實驗令我印象深刻。	show出示，演示， 指給……看， how怎樣，如何
anyhow	*adv.* 不管怎樣，無論如何 "**Anyhow**, it's none of my business." 「不管怎樣，這不關我的事。」	any任何一個， 無論哪一種， how如何，怎樣
somehow	*adv.* 不知怎麼地；莫名其妙地；以某種方式 You'll grow up **somehow**. 不管怎樣，你總會長大的。	some某種， how怎樣，怎麼 樣地
how-to	*adj.*（給以）基本知識的；教你怎樣做的 The magazine has a regular **how-to** section. 這本雜誌有一個定期的「怎樣做」專欄。	how怎樣，如何， to為了，用作 「如何去做」
however	*adv.* 無論如何；不管怎樣 **However** you come, come early. 不管你怎麼過來，但是一定要早點來。	how如何，怎樣， ever無論任何

human 人的；人類的；人

02.08.26

		助 記
humanism	*n.* 人道主義；人文主義 Her book captures the quintessence of Renaissance **humanism**. 她的書抓住了文藝復興時期人文主義的精髓。	human人的， 人道的， -ism……主義

H

humanist	*n.* 人道主義者 He is a practical **humanist**. 他是個務實的人道主義者。	human人的，人道的，-ist……主義者
humanistic	*adj.* 人道主義的 Religious values can often differ greatly from **humanistic** morals. 宗教價值觀常常和人文主義道德觀相去甚遠。	human人的，人道的，-istic形容詞字尾，……主義的
humanity	*n.* 人性；博愛；仁慈；人類 **Humanity** is a mixure of good and bad qualities. 人性是善與惡的混合體。	human人的，人性的，-ity表抽象名詞
inhuman	*adj.* 無人性的；硬心腸的；殘忍的 Only an **inhuman** mother would desert her child. 只有鐵石心腸的母親才會遺棄自己的孩子。	in-無，不,非，human人的，人性的
inhumanity	*n.* 無人性；殘酷 Man's **inhumanity** to man is really strange. 人對同類的殘忍真的是很奇怪。	in-無，不,非，human人的，人性的，-ity表抽象名詞
humanitarian	*adj.* 人道主義的；仁慈的 We sent **humanitarian** aid to the poor men. 我們對那些貧苦的人們給予了人道主義援助。	human人的，人道的，-arian……的
humanly	*adv.* 像（常）人一樣地；依靠人力 They want to live **humanly**. 他們想要像人一樣地生活。	human人的，人道的，-ly……地
humankind	*n.* [用作單或複] 人類 Outer space is the common heritage of **humankind**. 外層空間是人類的共同財富。	human人的，kind類
humanize	*v.* 使成為人；賦予……人性；變得仁慈 You should **humanize** your business. 你應該讓你的業務人性化。	human人，人性，-ize使……
dehumanize	*v.* 使失去人性，使成獸性 War **dehumanized** people. 戰爭使人們喪失了人性。	de-除去，取消，human人，人性，-ize使……「喪失人性」
superhuman	*adj.* 超人的，神的；超出常人的 Officers were terrified of his **superhuman** strength. 警官們被他超凡的力量嚇到了。	super-超，human人
subhuman	*adj.* 低於人類的；非人的 Prison conditions were **subhuman**. 監獄的條件是非人的。	sub-下，低，human人

hunt 打獵。

02.08.27

		助記
hunter	*n.* 獵人；獵食其他動物的獵獸 The **hunters** stalked their prey. 獵人們悄悄跟蹤獵物。	hunt打獵， -er者
huntress	*n.* 女獵人 That **huntress** has been married to a farmer. 那個女獵手嫁給了一位農民。	hunt打獵， -r-連接字母， -ess表示女性
hunting	*n.* 打獵；搜尋 He's gone deer **hunting** with his cousins. 他已經和堂兄弟們獵鹿去了。	hunt打獵， -ing名詞字尾
manhunt	*n.*（對逃亡者的）追捕 The film follows the story of a **manhunt**. 這部電影講述了一場搜捕的故事。	man人， hunt追獵，追捕
bookhunter	*n.* 淘書人（尤指搜求古書及珍本者） Mary's father used to be a **bookhunter**. 瑪麗的父親曾經是一個淘書人。	book書， hunter搜尋者
foxhunter	*n.* 獵狐者 He acts as a **foxhunter** in this movie. 他在這部電影裡扮演獵狐者。	fox狐， hunter獵取者
fortune-hunting	*adj.* 獵富的 Do not become a **fortune-hunting** girl. 不要變成獵富的女孩子。	fortune財富， hunting追求
lion-hunter	*n.* 巴結社會名流的人；獵獅者 The **lion-hunter** put the lion's head on the wall as a trophy. 獵獅者把獅子的頭掛在牆上當紀念品。	lion獅子，名人， 社會名流， hunter追獵者
headhunter	*n.* 物色人才者，獵頭 John works as a **headhunter** in a firm. 約翰在一家公司做獵頭。	head頭，人， hunter獵取者
huntsman	*n.* [文]獵人 His grandfather used to be a **huntsman**. 他的祖父以前是獵人。	hunt打獵， -s-連接字母， man人
job-hunter	*n.* 求職者，找工作的人 What is the most common resume mistake made by **job-hunters**? 求職者在履歷中最常犯的錯誤是什麼？	job工作， hunter追求者

ice 冰

02.09.01

		助記
ice-free	*adj.* 不結冰的；不凍的 Hong Kong is an **ice-free** harbour. 香港是一個不凍港。	ice冰， free不……的
icebox	*n.* 冰箱 There are some cakes in the **icebox**. 冰箱裡有一些蛋糕。	ice冰， box箱子
icehouse	*n.* 冰窖；製冰場所 He locked himself in the **icehouse** by mistake. 他不小心把自己鎖在了冰窖裡。	ice冰， house房子
icebreaking	*adj.* 打破堅冰的；開創先例的 It says that it is an **icebreaking** process for China to draft the law. 據稱，中國制定這一草案是個破冰創舉。	ice冰， break打破， -ing……的
icebreaker	*n.* 破冰船；打破僵局的東西 A subtle joke is always a good **icebreaker**. 一個巧妙的笑話總能打破冷場的局面。	ice冰， break打破， -er表示物
ice-cold	*adj.* 冰冷的，極冷的 Miss Reed gave him an **ice-cold** look. 里德小姐冰冷地朝他瞧了一眼。	ice冰， cold冷的
icescape	*n.* 冰景（特指極地風光） We were all attracted by the fantastic **icescape** there. 我們都被那裡絢麗的冰景所吸引。	ice冰， -scape圖景
iceman	*n.* 售冰者 Look! There's an **iceman**. 瞧！那兒有個賣冰淇淋的。	ice冰，man人 「賣冰的人」
ice field	*n.* 冰原 The flower is the only creature in this **ice field**. 這種花是這個冰原上唯一的生物。	ice冰， field原野
Iceland	*n.* 冰島（歐洲國家） **Iceland** is in the far north of the world. 冰島在世界的極北端。	ice冰， land陸地

importance 重要，重大

02.09.02

		助記
unimportance	*n.* 不重要 He said what he did was of **unimportance**. 他說他所做的事情微不足道。	un-不， importance重要
unimportant	*adj.* 不重要的 Relatively speaking, this matter is **unimportant**. 相對來說，這事並不重要。	un-不， importance重要， -ant形容詞字尾
self-importance	*n.* 妄自尊大；自負，高傲 Many visitors complained of his **self-importance**. 許多拜訪者抱怨他高傲無禮。	self-自己， importance重要
self-important	*adj.* 妄自尊大的；自負的，高傲的 He was **self-important**, vain and ignorant. 他傲慢自負，虛榮無知。	self-自己， important重要的
important	*adj.* 重要的，重大的 He realized it was **important** that he kept calm. 他認識到保持鎮定很重要。	importance重要， ce→t轉為形容詞
importantly	*adv.* 重要地，重大地 Most **importantly**, you must work hard to catch up. 最為重要的是，你必須努力學習，迎頭趕上。	important重要的， -ly……地
all-important	*adj.* 十分重要的 Healthy diet is **all-important**. 健康飲食至關重要。	all十分，非常， important重要的

in 在……裡；入；表示集會、示威等

02.09.03

		助記
break-in	*n.* 非法闖入；（尤指）入室行竊 The **break-in** had occurred just before midnight. 這起入室盜竊案就發生在午夜前。	break打破， in入
move-in	*n.* 遷入 **Move-in** day for the 415 freshmen was Saturday. 415名新生的入學日是星期六。	move移動， in入
shut-in	*adj./n.*（因病）不能外出的（人），臥病在家的（人） She has been **shut-in** for a few years. 她生病在家幾年了。	shut關， in入

all-in	*adj.* 包括一切（費用）的；不遺餘力的 Look at the **all-in** price of family tour. 看一下這份包括全部費用在內的家庭旅遊收費標準。	all全， in在……內 「全在內」
herein	*adv.* 此中，於此 **Herein** lies a problem. 這裡存在一個問題。	here此， in在……中
therein	*adv.* 在那裡；在那點上 **Therein** our letters do not well agree. 在那一點上，我們的幾封信是不一致的。	there那， in在……方面
look-in	*n.*（順便）拜訪；參加的機會 They want to make sure the newcomers don't get a **look-in**. 他們不想讓新人有露臉的機會。	look看， in在……內
in-between	*adj.* 中間的；介於兩者間的 As a judge, you should stay **in-between**. 作為一名裁判，你不應當偏袒。	in在……內， between中間
incomer	*n.* 新來者；移民 The system will identify the ID of the **incomer**. 系統將識別來者身份。	in入，進， comer來者
into	*prep.* 到……裡面，進入 A flying moth darts **into** the fire. 飛蛾撲火。	in入， to到
inmost	*adj.* 最內的，最深處的 You read my **inmost** thoughts. 你看出了我內心深處的想法。	in在……裡， -most最……的
inner	*adj.* 內部的，裡面的；內心的 All people need **inner** peace. 所有人都需要內心的平靜。	in的比較級 「更裡面」
innermost	*adj.* 最裡面的，最深處的 I could not express my **innermost** feelings to anyone. 我不能向任何人表達我內心最深處的感情。	inner內部的， -most最……的
in-city	*adj.* 市內的 They provide **in-city** express delivery service. 他們提供市內快遞服務。	in在……內， city城市
in-home	*adj.*（服務等）上門的 **In-home** personal assistance is a good option. 家庭個人護理是不錯的選擇。	in在……內， home家

in-prison	*adj.* 獄中的 He couldn't forget the ten years of **in-prison** life. 他無法忘記在監獄度過的十年。	in在……內，prison監獄
in-service	*adj.* 在職的，在職期間進行的 There are 30 **in-service** teachers in our school. 我們學校有30名在職教師。	in在……期間，service服務，職務
sit-in	*n.* 靜坐抗議，靜坐示威 The workers held a **sit-in** outside the factory. 工人們在工廠門外舉行了靜坐示威。	sit坐，in表示抗議
sit-inner	*n.* 參加靜坐抗議（或示威）者 Most of the **sit-inners** are students. 參與靜坐抗議的多數是學生。	sit-in靜坐抗議，-er表示人
sleep-in	*n.* 靜臥示威 The **sleep-in** was dispersed by police. 靜臥示威者被警察驅散了。	sleep睡，in表示示威或抗議
camp-in	*n.* 露宿示威 The purpose of the **camp-in** is to stop killing homeless dogs. 這次露宿示威的目的是阻止撲殺流浪狗。	camp露營，in表示示威或抗議
smoke-in	*n.* 吸毒集會 Some misleading teenagers are fantastic at **smoke-in**. 有些失足少年癡迷於集體吸毒。	smoke吸煙，in表示集會
sign-in	*n.* 簽名運動；簽到 Please submit the **sign-in** sheets at meeting. 請提交會議簽到表。	sign簽名，in表示集會
bike-in	*n.* 自行車大遊行（示威） Lots of new styles appeared at the **bike-in**. 這次自行車遊行出現了許多新款車。	bike自行車，in表示示威

inform 通知；報告

02.09.04

		助記
misinform	*v.* 告訴……錯誤的消息 Don't **misinform** your doctor or your lawyer. 別向醫生和律師提供錯誤的消息。	mis-錯誤，inform通知
misinformation	*n.* 錯誤的消息；誤傳 This was a deliberate piece of **misinformation**. 這是一條故意製造的假消息。	mis-錯誤，inform通知，-ation名詞字尾

uninformed	*adj.* 未被告知的；不了解情況的 That is an **uninformed** guess. 那只是無根據的瞎猜。	un-未， inform告知， -ed被……的
well-informed	*adj.* 消息靈通的；見識廣博的 I knew a **well-informed** librarian. 我認識一位見多識廣的圖書管理員。	well好，inform 告知，報告， -ed被……的
informer	*n.* 通知者；告密者；通報者 The **informer** betrayed them to the police. 告密者把他們出賣給了警察。	inform通知， -er者
information	*n.* 通知；消息，報告，情報，資料；見聞 For further **information**, please contact your local agent. 要進一步了解情況，請與本地代理商聯繫。	inform通知，報 告，-ation名詞 字尾
informational	*adj.* 消息（或情報）的 The 21st century is a highly **informational** society. 二十一世紀是一個高度訊息化的社會。	information消息， -al……的
informative	*adj.* 資料豐富的；增進知識的 The talk was both **informative** and entertaining. 這次談話既長見識又饒有趣味。	inform告知， -ative……的
informed	*adj.* 有情報根據的；有見識的 I am not fully **informed** about the changes. 我並不完全了解這些改變。	inform告知， -ed被……的
informant	*n.* 提供消息（或情報）的人，線人 I found out the fact from my **informant**. 我從提供消息的人那裡了解了事實。	inform報告， -ant表示人

instruct 教育；指導 02.09.05

		助記
instructed	*adj.* 受過教育的；得到指示的 The **instructed** patrol dog bit the criminal. 收到指示的警犬撕咬罪犯。	instruct教育，指 示， -ed被……的
instruction	*n.* 教導；指導；用法說明（常用複數） Follow the **instructions** on the packet carefully. 仔細按照包裝上的說明操作。	instruct教育，指 示， -ion名詞字尾
instructional	*adj.* 教學的；提供指導的；指示的 It's clear in the **instructional** materials. 這在教學材料上寫得很清楚。	instruction教導， 指導，-al……的

instructive	*adj.* 有教育意義的；有益的；有啟發性的 Misfortunes are helpful and **instructive**. 不幸能幫助和啟發我們。	instruct教育，指示， -ive能……的
instructor	*n.* 指導者；教員；講師 Our driving **instructor** is very kind. 我們的駕駛教練非常和善。	instruct教育，指導，-or者

interest 興趣；使……感興趣

02.09.06

		助記
interesting	*adj.* 有趣的，引起興趣的 Can't we do something more **interesting**? 我們就不能做點更有趣的事嗎？	interest使……感興趣， -ing……的
interestingly	*adv.* 有趣地，引起興趣地 His essay was clearly and **interestingly** written. 他的散文思路清晰，趣味盎然。	interesting有趣的，-ly……地
interested	*adj.* 感興趣的，關心的 I'm **interested** in history. 我對歷史感興趣。	interest興趣， -ed……的
interestedly	*adv.* 感興趣地，關心地 They listened **interestedly**. 他們很感興趣地聽著。	interested感興趣的， -ly……地
disinterest	*n./v.*（使）無興趣，（使）不關心 He **disinterested** himself in everything except music. 除了音樂，他對什麼都不感興趣。	dis-無， interest興趣
disinterested	*adj.* 不感興趣的 I felt sad and **disinterested** in food. 我感到很難過，毫無胃口。	dis-不， interested感興趣的
uninteresting	*adj.* 無趣味的，不令人感興趣的 His lecture was so pedantic and **uninteresting**. 他的講座太迂腐，沒意思。	un-無， interesting有趣的
uninterested	*adj.* 不關心的，不感興趣的 He was totally **uninterested** in sport. 他對體育運動毫無興趣。	un-不， interested感興趣的

interpret 翻譯；解釋 02.09.07

		助記
interpreter	*n.* 口譯員；翻譯程序 We must allow him to be a good **interpreter**. 我們必須承認他是個好口譯員。	interpret翻譯，解釋，-er者
interpretress	*n.* 女譯員 We communicated through an **interpretress**. 我們通過一位女口譯員交流。	interpret翻譯，解釋，-ress名詞字尾，表示女性
interpretable	*adj.* 可以解釋的 The statement is **interpretable** to most people. 這項聲明對大多數人來説是可以解釋的。	interpret解釋，-able可……的
interpretative	*adj.* 解釋的，闡明的 An **interpretative** declaration was made by the government. 政府做了解釋性聲明。	interpret解釋，-ative……的
interpretation	*n.* 解釋；翻譯 Their **interpretation** was faulty. 他們的解釋是錯誤的。	interpret解釋，-ation名詞字尾
misinterpret	*v.* 誤解；解釋錯 You always try to **misinterpret** the words of others. 你總是想曲解別人的話。	mis-錯誤，interpret解釋
misinterpretation	*n.* 誤解；錯誤的解釋 Her anxiety has sprung from a **misinterpretation** of the report. 她的不安源自對這篇報導的誤解。	misinterpret錯譯，-ation名詞字尾
interpretability	*n.* 可解釋性；可譯性 The article has no **interpretability**. 這篇文章沒什麼好解釋的。	interpret翻譯，解釋，-ability可……性

intervene 干涉 02.09.08

		助記
intervener	*n.* 干涉者；介入者 Ralph had two theories about this **intervener**. 拉爾夫對這位介入者做了兩種推測。	interven(e)干涉，-er者
intervention	*n.* 干涉；干預；介入 The country has performed military **intervention**. 該國已採取了軍事干涉。	interven(e)干涉，-tion表抽象名詞

intervening	*adj.* 發生於其間的；介於中間的 Little had changed in the **intervening** years. 這些年間沒有發生什麼變化。	interven(e)介入， -ing形容詞字尾
non-intervention	*n.* 不干涉 True democracy is **non-intervention** to other countries' internal matters. 真正的民主是不干涉別國內政。	non-不， intervention干涉
interventionism	*n.*（尤指主張干涉國際事務的）干涉主義 Liberal **interventionism** is returning in Libya. 自由干涉主義正在利比亞回歸。	intervention干涉， -ism……主義

invite 邀請；吸引

02.09.09

		助記
invitee	*n.* 被邀請者 Please check the **invitee** list. 請檢查被邀請者名單。	invit(e)邀請， -ee被……者
inviter	*n.* 邀請者 Who is the **inviter** of the dinner? 誰是這場宴會的邀請人？	invit(e)邀請， -er者
invitation	*n.* 邀請，招待，請帖 Thank you for your kind **invitation**. 謝謝您的盛情邀請。	invit(e)邀請， -ation名詞字尾
invitational	*adj.* 邀請的 He will participate in the **invitational** tennis match. 他會參加網球邀請賽。	invit(e)邀請， -ation名詞字尾， -al……的
invitatory	*adj.* 邀請的；有邀請之意的 I can't write down the **invitatory** letter you expected. 我不能寫你所期望的邀請函。	invit(e)邀請， -atory……的
inviting	*adj.* 吸引人的；誘人的 There is an **inviting** restaurant with an outdoor terrace. 有一家帶露天陽台的餐廳很吸引人。	invit(e)吸引， -ing……的
uninvited	*adj.* 未經邀請的 They turned **uninvited** guests away. 他們送走了不速之客。	un-未， invit(e)邀請， -ed……的
uninviting	*adj.* 無吸引力的；令人反感的 The hotel room was bare and **uninviting**. 這個旅館房間光禿禿的，很不好看。	un-無， inviting吸引人的

job 工作，職業 02.10.01

		助記
jobless	*adj.* 無職業的，失業的 They were expecting the **jobless** rate to hold steady. 他們預計失業率會保持穩定。	job職業， -less無……的
jobholder	*n.* 有固定職業者 The **jobholder** will directly report to manager. 任職者將直接向經理匯報。	job職業， holder持有者
job-hunter	*n.* 求職者，找工作的人 Be lazy at work today; be busy as a **job-hunter** tomorrow. 今天工作不努力，明天努力找工作。	job職業， hunter尋求者
job-hopping	*n.* 換職業，調工作，跳槽 He played **job-hopping** to another company. 他跳槽去了另一家公司。	job職業，工作， hop跳→變動， -ing名詞字尾
job-hopper	*n.* 經常換工作的人 Would you hire a **job-hopper**? 你願意雇一個經常跳槽的人嗎？	job工作， hopper跳動者
land-jobber	*n.* 地產投機商 The **land-jobber** earned a lot from this project. 從這個項目中，地產投機商賺了不少錢。	land地→地產， job工作，-b-字母重複，-er者
on-the-job	*adj.* 在職的 I don't think I need any **on-the-job** training. 我想我不需要任何在職培訓。	on在……中， job工作 「在工作過程中」
off-the-job	*adj.* 非在職的 She planned to take part in the **off-the-job** training. 她計劃參加非在職培訓。	off離開， job工作 「脫離工作」

joy 快樂，高興 02.10.02

		助記
overjoy	*v.* 使狂喜，使非常高興 It **overjoyed** me to hear your success. 聽到你成功，我萬分高興。	over-太，過分， joy高興
overjoyed	*adj.* 極度高興的 We were **overjoyed** that they were safe. 他們安然無恙，我們萬分高興。	over-過度， joy高興， -ed……的

enjoy	*v.* 享受……的樂趣；享受；欣賞 I **enjoy** every moment with you. 我享受與你共度的每一時刻。	en-使……， joy快樂
enjoyable	*adj.* 使人快樂的，令人愉快的 It was much more **enjoyable** than I had expected. 這比我預期的有趣得多。	en-使……， joy快樂， -able可……的
enjoyment	*n.* 享樂，享受，愉快，樂趣 I didn't get much **enjoyment** out of that novel. 我並沒有從那本小說裡得到多少樂趣。	enjoy享受， -ment表示抽象名詞
killjoy	*n.* 掃興的人 Don't be such a **killjoy**! 別那麼掃興！	kill扼殺，毀掉， joy高興
joyful	*adj.* 高興的，快樂的 A wedding is a **joyful** celebration of love. 婚禮就是快樂的愛情慶典。	joy高興， -ful……的
joyless	*adj.* 不高興的，不快樂的 Life seemed **joyless**. 生活似乎毫無樂趣。	joy高興， -less不……的
joyous	*adj.* 令人高興的，歡樂的 He sang a **joyous** song. 他唱了一首歡樂的歌。	joy高興， -ous……的
joyride	*v./n.* 乘汽車兜風 Otis joined us on a **joyride**. 奧蒂斯和我們一起開車兜風。	joy快樂， ride乘車

judge 審判；判斷

02.10.03

		助記
judgment	*n.* 審判；判斷力；評價 I trust his **judgment**. 我相信他的判斷力。	judg(e)審判，判斷，-ment名詞字尾
Judgment Day	*n.*（某些宗教指上帝對人類的）最後審判日 He can't wait for **Judgment Day** to come! 他迫不及待地等待最後審判日的到來！	judgment審判， day日子
misjudge	*v.* 判斷錯誤，估計錯誤 Did we **misjudge** the profiles? 我們對簡介判斷錯了嗎？	mis-錯誤， judge判斷

misjudgment	*n.* 判斷錯誤 Many accidents were due to pilot's **misjudgment**. 許多事故都是由於飛行員判斷失誤造成的。	mis-錯誤， judg(e)判斷， -ment名詞字尾
prejudge	*v.* 預先判斷，過早判斷 Try not to **prejudge** the issue. 不要過早對這個問題下判斷。	pre-預先， judge判斷
well-judged	*adj.* 判斷正確的 With his **well-judged** idea, we solved the problem. 根據他的正確判斷，我們解決了問題。	well好， judg(e)判斷， -ed……的
ill-judged	*adj.* 判斷失當的；輕率的 His behaviour was indubitably **ill-judged**. 他的行為明顯太輕率。	ill不好， judg(e)判斷， -ed……的

J

just 正義的，正直的

02.10.04

		助記
unjust	*adj.* 非正義的；不公正的 It was **unjust** of them not to hear my side. 他們不聽我這方面的意見，這不公正。	un-不，非， just正義的
justice	*n.* 正義；正直；正當性；公正 Everyone should have a sense of **justice**. 每個人都應該有正義感。	just正義的， -ice名詞字尾
injustice	*n.* 非正義；不公平 The article does them both an **injustice**. 那篇文章對他們倆都不公平。	in-不，非， just正義的， -ice名詞字尾
justness	*n.* 正義（性）；正直（性）；正當 His **justness** is not to be doubted. 他的公正不容置疑。	just正義的， -ness名詞字尾
justify	*v.* 證明……正當 You don't need to **justify** yourself to me. 你不必向我解釋你的理由。	just正直的，正當的，-i-連接字母， -fy動詞字尾
justified	*adj.* 有正當理由的 She felt fully **justified** in asking for her money back. 她認為有充分的理由要求退款。	justifi(y→i)證明……正當， -ed……的
justification	*n.* 正當的理由；辯解 He made a speech in **justification** of his actions. 他發表了一段演說來為自己的行為辯解。	justifi(y→i)證明……正當， -cation名詞字尾

justifiable	*adj.* 可證明為正當的，合理的 The rule is **justifiable** on safety grounds. 出於安全方面的考慮，這一規定是合理的。	justifi(y→i)證明……正當， -able可……的
unjustfiable	*adj.* 不合理的，無理的 Your comment on her is **unjustifiable**. 你對她的評論是不合理的。	un-不，非， justifiable合理的
adjust	*v.* 調整；適應 How did you **adjust** to college life? 你是如何適應大學生活的？	ad-加強意義， just正當的，合理的 「使正確、合理」
adjustable	*adj.* 可調整的；可適應的 The height of the bicycle seat is **adjustable**. 這輛自行車的車座可以調整高度。	adjust調整，校正， -able可……的
self-adjusting	*n./adj.* 自動調節（的） The **self-adjusting** seats are designed for the disabled. 自動調節的座椅是專為身障人士設計的。	self-自己， adjust調整，調節， -ing表示狀態

輕鬆一刻

keep 保持；看管；保存

02.11.01

		助記
keeper	*n.* 看守人，保管員 I am not your **keeper**. 我不是你的監護人。	keep看管， -er者
keeping	*n.*（保持）一致；照料 The latest results are in **keeping** with our earlier findings. 最新結果與我們之前發現的一致。	keep保持，看管， -ing名詞字尾
doorkeeper	*n.* 看門人 The **doorkeeper** tipped his hat as we entered. 我們進門時，看門人脱帽向我們致意。	door門， keeper看守人
gatekeeper	*n.* 看門人；把關者 His secretary acts as a **gatekeeper**, reading all mails. 他的秘書作為把關者，先過目所有郵件。	gate門， keeper看守人
homekeeping	*adj.* 家居不外出的 She is a **homekeeping** girl. 她就是一個宅女。	home家， keeping看守
housekeep	*v.* 管理家務 My husband **housekeeps** in our family. 在我家，我丈夫管理家務。	house家， keep看管，管理
housekeeper	*n.* 管理家務的主婦；管家 She is an economical **housekeeper**. 她是個節約的主婦。	house家， keep看管，管理， -er者
shopkeeping	*n.* 店務管理 It was also a fantastic time to recruit **shopkeeping** people. 那段時間也是招募店務管理人才的絕佳時機。	stop店， keeping看管， 管理
shopkeeper	*n.* 店主 They told the **shopkeeper** to keep the change. 他們告訴店主不用找錢了。	stop店， keep看管，管理， -er者
safekeeping	*n.* 妥善保管 The paintings have been removed for **safekeeping**. 那些畫已被取走，並置於妥善保管之中。	safe安全的， keeping保管
beekeeper	*n.* 養蜂人 The **beekeeper** hived the swarm. 養蜂人把蜂群裝入蜂箱。	bee蜜蜂， keeper看管人

		助記
bookkeeper	*n.* 記帳員；簿記員 The **bookkeeper** drew a check for me. 記帳員給我開了一張支票。	book帳簿， keeper看管人

kill 殺死

02.11.02

		助記
man-killer	*n.* 殺人的人（或物） The irritated tiger will easily turn into a **man-killer**. 被激怒的老虎很容易變成殺人動物。	man人， kill殺， -er表示人或物
painkiller	*n.* 止痛藥 She's on **painkillers**. 她在服用止痛藥。	pain痛， kill殺→扼殺，扼制， -er表示物
lady-killer	*n.* 使女人傾心的男人 That **lady-killer** picks up new girls every Saturday night. 那個帥哥每個星期六晚上都找不同的女孩約會。	lady女人， kill殺→扼殺，扼制， -er表示人
killed	*adj.* 被殺死的，被屠宰的 They buried the **killed** dog. 他們埋葬了那隻被殺的狗。	kill殺， -ed被……的
killjoy	*n.* 掃興的人 Don't be such a **killjoy**! 別那麼掃興！	kill扼殺， joy高興
kill-time	*adj./n.*用來消磨時間的（事情） Planting flowers is her **kill-time** way. 養花是她消磨時間的方法。	kill殺→消滅→消磨，time時間
killing	*adj.* 殺人的，致死的 The great white shark is called a **killing** machine. 大白鯊被稱為殺人機器。	kill殺， -ing形容詞字尾， ……的

kind 仁慈的，和善的

02.11.03

		助記
unkind	*adj.* 不仁慈的，不和善的 No one has an **unkind** word to say about him. 所有人說起他來都沒有一句壞話。	un-不， kind仁慈的，和善的
kindness	*n.* 仁慈，和善 He did it all out of **kindness**. 他做這事完全出於好意。	kind仁慈的， -ness名詞字尾

K

		助記
unkindness	*n.* 不仁慈，不和善 **Unkindness** often reacts on the unkind person. 惡人有惡報。	un-不， kindness仁慈， 和善
kindly	*adv.* 仁慈地，和藹地 He had very **kindly** asked me to the cocktail party. 他很友好地邀請我參加雞尾酒會。	kind仁慈的， -ly……地
unkindly	*adv.* 不仁慈地，不和善地 You are now using me **unkindly**. 你對我太不友好了。	un-不， kindly仁慈地， 和藹地
kind-hearted	*adj.* 好心的，仁慈的 The **kind-hearted** people hate violence. 善良的人們憎恨使用暴力。	kind仁慈的， heart心， -ed……的

know 知道

02.11.04

		助記
knowable	*adj.* 可知的，可認識的 The external physical world around us is **knowable**. 我們周圍的外部物質世界是可知的。	know知道， -able可……的
know-how	*n.* 專門知識；技能 We need skilled workers and technical **know-how**. 我們需要熟練工人和專業技術知識。	know知道， how怎樣 「知道怎樣做」
unknowable	*adj.* 不可知的 Nothing can be called **unknowable**. 沒有什麼事物是不可知的。	un-不， know知道， -able可……的
knowing	*adj.* 知道的，會意的；有知識的 She gave me a **knowing** smile. 她對我會心一笑。	know知道， -ing……的
unknowing	*adj.* 不知道的；沒察覺的 The **unknowing** patient had to go to the hospital for treatment. 這位不知情的病人不得不入院治療。	un-無，不， know知道， -ing……的
known	*adj.* 大家知道的，知名的 He's **known** for his good looks. 他長得帥是出了名的。	know的過去分詞， 用作形容詞
unknown	*adj.* 未知的；無名的 The motive for the killing is **unknown**. 殺人的動機不明。	un-無，不， known知道的

well-known	*adj.* 出名的，眾所周知的 It may be a **well-known** fact, but I didn't know about it. 這可能是眾所周知的事實，但我卻不知道。	well好，很， known知道的
know-nothing	*n./adj.* 無知的（人） You **know-nothing** bookish hypocrite! 你這個一無所知的書呆子偽君子！	know知道， nothing沒有任何東西
knowledge	*n.* 知識，學問；認識 **Knowledge** is power. 知識就是力量。	know知道， -ledge名詞字尾
knowledgeable	*adj.* 有知識的，在行的 She is **knowledgeable** about plants. 她對植物很在行。	knowledge知識，學問， -able有……的
foreknowledge	*n.* 預知，先見 He hasn't the least **foreknowledge** of this matter. 關於此事他事先一點也不知道。	fore-預先， knowledge知識，學問
self-knowledge	*n.* 自知之明 She was a woman utterly without **self-knowledge**. 她是一個完全沒有自知之明的女人。	self-自己， knowledge認識

輕鬆一刻

labor 勞動；努力做

02.12.01

單字	釋義／例句	助記
collaborate	*v.* 合作；勾結 The two men met and agreed to **collaborate**. 這兩個人見了面，並同意合作。	col-共同， labor努力做， -ate動詞字尾
collaborator	*n.* 合作者，協作者；勾結者 I need a **collaborator** to help me. 我需要一名協作者來幫我。	col-共同， labor努力做， -ator者
collaboration	*n.* 合作，勾結 Then the long **collaboration** fell apart. 長期的合作就這樣破裂了。	col-共同， labor努力做， -ation名詞字尾
overlabor	*v.* 使操勞過度 He's **overlabored** with responsibilities. 他擔負的責任讓他操勞過度。	over-過度， labor勞動
unlabored	*adj.* 不費力的 Keep normal, **unlabored** breath. 保持正常而平穩的呼吸。	un-不， labor勞動→費力， -ed……的
elaborate	*v.* 詳盡説明；精心製作 Please **elaborate** a plan. 請精心擬定一份計劃。	e-加強意義， labor努力做， -ate動詞字尾
laboring	*adj.* 勞動的 We are all of the **laboring** people. 我們都是勞動人民。	labor勞動， -ing……的
laborer	*n.* 勞動者，工人 He has worked as a **laborer** on building sites. 他在建築工地做過苦工。	labor勞動， -er者
labor-saving	*adj.* 節省勞力的，減輕勞動的 Washing machine is one kind of **labor-saving** device. 洗衣機是一種省力的工具。	labor勞動， saving節省的
laborious	*adj.* 勤勞的；吃力的 They had the **laborious** task of building the bridge. 他們接受了建造大橋的艱苦工作。	labor勞動，勤勞， -ious……的
laboratory	*n.* 實驗室；研究室；化學廠 They need a **laboratory** technician. 他們需要一名實驗室技術員。	labor勞動，製作， -atory表示地方 「勞動的地方」

lady 女士，婦女 02.12.02

		助 記
ladylike	*adj.* 淑女的 She drank her wine with small **ladylike** sips. 她淑女地一小口一小口喝著葡萄酒。	lady女士，貴婦人，-like像……的
ladyship	*n.* 尊貴的夫人；小姐 Do you think her **ladyship** will be joining us? 你說那位尊貴的夫人會加入我們嗎？	lady貴婦人，-ship表示身份
lady help	*n.* 女幫手，家務女傭，女管家 The **lady help** taught girls to cook. 女管家教女孩們烹飪。	lady女性的，help助手
lady-in-waiting	*n.* 宮廷女侍 You are not a princess, so you do not need a **lady-in-waiting**. 你又不是公主，不需要侍女照顧。	lady婦女，waiting伺候
ladykin	*n.* 小婦人 She is a cute, smart, and a little naught **ladykin**. 她是一個可愛、聰明而有一點點淘氣的小女人。	lady婦人，-kin表示小
landlady	*n.* 女地主；女房東；女店主 The **landlady** is a very kind woman. 女房東是個非常和善的女人。	land土地，lady婦人

land 陸地；著陸；國家 02.12.03

		助 記
mainland	*n.* 大陸（對小島而言） The island may be reached by boat from the **mainland**. 這個島嶼可以從大陸乘小船到達。	main主要的，land陸地
highland	*n.* 高地，高原 A young **highland** dancer is dancing. 年輕的高原舞者正在起舞。	high高的，land陸地
upland	*adj.* 高地的 They move with their flocks to **upland** pastures. 他們帶著牲畜遷往高原上的牧場。	up上，上方，land陸地
heartland	*n.* 中心地帶 Silicon Valley is now a **heartland** of science and technology. 矽谷如今是科技的中心地帶。	heart心，中心，land陸地

borderland	*n.* 兩可之間的狀態；邊疆地區 I'm still on the **borderland** between sleeping and waking. 我還在半醒半睡的狀態中。	border邊界，land陸地
bottomland	*n.* 窪地；河邊低地 The deserted **bottomland** could be turned into an oasis. 荒灘可以變成綠洲。	bottom底，最低的，land陸地
midland	*n./adj.* 中部地方（的）；內地（的） The riots swept the industrial north and **midland**. 暴動席捲了工業集中的北部和中部地區。	mid-中間的，land陸地
grassland	*n.* 草原，草地 There is a reach of **grassland** in the distance. 遠處是連綿一片的草原。	grass草，land陸地
woodland	*n.* 林地 The region is remarkable for its **woodland** scenery. 這地區以森林景色著稱。	wood樹林，land陸地
lakeland	*n.* 湖泊地區 How is the **lakeland** cottage he bought last year? 他去年買的湖區小屋怎麼樣？	lake湖，land陸地
marshland	*n.* 沼澤地 They made a map of the **marshland**. 他們繪製了一張沼澤地的地圖。	marsh沼澤，land土地
farmland	*n.* 農田 The Netherlands has been reclaiming **farmland** from water. 荷蘭人一直在圍海造田。	farm耕種，land土地
motherland	*n.* 祖國 The honor remained with our **motherland**. 光榮屬於我們的祖國。	mother母親，land國家
homeland	*n.* 祖國 Many were planning to return to their **homeland**. 很多人在計劃回到自己的祖國去。	home家，land國家
shadowland	*n.* 虛幻境界 This is the **shadowland** of hope. 這是希望的陰暗面。	shadow影子，虛幻，land境界
wonderland	*n.*（童話中的）仙境，奇境 Thailand is known as a vacation **wonderland**. 泰國以度假仙境而聞名。	wonder奇異，land境界

cloud-land	*n.* 仙境，幻境；雲區 The toyshop is a **cloud-land** for young children. 玩具店是孩子們的仙境。	cloud雲，天上， land境地
inland	*n.* 內地 He traveled **inland** from New York to Chicago. 他從紐約朝內陸方向旅行到芝加哥。	in-在……內， land陸地
outlander	*n.* 外地人，外國人，外來者 He was treated as an **outlander**. 他被當做外來者來對待。	out-外， land地方，國家， -er表示人
force-land	*v.* 強行降落；強行登陸 The pilot prepared to **force-land** due to weather. 由於天氣原因，飛行員準備迫降。	force強迫， land著陸
landless	*adj.* 無地的 This project is designed to help **landless** people. 這一項目旨在幫助那些沒有土地的人。	land地， -less無……的
landlord	*n.* 地主；房東 The **landlord** raised my rent. 房東提高了我的租金。	land地， lord領主
landmark	*n.* 地標 Bird's Nest is a new **landmark** in Beijing. 鳥巢是北京的一個新地標。	land地， mark標志
landowner	*n.* 土地所有者，地主 His grandpa used to be a wealthy **landowner**. 他的爺爺曾是個有錢的地主。	land地， owner所有者
landing	*n.* 上岸，登陸；著陸，降落 American forces have begun a big **landing**. 美軍已開始大規模登陸。	land著陸，登陸， -ing名詞字尾
lander	*n.* 著陸器 The **lander** would go down to the surface of Mars. 著陸器將在火星表面降落。	land著陸， -er表示物
landscape	*n.* 風景；風景畫 I prefer **landscape** to still life. 我更喜歡風景畫，而不是靜物畫。	land陸地， -scape景色

L

large 大的

02.12.04

		助記
enlarge	*v.* 放大，擴大，擴展 I have to **enlarge** my vocabulary. 我必須擴大自己的詞彙量。	en-使……， large大的
enlargement	*n.* 放大，擴大，擴展 He's working on the **enlargement** of the business. 他正在努力擴展業務。	en-使……， large大的， -ment名詞字尾
largely	*adv.* 大部分，主要地，大量地 It is **largely** a matter of taste. 這主要是品味的問題。	large大的， -ly……地
large-eyed	*adj.*（因好奇、詫異等而）睜大眼睛的 The **large-eyed** children gathered around the teacher. 孩子們睜大眼睛，圍在老師的身邊。	large大的， ey(e)眼， -ed……的
large-minded	*adj.* 度量大的 He's **large-minded** and generous. 他寬宏大量，慷慨大方。	large大的， mind精神，思想， -ed……的
largish	*adj.* 相當大的 That was a **largish** man. 那是個身體相當魁梧的男子。	larg(e)大的， -ish略……的
large-scale	*adj.* 大規模的，大型的 This is a **large-scale** military operation. 這是一次大規模的軍事行動。	large大的， scale規模

laugh 笑

02.12.05

		助記
horselaugh	*n.* 縱聲大笑，哄笑（笑時嘴張得像馬一樣大） He burst out into a **horselaugh**. 他突然放聲狂笑。	horse馬， laugh笑
laughable	*adj.* 可笑的；荒謬的 Such ignorance is truly **laughable**. 這種無知確實很可笑。	laugh笑， -able可……的
laughably	*adv.* 可笑地；荒謬地 Her income is **laughably** low. 她的收入低得可笑。	laugh笑， -ably可……地

laughing	*adj.* 帶著笑的；可笑的 Don't laugh! There is no **laughing** matter. 不要笑！沒什麼好笑的。	laugh笑， -ing……的
laughingstock	*n.* 笑柄 His mistakes have made him a **laughingstock**. 他的種種錯誤讓他成了大家的笑柄。	laugh笑， -ing……的， stock柄
laughter	*n.* 笑聲；笑 We couldn't withhold our **laughter**. 我們忍不住大笑起來。	laugh笑， -ter表示物化

law 法，法律

02.12.06

		助記
lawful	*adj.* 合法的；依法的 We don't recognise him to be the **lawful** heir. 我們不承認他為合法繼承人。	law法， -ful……的
unlawful	*adj.* 不法的，非法的，犯法的 The two police officers were accused of **unlawful** killing. 這兩名警員被指控為非法殺人。	un-不，非， law法， -ful……的
lawless	*adj.* 不遵守法律的；不法的；無法無天的 I will expose all his **lawless** actions. 我將揭發他全部的不法行為。	law法律， -less無……的， 不……的
lawyer	*n.* 律師 You may need the services of a **lawyer**. 你也許需要律師的幫助。	law法律， -yer表示人
lawmaking	*adj.* 立法的 Parliament is the **lawmaking** group in Great Britain. 在英國，議會是立法機構。	law法， making制定
lawmaker	*n.* 立法者 Some **lawmakers** also expressed concerns. 一些立法者也對此表示關注。	law法律， maker制定者
lawbreaker	*n.* 犯法的人 Any **lawbreaker** will be punished. 違法者必受懲處。	law法， breaker破壞者
law-abiding	*adj.* 守法的 Gun ownership by **law-abiding** people was not a problem. 讓守法的人持有槍械是沒有問題的。	law法， abid(e)遵守， -ing……的

		助記
bylaw	*n.* 附法；地方法 The **bylaw** makes it illegal to drink in certain areas. 當地的地方法規規定在特定區域飲酒屬於非法行為。	by-次要的，附帶的，law法

lead 領導，引導

02.12.07

		助記
lead-up	*n.*（重大事件之前的）準備階段 The **lead-up** to the wedding was extremely interesting. 婚禮籌備階段非常有意思。	lead引導，up至
leader	*n.* 領袖，首領；指揮者 The new **leader** has a large backing. 那位新領導人有大批的支持者。	lead領導，-er者
leadership	*n.* 領導 He aspired to **leadership** even in his childhood. 在童年時代，他就渴望當領袖。	leader領導者，-ship表抽象名詞
leaderless	*adj.* 無領袖的 I think a **leaderless** mob soon disintegrates. 我想，這群烏合之眾的暴民很快就會瓦解。	leader領袖，-less無……的
leading	*adj.* 領先的；最重要的 The **leading** role is played by a complete unknown. 演主角的是一個毫無名氣的演員。	lead領導，-ing……的
mislead	*v.* 誤導；將……引入歧途 The boy was **misled** by bad companions. 這個男孩被壞夥伴引入歧途。	mis-錯誤，lead引導
misleading	*adj.* 誤導的 The advertisement is **misleading**. 這則廣告具有誤導性。	mis-錯誤，leading引導的
lead-in	*n.* 介紹，開場白 He made a speech as the **lead-in** of the conference. 他以講演作為本次會議的開場白。	lead引導，in入「引入」

leg 腿

02.12.08

		助記
bowleg	*n.* 弓形腿，O形腿 He is not satisfied with his **bowlegs**. 他對自己的O形腿不滿意。	bow弓，leg腿

cross-legged	*adj./adv.* 盤著腿的（地），蹺著二郎腿的（地） We sat **cross-legged** on the floor. 我們盤腿坐在地上。	cross交叉，leg腿，-g-字母重複，-ed……的
duck-legged	*adj.* 短腿的 Corgi is a kind of **duck-legged** dogs. 柯基是一種短腿犬。	duck鴨，leg腿，-g-字母重複，-ed……的
leg-iron	*n.* 腳鐐 Have you seen the **leg-irons**? 你見過腳鐐嗎？	leg腿，iron鐵→鐵鐐
legwork	*n.* 跑腿活兒；外出搜集訊息的工作 His students did a lot of **legwork**. 他的學生做了大量跑腿的活兒。	leg腿，work工作
legman	*n.* 跑腿的人；（現場）採訪記者 I worked as a **legman** in the CCTV for four years. 我已經在央視做了四年的現場採訪記者。	leg腿，man人「跑腿的人」
leggy	*adj.* 腿修長的 He was six feet four, all lanky and **leggy**. 他身高六英尺四英寸，瘦高個兒，大長腿。	leg腿，-g-字母重複，-y……的
leggings	*n.*（帆布或革製的）護腿；（小孩的）護腿套褲 Nobody bought our **leggings**. 沒人買我們的護腿。	leg腿，-g-字母重複，-ing表示物，s表示複數

legal 合法的；法律（上）的 02.12.09

		助 記
legally	*adv.* 合法地；法律上 They are still **legally** married. 他們在法律上仍然是夫妻。	legal合法的，法律（上）的，-ly……地
legality	*n.* 合法性 They have questioned the **legality** of the ban. 他們對這個禁令的合法性提出了質疑。	legal合法的，-ity名詞字尾
legalize	*v.* 使合法化 This country plans to **legalize** same-sex marriage. 這個國家想要使同性戀婚姻合法化。	legal合法的，-ize……化
legalization	*n.* 合法化 She ruled out the **legalization** of drugs. 她排除了毒品合法化的可能性。	legal合法的，-ization名詞字尾

illegal	*adj.* 不合法的，非法的 Marijuana is an **illegal** substance. 大麻是非法物品。	il-不，非， legal合法的
illegally	*adv.* 不合法地，非法地 He could face a charge of **illegally** importing weapons. 他可能面臨非法進口武器的指控。	il-不，非， legal合法的， -ly……地
illegality	*n.* 非法 Have you realized the **illegality** of your actions? 你意識到你的行為是非法的了嗎？	il-不，非， legal合法的， -ity名詞字尾
illegalize	*v.* 使非法，宣布……為非法 They even wanted to **illegalize** smoking. 他們甚至想宣布吸煙為非法。	il-不，非， legal合法的， -ize使……
legalist	*n.* 法律學家；條文主義者 Hanfei was the master of **legalist** school at the end of the Warring Period. 韓非子是戰國末期法家思想的集大成者。	legal法律的， -ist表示人

L

lie 躺；放

02.12.10

		助記
lie-abed	*n.* 睡懶覺的人 He is a **lie-abed** and doesn't get up until 10 a.m.. 他是睡懶覺的人，不到十點不起床。	lie躺， abed在床上
lie-down	*n.* 小睡，小憩 I'm going to have a **lie-down** upstairs. 我要到樓上小睡一會兒。	lie躺， down下
overlie	*v.* 位於……上面；置於……上面 Clay **overlies** chalk in the southern mountains. 在南部山脈，黏土層覆在白堊層上。	over在……上， lie躺
underlie	*v.* 位於……下面；置於……下面 Try to figure out what feeling **underlies** your anger. 努力找出你的憤怒之下潛藏的情感。	under在……下， lie躺，放
underlying	*adj.* 在下面的；根本的，基本的 This word has its **underlying** meaning. 這個單詞有它潛在的含義。	underlie的現在分詞，構成形容詞
low-lying	*adj.* 地勢低窪的；低地的 Sea walls collapsed, and **low-lying** areas were flooded. 海堤潰決，海水淹沒了低窪地區。	low低地， lying躺

outlie	*v.* 放在……外面；躺在……外面 He **outlay** the tent. 他躺在帳篷的外面。	out外， lie躺，放

life 生活；生命；一生

02.12.11

		助記
lifeless	*adj.* 無生命的，死的；無生氣的 The surface of the Moon is arid and **lifeless**. 月球表面乾旱，沒有生命。	life生命， -less無……的
lifespan	*n.* 平均壽命；（物的）使用壽命 A TV set has an average **lifespan** of 11 years. 電視機的平均使用壽命為11年。	life生命， span持續時間
lifelong	*adj.* 畢生的，終身的 He had a **lifelong** career as a teacher. 他將教師作為自己畢生的職業。	life生命， long長的 「生命那麼長的」
lifetime	*n.* 一生，終身 He hopes to travel more by air in his **lifetime**. 他希望在有生之年多乘幾次飛機去旅行。	life一生， time時間
life-saving	*adj.* 救生（用）的 The boy needs a **life-saving** transplant operation. 這個男孩需要做移植手術來保命。	life生命， saving救
lifesaver	*n.* 救生者；救命物 He thought of the old man as his **lifesaver**. 他把那個老人看作他的救命恩人。	life生命， sav(e)救， -er表示人或物
lifeguard	*n.* 救生員 The child who fell into the water was saved by the **lifeguard**. 那名落水兒童被救生員救了上來。	life生命， guard看守者， 護衛者
lifelike	*adj.* 逼真的，栩栩如生的 The portrayal of the characters in the novel is **lifelike**. 該小說中的人物寫得有血有肉。	life生命→活物， -like像……的
life-and-death	*adj.* 生死攸關的；極其重要的 They are making a **life-and-death** decision. 他們正在做一個事關重大的決定。	life生， death死 「生死攸關」
lifework	*n.* 畢生的事業 Real success is finding your **lifework** that you love. 真正的成功，是讓你喜歡做的事成為你一生的事業。	life一生， work工作，事業

lifeboat	*n.* 救生艇 The survivors were adrift in a **lifeboat** for six days. 倖存者在救生艇上漂流了六天。	life生命， boat船
afterlife	*n.* 來世，來生 People of many religions believe in an **afterlife**. 很多宗教的信徒都相信來生。	after以後， life生命
true-life	*adj.*（作品等）忠實於生活的 The film is based on the **true-life** story of a cancer sufferer. 這部電影是基於一個癌症患者的真實故事拍攝的。	true真實的， life生活
lowlife	*adj.* 低劣的；下層社會的 He has branded himself as a **lowlife** thief. 他已經給自己打上了卑微的賊的烙印。	low低的，下層的， life生命→人

light 光；燈；照亮

02.12.12

		助記
sunlight	*n.* 日光，陽光 The **sunlight** filtered through the curtains. 陽光透過窗簾映了進來。	sun日， light光
moonlight	*n.* 月光 The trees are bathed in **moonlight**. 樹林沐浴在月光中。	moon月， light光
starlight	*n.* 星光 I enjoy the view of the bay in the **starlight**. 我喜歡星光下的海灣風景。	star星， light光
daylight	*n.* 白晝；日光 They went so far as to rip off banks in broad **daylight**. 他們居然在光天化日之下搶劫銀行。	day白天， light光
afterlight	*n.* 夕照，餘暉 It is great to see the **afterlight** in Xiangshan. 在香山看落日是件美好的事情。	after之後， light光，照
skylight	*n.*（屋頂的）天窗 The **skylight** will provide good illumination from above. 屋頂天窗會提供充足的光線。	sky天空， light光
enlighten	*v.* 啟發，開導，教導 How can I **enlighten** your wooden head? 我怎麼才能讓你這木頭開竅呢？	en-使， light照亮→啟發， -en動詞字尾

enlightening	*adj.* 有啟發作用的，使人領悟的 I found it most **enlightening** talking to the old scholar. 我發現和老學者談話最受啟發。	enlighten啟發， -ing……的
enlightenment	*n.* 啟發，啟蒙，開導 His speech gave us some **enlightenment**. 他的發言給了我們一些啟迪。	enlighten啟發， -ment名詞字尾
enlightened	*adj.* 開明的；有知識的 An **enlightened** capital should have a museum. 一個文明的首都應當有一家博物館。	enlighten啟發， -ed被……的 「被啟發的」
unenlightened	*adj.* 未經啟蒙的；落後的；無知的 The thought of some old men is still **unenlightened**. 某些老人的思想仍然是落後的。	un-未，不，無， enlighten啟發， -ed被……的
flashlight	*n.* 手電筒；閃光燈 I signalled to them with a **flashlight**. 我用手電筒向他們發信號。	flash閃光， light燈
tail light	*n.*（車輛的）尾燈 I stopped you because your **tail light** was out. 我攔下你的車是因為你的尾燈沒亮。	tail尾， light燈
stoplight	*n.* 交通信號燈 Keep going straight and turn at the first **stoplight**. 一直往前走，在第一個紅綠燈路口轉彎。	stop停止， light燈 「指示走停的燈」
droplight	*n.*（上下滑動的）吊燈 He planned to install a crystal **droplight** in the dining room. 他計劃在餐廳安裝一盞水晶吊燈。	drop落，落下， light燈 「垂下來的吊燈」
headlight	*n.*（礦工頭上的）照明燈；（汽車等的）前燈 Suddenly, a figure appeared in my **headlights**. 突然，有個人影出現在我的車頭燈前。	head頭， light燈
candlelight	*n.* 燭光；上燈時間 She was reading a book by **candlelight**. 她正在燭光下看書。	candle蠟燭， light光
lamplight	*n.* 燈光 Her face looked pale in the **lamplight**. 她的臉在燈光下顯得很蒼白。	lamp燈， light光
lighten	*v.* 照亮，使明亮 The sky began to **lighten** after the storm. 暴風雨後，天變亮了。	light照亮， -en動詞字尾

lighter	*n.* 打火機 Zippo is my favorite **lighter** brand. Zippo是我最喜歡的打火機品牌。	light發光，點火， -er表示人或物
lighting	*n.* 光；照明；照明設備 The cost of heating and **lighting** is too expensive. 暖氣和照明的費用太高了。	light發光， -ing名詞字尾
lightless	*adj.* 無光的，暗的；不發光的 She walked around in the **lightless** room. 她在黑暗的房間裡走來走去。	light光， -less無……的
lighthouse	*n.* 燈塔 He was to keep watch in the **lighthouse**. 他要到燈塔上值班了。	light燈， house房子 「放信號燈的房子」
lightproof	*adj.* 遮光的；不透光的 Puer Tea should be packaged with **lightproof** package. 普洱茶應採用避光包裝保存。	light光， -proof防……的

light 輕的

02.12.13

		助記
lightish	*adj.* 略輕的，較輕的，不太重的 Her cheeks appeared **lightish** red when she heard his words. 聽了他的話，她面頰露出一抹淡淡的緋紅。	light輕的， -ish略……的
lightly	*adv.* 輕輕地；容易地；輕率地 **Lightly** come, lightly go. （錢等）來得容易，去得快。	light輕的， -ly……地
light-armed	*adj.* 輕武器裝備的 The **light-armed** infantry sneaked into the enemy camp. 攜輕武器的步兵潛入到敵軍陣營。	light輕的， armed武裝的
lightplane	*n.* 輕型飛機 More and more **lightplanes** are used for artificial rainfall. 越來越多的輕型飛機被應用於人工降雨。	light輕的， plane飛機
light-fingered	*adj.* 手指靈巧的；善於偷竊的 The **light-fingered** gentry frequented these shops. 扒手經常光顧這些商店。	light輕的， finger手指， -ed……的
light-handed	*adj.* 手巧的；手法高明的 People-oriented approach is one **light-handed** management. 以人為本是一種高明的管理方式。	light輕的， hand手， -ed……的

light-footed	*adj.* 腳步輕快的，步態輕盈的 She is **light-footed** when she dances. 她跳舞時，舞步輕盈。	light輕的， foot腳， -ed……的
light-headed	*adj.* 頭暈目眩的 After four glasses of wine, he began to feel **light-headed**. 他四杯酒下肚後，開始感到頭暈目眩起來。	light輕的， head頭， -ed……的
light-hearted	*adj.* 輕鬆愉快的，無憂無慮的 The song was written in a **light-hearted** jocular way. 這首歌的風格輕鬆愉快、詼諧風趣。	light輕的， heart心， -ed……的
light-minded	*adj.* 輕率的；輕浮的 Don't consider him **light-minded**. 別把他當作輕浮的人。	light輕的， mind頭腦， -ed……的

limit 限制；界限；界線

02.12.14

		助記
limited	*adj.* 有限的 I have only a **limited** understanding of French. 我只懂得一點法語。	limit限制， -ed……的
unlimited	*adj.* 無限制的；無數的 The ticket gives you **unlimited** travel for seven days. 憑本車票，在七日內可自由乘車，不受限制。	un-無， limit限制， -ed……的
limitless	*adj.* 無限度的，無限的 Youth means **limitless** possibilities. 年輕意味著無限可能。	limit限制， -less無……的
limitation	*n.* 限制，不足之處 It's a good little car, but it has its **limitations**. 這是一輛很好的小汽車，但也有不足之處。	limit限制， -ation名詞字尾
limitary	*adj.* 有限制的 The proportion that pays interest is **limitary**. 支付利息的比例是有限制的。	limit限制， -ary形容詞字尾， ……的
delimit	*v.* 劃定……的界線 It is necessary to **delimit** the boundaries clearly. 清楚地劃定邊界是很有必要的。	de-加強意義， limit界線
delimitation	*n.* 定界；分界 The river is the **delimitation** between the countries. 這條河流是兩個國家的分界線。	de-加強意義， limit界線， -ation名詞字尾

line 線；航線

02.12.15

		助記
underline	*v.* 在……下畫線 Please **underline** the important items. 請在重要的事項下面畫線。	under-在……下， line線，畫線
headline	*n.* 大字標題，頭條新聞 A newspaper **headline** caught his attention. 報紙的大標題引起他的注意。	head頭，line線，一條線，一行 「一頁或一版上的頭一行」
outline	*n.* 輪廓；大綱；略圖 Make an **outline** before trying to write a composition. 寫作文之前先寫個提綱。	out-外，外圍， line線， 「外圍的線」
reline	*v.* 給……重新畫線 The professor **relined** the mistakes on her paper. 教授在她論文的錯誤之處重新畫線。	re-再， line線，畫線
streamlined	*adj.* 流線型的；流線的 The cars all have a new **streamlined** design. 這些汽車都是流線型新款。	stream流， lin(e)線， -ed……的
waterline	*n.*（船的）吃水線 The ship was holed along the **waterline** by enemy fire. 敵人的炮火沿著吃水線處將船隻擊穿。	water水， line線
clothesline	*n.* 晾衣繩 Tighten the **clothesline**, so it doesn't drop. 把晾衣繩拉緊，別讓它垂下來。	clothes衣服， line線，繩
delineate	*v.* 用線條畫；描寫；畫出……的外形 Women are always **delineated** not as good as men. 女人常常被描寫成不如男人。	de-使……， line線， -ate動詞字尾
delineation	*n.* 線條寫生畫；描出外形；描寫 The author's character **delineation** is forceful. 作者對人物的描寫強而有力。	de-使……， line線， -ation名詞字尾
linear	*adj.* 線條的；直線的；長度的 He's making **linear** measurements. 他正在進行長度測量。	line線， -ar……的
liner	*n.* 內襯；班機；班輪 Hundreds died when the **liner** went down. 班輪沉沒時，有數百人罹難。	lin(e)線，航線， -er表示人或物

airliner	*n.*（大型）客機，班機 The **airliner** took off on time. 班機準時起飛。	air空中，航空，liner班機
superliner	*n.* 超級客輪 The Titanic was regarded as the best **superliner** in 1912. 鐵達尼號被視為1912年最好的超級客輪。	super-超，liner客輪

lion 獅子；要人 02.12.16

		助記
lionlike	*adj.* 像獅子一樣的 He looked **lionlike** when he fought against the enemy. 他殺敵時的樣子，如同獅子一般。	lion獅子，-like像……的
lioness	*n.* 母獅 The **lioness** secreted her cubs in the tall grass. 母獅子把她的幼獸藏在深密的草叢中。	lion獅子，-ess名詞字尾，表示雌性
lionet	*n.* 小獅，幼獅 The breeder gave the **lionet** a bag of nuts. 飼養員給了小獅子一包堅果。	lion獅子，-et表示小
lionheart	*n.* 勇士 Spartacus was the great **lionheart** in the history. 斯巴達克斯是歷史上偉大的勇士。	lion獅子，heart心，膽量
lionhearted	*adj.* 非常勇敢的 The enemy was beaten by our **lionhearted** soldiers. 敵人被我們勇敢的士兵擊敗了。	lion獅子，heart心，-ed……的
lionize	*v.* 把……捧為社會名流 The press began to **lionize** him enthusiastically. 報界開始狂熱地吹捧他。	lion社會名流，-ize使……成為
lionesque	*adj.* 如獅子般的，凶猛的 The wife is **lionesque**, but the husband is cowardly. 這個妻子如河東獅一般，而她的丈夫則膽小懦弱。	lion獅子，-esque如……的

live 生活；居住 02.12.17

		助記
living	*adj.* 活（著）的；生動的；現存的 Are her grandparents still **living**? 她的祖父母還健在嗎？	liv(e)生活，-ing形容詞字尾，……的

lively	*adj.* 活潑的；充滿活力的 He is an outgoing and **lively** person. 他是個性格開朗而又活潑的人。	live生活，活潑， -ly……的
livelong	*adj.* 整整一天的（指時間似乎很漫長） She has eaten nothing this **livelong** day. 她整整一天沒有吃東西。	live活著， long長久的
livable	*adj.*（生活）過得去的；（房子，氣候等）適於居住的 He found life scarcely **livable**. 他覺得生活難以忍受。	liv(e)生活，居住， -able可……的
relive	*v.* 再生；復活；（尤指在想像中）重新過……的生活 If only I could **relive** that month! 如果我能重過那個月的生活該有多好！	re-再， live活著
long-lived	*adj.* 長壽的 My family tend to be quite **long-lived**. 我們家族的人大都相當長壽。	long長久的， lived活著的
short-lived	*adj.* 短命的；不長久的 The suspense would be **short-lived**. 這種懸而未決的局面不會長久。	short短暫的， lived活著的
clean-living	*adj.* 生活清白的，安分守己的 I guess he was just acting to be **clean-living**. 我猜他只是假裝潔身自好。	clean乾淨的， living生活
outlive	*v.* 比……活得長；比……經久 I'm sure Rose will **outlive** many of us. 我肯定羅絲會比我們中的很多人長命。	out-超過， live生活
alive	*adj.* 活著的；依然存在的 He dreamed his wife was **alive** again. 他夢見他死去的妻子又活了過來。	a-表狀態， live活
dead-alive	*adj.*（人）無精打采的 Unemployment makes him a **dead-alive** man. 失業讓他變得無精打采。	dead死的， alive活的

load 裝載

02.12.18

		助記
loading	*n.* 裝貨；裝彈；（車、船等裝載的）貨 The **loading** bay seemed dazzlingly bright. 裝貨區看上去燈火通明。	load裝載， -ing名詞字尾

loader	*n.* 裝卸工人；裝卸設備 He plans to import an automatic bobbin **loader**. 他計劃進口一架自動裝線機。	load裝載， -er表示人或物
loaded	*adj.* 有負載的；裝著貨的；裝有彈藥的 The truck was heavily **loaded**. 這輛卡車負載很重。	load裝載， -ed……的
overload	*v.* 使超載，使負荷過重 Don't **overload**, or the boat will sink. 別超載，否則船會沉。	over-超過， load負載
download	*v.* 下載 Where can I **download** it? 我從哪裡可以下載？	down下， load負載
underload	*v.* 負載不足，欠載 The truck was **underloaded**. 這輛卡車負載不足。	under-不足， load負載
self-loading	*adj.* 自動裝載的；（武器）自動（或半自動）的 The weapon was a converted **self-loading** pistol. 這是一把經過改裝的自動手槍。	self-自己，自動， load裝載， -ing……的
unload	*v.* 卸（貨等）；卸下重負 Everyone helped to **unload** the luggage from the car. 大家都幫著從汽車上卸行李。	un-表示相反動作， load裝載 「與裝載相反」
trainload	*n.* 列車運載量 A **trainload** more may soon be on the way. 還有一火車貨可能會很快運過來。	train列車， load載重，裝載
shipload	*n.* 船隻運載量 A **shipload** of supplies arrived in Havana, Cuba, last night. 昨晚，一船補給用品送達了古巴哈瓦那。	ship船， load載重，裝載
planeload	*n.* 飛機負載量 You gambled with the lives of a **planeload** of people. 你拿整架飛機上所有乘客的性命做賭注。	plane飛機， load載重，裝載

lock 鎖

02.12.19

		助記
lockless	*adj.* 無鎖的 He sneaked into a **lockless** room to hide himself. 他潛入一間沒有上鎖的房間，藏了起來。	lock鎖， -less無……的

L

unlock	*v.* 開（鎖）；打開……的鎖；開啟 Could you **unlock** your briefcase, please? 請您打開您的公事包，好嗎？	un-相反動作，lock鎖
lock-in	*n.* 鎖定；套牢 One billion of funds are in the **lock-in**. 有十億元的資金處於套牢中。	lock鎖，in入
locksmith	*n.* 鎖匠 The **locksmith** is repairing locks. 鎖匠正在修鎖。	lock鎖，smith工匠
lockstep	*n.* 前後緊接，步伐一致的前進 The union's support has been in **lockstep** for years. 多年來，工會的支持一直按部就班地延續著。	lock鎖，step腳步「腳步像被鎖在一起一樣一致」
waterlocked	*adj.* 被水環繞的，環水的 71% of the earth's surface is **waterlocked**. 地球71%的地表是被水環繞的。	water水，lock鎖，封鎖，-ed……的「被水封鎖的」
lockup	*n.* 鎖住；（學校等的）夜晚關閉（時間） **Lockup** at 8.00 p.m. 晚上八點關門。	lock up鎖住
deadlock	*n.* 僵持，僵局 The negotiations have reached a **deadlock**. 談判陷入僵局。	dead死的，lock鎖「死鎖→打不開」

logic 邏輯 02.12.20

		助記
logical	*adj.* 符合邏輯的；邏輯（上）的 The key to his success is his **logical** mind. 他成功的關鍵在於他有邏輯思維。	logic邏輯，-al……的
logicality	*n.* 邏輯性 The **logicality** of this film is not so good. 這部電影的邏輯性不強。	logic邏輯，-ality……性
logician	*n.* 邏輯學家 He is the greatest **logician**. 他是最偉大的邏輯學家。	logic邏輯，-ian表示人
illogic	*n.* 不合邏輯，缺乏邏輯；矛盾 The argument is full of **illogic**. 這一論據充滿自相矛盾之處。	il-不，logic邏輯

illogicality	*n.* 不合邏輯性，不通 He found a reason of **illogicality** to explain the absence. 他找了個站不住腳的理由來解釋缺席的原因。	il-不，logic邏輯，-ality名詞字尾，……性

long 長的

02.12.21

		助記
long-distance	*adj./adv.* 長途的；通過長途電話 He received a **long-distance** phone call from London. 他接到一個從倫敦打來的長途電話。	long長的，distance距離
longish	*adj.* 略長的，稍長的 Tim has **longish** and shaggy hair. 蒂姆留著蓬亂的長髮。	long長的，-ish略……的
long-tongued	*adj.* 長舌的；話多的 You are really **long-tongued**! Stop nagging. 你真是個碎嘴！別再嘮叨個沒完。	long長的，tongu(e)舌，-ed……的
long-awaited	*adj.* 期待已久的 Now the **long-awaited** winter vacation is near at hand. 期待好久的寒假快要到啦！	long長的，await等待，-ed……的
long-sighted	*adj.* 遠視的；有遠見的 She's **long-sighted** and needs glasses to read. 她是遠視眼，看書要戴眼鏡。	long長的，sight視，看見
long-lived	*adj.* 長壽的 Ostriches are **long-lived** birds. 鴕鳥是長壽的鳥類。	long長的，liv(e)生命，-ed……的
long hair	*n.* 長髮 They had a picture of dad with his **long hair**. 他們拍了一張爸爸留長髮時的照片。	long長的，hair頭髮，-ed……的
long-legged	*adj.* 長腿的 The baby was glad to see the **long-legged** giraffes. 寶寶很開心看到長腿的長頸鹿。	long長的，leg腿
long-term	*adj.* 長期的 Draught beer must not be kept **long-term** in the fridge. 生啤不要在冰箱裡放得太久。	long長的，term期限
long suit	*n.* 長套；勝過別人之處，長處 Cooking is her **long suit**. 烹飪是她的長處。	long長的，suit套「長套，橋牌裡擁有4張以上同一花色的牌」

long-suffering	*adj.* 長期忍受苦難的 He vented his anger on his **long-suffering** wife. 他拿一貫受氣的妻子出氣。	long長期的，suffering苦難
long-standing	*adj.* 長期存在的，長時間的 My **long-standing** girlfriend left me. 我多年的女朋友離開了我。	long長期的，stand存立，-ing……的
long-tested	*adj.* 久經考驗的 He is a **long-tested** fighter and never betrays his faith. 他是一位久經考驗的戰士，永不背棄信仰。	long長的，久的，test考驗，-ed……的
overlong	*adj.* 過長的 The essay shouldn't be **overlong**. 文章篇幅不要過長。	over-太，過甚，long長的
lifelong	*adj.* 畢生的，終身的 A moment's error can bring a **lifelong** regret. 一失足成千古恨。	life生命，一生，long長的
daylong	*adj./adv.* 整天的（地） About 250 militants were killed during the **daylong** battle. 大約250名武裝分子在這一整天的戰鬥中被殺害。	day日，天，long長的
nightlong	*adj./adv* 通宵的（地） He drove an **nightlong** trip. 他開車趕了一晚上夜路。	night夜，long長的
yearlong	*adj.* 整整一年的，持續一年的 She came back after a **yearlong** absence. 她外出整整一年後回家了。	year年，long長的
prolong	*v.* 拉（延）長 He enjoyed the situation and wanted to **prolong** it. 他對處境很滿意，希望延續不變。	pro-向前，long長的「向前拉，向前延」
prolongable	*adj.* 可拉長的，可延長的 The validity of the L/C is not **prolongable**. 信用證的有效期不可延長。	pro-向前，long長的，-able可……的
elongate	*v.* 拉（伸）長 We plan to **elongate** the cooperation with that company. 我們打算延長與那家公司的合作關係。	e-加強意義，long長的，-ate動詞字尾
elongation	*n.* 伸長，延長 The dotted lines indicate the **elongation**. 虛線表示延長的部分。	elongat(e)拉（伸）長，-ion名詞字尾

length	*n.* 長，長度 What is the **length** of the street? 這條街有多長？	leng=long（音變：o→e）長的，-th名詞字尾
lengthen	*v.* 使延長，延伸 He asked the tailor to **lengthen** his coat. 他請裁縫加長他的外衣。	length長，-en動詞字尾，使……
lengthy	*adj.* 過長的，漫長的 An accident caused some **lengthy** delays. 一起事故造成了長時間的延誤。	length長，-y……的

look 看

02.12.22

		助記
looker	*n.* 美人 She's a real **looker**! 她真是個美人！	look看，-er表示人
look-in	*n.* 參加機會 She talks so much that nobody else can get a **look-in**. 她老是滔滔不絕，誰也插不上嘴。	look看，in在其中「看著看著就參與其中」
lookout	*n.* 注意，留心 He was on the **lookout** for signal. 他在專注地等信號。	look out詞組轉化成的名詞
look-see	*n.* 飛快一瞥 Come and have a **look-see**. 快來看一眼吧。	由look快速到see
onlooker	*n.* 旁觀者 The **onlookers** had to be restrained by the police. 警察必須強行制止旁觀者。	look on旁觀，-er表示人
outlook	*n.*（對世界的）看法；展望 He's got a good **outlook** on life. 他有積極的人生觀。	out-外，向外，look看「向外看世界」
overlook	*v.* 俯瞰，眺望；忽略 Our room **overlooks** the ocean. 我們的房間可以俯瞰大海。	over-上，過，look看
forward-looking	*adj.* 向前看的；有遠見的 Manchester United has always been a **forward-looking** club.　曼徹斯特聯隊一直是一個具有前瞻性的俱樂部。	forward向前，look看，-ing……的

good-looking	*adj.*（外貌）好看的 He was tall and quite **good-looking**. 他既高大又十分英俊。	good好的， look看， -ing……的
well-looking	*adj.* 漂亮的 Dyke himself was a heavy built, **well-looking** fellow. 戴克是個身材魁梧、相貌堂堂的傢伙。	well好， look看， -ing……的

lord 貴族；君主；統治者

02.12.23

		助 記
landlord	*n.* 地主；房東 He was in an argument with his **landlord** downstairs. 他與樓下的房東發生了爭執。	land土地， lord主人
warlord	*n.* 軍閥 All demonstrations were suppressed by the **warlord**. 所有示威遊行都遭到了軍閥的鎮壓。	war戰爭， lord主人
overlord	*n.* 大領主；最高統治者 His **overlord** will protect his interests. 他的領主會庇護他的利益。	over-在上面， lord君主，統治者
lordly	*adj.* 貴族的；高傲的 His **lordly** manner was offensive. 他傲慢的態度令人討厭。	lord貴族， -ly形容詞字尾， ……的
lordship	*n.* 貴族身份；閣下 I'm honoured to meet you, your **lordship**. 很榮幸見到閣下。	lord貴族， -ship表示身份
Lordy	*int.* 老天爺，天哪 Oh **Lordy**, I hope not. 噢，天哪，我希望不是那樣。	表示驚訝

lose 丟失，失去

02.12.24

		助 記
loser	*n.* 輸者；失敗者 No one is a born **loser**. 沒有人天生就是失敗者。	los(e)失去， -er表示人 「失去一切的人」
loss	*n.* 喪失，損失 When she died, I was filled with a sense of **loss**. 她去世時，我心裡充滿了失落感。	lose失去→loss 名詞

losing	*n.* 失敗 The coach cussed out the team for **losing.** 教練因球隊輸球而厲聲訓斥隊員。	los(e)失去，失敗， -ing名詞字尾
loss-making	*adj.* 虧損的（僅用於名詞前） This **loss-making** enterprise is having a tough time. 這家虧損的企業日子不好過。	lose失去→loss(n.) 損失，mak(e)使……， -ing……的
lost	*adj.* 丟失的；迷惘的 He's a **lost** soul. 他是個迷惘的人。	lose失去→lost過 去分詞用作形容 詞

love 愛

02.12.25

		助記
lovable	*adj.* 可愛的，討人喜歡的 Teddy bears are **lovable** toys. 泰迪熊是可愛的玩具。	lov(e)愛， -able可……的
lovelorn	*adj.* 失戀的 He was acting like a **lovelorn** teenager. 他表現得像個失戀的少年。	love愛，愛情， lorn被棄的
lovely	*adj.* 好看的；美好的；可愛的 How **lovely** to see you! 見到你真好！	love愛， -ly……的
lover	*n.* 愛好者；情人 He killed his wife's **lover.** 他殺了妻子的情人。	lov(e)愛， -er者
loveless	*adj.* 沒有愛的；得不到愛的 A **loveless** marriage is immoral. 沒有愛情的婚姻是不道德的。	love愛，愛情， -less無……的
peace-loving	*adj.* 愛好和平的 These people are **peace-loving**, law-abiding citizens. 這些人都是熱愛和平、遵紀守法的公民。	peace和平， lov(e)愛， -ing……的
beloved	*adj.* 鍾愛的，摯愛的 He's always talking about his **beloved** computer. 他老是在談論他的寶貝電腦。	be-在於，lov(e)愛， -ed……的 「在愛中的」
well-beloved	*adj.* 深受愛戴的；尊敬的 This is our **well-beloved** professor. 這是我們深受學生愛戴的教授。	well非常，很， beloved被熱愛 的

self-loving	*adj.* 自戀的；自私的 He is so **self-loving** and can't live without a mirror. 他如此自戀，沒鏡子活不了。	self-自己，love愛，-ing……的「愛自己的」
unlovely	*adj.* 醜的；不可愛的 That motel was barren and **unlovely**. 那個汽車旅館既簡陋又難看。	un-不，lovely美的，可愛的

low 低（的）

02.12.26

		助記
lowly	*adj.* 地位低的；不重要的 He is a man of **lowly** birth. 他出身卑微。	low低的，-ly形容詞字尾，……的
low-cut	*adj.* 領口開得低的 Her **low-cut** dress scandalised the audience. 她的低胸裙使觀眾大為震驚。	low低的，cut割「割得低」
below	*adv.* 在下面 For more information, see **below**. 詳情請看下面。	be-在，low低下的
lower	*adj.* 較低的；低等的 Any chance of a **lower** price from you? 能給個低一點的價格嗎？	low低的，-er表示比較級，更……
low-key	*adj.* 低調的，不招搖的 Their wedding was a very **low-key** affair. 他們的婚禮辦得很低調。	low低的，key鍵→基調
low-grade	*adj.* 劣質的；程度輕的 He had a fever with a **low-grade** infection. 他發燒了，還伴有輕度感染。	low低的，grade等級，程度
low-minded	*adj.* 思想下流的 The young man is a **low-minded** person. 那個年輕人思想下流。	low低下的，mind精神，思想，-ed……的
low-paid	*adj.* 報酬低的 It is one of the **lowest-paid** jobs. 那是薪水最低的一種職業。	low低，paid被支付
low-spirited	*adj.* 精神不振的 Alice felt lonely and **low-spirited**. 愛麗斯覺得寂寞，沒精打采的。	low低下的，spirit精神，-ed……的

low season	*n.*（旅遊）淡季 Prices drop to £315 in the **low season**. 到旅遊淡季，價格會降到315英鎊。	low低的， season季節 「賣價低的季節」

loyal 忠心的

02.12.27

		助記
disloyal	*adj.* 不忠心的；不忠誠的 He felt he had been **disloyal** to his friends. 他覺得自己對朋友不忠誠。	dis-不， loyal忠心的
loyally	*adv.* 忠心地；忠誠地 He has always **loyally** defended the president. 他一向忠實地捍衛總統。	loyal忠心的， -ly……地
loyalty	*n.* 忠心；忠誠 They swore their **loyalty** to the king. 他們宣誓效忠國王。	loyal忠心的， -ty名詞字尾
disloyalty	*n.* 不忠 No government can condone **disloyalty** to it. 任何政府都不會姑息對它的不忠。	dis-不， loyal忠心的， -ty名詞字尾
loyalist	*n.*（對統治者）效忠者 Thatcher's **loyalists** were worried about the future. 效忠撒切爾的人對前途感到擔憂。	loyal忠心的， -ist表示人
disloyalist	*n.* 不忠心的人 The **disloyalists** were killed by the king. 國王殺了不忠之人。	dis-不， loyal忠心的， -ist表示人
loyalism	*n.* 效忠，忠誠 **Loyalism** is one must obligation to soldiers. 忠誠是士兵必備職責之一。	loyal忠心的， -ism名詞字尾， 表示情況、狀態

maid 少女

02.13.01

		助記
milkmaid	*n.* 擠奶女工 That **milkmaid** is going to the market. 那個牛奶女工要去市場。	milk牛奶， maid少女
dairymaid	*n.* 牛奶場女工 She is a **dairymaid**, and nothing more. 她只是一個擠牛奶的女工，僅此而已。	dairy牛奶場， maid少女
housemaid	*n.* 女僕，女傭 The **housemaid** has washed my watch. 女傭把我的手錶洗了。	house家， maid少女 「做家務的女孩」
barmaid	*n.* 酒吧女店員 I hope to get a job as a **barmaid** soon. 我希望能很快找到當酒吧女店員的工作。	bar酒吧間， maid少女
sea maid	*n.* 美人魚 The **sea maid** gave them many presents. 美人魚送了很多禮物給他們。	sea海， maid少女
bridesmaid	*n.* 女儐相，伴娘 **Bridesmaid** dresses were selected by the bride. 伴娘禮服都是由新娘選擇的。	bride新娘，-s-連接字母，maid少女 「陪伴新娘的少女」
maidish	*adj.* 少女（似）的 Her mother looked **maidish**. 她媽媽看起來少女似的。	maid少女， -ish……的
maidservant	*n.* 女僕 She is role-playing the **maidservant** at our home. 她在我們家扮演女僕的角色。	maid少女， servant僕人
maidy	*n.* 小女孩 Can you milk them clean, my **maidy**? 你能把牛奶擠乾淨嗎，小女孩？	maid少女， -y名詞字尾，小
maiden	*n.* 少女；未婚女子 The young man married the neighboring **maiden**. 這名男青年娶了鄰家的少女為妻。	maid少女， -en名詞字尾，小
maidenhood	*n.* 少女時期 Emma insisted on continuing the dreams from her **maidenhood**. 艾瑪堅持要繼續她少女時代的夢想。	maiden少女， -hood名詞字尾，表示性質

maiden name	*n.* 娘家姓 Kate kept her **maiden name** when she got married. 凱特結婚後仍用她娘家的姓。	maiden女子， name姓名

make 做；製造

02.13.02

		助　記
maker	*n.* 製造者，製作者；製造商 If it doesn't work, send it back to the **maker**. 如果不管用，就把它退還給製造商。	mak(e)製造， -er者
make-up	*n.* 化妝品；構成方式 She never wears **make-up**. 她從來不化妝。	make製造， up向上，完全 「完全組在一起」
making	*n.* 製造，製作；創造 The troubles are of his own **making**. 這些麻煩是他自找的。	mak(e)製造， -ing名詞字尾
makeshift	*adj.* 臨時替代的；權宜之計的 A few cushions formed a **makeshift** bed. 用幾個墊子拼了一張臨時的床。	make製造， shift變換 「做得隨時可換的」
make-believe	*n.* 虛構；想像 He seems to be living in a world of **make-believe**. 他好像生活在虛幻的世界裡。	make做， believe相信 「有意做使人相信的事」
shoemaker	*n.* 製鞋工人；鞋匠 His father, a poor **shoemaker**, died in 1816. 他的父親是一個貧窮的鞋匠，在1816年去世。	shoe鞋， maker製造者
rainmaking	*n.* 人工降雨 Artificial **rainmaking** is practiced in many countries. 許多國家都採取人工降雨。	rain雨， making製造 「造雨」
steelmaking	*n.* 煉鋼 It is used in **steelmaking** and so on. 這已在煉鋼等領域中使用。	steel鋼， making製造 「製造鋼」
speechmaker	*n.* 演講者，發言者 I think I'm the worst **speechmaker**. 我認為我是最差的演講者。	speech演說， 發言， maker製造者
troublemaker	*n.* 鬧事者，惹是生非者，搗亂者 When he was a little boy, he was a real **troublemaker**. 當他還是個孩子的時候，真是個小搗蛋鬼。	trouble麻煩， maker製造者 「製造麻煩者」

M

watchmaker	*n.* 鐘表製造（或修理）人，鐘表匠 If only I had known, I should have become a **watchmaker**. 早知道我就當個鐘表匠了。	watch鐘表， maker製造者
dressmaker	*n.* 做女服的裁縫 My **dressmaker** has asked me to fit on the new shirt. 我的裁縫要我試穿新襯衫。	dress服裝，女服， maker製造者
epoch-making	*adj.* 劃時代的，開創新紀元的 The president's visit to China was **epoch-making**. 總統訪問中國具有劃時代的意義。	epoch時代，紀元， making創造 「創造新紀元的」
papermaker	*n.* 造紙工人，造紙者 My uncle became a **papermaker** after his graduation. 我叔叔畢業後成為了一名造紙工人。	paper紙， making製造
moneymaker	*n.* 會賺錢的人；賺錢的東西 Follow these tips to turn your property into a **moneymaker**. 遵循以上提示，將你的房產變成能賺錢的東西。	make money賺錢， -er者
homemaker	*n.* 持家的婦女，主婦 Ask any **homemaker** if that's true. 隨便問一個家庭主婦這是不是真的。	home家， mak(e)制作，管理， -er人
man-made	*adj.* 人造的，人工的 These fats are **man-made** and do not exist in nature. 這些油脂是人造的，在自然界中是不存在的。	man人， made製造的

man 人；男人

02.13.03

		助記
manned	*adj.*（飛機等）有人駕駛的；載人的 They were planning a **manned** flight to the moon. 他們計劃進行一次飛往月球的載人太空旅行。	man人， -n-重複字母， -ed……的
unmanned	*adj.*（飛機等）無人的；無人駕駛的 Radar found an **unmanned** plane. 雷達發現一架無人駕駛的飛機。	un-無，man人， -n-重複字母， -ed……的
seaman	*n.* 海員，水手；水兵 He is talking to a **seaman**. 他正在跟一位水手說話。	sea海，man人 「海上航行的人」
policeman	*n.* 警察 He tried to corrupt the **policeman** with money. 他設法用金錢向警察行賄。	police公安，治安， man人

M

sportsman	*n.* 運動員；愛好運動者 If you train hard, you'll make a good **sportsman**. 如果刻苦訓練，你就能成為一名優秀的運動員。	sport運動，-s-連接字母，man人「從事運動的人」
airman	*n.* 航空兵；飛行員 He has proved himself a daring **airman**. 他已證明自己是個勇敢的飛行員。	air航空，man人
spaceman	*n.* 太空人，宇航員 A rocket blasted a **spaceman** into space. 火箭把一名太空人員送入太空。	space空間，太空，-s-連接字母，man人
moonman	*n.* 登月飛行員 In the future, many people will become **moonmen**. 將來，許多人會成為登月飛行員。	moon月球，man人
waterman	*n.* 船夫，船工 There are a large number of **watermen** at the seaside. 在海邊有許多船工。	water水→與水有關，man人
weatherman	*n.* 天氣預報員；氣象員 The **weatherman** predicted a freeze for tonight. 天氣預報員預報今晚有冰凍天氣。	weather天氣，氣象，man人「播報天氣的人」
yes-man	*n.* 唯命是從的人，唯唯諾諾的人 He got promoted because he's a **yes-man**. 他能升職只因為他是個唯命是從的人。	yes是，man人「只說yes的人」
moneyman	*n.* 投資者，金融家 A European **moneyman** headed for Beijing yesterday. 昨天，一位歐洲金融家前往北京。	money錢，資本，man人「和錢打交道的人」
freshman	*n.* 新手；大學一年級新生 You were a **freshman** then, weren't you? 那時，你是大一新生，不是嗎？	fresh新的，man人「大學新生」
bookman	*n.* 文人，學者；書商 He was only a **bookman**. 他只是個文人。	book書，man人「與書打交道的人」
birdman	*n.* 飛行員；鳥類學家 It's time for the **birdman** to fly. 飛行員起飛的時間到了。	bird鳥，man人「像鳥一樣在空中飛的人」
fireman	*n.* 消防人員 Would you like to be a **fireman**? 你想成為一名消防員嗎？	fire火，man人

M

spokesman	*n.* 發言人，代言人 He was a **spokesman** for the victim's families. 他是受害者家屬的發言人。	spoke是speak的過去式，-s-連接字母，man人
freeman	*n.* 自由民；榮譽市民 This famous politician was made **freeman**. 這位著名的政治家當選榮譽市民。	free自由的，man人
townsman	*n.* 市民；城裡人 He dreamed of becoming a **townsman**. 他夢想著成為一名城裡人。	town城鎮，-s-連接字母，man人
marksman	*n.* 射手；神槍手 My father used to be a **marksman**. 我父親曾是個神槍手。	mark靶子，man人「打靶子的人」
countryman	*n.* 同胞；鄉下人 A **countryman** once went to town. 有一次，一個鄉下人進城去。	country國家，鄉下，man人
huntsman	*n.* 獵人 The **huntsman** was hunting for hares. 獵人正在追逐野兔。	hunt打獵，-s-連接字母，man人
bellman	*n.* 敲鐘者 Her second husband was a **bellman**. 她的第二任丈夫是一個敲鐘人。	bell鐘，man人
woodsman	*n.* 在森林中居住（或工作）的人（如樵夫、狩獵者等） Where the hell did the **woodsman** come from? 那個樵夫到底是從哪兒冒出來的？	woods樹林，man人
overman	*n.* 監工，工頭；裁判員 We should show our respect to the **overman** in a match. 在比賽中，我們應該尊重裁判。	over上，man人「在上面監視的人」
cowman	*n.* 放牛的人，牧場主 The **cowman** is a foreigner. 這個牧場主是一個外國人。	cow牛，man人
cornerman	*n.* 邊鋒，前鋒 They have unearthed a real talent in the **cornerman**. 他們發現了一名天才的前鋒。	corner角，man人「在球場場角的隊員」
swordsman	*n.* 劍客，劍手 He was the best **swordsman**. 他是最優秀的劍客。	sword劍，-s-連接字母，man人

M

mankind	*n.* 人類 A new age for **mankind** is dawning. 人類的新時代即將來臨。	man人， kind種類
man-eating	*adj.* 吃人的，食人的 A small village was troubled by a **man-eating** lion. 有個小村莊受困於一頭吃人的獅子。	man人， eat吃， -ing……的
man-eater	*n.* 吃人者；食人獸 One beautiful girl was chased after by **man-eaters**. 一位美女被食人族追趕。	man人， eater吃……者
manhunt	*n.*（對逃亡者的）追捕，搜捕 The **manhunt** has become more intense. 搜捕工作變得更加緊張。	man人， hunt追獵，追捕
man-killer	*n.* 殺人者；致命的東西 It is said that he was a **man-killer**. 據說他是一個殺人犯。	man人， kill殺， -er表示人
manhood	*n.* 成年期，成年；男子氣概 These young men have entered **manhood**. 這些年輕人已經成年了。	man人，男人， -hood名詞字尾
manlike	*adj.* 像男人的，具有男人氣質的 We regarded Mary as very **manlike**. 我們都覺得瑪麗男子氣十足。	man男人， -like像……的
manly	*adj.* 男子氣概的；適合於男人的 Beer is a **manly** drink. 啤酒是適合於男人喝的飲品。	man男人， -ly形容詞字尾， ……的

manage 管理

02.13.04

		助記
manager	*n.* 經理；管理人 I want to speak to the sales **manager**. 我想找銷售部經理。	manag(e)管理， -er者
managerial	*adj.* 經理的；管理上的 Has she had any **managerial** experience? 她有沒有什麼管理經驗？	manager經理， -ial……的
managerialist	*n.* 經理主義擁護者 He is a **managerialist**. 他是一個經理主義擁護者。	manager經理， -ial……的， -ist主義者

management	*n.* 管理，經營；（企業的）管理部門 You'll have to clear it with **management**. 此事你必須得到管理部門准許。	manage管理， -ment名詞字尾
manageable	*adj.* 易管理的；易操縱的 Are you finding this task **manageable**? 你覺得這項任務好辦嗎？	manage管理， -able可……的
mismanage	*v.* 對……管理不善 He badly **mismanaged** the company's financial affairs. 他對公司財務管理極為不善。	mis-錯誤， manage管理
mismanagement	*n.* 管理錯誤 I put the business back on its feet after years of **mismanagement**. 經歷了幾年的管理失誤之後，我讓業務正常運轉起來了。	mis-錯誤， manage管理， -ment名詞字尾
unmanageable	*adj.* 難管理的 His system was somewhat **unmanageable**. 他的系統有些難管理。	un-不， manageable易管理的
vice-manager	*n.* 副經理 I'm the **vice-manager** of this company. 我是這個公司的副總經理。	vice-副， manag(e)管理， -er者

marine 海的

02.13.05

		助記
mariner	*n.* 海員，水手 He wished to be a **mariner** when he was a child. 當他還是一個孩子時，希望成為一名水手。	marin(e)海的，海上的，航海的，-er者
submarine	*adj.* 水下的，海底的 They are building a **submarine** cable tunnel. 他們正在建設一條海底電纜隧道。	sub-下， marine海的 「海下的」
supersubmarine	*n.* 超級潛水艇 Although **supersubmarine** is rare, we already have it in China. 雖然超級潛水艇很稀少，但中國已經有了。	super-超級， submarine潛水艇
antisubmarine	*adj.* 反潛艇的 He was in charge of a major **antisubmarine** ship. 他擔任過一艘主力反潛艇艦的艦長。	anti-反， submarine潛水艇
ultramarine	*adj.* 在海外的；湛藍的 We saw an **ultramarine** sky. 我們看到了湛藍的天空。	ultra-外， marine海的 「海外的藍天」

mark 標記

02.13.06

		助記
postmark	*n.* 郵戳 He imprinted a letter with a **postmark**. 他在信件上蓋上了郵戳。	post郵政， mark標記
trademark	*n.* 商標 Have you noticed the **trademark** on the bottle? 你注意到瓶子上的商標了嗎？	trade商業， mark標記
footmark	*n.* 腳印，足跡 They saw a **footmark** in the sand. 他們發現沙地上有腳印。	foot腳， mark標記 「腳的印記」
seamark	*n.* 航海標誌 Let another's shipwreck be your **seamark**. 讓別人的沉船成為你的航海標誌。	sea海， mark標記
birthmark	*n.* 胎記，胎痣 There is a **birthmark** on his left leg. 他的左腿有塊胎記。	birth出生， mark標記 「出生時就有的標記」
bookmark	*n.* 書籤 I put a beautiful **bookmark** into his book. 我把一張漂亮的書籤放人他的書中。	book書， mark標記
watermark	*n.* 浮水印 The sheet bears the **watermark** “1900”. 紙上有「1900」的浮水印。	water水， mark標記
marked	*adj.* 有標記的；顯著的 In fact, there are some **marked** differences. 事實上，它們之間存在一些顯著的區別。	mark標記， -ed……的
unmarked	*adj.* 未做記號的；未被注意到的 There is an **unmarked** police car over there. 那邊有一輛無標誌的警車。	un-未， mark標記， -ed……的
marking	*n.* 標誌，記號；記分 The **marking** on the road is unclear. 路上的標誌不清楚。	mark標記， -ing名詞字尾

M

market 市場

02.13.07

		助記
marketing	*n.* 市場營銷，行銷；銷售（學） My **marketing** presentation was a total flop. 我的行銷企劃案徹底失敗了。	market市場→做買賣，-ing名詞字尾
marketeer	*n.* 市場商人，市場上的賣主 Steve Jobs was a master **marketeer**. 史蒂夫•賈伯斯是一位市場營銷大師。	market市場，-eer名詞字尾，表示人
supermarket	*n.* 超市 Small shops are crowded out by the big **supermarkets**. 小商店受到大型超市的不斷排擠。	super-超級，market市場
black-market	*v.* 做黑市買賣 He was arrested for **black-marketing** foreign exchange. 他因在黑市上買賣外匯而被逮捕。	black黑的，market市場

marry 結婚

02.13.08

		助記
married	*adj.* 結了婚的，有配偶的 She is a **married** woman. 她是個已婚的女人。	marri(y→i)結婚，-ed……的
unmarried	*adj.* 未結婚的，獨身的 The young man promised to marry the **unmarried** woman. 那個年輕人承諾娶那個未婚女人。	un-未，marri(y→i)結婚，-ed……的
marriage	*n.* 結婚；婚姻；婚姻生活 The story begins with their **marriage**. 故事以他們的婚姻生活開始。	marri(y→i)結婚，-age名詞字尾
marrier	*n.* 結婚的人；為他人舉行結婚儀式的人 The father is the **marrier** for the couple. 這位牧師是這對夫婦的主婚人。	marri(y→i)結婚，-er表示人
remarry	*v.*（使）再婚；再娶；再嫁 Many divorced men **remarry** and have second families. 許多離婚的男子再婚組成新的家庭。	re-再，marry結婚
mismarriage	*n.* 不相配的婚姻 They are unhappy because of their **mismarriage**. 因為不相配，他們的婚姻很不幸福。	mis-錯誤，不好，marri(y→i)結婚，-age名詞字尾

intermarriage	*n.* 異族通婚；近親通婚 In the past, **intermarriages** were not uncommon. 在過去，近親通婚並不少見。	inter-在……之間，marriage婚姻

master 主人；長

02.13.09

		助記
schoolmaster	*n.*（中小學）校長 The meeting was chaired by **schoolmaster** Mr. White. 會議由校長懷特先生主持。	school學校，master長
stationmaster	*n.* 火車站站長 The **stationmaster** has sent them to watch the luggage-van. 火車站站長要他們去看管行李車廂。	station車站，master長
skymaster	*n.* 巨型客機 The **skymaster** can contain lots of travellers. 巨型客機可以乘載很多旅客。	sky天空，master主人「空中霸主」
postmaster	*n.* 郵政局長 They appointed him as **postmaster**. 他們指派他為郵政局局長。	post郵政，master長
paymaster	*n.*（發薪餉的）出納員；軍需官 Salaries were disbursed by the **paymaster's** office. 薪金已由出納員辦公室發放。	pay薪金，工資，master長
questionmaster	*n.*（廣播或電視中）問答節目的主持人 The **questionmaster** is on-air now. 問答節目的主持人正在進行實況轉播。	question提問，master主人→主持人
bandmaster	*n.* 樂隊指揮 What I didn't expect was a **bandmaster**! 但我萬萬沒想到會有樂隊指揮！	band樂隊，master主人→主持人
drillmaster	*n.*（軍事）教官 The **drillmaster** is drilling soldiers how to use bayonet. 教官正在訓練士兵們如何使用刺刀。	drill訓練，操練，master長
singing-master	*n.* 歌唱教師，聲樂教師 He was a punctual **singing-master**. 他是一個守時的聲樂教師。	singing唱，master長
masterless	*adj.* 無主人控制的，無主的 This is a **masterless** horse. 這是一匹野馬。	master主人，-less無……的

M

mate 夥伴；同事 02.13.10

		助記
schoolmate	*n.* 同校同學 He met an old **schoolmate** at the party. 他在宴會上遇見了一位老同學。	school學校， mate夥伴
classmate	*n.* 同班同學 The girl with long hair is my **classmate**. 長頭髮的女孩是我同學。	class班， mate夥伴
housemate	*n.* 住在同一屋子裡的人 My **housemate** took his friends to the beach. 我室友帶著他的朋友去了海灘。	house屋子， mate夥伴
roommate	*n.* 住在同一房間裡的人 I am Roy, your new **roommate**. 我是羅伊，你的新室友。	room室， mate夥伴
playmate	*n.* 遊戲的夥伴 Guys want a **playmate**; they don't want to talk. 男人們都想要個玩伴，他們不喜歡談話。	play遊戲， mate夥伴
seatmate	*n.*（火車等處的）同座人 My **seatmate** on the train is a teacher. 我在火車上的鄰座是個老師。	seat座位， mate夥伴
workmate	*n.* 同事 Her **workmate** is ill. 她的同事病了。	work工作， mate同事
shipmate	*n.* 同船船員 He and I were **shipmates** on a trawler once. 我與他曾同在一艘拖網船上工作。	ship船， mate同事
messmate	*n.*（尤指軍隊中的）集體用餐的夥伴 We were once **messmates**. 我們曾是集體用餐的夥伴。	mess（尤指軍人的）食堂， mate夥伴

mature 成熟的 02.13.11

		助記
maturate	*v.*（使）變成熟 Boys **maturate** more slowly than girls. 男孩比女孩成熟得慢些。	matur(e)成熟的， -ate動詞字尾

maturation	*n.* 成熟 Being alone is part of the **maturation** process. 承受孤獨是走向成熟的一部分。	matur(e)成熟的， -ation名詞字尾
maturity	*n.* 成熟 Our plans reached **maturity**. 我們的計劃醞釀成熟了。	matur(e)成熟的， -ity名詞字尾
immature	*adj.* 未成熟的，發育不全的 I was really an **immature** little girl back then. 我那時候真的是一個不成熟的小女孩。	im-未， mature成熟的
immaturity	*n.* 未成熟，發育不全 Are we to put up with **immaturity** forever? 我們是否要永遠忍受不成熟？	im-未， matur(e)成熟的， -ity名詞字尾
premature	*adj.* 早熟的；過早的 Some argue that it will be a **premature** superpower. 一些人認為這會是一個「過早成型的」超級大國。	pre-先，前，早， mature成熟的
prematurely	*adv.* 早熟地；過早地；早產地 The baby was born **prematurely**. 這孩子是早產兒。	pre-先，前，早， matur(e)成熟的， -ity名詞字尾

M

military 軍事的

02.13.12

		助記
militarism	*n.* 軍國主義 After the earthquake of 1923, Japan turned to **militarism**. 1923年地震之後，日本轉向了軍國主義。	militar(y)軍事的， -ism主義
militarist	*n.* 軍國主義者；軍事家 He was an excellent **militarist** in commanding the army. 他是個出色的軍事家，善於指控軍隊。	militar(y)軍事的， -ist者
militarize	*v.* 使軍事化；武裝 The United States is not going to **militarize** the southern border. 美國不會將南方邊界軍事化。	militar(y)軍事的， -ize……化
militarization	*n.* 軍事化；武裝 The economic backdrop to **militarization** is changing. 軍事化的經濟背景正在改變。	militar(y)軍事的， -ization……化
demilitarize	*v.* 使非軍事化 The two nations at war agreed to **demilitarize** a zone between them. 交戰國雙方同意在他們之間建立一個非軍事區。	de-取消，非， militar(y)軍事的， -ize……化

remilitarize	*v.* 重新軍事化；再武裝 Some think that Japan will not **remilitarize** itself. 有些人認為日本將不會再走軍事化道路。	re-重新， militarize武裝
unmilitary	*adj.* 非軍事的 This creation has broad applications in the **unmilitary** field. 這項發明在非軍事領域有著廣泛的應用。	un-非， military軍事的

mind 精神；心；注意

02.13.13

		助 記
high-minded	*adj.* 品格高尚的 I mean he is a **high-minded** person. 我是說他是一個品格高尚的人。	high高尚的， mind精神， -ed……的
low-minded	*adj.* 下流的，品格低劣的 The **low-minded** are also in need of love. 那些下流的人也需要愛。	low低下的， mind精神， -ed……的
large-minded	*adj.* 度量大的，心胸開闊的 He's **large-minded** and generous. 他寬宏大量，慷慨大方。	large大的， mind精神， -ed……的
small-minded	*adj.* 小氣的，心胸狹窄的 He has few friends, because he is **small-minded**. 他沒有什麼朋友，因為他很小氣。	small小的， mind精神， -ed……的
open-minded	*adj.* 虛心的；思想開明的 They are more **open-minded** than they used to be. 他們比過去思想開明多了。	open敞開的， mind精神，心， -ed……的
simpleminded	*adj.* 純樸的；頭腦簡單的 He is a **simpleminded** man. 他是個頭腦簡單的人。	simple單純的， mind精神， -ed……的
single-minded	*adj.* 一心一意的，專心致志的 I am incredibly **single-minded** in everything. 我做任何事都異常地專心致志。	single單一的， mind精神， -ed……的
strong-minded	*adj.* 意志堅強的；固執己見的 The **strong-minded** rarely follow the crowd. 意志堅強的人很少隨大流。	strong堅強的， mind精神， -ed……的
broad-minded	*adj.* 寬宏大量的 He is **broad-minded**, so he will not be angry with you. 他很寬宏大量，所以他不會跟你生氣。	broad寬的， mind精神， -ed……的

單字	釋義／例句	助記
double-minded	*adj.* 思想動搖的；口是心非的 I hate **double-minded** men. 我討厭口是心非的人。	double雙，兩個， mind心，思想， -ed……的
remind	*v.* 提醒，使想起 **Remind** her to come earlier tomorrow morning. 提醒她明天上午早點來。	re-再， mind注意 「使再注意」
reminder	*n.* 起提醒作用的東西；提示；催繳單 This is an important **reminder** for all of us. 這是對我們所有人的一個重要提醒。	remind提醒， -er表示人或物
mindful	*adj.* 注意的，留心的 I was **mindful** of the imbalances. 我注意到了失衡的問題。	mind注意， -ful……的
unmindful	*adj.* 不注意的，不留心的 I am not **unmindful** that you have come here. 我並非沒有注意到你們到了。	un-不， mindful注意的

modern 現代的

02.13.14

單字	釋義／例句	助記
modernize	*v.* 現代化 Local plants are **modernizing**. 當地工廠正在現代化。	modern現代的， -ize動詞字尾， ……化
modernization	*n.* 現代化 We have realized the economic **modernization**. 我們已經實現了經濟現代化。	moderniz(e)（使） 現代化， -ation名詞字尾
modernist	*n.* 現代主義者；現代派作家 The **modernist** can't live without imagination. 現代派作家沒有想像力，幾乎生存不下去。	modern現代的， -ist（主義）者
modernistic	*adj.* 現代主義的，現代派的 He works in a **modernistic** office building. 他在一座外觀非常現代化的辦公大樓裡工作。	modern現代的， -istic……主義的
modernity	*n.* 現代性，現代狀態 **Modernity** gives birth to the forces against itself. 現代性孕育出了與其自身對抗的力量。	modern現代的， -ity名詞字尾，表 示性質或狀態
modern-day	*adj.* 現代的，當代的 Sub-health is the by-product of the **modern-day** life. 亞健康是現代生活帶來的不良結果。	modern現代的， day日子

ultramodern	*adj.* 極其現代化的；超現代化的；最新的 The decorator appointed the hotel with **ultramodern** furnishings. 裝修工用極其現代化的陳設裝飾這家旅館。	ultra-極端，modern現代的

money 錢

02.13.15

		助記
money**ed**	*adj.* 有錢的 He is the most **moneyed** man all over the world. 他是全世界最有錢的人。	money錢，-ed……的
money**less**	*adj.* 沒錢的 A **moneyless** man goes fast through the market. 身上無錢過市快。	money錢，-less無……的
money**-changer**	*n.* 貨幣兌換商；貨幣兌換器 A **money-changer** had cheated hundreds of Chinese workers. 一名貨幣兌換商欺騙了數以百計的中國工人。	money錢，貨幣，chang(e)兌換，-er表示人或物
money**lender**	*n.* 放債的人 You can borrow money from a **moneylender** named Shylock. 你可以找一位叫夏洛克的放債人借錢。	money錢，lender借出者
money**er**	*n.* 鑄幣者 I noticed that he played a **moneyer** in this movie. 我發現他在電影裡扮演鑄幣者的角色。	money錢，-er表示人
money**-taker**	*n.* 收錢的官員，受賄的人 The **money-takers** will be sentenced soon. 受賄的人不久將被判刑。	money錢，tak(e)拿，-er表示人
money**'s worth**	*n.* 與錢等值的東西 Get your **money's worth**. 要買得物有所值。	money's錢的，worth值，價值
money**making**	*adj.* 賺錢的 I have had a **moneymaking** deal recently. 最近我做了一筆大買賣。	make money賺錢，-ing……的

monger 商人；販子；專做……的人

02.13.16

		助記
warmonger	*n.* 戰爭販子 He was a **warmonger**. 他就是個戰爭販子。	war戰爭，monger販子

fishmonger	*n.* 魚販子 You don't have to sell fish to the **fishmonger**. 你不必把魚賣給魚販子。	fish魚，monger販子
newsmonger	*n.* 傳播新聞的人 She was a bad **newsmonger**. 她是個無良的新聞傳播人。	news新聞，monger販子
fashionmonger	*n.* 講究時髦的人 The **fashionmonger** buys a lot of new clothes every month.　那個講究時髦的人每個月都會買很多新衣服。	fashion時髦，monger專做……的人
ironmonger	*n.* 五金商 You can buy it at the **ironmonger's**. 你可以在五金店買到這個。	iron鐵，鐵製品→五金，monger商人
wordmonger	*n.* 賣文為生者；舞文弄墨者 Writers may be treated as **wordmongers** by many people. 很多人可能覺得作家是以賣文為生的人。	words字，文字，monger專做……的人
panic-monger	*n.* 製造恐慌的人 The **panic-mongers** have caused panic among the population.　製造恐慌的人已經引發了民眾恐慌。	panic恐慌，monger專做……的人
rumourmonger	*n.* 造謠者 That **rumourmonger** is in prison now. 造謠者現在已在監獄裡了。	rumour謠言，monger專做……的人
moneymonger	*n.* 放債的人 I borrowed a lot of money from that **moneymonger**. 我從那個放債的人那借了許多錢。	money錢，monger專做……的人
powermonger	*n.* 權力鬥爭者，角逐權力者 The **powermongers** are all fighting for power. 角逐權力者都在為權力而爭鬥。	power權力，monger專做……的人
scandalmonger	*n.* 傳播醜聞的人，好散布流言蜚語的人 In the countryside, most women are **scandalmongers**. 在農村，大多數婦女都好傳閒話。	scandal醜聞，流言蜚語，monger專做……的人

moon 月亮

02.13.17

		助記
moonward	*adv.* 向月（球） He turned his eyes **moonward**. 他把視線轉向月亮。	moon月，ward副詞字尾，向，朝

moonshine	*n.* 月光；空話 All that he says is just a lot of **moonshine**. 他所說的統統只不過是騙人的空話。	moon月，shine照「月光→不真實→空話」
moonshiny	*adj.* 月照的；月光似的；不真實的 A wolf fell in with a house-dog on a **moonshiny** night. 一隻狼在一個月明之夜遇見了一隻家犬。	moon月，light光，-y……的
moonless	*adj.* 無月亮的；無月光的 It was a **moonless** night, and many stars were apparent. 那天晚上沒有月亮，可以看見許多星星。	moon月，-less無……的
moonrise	*n.* 月出（時） He slid out from the room before **moonrise**. 他在月出前溜出了房間。	moon月，rise升起
moondown	*n.* 月落（時） I stay together with green hills to receive **moondown**. 我和青山一起，共同迎接日出月落。	moon月，down下
moonfaced	*adj.* 圓臉的 She is a **moonfaced** girl. 她是個圓臉的女孩。	moon月亮→圓形，face臉
moon-eyed	*adj.*（因驚奇等）圓睜著雙眼的；（馬）患月盲的 That horse is **moon-eyed**. 那匹馬患月盲。	moon月亮→圓形，ey(e)眼，-ed……的
moonish	*adj.* 月亮似的；反覆無常的 I know you have no blame for my **moonish** heart. 我知道你不會責備我那喜怒無常的心。	moon月亮，-ish似……的
moony	*adj.* 月亮的；月光照耀的；月亮似的 He met an old friend in a **moony** night. 在一個月夜，他遇到了一位老朋友。	moon月亮，-y……的
moonscape	*n.*（如月球表面一樣的）荒涼地帶，荒山景色 It doesn't look like such a **moonscape**. 它看起來不像荒山景色。	moon月亮，月球，-scape圖景
moonlit	*adj.* 月照的，月明的 I stand among the shadows in a **moonlit** road. 在灑滿月光的路上，我站在樹影中。	moon月亮，lit=lighted亮的，發光的
mooncraft	*n.* 月球太空船 It is said that a **mooncraft** will be sent up. 據說要發射一艘登月太空船。	moon月球，craft航行器

moral 道德的

02.13.18

		助記
morally	*adv.* 道德上；有道德地 It was wrong **morally**. 這是不道德的行為。	moral道德的， -ly……地
morality	*n.* 道德，美德，德行 We need their **morality** and wisdom. 我們需要他們那樣的德行與智慧。	moral道德的， -ity名詞字尾， 表示抽象名詞
immoral	*adj.* 不道德的，道德敗壞的 Deliberately making people suffer is **immoral**. 故意使人吃苦頭是不道德的。	im-不， moral道德的
immorality	*n.* 不道德，道德敗壞 His father told him to abstain from **immoralities**. 他的父親告訴他不要做不道德的事。	im-不，moral道德的，-ity名詞字尾， 表示抽象名詞
immoralist	*n.* 不道德的人 General public regarded him as a gross **immoralist**. 公眾認為他是個非常不道德的人。	im-不， moral道德的， -ist人
nonmoral	*adj.* 與道德無關的 This issue is **nonmoral**. 這個問題與道德無關。	non-無，不， moral道德的
unmoral	*adj.* 不屬於道德範疇的 Imagination is, of its nature, **unmoral**. 想像，就其本質來說，無所謂道德或不道德。	un-非， moral道德的
demoralize	*v.* 使道德敗壞；使洩氣 She was **demoralized** by the fast company she kept. 她被結交的壞朋友帶壞了。	de-除去，毀壞， moral道德的， -ize動詞字尾

mother 母親

02.13.19

		助記
motherlike	*adj.* 像母親般的 I don't want to be **motherlike** before I get married. 我不想結婚前就表現得像個媽媽。	mother母親， -like像……的
motherly	*adj.* 母親的；慈母般的 She has a **motherly** affection for her pupils. 她對學生懷有母親般的慈愛。	mother母親， -ly形容詞字尾， ……的

motherless	*adj.* 沒有母親的 The **motherless** children were starved for affection. 沒母親的孩子極需關愛。	mother母親， -less無……的
motherhood	*n.* 母性；母親身份 She is unprepared for **motherhood**. 她還沒準備好做母親。	mother母親， -hood名詞字尾， 表示性質、身份
mother-in-law	*n.* 岳母；婆婆 His **mother-in-law** is a wise lady. 他的岳母是位睿智的女士。	mother母親， in-law姻親
grandmother	*n.* 祖母 My **grandmother** used to make lovely cakes. 我祖母以前常做好吃的蛋糕。	grand-（親戚關係）隔一代的， mother母親

motor 馬達；汽車

02.13.20

		助記
motoring	*adj.* 開汽車的 This is a **motoring** map of England. 這是英格蘭汽車駕駛地圖。	motor汽車， -ing……的
motorist	*n.* 駕駛汽車的人；駕車旅行的人 The policeman ordered the **motorist** to stop. 警察指示讓那開車的人停車。	motor汽車， -ist人
motorized	*adj.*（部隊）摩托化的；機動化的 We have the **motorized** troops. 我們有摩托化部隊。	motor馬達，摩托， -iz(e)……化， -ed……的
motorway	*n.* 汽車高速路 Let's turn off the **motorway** at Exit 9. 咱們在高速路第九號出口轉彎吧。	motor汽車， way道
motorable	*adj.* 可行駛機動車輛的 This is not the **motorable** road. 這條路不可以行駛機動車輛。	motor馬達→行駛， -able可……的 「可行駛車的」
motorcycle	*n.* 摩托車 You'd better encash your **motorcycle** at once. 你最好馬上賣掉摩托車換成現款。	motor馬達， cycle車
motorbike	*n.* 機動腳踏兩用車 The **motorbike** makes annoying noise. 機動腳踏兩用車會發出煩人的噪音。	motor馬達， bike自行車

motorboat	*n.* 機動船；汽船 He havened his **motorboat** on a small harbor. 他把機動船停泊在一個小港上。	motor馬達，機動的，boat船
motorless	*adj.* 無馬達的；無（或少）車輛來往的 If only I drove on **motorless** roads. 要是我現在在車輛稀少的道路上開車就好了。	motor馬達，車輛，-less無……的

mountain 山

02.13.21

		助記
mountainous	*adj.* 多山的；如山的 Afghanistan is a **mountainous** country. 阿富汗是個多山的國家。	mountain山，-ous……的
mountainy	*adj.* 多山的；山區的 He owned a **mountainy** farm. 他擁有一個山區農場。	mountain山，-y……的
mountainside	*n.* 山腰 The path twists up on the **mountainside**. 這條山路沿著山腰盤旋而上。	mountain山，side邊
mountaintop	*n.* 山頂 You can shout on the **mountaintop**. 你可以站在山頂上大聲喊。	mountain山，top頂
mountaineer	*n.* 山區人；登山者 The brave **mountaineers** overcame many difficulties. 這些勇敢的登山者克服了很多困難。	mountain山，-eer名詞字尾，表示人
moutaineering	*n.* 登山運動 He's very fond of **moutaineering**. 他很喜歡登山運動。	mountain山，-eer名詞字尾，-ing名詞字尾
mountained	*adj.* 多山的，重巒疊嶂的 Most **mountained** areas are very beautiful. 大多數多山地區都非常漂亮。	mountain山，-ed……的

mouth 嘴

02.13.22

		助記
mouthful	*n.* 滿口，一口（的量） He took another **mouthful** of whisky. 他又喝了一口威士忌酒。	mouth嘴，-ful名詞字尾，滿

M

mouthy	*adj.* 話多的；説大話的 I can't stand those **mouthy** kids. 我無法忍受那些話多的小孩。	mouth嘴→話， -y……的
mouther	*n.* 愛説大話的人 The **mouther** is full of lies. 那個愛説大話的人滿嘴胡言。	mouth嘴→説， -er人
mouthwash	*n.* 漱口水 What brand of **mouthwash** do you use? 你用什麼牌子的漱口水？	mouth嘴， wash洗
open-mouthed	*adj.* 張口的；發呆的；吃驚的 He stared at her, **open-mouthed**. 他張目結舌地望著她。	open張開的， mouth嘴， -ed……的
tight-mouthed	*adj.* 守口如瓶的 He was absolutely **tight-mouthed** about it. 對此，他完全守口如瓶。	tight緊的， mouth嘴， -ed……的 「嘴緊的」
close-mouthed	*adj.* 嘴緊的，閉口不談的 He is **close-mouthed** about his personal life. 他對自己的私生活閉口不談。	close緊的， mouth嘴， -ed……的
honeymouthed	*adj.* 甜言蜜語的，嘴甜的 The teacher likes the **honeymouthed** girl. 老師很喜歡這個嘴甜的小女孩。	honey蜜， mouth嘴， -ed……的
widemouthed	*adj.* 口張得很大的；（瓶等）口大的 Please pass me a **widemouthed** jar. 請遞給我一個寬口瓶。	wide寬大的， mouth嘴， -ed……的
word-of-mouth	*adj.* 口頭表達的 **Word-of-mouth** ability is a teacher's greatest tool. 口頭表達能力是一個教師最好的工具。	word話，言詞，of ……的，mouth嘴 「嘴裡説的話」

move 移動，動

02.13.23

		助記
mover	*n.* 移動者；搬運工 She's a beautiful **mover**. 她步態優美。	mov(e)移動， -er表示人
movement	*n.* 運動；活動，移動 He stood there without **movement**. 他站在那裡，一動也不動。	move動，活動， -ment名詞字尾

movable	*adj.* 可移動的 I had a teddy bear with **movable** arms and legs. 我有一個手腳都能動的泰迪熊。	mov(e)移動， -able可……的
immovable	*adj.* 堅定不移的；固定的 The president is **immovable** on the issue. 在這個問題上，總統的立場堅定不移。	im-不， mov(e)移動， -able可……的
moving	*adj.* 移動的，活動的；感人的 We need a **moving** stage. 我們需要一個移動的舞臺。	mov(e)動，移動， -ing……的
unmoved	*adj.* 不動的；無動於衷的，冷漠的 Mother wants this chair left **unmoved**. 母親想要這張椅子保持原位不動。	un-無，不， mov(e)動，活動， -ed……的
remove	*v.* 移動，遷移；調動；搬家 As soon as the cake is done, **remove** it from the oven. 蛋糕一烤好，就把它從烤箱裡移出來。	re-再， move移動
removable	*adj.* 可移動的；可拆卸的 This is a sofa with **removable** cloth covers. 這個沙發的布套可拆卸。	re-再， mov(e)移動， -able可……的
irremovable	*adj.* 不能除掉的 The discrimination against another race is not **irremovable**. 種族歧視也並非無法消除。	ir-不，re-再， mov(e)移動， -able可……的
removal	*n.* 移動；搬遷；調動 The **removal** men have been in and out all day. 搬家工人一整天都在進進出出。	re-再，mov(e)移動，-al名詞字尾
earthmover	*n.* 大型挖（或推）土機 The man driving the **earthmover** is Mr. Li. 開推土機的那個人是李先生。	earth土， mover移動者， 搬動者
self-moving	*adj.* 自動的；自發的 Love is **self-moving** and has no reason. 愛是自發的，沒有任何理由。	self-自己， mov(e)動，活動， -ing……的
countermove	*n.* 反向運動 Can he develop a **countermove** from that right side? 他能練成從右側做反向的運動嗎？	counter-相反， move動，運動
commove	*v.* 使動亂，擾亂 His vibrant voice **commoved** the air. 他響亮的聲音振動了空氣。	com-加強意義， move動

M

music 音樂

02.13.24

		助記
musical	*adj.* 音樂的；有音樂天賦的；悅耳的 She's very **musical**. 她極具音樂天賦。	music音樂， -al……的
unmusical	*adj.* 不悅耳的；不合調的 Tom had a rough, **unmusical** voice. 湯姆的嗓音粗糙且刺耳。	un-不， music音樂， -al……的
musician	*n.* 音樂家；樂師 He was a brilliant **musician**. 他曾是一位出色的音樂家。	music音樂， -ian名詞字尾， 表示人
musically	*adv.* 悅耳地，好聽地 The bells on the door jingled **musically**. 悅耳的門鈴聲響了起來。	musical悅耳的， -ly……地
musicologist	*n.* 音樂學家 He is a famous **musicologist**. 他是著名的音樂學家。	music音樂， -o-連接字母， -logist……學家， ……研究者

輕鬆一刻

name 姓名

02.14.01

		助記
nameless	*adj.* 沒有名字的；不可名狀的 I was seized by a **nameless** horror. 我為不可名狀的恐慌所控制。	name姓名， -less無……的
namable	*adj.* 說得出名字的；著名的 Please give me some **namable** modern novels. 請給我一些著名的現代小說。	nam(e) 名字， -able可……的
named	*adj.* 被叫……的；被指名的 This is the girl **named** Cinderella. 這就是那個被叫作「灰姑娘」的女孩。	nam(e) 姓名， -ed……的
name-calling	*n.* 罵人 No **name-calling**. 不要罵人。	name姓名，call叫 「直呼某人大名」 →不尊重
byname	*n.* 別名，綽號 Choosing is the **byname** of freedom. 選擇是自由的別名。	by-副，非正式， name姓名
misname	*v.* 叫錯……名字；誤稱 You **misnamed** my sister, Sir. 先生，您叫錯了我姐姐的名字。	mis-錯誤， name姓名
rename	*v.* 給……重新命名，給……改名 The street has been **renamed**. 這條街道已經改名了。	re-再，重新， name姓名
big-name	*adj.* 大名鼎鼎的，赫赫有名的 They had **big-name** lawyer team. 他們有赫赫有名的律師團隊。	big大的， name姓名
nickname	*v.* 給……起綽號 We **nicknamed** him "Little Lazy Cat". 我們給他起綽號，叫「小懶貓」。	nick挑毛病， name姓名 「挑毛病給人起的名」

nation 國家；民族

02.14.02

		助記
national	*adj.* 國家的；全國性的；民族的 They are afraid of losing their **national** identity. 他們擔心會失去他們的民族特色。	nation國家，民族， -al……的

nationally	*adv.* 全國性地，在全國範圍內 The program was broadcast **nationally**. 這個節目曾在全國播放過。	nation國家，民族， -al……的， -ly……地
nationalism	*n.* 民族主義；民族特徵 Ok is probably the chief verbal **nationalism** of the United States. Ok大概可算美國人的主要口頭習慣用語了。	nation國家，民族， -al……的， -ism主義
nationalist	*n.* 民族主義者；國家主義者 He is a **nationalist**. 他是民族主義者。	nation國家，民族， -al……的， -ist主義者
nationality	*n.* 國籍；民族 What's your **nationality**? 你是哪國人？	national國家的， -ity名詞字尾
nationalize	*v.* 使國有化，把……收歸國有 They **nationalized** 200 companies. 他們把200家公司收歸國有。	national國家的， -ize……化
denationalize	*v.* 使非國有化，使恢復私營 The coal industry was **denationalized**. 煤炭工業恢復私營。	de-否定，非， national國家的， -ize……化
nationwide	*adv.* 全國性地 We have 350 sales outlets **nationwide**. 我們在全國有350個銷售點。	nation國家， wide廣泛地，全部地
international	*adj.* 國際的；世界的 We need a peaceful **international** environment. 我們需要一個和平的國際環境。	inter-在……之間， national國家的 「國家之間的」
internationalize	*v.* 使國際化；把……置於國際共管之下 Should the Suez Canal be **internationalized**? 蘇伊士運河應歸國際共管嗎?	international國際的，-ize動詞字尾， ……化
transnational	*adj.* 超越國界的；跨國的 He owns a **transnational** company. 他擁有一家跨國公司。	trans-越過，跨越， nation國家， -al……的
multinational	*adj.* 多民族的；多國家的 China is a **multinational** country. 中國是個多民族國家。	multi-多， nation國家， -al……的

nature 自然 02.14.03

		助記
natural	*adj.* 自然的；天生的 It's only **natural** to worry about your children. 為孩子操心是很自然的。	natur(e) 自然， -al……的
naturally	*adv.* 自然地；天生地 Just act **naturally**. 放自然點兒就行了。	natural自然的， -ly……地
naturalness	*n.* 自然狀態；自然；逼真 The **naturalness** of the dialogue made this book so true to life. 自然逼真的對話使這本書非常貼近生活。	natural自然的， -ness名詞字尾， 表示狀態
naturalist	*n.* 自然主義者；自然主義作家 He is talking with a **naturalist**. 他正在和一位自然主義者交談。	natural自然的， -ist主義者
naturalistic	*adj.* 自然主義的 These drawings are among his most **naturalistic**. 這幾幅畫是最能體現他自然主義手法的作品。	natural自然的， -istic……主義的
unnatural	*adj.* 不自然的，勉強的 Her manner was **unnatural**. 她的態度很不自然。	un-不， natur(e) 自然， -al……的
supernatural	*n.* 超自然現象 I don't believe in the **supernatural**. 我不相信超自然現象。	super-超， natur(e)自然， -al名詞字尾

new 新的 02.14.04

		助記
renew	*v.* 使新生，更新；重新開始 We **renew** our strength in sleep. 我們以睡眠來恢復體力。	re-再， new新的
renewable	*adj.* 可更新的；可續簽的 It's a six-month lease, but it's **renewable**. 租期六個月，但是可以續簽。	re-再， new新的， -able可……的
renewal	*n.* 更新；復活；重新開始 Some licences need yearly **renewal**. 某些執照要求每年換新。	re-再， new新的， -al名詞字尾

N

newly	*adv.* 新近，最近 A **newly** married couple bought his house. 一對新婚夫婦買了他的房子。	new新的， -ly……地
newcome	*adj.* 新來的 Jack has been enthusing over the **newcome** girl recently. 近來，傑克對新來的女生表現得熱心。	new新的， come來
newcomer	*n.* 新手；新來的人 I'm a **newcomer** to the retail business. 我在零售行業還是個新手。	new新的， com(e)來， -er人
new-rich	*n./adj.* 新發跡的人；新發跡的，暴發戶的 The **new-rich** has money to burn. 那個新貴有花不完的錢。	new新的， rich富的
newfound	*adj.* 新發現的；新得到的 She savored her **newfound** freedom. 她盡情享受剛剛獲得的自由。	new新的， found（find的過去分詞）發現的
newborn	*adj.* 新生的 Microbiology is a **newborn** science. 微生物學是新生科學。	new新的， born出生的
new-type	*adj.* 新型的 This is a **new-type** machine. 這是一款新型機器。	new新的， type類型

N

news 新聞

02.14.05

		助記
newspaper	*n.* 報紙 I read about it in the **newspaper**. 我在報紙上看到這件事。	news新聞， paper紙
newspaperman	*n.* 新聞記者 Jack is a **newspaperman**. 傑克是一名新聞記者。	news新聞， paper紙， man人 「與新聞有關的人」
newsweekly	*n.* 新聞周刊 Do you know ***Newsweekly***? 你知道《新聞週刊》嗎？	news新聞， weekly週刊
newscast	*n.* 新聞廣播 He was the anchor of evening **newscast**. 他是晚間新聞播報的主持人。	news新聞， cast廣播

newsy	*adj.* 充滿新聞的；有新聞價值的 This magazine is **newsy**. 這本雜誌頗具新聞性。	news新聞， -y……的
newsroom	*n.* 新聞編輯室；報刊閱覽室 They don't belong to the **newsroom**. 她們不屬於新聞組。	news新聞， room屋子／辦公室
newsstand	*n.* 報攤 You can buy it at the **newsstand**. 你可以在報攤買到。	news新聞， stand攤，亭，架
news desk	*n.* 新聞編輯部，新聞採編部 She works for the **news desk**. 她在新聞採編部工作。	news新聞， desk桌→服務臺→部，組

night 夜

02.14.06

		助 記
all-night	*adj.* 整夜的，通宵的 I know an **all-night** restaurant. 我知道一家通宵營業的餐廳。	all全，整， night夜
midnight	*n.* 半夜，午夜 My elder sister and I did have a **midnight** feast. 我和姐姐的確在半夜大吃了一頓。	mid當中的，中間的， night夜
tonight	*adv.* 在今夜，在今晚 We're meeting him at 9 o'clock **tonight**. 我們今晚九點和他見面。	to到，於此， night夜
overnight	*adv.* 在整個夜間；一夜間；在前一天晚上 He became a millionaire **overnight**. 他一夜之間就成了百萬富翁。	over越過，過去， night夜
nighttime	*n.* 夜間 They are animals that hunt at **nighttime**. 它們是夜間獵食的動物。	night夜， time時間
nightfall	*n.* 黃昏 I have to get to Lyon by **nightfall**. 我必須在黃昏前到達里昂。	night夜，fall落 「夜幕降臨的時刻」
nightscape	*n.* 夜景 I like the beautiful **nightscape** there. 我喜歡那裡的美麗夜景。	night夜， -scape景色

nighttown	*n.* 不夜城 Hongkong is a famous **nighttown**. 香港是有名的不夜城。	night夜， town城市
nightclothes	*n.* 睡衣 He put on his **nightclothes** when sleeping. 睡覺前他換上了睡衣。	night夜， clothes衣服
nightdress	*n.* 婦女（或孩子）穿的睡衣 If the iron is too hot, you'll singe that **nightdress**. 如果熨斗過熱，你會把睡衣燙焦。	night夜， dress衣服，女服
night duty	*n.* 夜班，夜崗 She was on **night duty** at the hospital. 她在醫院值夜班。	night夜， duty責任
nightclub	*n.* 夜總會 She has become a **nightclub** hostess. 她當上了一家夜總會的主持人。	night夜， club俱樂部
nightlife	*n.* 夜生活 The main attraction of the place is the **nightlife**. 這個地方最具吸引力的是夜生活。	night夜， life生活
nightly	*adv.* 每夜地，每晚地 She appears **nightly** on the television news. 她每晚在電視新聞裡露面。	night夜， -ly每……地，定期發生地
nightmare	*n.* 噩夢，夢魘 I always have **nightmare**. 我總做噩夢。	night夜， mare月球表面陰暗部
night owl	*n.* 夜貓子，喜歡熬夜的人 I'm not a **night owl**. I go to sleep at 11 p.m. 我不是夜貓子。我晚上十一點就睡了。	night夜， owl貓頭鷹

N

normal 正常的

02.14.07

		助　記
normally	*adv.* 正常地；正規地 **Normally**, I park behind the theatre. 通常我把車停在劇院後面。	normal正常的， -ly……地
normalize	*v.* 使正常化 The lotion can **normalize** oily skin. 這種護膚液可以使油性皮膚恢復正常。	nomal正常的， -ize動詞字尾， ……化

normalization	*n.* 正常化，標準化 The visit signalled the **normalization** of relations between the two countries. 這次訪問標誌兩國關係已經正常化。	normal正常， -ization名詞字尾， ……化
normality	*n.* 正常狀態 After the flood, there was a slow return to **normality**. 水災後，情況慢慢恢復正常。	nomal正常的， -ity名詞字尾， 表示狀態
abnormal	*adj.* 不正常的，反常的 They thought his behaviour was **abnormal**. 他們認為他行為反常。	ab-不，相反， normal正常的
abnormally	*adv.* 不正常地，反常地；畸形地 This stopped the cells from growing **abnormally**. 這阻止了細胞畸形發育。	ab-不，相反， normal正常的， -ly……地
abnormality	*n.* 不正常，反常；變態 She has shown no **abnormality** in intelligence. 她在智力上未顯示出任何反常。	ab-不，相反， normal正常的， -ity表示狀態
subnormal	*adj.* 低於正常的 He was born **subnormal** and will never learn to read. 他天生智力低下，永遠無法學會閱讀。	sub-下，低， normal正常的
supernormal	*adj.* 超常（態）的；非凡的 It's a **supernormal** experience. 這是非凡的經驗。	super-超， normal正常的

north 北

02.14.08

		助 記
northbound	*adj.* 北行的；向北的 **Northbound** traffic had to be diverted onto minor roads. 北行車輛不得不繞次幹道行駛。	north北， bound範圍
northern	*adj.* 北方的，北部的 The man with a **northern** accent came in. 一個帶北方口音的男子走了進來。	north北， -ern……方向的
northernmost	*adj.* 最北的，極北的 Alaska is our **northernmost** state. 阿拉斯加是我們最北的州。	northern北方的， -most最
northerner	*n.* 北方人；住在北方的人 Judging from his accent, he must be a **northerner**. 從他的口音判斷，他一定是個北方人。	northern北方的， -er人

		助記
northward(s)	*adv.* 向北 He pointed his boat **northward.** 他將船駛向北方。	north北， -ward(s)副詞字尾，向
northeast	*adv.* 向東北 He headed **northeast** across the open sea. 他朝東北方向穿越公海。	north北， east東
northeastern	*adj.* 東北的 The **northeastern** sky is heavy with clouds. 東北邊的天空烏雲密布。	north北， east東， -ern……方向的
north pole	*n.* 北極 The **north pole** is slightly tipped towards the sun. 北極略微向太陽傾斜。	north北， pole杆，極
northwestern	*adj.* 西北的 He is from a town in **northwestern** Canada. 他來自加拿大西北部的一座小鎮。	north北， west西， -ern……方向的
northwester	*n.* 西北大風 There's a **northwester** blowing great guns now. 正在刮著強勁的西北風。	northwest西北， -er表示物

N

nose 鼻子

02.14.09

		助記
noseband	*n.*（牲口的）鼻羈 I need to buy a **noseband** for my daughter's pony. 我得給女兒的小馬買個鼻羈。	nose鼻子，band帶 「放在馬鼻子處的帶子」
nosebleed	*n.* 鼻出血 Whenever I have a cold, I get a **nosebleed.** 每次我感冒都會流鼻血。	nose鼻子， bleed流血
nose job	*n.* 鼻部整形手術 She will get a **nose job** to improve her looks. 她將進行一次鼻部整形術來改善她的容貌。	nose鼻子， job工作 「在鼻子上做工作，使其美觀」
nostril	*n.* 鼻孔 The smell of gunpowder filled his **nostrils.** 火藥味灌進他的鼻孔。	nos(e)鼻子， -t-連接字母， ril(l)細溝
nosy	*adj.* 好管閒事的，愛打聽的 Don't be so **nosy!** 別這麼愛管閒事！	nos(e)鼻子， -y……的 「用鼻子去嗅」

note 筆記；註釋；注意

02.14.10

		助 記
notebook	*n.* 筆記本 He gave me a loose-leaf **notebook**. 他給了我一個活頁筆記本。	note筆記， book本
noter	*n.* 做筆記者，摘記者 He is a good **noter**. 他是個筆記做得很好的人。	not(e)筆記， -er者
noted	*adj.* 著名的，知名的 The island is **noted** as a summer resort. 這個島以避暑勝地著稱。	not(e)注意， -ed……的
noteworthy	*adj.* 值得注意的；顯著的 I found nothing particularly **noteworthy** to report. 我並無特別值得注意的事情要報告。	note注意， worthy值得的
notable	*adj.* 值得注意的；顯著的；著名的 This is a **notable** example. 這是個值得注意的例子。	not(e)注意， -able可……的
notify	*v.* 通知；宣告 He will **notify** us where we are to meet. 他將通知我們在什麼地方集合。	not(e)注意， -i-連接字母， -fy使…… 「使注意，使知道」
notification	*n.* 通知；通知書；通告 I was given no prior **notification**. 我事前沒有接到通知。	not(e)注意， -i-連接字母， -fication名詞字尾
notice	*n.* 注意；通知；布告 The detail caught my **notice**. 我注意到了這一細節。	not(e)注意，知道， -ice名詞字尾
noticeable	*adj.* 值得注意的，重要的；顯而易見的 His improvement is **noticeable**. 他進步明顯。	notic(e)注意， -able可……的
unnoticed	*adj.* 不被注意的 I tried to slip up the stairs **unnoticed**. 我試圖溜上樓去，不被人發現。	un-不， notic(e)注意， -ed……的
annotate	*v.* 註解，註釋 The famous scholar **annotated** this book. 那位著名的學者為這本書作了註解。	an-加強意義， not(e)註釋， -ate動詞字尾

N

observe 觀察，注意；遵守

02.15.01

		助記
observer	*v.* 觀察者；觀察員 They sent her there as an **observer**. 他們派她去那做觀察員。	observ(e)觀察，遵守，-er者
observation	*n.* 觀察，觀測；監視 He has been taken into hospital for **observation**. 他已被送入醫院觀察。	observ(e) 觀察，-ation名詞字尾
observatory	*n.* 天文臺；氣象臺 Guy's home was close to the **observatory**. 蓋伊家離天文臺很近。	observ(e)觀察，-atory表示地方「觀察天象的地方」
observable	*adj.* 可觀察到的；應慶祝的 That distant star is **observable** on a dark night. 那顆遙遠的星在黑夜可以見到。	observ(e)觀察，遵守，-able可……的
observance	*n.* 觀察，注意；遵守 I walked past without **observance**. 我漫不經心地走過。	observ(e)觀察，遵守，-ance名詞字尾
unobservant	*adj.* 觀察力不敏銳的；不遵守的 Is she really that **unobservant**? 她的觀察力真的那麼不敏銳嗎？	un-不，observ(e)注意，遵守，-ant……的
unobserved	*adj.* 未被注意的，未被觀察到的 She was able to slip past the guard **unobserved**. 她能在守衛身旁溜過而不被察覺。	un-不，observ(e)注意，-ed（被）……的
inobservant	*adj.* 不注意的；忽視的 The parents are **inobservant** to keep the baby safe. 這對父母忽視了孩子的安全。	in-不，observant注意的
inobservance	*n.* 不注意；忽視 The failure was caused by their **inobservance** of professional standards. 失敗的原因是他們對職業標準的無視。	in-不，observ(e)注意，-ance名詞字尾

O

occupy 占領；占有

02.15.02

		助記
occupier	*n.* 占用者；占領者 The letter was addressed to the **occupier** of the house. 這封信是寫給這所房子的住戶的。	occupi(y→i)占領，占有，-er者

occupation	*n.* 占領，占據；占用 She was born in France during German **occupation**. 她在德國占領期間出生於法國。	occup(y) 占領， -ation名詞字尾
occupationist	*n.*（主張）軍事占領者（派） The **occupationists** persuaded the king to launch the war. 主戰派勸説國王發動戰爭。	occup(y) 占領， -ation名詞字尾， -ist者
occupant	*n.*（車或房屋等某一時期的）占有人，占用者；居住者 Neither of the car's two **occupants** was injured. 車裡的兩個人都沒受傷。	occup(y) 占領， -ant名詞字尾， 表示人
occupancy	*n.* 占有，占用；居住 Hotels in Tokyo enjoy over 90% **occupancy**. 東京的旅館入住率高達90%以上。	occup(y) 占領， -ancy名詞字尾
reoccupy	*v.* 再占領；再從事 He will not **reoccupy** his role as professor of Art College. 他不會再回藝術學院當教授了。	re-再， occupy占領
reoccupation	*n.* 再占領；再從事 The **reoccupation** of the city tipped the war. 對城市的重新占領扭轉了戰局。	re-再， occup(y)占領， -ation名詞字尾
unoccupied	*adj.* 未被占領的；（房屋）沒人住的 The house was **unoccupied** at the time of the explosion. 爆炸發生的時候房子裡沒有人。	un-未， occupy占領，占用， -ed……的
preoccupy	*v.* 搶先占據；使全神貫注 The seats have been **preoccupied**. 座位已經讓別人先占了。	pre-先， occupy占 「心思被事情占住了」
preoccupied	*adj.* 被先占的；入神的 I was too **preoccupied** to hear the bell. 當時我出神地想著心事，沒有聽見門鈴響。	pre-先， occupi(y→i)占， -ed……的

ocean 海洋

02.15.03

		助記
oceanic	*adj.* 海洋的；似海洋的 Many **oceanic** islands are volcanic. 很多海洋島嶼是火山島。	ocean海洋， -ic……的
oceanography	*n.* 海洋學 How did you become interested in **oceanography**? 你是怎樣對海洋學產生興趣的？	ocean海洋， -o-連接字母， -graphy……學

oceanologist	*n.* 海洋學家 What is the annual salary for an **oceanologist**? 海洋學家的年薪有多少？	ocean海洋， -o-連接字母， -logist……學家
oceanarium	*n.* 大型海洋水族館 Our family is visiting the **oceanarium**. 我們全家人在遊覽水族館。	ocean海洋， -arium表示場所地點
interoceanic	*adj.* 海洋之間的 They plan to build an **interoceanic** highway. 他們計劃建造一條跨洋公路。	inter-在……之間， ocean海洋， -ic……的
transoceanic	*adj.* 橫渡大洋的；在大洋那邊的 After a week, he hits the **transoceanic** telephone from the U.S. 一週以後，他從美國打來越洋電話。	trans-越過， ocean海洋， -ic……的
Oceania	*n.* 大洋洲 **Oceania** is a separate landmass. 大洋洲是一塊單獨的陸地。	ocean海洋， -ia名詞字尾
Oceanian	*adj.* 大洋洲的；大洋洲人的 The car is oriented to the **Oceanian** market. 這種車是針對大洋洲市場的。	ocean海洋， -ian……的

off 離，……掉；停止

02.15.04

O

		助記
offshore	*adj.* 近海的；（風）離岸的，向海的 Meizhou Island is an **offshore** island. 湄洲島是一個近海島嶼。	off離， shore岸
off-street	*adj.*（停車等）離開街道的 The experts made a research on **off-street** parking management. 專家對路外停車管理進行了研究。	off離， street街
takeoff	*n.* 起飛；起跳；騰飛 The plane crashed shortly after **takeoff**. 飛機起飛後不久便墜毀了。	take off起飛， 動詞片語轉名詞
hands-off	*adj.* 放手的，不干涉的 The government has a **hands-off** approach to this industry. 政府對這一行業採取不干涉的政策。	hands手， off離開 「手離開」
far-off	*adj.* 遙遠的 Welcome our visitors from a **far-off** land. 歡迎我們遠方的來客。	far遠，off離開 「遠離」

well-off	*adj.* 富裕的；充裕的 We are **well-off** for books. 我們藏書很多。	well好，off掉 「好東西都掉出來了」
better-off	*adj.* 境況（尤指經濟境況）較好的 He's much **better-off** than before. 他手頭比過去寬裕多了。	better較好的
cast-off	*adj.* 被拋棄的 There is only a **cast-off** overcoat on the floor. 地上只有一件被丟棄的大衣。	cast扔，拋， off離
cutoff	*n.* 切掉，切斷；近路 There is the **cutoff** to London. 那兒是通往倫敦的近路。	cut切，off掉 「截掉一段路→切掉→近路」
offprint	*n.* 選印本 The editor is revising the **offprint** of the book. 編輯正在修訂這本書的選印本。	off離，分開， print印 「單獨分開印」

office 辦公室；局；官職

02.15.05

		助　記
officer	*n.* 官員，軍官 The night duty **officer** was ready to clock off. 值夜班的警員準備打卡下班。	offic(e)辦公室， 官職，公職， -er人
official	*adj.* 官員的；官方的；正式的 His **official** duties kept him busy. 公務使他繁忙不堪。	offic(e)辦公室， 官職，公職， -ial……的
officialism	*n.* 官僚作風，文牘主義 He fought against **officialism** phenomena all his life. 他一生與官僚主義現象作對抗。	official官員的， -ism主義
officialdom	*n.* 官場；官員（總稱）；官僚主義 They suffer from too much **officialdom**. 他們深受官僚作風之害。	official官員的， -dom名詞字尾， 表示「界」
unofficial	*adj.* 非官方的；非正式的 I received an **unofficial** appointment. 我收到了非正式的委任書。	un-非， official官方的
semiofficial	*adj.* 半官方的 They made a **semiofficial** statement today. 他們今天發表了一篇半官方的聲明。	semi-半， official官方的

O

officeholder	*n.* 官員；公務員 The **officeholders** required to raise their salary. 公務員要求漲工資。	office辦公室，官職，公職，holder占有者
nonofficeholding	*adj.* 不任（官）職的；下臺的；在野的 The parade was held by the **nonofficeholding** society. 這場遊行是在野的社團組織的。	non-不，非，office官職，hold占有-ing……的
subofficer	*n.* 下級官員；下級軍官 There are totally four **subofficers** who report to the captain. 總共有四名下級軍官向上尉匯報。	sub-下，officer官員
suboffice	*n.* 分辦事處；分局，支局 He has been working in company's overseas **suboffice**. 他一直在公司的海外分辦事處工作。	sub-分支，office辦公室，局
intraoffice	*adj.* 辦公室內的 The conference was held using the **intraoffice** network. 會議通過辦公室內網進行。	intra-內，office辦公室，局

oil 油

02.15.06

		助記
oiled	*adj.* 上了油的；浸透油的 The **oiled** machine works well. 上了油的機器運行得很好。	oil油，-ed……的
well-oiled	*adj.* 運行良好的 This is a **well-oiled** machine. 這個機器運行良好。	well好，oil油，-ed……的「上好油的」
oilless	*adj.* 缺油的；未經油潤的 How did you drive an **oilless** car? 你如何駕駛一輛缺油的車？	oil油，-less無……的
oily	*adj.*（含）油的，油狀的；（言行等）油滑的，圓滑的 He wears an **oily** old pair of jeans. 他穿著一條沾滿油汙的舊牛仔褲。	oil油，-y……的
oil-rich	*adj.* 石油儲量豐富的 Iraq is one of **oil-rich** countries. 伊拉克是石油儲量豐富的國家之一。	oil油，石油，rich豐富的
oil-bearing	*adj.* 含油的 Peanut is an **oil-bearing** plant. 花生是一種含油植物。	oil油，bear生產，-ing……的

oil field	*n.* 油田 They discovered a new **oil field** in North China. 他們在中國華北發現了一塊新油田。	oil油， field田，地
oil-fired	*adj.* 燃油的 The airport used **oil-fired** bus as the shuttle. 這個機場曾用燃油車作接駁車。	oil油， fir(e)著火， -ed……的

old 老的，舊的，久的

02.15.07

		助 記
oldish	*adj.* 略老的；有點上了年紀的 She is an **oldish** woman. 她是位老婦人。	old老的， -ish略……的
olden	*adj.* 古時的，往昔的 In the **olden** days, girls were married young. 在過去，女孩早早就出嫁了。	old老的， -en……的
oldster	*n.* 上了年紀的人 He helped an **oldster**. 他幫助了一位老者。	old老的， -ster人
old-fashioned	*adj.* 老式的，過時的 She wears really **old-fashioned** clothes! 她穿的衣服真過時！	old老的， fashion式樣， -ed……的
old flame	*n.* 舊情人 She met an **old flame** at the party. 她在聚會上遇到了舊情人。	old老的，舊的， flame火花， 「過去的火花」
old hand	*n.* 老手，經驗豐富的人 She's an **old hand** at dealing with the press. 她是對付新聞界的老手。	old老的， hand手
old hat	*n.* 老古董，過時的東西 Today's hits rapidly become **old hat**. 今日紅極一時的東西，很快就會過時。	old老的，hat帽子 「過去人流行帶帽子」
old lag	*n.* 多次坐過牢的人，慣犯 The **old lag** was caught by the police again. 那個慣犯又被警察抓住了。	old老→總是， lag落後，囚犯
old-time	*adj.* 古時的，舊時的；老資格的 The **old-time** wine tastes so good. 陳年葡萄酒嘗起來真不錯。	old老的， time時間

old-timer	*n.* 老資格的人；上了年紀的人；守舊者 Mary is an **old-timer** in the company. 瑪麗是公司裡的老前輩。	old老的， tim(e)時間， -er人
centuries-old	*adj.* 歷史悠久的 They lived in a **centuries-old** hotel. 他們住在一家歷史悠久的酒店。	century世紀， 百年，old久的
age-old	*adj.* 古老的；久遠的 He is collecting the **age-old** furniture. 他在收集年代久遠的家具。	age年齡， old老的，久的
old-world	*adj.* 極其古老的 It is really an **old-world** antique! 這可是極其古老的古董！	old老的，久的， world世界 「遠古世界」

one　一，一個人　02.15.08

		助　記
one-off	*n.* 一次性事物 It was just a **one-off**; it won't happen again. 這事絕無僅有，不會再發生了。	one一， off完結
one-parent	*adj.* 單親的 He grew up in a **one-parent** family. 他成長於單親家庭。	one一， parent父母親之 中一人
one-piece	*adj.* 一件式的，連體式的 A **one-piece** swimsuit is more flattering than a bikini. 連體泳衣比比基尼更襯人。	one一， piece（一）片， 件，塊
oneself	*pron.* 自己，自身；親自 One needs space to be **oneself**. 人要有空間才能怡然自得。	one個人，本人， self自己
one-way	*adj.* 單行（線）的；單向的；單方面的 It was a **one-way** agreement. 這是一個單方面的協議。	one一， way路
one-sided	*adj.* 單方面的，片面的 Don't believe in **one-sided** story. 不要聽信片面之詞。	one一， sid(e)邊， -ed……的
one-seater	*n.* 單座位的汽車（或飛機） They exported 1,000 **one-seater** cars to Africa. 他們向非洲出口了一千輛單座汽車。	one一， seat座位， -er表示物

onetime	*adj.* 從前的，一度的 This is her **onetime** best friend, Anna. 這位是她以前的摯友安娜。	one某一個， time時候
one-ideaed	*adj.* 想法單一的 He is unsatisfied with this **one-ideaed** report. 他對這份想法單一的報告很不滿意。	one某一個， idea想法， -ed……的
anyone	*pron.* 任何人，無論什麼人 Does **anyone** else want to come? 還有人想來嗎？	any任何， one一個人
one-up	*adj.* 勝人一籌的，占上風的 The home team was **one-up** on the visitors. 主隊勝客隊一籌。	one一個（人）， up在上 「在人之上」
everyone	*pron.* 每人，人人 **Everyone** has a chance to win. 每個人都有機會贏。	every每個， one一個人
someone	*pron.* 某人；有人 There's **someone** coming upstairs. 有人上樓來了。	some某， one一個人
chairone	*n.* 主席（不分男女的稱呼） All of us respect our **chairone**. 我們都尊敬我們的主席。	chair椅子， one一個人 「坐椅子的人」

open 開（的）

02.15.09

		助記
reopen	*v.* 再開，重開 The police have decided to **reopen** the case. 警方已經決定重新審理這個案子。	re-再， open開
unopened	*adj.* 未被打開的，封著的 I found an **unopened** letter in the drawer. 我在抽屜裡發現了一封未拆的信。	un-未， open開的， -ed……的
openable	*adj.* 能開的 His new car has an **openable** sunroof. 他的新車有可開啟式的天窗。	open開的， -able可……的
opener	*n.* 開……的人；開……的工具 I bought a bottle **opener** yesterday. 我昨天買了個開瓶器。	open開的， -er表示人或物

openly	*adv.* 公開地，公然地；坦率地 Sarah talked **openly** about her problems. 莎拉毫不掩飾地說起自己的問題。	open公開的， -ly……地
open-air	*adj.* 露天的，戶外的 We had the dinner at an **open-air** restaurant. 我們在露天餐館吃的晚餐。	open敞開的， air空中，天空
open-eared	*adj.* 傾耳聆聽的 He is an **open-eared** man. 他是個善於傾聽的人。	open敞開的， ear耳， -ed……的
open-minded	*adj.* 思想開明的，無先入之見的 He is quite **open-minded** about new techniques. 他對新技術不存先入之見。	open敞開的， mind心， -ed……的
open-mouthed	*adj.* 張開嘴的；發呆的；吃驚的 He is **open-mouthed** at the news. 他被這個消息驚呆了。	open敞開的， mouth嘴， -ed……的
open-door	*adj.* 公開的；（對外關係上）門戶開放的 An **open-door** policy doesn't do much for a closed mind. 開放的政策對閉塞的頭腦起不了多大的作用。	open敞開的， door門
opencut	*adj.* 露天開採的 There is an **opencut** tin mine. 那有一座露天錫礦。	open敞開的，露天的， cut切→開採
open-book	*adj.* 開卷的 Our mid-term exam is an **open-book** exam. 我們的期中考試是開卷考試。	open敞開的， book書 「打開書考試」
open-ended	*adj.* 無確定答案的；無限制的 He is a liar with **open-ended** promises. 他就是一個騙子，總有無限的承諾。	open敞開的， end末端， -ed……的 「末端敞開的」
openhanded	*adj.* 慷慨的 He has an **openhanded** friend. 他有一位慷慨的朋友。	open敞開的， hand手， -ed……的 「攤開手，隨便拿」

operate 操作；工作；動手術

02.15.10

		助記
cooperate	*v.* 合作，協作 They decided to **cooperate** with each other. 他們決定彼此合作。	co-共同， operate工作

cooperator	*n.* 合作者；同事 Whatever he does, he is no **cooperator**. 不管做什麼，他這人總是難與別人合作。	co-共同， operat(e)工作， -or名詞字尾，者
cooperation	*n.* 合作，協作 Have your passports ready, and thank you for your **cooperation**. 請把你們的護照準備好，謝謝合作。	co-共同， operat(e)工作， -ion名詞字尾
cooperative	*adj.* 合作的，協作的 We thank you for your **cooperative** efforts. 感謝你方的協作。	co-共同， operat(e)工作， -ive……的
uncooperative	*adj.* 不合作的 It would not facilitate matters if you were **uncooperative**. 如果你不合作，事情就不好辦了。	un-不， cooperative合作的
operator	*n.* 操作人員；接線員；外科手術人員 The **operator** will put you through. 接線員會為你接通電話。	operat(e) 操作， 動手術， -or者
operation	*n.* 操作；工作；外科手術 There are three elevators in **operation**. 有三臺電梯在運行。	operat(e) 操作， 動手術， -ion名詞字尾
operating	*adj.* 操作的；手術的 The patient was sent into the **operating** room. 這個病人被送進了手術室。	operat(e) 操作， 動手術， -ing……的
operative	*adj.* 操作的；外科手術的 You need to master **operative** skills. 你們需要掌握操作技術。	operat(e) 操作， 動手術， -ive……的
preoperative	*adj.* 外科手術前的 His skill has returned to **preoperative** levels. 他的技能已恢復到手術前水平。	pre-……之前， operative手術的
postoperative	*adj.* 外科手術後的 No **postoperative** complications were found. 沒發現有什麼手術後的併發症。	post-……之後， operative手術的

oppose 反對

02.15.11

		助記
opposable	*adj.* 可反對的；可相對的 The thumb is **opposable** to the forefinger. 大拇指與食指相對。	oppos(e) 反對， -able可……的

O

opposition	*n.* 反對；相反；對手 Delegates expressed strong **opposition** to the plans. 代表們強烈反對這些計劃。	oppos(e)反對， -ition名詞字尾
oppositional	*adj.* 反對的；反抗的 The president received lots of **oppositional** proposals. 主席收到很多反對的提案。	oppos(e)反對， -ition名詞字尾， -al……的
oppositionist	*n.* 主張反對政策者；反對黨人 The **oppositionist** won the election. 反對黨贏得了大選。	oppos(e)反對， -ition名詞字尾， -ist人
opposer	*n.* 反對者 The **opposer** is making a speech now. 現在，反方正在發言。	oppos(e)反對， -er者
opposed	*adj.* 反對的；相反的；相對的 Her parents are **opposed** to his proposal. 她的父母反對他的求婚。	oppos(e)反對， -ed……的
opposing	*adj.* 對面的；相反的；相對的 We held **opposing** points of view. 我們持相反的觀點。	oppos(e)反對， -ing……的
opposite	*adj.* 對面的；相反的；對立的 He lives in the house **opposite** to ours. 他住在我們對面的那幢房子裡。	oppos(e)反對， -ite……的

O

organize 組織

02.15.12

		助記
organizer	*n.* 組織者；建立者 A good **organizer** should pay attention to details. 一個好的組織者應注意細節。	organiz(e)組織， -er者
organization	*n.* 組織；體制；編制；團體 This charity is a nonprofit **organization**. 這個慈善團體是個非營利性組織。	organiz(e)組織， -ation名詞字尾
organizational	*adj.* 組織（上）的；編製（中）的 He has **organizational** skills. 他有組織才幹。	organiz(e)組織， -ation名詞字尾， -al……的
reorganize	*v.* 重新組織，改組，改編；整頓 It's time we started to **reorganize** this department. 到了該改組這個部門的時候了。	re-重新， organize組織

unorganized	*adj.* 未組織起來的，沒有組織的 The files in this office are **unorganized**. 這個辦公室的檔案是凌亂的。	un-未， organiz(e)組織， -ed……的
disorganize	*v.* 瓦解，打亂 Their betrayal **disorganized** the party. 他們的背叛瓦解了該黨。	dis取消，否定，不，相反， organize組織
disorganized	*adj.* 雜亂無章的，無組織的 This team's defense looks **disorganized**. 這個隊的防守看起來缺乏組織。	dis取消，否定，不， organiz(e)組織， -ed……的

orient 東方；向東；定方向

02.15.13

		助記
oriental	*adj.* 東方的；東方國家的 The floor was overlaid with rugs of **oriental** design. 地板上鋪著東方風情的地毯。	orient東方， -al……的
orientalist	*n.* 東方學專家，東方文化的研究者 He is a very learned **orientalist**. 他是一位很有學問的東方學專家。	orient東方， -al……的， -ist者
orientalize	*v.*（使）東方化 He devoted himself to **orientalizing** the modern architecture. 他致力於使現代建築東方化。	orient東方， -al……的， -ize……化
orientation	*n.* 向東；定方位；方向；方針 The course is essentially theoretical in **orientation**. 該課程基本上注重理論知識。	orient東方，向東， -ation名詞字尾
reorientation	*n.* 重定方向（或方針）；重定的方向 Our plan needs a **reorientation**. 我們的計劃需要重新定位。	re-再，重， orient東方，定向， -ation名詞字尾
disorientate	*v.* 使離開正東方向；使迷失方向 The fog **disorientated** the enemy in the forest. 迷霧使森林裡的敵人迷失了方向。	dis-不， orient東方，定向， -ate動詞字尾 「不辨方向」

out 外，出，徹底，完，停止

02.15.14

		助記
handout	*n.* 施捨物；（發下來的）材料 Please read the **handout**. 請看一下發下來的材料。	hand手，給， out外，出 「給出」

payout	*n.* 支出，花費 Is there a minimum **payout** requirement? 有最低消費的要求嗎？	pay付，支付， out外，出
sellout	*n.*（商品的）脫銷；背叛；（演出等的）滿座 Every concert of hers has been a **sellout**. 她的每一場演奏會都座無虛席。	sell售， out外，出
standout	*n.* 傑出的人（或物） He was the **standout** in last Saturday's game. 在上週六的比賽中，他表現突出。	stand站，out出 「站出來的」→ 突出的
lookout	*n.* 注意，警戒；瞭望臺 Keep a keen **lookout** for opportunities. 一刻不放鬆地等待機會。	look看， out外，出
blackout	*n.* 燈火熄滅；燈火管制 The city was under **blackout**. 這個城市在實行燈火管制。	black黑，out停止 「熄滅燈火後會 變黑」
carryout	*n.* 外賣食品 Let's get a **carryout**. 咱們叫份外賣吧。	carry拿，帶， out外，出 「帶出」
breakout	*n.* 越獄，逃脫 Have you seen ***Breakout***? 你看過《越獄》嗎？	break破， out外，出 「爆破」
cleanout	*n.* 清除，掃除 I've just given my room a good **cleanout**. 我剛打掃了我的房間。	clean打掃， out外，出
way-out	*adj.* 反傳統的，超常規的 Don't you find her a little **way-out** for you? 你不覺得她對你來說有些另類嗎？	way路，方式， out外，出 「傳統方式外的」
out-and-out	*adj.* 十足的，徹頭徹尾的 What you have said is **out-and-out** lies. 你所說的都是徹頭徹尾的謊言。	out外，出， 重複out強調徹底
dropout	*n.* 中途退出（的人）；退學（學生） Bill Gates is Harvard's most successful **dropout**. 比爾•蓋茲是哈佛最成功的輟學生。	drop落，掉， out外，出 「掉出」
all-out	*adj.* 全力的，無保留的 He launched an **all-out** attack on his critics. 他全力抨擊批評他的人。	all全， out徹底

outside	*adj.* 外面的，外部的，外界的 The **outside** air was heavy and moist. 外面的空氣沉滯、潮濕。	out外，出， side邊，面
outsider	*n.* 外人，局外人；外行，門外漢 Here she felt she would always be an **outsider**. 她在這裡總覺得是個外人。	out外，出， sid(e)邊， -er人
outstanding	*adj.* 傑出的，顯著的 He was **outstanding** at tennis and golf. 他的網球和高爾夫球球技一流。	out外，出， stand站， -ing……的 「站出的」
outlook	*n.* 展望，前景；視野；景色 The economic **outlook** is bright. 經濟前景是光明的。	out外， look看，望
outline	*n.* 外形；大綱；輪廓 Always write an **outline** for your essays. 寫文章一定要先列個提綱。	out外， line線 「在外圍畫線」
outcry	*n.* 尖叫；強烈抗議 The killing caused an international **outcry**. 這起謀殺引起了國際社會的強烈抗議。	out出， cry叫
outcomer	*n.* 外來者；外國人；陌生人 The new policy is not fair to the **outcomers**. 這項新政策對外來人員不公平。	out出， com(e)來， -er表示人
outdoor	*adj.* 戶外的；露天的；野外的 If you enjoy **outdoor** activities, this is the trip for you. 如果你喜歡戶外活動，這一旅行很適合你。	out外， door戶
outdoors	*adv.* 在戶外；在野外 The ceremony is being held **outdoors**. 該儀式正在戶外舉行。	out外， door戶， -s副詞字尾
outskirts	*n.* 外圍；郊區 They live on the **outskirts** of Milan. 他們住在米蘭市郊。	out外， skirts邊緣，邊界

輕鬆一刻

browse through the monitor
瀏覽螢幕

seek help from the information desk
在服務臺尋求幫助

run to the boarding gate
奔向登機口

pack 包；捆；包裝

02.16.01

		助記
package	*n.* 包裹，包 He planked down the **package** on the ground. 他猛然把包裹放在地上。	pack包， -age名詞字尾
packer	*n.* 包裝工人；打包機 He is a china **packer**. 他是一名瓷器包裝工。	pack包， -er表示人或物
packing	*n.* 打包，包裝；包裝法 He left the **packing** to his wife. 他讓妻子收拾行李。	pack包， -ing名詞字尾
packhouse	*n.* 加工包裝廠；倉庫 The **packhouse** is full of goods. 倉庫裡滿是貨物。	pack包， house房屋
packet	*n.* 小包（裹），小捆 Mike bought a **packet** of cigarettes in the shop. 麥克在商店買了包香菸。	pack包， -et表示小
repackage	*v.* 重新包裝 They asked us to **repackage** the goods. 他們要求我們重新包裝這些貨物。	re-重新， pack包， -age名詞字尾
subpackage	*n.* 分裝，分包 **Subpackage** is a good way to deal with large luggage. 分裝是處理大行李的好方式。	sub-分， pack包， -age名詞字尾
unpack	*v.* 拆（包），打開（包裹等）取出東西 **Unpack** your clothes. 開箱取出衣服。	un-取消，相反， pack包

P

page 頁

02.16.02

		助記
front-page	*adj.*（新聞）頭版的 This is really a **front-page** story. 這真的是頭版報導。	front前，page頁 「前頁」→第一頁
full-page	*adj.* 全頁的，整版的 We've taken out **full-page** ads. 我們刪除了整版廣告。	full全的， page頁

title page	*n.*（書的）扉頁；書名頁；封面 She writes her name on the **title page**. 她在扉頁上寫下她的名字。	title題目，標題，page頁「頭頁」
back-page	*adj.* 登在報紙最後幾頁的；不太有新聞價值的 This is a **back-page** story. 這是一個不太有新聞價值的報導。	back後，page頁
paginal	*adj.* 頁的；每頁的 He read **paginal** newspaper carefully. 他認真地看了每一頁報紙。	pag(e)頁，-in-連接字母，-al……的
paginate	*v.* 標記頁碼，標記頁數 You should **paginate** your paper. 你應當給你的論文標上頁碼。	pag(e)頁，-in-連接字母，-ate動詞字尾

pain 痛；痛苦

02.16.03

		助記
painful	*adj.* 疼痛的；痛苦的 Is your arm very **painful**? 你的手臂很疼嗎？	pain痛，-ful……的
painless	*adj.* 無痛（苦）的；輕鬆的 The interview was relatively **painless**. 這次面試相對輕鬆。	pain痛，-less無……的
painkiller	*n.* 止痛藥 Please give me a **painkiller** at once. 請立刻給我一片止痛藥。	pain痛，kill殺→扼殺，扼制，-er表示物
painstaking	*adj.* 苦幹的，刻苦的；費力的 She is not very clever but **painstaking**. 她並不十分聰明，但肯下苦功。	=taking pains「刻苦」
painstakingly	*adv.* 苦幹地；費力地 **Painstakingly**, he took it apart. 他費力地把它拆開。	painstaking苦幹的，-ly……地
pained	*adj.* 痛苦的 The nurse developed a **pained** look. 護士露出了痛苦的表情。	pain痛苦，-ed……的
afterpains	*n.* 產後痛 She suffers from her **afterpains**. 她飽受產後痛之苦。	after後，pains痛

paint 畫；描寫；油漆 02.16.04

		助記
painting	*n.* 油漆；繪畫（藝術） Someone stole a **painting** from the museum. 有人從博物館盜走了一幅畫。	paint畫，油漆，-ing名詞字尾
painter	*n.* 畫家；油漆匠 She models for a **painter**. 她為一名畫家當模特。	paint畫，油漆，-er人
painted	*adj.* 著色的；上了漆的 He gave me a **painted** egg. 他給了我一個彩蛋。	paint畫，油漆，-ed……的
painty	*adj.* 被油漆弄髒的；（圖畫）著色過度的 She found that her clothes were all **painty**. 她發現衣服上沾滿了油漆。	paint畫，油漆，-y……的
paintbrush	*n.* 畫筆；漆刷 I need a **paintbrush** to paint with. 我需要用畫筆來畫畫。	paint畫，油漆，brush刷子
repaint	*v.* 重新塗（漆）；重畫 The whole downstairs needs **repainting**. 樓下全層需要重新粉刷。	re-重新，paint畫，油漆

P

paper 紙 02.16.05

		助記
papermaking	*n.* 造紙；造紙術 The invention of **papermaking** is a progressive process. 造紙術的發明是一個漸進的過程。	paper紙，making製造
papermaker	*n.* 造紙者，造紙工 The **papermakers** have plenty of work to do every day. 造紙工人每天都有許多工作要做。	paper紙，maker製造者
paper-cut	*n.* 剪紙 Do you like this beautiful **paper-cut**? 你喜歡這個漂亮的剪紙嗎？	paper紙，cut切，剪
paperhanging	*n.* 裱糊 **Paperhanging** is not easy to do. 裱糊不容易做。	paper紙，hang懸掛，吊「把紙懸上」→把紙糊上

paperhanger	*n.* 裱糊工人 Tom has been a professional **paperhanger**. 湯姆是個熟練的裱糊工。	paper紙， hang懸掛，吊， -er表示人
paper-thin	*adj.* 薄如紙的 Bob, don't lean against that **paper-thin** wall. 鮑勃，別倚靠那面薄如紙片的牆。	paper紙， thin薄的
papery	*adj.* 像紙的 She made a dress with **papery** silk. 她用輕薄如紙的絲綢做了件裙子。	paper紙， -y……的
newspaper	*n.* 報紙，報 The **newspaper** was blown away by the wind. 報紙被風吹走了。	news新聞， paper紙
newspaperman	*n.* 新聞記者 I am a **newspaperman**, not a preacher. 我只是一名記者，不是傳教士。	newspaper報紙， man人
flypaper	*n.* 粘蠅紙，毒蠅紙 Have you used the **flypaper**? 你用過粘蠅紙嗎？	fly蠅， paper紙
notepaper	*n.* 便條紙；信紙 I folded my **notepaper** and headed for the library. 我折疊起信紙，往圖書館走去。	note筆記， paper紙

party 黨，黨派

02.16.06

		助記
multiparty	*adj.* 多黨的 Their two-party system cloaks a **multiparty** reality. 他們的兩黨制掩蓋了多黨存在的實際情況。	multi-多， party黨
intraparty	*adj.* 黨內的 They try to avoid **intraparty** attacks. 他們盡力避免來自黨內的攻擊。	intra-內，在內， party黨
out-party	*n.* 在野黨，非執政黨 He is a member of the **out-party**. 他是在野黨的一員。	out外，在野的， party黨
nonparty	*adj.* 無黨派的，非黨的，黨外的 He is a **nonparty** individual. 他是無黨派人士。	non-非，無， party黨

partisan	*n.* 黨員；熱情的支持者 Every movement has its **partisans**. 每次運動都有熱情的支持者。	parti黨， -san名詞字尾， ……者

pass 經過；通過

02.16.07

		助　記
passable	*adj.* 過得去的；可通行的 Her English pronunciation is **passable**. 她的英語發音還說得過去。	pass通過， -able可……的
impassable	*adj.* 不能通行的 The rainstorm has made the road **impassable**. 暴風雨已經使得道路不能通行了。	im-不， pass通過， -able可……的
passer	*n.* 過路人；考試合格者 Perhaps I am just a **passer** in your life. 也許我只是你生命中的一個過客。	pass經過， -er人
passer-by	*n.* 過路人 They sell drinks to **passers-by**. 他們賣飲料給過路的人。	pass by經過， -er人 「經過者」
passport	*n.* 護照 I have a Canadian **passport**. 我持加拿大護照。	pass通過， port港口
password	*n.* 口令，密碼 Give your user name and **password**. 輸入用戶名和密碼。	pass通過， word話 「暗語，暗號」
passage	*n.* 過道；通道；通過 My office is just along the **passage**. 我的辦公室就在過道旁邊。	pass通過， -age名詞字尾
passless	*adj.* 無路可走的；走不通的 The road becomes **passless** because of the heavy rain. 由於大雨，這條路走不通了。	pass通過， -less無……的
overpass	*n.* 天橋 It's said they'll build an **overpass** here. 據說他們要在這裡建天橋。	over-上面， pass通過
underpass	*n.* 地下通道，地道 You can go through **underpass**. 你可以走地下道。	under-下面， pass通過

P

bypass	*n.* 迂迴的旁道 We took the **bypass** to avoid the town centre. 我們走旁邊的道路繞開市中心。	by旁， pass通過 「從旁通過」
impasse	*n.* 死路，死胡同；絕境 They have got into a helpless **impasse** there. 他們在那裡陷入絕境。	im-不， pass通過 「不能通過」
surpass	*v.* 越過；強於 His work **surpassed** expectations. 他的工作比預期的好。	sur-上， pass通過 「從上通過」
surpassing	*adj.* 卓越的，非凡的，驚人的 The actress possessed **surpassing** beauty. 這位女影星擁有驚人的美貌。	sur-上， pass通過， -ing……的

path 路；小道

02.16.08

		助記
footpath	*n.* 人行道，小路 There is a **footpath** by the river. 河邊有一條小路。	foot腳，步行， path路
pathless	*adj.* 無路的；未被踩踏過的 This is a **pathless** wild forest. 這是一片人跡罕至的原始森林。	path路， -less無……的
pathbreaker	*n.* 開路人；開拓者 He's a **pathbreaker** in technical innovation. 他是技術革新的開拓者。	path路， break破→開， -er者
pathfinding	*n.* 領（導）航 Once the map is explored, **pathfinding** would work normally. 一旦地圖都打開了，導航就能正常工作。	path路， find尋找， -ing名詞字尾
pathfinder	*n.* 領航人員；探路者，開拓者 This company is a **pathfinder** in computer technology. 這家公司是電腦技術的開拓者。	path路， find尋找， -er者
pathway	*n.* 小路，小徑 Richard was coming up the **pathway** in a hurry. 理查德正沿路匆忙走來。	path小路， way道路

patriot 愛國者

02.16.09

		助記
patriotic	*adj.* 愛國的 He led them in launching a **patriotic** movement. 他領導他們開展了一場愛國運動。	patriot愛國者， -ic……的
patriotism	*n.* 愛國主義，愛國精神 One of the themes of the novel is **patriotism**. 這部小說的主題之一是愛國主義。	patriot愛國者， -ism主義
patriotics	*n.* 愛國活動；愛國精神 Everything that he does is **patriotics**. 他做的所有的事都是愛國精神的表現。	patriot愛國者， -ics活動
patrioteer	*n.* 打著愛國主義的幌子而謀私的人 People should be aware of the **patrioteer**. 人們應該當心打著愛國主義的幌子而謀私的人。	patriot愛國者， -eer人
compatriot	*n.* 同國人，同胞 He and his **compatriot** student are the future leader. 他和他的同胞學生是未來的領袖。	com-同， patriot愛國者

pay 支付，付款

02.16.10

		助記
prepay	*v.* 預付，先付（郵資等） I have **prepaid** the freight. 我已經預付了運費。	pre-預先， pay付款
prepayable	*adj.* 可預付的 What's the meaning of "freight **prepayable**"? 「運費可預付」是什麼意思？	pre-預先， pay付款， -able可……的
prepaid	*adj.* 預先付訖的 I have used a **prepaid** envelope. 我用了一個郵資已付的信封。	pre預先， paid（pay的過去分詞）已付的
unpaid	*adj.* 未付的；無報酬的 He's taken **unpaid** leave for a month. 他請了一個月的無薪假。	un-未， paid（pay的過去分詞）已付的
repay	*v.* 償還，付還；報答 I'll **repay** you next week. 我下星期還你錢。	re-回， pay付款 「付回」

P

repayable	*adj.* 可償還的；應付還的 The loan is **repayable** in ten years. 這筆貸款應在十年內還清。	re-回， pay付款， -able可……的
overpay	*v.* 多付（錢款）；付得過多 Their job is **overpaid**. 他們的工資過高。	over-過多， pay付款
underpay	*v.* 少付（錢款）；付得過少 Nurses are overworked and **underpaid**. 護士的工作過重而報酬過低。	under-少，不足， pay付款
underpaid	*adj.* 少付工資的；工資過低的 Our staff complain of being **underpaid**. 我們的職員抱怨工資過低。	under-少，不足， paid付資的
short-paid	*adj.* 欠資的 Most **short-paid** migrant workers' life is very hard. 大多數被拖欠工資的農民工的生活都很艱難。	short短缺的，少的，paid付資的
well-paid	*adj.* 高工資的，報酬優厚的 He got a **well-paid** job. 他找到一份報酬優厚的工作。	well好，優， paid付工資的
taxpayer	*n.* 納稅人 The president promised a $50 rebate for each **taxpayer**. 總統曾答應為每個納稅人減稅50美元。	tax稅， pay支付， -er表示人
half-pay	*adj.* 半薪的 I have three days' **half-pay** leave. 我有三天半薪假。	half半， pay工資
payable	*adj.* 可支付的 The money is not **payable** until January 31. 這錢要到1月31日才可支付。	pay支付， -able可……的
payment	*n.* 支付；支付的款項 You may defer **payment** until next week. 你可延期至下週支付。	pay支付， -ment名詞字尾
payer	*n.* 付款人 He is well-known as a slow **payer**. 他是出名的債務拖欠者。	pay支付， -er者
payee	*n.* 收款人 I can't find the **payee**. 我找不到收款人了。	pay支付， -ee被……的人 「被付款的人」

		助記
payday	*n.* 發薪日 Friday is my **payday**. 週五是我的發薪日。	pay工資， day天
payout	*n.*（保險索賠、競賽獲勝等得到的）大筆付款 There should be a big **payout** on this month's lottery. 這個月的彩票獎金數額應該很大。	pay支付， out出

peace 和平；平靜

02.16.11

		助記
peaceful	*adj.* 和平的；平靜的 The world today is far from **peaceful**. 今天的世界還很不和平。	peace和平， -ful……的
peaceable	*adj.* 和平的；平靜的 They cooperate in a **peaceable** spirit. 他們本著和平的精神協作。	peace和平， -able可……的
peace-loving	*adj.* 愛好和平的 These people are **peace-loving** citizens. 這些都是愛好和平的公民。	peace和平， loving愛……的
peacebreaker	*n.* 破壞和平的人；擾亂治安者 The **peacebreaker** was arrested. 擾亂治安者被逮捕了。	peace和平， breaker破壞者
peacemaking	*adj.* 調解的 This is a **peacemaking** mission. 這是調解使團。	peace和平， making製造，創造 「創造和平」
peacemaker	*n.* 調解人，和事佬 I have to act as a **peacemaker**. 我只好當和事佬了。	peace和平， maker製造者
peacetime	*n.* 和平時期 Even in **peacetime**, a soldier's life is hard. 即使在和平時期，軍人的生活也是艱苦的。	peace和平， time時期
appease	*v.* 平息；撫慰；綏靖 Nothing could **appease** the crying child. 什麼東西都沒法使孩子不哭。	ap-加強意義， pease=peace平靜
appeasable	*adj.* 可平息的 His mood has been **asppeasable** gradually. 他的情緒已經逐漸平息了。	ap-加強意義， peas(e)=peac(e)平靜， -able可……的

P

單字	釋義／例句	助記
appeasement	*n.* 平息；撫慰；綏靖 Music is an **appeasement** to shattered nerves. 音樂可撫慰受重創的神經。	ap-加強意義，pease=peace平靜，-ment名詞字尾
unappeasable	*adj.* 無法平息的 I can't control my **unappeasable** anger. 我控制不住無法平息的怒火。	un-不，ap-加強意義，pease(=peace)平靜，-able可……的
inappeasable	*adj.* 難平息的；難滿足的 His appetite for meat seems to be **inappeasable**. 他對肉的嗜好似乎是永遠無法滿足的。	in-不，ap-加強意義，peas(e)=peac(e)平靜，-able可……的

people 人；居民

02.16.12

單字	釋義／例句	助記
overpeopled	*adj.* 人口過密的，居民太多的 China is **overpeopled** nowadays. 現在中國人口過密。	over-過甚，peopl(e)人，居民，-ed……的
unpeopled	*adj.* 無人居住的；人口減少的 There are many rare plants in the **unpeopled** forest. 在無人居住的森林裡有許多稀有的植物。	un-無，peopl(e)人，居民，-ed……的
unpeople	*v.* 使成無人地區；使減少人口 The failure of the harvest **unpeopled** countrysides. 歉收使農村人口減少。	un-無，people人，居民
dispeople	*v.* 使（一地）的人口減少 The flood **dispeopled** the whole area. 洪水使整個地區人口減少。	dis取消，消除，people人，居民
repeople	*v.* 使重新住人 I will **repeople** the cities, and the ruins shall be rebuilt. 我要使城市有人居住，廢墟得以重建。	re-再，重新，people人，居民
townspeople	*n.* 鎮民；市民；城裡人 All of the **townspeople** liked this old man. 所有的市民都喜歡這位老者。	town城鎮，people人，居民
workpeople	*n.* 工人們，勞工們 The **workpeople** had no say in how to run their factory. 工人們在工廠管理方面沒有發言權。	work工作，people人，居民

perfect 完美的；完善的 02.16.13

		助記
imperfect	*adj.* 不完美的；不完整的 We live in an **imperfect** world. 我們生活在一個不完美的世界上。	im-不， perfect完美的
imperfectible	*adj.* 無法臻於完美的 The theory is still **imperfectible** in fact. 實際上這個理論仍無法臻於完美。	im-不， perfect完美的， -ible可……的
word-perfect	*adj.* 一字不錯地熟記的 The child soon became **word-perfect**. 小孩很快就能一字不差地複述了。	word字， perfect完美的
perfectly	*adv.* 完全地；完美地；絕對正確地 Nobody speaks English **perfectly**. 沒有一個人説的英語是絕對正確的。	perfect完美的， -ly……地
perfection	*n.* 盡善盡美 Absolute **perfection** in a dictionary is rare. 詞典很難十全十美。	perfect完美的， -ion名詞字尾
perfective	*adj.* 趨於完美的 The present design is **perfective**. 當前的設計趨於完美。	perfect完美的， -ive……的
perfectible	*adj.* 可臻完美的；可改善的 If men are not perfect, they are at least **perfectible**. 人若非完美，至少可臻完美。	perfect完美的， -ible可……的

person 人；個人 02.16.14

		助記
impersonal	*adj.* 沒人情味的；不具人格的；客觀的 I hate staying in hotels; they're so **impersonal**. 我不喜歡住酒店，那裡缺乏人情味。	im-非， person個人， -al……的
impersonality	*n.* 無人情味；客觀冷靜 I marvelled at his **impersonality**. 他的冷靜讓我感到驚奇。	im-非， person個人， -ality 名詞字尾
interpersonal	*adj.* 人與人之間的 The most difficult aspect is the **interpersonal** relationship. 最難的是人與人之間的關係。	inter-在……之間， person個人， -al……的

salesperson	*n.*售貨員 The **salesperson** demonstrated a new washing machine. 售貨員展示了一臺新洗衣機。	sale售， -s-連接字母， person人
newsperson	*n.* 新聞報告員，記者 Pulitzer wants to become a **newsperson**. 普利茲想成為一名記者。	news 新聞， person人
unperson	*n.* 沒落人物 He's already been an **unperson**. 他已經是一個沒落人物了。	un-不，非， person個人
personal	*adj.* 個人的，私人的；親自的 Don't be too **personal**. 不要太關心他人的私事。	person個人， -al……的
depersonalize	*v.* 使失去個性；客觀地對待 Being in a group **depersonalizes** individuals. 置身團體中會使個人失去個性。	de-除去，取消， personal個人的， -ize動詞字尾， 使……
personally	*adv.* 親自地 I handed the book to him **personally**. 書是我親自交給他的。	person個人， -al……的， -ly……地
personality	*n.* 個性，人格；性格 The environment shapes **personality**. 環境造就性格。	person個人， -ality名詞字尾， 表示性質
personalize	*v.* 使個人化，使針對個人；使個性化 Let's not **personalize** this argument. 我們不要讓這場爭論變成針對個人的爭議。	person個人， -al……的， -ize……化
personalization	*n.* 個人化；個性化 The Internet has a potential for **personalization**. 網際網路有著個性化潛能。	personal個性的， -ization名詞字尾， ……化
personify	*v.* 把……擬人化；是……的化身 Time is often **personified** as an old man. 時間經常被比擬為一位老人。	person人， -i-連接字母， -fy動詞字尾
personification	*n.* 擬人化，人格化；化身 He is the **personification** of honesty. 他是誠實的化身。	person人， -i-連接字母， -fication名詞字尾
personnel	*n.* 全體人員 All **personnel** were asked to participate. 全體員工都要參加。	person人， -nel表示總體

P

pity 憐憫，同情 02.16.15

		助記
self-pity	*n.* 自憐 I was unable to shake off my **self-pity**. 我無法從自憐中擺脫出來。	self-自己， pity憐憫的
unpitied	*adj.* 得不到憐憫的，沒人同情的 The guilty, **unpitied**, has no friends. 犯罪的人無人同情，沒有朋友。	un-不，無， piti(y→i)憐憫的， -ed……的
pitiable	*adj.* 可憐的；可鄙的 I don't need a **pitiable** excuse. 我不需要這種拙劣的藉口。	piti(y→i)憐憫的， -able可……的
pitiful	*adj.* 可憐的 The refugees were a **pitiful** sight. 難民們看上去真可憐。	piti(y→i)憐憫的， -ful……的
pitiless	*adj.* 沒有憐憫心的，無情的 He is a **pitiless** dictator. 他是個冷酷無情的獨裁者。	piti(y→i)憐憫的， -less無……的

place 地方；位置；安放 02.16.16

		助記
misplace	*v.* 把……放錯地方；忘記把……放在什麼地方 My grandfather used to **misplace** his glasses. 我的祖父過去老是記不起把眼鏡放在什麼地方。	mis-錯誤, place安放
replace	*v.* 代替，替換；把……放回原處 **Replace** words with deeds. 以行動代替言辭。	re-回，place 安放 「用其他的物品 放回原位」
replacement	*n.* 代替，替換；歸還 Our old car is badly in need of **replacement**. 我們的舊車急需更換。	re-回， place安放， -ment名詞字尾
replaceable	*adj.* 可替換的 A person, unlike a machine, is not **replaceable**. 與機器不同，人是不可替代的。	re-回， place安放， -able可……的
irreplaceable	*adj.* 不能替代的，獨一無二的 These works of art are **irreplaceable**. 這些藝術品都是獨一無二的。	ir-不，re-回， place安放， -able可……的

P

unplaced	*adj.* 未受到安置的；沒有固定職位的 An **unplaced** person is pitiful. 無處安身的人很可憐。	un-未， plac(e)安放，位置， -ed……的
displace	*v.* 移動……的位置；撤換；取代 Please don't **displace** my dictionary. 請別動我的詞典。	dis-不， place安放，地方 「使不在原地」
displaceable	*adj.* 可移動位置的；可取代的 The **displaceable** part has bending stiffness. 可移動位置的部分具有抗彎剛度。	displace轉移， -able可……的
fireplace	*n.* 壁爐 There is a clock above the **fireplace**. 壁爐上方有一個鐘。	fire火， place地方 「生火的地方」
resting-place	*n.* 休息處 Is there a **resting-place** for the night? 晚上是否有休息的地方？	resting休息， place地方
showplace	*n.* 供參觀的地方 The owner transformed the house into a **showplace**. 業主把房子變成了一個供參觀的地方。	show展示，展出， place地方
someplace	*adv.* 在某處 Can't you do this **someplace** else? 這件事你就不能換個地方做嗎？	some某， place地方
anyplace	*adv.* 在任何地方，無論何處 She didn't have **anyplace** to go. 她無處可去。	any任何， place地方
birthplace	*n.* 出生地，故鄉；發源地 He travelled from his **birthplace** to his new home. 他從故鄉旅行到新居。	birth出生， place地方
placeable	*adj.* 可被確定位置的 They airdropped a **placeable** Sentry Gun. 他們空投了一具可被確定位置的步哨機槍。	place安放，位置， -able可……的
placeless	*adj.* 沒有固定位置的 He might not mind being **placeless**. 他也許不介意這種沒著沒落的狀態。	place安放，位置， -less無……的
placement	*n.* 安置；布置；安排 The centre provides a job **placement** service. 該中心提供就業安置服務。	place安放， -ment名詞字尾

P

plan 計劃 02.16.17

		助記
preplan	*v.* 預先計劃 Now it's time to **preplan** your trip. 現在，是時候提前計劃你的行程了。	pre-預先， plan計劃
unplann**ed**	*adj.* 無計劃的，未經籌劃的 **Unplanned** actions may result in unexpected gains. 有時沒有計劃的行動卻會有意外收穫。	un-未，無， planned計劃的
plann**ed**	*adj.*（按照）計劃的；（事先）安排的 They are making a **planned** revision. 他們正在進行有計劃的修改。	plan計劃， -n-重複字母， -ed……的
plann**er**	*n.* 計劃者；規劃師 We need a **planner**. 我們需要一個規劃師。	plan計劃， -n-重複字母， -er者
plann**ing**	*n.* 計劃，規劃；設計 They credited the defeat to poor **planning**. 他們把失敗歸咎於計劃不周。	plan計劃， -n-重複字母， -ing名詞字尾

plane 飛機 02.16.18

		助記
deplane	*v.* 下飛機；使下飛機 Please **deplane** through the rear exit. 請從後艙門下飛機。	de-離開，下， plane飛機
emplane	*v.* 乘飛機；使乘飛機 I am going to **emplane** for New York next month. 下個月我打算乘飛機去紐約。	em-入內， plane飛機
warplane	*n.* 軍用飛機 A **warplane** was reported to have crashed. 據報導，一架軍用飛機墜毀了。	war戰爭　軍用， plane飛機
seaplane	*n.* 水上飛機 Was that a yellow-and-white **seaplane**? 那是架黃白色的水上飛機嗎？	sea海， plane飛機
sailplane	*n.*（輕型）滑翔機 I'm going to fly a **sailplane**. 我將駕駛一架輕型滑翔機。	sail翱翔，滑翔， plane飛機

P

			助記
monoplane	*n.* 單翼機	He is used to flying in a **monoplane**. 他習慣於坐單翼機飛行。	mono-單， plane飛機
taxiplane	*n.* 出租飛機	He is proud of taking a **taxiplane**. 他以乘坐過出租飛機而自豪。	taxi出租車， plane飛機 「用來出租的飛機」

plant 植物；種植

02.16.19

			助記
plant**able**	*adj.* 可種植的，可開墾的	You can make full use of these **plantable** fields. 你可以充分利用這些可種植的田地。	plant種植， -able可……的
plant**ation**	*n.* 種植；種植園	They own about 40 hectares of coffee **plantation**. 他們擁有約四十公頃的咖啡種植園。	plant種植， -ation名詞字尾
plant**er**	*n.* 種植者；種植園主	He was the son of a wealthy **planter**. 他是一個富有的種植園主的兒子。	plant種植， -er者
plant**ing**	*n.* 種植，栽植；植樹造林	This is perfect weather for **planting**. 這種氣候最適宜植樹造林。	plant種植， -ing名詞字尾
eggplant	*n.* 茄子	**Eggplant** is a kind of vegetable. 茄子是一種蔬菜。	egg蛋， plant植物 「其果實如蛋形」
replant	*v.* 再植，重新栽培	We had to **replant** after the drought. 旱災之後我們不得不重新種植。	re-再，重新， plant種植
transplant	*v.* 移植，移種	We'll **transplant** these flowers to the garden. 我們要把這些花兒移栽到花園裡。	trans-轉移， plant種植
transplant**er**	*n.* 移植者；移植機	We have acquired a new rice **transplanter**. 我們又添了一臺水稻插秧機。	trans-轉移， plant種植， -er表示人或物

P

play 玩；表演；戲劇

02.16.20

		助記
player	*n.* 遊戲（或玩耍）的人；演員；比賽者 He was hurt, and another **player** replaced him. 他受了傷，另一個選手取代了他。	play玩， -er者
playday	*n.* 假日，休息日 I have to work in **playday**. 我不得不在休息日上班。	play玩，遊戲， day日
playground	*n.* 操場；遊樂場 The **playground** of the school has been walled in. 學校操場已經用牆圍住了。	play玩，遊戲， ground場地
playful	*adj.* 愛玩耍的；開玩笑的 I felt very **playful**. 我當時只想鬧著玩玩。	play玩， -ful……的
playsome	*adj.* 愛玩耍的，頑皮的，嬉戲的 Those **playsome** boys are on the playground. 那些頑皮的男孩們在操場上。	play玩， -some……的
plaything	*n.* 玩物，被玩弄的人 He treated that silly girl as a **plaything**. 他把那個愚蠢的女孩當作玩物。	play玩， thing物，物體
playbook	*n.* 劇本 He is busy with a new **playbook**. 他在為新劇本而忙碌。	play戲劇， book書
playwriting	*n.* 劇本創作 My **playwriting** teacher left. 我的劇本寫作老師離開了。	play戲劇， writing寫作
playhouse	*n.* 劇場 We saw a show at a local **playhouse**. 我們在當地的劇場看了一場表演。	play戲劇， house房屋
playlet	*n.* 短劇 It is a very funny **playlet**. 這是一個非常有趣的短劇。	play戲劇， -let表示小
teleplay	*n.* 電視劇 She was rewarded as “ the queen of the **teleplay**”. 她被人們譽為「電視劇皇后」。	tele-電視， play劇

byplay	*n.*（主題以外）穿插的演出 He was annoyed by the **byplay** yesterday. 他對昨天的穿插演出很惱火。	by-非正式， play劇
screenplay	*n.* 電影劇本 Sue is writing a **screenplay**. 蘇正在寫電影劇本。	screen銀幕 電影，play劇
nonplay	*n.* 非戲劇 We do not need this **nonplay**. 我們不需要這種非戲劇。	non-非， play戲劇
horseplay	*n.* 打鬧；喧鬧的嬉戲 No **horseplay** while waiting for the bus. 在候車的時候不要嬉戲打鬧。	horse馬， play遊戲
misplay	*n.*（球類等運動中的）動作錯誤；失誤 We need to decrease the human **misplay**. 我們需要減少人為失誤。	mis-錯誤， play遊戲 「在遊戲中犯錯」
handplay	*n.* 互毆，扭打 They have a **handplay** after the match. 比賽之後，他們扭打在一起。	hand手， play玩→動 「動起手來」
swordplay	*n.* 舞劍；劍術 He is a master of **swordplay** and strategy. 他是劍術和策略上的專家。	sword劍， play玩→動

please 使高興；使愉快

02.16.21

		助記
pleasing	*adj.* 令人愉快的，討人喜歡的 He is a **pleasing** young man. 他是個可愛的年輕人。	pleas(e)高興， -ing……的
unpleasing	*adj.* 使人不愉快的，討厭的 It is **unpleasing** to the readers. 這使讀者們不太愉快。	un-不， pleas(e)高興， -ing……的
displease	*v.* 使不高興，使不愉快 Her reply **displeased** her father. 她的回答令父親不快。	dis-不， please使高興
displeasing	*adj.* 討厭的，令人發火的，令人不愉快的 Such conduct is **displeasing** to your parents. 這種行為會使你的父母生氣。	dis-不， pleas(e)使高興， -ing……的

單字	釋義與例句	助記
pleasantry	*n.* 打趣的話；（談話交際中的）輕鬆詼諧 There is a **pleasantry** in his manner. 他的態度輕鬆詼諧，討人喜歡。	pleas(e)使高興，ant……的，-ry名詞字尾，表示抽象名詞
unpleasant	*adj.* 使人不愉快的；不合意的 The only work available is **unpleasant**. 唯一能找到的工作很不合意。	un-不，pleasant高興的
pleasure	*n.* 愉快，快樂，高興；滿足；樂事 I find great **pleasure** in going to the theatre. 我覺得看戲很開心。	pleas(e)使愉快，-ure名詞字尾，表示抽象名詞
displeasure	*n.* 不愉快，不高興；不滿 She swallowed her **displeasure** and smiled. 她抑制自己的不快，強顏歡笑。	dis-不，pleas(e)使愉快，-ure表示抽象名詞
pleasure-seeking	*n.* 尋歡作樂 This **pleasure-seeking** gave Andy pause. 這樣的尋歡作樂讓安迪休息。	pleasure愉快，seeking追求
pleasure-seeker	*n.* 追求享樂的人 He is poor, but he is a **pleasure-seeker**. 他很窮，但他是一個追求享樂的人。	pleasure愉快，seeker追求者
pleasure boat	*n.* 遊艇 It was built for a **pleasure boat**. 這條船是作為遊艇建造的。	pleasure快樂，遊樂，boat船
pleasurable	*adj.* 令人愉快的 Weekends are **pleasurable** days. 週末是令人愉快的日子。	pleasur(e)愉快，-able……的

P

point 尖；點；指

02.16.22

單字	釋義與例句	助記
viewpoint	*n.* 觀點，看法 We will try to talk him over to our **viewpoint**. 我們將設法說服他同意我們的觀點。	view看，point點
standpoint	*n.* 立場，觀點 From my **standpoint**, it is just ridiculous. 依我看，這事簡直太荒唐了。	stand立，point點「立足點→立場，觀點」
strongpoint	*n.* 防守上的戰術據點 Explosive shell tore into the wall of the **strongpoint**. 爆炸的炮彈炸穿了防守據點的牆壁。	strong堅固的，point點

pinpoint	*n.* 針尖；瑣事；一點 Don't always argue about **pinpoints**. 別總為了芝麻綠豆的事爭論不休。	pin針， point尖
gunpoint	*n.* 槍口 The terrorist stopped the car at **gunpoint**. 那個恐怖分子用槍脅迫汽車停下。	gun槍， point尖端
pointed	*adj.* 尖的；尖銳的 I don't like the **pointed** shoes. 我不喜歡尖頭鞋。	point尖， -ed……的
pointy	*adj.* 有尖頭的，尖的 His head was oddly **pointy**. 他的頭尖得很特別。	point尖， -y……的
pointer	*n.* 指示者；指示物；教鞭 She tapped on the world map with her **pointer**. 她用教鞭輕點在那張世界地圖上。	point指， -er表示人或物

political 政治的

02.16.23

		助記
politically	*adv.* 政治上，從政治角度 Journalists are supposed to be **politically** neutral. 新聞工作者在政治上應持中立態度。	political政治的， -ly副詞字尾
politicalize	*v.* 使政治化，使具有政治性 Google should not continue to **politicalize** itself. 谷歌不應該繼續使自己具有政治性。	political政治的， -ize……化
politician	*n.* 政治家；<貶>政客 The newspaper editorial defamed the **politician**. 該報社論誣蔑這名政治家。	political政治的， -al→-ian名詞字尾， 表示人
politics	*n.* 政治學，政治 **Politics** has always interested him. 他一直對政治感興趣。	political政治的， -ical→-ics名詞字尾， ……學
politicize	*v.* 從事政治；談論政治；使政治化 Do not **politicize** economic and trade issues. 不要把經貿問題政治化。	political政治的， -al→-ize動詞字尾
nonpolitical	*adj.* 非政治的；不關心政治的 She was completely **nonpolitical**. 她對政治漠不關心。	non-非，無， political政治的

P

		助記
apolitical	*adj.* 不關心政治的；非政治的 As a musician, you can be **apolitical**. 作為一位音樂家，你可能對政治不感興趣。	a-不， political政治的

popular 通俗的；流行的

02.16.24

		助記
popularity	*n.* 通俗性，大眾性；普及；流行 The new product jumped into **popularity**. 這個新產品一下子流行了起來。	popular通俗的， -ity名詞字尾
popularize	*v.* 普及，推廣；使通俗化 We should **popularize** science on a grand scale. 我們應該大規模普及科學。	popular通俗的， -ize動詞字尾， 使……
popularization	*n.* 普及，推廣；通俗化出版物 Farmers benefit from the **popularization** of scientific knowledge. 科學知識的普及讓廣大農民受益。	popular通俗的， -ization名詞字尾
popularizer	*n.* 普及者，推廣者 Reagan was their **popularizer** in a sense. 在某種意義上，雷根是他們的推廣者。	populariz(e)使通俗，普及化， -er者
unpopular	*adj.* 不流行的；不受歡迎的 It was a painful and **unpopular** decision. 這是一個痛苦且不受歡迎的決定。	un-不， popular流行的
unpopularity	*n.* 不流行；不受歡迎 It will probably have to endure **unpopularity**. 也許它還會不受歡迎。	un-不， popular流行的 -ity名詞字尾

population 人口

02.16.25

		助記
depopulation	*n.* 人口減少 The village is suffering from **depopulation**. 那個村莊正為人口減少而苦惱。	de-降低，減少， population人口
overpopulation	*n.* 人口過剩 **Overpopulation** is not compatible with freedom. 人口過剩和自由是不可調和的。	over-過，超過， 過多， population人口
underpopulation	*n.* 人口稀少，人口不足 Australia is a country of **underpopulation**. 澳大利亞是一個人口稀少的國家。	under-不足， population人口

underpopulated	*adj.* 人口稀少的，人口不足的 It was the right strategy in an **underpopulated** world. 在人口稀少的世界，那是正確的戰略。	under-不足， populat(e)居住於， -ed……的

port 港；機場

02.16.26

		助記
seaport	*n.* 海港；港口城市 San Francisco is a **seaport**. 舊金山是一個港口城市。	sea海， port港
superport	*n.* 超級大港 He followed his father to have a visit to the **superport**. 他跟隨他父親參觀了超級大港。	super-超級， port港
outport	*n.* 外港，輸出港 Shanghai is an important **outport**. 上海是個重要的外港。	out-外， port港
passport	*n.* 護照 The immigration officer stamped my **passport**. 移民官在我的護照上蓋了戳。	pass通過， port港 「通過港口」
airport	*n.* 航空站，機場 Her family went to see her off at the **airport**. 她的家人去機場送她。	air航空， port機場
jetport	*n.* 噴射機機場 There isn't a **jetport** in my hometown. 我的家鄉沒有噴射機機場。	jet噴射式飛機， port機場
heliport	*n.* 直升機機場 There is a **heliport** nearby. 附近有一個直升機機場。	heli(=helicopter) 直升機， port機場
spaceport	*n.* 太空基地 My house is only a few miles from **spaceport**. 我家離太空基地只有幾英里遠。	space太空， port港 「通向太空的港口」
moonport	*n.* 月球火箭發射站 He worked in the **moonport** when he was young. 他年輕時在月球火箭發射站工作。	moon月球， port港 「通向月亮的港口」

P

position 位置

02.16.27

		助記
positional	*adj.* 位置的；地位的 You need three **positional** measurements. 你需要測量三次位置。	position位置， -al……的
preposition	*n.* 前置詞，介詞 This word is a **preposition**. 這個字是一個介系詞。	pre-前， position位置
prepositional	*adj.* 前置詞的，介詞的 What is the function of this **prepositional** phrase? 這個介系詞短語的作用是什麼？	pre-前， position位置， -al……的
postposition	*n.* 後置詞 Don't abbreviate the term "**postposition**". 不要使用「後置詞」的簡寫或縮寫。	post-後， position位置
transposition	*n.* 互換位置，調換 The code above implements the **transposition** function. 以上代碼實現位置調換功能。	trans-轉移， position位置
contraposition	*n.* 對照；對置 We introduced an automatic tube fill **contraposition** system. 我們引進了一套軟管自動對置系統。	contra-相對， position位置 「擺在相對位置上」
malposition	*n.* 錯位；胎位不正 She is worried about her **malposition**. 她為胎位不正而感到焦慮。	mal-錯誤， position位置
interposition	*n.* 插入；插嘴；干涉 We are tired of his **interposition**. 我們都厭煩他插嘴。	inter-在……之中， position位置 「置於其中」

possess 占有

02.16.28

		助記
possession	*n.* 占有；所有；財產 Check your **possessions** on arrival. 抵達時檢查一下你攜帶的物品。	possess占有， -ion名詞字尾
possessor	*n.* 占有人；所有者（幽默用法） He is now a proud **possessor** of a car. 現在他擁有了一輛車，很自豪。	possess占有， -or者

P

possessive	*adj.* 占有的；占有欲強的；不願與人分享的 He is **possessive** about his car. 他不希望別人用他的汽車。	possess占有, -ive……的
self-possessed	*adj.* 有自制力的；沉著的，冷靜的 She is a **self-possessed** person. 她是一個沉著冷靜的人。	self-自己， possess占有，控制， -ed……的 「自我控制的」
self-possession	*n.* 自我控制，自制；沉著，冷靜 I admired Tom's **self-possession**. 我欣賞湯姆的自制力。	self-自己， possess占有，控制， -ion名詞字尾
dispossess	*v.* 剝奪 They **dispossessed** the nobles of their wealth. 他們剝奪了貴族的財產。	dis-不， possess占有，控制 「使不再占有」
dispossessed	*adj.* 被剝奪的；無希望的，無寄托的 Modern man is spiritually **dispossessed**. 現代人在精神上毫無寄托。	dis-不， possess占有，控制， -ed……的

power 力量；強國

02.16.29

		助記
powerful	*adj.* 強有力的；強壯的 His chest and arms were as **powerful** as ever. 他的胸部和雙臂仍非常強壯。	power力量， -ful有……的
all-powerful	*adj.* 最強大的；無所不能的 The tobacco forces remain **all-powerful**. 菸草勢力依然強大。	all非常，十分， power力量， -ful有……的
powerless	*adj.* 無力量的；無能為力的；軟弱的 He felt so **powerless**. 他感到如此無助。	power力量， -less無……的
power-holder	*n.* 當權派，實權派 The **power-holder** has already mastered the city. 當權派已經掌握了城市。	power力量→權力， holder掌握者
powermonger	*n.* 權力鬥爭者，爭奪權力者 The **powermongers** are fighting for the position of chairman. 角逐權力者正在為主席的位置而爭鬥。	power力量→權力， monger專做……的人
superpower	*n.* 超級大國 The U.S. is an agricultural **superpower**. 美國是超級農業大國。	super-超級， power強國

P

great-powerism	*n.* 霸權主義 This country was **great-powerism** in the old days. 過去這個國家主張霸權主義。	great大， power強國， -ism名詞字尾， ……主義
overpower	*v.* 壓服，制服 One justicecan **overpower** a hundred evils. 一正壓百邪。	over-上面，從上面，power力量
empower	*v.* 使有權力；授權 I **empowered** my agent to make this deal for me. 我授權我的代理人處理此項交易。	em-使……， power權力
firepower	*n.* 火力 The U.S. had superior **firepower**. 美國有更勝一籌的火力。	fire火， power力量
nuclear-powered	*adj.* 核動力的 They have one **nuclear-powered** attack submarine. 他們有一艘核動力攻擊潛艇。	nuclear核， power力量，動力 -ed……的
willpower	*n.* 意志力 The bigger issue is imagination and **willpower**. 更重要的是想像力和意志力。	will意志， power力量，動力
waterpower	*n.* 水力；水力發電 In the19th century **waterpower** was widely utilized. 在19世紀，水力發電得到廣泛應用。	water水， power力量，動力
power house	*n.* 發電廠 I know where they are to build the new **power house**. 我知道他們要把新的發電廠建在哪兒。	power力量，動力， house房屋，機構
powerboat	*n.* 機動艇，汽艇 A **powerboat** was bearing down on us. 一艘汽艇向我們逼近。	power力量，動力 boat船

practice 實行；實踐

02.16.30

		助記
practicable	*adj.* 可實行的 That suggestion sounds **practicable**. 那條建議聽起來可行。	practic(e)實行， -able可……的
practicability	*n.* 可行性 What do you think about the **practicability** of this plan? 你認為這個方案的可行性如何？	practic(e)實行， -ability可……性

impracticable	*adj.* 不能實行的 It was a thoroughly **impracticable** plan. 那是個根本行不通的計劃。	im-不， practic(e)實行， -able能……的
practical	*adj.* 實踐的；實際的；實用的 Your invention is not **practical**. 你的發明不實用。	practic(e)實踐， -al……的
practicality	*n.* 實踐性；實際事物 He knows very little about the **practicalities** of living. 對衣食住行等生活實踐他知之甚少。	practic(e)實踐， -ality名詞字尾， 表示性質
impractical	*adj.* 不切實際的，不現實的 His mind was full of **impractical** plans. 他滿腦子都是不切實際的計劃。	im-不， practical實際的
impracticality	*n.* 不切實際，不現實 Michel has picked up associations of **impracticality**. 米歇爾選擇了不切實際的聯想。	impractical不現實的， -ity名詞字尾
unpractical	*adj.* 不切實際的，不實用的 He has a lot of **unpractical** ideas. 他有很多不切實際的想法。	un-不， practical實際的
malpractice	*n.* 不法行為；瀆職 Her doctor was found the guilty of **malpractice**. 她的醫生被判決瀆職罪。	mal-惡，壞， practice實行→ 行為
practically	*adv.* 實際上，事實上 **Practically**, the plan didn't work well. 實際上，該計劃進行得不順利。	practical實際的， -ly副詞字尾
practician	*n.* 有實際經驗的人 **Practicians** are very popular among the employees. 在求職者中，有實際經驗的人很受歡迎。	practic(e)實踐， -ian名詞字尾， 表示人
practise	*v.* 練習；執行 **Practise** your speech beforehand. 預先練習一下你的演講。	音變：c→s， practice→ practise

praise 讚揚

02.16.31

		助記
self-praise	*n.* 自我稱讚，自我吹噓 **Self-praise** is felt to be ill-bred. 自誇被認為是沒有教養的。	self-自己，自我， praise讚揚

P

overpraise	*v.* 過分稱讚，過獎 Don't trust such men as **overpraise** you to your face. 不要信任當面過分稱讚你的人。	over-過分， praise讚揚
dispraise	*v.* 貶損；非難 It sounds as though I'm **dispraising** this book. 這聽起來好像是我在貶損這本書。	dis-不，相反， praise讚揚 「不讚揚」
praiseful	*adj.* 讚不絕口的，讚揚的 He is a **praiseful** graduate student. 他是位頗受讚揚的研究生。	praise讚揚， -ful……的
praiseworthy	*adj.* 值得讚揚的 His aim is honorable and **praiseworthy**. 他的目的是高尚的，值得稱讚。	praise讚揚， worthy值得的

prepare 準備

02.16.32

		助記
prepared	*adj.* 有準備的，準備好的 He read a **prepared** text of greeting. 他宣讀了一篇事先寫好的歡迎辭。	prepar(e)準備， -ed……的
preparedness	*n.* 準備狀態；戰備狀態 Everything was in a state of **preparedness**. 萬事俱備。	prepar(e)準備， -ed……的， -ness名詞字尾
unprepared	*adj.* 無準備的；尚未準備好的 I was **unprepared** for his answer. 我對他的回答未做好心理準備。	un-無，未， prepar(e)準備， -ed……的
preparation	*n.* 準備（狀態），預備（狀態）；準備措施 Education should be a **preparation** for life. 教育應為人生作準備。	prepar(e)準備， -ation名詞字尾
preparative	*adj.* 準備的，預備的 Bright future belongs to the **preparative** person. 美好的未來屬於有準備的人。	prepar(e)準備， -ative……的

press 壓；壓印，印刷；報刊

02.16.33

		助記
oppress	*v.* 壓迫 A good ruler will not **oppress** the poor. 好的統治者不會壓迫貧民。	op-表示加強意義， press壓

P

oppression	*n.* 壓迫；壓抑 My sense of **oppression** increased. 我的壓抑感越來越強烈。	op-表示加強意義， press壓， -ion名詞字尾
oppressor	*n.* 壓迫者 Our people are suffering at the hands of an **oppressor**. 我們的人民正在壓迫者的統治下受苦。	op-表示加強意義， press壓， -or者
oppressive	*adj.* 壓迫的；壓抑的 I hate the dreary and **oppressive** winter. 我不喜歡陰沉壓抑的冬天。	op-表示加強意義， press壓， -ive……的
suppress	*v.* 鎮壓；抑制 No drug could **suppress** his cough. 吃什麼藥也不能抑制住他的咳嗽。	sup-下， press壓 「壓下」
suppression	*n.* 壓制；抑制 This is the **suppression** of freedom. 這是對自由的壓制。	sup-下， press壓， -ion名詞字尾
suppressive	*adj.* 鎮壓的；起抑制作用的 People oppose this **suppressive** measure. 人民反對這種鎮壓措施。	sup-下， press壓， -ive……的
repress	*v.* 壓制，抑制；鎮壓 He could hardly **repress** his tears. 他的眼淚都抑制不住快要流下來了。	re-回， press壓 「壓回」
repression	*n.* 鎮壓；抑制 We will aid their struggle against violent **repression**. 我們將幫助他們反抗殘暴的鎮壓。	re-回， press壓， -ion名詞字尾
repressive	*adj.* 鎮壓的；抑制的，約束的 Do not adopt **repressive** measures. 不要採取鎮壓措施。	re-回， press壓， -ive……的
compress	*v.* 壓緊；壓縮；濃縮 She **compressed** her nostrils. 她捏緊鼻孔。	com-共同， press壓 「壓在一起」
compression	*n.* 壓縮；濃縮 I studied the **compression** ratios. 我研究的是壓縮比。	com-共同， press壓， -ion名詞字尾
compressor	*n.* 壓縮機，壓氣機 The **compressor** makes a lot of noise. 壓縮機發出很大的噪音。	com-共同， press壓， -or表示物

P

compressive	*adj.* 有壓縮力的；壓縮的 What is the actual **compressive** strength? 實際抗壓強度是多大？	com-共同， press壓， -ive……的
compressible	*adj.* 可壓縮的；可濃縮的 It's light and **compressible**. 它很輕，而且可以壓縮。	com-共同， press壓， -ible可……的
decompress	*v.*（使）減壓；[計]使解壓縮 Can your computer **decompress** files automatically? 你的電腦可以自動解壓文件嗎？	de-取消，除去， 減去， compress壓縮
decompressor	*n.* 減壓器 I think you need a **decompressor** to help you. 我認為你需要一個減壓器來幫助你。	de-取消，除去， 減去，compress 壓縮，-or表示物
depress	*v.* 壓低；降低；使消沉 The rainy days always **depress** me. 雨天總是使我消沉。	de-下， press壓
depression	*n.* 降低；意氣消沉，抑鬱 Does this medicine cure **depression**? 這種藥能治療抑鬱嗎？	de-下， press壓， -ion名詞字尾
depressible	*adj.* 可降低的 The price is **depressible**. You can ask him again. 價錢可以壓低，你可以再問問他。	de-下， press壓， -ible可……的
depressed	*adj.* 抑鬱的 I feel much **depressed**. 我感到很抑鬱。	de-下， press壓， -ed……的
impress	*v.* 壓印；給……極深的印象 She did not **impress** me at all. 她沒給我留下絲毫印象。	im-入，press壓 「壓入」 「在上面壓」
impression	*n.* 壓印，印記；印象 My **impression** is that he is against it. 給我的印象是他反對這件事。	impress給人印象 深刻， -ion名詞字尾
impressive	*adj.* 給人印象深刻的；感人的 She was very **impressive** in the interview. 她在面試中給人留下了深刻的印象。	impress給人印象 深刻， -ive……的
unimpressive	*adj.* 給人印象不深的 His academic record was **unimpressive**. 他的學習成績平平。	un-不，非， impress給人印象 深刻

pressman	*n.* 印刷工人；新聞工作者 His younger brother works as a **pressman**. 他的弟弟是印刷工。	press壓印，印刷→刊物，報刊，man人，男人
pressure	*n.* 壓力 The **pressure** of work was too great for him. 工作的壓力對他而言實在是太大了。	press壓，-ure名詞字尾

prevent 防止；預防

02.16.34

		助記
prevention	*n.* 防止，預防 It's a thing there's no **prevention** for. 那是件無法預防的事。	prevent防止，預防，-ion名詞字尾
preventer	*n.* 防止者，預防者；預防藥 The Fed is a forward-looking **preventer** of financial crises. 美聯儲有遠見，是發生金融危機時的保護神。	prevent防止，預防，-er表示人或物
preventive	*adj.* 預防的，防止的 Too much is spent on **preventive** medicine. 在預防醫學上花費太多。	prevent防止，預防，-ive……的
preventable	*adj.* 可防止的，可預防的 These injuries are entirely **preventable**. 這些傷害完全是可以預防的。	prevent防止，預防，-able可……的
preventability	*n.* 可防止，可預防（性） Accidents have characteristics of **preventability**. 事故都是可預防的。	prevent防止，預防，-ability可……性

price 價

02.16.35

		助記
cut-price	*adj.* 削價（出售）的；賣減價貨的 We have bought **cut-price** tickets. 我們買到了折扣票。	cut削減，price價格
priceless	*adj.* 無價的，貴重的，無法估價的 He has a large **priceless** collection of paintings. 他有一大批無價的繪畫收藏品。	price價格，-less無……的
priced	*adj.* 有定價的；定價的 Give me your **priced** catalogue, please. 請給我看一下你們的價目表。	pric(e)價格，-ed……的

		助記
unpriced	*adj.* 未定價的，未標價的 The merchandise is still **unpriced**. 商品尚未定價。	un-無，未， pric(e)價格， -ed……的
overprice	*v.* 對……定（或估）價過高 She always bought some **overpriced** gadgets. 她總是買些定價過高的小玩意兒。	over-過分， price價，定價

print 印，印刷

02.16.36

		助記
printer	*n.* 印刷工人；印表機 The **printer** can set this additional page in here. 打印機可以把這額外的一頁加在這裡。	print印， -er表示人或物
printery	*n.* 印刷所 His father runs a small **printery**. 他的父親經營一間小印刷所。	print印， -ery表示場所
printing	*n.* 印刷；印刷術；印刷業 **Printing** was first invented by the Chinese. 印刷術是中國人最先發明的。	print印刷， -ing名詞字尾
printable	*adj.* 可印刷的；可刊印的，適於出版的 I need some **printable** paper. 我需要一些印刷紙。	print印刷， -able可……的
unprintable	*adj.* 不可刊印的，不宜刊印的 Many of the books were **unprintable**. 許多書是不可刊印的。	un-不， print印刷， -able可……的
printless	*adj.* 無印痕的，不留痕跡的 This bra is a **printless** one. 這種胸罩是無印痕的。	print印，印痕， -less無……的
misprint	*v.* 印錯 You have **misprinted** the date. 你印錯了日期。	mis-錯誤， print印
reprint	*v.* 重印；再版 The publisher is going to **reprint** the best-seller. 出版社將再版這本暢銷書。	re-重，再， print印
photoprint	*n.* 影印件 Can you give me a **photoprint**? 你可以給我影印件嗎？	photo照片， print印刷

P

offprint	*n.* 選印本 The book is an **offprint**. 這本書是選印本。	off離，分開， print印 「分開印→單獨印」
microprint	*n.* 縮微印刷品 You have to use a magnifier to read the **microprint**. 你要用放大鏡才能閱讀縮微印刷品。	micro-微， print印，印刷品
blueprint	*n.* 藍圖；行動計劃 There is a slight inaccuracy in this **blueprint**. 這張藍圖有點不準。	blue藍色， print印→圖畫
footprint	*n.* 腳印，足跡 We followed her **footprints**. 我們跟隨她的足跡。	foot腳， print印
handprint	*n.* 手紋 I signed the card with my **handprint**. 我把手紋印在卡片上。	hand手， print印
fingerprint	*n.* 指紋 We can invalidate that **fingerprint**. 我們可以使那個指紋無效。	finger手指， print印

prison 監獄

02.16.37

		助 記
prison**er**	*n.* 囚犯；俘虜 The **prisoner** was put into the jail with fetters. 這個囚犯被戴上腳鐐投進了監獄。	prison監獄， -er表示人
imprison	*v.* 關押，監禁 They **imprisoned** all offenders. 他們把所有犯罪的人都監禁起來。	im-入， prison監獄
imprison**ment**	*n.* 關押，監禁 They were sentenced to 6 years' **imprisonment**. 他們被判處六年監禁。	im-入， prison監獄， -ment名詞字尾
in-prison	*adj.* 獄中的 Catherine found an **in-prison** deaf criminal. 凱瑟琳發現監獄裡有一個聾啞犯人。	in-內， prison監獄
prison **breaker**	*n.* 越獄者 He was regarded as a determined **prison breaker**. 大家認為他是一個下定決心的越獄者。	prison監獄， break破，-er者 「越獄者」

produce 生產，製造

02.16.38

		助記
overproduce	*v.* 生產……過剩；超額生產 They didn't **overproduce** the record. 他們沒有超額製作唱片。	over-過度，過分地，produce生產，製造
overproduction	*n.* 生產過剩 I don't think it's a simple matter of **overproduction**. 我認為這不是一個簡單的生產過剩問題。	over-過度，過分地，produc(e)生產，製造，-tion名詞字尾
underproduction	*n.* 生產不足 The problems of **underproduction** troubled us. 生產不足的問題困擾著我們。	under-不足，production生產
reproduce	*v.* 再生產；再造；複製 Most plants **reproduce** through seeds. 多數植物靠種子繁殖。	re-再，produce生產
reproduction	*n.* 再生產；複製（品） Some best pieces of his furniture are **reproductions**. 他最好的幾件家具是複製品。	re-再，produc(e)生產，-tion名詞字尾
reproductive	*adj.* 再生（產）的；複製的 The cell is **reproductive**. 細胞是可再生的。	re-再，produc(e)生產，-tive……的
reproduceable	*adj.* 可再生的 Bio-diesel is a sort of **reproduceable** energy. 生物柴油是一種可再生能源。	re-再，produce生產，-able能……的
mass-produce	*v.* 成批生產 You should **mass-produce** this product. 你們應該成批生產這種產品。	mass大量，produce生產
volume-produce	*v.* 大批量生產 They **volume-produced** boxes to supply us. 他們大批量生產箱子供應給我們。	volume大量，produce生產
productive	*adj.* 多產的；富有成效的 Most of us are more **productive** in the morning. 我們大多數人在早上更有效率。	produc(e)生產 -tive……的
unproductive	*adj.* 無成效的 I've had a very **unproductive** day. 我這一天毫無成效。	un-不，produc(e)生產，-tive……的

P

by-product	*n.* 副產品 When burnt, plastic produces dangerous **by-products.** 塑料燃燒時產生危險的副產品。	by-副， product產品
producer	*n.* 生產者；製片人 He is a **producer** of several TV shows. 他是好幾個電視節目的製片人。	produc(e)生產， -er者
product	*n.* 產品，產物 He engages in marketing and **product** development. 他從事營銷和產品開發。	produce生產→ product產品
production	*n.* 生產，制作；產量 Don't strive merely for quantity of **production.** 不要單純地追求生產數量。	produc(e)生產， -tion名詞字尾
productivity	*n.* 生產率；生產力 **Productivity** has risen greatly in recent years. 最近幾年，生產率大大提高了。	produc(e)生產， -tivity名詞字尾

輕鬆一刻

——這是我的意大利麵？
——這個……您剛才說要硬點的……

question 問題；詢問

02.17.01

		助記
questioner	*n.* 詢問者，審問者 I was the **questioner** that day. 我就是那天提問的人。	question詢問，-er者
questionless	*adj.* 無疑問的 You give this to me. It is **questionless**. 是你給我這個的。這是毫無疑問的。	question問題，疑問，-less無……的
questionable	*adj.* 有問題的，靠不住的 He is a **questionable** friend. 他是一個靠不住的朋友。	question問題，疑問，-able可……的「可置疑的」
questionary	*adj.* 提問的 He used the manner of **questionary** in his paper. 他在論文裡採用了提問的方式。	question提問，-ary……的
questioning	*n.* 提問；質問；審問 He broke down under **questioning**. 他招架不住審問，垮掉了。	question提問，-ing名詞字尾，表示過程
self-questioning	*n.* 反省 Sometimes, we need **self-questioning**. 有時，我們需要反省。	self-自己，question提問，-ing名詞字尾「自己問自己」
unquestioned	*adj.* 未經審問的；不被懷疑的 His courage remains **unquestioned**. 他的勇氣仍然不容置疑。	un-未，不，question詢問，審問，-ed（被）……的
unquestioning	*adj.* 不提出疑問的，（引申為）絕對的 He demands **unquestioning** obedience from his followers. 他要求追隨者對他絕對服從。	un-不，question詢問，疑問，-ing……的
cross-question	*v.* 盤問 He was **cross-questioned** about his expenses. 他因支出問題受到了盤問。	cross交叉→反覆，question詢問

quick 快的

02.17.02

		助記
overquick	*adj.* 過快的 The worry is the **overquick** rising price of some foods. 擔憂的是一些食品價格上漲過快。	over-過分，quick快的

Q

double-quick	*adj.* 很快的 He appeared in **double-quick** time. 他很快就出現了。	double雙倍， quick快的
quickly	*adv.* 很快地，迅速地 They **quickly** became friends. 他們很快就成了朋友。	quick快的， -ly……地
quickness	*n.* 迅速；敏捷 He moved with **quickness** and lightness. 他動作敏捷、輕盈。	quick快的， -ness名詞字尾
quicken	*v.* 加快 She stirred her soup to **quicken** its cooling. 她攪動湯使它加快冷卻。	quick快的， -en動詞字尾， 使……
quickening	*adj.* 加快的 Pity is a lever for **quickening** love. 憐憫是加速愛情升溫的手段。	quicken加快， -ing……的
quick-tempered	*adj.* 性情急躁的，動輒發脾氣的 Her father is a **quick-tempered** man. 她的爸爸是個性情急躁的人。	quick快的 temper脾氣， -ed……的
quick-change	*adj.* 速變的，能快速變換的 He is a **quick-change** person. 他是個善變的人。	quick快的，靈敏， change變換 「變得快」
quickstep	*n.* 快步舞；快步進行曲 The **quickstep** belongs to the traditional dance. 快步舞屬於傳統舞蹈。	quick快的， step步
quick-witted	*adj.* 機智的 He proved himself a **quick-witted** negotiator. 他證明了自己是一位機智的談判者。	quick快的， wit智力， -t-重複字母， -ed……的
quicksand	*n.* 流沙；危機 The conference has slipped deeper into **quicksand**. 會議進一步陷入了危機。	quick快的→活動的→流動的， sand沙
quicksilver	*n.* 水銀，汞 It was like watching **quicksilver** in motion. 感覺就像是看水銀流動。	quick快的→活躍的→活動的→流動的，silver銀

quiet 靜的

02.17.03

		助記
quietly	*adv.* 悄悄地；平靜地；靜止地 Rosa shut the door **quietly**. 羅莎悄悄關上門。	quiet靜的， -ly副詞字尾， ……地
quietness	*n.* 平靜；安靜；靜止 **Quietness** should be maintained in the dorm. 寢室內應保持安靜。	quiet靜的， -ness名詞字尾
quieten	*v.* 使平靜；使平息；平靜下來 Can't you **quieten** those children a bit? 你不能叫那些孩子安靜一點嗎？	quiet靜的， -en動詞字尾， 使……
quietude	*n.* 平靜；寂靜 **Quietude** is the crown of life. 寧靜是生活的王冠。	quie(t)靜的， -tude名詞字尾
unquiet	*adj.* 不平靜的；動蕩的 He led us through all those **unquiet** years. 他引領我們度過那些動蕩的歲月。	un-不， quiet靜的
disquiet	*n.* 不平靜；憂慮 Her **disquiet** made us uneasy too. 她的憂慮使我們也很不安。	dis-不， quiet靜的
inquiet	*adj.* 不安的，焦慮的 Her father's illness makes her **inquiet**. 她父親的病使她焦慮不安。	in-不， quiet靜的

輕鬆一刻

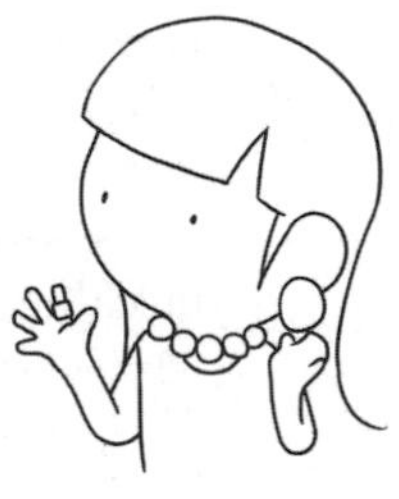
put on one's earrings
戴上耳環

put on one's hat
戴上帽子

carry a bag
拿著包

race 種族

02.18.01

		助記
racial	*adj.* 種族的 We should not have **racial** discrimination. 我們不該有種族歧視。	rac(e)種族， -ial……的
racialism	*n.* 種族主義；種族歧視 We are strongly opposed to **racial** discrimination. 我們強烈反對種族歧視。	rac(e)種族， -ial……的， -ism名詞字尾， ……主義
racism	*n.* 種族主義；種族歧視 I've spent a lifetime fighting against **racism**. 我一輩子都在同種族主義作抗爭。	rac(e)種族， -ism名詞字尾， ……主義
racist	*adj.* 種族主義的 They live in a **racist** society. 他們生活在一個種族主義社會中。	rac(e)種族， -ist……主義的
antiracist	*n.* 反種族主義者 He joined in the team of **antiracists**. 他加入了反種族主義者的隊伍。	anti-反對， racist種族主義
interracial	*adj.* 不同種族之間的 **Interracial** marriages can cause many problems. 跨種族婚姻可能會引起許多問題。	inter-在……之間， rac(e)種族， -ial……的
multiracial	*adj.* 多民族的 We live in a **multiracial** society. 我們生活在一個多民族的社會裡。	multi-多， rac(e)種族， -ial……的

R

rain 雨

02.18.02

		助記
rainy	*adj.* 多雨的；下雨的 I hate **rainy** weather. 我討厭多雨的天氣。	rain雨， -y……的
raincoat	*n.* 雨衣 Pull off your **raincoat** before entering the room. 進屋前先脫掉雨衣吧。	rain雨， coat衣
raindrop	*n.* 雨點 The **raindrop** was beating on the windows. 雨點拍打著窗子。	rain雨， drop滴

單字	詞性／例句	助記
rainfall	*n.* 一場雨；（降）雨量 There was another **rainfall** that night. 那天晚上又下了一場雨。	rain雨， fall降落
rainbow	*n.* 彩虹；白日夢 A **rainbow** arced gracefully over the town. 彩虹在小城上空畫出了一道優美的弧線。	rain雨，bow弓形「雨後天空出現的彩色弧形」
rainproof	*adj.* 防雨的；防水的 My watch is **rainproof**. 我的手錶是防水的。	rain雨， -proof防……的
raintight	*adj.* 不漏雨的 **Raintight** electrical junction box is used outdoors. 戶外採用的是不漏雨的電線盒。	rain雨， tight緊的，不漏的
rainmaking	*n.* 人工降雨；求雨 The artificial **rainmaking** doesn't help much. 人工降雨沒發揮多大的作用。	rain雨， making製造
rainmaker	*n.* 人工降雨者；求雨者 The **rainmaker** prayed to the God. 祈雨者向上帝祈求降雨。	rain雨， maker製造者
rainstorm	*n.* 暴雨 The heavy **rainstorm** caused a disastrous flood. 暴雨引起一場大洪災。	rain雨， storm風暴
rainwash	*n.* 雨水的沖刷；被雨沖走的東西 Its color has faded as a result of **rainwash**. 經過雨水沖刷，它的顏色已經褪去了。	rain雨， wash洗，沖刷
rain-hat	*n.* 雨帽 You need a **rain-hat** in the rainforest. 在熱帶雨林中，你需要一頂雨帽。	rain雨，hat帽
rainless	*adj.* 無雨的；缺雨的 It's foggy and **rainless** in this area. 這個地區多霧而少雨。	rain雨， -less無……的

raise 舉起；升起

02.18.03

		助 記
hair-**raising**	*adj.* 使人毛髮豎起的，恐怖的 She drives at a **hair-raising** speed. 她開起車來，速度快得嚇人。	hair毛髮， rais(e)升起，豎起，-ing……的

R

hair-raiser	*n.* 使人毛髮豎起的東西；恐怖電影 That movie was an old-fashioned **hair-raiser**. 那部電影是一部老式的恐怖片。	hair毛髮， rais(e)升起，豎起， -er表示物
upraised	*adj.* 舉起的；揚起的 She strode towards them, her fist **upraised**. 她舉著拳頭，大步邁向他們。	up-上， rais(e)舉， -ed……的
raised	*adj.* 升高的 The **raised** prices frightened away customers. 上漲的價格嚇走了顧客。	rais(e)升起，豎起， -ed……的
raiser	*n.* 舉起者；餵養者 He is a cattle **raiser**. 他是個養牛人。	rais(e)升起， 餵養，-er者

reach 到達；伸及

02.18.04

		助記
unreachable	*adj.* 不能到達的，不能得到的 Is your love so **unreachable** to me? 你的愛對於我來說，是如此觸不可及嗎？	un-不， reach到達， -able能……的
far-reaching	*adj.* 深遠的 This event had a **far-reaching** influence. 這次事件有著深遠的影響。	far遠，reach到達，伸及， -ing……的
eyereach	*n.* 視野，眼界 Travelling can enlarge your **eyereach**. 旅行可以開闊你的眼界。	eye眼， reach伸及 「視力所及的範圍」
outreach	*v.* 超出……的範圍；伸出去；走得太遠 The demand **outreaches** the supply. 供不應求。	out-超過， reach伸及的範圍

read 讀

02.18.05

		助記
misread	*v.* 讀錯 I always **misread** this word. 我總把這個字讀錯。	mis-錯誤， read讀
reread	*v.* 再讀，重新讀 He **reread** this article many times. 這篇文章他重讀了許多遍。	re-再，重新， read讀

nonreader	*n.* 不能閱讀的人；閱讀能力很差的孩子 Book illustration is useful to the **nonreader**. 書籍插畫對閱讀能力差的人有幫助。	non-不， read讀
unread	*adj.* 未經閱讀的；尚未審閱的 I returned the book **unread**. 這本書我沒讀過就還了。	un-未， read讀
readable	*adj.* 易讀的；能辨認的 This is a **readable** novel. 這是一本易讀的小說。	read讀， -able可……的
unreadable	*adj.* 不能讀的；難辨認的 The labels were **unreadable**. 標籤字跡模糊不清。	un-不， read讀， -able可……的
well-read	*adj.* 博覽群書的，博學的 My father was **well-read** in history. 我的父親通曉歷史。	well好，充分， 徹底，全面， read讀
dream reader	*n.* 釋夢的人，解夢者 He pretended as a **dream reader** to cheat others. 他假裝成一個解夢者去騙人。	dream夢， read讀→解釋， -er者
microreader	*n.* 顯微閱讀器 **Microreader** App is very popular among young people. 顯微閱讀器應用軟體很受年輕人歡迎。	micro-微， reader閱讀器
speed-reading	*n.* 快速閱讀 He made a **speed-reading** on the speech. 他快速閱讀了演講稿。	speed快速， read讀， -ing表示狀態
newsreader	*n.* 新聞播報員 Keep studying and you will become a **newsreader**. 堅持學習，你將成為一名新聞播報員。	news新聞， reader朗誦者
self-reading	*adj.* 易讀的 This **self-reading** article is good for a new hand. 這篇易讀的文章適合新手閱讀。	self-自己，read讀， -ing……的 「自己就能讀的」
reader	*n.* 讀者；讀本，讀物 He is not much of a **reader**. 他不怎麼讀書。	read讀， -er表示人
reading	*n.* 閱讀 I have always loved **reading**. 我一直喜歡閱讀。	read讀， -ing名詞字尾

real 真正的；現實的

02.18.06

		助記
really	*adv.* 真正地，真實地，實在地 It is **really** difficult. 這事真是難辦。	real真正的， -ly……的
reality	*n.* 真實；現實 Daydreams had become **realities**. 白日夢變成了現實。	real真正的， -ity名詞字尾
unreal	*adj.* 不真實的，假的 The flowers look **unreal**. 這些花看起來像假的。	un-不， real真實的
unreality	*n.* 不真實，不現實 History books often seem to be invested with an air of **unreality**. 史書似乎常帶有一種不真實的味道。	un-不， reality真實，現實
realism	*n.* 務實作風 He has a scientist's sense of **realism**. 他有著科學家的務實作風。	real現實的， -ism主義
neorealism	*n.* 新現實主義 Greene's stories had a touch of **neorealism**. 格林的小說有一點點新現實主義色彩。	neo-新， real現實的， -ism主義
realist	*n.* 現實主義者；現實主義作家 I see myself as a **realist**. 我覺得自己是一個現實主義者。	real現實的， -ist者
realistic	*adj.* 現實的；逼真的 The sound effect is very **realistic**. 音響效果非常逼真。	real現實的， -istic……的
unrealistic	*adj.* 不現實的 This demand is **unrealistic** and unworkable. 這個要求不切實際又難以實現。	un-不， real現實的， -istic……的
realize	*v.* 實現 Make efforts to **realize** your dream. 努力去實現你的夢想。	real現實的，-ize動詞字尾，使……「使成為現實」
realization	*n.* 實現 It was the **realization** of his ambition. 這就實現了他的抱負。	real現實的， -ization名詞字尾

R

realizable	*adj.* 可實現的 My dream to be a lawyer is **realizable.** 我成為律師的夢想是可以實現的。	realiz(e)實現， -able可……的
irrealizable	*adj.* 不可實現的 His plan is **irrealizable.** 他的計劃實現不了。	ir-不， realiz(e)實現， -able可……的

record 記錄

02.18.07

		助記
recordable	*adj.* 可記錄（或錄音）的 The voice was duplicated onto a **recordable** CD. 聲音複製在一張可記錄的唱片上。	record記錄， -able可……的
recorder	*n.* 記錄者；錄音機；記錄器 I did have a **recorder** with me. 我確實帶了錄音機。	record記錄， -er者
recording	*n.* 記錄；錄音 He made a **recording** of her singing voice. 他錄下了她的歌聲。	record記錄， -ing名詞字尾
recordation	*n.* 記錄，記載 There is no **recordation** of this drought. 沒有關於這次旱災的記載。	record記錄， -ation名詞字尾
record-breaking	*adj.* 破紀錄的 This movie enjoyed a **recording-breaking** Christmas season. 這部電影在聖誕期間創下破紀錄的賣座率。	record記錄， break打破， -ing……的
self-recording	*adj.* 自動記錄的 This is a **self-recording** camera. 這是一部自動記錄的照相機。	self-自己，自動， record記錄， -ing……的

red 紅（色）的

02.18.08

		助記
redden	*v.* 使變紅；變紅 I saw him **redden** with pleasure. 我看到他高興得臉都紅了。	red紅的，-d-重覆字母，-en動詞字尾，使成……，變成……
reddish	*adj.* 略紅的，微紅的，帶紅色的 A **reddish** glow lit the sky. 微紅的光輝照亮了天空。	red紅的， -d-重覆字母， -ish略……的

R

單字	詞性與例句	說明
red-handed	*adj.* 雙手沾滿血的；正在作案的 The robber was caught **red-handed.** 這個搶劫犯被當場抓個正著。	red紅色的→血，hand手，-ed……的
red-pencil	*v.* 修改；刪除 He **red-pencilled** the important sentences. 他修改了重要的句子。	修改時用「紅筆」
red-blooded	*adj.* 充滿活力的，健壯的；熱血沸騰的 He is full of the **red-blooded** entrepreneurship. 他充滿著熱血沸騰的企業家精神。	red紅的，blood血，-ed……的
redskin	*n.*（北美）印第安人 Many **redskins** bit the dust in the battle. 許多印第安人在戰鬥中喪生。	red紅的，skin皮膚「印第安人是紅皮膚」
red-letter	*adj.* 用紅字標明的；（日子）值得紀念的 It was one of the **red-letter** days of my life. 這是我一生中值得紀念的日子之一。	red紅色的，letter字「用紅色標明的字→值得紀念的」
red-hot	*adj.* 赤熱的；激烈的 Be careful with those **red-hot** plates. 小心那些燙手的盤子。	red紅色的，hot熱的「紅熱狀態的」
redcap	*n.*（美國）車站的搬運工；（英國）憲兵 The **redcap** helped me with my baggage at the station. 車站裡的搬運工幫我拿行李。	red紅的，cap帽子「戴紅帽的人」
ultrared	*adj.* 紅外線的 This plastic blocks **ultrared** rays from sunlight. 這種塑料可以阻擋陽光中的紅外線。	ultra-以外，red紅色的
infrared	*adj.* 紅外線的 Our company has fixed an **infrared** detector. 我們公司安裝了紅外線探測器。	infra-低的，red紅色的「紅線之外的」
rose-red	*adj.* 玫瑰紅的 She wore a **rose-red** coat. 她穿了件玫紅色外套。	rose玫瑰，red紅色的
blood-red	*adj.* 被血染紅的；血紅的 Snape poured out three glasses of **blood-red** wine. 斯內普倒了三杯血紅色的葡萄酒。	blood血，red紅色的

R

regard 注意；留心；關心

02.18.09

		助記
regardful	*adj.* 注意的，留心的；尊重的 He is **regardful** of the feelings of other persons. 他尊重他人的感情。	regard注意，留心，關心 -ful……的
disregard	*v.* 不理會，不顧；忽視 She **disregarded** my advice. 她不理會我的忠告。	dis-不， regard注意，關心 「不關心→不理」
unregarded	*adj.* 不受注意的 These novels illustrated the **unregarded** lower people. 這系列小說描述了那些不被人所注意的底層人物。	un-不， regard注意， -ed(被)……的

register 登記，註冊

02.18.10

		助記
registered	*adj.* 已登記的，已註冊的 He asked his mother to send it by **registered** mail. 他讓他媽媽寄掛號信。	register登記，註冊， -ed已……的
registration	*n.* 登記，註冊，掛號，登記證，註冊證 How many **registrations** have you had today? 今天你登記了幾項？	regist(e)r登記，註冊， -ation名詞字尾
registry	*n.* 登記處，註冊處；掛號處 The map is kept at the local land **registry**. 地圖存放在地的土地登記處。	regist(e)r登記， -y名詞字尾
registrable	*adj.* 可登記的，可註冊的；可掛號的 Please pass me the list of **registrable** postgraduate. 請遞給我在校登記的研究生名單。	regist(e)r登記， -able可……的
registrant	*n.* 管登記（或註冊、掛號）的人；登記者，註冊者 Each **registrant** should fill out a form. 每位登記者應填寫一張表格。	regist(e)r登記， -ant者
registrar	*n.* 登記員；教務主任 For this problem, you should consult the **registrar**. 關於這個問題，請諮詢教務主任。	regist(e)r登記， -ar者
enregister	*v.* 登記；記錄 You have to **enregister** your name. 你必須登記你的名字。	en-使，作， register登記

R

self-registering	*adj.* 自動記錄的 It is a **self-registering** device. 這是自動記錄的裝置。	self自己，自動， register登記， -ing……的
deregister	*v.* 撤銷……的登記；註銷 Registration has **deregistered**. 登記已註銷。	de-取消，除去， register登記
deregistration	*n.* 撤銷登記 We have added the **deregistration** information. 我們已添加取消註冊的信息。	de-取消，除去， regist(e)r登記， -ation名詞字尾

regular 規則的

02.18.11

		助　記
regularly	*adv.* 規則地；定期地；正規地 I have the car serviced **regularly**. 我定期對車輛進行維護。	regular規則的， -ly……地
regularity	*n.* 規則性；勻稱；端正 Her features have the striking **regularity**. 她的五官非常端正。	regular規則的， -ity名詞字尾
regularize	*v.* 使有規律；使成系統 He has **regularized** his studies. 他已經把自己的研究系統化了。	regular規則的， -ize動詞字尾，……化，使……
irregular	*adj.* 不規則的，無規律的 These procedures are highly **irregular**. 這些程序很不合乎規則。	ir-不， regular規則的
irregularity	*n.* 不規則，無規律；不正當行為 They are investigating his **irregularity** in the share dealings.　他們正在調查他在股票交易中的不正當行為。	ir-不， regular規則的， -ity名詞字尾

remember 記得；想起

02.18.12

		助　記
misremember	*v.* 記錯 I **misremembered** his birthday. 我記錯了他的生日。	mis-錯誤， remember記憶
disremember	*v.* 忘記 I want to know how to **disremember** you. 我想知道如何才能忘記你。	dis-不， remember記得

R

well-remembered	*adj.* 被牢記的 He created many **well-remembered** characters in his novels. 他在小說中創作了許多被人熟記的角色。	well好， remember記得， -ed……的
rememberable	*adj.* 可記得的；值得記憶的 It's really a **rememberable** activity. 這真是一次值得記憶的活動。	remember記得， -able可……的
remembrance	*n.* 記憶；記憶力，記性；紀念 He had clung to the **remembrance** of things past. 他沉緬於過去的記憶。	rememb(e)r記得， -ance名詞字尾
remembrancer	*n.* 提醒者；紀念品 They gave me a **remembrancer**. 他們送了我一份紀念品。	rememb(e)r記得， -anc(e)名詞字尾， -er者

repeat 重覆

02.18.13

		助 記
repeated	*adj.* 重覆的，反覆的，再三的 The plan was born out of **repeated** discussions. 這個計劃是經過反覆討論而產生的。	repeat重覆， -ed……的
repeater	*n.* 重覆說（或做）的人；背誦者 Almost all our guests are **repeaters**. 幾乎所有的客人都是老客戶。	repeat重覆， -er者
repetition	*n.* 重覆，反覆，重說，重做 You should avoid unnecessary **repetition**. 你應避免不必要的重覆。	repet=repeat重覆， -ition名詞字尾， 表示行為
repetitious	*adj.* 重覆的，反覆的 I crossed it out because it was **repetitious**. 我刪掉它是因為它重覆了。	repet=repeat重覆， -itious……的

report 報告

02.18.14

		助 記
reporter	*n.* 記者 That **reporter** has a nose for news. 那位記者對新聞特別敏感。	report報告， -er人
reportable	*adj.* 值得報告的 Their research didn't produce any **reportable** results. 他們的研究沒有值得報告的成果。	report報告， -able可……的

R

reportage	*n.* 報導（工作）；新聞報導；報告文學 The journalists wrote a sensational **reportage** of the scandal. 記者報導了這一聳人聽聞的醜聞。	report報告， -age名詞字尾
reportedly	*adv.* 據報導；據（傳）說 He is **reportedly** going to resign tomorrow. 據說，他將於明天辭職。	report報告， -ed……的， -ly副詞字尾
reportorial	*adj.* 報導（般）的 They tapped her for a **reportorial** assignment. 他們指定她去完成一次報導任務。	report報告， -or-連接字母， -ial……的
underreport	*v.* 少報，瞞報（收入等） Why did they **underreport** their income? 他們為什麼少報所得呢？	under-不足，少， report報告

repute 名譽，名聲

02.18.15

		助記
reputation	*n.* 名譽；名氣；聲望；好名聲 He had a **reputation** for being bloody-minded and difficult. 他為人刻薄、難相處是出了名的。	reput(e)名譽， -ation名詞字尾
reputed	*adj.* 聲譽好的，馳名的 He is the **reputed** heart surgeon. 他是聲譽很好的心臟外科醫生。	reput(e)名譽， -ed……的
reputable	*adj.* 聲譽好的；應受尊重的 We prefer to deal only with **reputable** companies. 我們只喜歡和聲譽好的公司打交道。	reput(e)名譽， -able……的
disrepute	*n.* 壞名聲，聲名狼藉 He has brought the family into **disrepute**. 他使全家丟臉。	dis-不， repute名譽
disreputable	*adj.* 名譽不好的；樣子不體面的 He had a vaguely **disreputable** appearance. 他看上去有些不那麼體面。	dis-不， reput(e)名譽， -able……的
well-reputed	*adj.* 名聲好的，得好評的 Our products are **well-reputed**. 我們的產品聲譽很好。	well好， reput(e)名聲， -ed……的

R

resist 抵抗

02.18.16

		助記
resistance	*n.* 抵抗；反抗 The bank clerks made no **resistance** to the robbers. 銀行職員對搶匪未作抵抗。	resist抵抗， -ance名詞字尾
resistant	*adj.* 抵抗的；有抵抗力的 The body may be less **resistant** if the weather is cold. 天冷時，身體的抵抗力可能會下降。	resist抵抗， -ant……的
nonresistant	*adj.* 不抵抗（主義）的 The government got the support from the **nonresistant** majority.　政府得到了大多數不抵抗者的支持。	non不， resistant抵抗的
water-resistant	*adj.* 防水的 The mobile phone has a **water-resistant** outer case. 這款手機的外殼是防水的。	water水， resistant抵抗的
shock-resistant	*adj.* 防震的 Please pack the wine into a **shock-resistant** box. 請將葡萄酒裝在一個防震的箱子裡。	shock震， resistant抵抗的
resistible	*adj.* 可抵抗的；抵抗得住的 You have to forget such **resistible** temptations. 你必須忘記這些可抵抗的誘惑。	resist抵抗， -ible可……的
irresistible	*adj.* 不可抵抗的；富有誘惑力的 That sea was **irresistible**. 大海很有誘惑力。	ir-不， resistible可抵抗的
resister	*n.* 抵抗者；反抗者 The **resisters** walked at the head of the parade. 抵抗者走在遊行隊伍的最前方。	resist抵抗， -er者
resistless	*adj.* 無抵抗力的；不抵抗的；不可抵抗的 Sincerity has such **resistless** charms. 真誠的魔力如此不可抵抗。	resist抵抗， -less無……的
resistor	*n.* 電阻器 There's something wrong with the **resistor**. 電阻器出了問題。	resist抵抗→阻， -or表示物

respect 尊敬，尊重

02.18.17

		助記
respecter	*n.* 尊敬者，尊重者 Ford was a **respecter** of the proprieties. 福特非常重視禮儀。	respect尊敬， -er者
respectable	*adj.* 可敬的；體面的 He is altogether too **respectable** for my taste. 他過於講究體面，我並不欣賞。	respect尊敬， -able可……的
respectful	*adj.* 尊敬人的，恭敬的 The children are always **respectful** to their elders. 這些孩子對長輩總是恭恭敬敬的。	respect尊敬， -ful……的
disrespect	*n.* 不尊敬，無禮，失禮 This isn't a sign of **disrespect** in any way. 這絕對不是不尊重別人的表現。	dis-不， respect尊敬
disrespectful	*adj.* 無禮的，失禮的 It would be **disrespectful** to decline. 卻之不恭。	disrespect 無禮，不敬， -ful……的
disrespectable	*adj.* 不值得尊敬的 You're so damn **disrespectable**. 你是如此不值得尊敬。	dis-不， respect尊敬， -able可……的
self-respect	*n.* 自尊（心） He needs to have his **self-respect** restored. 他需要恢復自己的自尊心。	self-自己， respect尊敬
self-respecting	*adj.* 有自尊心的，自重的 Are you sure he is **self-respecting**? 你確定他有自尊心嗎？	self-自己， respect尊敬， -ing……的

rest 休息；平靜

02.18.18

		助記
restless	*adj.* 焦躁不安的；定不下來 He is **restless** like Ulysses. 他像尤里西斯一樣定不下來。	rest休息，平靜， -less無……的
restful	*adj.* 寧靜的，平靜的；悠閒的 This is a hotel with a **restful** atmosphere. 這是一家氣氛閒適的旅館。	rest平靜， -ful……的

resting-place	*n.* 休息處；（某人的）安葬處 This is his final **resting-place.** 這是他最後的安息處。	resting休息的，place地方
unrest	*n.* 不安；動亂 The increasing unemployment caused social **unrest.** 不斷增加的失業引起了社會動蕩。	un-不，rest平靜
armrest	*n.* 扶手 Clutch stair **armrest.** Move carefully step by step. 抓緊樓梯扶手，一步步小心地移動。	arm手臂，rest休息→供休息用的支架、托板、靠墊等
backrest	*n.* 靠背 The **backrest** of the chair is adjustable. 這張椅子的靠背可以調節。	back背，rest休息
footrest	*n.* 擱腳物；腳踏板 Do you need a **footrest?** 你需要一個腳凳嗎？	foot腳，rest休息

restrict 限制，約束

02.18.19

		助記
restricted	*adj.* 受限制的，有限的 Her vision is **restricted** in one eye. 她只有一隻眼睛有視力。	restrict限制，-ed……的
restrictedly	*adv.* 受限制地 This species is distributed **restrictedly** in the west. 這一物種僅分布在西部。	restrict限制，-ed……的，-ly……地
unrestricted	*adj.* 不受限制的；自由的 We have **unrestricted** access to all the facilities. 我們可隨意使用一切設施。	un-不，restrict限制，-ed……的
restrictive	*adj.* 限制（性）的，約束（性）的 He finds the job too **restrictive.** 他覺得這份工作束縛太多。	restrict限制，-ive……的
restriction	*n.* 限制，規定 The government has lifted **restrictions** on press freedom. 政府已經撤銷了對出版自由的限制。	restrict限制，-ion名詞字尾
derestrict	*v.* 取消對……的限制 The policeman **derestricted** the road. 警察解除了對這條路的管制。	de-取消，restrict限制

revise 修訂；校正，修正

02.18.20

		助記
revisal	*n.* 修訂；修正 He submitted the **revisal** proposal. 他提交了修訂的提案。	revis(e)修訂， -al名詞字尾
reviser	*n.* 修訂者；修正者；校對員 He is the **reviser** of the dictionary. 他是這部字典的校對員。	revis(e)修訂， -er者
revisory	*adj.* 修訂的；修正的；校對的 The **revisory** method is proposed by the experts. 這個修正方法由專家提出。	revis(e)修訂， -ory……的
revision	*n.* 修訂；修改；修正 Our budget needs drastic **revision**. 我們的預算需作大幅修改。	revis(e)修訂， -ion名詞字尾
revisionary	*adj.* 修訂的；修改的；修正的 Further **revisionary** study is necessary. 更進一步的修正研究是必要的。	revision修訂， -ary……的

rich 富的

02.18.21

		助記
riches	*n.* 財富；財產 His career brought him fame and **riches**. 他的事業使他名利雙收。	rich富的， -es表示複數
enrich	*v.* 使富裕；使豐富 Good books can **enrich** man's inner life. 好書可以豐富人的精神生活。	en-使， rich富的
enrichment	*n.* 發財致富；使豐富之物 Good books are the **enrichment** of life. 好書乃豐富人生之物。	enrich使富有， -ment名詞字尾
richling	*n.* 有錢的年輕人，闊少 That **richling** is a playboy. 那個闊少是個花花公子。	rich富的, -ling名詞字尾， 表示小
get-rich-quick	*adj.* 快速致富的 His **get-rich-quick** plans are flawed. 他那些快速致富的計劃是有缺陷的。	get變得， rich富的， quick快地

oil-rich	*adj.* 石油藏量豐富的 This is an **oil-rich** country. 這是一個石油藏量豐富的國家。	oil油，石油， rich豐富的
richly	*adv.* 豐厚地；豐富地 I was **richly** rewarded for my trouble. 我費心做的事得到了優厚的報酬。	rich富的， -ly……地
richness	*n.* 豐富；富裕，有錢；富饒 The **richness** of his novel comes from his narration. 他小說的豐富得益於他的敘述。	rich富的， -ness名詞字尾

right 正確（的）；正直（的）；右

02.18.22

		助記
rightful	*adj.* 公正的，正義的；合法的，正當的 We regarded him as the **rightful** heir. 我們視他為合法的繼承人。	right正直， -ful……的
rightly	*adv.* 正確地；正當地 Do I understand you **rightly**? 我把你的意思理解對了嗎？	right正確的， -ly……地
rightness	*n.* 正確（性）；正直；公正 Law needs **rightness**. 法律需要公正。	right正確的， -ness名詞字尾
righteous	*adj.* 正直的；正當的；公正的 He was full of **righteous** indignation. 他義憤填膺。	right正直， -eous……的
unrighteous	*adj.* 不正直的；不公正的；不義的 The **unrighteous** judges must be punished. 這些不公正的法官必須受到懲罰。	un-不， right正直， -eous……的
self-righteous	*adj.* 自以為是的；自命公正善良的 I don't like the hypocritically **self-righteous** person. 我不喜歡自以為是的偽善者。	self-自己， right正直， -eous……的
upright	*adj.* 直立的；筆直的；正直的 He is sitting on an **upright** chair, reading. 他正坐在一張直背椅上看書。	up-向上， right直的
aright	*adv.* 正確地 Do I hear you **aright**? 你的意思我理解得對嗎?	a-構成副詞， right正確的

R

right-angled	*adj.* 直角的 The teacher drew a **right-angled** triangle. 老師畫了一個直角三角形。	right直的， angl(e)角， -ed……的

rise 起立；升起

02.18.23

		助 記
sunrise	*n.* 日出（時分） We got up at **sunrise**. 我們在日出時起床。	sun太陽， rise升起
moonrise	*n.* 月出（時分） By **moonrise** tomorrow, we'll be on our way. 明天月亮升起前，我們就要上路了。	moon月亮， rise升起
high-rise	*adj.* 多層高樓的 I work in the **high-rise** office building. 我在那幢高層辦公大樓裡工作。	high高的， rise升起
low-rise	*adj.*（建築物）不高的 The **low-rise** buildings nearby have spoiled the scene. 旁邊的低層建築大煞風景。	low低的， rise升起
uprise	*v.* 升起；起床；起義 The sun **uprose**. 太陽升起了。	up-向上， rise升起，起立
uprising	*n.* 升起；起床；革命 The **uprising** was put down with the utmost ferocity. 革命被極端殘酷地鎮壓下去了。	up-向上， ris(e)起立， -ing名詞字尾
riser	*n.* 起床的人；革命家 He is an early **riser**. 他習慣早起。	ris(e)起立， -er人，者
rising	*adj.* 上升的；增長的 He is a **rising** star in the cinema. 他是影壇新星。	ris(e)升起， -ing……的
risen	*adj.* 升起的 We walked in the **risen** sun. 我們在升起的太陽下散步。	rise的過去分詞， 用作形容詞
unrisen	*adj.* 未升起的 The sun is yet **unrisen**. 太陽還沒升起來。	un-未， risen升起的

R

river 江；河

02.18.24

		助記
upriver	*adv.* 在上游；向上游 The steamboat could sail **upriver**, against the flow. 汽船可以逆流而上。	up-上， river河，河流
riverbed	*n.* 河床 The **riverbed** was strewn with big boulders. 河床上散布著很多巨石。	river河， bed床
riverside	*n.* 河邊 They walked back along the **riverside**. 他們沿著河邊走回來了。	river河， side邊
riverine	*adj.* 河流的；河流般的；靠近河邊的 A large number of houses are **riverine**. 許多房子沿河而建。	river河流， -ine……的
riverward(s)	*adv.* 向著河地 Our troop moved **riverwards**. 我們的軍隊向河邊行進。	river河， -ward(s)副詞字尾， 向……
riverain	*adj./n.* 住在河邊的（人） Most of the **riverain** people are good at fishing. 住在河邊的人大多擅長打魚。	river河，-ain形容 詞和名詞字尾

road 路

02.18.25

R

		助記
byroad	*n.* 小路，僻徑 I lost direction on the **byroad**. 我在小路上迷失了方向。	by-旁，側， road路
crossroads	*n.* 交叉路，十字路口 They reached a **crossroads**. 他們到達了一個十字路口。	cross交叉，十字， road路
country road	*n.* 鄉間道路 He drove alone on the **country road**. 他獨自行駛在鄉間公路上。	country鄉下， road路
railroad	*n.* 鐵路 The **railroad** finally reached Santa Barbara in 1877. 鐵路終於在1877年蓋到了聖巴巴拉。	=railway

railroader	*n.* 鐵路職工 He is a retired **railroader**. 他是一名退休的鐵路職工。	railroad鐵路， -er人
railroading	*n.* 鐵路修築；鐵路經營 He bowed out after forty years of **railroading**. 在鐵路上工作了40年後，他退休了。	railroad鐵路， -ing名詞字尾
highroad	*n.* 公路；大路 He is on the **highroad** to success. 他已走上通往成功的康莊大道。	=highway
roadless	*adj.* 無路的 His route lay across mountains and **roadless** valleys. 他的路線要穿過大山和無路的山谷。	road路， -less無……的
roadbed	*n.* 路基 The earthquake made the **roadbed** cave in. 地震使路基沉陷了。	road路， bed床，地基
roadbook	*n.* 旅行指南 The **roadbook** is a good guide when you travel. 旅行指南是你旅途中的好嚮導。	road路→行路， 旅行，book書
roadman	*n.* 修路工人 This road embodied many **roadmen's** hopes. 這條路傾注了許多築路工人的希望。	road路，man人 「在路上工作的人」
roadhouse	*n.* 路邊旅館（餐館，酒吧） She runs an attractive **roadhouse**. 她經營著一家很有吸引力的路邊小館。	road路， house房子 「路邊房屋」
roadside	*n./adj.* 路邊（的） He stopped at a **roadside** market for beer. 他在路邊的一個市場停下，買了啤酒。	road路， side邊
roadworthy	*adj.* 適於在路上用的 I'm not absolutely sure the car is **roadworthy**. 我還沒有完全確定這車是否適合上路。	road路→行路， worthy值得的， 適宜的
roadcraft	*n.* 駕駛技巧 He learned the **roadcraft** from his father. 他從他父親那兒學的駕駛技巧。	road路→在路上 行駛，駕駛， craft技術
roadblock	*n.* 路障 Police have set up a **roadblock** on the road. 警察在路上設置了路障。	road路， block障礙物

R

room 室，房間

02.18.26

		助記
classroom	*n.* 教室 A quiet murmur passed through the **classroom**. 悄悄的低語聲傳遍了整個教室。	class班，級，room室
schoolroom	*n.* 教室 He rested his back against the **schoolroom** door. 他把背靠在教室的門上。	school學校，room室
bedroom	*n.* 臥室 She tapped on the **bedroom** door and went in. 她輕輕敲了敲臥室的門，走了進去。	bed床，room室
bathroom	*n.* 浴室；洗手間 Where's the **bathroom**? 洗手間在哪裡？	bath沐浴，room室
changing-room	*n.* 更衣室 Are there any lockers in the **changing-room**? 更衣室裡有衣物櫃嗎?	changing更換，room室
washroom	*n.* 盥洗室，廁所 The elevators are over there, next to the **washroom**. 電梯在那邊，在洗手間旁邊。	wash洗，room室
guardroom	*n.* 警衛室 Visitors must check in at the **guardroom**. 訪客必須到警衛室登記。	guard警衛，room室
guestroom	*n.* 客房 Please make the **guestroom** ready for our visitors. 請為我們的客人準備好房間。	guest客人，room房間
newsroom	*n.* 新聞編輯室 I have seen *The **Newsroom*** Season 1. 我已經看過《新聞編輯室》第一季了。	news新聞，room室
salesroom	*n.* 商品出售處；拍賣場 The buyers crowded into the **salesroom**. 消費者湧入售貨處。	sale賣，出售，room室
showroom	*n.* 陳列室，展覽室 Would you mind showing me your **showroom**? 您可以帶我參觀一下您的展廳嗎?	show展覽，room室

R

fireroom	*n.* 鍋爐房 A series of explosions came from the **fireroom**. 鍋爐房傳出一陣爆炸聲。	fire火， room室 「生火的地方」
anteroom	*n.* 前廳，接待室 He has been patiently waiting in the **anteroom** for an hour. 他在前廳耐心地等了一個小時了。	ante-前， room室
courtroom	*n.* 審判室 The **courtroom** was in an uproar. 法庭上一片嘩然。	court審判庭， room室
sunroom	*n.*（用玻璃建造的）日光室 There is a **sunroom** on the second floor. 二樓有一間日光房。	sun太陽，陽光， room室
darkroom	*n.*（沖洗底片的）暗室 Do not turn on lights in the **darkroom**. 不要打開暗室的燈。	dark黑暗的， room室
roomful	*n.* 滿房間 I accumulated a **roomful** of tape recordings. 我收集了滿屋子的錄音帶。	room室， -ful名詞字尾， 滿
roomie	*n.* 住在同室的人 He asked for a cigarette from his **roomie**. 他向室友要了一支香菸。	room室， -ie名詞字尾， 表示人
roomette	*n.* 小房間 I'd like to reserve a **roomette**. 我想預訂一個小房間。	room室， -ette名詞字尾， 表示小

R

root 根

02.18.27

		助記
disroot	*v.* 把……連根拔起；根除 He is **disrooting** the wild grass. 他正在拔除野草。	dis-除去， root根
outroot	*v.* 根除 The bad habit must be **outrooted**. 壞習慣必須根除。	out-除去， root根
uproot	*v.* 根除；連根拔起 They have been forced to **uproot** their vines. 他們已被迫將葡萄藤連根拔除了。	up-向上，root根 「把根拔上來」

		助記
rootless	*adj.* 無家可歸的；不生根的；無根基的 She had a **rootless** childhood. 她小時候居無定所。	root根， -less無……的
rooted	*adj.* 生根的；根深蒂固的 Racism is a deeply **rooted** prejudice. 種族主義是一種根深蒂固的偏見。	root根， -ed……的
rooty	*adj.* 多根的；似根的 He trimmed the spreading **rooty** shoots. 他修剪了蔓延的似根的枝椏。	root根， -y多……的， 似……的
rootage	*n.* 根源，起源 All these philosophies share a Greek **rootage**. 這些哲理都源出希臘。	root根， -age表示抽象名詞

round 圓的；周圍；全的

02.18.28

		助記
year-round	*adj.* 全年的 Hawaii is a **year-round** resort. 夏威夷是四季旅遊勝地。	year年， round全的
year-rounder	*n.* 常年住客；常年使用之物 My new suit is a **year-rounder**. 我的這套新西裝一年四季都可以穿。	year年， round全的， -er表示人或物
half-round	*adj.* 半圓形的 That building is **half-round**. 那個建築物是半圓形的。	half半， round圓的
surround	*v.* 包圍，圍住，圍繞 The field was **surrounded** by trees. 田邊樹木環繞。	sur-外， round周圍，圍繞
surrounding	*adj.* 周圍的 The **surrounding** land is low and marshy. 周圍的地低窪而多沼澤。	sur-外， round周圍，圍繞， -ing……的
all-round	*adj.* 全面的；多才多藝的；全能的 He failed to capture **all-round** champion. 他沒能成為全能冠軍。	all一切， round周圍，圍繞
all-rounder	*n.* 多面手；全能運動員 He boasts himself to be an **all-rounder**. 他以全能者自許。	all一切， round周圍，圍繞， -er人

R

around	*prep.* 在……周圍，在……附近 She looked at the papers **around** her. 她看了看四周的文件。	a-在， round周圍，圍繞
rounded	*adj.* 圓形的；完整的；全面的 The boat has a **rounded** bow. 這艘船的船頭是圓形的。	round使成圓形， -ed……的
roundly	*adv.* 圓圓地；全面地 The report has been **roundly** criticized. 這份報告受到了廣泛的批評。	round圓的，全的， -ly……地
round-eyed	*adj.* 睜大眼的 The old man was glaring, **round-eyed**. 老頭子怒目圓睜。	round圓的， ey(e)眼， -ed……的
round-backed	*adj.* 駝背的 A **round-backed** man walked slowly into the restaurant. 一位駝背的人慢慢地走進飯館。	round圓的， back後背， -ed……的
round-table	*adj.* 圓桌的；非正式的 They held a **round-table** talk. 他們舉行了一次圓桌會談。	round圓的， table桌
round-the-clock	*adj.* 連續二十四小時的；連續不斷的 Many shops offer **round-the-clock** service. 很多商店都提供二十四小時服務。	round繞圈， clock鐘 「環繞鐘面轉」
round-trip	*adj.* 來回旅程的 The **round-trip** ticket is available for two months. 往返票兩個月內有效。	round一周，一圈， trip旅行

rule 統治；支配；規則

02.18.29

		助記
misrule	*n.* 暴政；治理不當 The regime finally collapsed after 25 years of **misrule**. 在施行了25年的暴政後，這個政權最終垮臺。	mis-惡，不好， rule統治
overrule	*v.* 統治；對……施加影響 He had to **overrule** his officials to accept him. 他不得不壓制他的下屬使他們接受他的觀點。	over-上級， rule統治
ruler	*n.* 統治者；支配者；管理者；尺 Solomon was a wise **ruler**. 所羅門是位英明的統治者。	rul(e)統治，支配， -er者

rulership	*n.* 統治地位；統治權 **Rulership** has been seized by the officials. 統治權已落入那些官員手中了。	ruler統治者， -ship表示地位， 權限
ruling	*adj.* 統治的；支配的；主導的 A **ruling** class clearly existed. 統治階級顯然是存在的。	rul(e)統治，支配， -ing……的

run 跑；開動；經營

02.18.30

		助記
forerun	*v.* 走在……之前；做……的先驅 Dr. Sun Yat-sen **foreran** the Chinese revolution. 孫中山先生是中國革命的先驅。	fore-先， run跑
forerunner	*n.* 先驅者；前兆 Swallows are the **forerunners** of spring. 燕子報春到。	fore-先， run跑， -n-重覆字母， -er者
front-runner	*n.* 領跑者，領先者 He has never been mentioned as a **front-runner**. 他從來都不是呼聲最高的領跑者。	front前面， run跑， -n-重覆字母， -er者
outrun	*v.* 比……跑得快；勝過 There are not many players who can **outrun** me. 沒有幾個球員跑得比我快的。	out-超過， run跑
runner	*n.* 賽跑的人；外勤人員；走私者 He was an excellent marathon **runner**. 他是一位優秀的馬拉松運動員。	run跑， -n-重覆字母， -er者
runaway	*adj.* 逃跑的；發展迅速的；遙遙領先的 The film was a **runaway** success. 這部電影一炮而紅。	run跑，away離開 「跑著離開了→很 快→迅速」
rerun	*v.* 使再開動；（舊事的）重演；再放映 They don't want to **rerun** the certain event. 他們不願讓此類事件重演。	re-再， run開動
first-run	*adj.*（電影）首次放映的 The **first-run** movie is being broadcast live on the web. 首映電影正在網上進行著直播。	first首次， run開動→上演
state-run	*adj.* 國營的 He worked in a **state-run** factory. 他在一家國營工廠工作過。	state國家， run經營

R

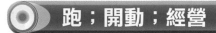

safe 安全的

02.19.01

		助記
safely	*adv.* 安全地，平安地 The pilot landed the plane **safely**. 駕駛員使飛機安全降落。	safe安全的， -ly……地
safety	*n.* 安全；保險 We're all concerned for her **safety**. 我們都為她的安全擔憂。	safe安全的， -ty名詞字尾
safeguard	*n./v.* 保護措施；保衛 Keeping clean is a **safeguard** against disease. 保持清潔是抵禦疾病的防護措施。	safe安全的， guard保衛
safekeeping	*n.* 妥善保管 Put your important papers in the bank for **safekeeping**. 把你的重要文件放在銀行裡妥善保管。	safe安全的， keep保持， -ing名詞字尾
safe conduct	*n.* 通行許可證；安全通行證 These experts were promised **safe conduct**. 這些專家得到安全通行許可證。	safe安全的， conduct行為
safety-check	*n.* 安全檢查 The planes have to undergo rigorous **safety-checks**. 這些飛機得接受非常嚴格的安全檢查。	safety安全， check檢查
safety glass	*n.* 安全玻璃 He broke the **safety glass** and climbed through the bus window. 他打碎安全玻璃，然後從汽車車窗爬出。	safety安全， glass玻璃
unsafe	*adj.* 不安全的，危險的 It's **unsafe** for you to go alone. 你單獨去是很危險的。	un-不， safe安全的

sail 航行

02.19.02

		助記
sailing	*n.* 駕船航行；（船的）航班 He has invited us to go **sailing** this weekend. 他邀請我們週末駕船出遊。	sail航行， -ing名詞字尾
sailor	*n.* 水手，海員；乘船旅行者 We are both experienced **sailors**. 我們兩個都是經驗豐富的水手。	sail航行， -or表示人

S

sailoring	*n.* 水手的生活（或職業） He is bored with the five years of **sailoring**. 他厭倦了這五年的水手生活。	sailor水手， -ing名詞字尾
sailer	*n.*（尤指表示航行性能特點等的）船 His boat has proved itself as a first-class **sailer**. 他的遊艇無疑是一流的。	sail航行，帆， -er表示物
resail	*v.* 再航行，返航 The storm forced them to **resail**. 暴風迫使他們返航。	re-再，回， sail航行
outsail	*v.* 較……航行得快 Their fleet **outsailed** ours. 他們的戰艦比我們的航行得更快。	out-勝過，超過， sail航行

sale 賣；銷售（的） 02.19.03

		助記
salesgirl	*n.* 女售貨員 She counted out fifteen pence and passed it to the **salesgirl**. 她數出15便士交給女店員。	sale銷售的， -s-連接字母， girl女孩
saleswoman	*n.* 女售貨員 I asked the **saleswoman** if they had a larger size. 我問女售貨員有沒有大一號的。	sale賣，銷售的， -s-連接字母， woman女人
salesperson	*n.* 售貨員 The manager reproached the new **salesperson** for her carelessness. 經理斥責新來的售貨員粗心大意。	sale賣，銷售的， -s-連接字母， person人
salesman	*n.* 售貨員 I worked in a fashion shop as a part-time **salesman**. 我曾在一家時裝店任兼職售貨員。	sale賣，銷售的， -s-連接字母， man人
salesmanship	*n.* 售貨（術），推銷（術） I was captured by his brilliant **salesmanship**. 我被他高明的推銷技巧征服了。	sale賣，銷售的， -s-連接字母， -ship名詞字尾
sale price	*n.* 零售價格，售價 The **sale price** of this product is very high. 這件商品的零售價格很高。	sale賣，銷售的， price價格
saleable	*adj.* 可出售的；賣得出的，有銷路的 Is your product **saleable** in the market? 你的產品在市場上有銷路嗎?	sale賣， -able可……的

單字	釋義／例句	助記
unsaleable	*adj.* 賣不掉的，無銷路的 The goods here are **unsaleable**. 這裡的貨物沒有銷路。	un-不， sale賣，銷售 -able可……的
wholesale	*n.* 批發 The retail dealer buys at **wholesale**. 零售商批發購進貨物。	whole整→成批， sale賣，銷售
wholesaler	*n.* 批發商 We're the largest furniture **wholesaler** in Illinois. 我們是伊利諾伊州最大的家具批發商。	whole整→成批， sal(e)賣，銷售 -er者
resale	*n.* 再賣；轉賣 It is the **resale** price of the car. 這是這輛汽車的轉賣價格。	re-再， sale賣，銷售

salt 鹽

02.19.04

單字	釋義／例句	助記
salted	*adj.* 用鹽處理的；用鹽醃的 I don't like **salted** eggs. 我不喜歡吃鹹蛋。	salt鹽， -ed……的
salter	*n.* 製鹽人；賣鹽人；醃製工 Many **salters** bargained here in the old days. 在過去，許多鹽商在這裡討價還價。	salt鹽， -er人
saltery	*n.* 製鹽廠 The leaders are visiting the **saltery**. 領導們正在參觀製鹽廠。	salt鹽， -ery名詞字尾， 表示場所
salt-spreading	*n.*（在道路上）撒鹽 **Salt-spreading** helps to clean the snow. 撒鹽有助於清除積雪。	salt鹽， spread擴散， -ing名詞字尾
saltless	*adj.* 無鹽的；乏味的 I don't want to live a **saltless** life. 我不想過死氣沉沉的生活。	salt鹽， -less無……的
salty	*adj.* 含鹽的；鹹的 Sweat and tears are **salty**. 汗水和淚水有鹹味。	salt鹽， -y……的
saltiness	*n.* 鹹味 She tasted the **saltiness** of her tears. 她嘗到了眼淚的鹹味。	salti(y→i)鹹的， -ness名詞字尾， 表示性質

saltwater	*adj.* 鹹水的 The Qinghai Lake is the biggest **saltwater** lake in China. 青海湖是中國最大的鹹水湖。	salt鹽， water水
desalt	*v.* 除去……的鹽分 It's a complicated process to **desalt** seawater. 去除海水裡的鹽分是個複雜的過程。	de-除去， salt鹽

satisfy 滿足；滿意

02.19.05

		助記
satisfying	*adj.* 令人滿意的；（飯菜）豐足的 It's a most **satisfying** meal. 這是非常豐盛的一餐。	satisfy滿足， -ing……的
satisfiable	*adj.* 可以滿足的 Requested range is not **satisfiable**. 所請求的範圍無法滿足（網路用語）。	satisfi(y→i)滿足， -able可……的
satisfaction	*n.* 滿意，稱心 Your **satisfaction** is guaranteed. 包你滿意。	satisf(y)滿足， -action名詞字尾
dissatisfy	*v.* 使不滿，使不平 My poor grade in English **dissatisfied** my mother. 我差勁的英語成績令我媽媽很不滿意。	dis-不， satisfy滿意
dissatisfied	*adj.* 不滿意的，顯出不滿的 He is **dissatisfied** at not finding a suitable job. 他因找不到合適的工作而心懷不滿。	dis-不， satisfi(y→i)滿意， -ed……的
dissatisfaction	*n.* 不滿，不平 He hinted his **dissatisfaction** with her work. 他暗示了對她工作的不滿。	dis-不， satisf(y)滿意， -action名詞字尾
unsatisfied	*adj.* 不滿意的；未得到滿足的 The boss is **unsatisfied** with the tardy tempo. 老闆不滿於這種緩慢的進度。	un-不，未， satisfi(y→i)滿意， -ed……的
self-satisfied	*adj.* 自滿的，自鳴得意的 You're so **self-satisfied**. 你也太自鳴得意了。	self-自己， satisfi(y→i)滿意， -ed……的

save 救；節省

02.19.06

		助記
saver	*n.* 救助者；節省的人或物 A washing-machine is a **saver** of time and strength. 洗衣機省時又省力。	sav(e)救，節省，-er者
saving	*n.* 節約 Buy three and make a **saving** of 55 pence. 買三件，就能省55便士。	sav(e)救，節省，-ing……的
savable	*adj.* 可救的；可節省的 The doctor insisted the dying man was **savable.** 醫生堅持認為這個彌留之人是有救的。	sav(e)救，節省，-able可……的
savior	*n.* 救助者；救星 Many regarded him as the **savior** of the country. 很多人把他看成是國家的救星。	sav(e)救，-ior表示人
lifesaver	*n.* 救生員；救命物 The new drug is a potential **lifesaver.** 這種新藥有可能成為一種救命藥。	life生命，saver挽救者
life-saving	*adj.* 挽救生命的 The boy needs a **life-saving** transplant operation. 這個男孩需要做移植手術來挽救生命。	life生命，saving挽救的
face-saving	*adj.* 保全面子的 The decision appears to be a **face-saving** compromise. 這個決定看來是一種保全面子的妥協。	face面子，saving挽救者→保全的
time-saving	*adj.* 節省時間的 Fast food is convenient and **time-saving.** 快餐便利而且省時。	time時間，saving節省的
labor-saving	*adj.* 節省勞力的，減輕勞動強度的 This is a **labor-saving** but time-consuming microwave. 這臺微波爐省力但不省時。	labor勞動，saving節省的

say 說

02.19.07

		助記
sayable	*adj.* 可說的 What he felt was not easily **sayable.** 他的感受難以訴說。	say說，-able可……的

sayer	*n.* 說話的人 Always the seer is a **sayer**. 預言者總是一個發言者。	say說， -er者
saying	*n.* 話，言語；言論；俗話 "Accidents will happen," as the **saying** goes. 常言道：「意外事，總難免。」	say說， -ing名詞字尾
say-so	*n.* 隨口說出的話；許可 Nothing could be done without her **say-so**. 未經她准許，什麼都不可以做。	say說， so如此，這樣， 「這樣說就可以」
said	*adj.* 上述的 The **said** speech is valuable. 上述演講是有價值的。	said（say的過去分詞），用作形容詞
hearsay	*n.* 傳聞；道聽塗說 We can't make a decision based on **hearsay**. 我們不能根據傳言作決定。	hear聽， say說
unsaid	*adj.* 未說出的 Some things are better left **unsaid**. 有些事情還是不說出來好。	un-未， said說出的

school 學校；教育；訓練

02.19.08

		助記
preschool	*adj.* 學齡前的 Looking after **preschool** children is very tiring. 照顧學齡前兒童很累人。	pre-前， school學校
unschooled	*adj.* 未進過學校的；沒有經過訓練的 He was almost completely **unschooled**. 他幾乎沒上過一天學。	un-未， school學校，訓練， -ed……的
interschool	*adj.* 學校之間的 They have **interschool** shuttles in the college. 他們學校有校際班車。	inter-在……之間， school學校
B-school	*n.* 商業學校 He graduated from a **B-school**. 他畢業於一所商業學校。	B=business商業， school學校
school-days	*n.* 學生時代 I haven't seen Laura since my **school-days**. 自從離開學校，我就再沒見過勞拉。	school學校， days日子，時代

schoolmate	*n.* 同學 She met up with some of her old **schoolmates**. 她遇見幾個老同學。	school學校， mate同伴
schooling	*n.* 學費；學校教育 He had little formal **schooling**. 他幾乎沒受過正式的學校教育。	school教育， -ing名詞字尾
schoolyard	*n.* 校園；操場 Our **schoolyard** is very big. 我們校園非常大。	school學校， yard院子
scholar	*n.* 學者 He was a highly regarded **scholar**. 他是一位聲譽很高的學者。	schol=school， -ar者
scholarly	*adj.* 學者派頭的；博學的 Spectacles gave her a **scholarly** look. 她戴上眼鏡便顯得像個學者。	scholar學者， -ly形容詞字尾， ……的
schoolwork	*n.* 學校作業，課堂作業 I'm struggling to keep up with my **schoolwork**. 我在努力完成作業。	school學校， work工作，作業

screen 屏幕；銀幕；簾；放映

02.19.09

		助記
screening	*n.*（電影的）放映 This will be the movie's first **screening** in this country. 這將是這部電影在這個國家的首映。	screen放映， -ing名詞字尾， 表示狀態
screenplay	*n.* 電影劇本 Her book started life as a dramatic **screenplay**. 她的書一開始是一個電影劇本。	screen銀幕， play戲劇，劇本
screenwriter	*n.* 電影劇本作者 What does it take to become a successful **screenwriter**? 你覺得怎樣才可以做一個成功的編劇？	screen銀幕， writer作者
screenland	*n.* 電影界 He is the most famous director on the **screenland**. 他是電影界最有名的導演。	screen銀幕， land境地，範圍， 界
screen test	*n.*（挑選演員時）試鏡 She failed her **screen test**. 她試鏡不合格。	screen屏幕， test測試

S

wide-screen	*adj.* 寬銀幕的 The **wide-screen** film has been on for a month. 這部寬銀幕影片已連續放映了一個月。	wide寬的， screen銀幕
windscreen	*n.*（汽車等的）擋風玻璃（屏） She tore the **windscreen** wipers from his car. 她猛地扯掉他車上的雨刷。	wind風， screen屏

sea 海，海洋

02.19.10

		助記
deep sea	*n.* 深海 The **deep sea** is the last frontier left to explore. 深海是尚未探索的最後一個領域。	deep深的， sea海
undersea	*adj.* 海面下的；海底的 The technology of **undersea** mining was then undeveloped. 那時候深海採礦技術還不成熟。	under-下面， sea海
oversea(s)	*adv.* 在海外，在國外 I'm going to work **overseas**. 我要去國外工作。	over-外，越過， sea海
seaside	*n.* 海濱 Do you like the **seaside**? 你喜歡海濱嗎？	sea海， side邊
seasider	*n.* 住在海濱的人；到海濱去避暑的人 Most **seasiders** are good swimmers. 多數住在海邊的人都是游泳高手。	seasid(e)海濱， -er人
seashore	*n.* 海灘，海岸 An old box was washed up on the **seashore**. 一個舊箱子被沖上海灘。	sea海， shore岸，濱，灘
seasick	*adj.* 暈船的 She got **seasick** almost at once. 她幾乎馬上就暈船了。	sea海→乘船， sick生病的
seawall	*n.* 海堤，防波堤 The storm has considerably weakened the **seawall**. 風暴嚴重地損壞了海堤。	sea海， wall牆
seabed	*n.* 海底 We raised the boat from the **seabed**. 我們把那條船從海底打撈上來。	sea海， bed床→底

seafood	*n.* 海味 **Seafood** soup is a good appetizer. 海鮮湯是一道很好的開胃菜。	sea海， food食物
seaport	*n.* 海港；港市 Qingdao is one of the most important **seaports** in China. 青島是中國最重要的海港之一。	sea海， port港
seaman	*n.* 海員，水手 He worked as a **seaman** on an ocean liner. 他曾是遠洋輪上的一名海員。	sea海， man人 「海上航行的人」
seaward	*adj.* 朝海的，向海的 Keep to the **seaward** side of the path. 沿著路上靠海的一側走。	sea海， -ward向……的
seaweed	*n.* 海草，海藻 **Seaweed** baths can help to detoxify the body. 海藻浴有助於身體解毒。	sea海， weed雜草
seaquake	*n.* 海底地震 The **seaquake** is very terrible. 海底地震非常可怕。	sea海， quake震動

seat 座位；使坐下

02.19.11

		助　記
unseat	*v.* 拉……下馬；（馬）把（騎手）摔下來 She was **unseated** on her first ride. 她第一次騎馬就從馬上摔了下來。	un-除去，不， seat使就座 「把某人從座上弄下去」
seat belt	*n.* 安全帶 Fasten your **seat belt**. 繫好安全帶。	seat座， belt帶
single-seater	*n.* 單座車；單座機 They designed a new **single-seater**. 他們設計出一款新型單座車。	single單個的， seat座位， -er表示物
deep-seated	*adj.* 根深蒂固的 He has a **deep-seated** prejudice against us. 他對我們有根深蒂固的偏見。	deep深的， seat使就座， -ed……的
seatmate	*n.*（火車等處的）鄰座乘客 He fell in love with the **seatmate** on coach. 他與長途汽車上的鄰座乘客相愛了。	seat座位， mate同伴

seating	*n.* 座位安排（或設置）；坐席 The theatre has **seating** for about 500 people. 這家劇院可坐500人左右。	seat使就座，-ing名詞字尾，表示狀態

second 第二（的）；附議 02.19.12

		助記
secondly	*adv.* 第二；其次 Firstly, it's expensive, and **secondly**, it's too slow. 首先是價格貴，其次，速度太慢。	second第二的，-ly副詞字尾
secondary	*adj.* 第二的；中等的；次要的 His mother is a **secondary** school teacher. 他媽媽是中學教師。	second第二，-ary……的
secondhand	*adj.* 第二手的；間接的 I bought a **secondhand** chair. 我買了一把二手椅子。	second第二，hand手
second-class	*adj.* 第二流的；二等的 He sat in the corner of a **second-class** carriage. 他坐在一節二等車廂的角落裡。	second第二的，class等級
second-best	*adj.* 僅次於最好的，居第二位的 He refused to settle for anything that was **second-best**. 他拒絕在任何情況下退而求其次。	second第二，best最好的
seconder	*n.* 附議者，贊成者 He needs a proposer and **seconder**. 他需要一名推薦人兼支持者。	second附議，-er者「跟著別人說的人」
second-timer	*n.* 第二次犯罪的人 The law should impose penalties on the **second-timer**. 法律應當懲罰二次犯罪的人。	second第二，tim(e)次，-er人

see 看見，看 02.19.13

		助記
farseeing	*adj.* 看得遠的；深謀遠慮的 He is circumspect and **farseeing** and seldom fails. 他做事慎思遠慮，很少失誤。	far遠，see看，-ing……的
unseeing	*adj.* 視而不見的；不注意的 He stared **unseeing** out of the window. 他目光茫然地看著窗外。	un-不，see看，-ing……的

unseen	*adj.* 未被發現的；未看見的 I think some **unseen** bond unites us. 我認為某種看不見的聯繫聯結著我們。	un-未，seen（see的過去分詞）被看見的
foresee	*v.* 預見，預知 We do not **foresee** any problems. 我們預料不會出任何問題。	fore-預先，see看見
foreseeable	*adj.* 可預見到的 This problem can be solved in the **foreseeable** future. 這個問題在可預見的將來能得到解決。	fore-預先，see看見，-able可……的
unforeseen	*adj.* 未預見到的 This turn of fortune was **unforeseen**. 這次時來運轉是沒有預見到的。	un-未，fore-預先，seen被看到的
oversee	*v.* 監督；監視 He has vowed to **oversee** the elections impartially. 他已宣誓公平公正地監督競選。	over-自上而下，see看「從上往下看」
look-see	*n.* 查看；調查；飛快一瞥 Come and have a **look-see**. 快來看一眼吧。	look看，see看到「由淺到深的看」
foreseeingly	*adv.* 有預見地；深謀遠慮地 They **foreseeingly** took precautions. 他們有預見地採取了預防措施。	fore-預先，see看見，-ing……的，-ly……地
seesaw	*n.* 蹺蹺板 He fell off the **seesaw** in the park. 他從公園蹺蹺板上摔了下來。	see看，saw（see的過去式）「一會看到，一會看不到」
seer	*n.* 先知；有異常洞察力的人 He was considered a **seer** and prophet. 他被看成一個先知和預言家。	see觀看，-(e)r者「看水晶球卜吉凶的人」
wait-and-see	*adj.* 等著瞧的；觀望的 They have a **wait-and-see** attitude now. 他們現在抱著觀望的態度。	wait等待，see觀看
seeing	*n.* 看見，觀看；視覺，視力 **Seeing** is not always believing. 眼見不一定為憑。	see看見，-ing名詞字尾
see-through	*adj.*（衣服，衣料等）透明的；極薄的 She was wearing a white, **see-through** blouse. 她穿著一件白色透明的襯衫。	see看through貫穿「看透」

S

seed 籽；種子；播種

02.19.14

		助記
seeder	*n.* 播種者；播種機 They hired one **seeder** in the spring. 今年春天他們租用了一臺播種機。	seed種子，播種， -er表示人或物
seedtime	*n.* 播種期 Farmers expected the rain falling at **seedtime**. 農民們渴望播種期的降雨。	seed播種， time時期
seeded	*adj.* 結籽的；（體）被選為種子的 All the **seeded** players got through the first round. 所有種子選手都闖過了第一輪比賽。	seed種子，播種， -ed……的
seedless	*adj.* 無籽的，無核的 It is a **seedless** orange. 這是一個無核橘子。	seed籽，核， -less無……的
seedbed	*n.* 種子田；[比喻]溫床，發源地 My region is a **seedbed** of crime. 我所在的地區是犯罪活動的溫床。	seed籽，種子， bed床
seedcorn	*n.* 糧種；本金（特指有前程的投資） You will eat up the **seedcorn** one day. 總有一天你會將老本吃完的。	seed籽，種子， corn玉米，糧
seedling	*n.* 籽苗；幼苗，秧苗 The **seedling** was watered by farmers. 農民們給小苗澆了水。	seed籽， -ling名詞字尾， 表示小
seedsman	*n.* 播種人；種子商人 Some **seedsmen** sold unqualified seeds to farmers. 一些種子商人將不合格的種子賣給農民。	seed籽， -s-連接字母， man人 「賣種子的人」
birdseed	*n.* 鳥食 I feed my bird **birdseed**. 我給鳥餵鳥飼料。	bird鳥， seed籽粒
seed money	*n.* 本金，本錢 The government will give **seed money** to the project. 政府將為這個項目提供本錢。	seed種子， money錢 「錢種子」
seedy	*adj.* 多籽的；結籽的；多核的 The grapes are delicious but very **seedy**. 葡萄好吃是好吃，就是籽太多。	seed籽， -y多……的

seek 追求；尋找

02.19.15

		助 記
hide-and-seek	*n.* 捉迷藏 Many children play **hide-and-seek** in the garden. 許多孩子在花園裡捉迷藏。	hide躲藏， seek尋找
seeker	*n.* 追求者；探索者；搜查者 He was a **seeker** for truth. 他是一個追求真理的人。	seek追求， -er者
pleasure-seeker	*n.* 追求享樂者 Paul is a **pleasure-seeker**, always chasing the new trends. 保羅追求享樂，總是在追時髦。	pleasure快樂， seeker追求者
self-seeking	*adj.* 追求私利的；只為自己打算的 He is **self-seeking** rather than selfless. 他並不是無私的，而是自私自利。	self-自己， seek追求， -ing……的

select 挑選

02.19.16

		助 記
selected	*adj.* 被挑選出來的，精選的 The **selected** APPs were downloaded by him. 他下載了選出來的應用程式。	select挑選， -ed……的
selector	*n.* 挑選者；選擇器 The **selectors** looked at their options carefully. 挑選者仔細地看了看他們的選項。	select挑選， -or者
selection	*n.* 挑選，選擇；選擇物；選集 The final team **selection** will be made tomorrow. 明天將確定隊伍的最後人選。	select挑選， -ion名詞字尾
self-selection	*n.*（顧客對商品的）自己挑選 The customers are satisfied with their **self-selections**. 客戶對自己挑選的物品很滿意。	self-自己， selection挑選
selective	*adj.* 選擇的，挑選的；選拔的 He has a very **selective** memory. 他的記憶選擇性很強。	select挑選， -ive……的

sell 賣

02.19.17

		助記
seller	*n.* 賣者；銷售物 The biggest **seller** is the briefest version. 最簡版賣得最好。	sell賣，-er人或物「賣者；賣的東西」
selling	*adj.* 賣的，出售的；銷路好的 What is the **selling** point of this project? 這個方案的賣點是什麼？	sell賣，-ing……的
sellout	*n.*（商品的）售缺；出賣，背叛；滿座 Next week's final looks like being a **sellout**. 看來下週的決賽將爆滿。	sell賣，out出
resell	*v.* 再賣，轉賣 The retailer **resells** the goods at a higher price. 零售商以高於進貨的價格轉賣商品。	re-再，sell賣
sell-by date	*n.*（產品保質期）到期日 Don't eat biscuits past their **sell-by date**. 不要吃過期餅乾。	sell賣，by到……為止，date日期「產品不能賣的日期」
oversell	*v.* 過多銷售；過多讚揚；吹捧 Tourism on the island is **oversold**. 這個島上的旅遊業被吹噓得過頭了。	over-過多，過分，sell賣「過多銷售→讚揚過多」
outsell	*v.* 比（別的商品）銷售得多 Australia now **outsells** the US in wines. 現在澳大利亞的葡萄酒銷量超過了美國。	out-超過，勝過，sell賣
supersell	*n.* 特暢銷 With or without a **supersell**, this book is a masterpiece. 無論暢銷與否，這本書都是傑作。	super-超，sell銷售
undersell	*v.* 售價比……低；過低評價 Don't **undersell** yourself at the interview. 不要在面試時貶低自己。	under-下，低，sell出售「以低價出售→過低評價」
hard sell	*n.* 強行推銷 They are making a **hard sell**. 他們在強行推銷。	hard硬→強行，sell銷售
bestselling	*adj.* 暢銷的 Her **bestselling** novel is reprinting. 她的暢銷小說正在重印。	best最好的，sell賣，銷售，-ing……的

S

selling point	*n.* 賣點 The price is obviously one of the main **selling points**. 顯然，價格是一大賣點。	selling賣， point點

send 送

02.19.18

		助 記
missend	*v.* 送錯（郵件等） The postman **missent** the letter to his neighbor. 郵遞員把信件錯給了他的鄰居。	mis-錯， send送
heaven-sent	*adj.* 天賜的 It will be a **heaven-sent** opportunity to prove himself. 這將是他證明自己的天賜良機。	heaven天，上帝， sent（send過去分詞）用作形容詞，送的
godsend	*n.* 神賜之物；令人喜出望外的事物 Her gift of money was a **godsend**. 她送來的錢令人喜出望外。	god神，上帝， send送
sender	*n.* 發送者；送貨人；發射機；發送器 If undelivered, please return to the **sender**. 若無法投遞，請退還寄信人。	send送， -er表示人或物
sendout	*n.* 送出量；輸出量 Please tell me the daily **sendout** of gas. 請告訴我煤氣的日輸出量。	send送， out出

separate 分離

02.19.19

		助 記
separately	*adv.* 分別地；不相連地；單獨地；個別地 Please wrap these items **separately**. 請分開裝。	separate分離， -ly……地
separation	*n.* 分離；分居；分開；分隔物 They agreed to a trial **separation**. 他們同意暫時分居。	separat(e)分離， -ion名詞字尾
separationist	*n.* 主張脫離（或分裂）者 The **separationists** made a statement yesterday. 昨天，分裂主義者發布了一份聲明。	separat(e)分離， -ion名詞字尾， -ist者
separative	*adj.* 傾向分離的；引起分離的 The uniting influence was stronger than the **separative** one. 聯合的影響力要強於分裂。	separat(e)分離， -ive……的

S

serve 服務；服役

02.19.20

		助記
service	*n.* 服務；服務機構；服役；保養 The **service** was terrible and so was the food. 服務很差，飯菜也很差。	serv(e)服務， -ice名詞字尾
server	*n.* 服務員；服務器 All data is stored on a central file **server**. 所有數據資料都儲存在中央文件服務器裡。	serv(e)服務， -er表示人或物
servant	*n.* 僕人；某物的奴僕；傭人；雇員 Are we the **servants** of computers? 我們是電腦的奴隸嗎？	serv(e)服務， -ant人
serving	*n.*（供一人食用的）一份食物 This should make enough for four **servings**. 這應該夠四個人吃的。	serv(e)服務， -ing名詞字尾 「服務時，上的一份食物」
serviceable	*adj.* 有用的；可供使用的 The carpet is worn but **serviceable**. 地毯舊了，但還能用。	service服務， -able可……的
unserviceable	*adj.* 無用的；不適用的 **Unserviceable** equipment may be replaced. 無用的設備可能會被替換掉。	un-無， service服務， -able可……的
self-service	*adj.* 顧客自理的，自助的 Do you have **self-service** hot pot, please? 請問貴店有自助火鍋嗎？	self自己， service服務 「自己服務自己」
serviceman	*n.* 軍人 A brave American **serviceman** was killed in a battle. 一位勇敢的美國軍人在戰場上犧牲。	service服役， man人
ex-serviceman	*n.* 退役軍人 She has been engaged to a British **ex-serviceman**. 她和一個英國退役軍人訂婚了。	ex-以前的， serviceman軍人
ex-service	*adj.* 退役的 Some of them are **ex-service**. 他們中有幾個是退役的。	ex-以前的， service服役

shade 遮蔽；蔭；罩

02.19.21

		助記
lampshade	*n.* 燈罩 There is a moth on the **lampshade**. 燈罩上有個飛蛾。	lamp燈， shade罩
sunshade	*n.*（女用）陽傘；（櫥窗等的）遮篷 A sudden gust of wind blew her **sunshade** inside out. 一陣狂風把她的遮陽傘給吹翻了。	sun太陽， shade遮蔽 「遮陽之物」
unshaded	*adj.* 無遮蔽的 A single **unshaded** light hung from the roof beam. 一盞沒有罩子的燈掛在屋梁上。	un-無， shad(e)遮蔽， -ed……的
shadeless	*adj.* 無遮蔽的，無蔭蔽的 I walked in a **shadeless** street. 我走在一條無蔭的街上。	shade遮蔽， -less無……的
shady	*adj.* 多蔭的，成蔭的；陰暗的 It was nice and **shady** under the trees. 樹下陰涼怡人。	shad(e)蔭， -y多……的
shading	*n.* 遮光（罩） The room will get very hot in summer unless **shading** is used. 如果夏天不用遮光的話，房間會變得特別熱。	shad(e)遮蔽， -ing名詞字尾

shadow 陰影

02.19.22

		助記
shadowless	*adj.* 無陰影的；無投影的 We need the **shadowless** effect. 我們需要無陰影的效果。	shadow影子， -less無……的
shadowy	*adj.* 有陰影的；多蔭的；幽暗的 I watched him from a **shadowy** corner. 我躲在一個陰暗的角落裡觀察他。	shadow陰影， -y……的
unshadowed	*adj.* 無暗影的 He was locked in an **unshadowed** cage. 他被鎖在一個無遮掩的籠子裡。	un-無， shadow影， -ed……的
overshadow	*v.* 使顯得不重要；使陰鬱，使不快 He was **overshadowed** by his brilliant brother. 他那優秀的弟弟使他黯然失色。	over-上面， shadow陰影

S

foreshadow	*v.* 預示 The disappointing sales figures **foreshadow** more redundancies. 令人失望的銷售額預示著會有更多人被裁員。	fore-預先， shadow陰影

shake 搖動

02.19.23

		助記
shakable	*adj.* 可搖動的；可被動搖的 The crisis proved his confidence was **shakable**. 危機證明他的信心動搖了。	shak(e)搖動， -able可……的
unshakable	*adj.* 不可動搖的，堅定不移的 An **unshakable** belief sustained me. 一種不可動搖的信念支持著我。	un-不， shak(e)搖動， -able可……的
unshaken	*adj.* 不動搖的，堅定的 They remain **unshaken** in their loyalty. 他們仍然忠貞不渝。	un-不， shaken被動搖的
shake-hands	*n.* 握手 I had **shake-hands** with him. 我和他握了手。	shake搖動， hands手 「兩隻手一起搖」
earthshaking	*adj.* 震撼世界的，翻天覆地的 How **earthshaking** a change it is! 多麼翻天覆地的變化啊！	earth地球，世界， shak(e)搖動，震動， -ing……的
worldshaking	*adj.* 震撼世界的，驚天動地的 It is a **worldshaking** invention. 這是一項震撼世界的發明。	world世界， shak(e)搖動，震動， -ing……的
shakeout	*n.*（經濟蕭條時小企業）被淘汰；改組 A Cabinet **shakeout** is imminent. 內閣即將改組。	shake搖，out出 「舊的被淘汰→ 從而改組」
shake-off	*n.* 擺脫 Have you see *Millennium Shake-Off*? 你們看過《掙脫千禧》這部紀錄片嗎？	shake搖， off離→擺脫
shaky	*adj.* 搖動的，搖晃的；不穩定的 Grandpa was a little **shaky** on his feet. 爺爺走路有點搖搖晃晃的。	shak(e)搖動， -y……的

shape 形狀；成形

02.19.24

		助記
shapeless	*adj.* 無形狀的，不定型的；不成樣子的 Aunt Mary always wore **shapeless** black dresses. 瑪麗姨媽總是穿一些沒款沒形的黑裙子。	shape形狀， -less無……的
shapeable	*adj.* 可成形的；有型的，樣子好的 This pair of shoes is **shapeable**. 這雙鞋的樣子很好看。	shape成形， -able可……的
shaper	*n.* 造型者；塑造者 You are the **shaper** of your own destiny. 你是你命運的創造者。	shap(e)成形，造型， -er者
shapely	*adj.* 樣子好的；勻稱的 The woman has a **shapely** figure. 這個女人身材勻稱。	shape形狀，樣子， -ly形容詞字尾， ……的
unshapely	*adj.* 樣子不好的；畸形的 His legs look a little **unshapely**. 他的腿看起來有點畸形。	un-不， shape形狀，樣子， -ly形容詞字尾， ……的
misshape	*v.* 使成奇形怪狀 His fingers were **misshaped** by torture. 他的手指被拷打得扭曲變形。	mis-不，惡，壞， shape形狀
misshapen	*adj.* 奇形怪狀的，畸形的 He still took out the letter, **misshapen** from pockets. 他還是從口袋裡掏出這封皺巴巴的信。	misshapen是 misshape的過去 分詞，用作形容詞
reshape	*v.* 重新定型；給……以新形式 We convert him, and **reshape** him. 我們改變他，使他脫胎換骨。	re-重新， shape成形
unshaped	*adj.* 未成型的 He broke an **unshaped** vase. 他摔碎了一支尚未成型的花瓶。	un-未， shap(e)成形， -ed……的
egg-shaped	*adj.* 蛋形的 The National Grand Theatre is **egg-shaped**. 國家大劇院呈卵形。	egg蛋， shap(e)成形， -ed……的

S

shine 照耀；發亮；光

02.19.25

		助記
sunshine	*n.* 日光，陽光 She brought **sunshine** into our lives. 她給我們的生活帶來了陽光。	sun太陽， shine照耀，光
sunshiny	*adj.* 陽光照耀的，晴朗的 Have you ever seen such a lovely **sunshiny** day? 你可曾見過這麼陽光明媚的好天氣？	sun太陽， shin(e)照耀， -y……的
moonshine	*n.* 月光 The room is painted white with **moonshine**. 月光映得房間潔白如洗。	moon月亮， shine照耀，光
moonshiny	*adj.* 月照的；月光似的 They met each other at one **moonshiny** night. 他們在一個月明之夜相遇。	moon月亮， shin(e)照耀，光， -y……的
outshine	*v.* 比……更亮；優於，勝過 He has begun to **outshine** me in sports. 他在體育方面逐漸超過我。	out-超過，勝過， shine發亮
shoeshine	*n.* 擦皮鞋；擦皮鞋者 There is some **shoeshine** paper in the closet. 衣櫥裡有擦鞋紙。	shoe鞋， shine使發亮， 擦亮
shiner	*n.* 出色的人；青腫眼眶 That is quite a **shiner** you have got there. 你眼睛那裡青了一塊。	shin(e)發光， -er表示人或物
shiny	*adj.* 發亮的；閃耀的；晴朗的 Her blonde hair was **shiny** and clean. 她的金髮乾淨而有光澤。	shin(e)發亮， -y……的
shininess	*n.* 發亮；閃耀；晴朗 The ladies want to enhance skin **shininess**. 女士們想要增強肌膚光澤。	shiny(y→i)發亮的， -ness名詞字尾

ship 船；用船裝運

02.19.26

		助記
warship	*n.* 軍艦 He is serving on a **warship** in the Pacific. 他在太平洋海域的一艘軍艦上服役。	war戰爭→軍事， ship船，艦

battleship	*n.* 戰艦 The **battleship** is heading towards the pier. 戰艦正駛向碼頭。	battle作戰， ship船，艦
flagship	*n.* 旗艦 The company plans to open a **flagship** store in New York this month. 公司計劃本月在紐約開一家旗艦店。	flag旗， ship船，艦
troopship	*n.* 部隊運輸船 Two warships escorted the **troopship**. 兩艘軍艦為運兵船護航。	troop部隊， ship船
spaceship	*n.* 太空飛船 They have launched a **spaceship**. 他們發射了一艘太空飛船。	space太空，太空， ship船
moonship	*n.* 月球飛船 They shot the **moonship** up into the sky. 他們把月球飛船發射上天。	moon月球， ship船
tankship	*n.* 油輪 The **tankship** started sailing to the northern coast. 這艘油船開始向北岸駛去。	tank油罐， ship船
reship	*v.* 重新裝運 They **reshipped** the cargo at the airport. 他們在機場重新裝運貨物。	re-重新， ship裝運
reshipment	*n.* 重新裝運 Goods must arrive in September for **reshipment**. 貨物必須9月份到達以便轉運。	re-重新， ship裝運， -ment名詞字尾
transship	*v.* 換船，把……轉載於另一船 It's troublesome to **transship** the goods at Sydney. 在雪梨為貨物轉船太麻煩了。	trans-轉換， ship船
unship	*v.* 從船上卸（貨）；使（旅客）下船 The captain ordered to **unship** a cargo. 船長下令卸下船上所有貨物。	un-相反， ship裝載 「與裝載相反」
shippable	*adj.* 可裝運的 Packed wooden boxes are **shippable**. 包裹好的木箱子是可裝運的。	ship裝運， -p-重複字母， -able可……的
shipment	*n.* 裝船；裝運 The goods are ready for **shipment**. 貨物備妥待運。	ship裝運， -ment名詞字尾

單字	詞性、例句	助記
shipless	*adj.* 無船的 In winter, it becomes a **shipless** harbor. 在冬天，這裡就變成一個無船的港口。	ship船， -less無……的
shipbuilding	*n.* 造船（業）；造船學 **Shipbuilding** is a dying business. 造船業是夕陽產業。	ship船， build建造， -ing名詞字尾
shipmaster	*n.*（商船等的）船長 The **shipmaster** asked the sailors to leave. 船長叫水手們離開。	ship船， master長
shipmate	*n.* 同船水手 Put it there, **shipmate**. 把它放到那邊，水手。	ship船， mate同伴
shipping	*n.* 裝運；海運；航運業 This is a Danish **shipping** company. 這是一家丹麥船運公司。	ship裝運， -p-重複字母， -ing名詞字尾
shipload	*n.* 船舶運載量；船貨；大量 A single fact is worth a **shipload** of arguments. 一樁事實抵得上雄辯千言。	ship船， load裝載
blockship	*n.* 阻塞船，封鎖用船 They came across a **blockship**. 他們遇到了一艘封鎖船。	block障礙， ship船
shipyard	*n.* 船塢；造船廠 We plan to reopen the **shipyard** tomorrow. 造船廠計劃明天重新開張。	ship船， yard場地

shoe 鞋

02.19.27

單字	詞性、例句	助記
overshoe	*n.* 套鞋 Put the **overshoes** on before entering the mock-up room. 穿上套鞋，再進樣品屋。	over-穿在外面， shoe鞋 「套在外面的鞋」
horseshoe	*n.* 馬蹄鐵；馬蹄鐵形（U形）的東西 The blacksmith came in to fit the **horseshoe**. 鐵匠進來安裝馬蹄鐵。	horse馬， shoe鞋
shoeless	*adj.* 不穿鞋的；沒有釘蹄鐵的 The third group has changed to **shoeless** running. 第三組從穿鞋變到光腳跑。	shoe鞋， -less不……的

shoemaking	*n.* 製鞋；製鞋業 **Shoemaking** is a useful trade. 做鞋是一種有用的手藝。	shoe鞋， making製造
shoemaker	*n.* 製（或補）鞋工人 Six awls make a **shoemaker**. 六個鞋鑽練出一個鞋匠。	shoe鞋， maker製造者
shoeblack	*n.* 擦皮鞋的人 Can you recommend a good **shoeblack** for me? 你能給我推薦一個好的擦鞋匠嗎?	shoe鞋，black黑的 「把皮鞋擦得黑亮的人」
shoeshine	*n.* 擦皮鞋；擦皮鞋的人 His grandfather is a **shoeshine**. 他的祖父是一個擦鞋匠。	shoe鞋， shine使發亮 「把皮鞋擦得發亮」
shoer	*n.* 釘馬蹄鐵工人 He is a skilled **shoer**. 他是一位熟練的釘馬蹄鐵工人。	shoe鞋→馬蹄鐵， -(e)r人
shoelace	*n.* 鞋帶 I bent down and tied my **shoelaces**. 我彎下身來繫鞋帶。	shoe鞋， lace帶子

shop 商店；購買

02.19.28

		助　記
sweetshop	*n.* 糖果店 My aunt kept a **sweetshop**. 我姨媽經營糖果店。	sweet糖果， shop店
wineshop	*n.* 酒館 Let's go to the **wineshop** for some wine. 我們去那家酒鋪喝酒吧。	wine酒， shop店
bookshop	*n.* 書店 I hit on this book in a small **bookshop**. 我在一家小書店裡偶然發現了這本書。	book書， shop店
cookshop	*n.* 菜館，飯店 She runs a small **cookshop**. 她經營著一家小菜館。	cook烹飪， shop店
showshop	*n.* 展銷商店；劇院 I got this gift by chance at the **showshop**. 我碰巧在這家展銷商店裡得到這個禮物。	show展覽，演出， shop店

workshop	*n.* 工作坊；工廠 My son is an apprentice in a furniture maker's **workshop**. 我的兒子在一家家具工廠做學徒。	work工作， shop場所
shopper	*n.* 購物者，顧客 Hong Kong is a **shopper's** paradise. 香港是購物者的天堂。	shop購買， -p-重複字母， -er者
shopping	*n.* 買東西 What about that **shopping** list? 那張購物清單呢？	shop購買， -p-重複字母， -ing名詞字尾， 表行為
shopgirl	*n.* 女店員 That **shopgirl** is a lovely young girl. 那位女店員是個可愛的年輕女孩。	shop店， girl女性（工作 人員）
shopkeeper	*n.* 店主 The **shopkeeper** is serving another customer. 店主正為另一位顧客服務。	shop店， keeper看管者， 管理者
shophours	*n.* 營業時間 The **shophours** of 7-11 supermarket is 24 hours. 7-11超市是24小時營業的。	shop店→營業， hours時間
shoptalk	*n.* 行話；有關本行的談論 Every field has its own specialized **shoptalk**. 每個領域都有其自己專門的行業用語。	shop店， talk談話
shopwindow	*n.* 商店櫥窗 The child gazed at the toys in the **shopwindow**. 孩子眼睛盯著商店櫥窗裡的玩具。	shop店， window窗
shopworn	*adj.* 在商店裡陳列得舊了的；陳舊的 The old coat has been **shopworn** in the closet for years. 這件舊外套在櫥中閒置已好幾年了。	shop店， worn弄舊了的

S

shore 岸

02.19.29

		助記
seashore	*n.* 海岸 The sea washed the **seashore**. 海浪沖刷海岸。	sea海， shore岸
offshore	*adv.* 離岸地；近海地；向海地 When they hit the rocks, they were just 500 yards **offshore**. 他們觸礁時離海岸僅有500碼。	off離， shore岸

alongshore	*adv.* 沿岸地 Many fishermen are rowing close **alongshore**. 許多漁民緊挨著岸劃船。	along沿， shore岸
ashore	*adv.* 在岸上；上岸 I was pitched into the water and swam **ashore**. 我被甩到水裡後向岸邊游去。	a-在， shore岸
foreshore	*n.* 海灘；前灘 She tanned her skin like chocolate at the **foreshore**. 她在海灘曬成了巧克力的膚色。	fore-前， shore岸
onshore	*adv.* 在岸上；朝著岸 They missed the ferry and remained **onshore**. 他們沒有趕上渡輪，還滯留在岸上。	on在， shore岸
inshore	*adv.* 向著海岸；沿海；靠近海岸 We were tacking fairly close **inshore**. 我們沿著近海岸航行。	in朝，向，靠近， shore岸
longshore	*adj.* 沿海岸的，海岸邊的 There is a **longshore** trough over there. 那邊有一條沿岸海溝。	long←along沿， shore岸
shoreless	*adj.* 無岸的；無邊無際的 The monarchy has **shoreless** ambitions. 這個君王野心勃勃。	shore岸， -less無……的
shoreward(s)	*adv.* 向海岸 The ships moved slowly **shoreward(s)**. 船隻慢慢地向海岸行駛。	shore岸， -ward(s)向
shoreline	*n.* 海岸線 The **shoreline** was piled with many huge boulders. 海岸線上堆滿了巨石。	shore岸， line線

short 短的

02.19.30

		助記
undershorts	*n.*（男式）內褲 Beckham got paid millions for endorsing **undershorts**. 貝克漢代言男性內褲得到幾百萬的報酬。	under-襯，內（用於衣服）， shorts短褲
shortage	*n.* 短缺，不足，缺少 There is no heating available due to fuel **shortage**. 因為燃料短缺，所以沒有供暖。	short短的， -age表抽象名詞

shorten	*v.* 弄短，縮短，減少 The days are **shortening**. 白天越來越短了。	short短的， -en動詞字尾， 使……
shortly	*adv.* 立刻，不久 Ms. Jones will be back **shortly**. 瓊斯女士很快就回來了。	short短的，短期的，短暫的， -ly副詞字尾
short-dated	*adj.*（票據等）短期的 In the last year, he conceived the **short-dated** bill. 在去年，他擬定了這項短期的議案。	short短的， dat(e)日期， -ed……的
short-term	*adj.* 短期的 Investors weren't concerned about **short-term** profits. 投資者並不擔心短期收益。	short短的， term期限
shorthand	*n.* 速記（法） I took down his comments in **shorthand**. 我用速記法把他的評論記錄了下來。	short短的，hand手跡，字跡→字形 「縮短的字形」
shortfall	*n.* 缺少，不足 There will be a **shortfall** in wheat supplies this year. 今年的小麥供應將不足。	short短缺，不足， fall降落量， 「降水量不足」
shortwave	*n.* 短波 I just got BBC on **shortwave**. 我剛剛收聽了英國廣播電臺的短波。	short短的， wave波
shortspoken	*adj.* 說話簡短的 He made a **shortspoken** speech. 他做了簡短的演講。	short簡短地， spoken說的 「說話簡短的」
shorthanded	*adj.* 缺乏人手的 We are **shorthanded** at the moment. 我們這裡正缺人。	short短缺， hand手→人手， -ed……的
short-change	*v.* 少給……找錢；欺騙 This is the second time I've been **short-changed** in that shop. 那家店少給我找錢，這已經是第二次了。	short短缺，不足， change找錢
shortcut	*n.* 捷徑；被切短的東西 There's no **shortcut** to success. 成功沒有捷徑。	short短的， cut切 「切短的路」
short-lived	*adj.* 短命的；短暫的 Our happiness was **short-lived**. 我們的快樂是短暫的。	short短的， liv(e)生活， -ed……的

S

shortcoming	*n.* 短處，缺點 Not being punctual is his greatest **shortcoming**. 不守時是他最大的缺點。	=coming short 缺乏，不足

show 顯示；展出；演出

02.19.31

		助　記
side**show**	*n.*（正戲中的）穿插表演；附帶活動 Radio work for him was only a **sideshow**. 對他來說，電臺的工作只是順便做做而已。	side旁，側→非正式，show演出
fore**show**	*v.* 預示 He **foreshowed** this village would be at risk. 他預示了這個村落將陷入危險。	fore-預先，show出示
showman	*n.* 善於引起公眾關注的人，愛出風頭的人 He is the band's best **showman**. 他是這個樂隊風頭最盛的人。	show演出，man人
showstopper	*n.* 特別受歡迎的人或事物 The budget he delivered was a **showstopper**. 他提出的預算案反應熱烈。	show表演，stop停止，打斷，-p-重複字母，-er者
show-how	*n.*（技術、工序等的）示範 The craftsman gave a **show-how** to his apprentices. 工匠給他的學徒做了個示範。	show演示，指給……看，how如何（做），怎樣（操作）
showhouse	*n.* 劇院；花卉陳列館 I took friends around the **showhouse**. 我帶著朋友們遊覽劇院。	show展出，house房屋
showy	*adj.* 顯眼的，引人注目的；昂貴但俗氣的 A peony is a **showy** flower. 牡丹是一種引人注目的花。	show顯示，-y……的
show-me	*adj.* 見到確鑿證據才肯相信的，懷疑的 He is a materialistic **show-me** person. 他是個只信物證的人。	show展示，me我「指給我看」
show-off	*n.* 炫耀；[口]愛炫耀的人 He is a terrible **show-off**. 他是個特別愛炫耀的人。	show off炫耀，轉為名詞

shy 害羞的；膽小的 02.19.32

		助記
gun-shy	*adj.* 怕槍炮聲的；提心吊膽的 He's still **gun-shy** from his divorce. 到現在他都沒走出離婚的陰影。	gun槍，炮， shy膽小的 「聽到槍聲就怕的」
camera-shy	*adj.* 不願照相的 She is a bit **camera-shy**. 她有點怕拍照。	camera照相機， shy害羞的→不願
work-shy	*adj.* 不願工作的，懶於工作的 You've been **work-shy** all your life. 你這輩子就是不願工作。	work工作， shy害羞的→不願
shyly	*adv.* 害羞地 The children smiled **shyly**. 孩子們害羞地笑了。	shy害羞的， -ly……地
shyness	*n.* 害羞；膽怯 His smile is mixed with a natural **shyness**. 他的微笑伴有一種天生的羞怯。	shy害羞的， -ness名詞字尾

sick 病人的；患病的；引起嘔吐的 02.19.33

		助記
lovesick	*adj.* 害相思病的 I think I got **lovesick**. 我想我得了相思病。	love愛情， sick患病的 「思念愛人成病的」
trainsick	*adj.*（乘火車）暈車的 It is a torture for the **trainsick** people to take train trip. 對於會暈車的人，乘坐火車旅行是種折磨。	train火車， sick引起嘔吐的
carsick	*adj.* 暈車的 He got **carsick** and heaved his lunch. 由於暈車，他把午飯吃的東西都吐出來了。	car車， sick引起嘔吐的
airsick	*adj.* 暈（飛）機的 I would be **airsick**. Please give me some pills. 我會暈機，請給我一些暈機藥。	air空中，航空， sick引起嘔吐的
airsickness	*n.* 暈機 I've got **airsickness**. 我暈機了。	air空中，航空， sick引起嘔吐的， -ness名詞字尾

S

brainsick	*adj.* 瘋狂的，精神錯亂的 The **brainsick** man knocked his head against the wall. 那個瘋狂的人用頭撞牆。	brain頭腦， sick患病的
heartsick	*adj.* 沮喪的；悶悶不樂的 I was **heartsick** about losing my wallet. 丟了錢包讓我很沮喪。	heart心，精神， sick患病的，不愉快的
water-sick	*adj.* 淹水的；水澆得過多的 The **water-sick** village was rebuilt by volunteers. 淹水的村落被志願者重建了。	water水， sick患病的→害「遭受水害的」
sicken	*v.*（使）生病；（使）作嘔 The animal **sickened** and soon died. 這隻動物患了病，很快就死了。	sick患病的， -en使……
sickener	*n.* 致病之物；使人厭惡之物 What you have done is really a **sickener**. 你所做的真是令人噁心。	sicken使生病， -er表示物
sickening	*adj.* 引起疾病的；給人不祥感覺的 She tripped and fell with a **sickening** thud. 她絆了一下，摔倒在地，那聲悶響令人揪心。	sicken使生病， -ing……的
sickbed	*n.* 病床 The President left his **sickbed** to attend the ceremony. 總統帶病出席了那個儀式。	sick病人的， bed床
sickroom	*n.* 病房 His friend was allowed into the **sickroom**. 他的朋友獲准進入病房。	sick病人的， room房間

side 邊，旁；面；側

02.19.34

		助記
inside	*n.* 裡面；內部；內側 You've got that jumper **inside** out. 你把套衫裡外穿反了。	in-裡，內， side邊，面
outside	*adv.* 到外面；在外部；在外側 Go and play **outside**. 到外面去玩。	out-外， side邊，面
outsider	*n.* 外人；局外人；外行，門外漢 An **outsider** might mistake the matter. 外人也許會誤解這件事。	out-外， sid(e)邊， -er人

S

beside	*adv.* 在旁邊；在……附近；在……之外 I found a place to park **beside** a station wagon. 我在一輛旅行車旁邊找到了一個車位。	be-在， side邊
aside	*adv.* 在一邊；在旁邊 She swept her thick hair **aside**. 她把濃密的頭髮梳到一邊。	a-在， side邊，旁
riverside	*n.* 河邊 We had a picnic by the **riverside**. 我們在河邊野餐。	river河， side邊
roadside	*n.* 路邊 **Roadside** cafes are now a part of the catering industry. 現在，路邊咖啡館成了餐飲業的一部分。	road路， side邊
hillside	*n.* 山坡；山腰 Above on the **hillside** was a large house. 山坡上有幢大房子。	hill山， side旁，側
mountainside	*n.* 山坡；山腰 Great rocks rolled down the **mountainside**. 巨大的岩石順著山坡滾落下來。	mountain山， side旁，側
seaside	*adj.* 海邊的，海濱的 Sanya is a popular **seaside** holiday resort. 三亞是個很受歡迎的海濱度假勝地。	sea海， side邊
seasider	*n.* 住在海邊的人 Most **seasiders** are good at swimming. 住在海邊的人大多擅長游泳。	sea海， sid(e)邊， -er人
sidelong	*adj.* 傾斜的；向旁邊的 He gave Oliver a **sidelong** glance. 他斜眼看了奧利弗一眼。	side邊, long→along沿
waterside	*n.* 水邊；河濱；海濱 Her garden stretches down to the **waterside**. 她的花園一直延伸到河畔。	water水， side邊
underside	*n.* 下面；下側 The leaves are green on top and silvery on the **underside**. 那些葉子的正面是綠色的，反面是銀色的。	under-下， side面，側
many-sided	*adj.* 多邊的；（才能）多方面的 His thoughts were rich and **many-sided**. 他的想法多而全。	many多的， sid(e)面，側， -ed……的

S

two-sided	*adj.* 兩邊的；兩方面的；兩面派的 The paintings were grouped into a **two-sided** canvas. 這兩幅畫作拼合在一張雙面畫布上。	two兩，二， sid(e)邊， -ed……的
sidewalk	*n.* 人行道 Pieces of paper were skittering along the **sidewalk**. 人行道上飛舞著一張張紙片。	side旁邊， walk走道
sideways	*adv.* 斜向一邊；側著 Bring the piano **sideways** through the front door. 把鋼琴側著從前門抬進來。	side旁，側， way路， -s副詞字尾
sidehill	*n.* 山側，山邊；山坡 Their house is at the **sidehill**. 他們的房子在山坡上。	side旁，側， hill山
sidenote	*n.* 旁註 Reading **sidenotes** is helpful for better understanding. 閱讀旁註有助於更好的理解。	side旁， note註解
sidestroke	*n.* 側泳 I prefer the breaststroke to the **sidestroke**. 比起側泳，我更喜歡蛙泳。	side側， stroke（在水中的）一擊，一劃
sideward(s)	*adv.* 向旁邊 He pushed me down **sideward(s)**. 他把我向一旁推倒。	side旁， -ward(s)向
alongside	*adv.* 在……旁邊；並排地；沿著 He walked **alongside** the Central Park. 他沿著中央公園走著。	along沿， side旁
backside	*n.* 後側；屁股 Get up off your **backside** and do some work! 起來幹點活兒吧！	back後， side面，側

sight 看見；視力

02.19.35

		助記
near-sighted	*adj.* 近視的；目光短淺的 He is very **near-sighted**. 他高度近視。	near近， sight視力， -ed……的
far-sighted	*adj.* 遠視的；有遠見的 He was a **far-sighted** politician. 他是位卓有遠見的政治家。	far遠， sight視力， -ed……的

long-sighted	*adj.* 遠視的；有遠見的 He's **long-sighted**. 他是遠視眼。	long長遠， sight看見， -ed……的
foresight	*n.* 先見之明；預見；深謀遠慮 He was later criticized for his lack of **foresight**. 他後來被指責缺少先見之明。	fore-先， sight看見
foresighted	*adj.* 有先見之明的；深謀遠慮的 He is a **foresighted** leader. 他是一位深謀遠慮的領導。	foresight先見， -ed……的
eyesight	*n.* 視力 He had a problem with his **eyesight**. 他視力有問題。	eye目， sight視力
quick-sighted	*adj.* 目光敏銳的；有洞察力的 He was very **quick-sighted**. 他洞察力很強。	quick靈敏的， sight看，視力， -ed……的
sharp-sighted	*adj.* 眼尖的 He is as **sharp-sighted** as an eagle. 他目明如鷹。	sharp尖的， sight看，視力， -ed……的
sighting	*n.* 看見；瞥見（尤指見到少見或不尋常的事物） Sea-serpent **sightings** have diminished of late. 近來見到海蛇的機會減少了。	sight看見， -ing名詞字尾
insight	*n.* 洞察力 This is a woman of great **insight**. 這是一位極具洞察力的女人。	in-內， sight看見
outsight	*n.*（對外界事物的）觀察力 He learnt his good **outsight** from his employer. 他從雇主身上學到了良好的觀察力。	out-外， sight看見
sightly	*adj.* 好看的，悅目的，漂亮的 I have seen a **sightly** building. 我看到了一幢漂亮的建築物。	sight景象， -ly形容詞字尾， ……的 「好看的」
unsightly	*adj.* 不悅目的，難看的 These **unsightly** buildings were torn down. 這些難看的樓房被拆除了。	un-不， sight景象， -ly形容詞字尾， ……的
sightless	*adj.* 無視力的，盲的 He wiped a tear from his **sightless** eyes. 他從瞎了的眼睛裡擦去了淚水。	sight視力， -less無……的

單字	釋義／例句	助記
sight-see	*v.* 觀光，遊覽 I will take you everywhere to **sight-see**. 我將帶你到處遊覽一下。	sight看→值得觀看的東西→奇觀，景物， see觀看
sightseeing	*n.* 觀光，遊覽 You can take a **sightseeing** bus. 你可以乘坐觀光巴士。	sight-see觀光， -ing名詞字尾
sightseer	*n.* 觀光者，遊客 I am a **sightseer**. Can you introduce some places? 我是觀光者。你能介紹些地方嗎？	sight-see觀光， -(e)r者
sightworthy	*adj.* 值得看的 The seashore is **sightworthy**. 這個海灘真是值得一看。	sight看， worthy值得的

sign 簽名；符號

02.19.36

單字	釋義／例句	助記
signable	*adj.* 可簽名的；需要簽名的 The back of the check is **signable**. 支票的背面是可以簽字的。	sign簽名， -able可……的
undersigned	*adj.* 在下面簽名的 You are **undersigned** on page 6. 你已在第六頁下方簽名。	under-下面， sign簽名， -ed……的
signature	*n.* 簽名，署名 His **signature** is so ugly. 他的簽名很難看。	sign簽名， -ature=-ure名詞字尾
signal	*n.* 信號；暗號 The mobile phone **signal** is very weak here. 這裡的手機信號很差。	sign符號，記號， -al名詞字尾
signaler	*n.* 信號兵，通信兵；信號裝置 As soon as it was dark, the **signaler** gave the signal. 天一黑，信號兵就發出了信號。	signal信號， -er表示人或物
signet	*n.* 私章；圖章 The order was sealed with the king's **signet**. 這一命令是用國王的印章加封的。	sign記號，圖記， -et名詞字尾，表示小 「小的圖記」
signify	*v.* 表示，表明；意味著；預示 The ring on his finger is to **signify** that he is engaged. 手指上的戒指表明他訂婚了。	sign符號，-i-連接字母，-fy作…… 「用符號表示」

S

signpost	*n.*（十字路口的）路標 A **signpost** indicated the right road for us. 路標給我們指路。	sign符號，標記，post標杆
signatory	*n.*（協議、條約等的）簽約國；簽署者 He is one of the **signatories** of the Declaration of Independence. 他是《獨立宣言》的簽署者之一。	sign簽名，簽署，-atory名詞字尾
signwriter	*n.* 寫招牌的人 He joined his father as a **signwriter** at stadium. 他和他父親一樣，成為體育場裡寫招牌的人。	sign記號→標牌，writer寫的人

silver 銀；銀白色

02.19.37

		助 記
quicksilver	*n.* 水銀，汞 Mirrors have a backing of **quicksilver**. 鏡子有水銀作底。	quick快的→活躍的，活動的→流動的，silver銀
silvery	*adj.* 似銀的；含銀的；銀製的 The carpet has a **silvery** sheen to it. 這地毯有種銀色的光澤。	silver銀，-y……的
silvering	*n.* 鍍銀，包銀 We need some **silvering** powder. 我們需要一些鍍銀粉。	silver鍍銀，-ing名詞字尾
silver-haired	*adj.* 髮白如銀的 His boss is a **silver-haired** man. 他的老闆是個滿頭銀髮的男人。	silver銀白色，hair頭髮，-ed……的
silversmith	*n.* 銀匠 He was a master **silversmith**. 他是位銀匠大師。	silver銀，smith工匠
silverware	*n.* 銀製品；（體育比賽中的）銀杯 He paraded their recently acquired **silverware**. 他展示了他們最近獲得的銀杯。	silver銀，ware器皿，商品
silver-tongued	*adj.* 口才流利的，雄辯的 He is a **silver-tongued** lawyer. 他是一名能言善辯的律師。	silver銀，tongue舌頭「銀舌頭」
silverfish	*n.* 銀色的魚 The **silverfish** lived in the pond. 銀色的魚生活在河塘裡。	silver銀白色，fish魚

S

simple 簡單的

02.19.38

		助記
simplify	*v.* 簡化，精簡 The law needs to be **simplified**. 這部法律需要簡化。	simpl(e)簡單的， -i-連接字母， -fy……化，使……
simplification	*n.* 簡化，精簡 Like any such diagram, it is a **simplification**. 像其他這種表格一樣，這是簡化了的。	simpl(e)簡單的， -i-連接字母， -fication名詞字尾
oversimplify	*v.*（使）過分簡單化 It's easy to **oversimplify** the issues involved. 很容易把涉及的問題看得太簡單。	over-過分， simplify簡化
oversimplification	*n.* 過分簡單化 There is admitted **oversimplification** in this approach. 人們承認這種方法有過分簡單化的成分。	over-過分， simpl(e)簡單的， -i-連接字母， -fication名詞字尾
simplicity	*n.* 簡單；簡易；簡明 Using a credit card to pay for an order is **simplicity** itself. 用信用卡支付訂單再簡單不過了。	simpl(e)簡單的， -icity名詞字尾
simplism	*n.* 過分簡單化；片面看問題 Simple division suffers from the fallacy of **simplism**. 簡單區分就犯了片面性的錯誤。	simpl(e)簡單的， -ism表行為
simplist	*n.* 看問題簡單化的人 He is such a **simplist**. 他是如此主張過分簡單化的人。	simpl(e)簡單的， -ist人
simplistic	*adj.* 過分簡單化的 He hit back angrily, saying such remarks were childishly **simplistic**. 他憤怒地反擊，說這些話太過幼稚。	simpl(e)簡單的， -istic……的
simply	*adv.* 簡單（明）地；僅僅，只不過；簡直 That would be **simply** wonderful! 那簡直太棒了！	simp(le)簡單的， -ly……地
simplehearted	*adj.* 心地純潔的；真誠的 All villagers here are **simplehearted**. 這裡所有的村民都很純樸。	simple簡單的， 單純的，純潔的， heart心， -ed……的
simple-minded	*adj.* 純樸的；頭腦簡單的 Jack was a **simple-minded** romantic. 傑克是個天真爛漫的人。	simple簡單的，單純的，mind頭腦， -ed……的

S

sit 坐

02.19.39

		助記
sitting	*adj.* 坐著的，就座的 When you are in a **sitting** position, keep your elbows on the arm rests. 坐著時，把胳膊肘靠在扶手上。	sit坐， -t-重複字母， -ing……的
sit-downer	*n.* 靜坐罷工者 The police were called to move the **sit-downers**. 有人叫來警察驅散靜坐罷工者。	sit-down坐下， -er者
sit-up	*n.*（體育）仰臥起坐 I do **sit-ups** before going to sleep every day. 每天，我都會在睡前做仰臥起坐。	sit坐， up向上
fence-sitter	*n.* 騎牆派，保持中立的人 That man is a typical **fence-sitter**. 那個人是一個典型的牆頭草。	fence圍欄，圍牆， sit坐，-t-重複字母， -er者 「坐在牆上者」
bedsitter	*n.* 臥室兼起居室 There is only one **bedsitter** in his house. 他的房子裡只有一個臥室兼起居室。	bed床→臥室， sit坐， -t-重複字母， -er表示物
outsit	*v.* 坐得超過……的時間，比（某人）坐得更久 He **outsat** the rock at the sea. 他比海邊的岩石坐得還久。	out-超過，過度， sit坐
babysit	*v.* 臨時替人照看嬰孩 The old men will gladly **babysit** during their free time. 空閒時這些老人也會樂意照看一下孩子。	baby嬰孩， sit坐 「坐著照看嬰孩」
babysitter	*n.* 臨時替人照看嬰兒者 She was hired as a **babysitter**. 她當了臨時照看孩子的保姆。	baby嬰兒， sit坐著照看， -t-重複字母， -er者

S

size 大；尺寸

02.19.40

		助記
sizeable	*adj.* 相當大的，大的 He got a **sizeable** amount of money. 他得到了一筆數目可觀的錢。	size大， -able……的 「具有相當的尺寸的」
good-sized	*adj.* 大號的；相當大的 He picked up a **good-sized** piece of stone. 他撿起一塊相當大的石頭。	good充分的，十足的，siz(e)尺寸， -ed……的

large-sized	*adj.* 大型的；大號的 He has created **large-sized** frescoes for many universities. 他曾為多所大學創作大型壁畫。	large大的， siz(e)尺寸， -ed……的
middle-sized	*adj.* 中等尺寸的 The remote county set up several **middle-sized** power stations in 1988. 那個偏鄉於1988年修建了幾座中型發電站。	middle中等的， siz(e)尺寸， -ed……的
oversize	*adj.* 太大的；特大號的 The cellphone has an **oversize** screen. 這款手機是超大屏幕的。	over-過於，過度， size大小
outsize	*adj./n.* 特大的；超過標準的尺寸 He was so lean that his clothes seemed **outsize**. 他太瘦了，衣服顯得太大。	out-超過， size尺寸
undersized	*adj.* 小於一般尺寸的；小型的 They squashed into an **undersized** reception room. 他們擠到了一個較小的接待室裡。	under-不足，小於， siz(e)尺寸， -ed……的
life-sized	*adj.* 與原物一般大小的 The **life-sized** sculpture was stolen. 原物大小的雕刻品被偷了。	life生物→活體模型，實物， siz(e)大小， -ed……的
varisized	*adj.* 不同尺寸的，各種大小的 The **varisized** chinawares are on display in the museum. 各種大小的瓷器在博物館展出。	vari-不同的， siz(e)尺寸， -ed……的

skill 技能；熟練

02.19.41

		助記
skillful	*adj.* 熟練的；靈巧的 It was very **skillful** of you to repair my bicycle. 你修好了我的自行車，技術真好。	skill熟練， -ful……的
skillfully	*adv.* 熟練地；靈巧地 She drives **skillfully**. 她開車很熟練。	skill熟練， -ful……的， -ly……地
skilled	*adj.* 熟練的；有技能的 He is a hard worker and a **skilled** gardener. 他工作很努力，對園藝很在行。	skill熟練， -ed……的
unskillful	*adj.* 不熟練的；未受專門訓練的 The answers to some problems are **unskillful**. 一些問題的回答是不專業的。	un-不， skill熟練， -ful……的

unskilled	*adj.* 不熟練的；不擅長的 He went to Paris in search of work as an **unskilled** laborer. 他沒有任何勞動技能就到巴黎找起了工作。	un-不， skill熟練， -ed……的
semiskilled	*adj.* 半熟練的 Those **semiskilled** workers are very badly paid. 那些半熟練的工人的工資非常低。	semi-半， skill熟練， -ed……的

skin 皮；皮膚

02.19.42

		助記
goose skin	*n.* 雞皮疙瘩 **Goose skin** can be caused by coldness. 雞皮疙瘩可能是寒冷引起的。	goose鵝， skin皮
darkskinned	*adj.* 黑皮膚的 The **darkskinned** fisherman is catching fish in the sea. 皮膚黝黑的漁民正在海上捕魚。	dark黑的， skin皮膚， -n-重複字母， -ed……的
skin-deep	*adj.* 膚淺的；表面的 Their differences of opinions are only **skin-deep**. 他們的意見分歧只是表面現象。	skin皮膚， deep深的 「皮膚那麼深」
skin-diver	*n.* 裸潛者 Lots of **skin-divers** crowded at the beach. 海灘上有很多裸潛者。	skin皮膚， div(e)潛水， -er者
skinless	*adj.* 無皮的 The **skinless** turkey is a low-fat food. 無皮火雞肉是低脂肪食物。	skin皮， -less無……的
skinhead	*n.* 剃光頭的人；光頭仔 The boots were popular among **skinheads** in the 1960s. 這種靴子在60年代光頭仔中很流行。	skin皮， head頭 「直接看到頭皮」
skinny	*adj.* 皮的；皮包骨的 He was quite a **skinny** little boy. 這個小男孩瘦得皮包骨了。	skin皮， -n-重複字母， -y……的
skinner	*n.* 皮革商；剝皮工人 I'm a 23-year **skinner**. 我做了23年的剝皮工了。	skin皮， -n-重複字母， -er表示人

S

sky 天空

02.19.43

		助記
ensky	*v.* 使聳入天際；把……捧上天 The wonderful voice **enskyed** him. 那種美妙的聲音使他有置身九霄之感。	en-使， sky天空
skyish	*adj.* 天空的；天空般的；天藍色的 The color of his hat looks **skyish**. 他帽子的顏色看起來是天藍色。	sky天空， -ish……的
skyless	*adj.* 看不見天的；多雲的 The **skyless** days always make people unhappy. 多雲的日子總是會讓人不高興。	sky天空， -less無……的
skyman	*n.* 傘兵；飛行員 The **skymen** jumped out from the airplane. 傘兵們從飛機上跳了下來。	sky天空， man人
skyward	*adv.* 朝天空，向天空 He lifted his face and looked **skyward**. 他抬起頭，看向天空。	sky天空， -ward朝，向
skyrocket	*v.* 火箭式上升；猛升 Medical costs **skyrocketed**. 醫藥費用猛漲。	sky天空， rocket火箭
sky-high	*adv.* 天一般高地；成碎片 The thesis was blown **sky-high**. 論點被駁得體無完膚。	sky天空，high高 「天一般高→掉下來會成碎片」
skyscraper	*n.* 摩天大樓 A **skyscraper** has been erected. 一棟摩天大樓拔地而起。	sky天空， scrap(e)擦，刮→摩，接觸到， -er表示物
skytrooper	*n.* 傘兵 He served as a **skytrooper** in 2010. 他2010年在傘兵部隊服役。	sky天空， troop部隊， -er表示人
skylight	*n.*（屋頂、船艙的）天窗 The **skylight** will provide good illumination from above. 頂上有天窗，光線會很充足。	sky天空，light光 「能看見天空的光→天窗」

slave 奴隸

02.19.44

		助記
slavery	*n.* 奴隸制度；奴隸身份 My people have survived 400 years of **slavery**. 我們的人民從400年的奴隸制中挺了過來。	slave奴隸， -ery名詞字尾
antislavery	*adj.* 反奴隸制度的 The republic has issued the **antislavery** laws. 共和國頒布了反奴隸法。	anti-反對， slavery奴隸制度
enslave	*v.* 使做奴隸；使受控制 She seemed **enslaved** by hatred. 她似乎被仇恨所左右。	en-使成……， slave奴隸
enslavement	*n.* 奴役；束縛 The spiritual **enslavement** tortured the people. 精神奴役折磨著民眾。	en-使成……， slave奴隸， -ment名詞字尾
slaver	*n.* 奴隸販子；販運奴隸的船 Slavers used to ship **slaves** from Africa to America. 奴隸販子過去常常由非洲販運奴隸到美洲。	slav(e)奴隸， -er表示人或物
slavish	*adj.* 奴隸（般）的，奴性的 He is a **slavish** yes-man to the boss. 他是個對上司卑躬屈膝唯命是從的人。	slav(e)奴隸， -ish……的
slaveholder	*n.* 奴隸主 The **slaveholders** treated the slaves as animals. 奴隸主像對待牲畜一樣對待奴隸。	slave奴隸， holder擁有者
slaveholding	*adj.* 占有奴隸的；蓄奴的 The **slaveholding** citizens in the south owned large plantations. 南方的奴隸主擁有著大面積的種植園。	slave奴隸， hold占有， -ing……的
slave-born	*adj.* 出身於奴隸家庭的 He was **slave-born** in South Carolina. 他出身於南卡羅來納州的奴隸家庭。	slave奴隸， born……出身的

sleep 睡；睡眠

02.19.45

		助記
asleep	*adj.* 睡著的 Quiet! The baby's **asleep**. 安靜！寶寶在睡覺。	a-在， sleep睡眠

S

oversleep	*v.* 睡過頭，睡過度 Sorry, I'm late. I **overslept**. 很抱歉我遲到了，我睡過頭了。	over-過度， sleep睡
dogsleep	*n.* 打盹 I took a **dogsleep** after lunch. 午餐後我打了個盹。	dog狗， sleep睡眠 「狗睡時多打盹」
sleeper	*n.* 睡眠者；臥鋪 I usually go up to London on the **sleeper**. 我一般都乘臥鋪車去倫敦。	sleep睡，臥， -er表示人或物
sleepless	*adj.* 失眠的；不眠的 I've had a few **sleepless** nights recently. 最近我有好幾個晚上失眠。	sleep睡眠， -less無……的
sleepy	*adj.* 想睡的，瞌睡的，睏乏的 All of a sudden, she didn't look **sleepy** any more. 突然，她看起來一點都不睏了。	sleep睡， -y……的
sleepyhead	*n.* 貪睡者；懶鬼 Come on, **sleepyhead**, time to get up. 快點吧，懶鬼，該起床了。	sleepy想睡的， head人
sleepwalking	*n.* 夢遊症，夢遊病 He got **sleepwalking** last year. 他去年患上了夢遊症。	sleep睡， walking遊走
sleepwalker	*n.* 夢遊者 We don't know what makes a **sleepwalker**. 我們不知道是什麼原因導致人們夢遊。	sleep睡， walk走， -er者
sleepwear	*n.* 睡衣睡褲（總稱） Using a fabric conditioner will make **sleepwear** much softer. 使用織物柔順劑會使睡衣更柔軟。	sleep睡， wear衣服

smith 工匠；鐵匠；……製作者

02.19.46

		助記
ironsmith	*n.* 鐵匠；鍛工 He was an **ironsmith** in Hunan. 他以前在湖南當過鐵匠。	iron鐵， smith工匠
blacksmith	*n.* 鐵匠 The **blacksmith** is forging the horseshoe. 鐵匠正在打造馬蹄鐵。	black黑色→黑色金屬→鐵， smith工匠

goldsmith	*n.* 金匠；金器商 The hardware store is adjacent to the **goldsmith** shop. 五金店緊挨著金器店。	gold金， smith工匠
silversmith	*n.* 銀匠 He was apprenticed to a master **silversmith**. 他跟銀匠師傅拜師學藝。	silver銀， smith工匠
whitesmith	*n.* 錫匠；銀匠 His dream is to be a skilled **whitesmith**. 他的夢想是成為一個技藝高超的銀匠。	white白色→白色金屬→錫、銀， smith工匠
brass-smith	*n.* 黃銅匠 The **brass-smith** forged a bar of brass into a hook. 銅匠把一根銅條鍛造成一個鉤子。	brass黃銅， smith工匠
coppersmith	*n.* 銅匠 The **coppersmith** is hammering the metal. 銅匠正在錘煉金屬。	copper銅， smith工匠
hammersmith	*n.* 鍛工 The **hammersmith** is repairing his ladder. 鍛工正在修他的梯子。	hammer錘， smith工匠
locksmith	*n.* 鎖匠 I think we'll probably have to call a **locksmith**. 我想我們可能得打電話叫鎖匠來。	lock鎖， smith工匠
gunsmith	*n.* 軍械工人 He purchased a rare weapon from a **gunsmith**. 他在軍械工人那買了一把稀有的武器。	gun槍，炮→軍械， smith製造者
songsmith	*n.* 作曲家 The popular song is composed by this **songsmith**. 這首受歡迎的歌曲是這位作曲家譜曲的。	song歌曲， smith製作者
tunesmith	*n.*（尤指流行歌曲的）作曲者 The **tunesmith** recommended himself to the record company. 作曲家自薦到唱片公司。	tune曲調， smith製作者
smith**ery**	*n.* 鍛工工廠；鍛工活 The **smithery** has to make up time lost during the strike. 鍛工工廠不得不加班彌補罷工耽誤的時間。	smith鐵匠， -ery名詞字尾，表示場所、行業

smoke 煙；抽煙 02.19.47

		助記
smoker	*n.* 吸煙者 He was not a heavy **smoker**. 他煙癮不大。	smok(e)抽煙，-er表示人或物
nonsmoker	*n.* 不抽煙的人 This guestroom is prepared for the **nonsmoker**. 這間客房是為不抽煙的人準備的。	non-非，不，smoker吸煙者
smokeless	*adj.* 無煙的 There are chemical fuels that are clean and **smokeless**. 有些化學燃料是乾淨無煙的。	smoke煙，-less無……的
smoky	*adj.* 冒煙的；多煙的 The air has grown thick and **smoky**. 空氣變得混濁且煙霧彌漫。	smok(e)煙，-y……的
smokable	*adj.* 可抽的，可吸的 The cigarette was bent, but it was **smokable**. 這支香菸有皺褶了，但還可以抽。	smok(e)抽煙，-able可……的
smokeproof	*adj.* 防煙的 Make sure to install the **smokeproof** door for the warehouse. 務必給倉庫安裝防煙門。	smoke煙，-proof防……的
smoke bomb	*n.* 煙幕彈 The terrorist organization set off a **smoke bomb**. 恐怖組織投放了煙幕彈。	smoke煙，bomb炸彈

social 社會的；社交的 02.19.48

		助記
antisocialist	*n.* 反社會主義者 The **antisocialists** started the civil war. 反社會主義者發動了內戰。	anti-反對，social社會的，-ist主義者
dissocial	*adj.* 不愛交際的 I'm a **dissocial** person. 我是個不愛交際的人。	dis-不，social社交的
unsocial	*adj.* 非社交的；非正常工作時間的 I work long at **unsocial** hours. 我在非正常工作時間還要加班很久。	un-非，不，social社交的

S

socialism	*n.* 社會主義 **Socialism** is concerned about ordinary individuals. 社會主義關心的是一般大眾。	social社會的， -ism……主義
socialite	*n.* 社會名流；社交界名人 I hate being called a **socialite**. 我討厭被稱為社會名流。	social社會的， -ite表示人
sociality	*n.* 社交，交際 I am not there for **sociality**. 我不是去那裡社交的。	social社交的， -ity名詞字尾
socialize	*v.* 交際；使社會主義化 She likes to **socialize**, so she's got lots of friends. 她喜歡與人交往，所以有許多朋友。	social社交的， -ize……化
social-minded	*adj.* 關心社會公益的 He pretended being a **social-minded** politician. 他假裝是一個關心社會公益的政治家。	social社會的， mind關心， -ed……的

sound 聲音

02.19.49

		助記
high-sounding	*adj.* 虛誇的 He is fond of using **high-sounding** phrases. 他愛用虛誇的詞句。	high高的， sound聲音， -ing……的
unsounded	*adj.* 不發音的；未說出的 The words stopped at his lips **unsounded**. 他話到嘴邊止住了。	un-不，未， sound聲音， -ed……的
resound	*v.* 激起回響；回盪 The valley **resounded** with music. 樂曲聲響徹山谷。	re-回，反， sound聲音
supersound	*n.* 超音 **Supersound** extraction is a better method. 超音波萃取是較好的方法。	super-超， sound聲音
soundlessly	*adv.* 無聲地；寂靜地 Hawks flew **soundlessly** above us. 群鷹在我們上空無聲地飛翔。	sound聲音， -less無……的， -ly……地
soundproof	*adj.* 隔音的 The studio isn't **soundproof**. 這個攝影棚沒有隔音。	sound聲音， -proof防……的

S

sounder	*n.* 發出聲音的人；發音器；測探器 The sonic echo **sounder** is easy to operate. 這個回聲測探儀很容易操作。	sound聲音， -er表示人或物

south 南

02.19.50

		助 記
southern	*adj.* 南方的；南部的 The islands lie at the **southern** end of Hainan. 這些島嶼位於海南島的南端。	south南， -ern……方向的
southernmost	*adj.* 最南的，極南的 Hainan is the **southernmost** province in China. 海南是中國最南端的省。	southern南方的， -most最
southerner	*n.* 南方人；居住在南方的人 His accent proclaimed him a **southerner**. 他的口音表明他是南方人。	southern南方的， -er人
southward(s)	*adv.* 向南 We were sailing **southward(s)**. 我們正向南航行。	south南， -ward(s)向
southeast	*n./adj.* 東南；在東南的 Hurricane is fixed near the **southeast** coast. 颶風目前正在接近東南海岸。	south南， east東
southeastern	*adj.* 東南的 The train comes in at the **southeastern** station. 列車駛入東南車站。	southeast東南， -ern……方向的
southeasterner	*n.* 東南人；住在東南部的人 The **southeasterners** have got used to the long rainy season. 住在東南部的人已經習慣了漫長的雨季。	southeast東南， -ern……的， -er表示人
southeastward(s)	*adv.* 向東南 The river flows **southeastward(s)** to the gulf. 這條河朝著東南流入海灣。	southeast東南， -ward(s)向
southeaster	*n.* 東南大風 A **southeaster** blustered onshore. 東南強風咆哮著從海上吹來。	southeast東南， -er表示物
souther	*n.* 南來大風 The **souther** blew the house shaky. 南風吹得房屋搖搖欲墜。	south南， -er表示物

S

單字	解釋與例句	助記
southwest	*n.* 西南 They sped through the American **southwest**. 他們駕車穿越美國西南部。	south南， west西
southwester	*n.* 西南大風 The **southwester** is approaching the island with heavy rain. 西南大風正伴隨大雨向小島而來。	southwest西南， -er表示風
southwestern	*adj.* 西南的 They came from the **southwestern** United States. 他們來自於美國西南部。	southwest西南， -ern……的
southwesterner	*n.* 西南人，住在西南部的人 The **southwesterners** in China are fond of spicy food. 中國西南部的人愛吃辣的東西。	southwest西南， -ern……的， -er人

space 空間；太空

02.19.51

單字	解釋與例句	助記
air**space**	*n.* 空域；領空 The plane left British **airspace**. 飛機飛離了英國領空。	air空中， space空間
inter**space**	*n.* 間隙，兩種物體間的空間 Please note there is 1-1.5 mm **interspace** of each piece to adjust. 注意每塊間預留1至1.5毫米間隙以便微調。	inter-在……之間， space空間
spaceship	*n.* 太空船 They shot the **spaceship** up into the sky. 他們把太空船發射上天。	space太空，太空， ship船
spaceman	*n.* 太空飛行員；外星人 A rocket blasted a **spaceman** into space. 一枚火箭把一名太空人送入太空。	space太空， man人
spacewoman	*n.* 女太空飛行員；女外星人 My student's mother is a **spacewoman**. 我學生的媽媽是太空人。	space太空， woman女人
spacecraft	*n.* 太空船 **Spacecraft** Columbia touched down yesterday. 哥倫比亞號太空船昨天著陸了。	space太空， craft航空器
spacious	*adj.* 廣闊的；寬敞的；廣大的 The topic is a **spacious** one. 這個題目的範圍很廣。	spac(e)空間， -ous……的

S

spaceflight	*n.* 外層空間飛行；航太 Aviation and **spaceflight** is their subject for research. 航空航太領域是他們研究的課題。	space太空， flight飛行
spaceport	*n.* 太空基地；航太港 He worked on the **spaceport** project. 他曾負責太空港的項目。	space太空， port機場→起飛處→發射處
space-age	*n.* 太空時代 The **space-age** dawned in the twentieth century. 太空時代開始於二十世紀。	space太空， age時代
spacelab	*n.* 太空實驗室 Russian cooperated with American on the **spacelab**. 俄羅斯人與美國人在太空試驗站上合作。	space太空， lab=laboratory實驗室
spaceward	*adv.* 向太空 The shuttle soared **spaceward**. 太空飛機一飛沖天。	space太空， -ward向

speak 說話

02.19.52

		助記
speakable	*adj.* 可說出口的；可以交談的 Could you please tell me what is **speakable**? 你可以告訴我哪些話可以說嗎？	speak說， -able可……的
unspeakable	*adj.* 無法形容的；說不出口的 The pain is **unspeakable**. 這種疼痛無法形容。	un-不， speak說， -able可……的
unspoken	*adj.* 未說出的；無言的 Something **unspoken** hung in the air between them. 他們之間有些心照不宣的事還沒有解決。	un-未， spoken說出的
short-spoken	*adj.* 說話簡短的 He is always **short-spoken** when he is tired. 他疲倦時，說話總是簡短的。	short短的， spoken說出的
smooth-spoken	*adj.* 言詞流利的；娓娓動聽的 He is such a **smooth-spoken** man who makes everyone happy. 他講話娓娓動聽使得每個人都開心。	smooth圓滑的，流暢的， spoken說出的
soft-spoken	*adj.* 說話溫柔的；中聽的 She is black, tall, slender and **soft-spoken**. 她皮膚黝黑，身材高挑，溫聲慢語。	soft溫柔的， spoken說出的

S

well-spoken	*adj.* 談吐優雅的；善於辭令的 Her aunt was **well-spoken** and had a pleasant manner. 她阿姨談吐優雅，舉止悅人。	well好， spoken說出的
plainspoken	*adj.* 直言不諱的，坦率的 He is a **plainspoken** man. 他是一個直言不諱的人。	plain直率的， spoken說出的
outspoken	*adj.* 直言的，毫無保留的 He was an **outspoken** critic of apartheid. 他公開抨擊種族隔離制度。	out-外，出， spoken說出的
speaker	*n.* 說話者，演講者；代言人；揚聲器 Pay attention to the body language of the **speaker**. 注意說話者的肢體語言。	speak說， -er表示人或物
loud-speaker	*n.* 喇叭，揚聲器 The music spreads through the **loud-speaker**. 音樂從喇叭中飄揚而出。	loud響亮的，高聲的，speak說， -er表示人或物
speaking	*n.* 說話；演講 So sweet his **speaking** sounded. 他的言語是如此動聽。	speak說， -ing名詞字尾
spoken	*adj.* 口說的；口語的 My **spoken** English is very poor. 我的口語很差。	speak的過去分詞， 用作形容詞
spokesman	*n.* 發言人；代言人 That man is a **spokesman** for the State Department. 那個人是（美國）國務院發言人。	spoke說話， -s-連接字母， man人，男人
spokeswoman	*n.* 女發言人；女代言人 The **spokeswoman** said the tone of the letter was very friendly. 女發言人說信函的語氣非常友好。	spoke說話， -s-連接字母， woman女人

S

spirit 精神

02.19.53

		助記
high-spirited	*adj.* 高尚的；勇敢的；烈性的 We are **high-spirited** and filled with passion every day. 我們每天朝氣蓬勃，熱情洋溢。	high高的， spirit精神→勇氣， -ed……的
low-spirited	*adj.* 精神不振的；沮喪的 I have not become downhearted or **low-spirited**. 我並沒有灰心或消沉。	low低， spirit精神→勇氣， -ed……的

poor-spirited	*adj.* 膽怯的；懦弱的 Alice felt very lonely and **poor-spirited**. 艾麗絲感到非常孤獨和膽怯。	poor貧乏的， spirit精神→勇氣， -ed……的
weak-spirited	*adj.* 缺乏勇氣和自主力的 I was always very **weak-spirited**. 我曾一直缺乏勇氣和自主力。	weak軟弱的， spirit精神→勇氣， -ed……的
dispirit	*v.* 使氣餒，使沮喪 I didn't want to **dispirit** you like that. 我不想讓你那樣沮喪。	di-=dis-取消，除去， spirit精神→勇氣
dispirited	*adj.* 沒有精神的；垂頭喪氣的 She looked tired and **dispirited**. 她顯得疲倦而且神情沮喪。	di-=dis-取消，除去， spirit精神， -ed……的
inspirit	*v.* 使振作精神；鼓舞 He was **inspirited** to try again. 他受到鼓舞，要再試一次。	in-使， spirit精神
public-spirited	*adj.* 熱心公益的 This project needs more **public-spirited** people. 這個項目需要更多熱心公益的人。	public公眾的， spirit精神， -ed……的
spirited	*adj.* 精神飽滿的；生氣勃勃的 He was by nature a **spirited** little boy. 他是個生性活潑的小男孩。	spirit精神， -ed……的
spiritless	*adj.* 沒精打采的；垂頭喪氣的 She seemed to have become completely **spiritless**. 她好像精神上完全垮掉了一樣。	spirit精神， -less無……的
spiritual	*adj.* 精神（上）的；心靈的 He spent his life on a **spiritual** quest. 他畢生都在進行精神上的追求。	spirit精神， -ual……的
spiritualize	*v.* 使精神化；使超俗 Human **spiritualized** the architecture with character and disposition. 人賦予了建築性格和氣質。	spirit精神， -ual……的 -ize使……化

stand 站立；架；臺；攤

02.19.54

		助 記
standpoint	*n.* 立場，觀點 From my **standpoint**, this is just ridiculous. 依我看，這簡直太荒唐了。	stand立， point點 「立足點」

S

standout	*n.* 傑出的人（或物） He was the **standout** in last Saturday's game. 在上週六的比賽中，他表現突出。	stand立，up向上「站起來→突出→傑出」
standstill	*n.* 停止（頓）；停滯不前 Normal life is at a **standstill**, and the economy is faltering. 正常生活陷於癱瘓，經濟止步不前。	stand立，still靜止的，不動的
standee	*n.*（戲院中的）站票看客；（車船等的）站立乘客 **Standee** should pay half price of tickets. 站票乘客應當支付票價的一半費用。	stand立，站，-ee表示人
outstanding	*adj.* 傑出的；顯著的；凸出的 He is an **outstanding** figure in politics. 他是一位傑出的政治人物。	out-出，stand站，-ing……的「站出來的」
handstand	*n.* 倒立 Wow! He did a **handstand** reverse twist. Nice! 哇！他做了一組倒立反身轉體。讚！	hand手，stand站「以手而立」
bystander	*n.* 旁觀者 Several innocent **bystanders** were killed in the blast. 有幾個無辜的旁觀者在爆炸中喪生。	by-旁，stand站，-er者「立於一旁者」
stander-by	*n.* 旁觀者 **Standers-by** see more than gamesters. 當局者迷，旁觀者清。	stand站，-er者，by-旁
upstanding	*adj.* 直立的；正直的 In front of his house are two **upstanding** trees. 他房子前長著兩棵挺拔的樹。	up-向上，stand站，-ing……的
long-standing	*adj.* 長期存在的 There was a **long-standing** hostility between them. 他們之間積怨已久。	long長，standing站立的「持續存在的」
withstand	*v.* 抵擋；反抗；頂得住 The fabric can **withstand** steam and high temperatures. 這種紡織品耐蒸汽和高溫。	with-對抗，stand站立
bookstand	*n.* 閱讀架；書攤；書亭 Put the dictionary on the **bookstand**. 把詞典放到書架上吧。	book書，stand攤，亭
newsstand	*n.* 報攤 You can buy it at **newsstands**. 你可以在報攤買到它。	news新聞→報紙，stand攤

washstand	*n.* 臉盆架 A mirror hung on a nail above the **washstand**. 臉盆架上方用釘子掛著一面鏡子。	wash洗， stand架
lampstand	*n.* 燈臺 She forgot to wipe the **lampstand**. 她忘記擦燈臺了。	lamp燈， stand臺
hatstand	*n.*（可移動的）立式衣帽架 He put his coat onto the **hatstand**. 他把大衣放在衣帽架上。	hat帽， stand架
kickstand	*n.*（自行車等的）撐腳架 A built-in **kickstand** can keep the camera upright. 內置支架可以使相機保持直立。	kick踢→腳→支撐， stand架
hallstand	*n.* 衣帽架 There is a **hallstand** in his room. 他房間裡有個衣帽架。	hall門廳，大廳， stand架
grandstand	*n.*（運動場等的）正面看臺 A furious player kicked his racket into the **grandstand**. 一位憤怒的球員將他的球拍踢向了看臺。	grand主要的， stand臺，看臺
hardstand	*n.* 停機坪；停車場 They built a **hardstand** in the yard. 他們在庭院內建了一個停機坪。	hard硬的， stand臺 「堅硬的停立處」

star 星

02.19.55

		助記
polestar	*n.* 北極星；目標；指導原則 Look, the brightest star in the sky is the **Polestar**! 你看那最亮的就是北極星！	pole極， star星
superstar	*n.* 超級巨星 The **superstar** was besieged by reporters. 這位超級明星被記者圍住了。	super-超級， star星
starless	*adj.* 無星的 That was a moonless and **starless** night. 那是一個沒有月亮也沒星星的夜晚。	star星， -less無……的
starlike	*adj.* 像星那樣明亮的；星形的 They saw a **starlike** object in the sky. 他們看見天空中一個星形的物體。	star星， -like像……的

S

starlet	*n.* 小星星；小明星 She is just a **starlet** now. 她是個剛出道的明星。	star星， -let名詞字尾，表示小
starlight	*n.* 星光 We walked home by **starlight**. 我們借著星光走回家。	star星， light光
starlit	*adj.* 星光照耀的 He went out into a freezing, windy, **starlit** night. 他走進寒風料峭、星光燦爛的夜色之中。	star星， lit照亮的（light的過去分詞）
stardom	*n.* 明星的地位；明星界 The dazzle of **stardom** attracts them. 明星的光彩吸引著他們。	star明星，-dom名詞字尾，表示地位，……界

state 國家；州

02.19.56

		助記
superstate	*n.* 超級大國 Military competition is between the two **superstates**. 兩個超級大國進行著軍事競爭。	super-超級， state國家
microstate	*n.*（面積狹小、人口極少的）超小國家 Even the **microstate**, we should respect its territorial integrity. 即便是超小國家，我們也要尊重其領土完整。	micro-微小， state國家
ministate	*n.*（面積狹小、人口極少的）超小國家 Timor-Leste is a **ministate**. 東帝汶是個超級小的國家。	mini-小， state國家
city-state	*n.*（古希臘的）城邦；城市國家 Singapore is a scarce of land **city-state**. 新加坡是一個土地資源匱乏的城市型國家。	city城市， state國家
statelet	*n.*（尤指剛從大國中獨立出來的）小國 Somaliland is a **statelet** in the horn of Africa. 索馬利蘭是個地處非洲之角的小國。	state國家， -let表示小
stateless	*adj.* 無國家的 If I went back, I'd be a **stateless** person. 如果我回去，我就是個沒有國籍的人了。	state國家， -less無……的
statecraft	*n.* 管理國家事務的本領 Subtlety is one of the arts of both diplomacy and **statecraft**. 敏銳是外交和治國的訣竅之一。	state國家， craft技巧→本領

S

statewide	*adj.*（美國）全州範圍的 Each year they compete in a prominent **statewide** bicycle race. 每年他們都要參加著名的全州自行車大賽。	state州， wide寬廣的（指範圍）
state-run	*adj.* 國營的 He worked at a **state-run** factory before retired. 退休前，他在一家國營工廠工作。	state國家， run管理，經營
statesman	*n.* 政治家 Mr. Bush was seen as a world **statesman**. 布希先生被看作一位國際上舉足輕重的政治家。	states=state's， man人

steel 鋼

02.19.57

		助　記
steely	*adj.* 鋼鐵般的；鋼製的 He has a look of **steely** determination. 他一副鐵了心的樣子。	steel鋼， -y……的
steellike	*adj.* 鋼鐵般的 He stood **steellike** in the snowstorm. 他如鋼鐵般矗立在暴風雪中。	steel鋼， -like像……的
steelmaking	*n.* 煉鋼 The new factory could put the town back at the forefront of **steelmaking**. 這家新廠能使這裡恢復煉鋼重鎮的地位。	steel鋼， making製造
steelworker	*n.* 煉鋼工人 The **steelworkers** ignored their union's advice. 這些鋼鐵工人不理睬工會的建議。	steel鋼， worker工人，
steelworks	*n.* 煉鋼廠 The **steelworks** provided employment for thousands of people. 這家鋼鐵廠為數千人提供了就業機會。	steel鋼， works工廠
steel-wire	*n.* 鋼絲，鋼索 It is the first **steel-wire** suspension bridge. 這是第一座鋼索吊橋。	steel鋼， wire金屬絲
unsteel	*v.* 使失去鋼性；使心軟 Their pleas **unsteel** his heart. 他們的懇求使他心軟。	un-除去，steel鋼「使不像鋼般堅硬→使柔軟」

S

step 步

02.19.58

		助記
misstep	*n.* 失足；失策 One **misstep** doesn't affect your career. 一次失誤並不會影響你的職業生涯。	mis-誤，錯，step步
outstep	*v.* 超出；逾越 Parents feared they might **outstep** these boundaries. 父母擔心他們可能會逾越這些界限。	out-超過，step步
overstep	*v.* 逾越；違犯 You have **overstepped** your authority. 你已經越權了。	over-越過，step步
footstep	*n.* 腳步；腳步聲；足跡 I heard someone's **footsteps** in the hall. 我聽見大廳裡有腳步聲。	foot腳，step步
goose-step	*v.* 正步走 We **goose-stepped** in and goose-stepped out. 我們踢正步進進出出。	goose鵝，step步「鵝步」→形容有氣勢→正步走
doorstep	*n.* 門前的石階 The couple chatted briefly on the **doorstep**. 夫婦倆在門階上簡短地說了幾句。	door門，step步→踏腳處→臺階
high-stepping	*adj.* 高速行進的；放蕩的；抬高腳步的 Steve is a **high-stepping** motorist. 史蒂夫是一個開快車的摩托車手。	high高，step步→臺階→層次，-ing……的
step-by-step	*adj.* 逐步的；逐漸的 Please follow our **step-by-step** instructions. 請遵循我們的逐步指示。	step步，by接著，挨著，step步「一步步」
stepstone	*n.*（門前的）階沿石 He forgot to watch out for the **stepstone**. 他忘了要注意階沿石。	step步→臺階，stone石頭
stepping-stone	*n.* 踏腳臺；晉身之階；達到目的的手段 Stop treating me like your **stepping-stone**. 不要像對待墊腳石一樣地對待我。	step步，-p-重複字母，-ing名詞字尾，stone石頭

S

stone 石

02.19.59

		助記
milestone	*n.* 里程碑；歷史上的重大事件 The film proved to be a **milestone** in the history of cinema. 事實證明這部影片是電影史上的一個里程碑。	mile英里→里程，stone石，界碑
footstone	*n.* 基石 Loyalty is the **footstone** of life. 忠誠是建造人生大廈的基石。	foot腳→底部，基礎，stone石
touchstone	*n.* 試金石；檢驗標準 As the **touchstone** tries gold, so the gold tries man. 試金石試金，黃金試人。	touch接觸，stone石「用黃金在石頭上劃，看成色」
tombstone	*n.* 墓碑，墓石 A **tombstone** is erected in memory of whoever it commemorates. 墓碑是為所紀念的人而建的。	tomb墓，stone石，碑
gravestone	*n.* 墓碑 The **gravestone** bears an inscription. 墓石上有碑文。	grave墓，stone石，碑
cornerstone	*n.* 牆角石；柱石；奠基石；基礎 The mayor laid the **cornerstone** of the new library. 市長為新圖書館奠基。	corner角→牆角，stone石
grindstone	*n.* 磨石；砂輪 A knife is sharpened on the **grindstone**; steel is tempered in fire. 刀在石上磨，鋼在火中煉。	grind磨，stone石
limestone	*n.* 石灰石 Do you know **limestone**? 你認識石灰石嗎？	lime石灰，stone石
firestone	*n.* 耐火石；燧石 They made a fire with a **firestone**. 他們用一塊打火石點火。	fire火，stone石
dripstone	*n.* 滴水石；鐘乳石 There is a small broken **dripstone** formation near the entrance. 入口附近有一小塊破裂的滴水石。	drip滴，stone石
doorstone	*n.* 門口鋪石，門階 He left an umbrella on the **doorstone**. 他把一把雨傘落在了門階上。	door門→門口，stone石

S

ironstone	*n.* 含鐵礦石；菱鐵礦 A big **ironstone** mine was found here. 這裡發現了一座大型的鐵礦石礦。	iron鐵， stone石→礦石
floatstone	*n.* 浮石 The material is obtained from natural **floatstone**. 原料是從天然浮石提取的。	float漂浮， stone石
tilestone	*n.* 石瓦 The roof of the house is made with **tilestone**. 房子的房頂是用石瓦建的。	tile瓦， stone石
stony	*adj.* 多石的；鐵石心腸的；冷漠的 Her voice was **stony**. 她說話的聲音冷冰冰的。	ston(e)石， -y……的
stone-cold	*adj.* 冰冷的，完全涼的 Dinner was **stone-cold** by the time I got home. 我到家時，晚飯已經完全涼了。	stone石，cold冷 「像石頭那麼冷 →冰冷的」
sandstone	*n.* 砂岩 Houses in the area are built of **sandstone**. 這個地區的房屋都是用砂岩建的。	sand沙， stone石，岩
bloodstone	*n.* 有血點（或血紋）的綠寶石；雞血石 The quality of this pair of **bloodstone** bracelets is very good. 這對雞血石的鐲子成色很好。	blood血， stone石→寶石
bluestone	*n.* 藍砂岩，青石 These houses are decorated with **bluestone**. 這些房子是用青石裝飾的。	blue藍色， stone石
brownstone	*n.*（建築用的）褐色砂石 He is looking carefully at the **brownstone** house. 他正仔細地看著這褐色砂石牆的房子。	brown褐色， stone石
grapestone	*n.* 葡萄籽 **Grapestone** is more nutritious than grape skin. 葡萄籽比葡萄皮更有營養。	grape葡萄， stone石→果核
stony-hearted	*adj.* 鐵石心腸的 He is so **stony-hearted** to abandon his wife. 他如此鐵石心腸拋棄妻子。	stony如石的， heart心， -ed……的
stoneware	*n.* 石製品；粗陶器 **Stoneware** is tough and cannot be scratched. 粗陶器很硬，不會被劃出痕跡。	stone石， ware器皿

stone-breaker	*n.* 碎石工人；碎石機 The hammer fell on the **stone-breaker's** feet. 錘子砸在碎石工人的腳上。	stone石頭， breaker打碎者
stonecutter	*n.* 石工；切石機 Do you know how to operate this electric **stonecutter**? 你知道如何操作這臺電動切石機嗎？	stone石頭， cutter切、削者

stop 停止；阻止

02.19.60

		助 記
nonstop	*adv.* 不停地，不斷地 He worked **nonstop** for eight hours. 他連續工作了8小時。	non-不， stop停止
estop	*v.* 禁止 I had thought eating would **estop** your talking. 我本以為食物能堵住你的嘴。	e-加強意義， stop阻止
doorstop	*n.* 門擋 He used a large book as a **doorstop**. 他用一本厚書抵住門。	door門， stop阻止
stop-action	*adj.* 瞬時攝影的，連續攝影的 He took a **stop-action** photo of a high jump. 他拍了一組跳高的連續攝影照片。	stop阻止→留住， action動作 「留住快速動作 →連續攝影」
helistop	*n.* 直升機機場 There is a **helistop** on the top of the building. 這棟樓頂上有個直升機機場。	heli=helicopter 直升機， stop停止場所
unstop	*v.* 除去障礙；拔去……的塞子 **Unstop** the bottle. 拔去瓶塞。	un-除去， stop阻止，阻塞， 障礙
stoppage	*n.* 停止；止付；（作為罰款從工資）扣除 How much do you get after **stoppages**? 各種款項扣除以後你實領多少錢？	stop停止， -p-重複字母， -age名詞字尾
stopper	*n.* 停止者；制止者；阻塞物 She lifted the **stopper** from the bottle. 她拔出玻璃瓶上的瓶塞。	stop停止， -p-重複字母， -er表示人或物
stopwatch	*n.*（賽跑等用的）跑錶，碼錶 A **stopwatch** is used to obtain the optimum procedure. 碼錶用來獲得最佳工作進程。	stop停止，watch表 「可以隨時使其 停止走動的錶」

S

storm 風暴，暴風雨

02.19.61

		助記
snowstorm	*n.* 暴風雪 All communications with the north have been stopped by **snowstorm**. 北部的一切交通均為暴風雪所阻。	snow雪，storm風暴，暴風雨
thunderstorm	*n.* 雷雨 After several weeks of travel, **thunderstorm** hit us first. 我們旅行了幾個星期，初次碰上了雷雨。	thunder雷，storm風暴，暴風雨
rainstorm	*n.* 暴（風）雨 This river used to get flooded whenever there was a **rainstorm**. 過去一下暴雨，這條河就泛濫。	rain雨，storm風暴，暴風雨
windstorm	*n.* 風暴 His car collided with another car during a heavy **windstorm**. 他的車在風暴中和另一輛車相撞了。	wind風，storm風暴，暴風雨
hailstorm	*n.* 雹暴 A **hailstorm** hit the West today. 冰雹今天襲擊了西部地區。	hail冰雹，storm風暴，暴風雨
sandstorm	*n.* 沙暴 The soldiers lost their way in a **sandstorm**. 這些士兵在沙暴中迷了路。	sand沙，storm風暴，暴風雨
firestorm	*n.* 風暴性大火；大爆發 The speech has resulted in a **firestorm** of controversy. 這個演講已引發了激烈的爭議。	fire火，storm風暴，暴風雨
brainstorm	*n.* 頭腦風暴；一時糊塗 She had a **brainstorm** in the exam. 她考試時腦子裡突然一片混亂。	brain腦，storm風暴，暴風雨
stormy	*adj.* 有暴風雨的；暴躁的 The sky was starting to look **stormy**. 開始變天了，看上去暴風雨將至。	storm暴風雨，-y多……的
stormer	*n.* 大發雷霆者，發怒者 Don't be a **stormer** casually. 不要隨便大發雷霆。	storm風暴→暴怒，-er者
storm-beaten	*adj.* 風吹雨打的，受暴風雨損壞的；飽經風霜的 The **storm-beaten** ship finally arrived at the harbor. 那艘受到暴風雨襲擊的船終於抵港。	storm暴風雨，beaten被打擊的

stormproof	*adj.* 防風暴的 This house isn't exactly **stormproof**. The roof leaks! 這所房子並不完全防暴風雨，屋頂漏了！	storm風暴， -proof防……的
stormless	*adj.* 無風暴的；平靜的 We sailed through a **stormless** sea. 我們穿過了一個平靜的海域。	storm風暴， -less無……的
storm-belt	*n.* 風暴地帶 The destructive force of the **storm-belt** is huge. 風暴地帶的破壞力是巨大的。	storm風暴， belt地帶
storm-zone	*n.* 風暴區 The small boat keeled over in the **storm-zone**. 小船在風暴區中傾覆了。	storm風暴， zone區
stormbird	*n.*（預兆風暴的）海燕 **Stormbirds** flied above the surface of the sea. 海燕在海面上飛翔。	storm風暴， bird鳥

stream 流，溪流

02.19.62

		助記
main**stream**	*n.* 主流 His works estranged from the **mainstream** of Hollywood. 他的作品脫離了好萊塢的主流。	main主要的， stream流
air**stream**	*n.* 氣流 Noise will probably not hurt the **airstream**. 噪音可能不會影響氣流。	air空氣， stream流
mid**stream**	*n.* 中流；河流正中 The boat floated rapidly in **midstream**. 船在河中央飛快地漂行。	mid中間的， stream流
blood**stream**	*n.* 血流 The disease releases toxins into the **bloodstream**. 這種病會釋放毒素到血液中。	blood血， stream流
up**stream**	*adv.* 在上游；向上游 It is hard to row a boat **upstream**. 逆流划船很費力。	up上， stream流
down**stream**	*adj.* 在下游的；順流的 Be careful of the **downstream** currents. 小心下游急流。	down下， stream流

S

streamy	*adj.* 多溪流的；流水般的 I've seen the erupted **streamy** lava from a volcano. 我見過流水般的熔岩從火山爆發。	stream溪流， -y……的
streamlet	*n.* 小溪 A **streamlet** spreads out every here and there. 到處可見小溪流淌。	stream溪， -let小
streamline	*v.* 把……做成流線型 All these cars have been **streamlined**. 所有這些汽車都被設計成流線型。	stream流， line線

street 街

02.19.63

		助記
off-street	*adj.* 不靠街面的 They have an apartment with **off-street** parking. 他們有個附路外停車場的公寓。	off離開， street街
bystreet	*n.* 旁街，小街 You can go in from the southern **bystreet** of History Museum. 你可以從歷史博物館的南面小街進去。	by-旁， street街
streetscape	*n.* 街景 Through the window, you can see the nice **streetscape**. 透過窗戶，你可以看到漂亮的街景。	street街， -scape景色
streetworker	*n.* 街道工作者 More and more university students join the team of **streetworkers**. 越來越多的大學生加入到街道工作者的隊伍中。	street街， worker工作者
streetwise	*adj.* 適應都市生活的；有都市人的精明勁兒的 Kids seem much more **streetwise** these days. 如今的孩子們似乎比以前精明了。	street街道， wise明白的 「明白民情的」
streetward	*adj.* 向街的；朝街的 He rented a **streetward** store in the downtown. 他在市中心租了一個門口朝街的店面。	street街道， -ward向
streetcar	*n.* （路面）電車 The cheapest way of doing a tour of the city is to take a **streetcar**. 在城市裡觀光最經濟的方法是乘路面電車。	street街道， car車
streetwalker	*n.* 妓女 Rodin's *Old Streetwalker* is a rare work in statuary history. 羅丹的《老娼妓》是雕塑史上一件不可多得的傑作。	street街道， walker步行者 「阻街女郎」

strong 強的；堅固的

02.19.64

		助記
strongly	*adv.* 強壯地；堅決地；堅強地；強烈地 We **strongly** believe in a free press. 我們堅決奉行出版自由。	strong強的， -ly……地
strongish	*adj.* 稍強的，略強的 He's a simple-minded man with a **strongish** will. 他頭腦單純，但尚有點意志力。	strong強的， -ish略……的
strongbox	*n.* 保險箱 She kept her valuables in a **strongbox**. 她把貴重物品放在保險箱裡。	strong堅固的， box箱 「堅固的箱子→保險箱」
stronghold	*n.* 要塞，堡壘；大本營 The seat was a **stronghold** of the Labour Party. 這個選區是工黨的大本營。	strong堅固的， hold掌握，控制， 控制點
strongman	*n.* 強人；鐵腕人物 Jack is the **strongman** in the Coal Miner's Union. 傑克是煤礦工會裡的強人。	strong強的， man人→強人 「鐵腕人物」
strongpoint	*n.* 據點，要塞 Explosive shell tore into the wall of the **strongpoint**. 炮彈炸穿了要塞的牆壁。	strong堅固的， point點
strong-bodied	*adj.* 身體強壯的 The old man is still **strong-bodied**. 這老人身體還挺硬朗。	strong強壯的， bodi(y→i)身體， -ed……的
stronghearted	*adj.* 勇敢的 We can become **stronghearted** after military training. 軍訓後，我們就能勇敢堅強。	strong強的， heart心， -ed……的 「心堅強的」
strong-minded	*adj.* 意志堅強的 She is a **strong-minded**, independent woman. 她是一個獨立、意志堅強的女人。	strong強的， mind精神，意志， -ed……的
strong-willed	*adj.* 意志堅強的 Margaret takes after her father in being **strong-willed**. 瑪格麗特意志堅強，像她父親。	strong強的， will意志， -ed……的

S

study 學習；研究

02.19.65

		助記
overstudy	*v.* 用功過度 This girl always **overstudies** herself to the point of exhaustion. 這個女孩經常用功過度到令自己筋疲力盡的程度。	over-過度，study學習，用功
restudy	*v.* 再學習；重新研究 This problem is so complicated that we have to **restudy** it. 這個問題很複雜，我們得重新研究一下。	re-再，重新，study學習，研究
unstudied	*adj.* 非矯揉造作的；不通曉的；自發的 She was **unstudied** in mathematics. 她不通曉數學。	un-不，studied學習到的→不是特意學的；沒學到的
studied	*adj.* 刻意的；做作的 I think the singer is a bit too **studied**. 我認為這歌手有點兒過於矯揉造作。	study學習，studied→學來的→刻意的
studious	*adj.* 勤學的，用功的 He is a quiet, **studious** young man. 他是個安靜、好學的年輕人。	studi(y→i)學習，-ous……的
studiously	*adv.* 勤學地，用功地 I had to study **studiously**. 我必須用功讀書。	studi(y→i)學習，-ous……的，-ly……地

sun 太陽

02.19.66

		助記
unsunned	*adj.* 不見陽光的；不公開的 The plant is difficult to survive in the **unsunned** environment. 植物在不見陽光的環境下很難生存。	un-不，sun太陽，-n-重複字母，-ed……的
sunless	*adj.* 不見陽光的，陰暗的 Most flowers will not grow in a **sunless** place. 多數花卉在沒有陽光的地方不能生長。	sun太陽，-less無……的
sunflower	*n.* 向日葵 The **sunflower** turns towards the sun. 向日葵轉向太陽。	sun太陽，flower花
sunshine	*n.* 日光，陽光 We had three days of spring **sunshine**. 我們享受了三天的春日陽光。	sun太陽，shine照耀，光

S

sunshiny	*adj.* 陽光照耀的，晴朗的 Have you ever seen such a lovely **sunshiny** day? 你可曾見過這麼風和日麗的好天氣嗎？	sunshin(e)陽光，-y……的
sunny	*adj.* 陽光充足的 I hope it's **sunny** tomorrow. 我希望明天晴天。	sun太陽，-n-重複字母，-y……的
sunlight	*n.* 日光，陽光 The curtains were half drawn to keep out the **sunlight**. 窗簾拉上了一半以遮擋陽光。	sun太陽，light光
sunlit	*adj.* 陽光照耀的，陽光普照的 Her house has two big **sunlit** rooms. 她的房子有兩間向陽的大屋子。	sun太陽，lit（light的過去分詞）照亮的
sunbright	*adj.* 陽光明媚的，充滿陽光的 Morning is fresh and **sunbright**. 早晨空氣清新，陽光明媚。	sun太陽，bright明亮的
sunset	*n.* 日落（時分）；（比喻）晚年 There was a red **sunset** over Paris. 巴黎的天空映著紅色的晚霞。	sun太陽，set落
sundown	*n.* 日落，日沒 The fighting broke out about two hours after **sundown**. 日落後大約兩小時，戰鬥開打了。	sun太陽，down下
sunblock	*n.* 防曬霜 I need a bottle of **sunblock**. 我需要一瓶防曬霜。	sun太陽，block阻礙，防止「防止太陽曬到」
sunlike	*adj.* 像太陽的 The scientists discovered a **sunlike** star again. 科學家們又發現了一顆像太陽的恆星。	sun太陽，-like像……的
sunbath	*n.* 日光浴 I'll treat myself to a **sunbath**. 我要好好地享受一次日光浴。	sun太陽，bath浴
sunblind	*n.* 遮簾；百葉窗 The child didn't know how to roll up the **sunblind**. 這個孩子不知如何拉起百葉窗。	sun太陽，blind遮光物
sunburn	*n.* 曬傷 His face, at the moment, was peeling from **sunburn**. 那時他的臉因曬傷而脫皮。	sun太陽，burn曬黑

sunglasses	*n.* 太陽眼鏡，墨鏡 She slipped on a pair of **sunglasses**. 她迅速戴上一副太陽眼鏡。	sun太陽， glasses眼鏡
sungod	*n.* 太陽神 In Greek mythology, the **sungod** was Helios. 在希臘神話中，赫利奧斯是太陽神。	sun太陽， god神
sunproof	*adj.* 不透日光的；耐曬的 These **sunproof** curtains will not fade. 這些耐曬的窗簾不褪色。	sun太陽， -proof防……的， 不透……的
sunback	*adj.* 露背的 She wore a white **sunback** blouse with no sleeves. 她穿了一件白色無袖露背衫。	sun太陽，back後背 「太陽能曬到背→ 露背的」

suppose 料想；假定

02.19.67

		助記
presuppose	*v.* 預料，推測；預先假定 It's dangerous to **presuppose** that a person is guilty. 先假定某人有罪是危險的。	pre-預先， suppose料想， 假定
supposed	*adj.* 想像上的；假定的 They are **supposed** to be here at about half past four. 他們應該在4點半左右到達這裡。	suppos(e)想像， 假定， -ed……的
supposedly	*adv.* 想像上；按推測；恐怕 The novel is **supposedly** based on a true story. 據說，這部小說以一個真實的故事為題材。	supposed想像的， -ly副詞字尾
supposition	*n.* 想像；假定；推測 The whole plan is based on merely his own **supposition**. 整個計劃只是建立在他的主觀臆斷上。	suppos(e)想像， 假定， -ition名詞字尾
suppositional	*adj.* 想像的；假定的；推測的 Many people think the network is a **suppositional** world. 許多人認為網絡是虛擬的世界。	suppos(e)想像， 假定，-ition名詞 字尾，-al……的

sweet 甜的

02.19.68

		助記
sweeten	*v.*（使）變甜，加糖於；使愉快 **Sweeten** the mixture with a little honey. 往混合餡料裡加點蜂蜜以增加甜度。	sweet甜的， -en使……

S

sweetish	*adj.* 略甜的 There was a **sweetish** smell in the air. 空氣中有一股甜絲絲的氣味。	sweet甜的， -ish略……的
sweetly	*adv.* 甜蜜地；討人喜歡地 He sang much more **sweetly** than before. 他的演唱比以前要動聽許多。	sweet甜的， -ly……地
sweetie	*n.* 糖果；親愛的（用作愛稱） **Sweetie**, what happened to you? 親愛的，你怎麼了？	sweet甜的， -ie名詞字尾，表示物
sweety	*n.* 糖果；蜜餞 Who is she to call you **sweety**? 那個叫你「甜心」的人是誰？	sweet甜的， -y名詞字尾，表示物
sweetshop	*n.* 糖果店 My aunt kept a **sweetshop**. 我姨媽經營糖果店。	sweet甜的→甜食， shop店
sweet-talk	*v.* 用甜言蜜語勸誘；諂媚，奉承 I managed to **sweet-talk** her into driving me home. 我說了一堆好話終於讓她開車送我回家。	sweet甜的→甜蜜的， talk談話

輕鬆一刻

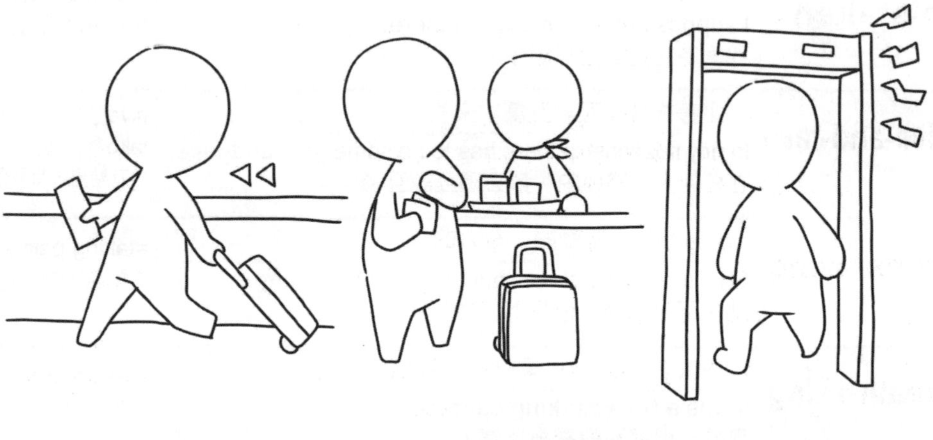

pull one's suitcase (bag)
拉著行李箱

put all one's things (belongings) in the basket
把所有隨身物品放到籃子裡

set off the metal detector
觸發金屬探測器

take 取；拿

02.20.01

		助記
uptake	*n.* 攝取；領會 He is quick on the **uptake**. 他理解力很強。	up-向上， take拿
retake	*v.* 再取；取回；奪回 David **retook** the lead later in the race. 後來大衛重新奪回了比賽中的領先地位。	re-再，回， take拿，取
intake	*n.* 納入；吸入；收納 He heard a sharp **intake** of breath. 他聽到猛地倒吸一口氣的聲音。	in-入， take取
mistake	*v.* 弄錯；搞錯 I **mistook** him for his brother. 我把他誤認成他的弟弟。	mis-誤， take認為
mistakable	*adj.* 易弄錯的 The two girls are easily **mistakable** for each other. 這兩個女孩太相像，很容易被認錯。	mistak(e)弄錯， -able易……的
unmistakable	*adj.* 不會弄錯的 The evidence is **unmistakable**. 證據不可能會弄錯的。	un-不， mistak(e)弄錯， -able易……的
mistaken	*adj.* 錯誤的；弄錯的 I suppose you're **mistaken** there. 我認為在這點上您錯了。	mistake的過去分詞，用作形容詞
give-and-take	*n.* 平等交換；互諒互讓；交談 In any relationship there has to be some **give-and-take**. 在任何人際關係中，都必須互諒互讓。	give給， take拿，取 「有給出，有取回」
painstaking	*adj.* 苦幹的，辛勤的；費力的 She is not very clever but she is **painstaking**. 她並不很聰明，但肯下苦功夫。	=taking pains 「刻苦，努力」
breathtaking	*adj.* 使人透不過氣來的；驚人的；激動人心的；驚險的 It was a **breathtaking** car race. 那是一場驚險的賽車比賽。	=taking breath 「令人驚歎」
taker	*n.* 收取者；捕獲者；接受者 Fortune is a giver and a **taker**. 命運是賜予者，也是掠奪者。	tak(e)拿， -er表示人

T

takeoff	*n.* 起飛；起跳 Please reach the airport an hour before **takeoff**. 請於起飛前一小時到達機場。	take拿，off離開「脱衣→減輕負擔→起飛」
takeover	*n.* 接收；收購；接任 The company saw off the threat of a **takeover**. 公司挺住了收購的威脅。	take拿，over從一邊到另一邊「拿過來→接管」

talk 談話

02.20.02

		助記
overtalk	*n.* 講話太多 She had a sore throat due to **overtalk**. 她因講話太多而嗓子疼。	over-過分，talk談話，説話
talking	*n.* 講話；談話；討論 It took a lot of **talking** to explain that. 解釋那件事頗費了一番口舌。	talk談話，-ing名詞字尾
outtalk	*v.* 在口才方面勝過；比……講得響亮 She **outtalks** her mother. 她在口才方面勝過她的媽媽。	out-勝過，talk談話
talking point	*n.* 話題 Football is the main **talking point** in my family. 足球（比賽）是我家的主要話題。	talk談話，-ing名詞字尾，point點
talkable	*adj.* 可談論的；健談的 She is a very **talkable** and kind woman. 她是個非常健談、和善的女人。	talk談話，-able可……的
talkative	*adj.* 喜歡講話的；多嘴的 One drink and she became **talkative**. 一杯酒下肚，她話就多了。	talk談話，-ative……的
talker	*n.* 談話者；健談者；多嘴的人；空談家 Great **talkers** are little doers. 多言者必少實行。	talk談話，-er表示人
talky	*adj.* 談話（或對話）過多的 I can't stand that person who is too **talky**. 我真受不了那個人了，他話太多了。	talk談話，-y多……的
talkie	*n.* 有聲電影 The ranger likes to watch **talkies** in his spare time. 公園管理員喜歡在休閒時間看有聲電影。	talk説話，-ie名詞字尾，表示物

taste 嚐；辨味 02.20.03

		助記
distaste	*n.* 不喜歡，厭惡 She stuck out her tongue in **distaste**. 她厭惡地伸出舌頭。	dis-不， taste嚐
distasteful	*adj.* 不合口味的；令人厭惡的 Smoking is **distasteful** to my family. 我家人都不喜歡抽菸。	dis-不， taste嚐， -ful……的
aftertaste	*n.* 回味；餘味 This soft drink has a nasty **aftertaste**. 這種不含酒精的飲料有種讓人難受的餘味。	after後，以後， taste味道
foretaste	*n.* 先嚐；預示 It was a **foretaste** of things to come. 這是未來之事的先兆。	fore-先， taste嚐
tasteable	*adj.* 可嚐的；有滋味的 My mother cooked a **tasteable** meal for my friends. 我媽媽為我的朋友們做了美味可口的一餐。	taste嚐， -able可……的
tasteful	*adj.* 有鑑賞力的；雅緻的 He will buy a set of **tasteful** furniture. 他將要買一套雅緻的家具。	taste嚐→欣賞， 鑑賞， -ful……的
tasteless	*adj.* 不能辨味的；無味的；無鑑賞力的 How can you eat such **tasteless** food? 你怎麼能吃下這麼無味的食物呢？	taste嚐，辨味， -less無……的
taster	*n.* 嚐味者 Oil appeal is on the palate of the **taster**. 油的魅力是由品嚐者的口味決定的。	tast(e)嚐， -er者
tasty	*adj.* 可口的，美味的 We had a simple but **tasty** meal. 我們吃了一頓簡單而可口的飯菜。	tast(e)嚐， -y……的

tax 稅 02.20.04

		助記
taxicab	*n.* 計程車 The **taxicab** swung out into traffic. 那部計程車駛入車流之中。	tax稅→收款，收費， -i-連接字母，cab車 「收費的車」

T

taxi	*n.* 計程車 George telephoned for a **taxi**. 喬治打電話叫了一輛計程車。	taxicab縮寫形式
taximan	*n.* 計程車司機 The **taximan** drove too fast on the road. 那個計程車司機在路上開得太快了。	taxi計程車， man人
untaxed	*adj.* 未完稅的；免稅的 I have an **untaxed** expense account. 我有一張免稅的報銷單。	un-未， tax稅， -ed……的
overtax	*v.* 課稅過重 Don't **overtax**, or the people will resist. 不要課稅過重，否則人民將反抗。	over-過甚， tax稅
undertaxation	*n.* 徵稅過低 **Undertaxation** hampers the nation's development. 徵稅過低阻礙國家發展。	under-低，不足， tax稅， -ation名詞字尾
supertax	*n.* 附加稅 Australia's government tried to impose a mining **supertax**. 澳大利亞政府曾經試圖開徵採礦附加稅。	super-超，以外， tax稅
surtax	*n.* 附加稅 The legislature passed a law to abolish the **surtax**. 立法機關通過了一項廢除附加稅的法令。	sur-超，過多， tax稅
taxable	*adj.* 可徵稅的；應納稅的 Certain portions of his income were not **taxable**. 他收入中的某些部分不應納稅。	tax稅，徵稅， -able可……的
taxation	*n.* 徵稅；稅收 The rate of **taxation** in that country is high. 那個國家的稅率很高。	tax稅，徵稅， -ation名詞字尾
tax-free	*adj.* 無稅的，免稅的 Of course, money saved is **tax-free**. 當然，省下的錢不用交稅。	tax稅， free無……的
taxpayer	*n.* 納稅人（在美國常作為「公民」的同義詞） This company is a large **taxpayer** all over the country. 這家公司是全國的納稅大戶。	tax稅， payer付款者
taxman	*n.* 稅務官 He has been cheating the **taxman** for years. 他多年來一直欺騙稅務官。	tax稅，man人 「收稅的人」

teach 教

02.20.05

		助記
teachable	*adj.* 可教的；適於教學的 I doubt if such a skill is **teachable**. 我懷疑這種技能能否傳授。	teach教， -able可……的
unteachable	*adj.* 不可教的；不適於教學的 The kid is not **unteachable**. 這孩子並不是不可救藥的。	un-不， teach教， -able可……的
self-taught	*adj.* 自學的，自修的 I may add that I was largely **self-taught**. 補充一句，我基本上是自學的。	self自己， taught（teach的過去分詞）教的
untaught	*adj.* 未教過的，未受教育的 A child is better unborned than **untaught**. 養不教，父之過。	un-未， taught教過的
teacher	*n.* 教員，教師 The **teacher** asked the pupil to put his hand down. 老師叫這個小學生把手放下。	teach教， -er表示人 「教學的人」
teaching	*n.* 教學；教導；學說 Language **teaching** is both a science and an art. 語言教學既是一門科學又是一種藝術。	teach教， -ing名詞字尾

tell 講；告訴

02.20.06

		助記
storyteller	*n.* 講故事的人 He is a **storyteller** of infinite jest. 他是一個無比詼諧的說書人。	story故事， tell講， -er者
outtell	*v.* 說出；比……更能講述 His manual signs **outtell** his words. 他的手勢比他的語言更具感染力。	out-出， tell說
foretell	*v.* 預言，預示 He **foretold** that the boy would have a bright future. 他預言那個男孩會有一個光明的未來。	fore-預先， tell講
retell	*v.* 再講，重述；復述 Try to **retell** the story in your own words. 試著用你自己的話複述這個故事。	re-再，重， tell講

telling	*n.* 講述，說出 There's no **telling** who's going to show up tonight. 今天晚上誰會來不得而知。	tell講述， -ing名詞字尾
untold	*adj.* 未說過的；未透露的 Her secret remains **untold** by now. 她的秘密至今仍未透露。	un-未， told（tell的過去分詞）講述的
taletelling	*n.* 講故事；搬弄是非 Let Mom give you a **taletelling**. 讓媽媽給你講個故事。	tale故事，壞話， tell講述， -ing名詞字尾
fortune-teller	*n.* 給人算命的人 I am a prophet, not a **fortune-teller**. 我是預言家，不是算命者。	fortune命運， teller講述者
tellable	*adj.* 可講的，可告訴的 Everybody has known the **tellable** secret. 每個人都知道了那個可講的秘密。	tell講， -able可……的
teller	*n.* 講述者；講故事的人 Grandma was a good **teller** of stories. 奶奶很會講故事。	tell講， -er表示人
telltale	*n.* 搬弄是非者；告密者 No one likes a malicious **telltale**. 人們痛恨惡毒的告密者。	tell講， tale壞話

test 試驗；測驗；考驗

02.20.07

		助記
pretest	*n.* 預先測驗 The study consists of three **pretests**. 本研究共由三個預先測驗組成。	pre-先， test測驗
posttest	*n.* 課程結束考核 At the end of the semester, a **posttest** was conducted. 學期末進行了一次期末測試。	post-後， test測驗
time-tested	*adj.* 經過時間考驗的 Our friendship is **time-tested**. 我們的友誼經得起時間考驗。	time時間， test考驗， -ed……的
high-test	*adj.* 經過嚴峻考驗的；高質量的 All highway petrol stations are selling **high-test** oil. 高速路上的加油站賣的都是高品質汽油。	high高的→高度的，強烈的，test考驗

testable	*adj.* 可試驗的 Each of these represents a **testable** event. 每個都代表一個可試驗的結果。	test試驗， -able可⋯⋯的
tester	*adj.* 測試員；測試儀；商品樣品（如香水） I have a battery **tester** in my garage. 我的車庫裡有臺電池測試儀。	test試驗，考驗， -er表人或物
test-bed	*n.* 試驗床；試驗臺 This device was studied on the brake **test-bed**. 此裝置在煞車系統試驗臺上進行了試驗研究。	test試驗， bed床，基地
test-fire	*v.* 試射 That country planed to **test-fire** the guided missile. 那個國家打算試射導彈。	test試驗， fire射擊
test-drive	*v.*（買車前）試車 Sometimes you can **test-drive** them in-store. 有時你可以在店裡試車。	test試驗， drive駕駛

thing 東西，事物

02.20.08

		助　記
tea-things	*n.* 茶具 Please fetch up the **tea-things**. 請把茶具拿到樓上來。	tea茶， thing東西，用具， s表示複數
nothing	*pron.* 沒有東西，沒有什麼 He had **nothing** more to say. 他沒有更多要說的了。	no無， thing東西
nothingness	*n.* 無，虛無；不存在；無價值（的東西） Is there only **nothingness** after death? 人死後什麼都不存在了嗎？	nothing沒有什麼， -ness名詞字尾
know-nothing	*n.* 無知的人；不可知論者 He is no other than the innocent **know-nothing**. 他就是那個天真的無知者。	know知道， nothing沒有什麼
in-thing	*n.* 目前流行的事物 It's the **in-thing** to do at the moment. 這是目前最時尚的做法。	in-新近， thing東西
anything	*pron.* 任何事物；什麼事物 You can buy **anything** you want. 你想要什麼都可以買。	any任何， thing東西，事物

T

everything	*pron.* 每件事，事事，凡事，一切 I'll do **everything** possible to help you. 我會盡一切可能幫助你。	every每， thing東西，事物
something	*pron.* 某事；某物 Would you like **something** to eat? 你想吃點東西嗎？	some某， thing東西，事物

think 想，思考

02.20.09

		助記
rethink	*v.* 再想，重新考慮 What caused them to **rethink** this so quickly? 是什麼使他們這麼快重新考慮這個問題？	re-再，重新， think想
unthink	*v.* 不想；對……改變想法 You should **unthink** your thoughts for the time being. 你應當把你的想法暫時置於腦後。	un-不， think想
unthinking	*adj.* 欠考慮的；不動腦筋的；不注意的 I would say your decision is **unthinking**. 我認為你的決定欠考慮。	un-無，不， think想， -ing……的
unthinkable	*adj.* 難以想像的 It is **unthinkable** that a mistake like this could have happened. 竟然發生了這樣的錯誤，真是令人難以置信。	un-不， thinkable可想像的
outthink	*v.* 在思考上勝過 I can **outthink** my opponent. 我可以智勝對手。	out-勝過， think思考
bethink	*v.* 使想起；使思考 You should **bethink** yourself of your duty. 你應該想一想你的職責。	be-加強意義， think想
doublethink	*n.* 矛盾想法；雙重思想 I think this was Orwellian **doublethink**. 我認為這就是奧威爾筆下的雙重思想。	double雙重的， think想法
unthought-of	*adj.* 沒有想到的，意外的 I have been pregnant, but it is **unthought-of**. 我已經懷孕了，但是個意外。	un-未， thought想到， of……的
thinker	*n.* 思想家；思考者 The scholar is an exact **thinker**. 這位學者是位思維嚴謹的思想家。	think思考，想， -er表示人

thinkable	*adj.* 可想像的；想像中可能的 Such an idea was scarcely **thinkable**. 這樣的想法幾乎是難以想像的。	think想， -able可……的
think-so	*n.* 未經證實的想法 It is only your **think-so**, not the fact. 那只是你未經證實的想法，不是事實。	think想， so如此 「想當然」
thinking	*n.* 思想；思考 I really needed to do some **thinking**. 我真的必須考慮考慮了。	think想， -ing名詞字尾

tight 緊的；不漏的

02.20.10

		助記
airtight	*adj.* 密不透氣的，密封的 The goods are to be sent in **airtight** package. 這批貨物應密封包裝運送。	air空氣， tight不漏的
watertight	*adj.* 不漏水的；嚴密的 Is this roof completely **watertight**? 這屋頂一點也不漏嗎？	water水， tight不漏的
windtight	*adj.* 不透風的，密不通風的 There is no **windtight** wall in the world. 世上沒有不透風的牆。	wind風， tight不漏的
skintight	*adj.* 緊身的，包身的 Do you enjoy wearing **skintight** clothes? 你喜歡穿緊身衣嗎？	skin皮膚， tight緊貼的 「緊貼皮膚的」
belt-tighten	*v.* 實行緊縮政策；勒緊褲帶 The government will **belt-tighten** soon. 不久政府將實行緊縮政策。	belt褲帶， tighten勒緊
tighten	*v.* 使變緊；使繃緊；使更有效 He will take steps to **tighten** up the administration. 他將採取措施加強行政管理。	tight緊的， -en使……
tightly	*adv.* 緊緊地，牢固地 He held her **tightly** in his embrace. 他把她緊緊抱在懷裡。	tight緊的， -ly……地
tightfisted	*adj.* 吝嗇的，小氣的 He is the most **tightfisted** person I have ever met. 他是我遇到的最吝嗇的人。	tight緊的，fist拳頭， -ed……的 「攥緊不放手的」

tight-lipped	*adj.* 嘴唇緊閉的；寡言的 She is a **tight-lipped** woman. 她是一個寡言的女人。	tight緊的，lip嘴唇，-p-重複字母，-ed……的
tight-mouthed	*adj.* 守口如瓶的 She's **tight-mouthed**. 她口風很緊。	tight緊的，mouth嘴，-ed……的

time 時間

02.20.11

		助記
wartime	*n.* 戰時 The **wartime** ban against dancing has been lifted. 戰時不准跳舞的禁令已經解除。	war戰爭，time時間
foretime	*n.* 已往，過去 She told us her **foretime** as a story. 她把她的過往當故事講給我們聽。	fore-以前，先前，time時間
overtime	*n.* 超過規定的時間，超時；加班 He's been doing a lot of **overtime** recently. 他近來加班很多。	over-超過，time時間
untimely	*adj.* 不適時的；過早的 The accident put an **untimely** end to the party. 意外事故使聚會匆匆結束了。	un-不，time時間，-ly形容詞字尾，……的
lifetime	*n.* 終身；一生；壽命 Learning is the enterprise of a **lifetime**. 學習是終生的事業。	life生命，一生，time時間
nighttime	*n./adj.* 夜間（的） There are few **nighttime** subway riders. 夜間搭地鐵的乘客寥寥無幾。	night夜，time時間
part-time	*adv.* 兼職地 She wants to work **part-time**. 她想做兼職。	part部分，time時間
short-timer	*n.* 服短期徒刑的犯人 He was only a **short-timer**. 他只是一個服短期徒刑的犯人。	short短的，tim(e)時間，-er表示人
springtime	*n.* 春季；青春（期） Flowers bloom in **springtime**. 花在春天開放。	spring春，time時間

summertime	*n.* 夏季，夏天 It doesn't rain much in the **summertime** here. 這裡夏季下雨並不多。	summer夏， time時間
wintertime	*n.* 冬季，冬天 The hills look very bleak in **wintertime**. 冬季這些山坡看上去很荒涼。	winter冬， time時間
bedtime	*n.* 就寢時間 My regular **bedtime** is ten o'clock. 10點鐘是我慣常的就寢時間。	bed床，睡覺， time時間
kill-time	*n.* 用來消磨時間的事情 I'll do window-shopping for **kill-time**. 我要逛商場消磨時間。	kill毀掉，消磨掉， time時間
old-time	*adj.* 古時的，舊時的；老資格的 This **old-time** shop is a stark contrast to the bars. 這家老店和酒吧形成鮮明對比。	old古老的， time時間
oldtimer	*n.* 老資格的人，老前輩，老手；上了年紀的人 She was a sweet, silver-haired **oldtimer**. 她是一個和藹的老人，滿頭銀髮。	old古老的， tim(e)時間， -er表示人
anytime	*adv.* 在任何時候 We can go **anytime**. 我們隨時可以出發。	any任何， time時間
sometime	*adv.* 在某一時候；有朝一日 Maybe we can go scuba diving **sometime**. 也許改天我們能潛水。	some某， time時間
sometimes	*adv.* 有時；不時 Love is **sometimes** put in range with career. 有時候愛情和事業是並駕齊驅的。	some某， time時間， -s副詞字尾
ill-timed	*adj.* 不適時的，不合時宜的 He argued that the tax cut was **ill-timed**. 他認為此次減稅不合時宜。	ill不好的，不恰當的，tim(e)時間， -ed……的
longtime	*adj.*（已持續）長時間的，為時甚久的 We are **longtime** friends. 我們是老朋友了。	long長的， time時間
mistime	*v.* 搞錯……的時間；使（話、事情等）不合時宜 They **mistimed** the war by three years. 他們把戰爭爆發的時間搞錯了三年。	mis-錯誤， time時間 「估計錯時間」

full-timer	*n.* 全日制小學生；全職人員 I have been a **full-timer** for two years. 我已經做了兩年全職工作。	full全部的， tim(e)時間， -er表示人
timely	*adj.* 及時的 I really appreciate your **timely** help. 真心感謝你及時幫忙。	time時間， -ly形容詞字尾， ……的
timeless	*adj.* 無時間限制的；無日期的；永恆的 The friendship is **timeless** for you. 對你的友誼是永恆的。	time時間， -less無……的
time-saver	*n.* 節省時間的事物 It's a **time-saver** for patients. 這節省了病人的時間。	time時間， saver節省的人
timesaving	*adj.* 節省時間的 It's really a **timesaving** idea. 這真是一個節省時間的想法。	time時間， sav(e)節省， -ing……的
time-consuming	*adj.* 花費大量時間的 The deletion of the files might be **time-consuming**. 刪除文件可能很耗時。	consum(e)消耗， 花費， -ing……的
timer	*n.* 計時員；定時器 The **timer** on the cooker is broken. 鍋子上的定時器壞了。	tim(e)時間， -er表示人或物
timetable	*n.* 時間表；（火車、飛機等的）時刻表 He tacked the **timetable** to the door. 他把時間表釘在門上。	time時間， table表格

tongue 舌頭；語言

02.20.12

		助　記
loose-tongued	*adj.* 饒舌的；信口開河的 He is a **loose-tongued** man. 他是個口無遮攔的人。	loose鬆的，沒有約束的，tongu(e)舌頭， -ed……的
sharp-tongued	*adj.* 説話尖酸刻薄的；挖苦的 He had a **sharp-tongued**, nagging stepmother. 他的繼母説話尖酸刻薄，嘮叨不休。	sharp尖的， tongu(e)舌頭， -ed……的
silver-tongued	*adj.* 口才流利的，雄辯的 The **silver-tongued** man was in the house. 那位巧舌如簧的男人就在屋子裡。	silver銀→銀鈴般的，tongu(e)舌頭， -ed……的

T

smooth-tongued	*adj.* 油嘴滑舌的 Joe is a **smooth-tongued** boy. 喬是一個油嘴滑舌的男孩。	smooth圓滑的， tongu(e)舌頭， -ed……的
two-tongued	*adj.* 說假話的，騙人的 The stranger is a **two-tongued** man. 那個陌生人是一個騙子。	two兩→兩面的， tongu(e)舌頭， -ed……的
double-tongued	*adj.* 兩面派的；欺騙的 Tom was a **double-tongued** liar. 湯姆是個兩面三刀的騙子。	double兩面的 tongu(e)舌頭， -ed……的
foul-tongued	*adj.* 講話下流的 None of us likes the **foul-tongued** guy. 我們都不喜歡這個講話下流的傢伙。	foul惡臭的， tongu(e)舌頭， -ed……的
honey-tongued	*adj.* 甜言蜜語的 Her boyfriend is **honey-tongued**. 她男朋友是個常講甜言蜜語的人。	honey甜蜜的， tongu(e)舌頭， -ed……的
long-tongued	*adj.* 長舌的；話多的；饒舌的 A Pallas' **long-tongued** bat flies through the air. 一隻帕拉斯長舌蝙蝠在空中飛行。	long長的， tongu(e)舌頭， -ed……的
tongueless	*adj.* 沒有舌頭的；啞的；緘默的 He expressed to this matter **tongueless**. 他對此事表示緘默。	tongue舌頭， -less無……的
tonguester	*n.* 健談的人；饒舌的人 His aunt is a **tonguester**. 他阿姨是一個健談的人。	tongue舌頭， -ster表示人
tongue-tied	*adj.*（由於為難）不好開口的；結結巴巴的 I get all **tongue-tied** when I talk to him. 我跟他說話時舌頭都緊張得打結。	tongue舌頭， ti(e)拴，結， -ed……的

T

top 頂；蓋

02.20.13

		助 記
atop	*adv.* 在頂上 There is a seagull perched **atop** the mast. 有一隻海鷗停歇在桅杆上。	a-在， top頂
overtop	*v.* 高出；超過；勝過 No individual shall **overtop** the law. 任何個人權力都不能淩駕於法律之上。	over-超過， top頂

flattop	*n.* 平頂建築物 Many Chinese houses are **flattops.** 中國許多房子是平頂的。	flat平的， top頂
tiptop	*adj.* 出色的，極好的 He kept his house in **tiptop** shape. 他把房子保養得極好。	tip尖端， top頂
housetop	*n.* 屋頂 He has climbed onto the **housetop.** 他爬上了屋頂。	house房屋， top頂
hilltop	*n.* 山頂 There is a cottage on the **hilltop.** 山頂上有間小屋。	hill山， top頂
mountaintop	*n.* 山頂 It's quite a scramble to get to the **mountaintop.** 奮力攀登才能到達山頂。	mountain山， top頂
tabletop	*n.* 桌面 A small brass star centred the **tabletop.** 桌面正中央有一顆小銅星。	table桌， top頂
screw-topped	*adj.*（瓶等）有螺旋蓋的 Please put it into the **screw-topped** jar. 請把它放到帶螺旋蓋的罐子裡。	screw螺旋， top頂，蓋， -p-重複字母， -ed……的
topmost	*adj.* 最高的；最上面的 The bird settled on the **topmost** bough. 這隻鳥兒在最高的樹枝上停了下來。	top頂，高， -most最……的
top-level	*adj.* 最高級的 The two leaders are having **top-level** talks. 那兩位領導人正在進行最高級會談。	top頂，高， level級別
top-ranking	*adj.* 最高級的 Our products are **top-ranking** in quality. 從質量上講，我們的產品是一流的。	top頂，高， rank等級， -ing……的
top-line	*adj.* 重要得可上頭條的 This is a piece of **top-line** news. 這是一個可登頭條的重要新聞。	top頂，高， line行，條
top-secret	*adj.* 絕密的 You could try my own **top-secret** invention. 你可以試試我的絕密發明。	top頂端→最， secret私密的

topless	*adj.* 無頂的；袒胸的 Do you dare to go **topless** on the beach? 你敢在沙灘上裸露上身嗎？	top頂， -less無……的
top-heavy	*adj.* 頭重腳輕的 That pile of books is **top-heavy**. 那堆書頭重腳輕。	top頂→頭， heavy重的

town 城鎮

02.20.14

		助記
hometown	*n.* 故鄉，家鄉 Do you like your **hometown**? 你喜歡你的家鄉嗎？	home家， town城鎮
nighttown	*n.* 不夜城 Hongkong is called **nighttown**. 香港被稱為「不夜城」。	night夜， town城鎮
Chinatown	*n.* 中國城，唐人街 There is a big **Chinatown** in New York. 紐約有一個很大的唐人街。	China中國， town城鎮
downtown	*adj.* 城市商業區的 I have an apartment in **downtown** Manhattan. 我在曼哈頓中心區有一套公寓。	down下， town城鎮
uptown	*n.* 城市非商業區 He lived in a quiet section of **uptown**. 他住在城市非商業區的一個安靜地段。	up上， town城鎮
midtown	*adj.*（城市的）商業區與住宅區之間的 They lived in the **midtown** district. 他們住在市中心區。	mid-中間， town城鎮
townsman	*n.* 城裡人；鎮民；市民 He dreamed of becoming a **townsman**. 他夢想著成為一名城裡人。	town城鎮， -s-連接字母， man人
townspeople	*n.* 鎮民；市民；城裡生長的人 The troops were there to protect the **townspeople**. 部隊駐紮在那裡以保護市民。	town城鎮， -s-連接字母， people人們
townlet	*n.* 小鎮 There is only one shop in this **townlet**. 這個小鎮只有一家商店。	town城鎮， -let表示小

T

townify	*v.* 使城市化 This little village is rapidly being **townified**. 這個小村莊正在快速城市化。	town城鎮， -i-連接字母， -fy使……化
towny	*adj.* 城市生活的 Some **towny** people do not like outsiders. 一些城裡人不喜歡外來者。	town城鎮， -y形容詞字尾

translate 翻譯

02.20.15

		助記
mistranslate	*v.* 錯譯，誤譯 Don't **mistranslate** a word if you can help it. 如果能夠避免，請不要把字譯錯。	mis-錯誤， translate翻譯
translatable	*adj.* 能翻譯的 His books are eminently **translatable**. 他的書相當好翻譯。	translat(e)翻譯， -able能……的
untranslatable	*adj.* 不能翻譯的；難譯的 The idea of "**untranslatable** words" is very nice. 「不能譯的字」這個想法很不錯。	un-不， translat(e)翻譯， -able能……的
translator	*n.* 翻譯者，譯員 He is a **translator** of this company. 他是這家公司的一名翻譯。	translat(e)翻譯， -or者
translation	*n.* 翻譯；譯文 He did **translation** from English to Chinese. 他把英文譯成中文。	translat(e)翻譯， -ion名詞字尾
translationese	*n.* 翻譯文體；翻譯腔 He puts forward strategies for avoiding **translationese**. 他提出了克服翻譯腔的策略。	translation翻譯， -ese語言，文體
translative	*adj.* 翻譯的 It is time I made **translative** comments. 該是我作翻譯性評論的時候了。	translat(e)翻譯， -ive……的

treat 對待；治療；處理

02.20.16

		助記
maltreat	*v.* 虐待，粗暴地對待 Never **maltreat** children again! 不要再虐待孩子了！	mal-惡， treat對待

maltreatment	*n.* 虐待 Is this **maltreatment** of children? 這是虐待兒童嗎？	mal-惡， treat對待， -ment名詞字尾
mistreat	*v.* 虐待 It is against the law to **mistreat** an animal. 虐待動物是違法行為。	mis-惡， treat對待
mistreatment	*n.* 虐待 You have your share of scandals and **mistreatment**. 這些醜聞和虐待，你也有份。	mis-惡， treat對待， -ment名詞字尾
ill-treat	*v.* 虐待 How can you **ill-treat** your wife like that? 你怎麼能那樣虐待你的妻子？	ill壞的，粗暴的， treat對待
ill-treatment	*n.* 虐待；苛待 The girl lay under her stepmother's **ill-treatment**. 小女孩受到繼母的虐待。	ill壞的，粗暴的， treat對待， -ment名詞字尾
heat-treat	*v.* 對……進行熱處理 The materials need **heat-treating**. 這些材料需要熱處理。	heat熱， treat處理
pretreatment	*n.* 預先的處理 **Pretreatment** is very important in a surgery. 預先處理在手術中十分重要。	pre-以前，預先， treatment治療， 處理
treatment	*n.* 對待；治療；處理 He was given **treatment** at a local hospital. 他在當地醫院接受治療。	treat對待，治療， 處理， -ment名詞字尾
treatable	*adj.* 能治療的；能處理的 People sometimes die of **treatable** conditions. 人們有時死於可治之症。	treat治療，處理， -able能……的

T

true 真實的

02.20.17

		助記
untrue	*adj.* 不真實的 The story was probably **untrue**. 這個傳說可能不正確。	un-不， true真實的
untruth	*n.* 不真實；虛假；假話 I shall conquer **untruth** by truth. 我會用真相戰勝謊言。	untru(e)不真實的， -th表示抽象名詞

untruthful	*adj.* 不真實的；説謊的 That's an **untruthful** description. 那是一個不真實的記述。	untru(e)不真實的， -th表示抽象名詞， -ful……的
half-truth	*n.* 半真半假的陳述 **Half-truths** will foster distrust. 半真半假的話會引起不信任。	half半， truth真實
truly	*adv.* 真正地；確實地 You **truly** have no preference. 你真是沒有任何偏好。	tru(e)真實的， -ly……地
truehearted	*adj.* 忠實的，忠誠的 Be an honest man; do **truehearted** business. 誠實為人，實在做事。	true真實的， heart心， -ed……的
true-life	*adj.*（作品等）忠實於現實生活的 We need a **true-life** hero. 我們需要現實生活中的英雄。	true真實的， life生活
truelove	*n.*（忠實的）戀人，愛人 She is eager to find a **truelove**. 她渴望找到自己的真愛。	true真的， love情人
truth	*n.* 真實；真理 It is far from the **truth**. 這遠不是事實。	tru(e)真實的， -th表示抽象名詞
truthful	*adj.* 真實的；説真話的；誠實的 He is a **truthful** child. 他是個誠實的孩子。	truth真實， -ful……的
truthfully	*adv.* 真實地；誠實地 Please declare the fact **truthfully**. 請如實地陳述事實。	truth真實， -ful……的， -ly……地
truthless	*adj.* 不真實的；不忠實的 The message about her is **truthless**. 有關她的傳言是不真實的。	truth真實， -less不……的

trust 信任

02.20.18

		助記
distrust	*v.* 不信任，懷疑 I don't have any particular reason to **distrust** them. 我沒有任何特殊的理由不信任他們。	dis-不， trust信任

T

distrustful	*adj.* 不信任的；多疑的 I'm **distrustful** of such cheap goods. 我不相信這種廉價品。	dis-不， trust信任， -ful……的
mistrust	*v.* 不信任，不相信，懷疑 Bell **mistrusts** all journalists. 貝爾不相信所有的記者。	mis-不， trust信任
mistrustful	*adj.* 不信任的，不相信的；多疑的 He is **mistrustful** of my ability. 他不信任我的才幹。	mis-不， trust信任， -ful……的
self-distrust	*v.* 缺乏自信 **Self-distrusting** is the main cause of our failures. 缺乏自信是我們失敗的主要原因。	self-自己， distrust不信任
trustworthy	*adj.* 值得信任的 Facts have shown us that he is **trustworthy**. 事實已經向我們表明他是可信賴的。	trust信任， -worthy值得的
untrustworthy	*adj.* 不值得信任的，不能信賴的 The statistical analysis is **untrustworthy**. 這個統計分析是不可信賴的。	un-不， trust信任， -worthy值得的
entrust	*v.* 托付；委托；托管 I hope we can **entrust** each other. 我希望我們能彼此信任。	en-加強意義， trust信任
trustful	*adj.* 深信不疑的；易相信人的 He is a **trustful** person. 他是一個容易相信他人的人。	trust信任， -ful……的
trusty	*adj.* 可信賴的，可靠的 She still drives her **trusty** black car. 她仍在開那輛可靠的黑色小車。	trust信任， -y……的
trustily	*adv.* 可信賴地，可靠地 I use my pen to retell this history **trustily**. 我謹以我手中的筆，忠實地敘述這段歷史。	trust信任， -i-連接字母， -ly……地
trusting	*adj.* 深信不疑的；信任他人的 Her **trusting** smile melted his heart. 她那充滿信任的微笑使他心軟了。	trust信任， -ing……的

T

turn 轉動

02.20.19

		助記
return	*v.* 返回；歸還 Don't forget to **return** my keys. 別忘了還我鑰匙。	re-回， turn轉
returned	*adj.* 已歸來的；已回國的；退回的 The tall man is a **returned** student. 那個高個子是個歸國留學生。	return返回， -ed……的
returnable	*adj.* 可退回的 Landlords can charge a **returnable** deposit. 房東可以收取一筆可退還的押金。	return返回， -able可……的
returnee	*n.* 回國的人；回來的人 The number of **returnees** could be half a million. 回國人員的數量可能高達50萬。	return返回， -ee表示人
returnless	*adj.* 回不來的 That is an almost **returnless** depth of crime. 那是一個幾乎永世不得出頭的罪惡的深淵。	return返回， -less不……的
unturned	*adj.* 未翻轉的 The pages are **unturned**, so he did not read. 書頁沒有翻動，所以他沒有看書。	un-未， turn轉動，翻轉， -ed……的
overturn	*v.* 打翻；使翻過來；推翻 He **overturned** a coffee in a hurry. 他慌亂中打翻了一杯咖啡。	over-反，顛倒， turn轉
upturn	*n.* 向上翻轉；好轉 The economy is on the **upturn**. 經濟正在好轉。	up-向上， turn轉
upturned	*adj.* 朝上的；翻轉的 She sat on an **upturned** bucket. 她坐在一個翻轉過來的水桶上。	up-向上， turn轉， -ed……的
downturn	*n.* 下轉；向下翻轉；下降趨勢 They predicted a severe economic **downturn**. 他們預言將會有一次嚴重的經濟衰退。	down向下， turn轉 「下轉」
turnover	*n.* 翻轉；人員流動率；營業額 Low pay accounts for the high **turnover**. 低薪是人員流動大的原因。	turn轉，over顛倒 「翻轉→變動→流動率→流水→營業額」

T

unite 團結；聯合；統一 02.21.01

		助記
reunite	*v.* 再聯合 His first job will be to **reunite** the army. 他的首要任務將是使軍隊重新團結一心。	re-再， unite聯合
disunite	*v.* 使不團結；使不統一；分離，分裂 The party members **disunited** on the issue. 黨員們在這個問題上發生分歧。	dis-不， unite團結，統一
disunity	*n.* 不統一；不團結 There should be no **disunity** within our party. 我們黨內不應該存有分歧。	dis-不， unit(e)團結，統一， -y名詞字尾
united	*adj.* 聯合的；統一的；團結的 Several firms were **united** to form one company. 幾家商行合併成了一個公司。	unit(e)團結，統一， -ed……的

use 用，使用 02.21.02

		助記
misuse	*v.* 誤用；濫用 I **misused** a word in my writing. 我在寫作中用錯了一個字。	mis-誤， use用
disuse	*n.* 不用；廢棄 The factory fell into **disuse** twenty years ago. 這個工廠二十年前就廢棄了。	dis-不， use用
overuse	*v.* 使用過度（或過久） Don't **overuse** heated appliances on your hair. 不要過多地使用電熱器具打理頭髮。	over-過度， use使用
reuse	*v.* 再使用，重新使用 Try where possible to **reuse** paper. 盡可能重複使用紙張。	re-再， use使用
reusable	*adj.* 可再使用的，可反覆使用的 This is a kind of **reusable** material. 這是一種可反覆使用的材料。	re-再， us(e)使用， -able可……的
abuse	*v.* 濫用 Williams **abused** his position as mayor. 威廉姆斯濫用市長職權。	ab-不正常， use使用

abusive	*adj.* 濫用的；滿口髒話的 Smith denies using **abusive** language to the referee. 史密斯否認辱罵裁判。	ab-不正常， us(e)使用， -ive……的
ill-usage	*n.* 虐待；苛待 Wits are sharpened by hunger and **ill-usage**. 饑餓和苦難使人思維敏捷。	ill粗暴的， us(e)使用，對待， -age名詞字尾
useable	*adj.* 可用的，能用的 The old password is no longer **useable**. 舊的密碼不再可用。	use用， -able可……的
usage	*n.* 使用；用法 It's not a word in common **usage**. 這不是一個常用詞。	us(e)用， -age名詞字尾
useful	*adj.* 有用的；實用的 In business, a poker face can be very **useful**. 生意場上，不動聲色會非常有用。	use用， -ful有……的
useless	*adj.* 無用的，無益的 Protest is **useless**. 抗議無濟於事。	use用， -less無……的
user	*n.* 使用者，用戶 The password allows the **user** to log into the system. 用戶用密碼可進入系統。	us(e)使用， -er者

value 價值；估價

02.22.01

		助　記
revalue	*v.* 對……再估價，對……重新估價 We need to **revalue** everything in the house. 我們要為房屋內的全部財物重新估價。	re-再， value估價
devalue	*v.* 降低……的價值；使……貶值 It's unfair to **devalue** anyone's work. 貶低任何人的工作都是不公平的。	de-向下，降低， value價值
overvalue	*v.* 對……估價（或定價）過高 He should be careful not to **overvalue** himself. 他應該警惕不要過高估計自己。	over-過度， value估價
undervalue	*v.* 低估；輕看 We must never **undervalue** freedom. 我們決不能低估自由的價值。	under-低， value估價

invaluable	*adj.* 無法估價的 Good health is an **invaluable** blessing. 身體健康是千金難買的好福氣。	in-無，不， valu(e)估價， -able可……的
outvalue	*v.* 價值大於……；比……更可貴 Diligence **outvalues** aptitude. 勤奮比天資更可貴。	out-勝過， value估價
unvalued	*adj.* 無價值的；不受重視的；未估價的 Fire insurance policies can be valued or **unvalued**. 火災險分為已估價的和未估價的。	un-無，不，未， valu(e)價值，估價， -ed……的
evaluate	*v.* 估價；評價 Don't **evaluate** a person on the basis of appearance. 不要以相貌取人。	e-加強意義， valu(e)估價， -ate動詞字尾
valuable	*adj.* 有價值的；值錢的；寶貴的；可估價的 My mother bought a **valuable** diamond. 我媽媽買了一顆貴重的鑽石。	valu(e) 價值， 估價， -able可……的
valuation	*n.* 估價；定價；評價 She asked for a **valuation** of her house. 她要求對她的房屋作出估價。	valu(e)估價， -ation名詞字尾
valuer	*n.* 估價者；評價者 The **valuer** put the value of the stock at $ 25,000. 估價人對存貨的估值為25,000美元。	valu(e)估價， -er者
valued	*adj.* 估了價的；受到尊重的 His every word was **valued**. 他的每句話都受到重視。	valu(e)價值，估價， -ed……的

view 見，看

02.22.02

		助　記
viewpoint	*n.* 觀點，看法，見解 Try looking at things from a different **viewpoint**. 試試從不同的角度觀察事物。	view觀看， point點
interview	*v.* 會見；採訪 I wanted to **interview** this leader. 我想採訪這位領導者。	inter-互相， view見
interviewer	*n.* 採訪者；面談者 I'm a television **interviewer**. 我是一名電視採訪記者。	inter-互相， view見，-er者

interviewee	*n.* 參加面試者；被採訪者 The reporter asked his **interviewee** many questions. 記者向被採訪者問了許多問題。	inter-互相， view看，見， -ee被……者
review	*v./n.* 回顧；評論 We've never had a good **review** in the music press. 我們從未獲得過音樂媒體好評。	re-回，再， view看
reviewer	*n.* 評論家 The **reviewer** leveled a broadside at the novel. 書評家對那本小說作了猛烈抨擊。	re-回，再， view看， -er者
viewing	*n.* 收看；觀看；查看 The programme will be useful **viewing** for parents. 這一電視節目有益於父母們收看。	view看， -ing名詞字尾
preview	*n.* 預演；預告片；預先審查 He has gone to see the **preview** of a play. 他去看一場戲劇的預演了。	pre-預先， view觀看
viewer	*n.* 觀看者；電視觀眾 The programme attracted millions of **viewers**. 這個節目吸引了數百萬電視觀眾。	view觀看， -er者

voice 聲音

02.22.03

		助記
voiced	*adj.* 有聲的，發聲的；講出來的 Our teacher gave us **voiced** criticism. 老師對我們進行了口頭批評。	voic(e)聲音， -ed……的
unvoiced	*adj.* 未說出來的，未用言語表達的 They have a lot of **unvoiced** complaints. 他們有許多沒說出來的不滿。	un-未， voic(e)聲音， -ed……的
outvoice	*v.* 說話聲比……更響 The little boy **outvoiced** all of the people. 這個小男孩比所有人講話的聲音都大。	out-勝過， voice聲音，講話
rough-voiced	*adj.* 粗聲的 A **rough-voiced** woman is calling me. 一個粗聲粗氣的女人在叫我。	rough粗的， voic(e)聲音， -ed……的
voiceful	*adj.* 有聲的；聲音嘈雜的 That is a **voiceful** stream. 那是一條潺潺而流的小溪。	voice聲音， -ful有……的

wait 等候 02.23.01

		助記
long-awaited	*adj.* 期待已久的 This is my **long-awaited** moment. 這是我期待已久的時刻。	long長久的， await等待， -ed……的
waiter	*n.*（男）侍者，（男）服務員 A **waiter** mopped up the mess as best as he could. 一名侍者盡力擦掉濺出的食物。	wait等候， -er者
waitress	*n.* 女侍者，女服務員 His younger sister is a **waitress** in the coffee bar. 他妹妹是咖啡廳的女招待。	wait等候， -ress表示女性
waitlist	*v.* 把……列入等候者名單 They **waitlisted** me for the afternoon flight. 他們把我列入了下午航班的候機者名單。	wait等候， list名單
waiting	*n.* 等候；服侍 No **waiting**! 禁止停車！	wait等候， -ing名詞字尾

walk 走；人行道 02.23.02

		助記
sidewalk	*n.* 人行道 Pieces of paper were skittering along the **sidewalk**. 人行道上飛舞著一張張紙片。	side旁邊的， walk人行道
crosswalk	*n.* 人行橫道 We should go across a road at the **crosswalk**. 我們應該在人行橫道處過馬路。	cross交叉，橫穿， walk人行道
bywalk	*n.* 偏僻小路 The old man knows some **bywalks**. 這位老人知道一些偏僻的小路。	by-旁，側， walk人行道→道路
sleepwalking	*n.* 夢遊（症） **Sleepwalking** took charge of his actions. 夢遊支配了他的行為。	sleep睡眠， walk走， -ing名詞字尾 「睡夢中行走」
sleepwalker	*n.* 夢遊者 Mary is a **sleepwalker**. 瑪麗是個夢遊者。	sleep睡眠， walk走， -er者

shopwalker	*n.*（商店中的）巡視員 She is a **shopwalker** in a supermarket. 她是一家超市的巡視員。	shop商店， walk走， -er者
walkable	*adj.* 可以步行（到達）的；適於步行的 They settled in a **walkable** area. 他們安頓在一個步行就能到達的地方。	walk步行， -able可……的
walker	*n.* 步行者；助行架；學步車 He now needs a **walker** to get around. 他現在走動需要助行架。	walk步行， -er表示人或物
walkabout	*n.* 徒步旅行 He insisted on going **walkabout**. 他堅持要徒步旅行。	walk步行， about到處
walkout	*n.*（表示抗議的）退席；罷工 The staff staged a one-day **walkout**. 職員突然罷工一天。	walk步行， out出去 「走出去」
walk-up	*adj.* 無電梯的 Most people don't like a **walk-up** apartment. 大多數人不喜歡無電梯的公寓。	walk步行， up上去 「走上去」

war 戰爭

02.23.03

		助記
antiwar	*adj.* 反戰的 The sum and substance of the speech was **antiwar**. 這個演講的主要內容是反戰的。	anti-反對， war戰爭
prewar	*adj./adv.* 戰前的；在戰前 Business bounced back to **prewar** levels. 商業活動回升到戰前的水平。	pre-以前， war戰爭
postwar	*adj.* 戰後的 I'm a product of the **postwar** baby boom. 我出生在戰後的嬰兒高峰期。	post-以後， war戰爭
warlike	*adj.* 好戰的，尚武的；戰爭的，軍事的 The Scythians were a fiercely **warlike** people. 斯基台人曾是勇猛好戰的民族。	war戰爭， like喜歡
unwarlike	*adj.* 不好戰的 I'm an **unwarlike** woman. 我是個不好戰的女人。	un-不， war戰爭， like喜歡

warship	*n.* 軍艦 He is serving on a **warship** in the Pacific. 他在太平洋海域的一艘軍艦上服役。	war戰爭， ship船
warhead	*n.* 彈頭 The payload of a ballistic missile is its **warhead**. 一枚彈道導彈的裝載量是它的彈頭。	war戰爭， head頭 「戰爭中有很多彈頭」
warlord	*n.* 軍閥 The supreme **warlord** was striding about the shelter. 最高統帥在掩蔽處踱來踱去。	war戰爭， lord領主，巨頭，老爺
wartime	*n./adj.* 戰時（的） His **wartime** exploits were later made into a film. 他在戰爭中的英勇行為後來被改編成一部電影。	war戰爭， time時間
warrior	*n.* 戰士，武士；鼓吹戰爭的人 The young man is a bold **warrior**. 這個年輕人是個英勇的武士。	war戰爭， -r-重複字母， -ior人

ware 商品；器皿

02.23.04

		助記
warehouse	*n.* 倉庫，貨棧 The work space is a bare **warehouse**. 工作場地是個空蕩蕩的倉庫。	ware商品， house房屋
stoneware	*n.* 粗陶器 **Stoneware** is tough and cannot be scratched. 粗陶器很硬，不會被劃出痕跡。	stone石， ware商品
tableware	*n.* 餐具 Which shop has the best selection of **tableware**? 哪個商店賣的餐具比較好？	table桌，餐桌， ware商品
artware	*n.* 工藝品（總稱） There is some **artware** set out in the room. 房間裡陳設著幾件工藝品。	art藝術， ware商品
silverware	*n.* 銀器，銀製品；銀餐具 My grandma likes **silverware** very much. 我奶奶非常喜歡銀器。	silver銀， ware商品
woodenware	*n.* 木器 **Woodenware** is very popular in this town. 木器在這個鎮很受歡迎。	wooden木製的， ware商品

software	*n.*（計算機的）軟體，程序系統 I would advise you to update the **software**. 我建議你把這個軟體升級。	soft軟的， ware商品

warm 溫暖的

02.23.05

		助記
warmer	*adj.* 更溫暖的 The birds are on the wing for **warmer** places. 鳥兒展翅飛往較溫暖的地方。	warm溫暖的， -er表示比較級
warmly	*adv.* 溫暖地；熱烈地 His speech was **warmly** received. 他的演講反應熱烈。	wam溫暖的， -ly……地
warmth	*n.* 溫暖；熱情 He greeted us with **warmth**. 他熱情地迎接我們。	warm溫暖的， -th名詞字尾

wash 洗

02.23.06

		助記
eyewash	*n.* 洗眼劑，眼藥水 What brand of **eyewash** do you like? 你喜歡什麼牌子的眼藥水？	eye眼， wash洗 「洗眼劑→眼藥水」
mouthwash	*n.* 漱口水 He rinses his mouth out with **mouthwash**. 他用漱口水漱口。	mouth嘴， wash洗
unwashed	*adj.* 未洗滌的；未被沖刷的 I saw a stack of **unwashed** dishes. 我看到一堆未洗的盤碟。	un-未， wash洗， -ed……的
brainwash	*v.* 對（人）實行洗腦，強行灌輸思想 Don't let advertisements **brainwash** you. 不要受廣告的影響。	brain頭腦， wash洗
dishwasher	*n.* 洗碟子的人；洗碟機 Mr. Martino's **dishwasher** was leaking. 馬蒂諾先生家的洗碗機漏水。	dish碟， wash洗， -er表示人或物
washable	*adj.* 可洗的，耐洗的 These blankets are warm and **washable**. 這些毯子既暖和又耐洗。	wash洗， -able可……的

W

washcloth	*n.* 浴巾；洗碗布 She dampened a **washcloth** and did her face. 她弄濕毛巾，洗了把臉。	wash洗，cloth布
washroom	*n.* 盥洗室，洗手間 Helen went to the **washroom**. 海倫去了洗手間。	wash洗，room室
washstand	*n.* 臉盆架 A mirror hung on a nail above the **washstand**. 臉盆架上方用釘子掛著一面鏡子。	wash洗，stand架
washer	*n.* 洗滌器；洗衣人 Dish **washer** is one of the appliances. 洗碗機是家用電器的一種。	wash洗，-er表示人或物
washed-out	*adj.* 褪色的，模糊的 She wore a **washed-out** blue dress. 她穿著一件洗褪色的藍裙子。	wash洗，-ed……的，out掉「洗掉的」

water 水

02.23.07

		助記
underwater	*adj./adv.* 在水下的；在水下 It was filmed with an **underwater** camera. 這是用水下攝像機拍攝的。	under-在……下，water水
eyewater	*n.* 眼藥水；洗眼劑 Love is not a hood, but an **eyewater**. 愛情不是頭巾，而是明目水。	eye眼，water水
floodwater	*n.* 洪水 The **floodwater** made many people homeless. 這場洪水使許多人無家可歸。	flood洪水，water水
freshwater	*adj.* 淡水的；無經驗的 I only eat **freshwater** fish. 我只吃淡水魚。	fresh新鮮的，淡的，water水
unwatered	*adj.* 缺水的；除去水分的；未稀釋的 Camels can survive in the **unwatered** desert. 駱駝可以在缺水的沙漠中活下來。	un-無，water水，-ed……的
overwater	*v./adj.* 給……澆過多的水；水上的 Don't **overwater** the cactus. 別給仙人掌澆過多的水。	over-在上面，過多，water水，澆水

W

spring water	*n.* 泉水 You may see clear **spring water** running and splashing. 你可以看見清泉飛濺。	spring泉， water水
breakwater	*n.* 防波堤 The **breakwater** is our protector. 防波堤是我們的保護屏障。	break破壞， water水→波浪 「破壞波浪之物」
watery	*adj.* 水的；水分過多的；像水的 I don't like **watery** potatoes. 我不喜歡水分過多的馬鈴薯。	water水，-y…… 的，……多的， 像……的
watered	*adj.* 灑了水的；摻了水的；有水的 The shopkeeper sold the **watered** milk. 那個店主賣摻了水的牛奶。	water水，灑水， -ed……的
waterless	*adj.* 無水的，乾的 The moon is a **waterless** world. 月球是個無水的世界。	water水， -less無……的
watercolor	*n.* 水彩畫；水彩顏料 Is this a kind of **watercolor**? 這也是一種水彩嗎？	water水，color 顏色，彩色
waterfall	*n.* 瀑布 I have never seen a real **waterfall**. 我從沒看過真正的瀑布。	water水， fall降落，落下
watermelon	*n.* 西瓜 This kind of **watermelon** is remarkable for its size. 這種西瓜以個頭兒大而著稱。	water水， melon瓜 「西瓜含水多」
waterproof	*adj.* 防水的，不透水的 An umbrella should be **waterproof**. 雨傘應能防水。	water水， -proof防……的， 不透的
waterproofer	*n.* 防水布，防水材料 It's made of **waterproofer**. 它是用防水材料做的。	water水， -proof防……的， -er表示物
water-sick	*adj.* 受水害的，受澇的 This area was **water-sick** last year. 去年這個地區深受水害。	water水， sick病→病害
waterside	*n./adj.* 水邊（的），河（湖、海）濱（的） They strolled down to the **waterside**. 他們漫步向水邊走去。	water水， side邊

watertight	*adj.* 不漏水的；（措辭等）嚴密的 I need a **watertight** box. 我需要一個不漏水的盒子。	water水， tight緊的，不漏的
watermark	*n.* 水位標記 There are many **watermarks** in the river. 河裡有許多水位標記。	water水， mark記號，標記
waterpower	*n.* 水力，水能；水力發電 The farm is near the **waterpower** station. 這個農場靠近水電站。	water水， power力

way 道路

02.23.08

		助 記
subway	*n.* 地鐵；地下通道 I go to office by **subway** everyday. 我每天乘地鐵去上班。	sub-下， way道路
railway	*n.* 鐵路 He works in a **railway** company. 他在一家鐵路公司工作。	rail鐵軌， way道路
sideway	*n.* 小路，旁路 There is only one way to the village. No **sideway**. 只有一條路通向這個村莊，沒有小路。	side邊，旁， way道路
pathway	*n.* 小路；路徑 Richard was coming up the **pathway**. 理查德正沿著小路走過來。	path小徑， way道路
highway	*n.* 公路 She prattled on as she drove out to the **highway**. 她開車上公路時一直說個沒完。	high高的， way道路
highwayman	*n.* 攔路搶劫的強盜 A **highwayman** robbed him of his money. 強盜搶了他的錢。	highway公路， man人 「公路上搶錢的人」
superhighway	*n.* 高速公路 The toll is paid at an inlet to the **superhighway**. 在高速公路的入口處付過路費。	super-超級， highway公路
motorway	*n.* 高速公路 His back tyre just went pop on a **motorway**. 他的車後胎在高速公路上砰地一聲爆了。	motor汽車， way道路

ropeway	*n.* 纜車 I want to go by **ropeway**. 我想坐纜車去。	rope繩索， way道路
speedway	*n.* 高速車道，快車道 You can't stop on the expressway and the **speedway**. 高速公路和快車道上不可停車。	speed快速， way道路
driveway	*n.* 車道 He pulled into the **driveway** in front of her garage. 他把車停在了她家車庫前的車道上。	drive駕駛，開車， way道路
skyway	*n.*（航空）航路；高架公路 Thank you for flying with **Skyway** Airlines. 感謝您乘搭航路航空公司的航班。	sky天空， way道路
midway	*adv.* 在中途 He crashed **midway** through the race. 他在比賽中途撞車了。	mid-中間的， way道路
doorway	*n.* 門口；（比喻）入口 Exercise is a **doorway** to good health. 鍛鍊是通向健康之門。	door門， way道路
gateway	*n.* 入口；途徑 They turned through the **gateway** on the left. 他們穿過出入口向左轉去。	gate大門， way道路
halfway	*adj./adv.* 半途（的），中間（的）；不徹底地 The hotel is **halfway** up a steep hill. 這家酒店位於陡峭的半山腰上。	half半， way道路
hallway	*n.* 門廳；走廊，過道 I looked down the **hallway** to room No.9. 我順著走廊看了一眼九號房。	hall廳， way道路 「通往廳的路」
freeway	*n.* 快車道，高速幹道 We were driving on a California **freeway**. 我們正沿著加利福尼亞的一條快車道駕車行駛。	free暢通無阻的， way道路
parkway	*n.* 兩旁有草地和樹木的大道；綠化帶 This part of the highway is separated by a **parkway**. 這段高速公路中間有綠化帶。	park公園，way路 「公園裡的路→ 兩邊都有綠化」
cableway	*n.* 纜車 Smoking is prohibitive in process of the **cableway**. 纜車運行過程中請勿吸煙。	cable纜繩，鋼索， way道路

		助記
archway	*n.* 拱道，拱廊 A big **archway** leads to a courtyard. 一條大的拱道直通向一座庭院。	arch拱，弓形，way道路
stairway	*n.* 樓梯 Mona climbed the rickety wooden **stairway**. 莫娜爬上了搖搖晃晃的木樓梯。	stair樓梯，way道
wayless	*adj.* 無路的 It's dangerous to walk alone in the **wayless** jungle. 單獨行走在沒有路的叢林中是很危險的。	way路，-less無……的
wayside	*n./adj.* 路邊；路邊的 We spent the night in a **wayside** inn. 我們在一家路邊的小旅店過夜。	way路，side邊

week 週，星期

02.23.09

		助記
weekly	*adj./adv.* 每週的（地）；一週一次的（地） The magazine is published **weekly**. 這本雜誌每週出版一次。	week週，星期，-ly形容詞和副詞字尾
biweekly	*adj./adv.* 兩週一次的（地）；一週兩次的（地） I'm crazy about the **biweekly** television drama. 我非常喜歡那個一週播兩次的電視劇。	bi-雙，兩，week週，-ly形容詞和副詞字尾
midweek	*n./adv.*（在）一週的中段 They'll be able to go up to London **midweek**. 他們可以在一週的中間幾天去倫敦。	mid-中間，week週，星期
workweek	*n.* 工作週；一週的總工時 They have been returned to a five-day **workweek**. 他們已恢復每週工作五天。	work工作，week週
weekend	*n.* 週末，週末假期 Why don't you and I go away this **weekend**? 不如咱倆這個週末出去度假吧？	week週，end末尾
weekends	*adv.* 在每個週末 Mother had to work **weekends**. 母親在週末也必須得去工作。	weekend週末，-s副詞字尾，表示方式
weekday	*n.* 工作日（星期天和星期六以外的日子） The centre is open from 9 a.m. to 6 p.m. on **weekdays**. 本中心週一至週五上午九點至下午六點開放。	week週，day日

		助記
weekdays	*adv.* 在工作日 I am always busy **weekdays**. 我在工作日總是很忙。	week週， day日， -s副詞字尾

west 西

02.23.10

		助記
western	*adj.* 西方的；西部的 A wave of immigrants is washing over **Western** Europe. 移民潮正席捲西歐。	west西， -ern……的
westerner	*n.* 西方人；住在西方的人 No **westerner** could fly in without a visa. 沒有簽證的西方人不能乘飛機入境。	western西方的， -er表示人
southwest	*n.* 西南 Spain lies to the **southwest** of France. 西班牙位於法國西南面。	south南， west西
northwest	*n.* 西北 Take the **northwest** road; it is the shortest way. 走西北方向的那條路，那是最近的路。	north北， west西
northwester	*n.* 西北大風 There's a **northwester** blowing now. 這會兒正在刮強勁的西北風。	northwest西北， -er表示物
northwestern	*adj.* 西北的 His father ran a farm in **northwestern** United States. 他的父親在美國西北部經營一個農場。	northwest西北， -ern……的

where 哪裡；地點

02.23.11

		助記
elsewhere	*adv.* 在別處；向別處 She is famous in Australia and **elsewhere**. 她在澳大利亞和其他地方都很有名。	else其他的，別的，where地點
everywhere	*adv.* 處處，到處；無論何處 He has travelled **everywhere** in Europe. 他走遍了歐洲各地。	every每， where處
nowhere	*adv.* 無處，任何地方都不 I have no job and **nowhere** to live. 我沒有工作，也沒地方住。	no無，不， where處

somewhere	*adv.* 在某處，到某處 Go and play **somewhere** else. 到別的地方去玩。	some某， where處
anywhere	*adv.* 任何地方；無論何處 Sit **anywhere** you like. 你隨便坐吧。	any任何，無論， where地方
wherein	*adv.* 在什麼地方；在哪方面；在那裡；在那方面 She knew **wherein** her gross defects lay. 她知道自己的重大缺點在哪裡。	where地方， in在
wherever	*adv.* 究竟在哪裡；無論什麼地方；在任何地方 Sit **wherever** you like. 隨便坐吧。	where哪裡， ever無論，究竟

white 白的；白種人的

02.23.12

		助　記
nonwhite	*adj.* 非白種人的 Most of the members of the Commonwealth are **nonwhite**. 英聯邦的許多成員國都不是白人國家。	non-非， white白種人的
whiten	*v.* 使變白，漂白，刷白 This stuff is supposed to **whiten** your teeth. 這東西應該是用來增白牙齒的。	whit(e)白的， -en動詞字尾， 使成……
whitish	*adj.* 略白的，帶白色的；有些蒼白的 His face took on an unhealthy **whitish** hue. 他的臉上透出一絲病態的蒼白。	whit(e)白的， -ish略……的
whiteness	*n.* 白色的東西；蒼白；潔白 He saw a **whiteness** in the dark tunnel. 他在黑暗的隧道中看到一團白色的東西。	white白的， -ness名詞字尾
white-hot	*adj.* 白熱的；極熱烈（或激動、憤怒）的 The female shark's hunger was **white-hot**. 雌鯊餓得要發狂了。	white白的， hot熱的
white-lipped	*adj.*（嚇得）嘴唇發白的 The **white-lipped** deer are rare in this area. 白唇鹿在這個地區很罕見。	white白的，lip嘴唇， -p-重複字母， -ed……的

wide 寬（的）；廣（的）；廣泛（的）

02.23.13

		助記
worldwide	*adv.* 在世界各地 Their products are sold **worldwide**. 他們的產品銷往世界各地。	world世界， wide寬，廣
countrywide	*adj./adv.* 全國性的（地），全國範圍的（地） He wants to travel **countrywide**. 他想要周遊全國。	country國家， wide廣（的）
nationwide	*adj./adv.* 全國性的；全國範圍的；在全國 They planned to screen a film **nationwide**. 他們打算在全國放映一部電影。	nation國家， wide廣（的）
statewide	*adj./adv.* 全州的（地）；影響全州的（地） She won 10% of the vote **statewide**. 她贏得了全州10%的選票。	state州， wide廣（的）
widely	*adv.* 廣泛地；大大地 The view was not **widely** held. 這種觀點並不普遍。	wide廣泛的， -ly……地
widen	*v.* 加寬，放寬；擴大 They are **widening** the road. 他們正在拓寬馬路。	wid(e)寬的， -en動詞字尾， 使……
width	*n.* 寬度 Measure the full **width** of the window. 測量一下窗戶的全寬。	wid(e)寬的， -th名詞字尾
widespread	*adj.* 分布廣的；廣泛的 The storm caused **widespread** damage. 這場暴風雨造成了大範圍的破壞。	wide廣， spread散布， 散開

wife 妻子；婦女

02.23.14

		助記
housewife	*n.* 家庭主婦，做家務的婦女 His mother is a **housewife**. 他的媽媽是位家庭主婦。	house家， wife婦女
housewifery	*n.* 家事；家政 The old lady likes to ask about others' **housewifery**. 這個老太太就愛打聽別人家的事。	house家， wif(e)婦女， -ery名詞字尾

goodwife	*n.* 主婦；女主人 The **goodwife** invited us to dinner. 女主人邀請我們吃晚餐。	good好的， wife主婦
midwife	*n.* 接生婆，助產士 The **midwife** gave her a warm bath. 助產士給她洗了個熱水澡。	mid-中間， wife主婦，婦女
midwifery	*n.* 接生；助產學，產科學 She knew less than nothing of **midwifery**. 對於接生的事她可一竅不通。	midwife助產士， -ry名詞字尾
wifely	*adj.* 妻子（般）的 She strove to perform all her **wifely** functions perfectly. 她努力做一個無可挑剔的賢妻。	wife妻子， -ly……的
wifehood	*n.* 妻子的身份 She is on the formidable level of **wifehood**. 她達到了作為一個妻子的標準。	wife妻子， -hood名詞字尾， 表示身份

will 意志；願意

02.23.15

		助記
goodwill	*n.* 好意；友好，親善 His heart is full of **goodwill** to all men. 他心裡對所有人都充滿著愛心。	good好的， will意志
freewill	*adj.* 自願的，非強迫的 The check-up is **freewill**. 這次體檢是自願的。	free自由的， will意志
self-willed	*adj.* 固執己見的；任性的 He was very independent and **self-willed**. 他非常獨立而且固執己見。	self-自己， will意志， -ed……的
strong-willed	*adj.* 意志堅強的 She is a **strong-willed** woman. 她是個意志堅強的女性。	strong堅強的， will意志， -ed……的
weak-willed	*adj.* 意志薄弱的 He is a **weak-willed** man. 他是個意志薄弱的人。	weak弱的， will意志， -ed……的
willing	*adj.* 願意的，心甘情願的 He was **willing** to make any sacrifice for peace. 他願意為和平做出任何犧牲。	will願意， -ing……的

unwilling	*adj.* 不願意的，不情願的 He was **unwilling** to pay the fine. 他不願意付罰款。	un-不， will願意， -ing……的
willful	*adj.* 故意的，存心的；任性的 He's been **willful** and headstrong from a baby. 他從小就任性固執。	will意志， -ful……的
willpower	*n.* 意志力 It took all his **willpower** to remain calm. 他竭盡全力才保持鎮定。	will意志， power力量

wind 風

02.23.16

		助記
upwind	*adj./adv.* 頂風的（地），逆風的（地） We will sail a boat **upwind**. 我們要逆風駕船航行。	up往上， wind風
downwind	*adj./adv./n.* 順風的（地）；順風 He attempted to return **downwind** to the airfield. 他試圖順風回到飛機場。	down往下， wind風
crosswind	*n.* 側風 The ship sailed laying along because of a **crosswind**. 由於一股猛烈的側風，船傾斜著航行。	cross橫穿， wind風
windbreak	*n.* 防風籬，防風林 The woods along the coast provide a good **windbreak**. 海邊的樹木可以作為很好的防風林。	wind風， break破壞 「風被打散了」
windy	*adj.* 有風的；風大的 It was **windy** and Jake felt cold. 風很大，傑克覺得很冷。	wind風， -y多……的
windless	*adj.* 無風的；平靜的 He prefers **windless** days for playing golf. 他更喜歡在無風的日子裡打高爾夫球。	wind風， -less無……的
windproof	*adj.* 防風的 This kind of raincoat is warm and **windproof**. 這種雨衣既保暖又防風。	wind風， -proof防……的
windfall	*n.*（比喻）意外的收穫；橫財 The **windfall** allowed me to buy a house. 這筆意外之財使我得以購置一幢房子。	wind風，fall落 「大風刮來的」

windscreen	*n.*（汽車等的）防風玻璃（屏） The stone shattered the **windscreen**. 石頭砸碎了擋風玻璃。	wind風， screen屏
windstorm	*n.* 風暴 The sea was choppy today because of the **windstorm**. 今天起了風暴，海上波濤洶湧。	wind風， storm暴風雨
windtight	*adj.* 不透風的 There is no **windtight** wall in the world. 世上沒有不透風的牆。	wind風， tight緊的， 不透……的
window	*n.* 窗戶，窗子 He sat penitently in his chair by the **window**. 他懊悔地坐在靠窗的椅子上。	「通風孔」
windowless	*adj.* 無窗的 The little room was **windowless** and oppressive. 這個小房間沒有窗戶，使人感到悶熱難耐。	window窗戶， -less無……的

winter 冬天

02.23.17

		助記
overwinter	*v.* 過冬；把……保存過冬 These birds generally **overwinter** in tropical regions. 這些鳥通常在熱帶地區過冬。	over-越過， winter冬天
wintry	*adj.* 冬天的；寒冷的 It's **wintry** today. 今天很冷。	wint(e)r冬天， -y……的
winterly	*adj.* 冬天似的；冷漠的 I don't like this **winterly** manner. 我不喜歡這種冷漠的態度。	winter冬天， -ly……的
wintertime	*n.* 冬天，冬季 In **wintertime**, he still goes surfing. 他冬季也去衝浪。	winter冬天， time時間
winter-weight	*adj.*（衣服）厚得可以禦冬的 My coat can be **winter-weight**. 我的外套可以禦冬。	winter冬天， weight重 「衣服厚重」

wise 聽明的；了解的

02.23.18

		助記
unwise	*adj.* 不明智的 I think this is extremely **unwise**. 我覺得這是極不明智的。	un-不， wise聰明的
wisdom	*n.* 智慧，才智 He is a man of great **wisdom**. 他是一個有大智慧的男人。	wis(e)聰明的， -dom名詞字尾
unwisdom	*n.* 缺乏智慧，愚昧 Alas, **unwisdom** has already prevailed. 可惜，愚昧已經流行起來了。	un-無， wisdom智慧
penny-wise	*adj.* 小事聰明的，小處精明的 He is a **penny-wise**, but pound-foolish guy. 他是個小事精明、大事糊塗的傢伙。	penny便士→小事， wise聰明的
wisely	*adv.* 聰明地，賢明地，明智地 That was not **wisely** done. 那件事做得不明智。	wise聰明的， -ly……地

wish 希望；祝願

02.23.19

		助記
well-wisher	*n.* 表示良好祝願的人 The cause has many **well-wishers**. 這一事業得到很多人的良好祝願。	well好， wish祝願， -er者
unwished-for	*adj.* 非所希望的，不想要的 The **unwished-for** result has still happened. 不希望的結果還是發生了。	un-非，不， wish祝願， -ed……的， for為
wishful	*adj.* 渴望的；出於願望的 He looked at the picture with **wishful** eyes. 他帶著渴望的眼神看著那幅畫。	wish希望， -ful……的

wit 智力；才智

02.23.20

		助記
quick-witted	*adj.* 機智的 The **quick-witted** boy helped them. 這個機智的小男孩幫了他們。	quick敏捷的， wit智力，-t-重複字母，-ed……的

單字	釋義／例句	助記
slow-witted	*adj.* 頭腦遲鈍的，笨的 Husky is a little **slow-witted**. 哈士奇有點笨。	slow遲鈍的，wit智力，-t-重複字母，-ed……的
dimwit	*n.* 笨蛋，傻子 You **dimwit**, don't touch it. 你這個笨蛋，別碰那東西。	dim模糊的，遲鈍的，wit智力
outwit	*v.* 智勝 He always manages to **outwit** his opponents. 他總能設法智勝對手。	out-勝過，wit智力
witless	*adj.* 無才智的，愚蠢的 He always has some **witless** ideas. 他總是有些愚蠢的想法。	wit才智，-less無……的
witling	*n.* 自作聰明的人 Tom is a **witling**. 湯姆是個自作聰明的人。	wit才智，聰明，-ling名詞字尾，表示人

woman 女人；婦女

02.23.21

單字	釋義／例句	助記
policewoman	*n.* 女警察 Mary is an excellent **policewoman**. 瑪麗是一名出色的女警。	police治安，公安，woman女人
sportswoman	*n.* 女運動員 She is my favorite **sportswoman**. 她是我最喜歡的女運動員。	sport運動，-s-連接字母，woman女人
spokeswoman	*n.* 女發言人；女代言人 A **spokeswoman** for the government denied the rumors. 一位政府女發言人否認了那些傳言。	spoke說，-s-連接字母，woman女人
chairwoman	*n.* 女主席；女會長；女委員長 The new **chairwoman** was very well-spoken. 新上任的女主席很會說話。	chair椅子，woman女人「開會坐在椅子上的女人」
congresswoman	*n.* 女國會議員 The other is a former **congresswoman**. 另一位是前國會女議員。	congress國會，woman女人
horsewoman	*n.* 女騎士 She developed into an excellent **horsewoman**. 她成了一位出色的女騎士。	horse馬，woman女人

W

needlewoman	*n.* 縫紉女工 Her mother is a **needlewoman**. 她的媽媽是個縫紉女工。	needle針，縫紉， woman女人
countrywoman	*n.* 鄉下女人 A **countrywoman** came in. 一個鄉下女人走了進來。	country國家，鄉下， woman女人
madwoman	*n.* 瘋女人 I was angry with the **madwoman**. 我很生那個瘋女人的氣。	mad發瘋的， woman女人
old-woman**ish**	*adj.* 婆婆媽媽的 Hurry up! Don't be **old-womanish**. 快點！別婆婆媽媽的。	old老的， woman婦人， -ish如……的
woman**ly**	*adj.* 有女子氣質的，有女人味的 She has a soft **womanly** figure. 她有著女人味十足的婀娜身材。	woman女人， -ly……的
wisewoman	*n.* 產婆；女巫 His grandma used to be a **wisewoman**. 他的祖母曾當過產婆。	wise聰明的， woman女人
woman**ish**	*adj.* 女子的；適於女子的 There is nothing **womanish** in the room. 房間裡沒有適合女子用的東西。	woman女人， -ish如……的
woman**like**	*adj./adv.* 像女人的（地），女子似的（地） **Womanlike**, he burst into tears. 他像女人般號啕大哭起來。	woman女人， -like像……的

wood 樹木；木材；森林

02.23.22

		助記
wildwood	*n.* 原始森林，自然林 There are varieties of plants in the **wildwood**. 原始森林中有多種多樣的植物。	wild野的， wood森林
backwoods	*n.* 偏遠林區 The **backwoods** folks owned no horses. 偏遠林區的居民沒有馬。	back偏遠的， woods森林
firewood	*n.* 木柴 The burning **firewood** sent up clouds of smoke. 燃燒著的木柴冒出陣陣濃煙。	fire火， wood木材

W

redwood	*n.* 紅杉 Wood from one **redwood** tree is worth $8,000. 一棵紅杉樹的木料價值8000美金。	red紅色的， wood樹木
deadwood	*n.* 枯木；無用（或冗贅）人員 He cut the **deadwood** from his staff of advisers. 他裁去了無用的顧問。	dead死的， wood樹木
wooden	*adj.* 木製的；呆板的 This is a **wooden** chair. 這是一把木椅。	wood木， -en形容詞字尾， 由……製的
woody	*adj.* 樹木茂密的；木質的 The roots of **woody** plants grow deep. 木本植物的根莖長得很深。	wood樹木， -y……的
woodchopper	*n.* 伐木者 A passing **woodchopper** saved her. 一個路過的樵夫救了她。	wood樹木， chop砍伐， -p-重複字母， -er者
woodcut	*n.* 木刻（畫） The most common form of relief printing is **woodcut**. 最常見的凸版印刷形式是木刻印版。	wood木， cut刻
woodcutter	*n.* 木刻家；伐木工人 The **woodcutter** fell the tree. 樵夫砍倒了那棵樹。	wood木， cut刻，砍， -t-重複字母， -er者
woodpecker	*n.* 啄木鳥 The **woodpecker** pecked a hole in the tree. 啄木鳥在樹上啄了一個洞。	wood木， peck啄， -er表示物
woodsman	*n.* 在森林中居住（或工作）的人 His admiration of the **woodsman** returned. 他對森林居民的欽佩感再次油然而生。	woods森林， man人 「在森林中的人」

word 單詞；言語

02.23.23

		助 記
foreword	*n.* 前言，序言 That book has a **foreword**. 那本書有一篇前言。	fore前， word言
reword	*v.* 再說；換個說法 All right, I'll **reword** my question. 好的，我會換個說法來問。	re-再，重， word言，說

W

loanword	*n.* 外來語 There are many **loanwords** in English. 英語中有許多外來語。	loan借，word字詞「由別國文字中『借來的詞』」
password	*n.* 口令；密碼 Give your user name and **password**. 輸入你的用戶名和密碼。	pass通過，word言語
swearword	*n.* 咒罵人的話 Don't say **swearword** about your ex-employer. 不要說你前雇主的壞話。	swear咒罵，word話
word**y**	*adj.* 多言的，嘮叨的 The essay is too **wordy**. 這篇文章太冗長了。	word言語，-y多……的
word**age**	*n.* 言辭（總稱）；詞彙量；用詞，措辭 This writer has the fault at excess **wordage**. 這個作家有過分囉唆的缺點。	word字詞，-age名詞字尾
word**book**	*n.* 詞典；詞彙表 He always takes a mini **wordbook** with him. 他總是隨身攜帶一本袖珍詞典。	word單詞，book書

work 工作；勞動

02.23.24

		助記
bywork	*n.* 業餘工作 Writing is my **bywork**. 寫作是我的業餘工作。	by-旁，次要的，work工作
overwork	*v.*（使）過度工作 Have they been **overworking** you again? 他們又讓你過度工作了？	over-過度，work勞動
housework	*n.* 家務勞動 He always helps with the **housework**. 他總是幫著做家務。	house家，work勞動
fieldwork	*n.* 現場工作；野外考察 Year in year out he has been doing **fieldwork**. 他長年累月從事野外工作。	field場地，野外，work勞動
outwork	*v.* 工作上勝過 Industrial robots can **outwork** humans. 工業機器人能比人工作得更好。	out-超過，work工作

W

unworkable	*adj.* 不可行的；不能實行的 The law as it stands is **unworkable**. 按照現在的情形，該法律難以執行。	un-不， work工作， -able能……的
underwork	*v.* 少做工作；工作馬虎 He **underworked** a painting. 他敷衍潦草地畫了一張畫。	under-少，不足， work工作
legwork	*n.* 跑腿工作；新聞採訪工作 Who did the **legwork** to put this deal together? 誰東奔西走地把這筆交易組織起來的？	leg腿， work工作
wonderwork	*n.* 奇跡；奇異的事物 It is no less than a **wonderwork**. 這簡直是一個奇跡。	wonder驚奇， 奇異， work工作
lifework	*n.* 畢生的事業 He risked his fortune to complete his **lifework**. 他冒著喪失財產的危險來完成他的終身事業。	life一生， work工作
counterwork	*n.* 對抗行動 Wrestle is an all-round **counterwork**. 格鬥是一種綜合性的對抗技擊。	counter-相反， 反對，work行動
ironworker	*n.* 鋼鐵工人 Can **ironworker** control the quality of the iron? 煉鐵工人能否控制鐵的質量？	iron鐵， work工作， -er表示人
worker	*n.* 工人，勞動者；工作者 Standing by him was a model **worker**. 站在他旁邊的是一位勞動模範。	work工作， -er表示人
workman	*n.* 工人，工匠；男工 He is only an occasional **workman**. 他只是個臨時雇工。	work工作， man人
workless	*adj.* 失業的 Her husband has been **workless**. 她丈夫失業了。	work工作， -less無……的
workmate	*n.* 一起工作的人，同事 Her **workmate** was ill and she had to do double work. 她的同事病了，她必須做雙份工作。	work工作， mate夥伴
worksite	*n.* 工地 We started for the **worksite** early in the morning. 我們一大早就動身去工地了。	work工作， site場所

world 世界

02.23.25

		助記
dreamworld	*n.* 夢境，幻想世界 I have my own **dreamworld**. 我有我的夢中世界。	dream夢，幻想，world世界
otherworld	*n.* 冥界；來世 They were believed to have come from the **otherworld**. 據說它們來自於另一個世界。	other另外的，world世界「另一世界」
otherworldly	*adj.* 冥界的；非現實的 All of these traditions are **otherworldly**. 這些傳説都是非現實的。	other另外的，world世界，-ly形容詞字尾，……的
underworld	*n.* 下層社會，黑社會；陰間，地獄 She was a shady figure in the Dublin **underworld**. 她是都柏林黑社會中的可疑人物。	under-下，world世界
old-world	*adj.* 古代世界的；舊時代的，舊式的 The mammoth was an **old-world** elephant. 猛獁是一種古代的象。	old古老的，舊的，world世界
worldly	*adj.* 世間的，塵世的，世俗的 He was **worldly** and sophisticated. 他閱歷豐富，老於世故。	world世界，世間，塵世，-ly形容詞字尾，……的
unworldly	*adj.* 非塵世的；超凡的；天真的 She was so young, so **unworldly**. 她太年輕，太不懂人情世故。	un-非，worldly塵世的
worldly-wise	*adj.* 老於世故的，善於處世的 His manager is a **worldly-wise** man. 他的經理是一個老於世故的人。	worldly世俗的，wise明白的，了解的
worldling	*n.* 世俗之徒，凡人 I'm only a **worldling**. 我只是個世俗之人。	world塵世，世俗，-ling名詞字尾，表示人
world-class	*adj.* 世界一流的 Kobe Bryant is a **world-class** basketball player. 科比•布萊恩是世界一流的籃球運動員。	world世界，class等級
world-shaking	*adj.* 震驚世界的 The Watergate scandal is **world-shaking**. 水門事件是一件震驚世界的醜聞。	world世界，shak(e)搖動，震動，-ing……的

write 寫

02.23.26

		助記
rewrite	*v.* 重寫；改寫；修改舊作 I intend to **rewrite** the story for younger children. 我想為年紀較小的孩子改寫這篇故事。	re-再，重， write寫
underwrite	*v.* 寫在……下面；簽名於；承擔……費用 He **underwrote** the paper. 他在文件下簽了名。	under-下面， write寫
unwritten	*adj.* 沒有寫下的；不成文的 Thoughts of my **unwritten** novel nagged me. 我正在構思的小說不時地困擾我。	un-未，written寫了的（write的過去分詞）
playwriting	*n.* 劇本創作 He is buried in the **playwriting** now. 他正忙於劇本創作。	play劇本， writ(e)寫， -ing名詞字尾
writing	*n.* 書寫；寫作；筆跡 He is busy with his **writing**. 他正忙於寫作。	writ(e)寫， -ing名詞字尾
written	*adj.* 書面的 How did you do in your **written** exam? 你筆試怎麼樣？	write的過去分詞，作形容詞
sportswriter	*n.* 體育專欄作家 He is a famous **sportswriter**. 他是一位著名的體育專欄作家。	sports體育運動的，writer作者
typewrite	*v.* 打字；用打字機打 Jane is **typewriting** a letter. 珍正在用打字機打信。	type打字， write寫
handwriting	*n.* 筆跡；手寫稿 I recognized her **handwriting** on the envelope. 我認出了信封上她的筆跡。	hand手， writing寫法
overwrite	*v.* 寫在……上面；寫得太多 A flyleaf is **overwritten** with a dedication. 扉頁上寫了獻辭。	over-上面，超過， write寫
writer	*n.* 作者；作家 I'm the speech **writer**. 我是講稿的執筆人。	writ(e)寫， -er表示人

yard 庭院；場

02.24.01

		助　記
schoolyard	*n.* 校園；操場 Boys and girls were playing in the **schoolyard**. 男孩和女孩們在操場上玩。	school學校， yard場地 「學校的場地」
churchyard	*n.* 教堂墓地 She was laid to rest in the **churchyard**. 她被安葬在教堂墓地裡。	church教堂， yard場地
graveyard	*n.* 墓地，墳場 Here is the family **graveyard**. 這裡是家族墓地。	grave墳墓， yard場地
shipyard	*n.* 船塢；造（修）船廠 The **shipyard** is to be reopened tomorrow. 造船廠計劃明天重新開張。	ship船， yard場→工廠 「造船廠」
courtyard	*n.* 院子，庭院 Dena took them into the **courtyard** to sit in the sun. 德娜帶他們到院子裡曬太陽。	court庭院， yard場地
farmyard	*n.* 農家庭院 The road passes a **farmyard**. 那條路經過一個農家庭院。	farm農場， yard場地

year 年

02.24.02

		助　記
midyear	*n.* 年中；學年中期 Rents are due at the **midyear**. 租金於年中到期。	mid-中間的，當中的， year年
semiyearly	*adj./adv.* 半年一次的（地），一年兩次的（地） He seeded the lawn **semiyearly**. 他每半年為草地播種一次。	semi-半，year年， -ly形容詞和副詞字尾
lightyear	*n.* 光年 **Lightyear** is an astronomical unit. 光年是一個天文單位。	light光， year年
yearly	*adj.* 每年的，一年一度的 The **yearly** conference will be held next month. 年會將於下個月舉行。	year年， -ly……的

year-end	*n./adj.* 年終（的） Do you have **year-end** bonus? 你有年終獎金嗎？	year年， end末尾
year-long	*adj.* 持續一年的，整整一年的 She is taking a **year-long** course in English. 她正在上為期一年的英語課。	year年， long長的，長度 「一年那麼長的」
year-round	*adj./adv.* 一年到頭的（地），整年的（地） This is a **year-round** resort. 這是一個一年四季開放的度假勝地。	year年， round一圈，一周
yearling	*n.* 一歲的動物 When does a foal become a **yearling**? 這隻小馬什麼時候滿一週歲？	year一年，一歲， -ling名詞字尾， 表示動物

輕鬆一刻

「提高登機速度的『利器』。」

NOTE

語研力 E036

用單字DNA聯想策略，瞬間記單字：
字首字根字尾＋聯想助記法，用熟悉單字延伸記憶10倍單字量

用字根首尾搭配聯想助記，迅速增加英文字彙量！

作　　者　耿小輝
顧　　問　曾文旭
總 編 輯　黃若璇
編輯統籌　陳逸祺
編輯總監　耿文國
行銷企劃　陳蕙芳
執行編輯　賴怡頻
封面設計　陳逸祺
內文排版　海大獅
文字校對　賴怡頻、羅瑜玲
音檔校對　賴怡頻
法律顧問　北辰著作權事務所

印　　製　世和印製企業有限公司
初　　版　2020年05月
出　　版　凱信企業集團—凱信企業管理顧問有限公司
電　　話　（02）2773-6566
傳　　真　（02）2778-1033
地　　址　106 台北市大安區忠孝東路四段218之4號12樓
信　　箱　kaihsinbooks@gmail.com

定　　價　新台幣499元 / 港幣166元
產品內容　1書

總 經 銷　采舍國際有限公司
地　　址　235 新北市中和區中山路二段366巷10號3樓
電　　話　（02）8245-8786
傳　　真　（02）8245-8718

國家圖書館出版品預行編目資料

用單字DNA聯想策略，瞬間記單字；字首字跟字尾＋聯想助記法，用熟悉單字延伸記憶10倍單字量 / 耿小輝著. -- 初版. -- 臺北市：凱信企管顧問, 2020.05
面；　公分
ISBN 978-986-98690-5-8(平裝)

1.英語 2.詞彙

805.12　　109004863